Baron Wenckheim's Homecoming
벵크하임 남작의 귀향

알마 인코그니타 Alma Incognita
알마 인코그니타는 문학을 매개로,
미지의 세계를 향해 특별한 모험을 떠납니다.

Baron Wenckheim's Homecoming
벵크하임 남작의 귀향

László Krasznahorkai
크러스너호르커이 라슬로

노승영 옮김

영원—지속되는 한 지속되는 것

주의

이 소설의 인물, 이름, 장소가 실제와 비슷하거나 같더라도 그것은 오로지 우연이며 결코 저자의 의도가 표명된 것이 아니다.

경고

그는 바구니에서 사과 한 알을 꺼내어 닦고 들어올려 햇빛 아래 뜯어보고 사방이 반짝이는지 확인하고는 베어물고 싶은 듯 입으로 가져갔으나 베어물지는 않고 입에서 떼어 손바닥 위에 놓고 굴리기 시작했는데, 그러는 동안 자기 앞에 모인 사람들을 둘러보고는 사과를 들고 있던 손을 무릎으로 떨어뜨리며 깊은 한숨을 쉬고 몸을 약간 뒤로 젖혀 해 아래 아무런 의미도 없는 오랜 침묵 끝에 자신에게 말하라고, 하고 싶은 말은 무엇이든 해보라고 했으나 실제로는 누구에게도 어떤 말도 청할 생각이 없었으니 상대방이 이렇게 얘기하든 저렇게 얘기하든 아무 의미도 없을 터였기 때문이요, 자신이 어떤 방식이나 모양이나 형식으로도 청자가 되었다고 느끼고 싶지 않았기 때문인데—자네들이, 그가 쉿소리로 말하길 결코 내게 말을 할 수 없는 것은 어떻게 말해야 하는지 모르기 때문이고 자네들이 자네 악기를 다루는 것만으로 족하고도 남은 것은 그것이야말로, 자네 모두가 자신의 악기를 다루는 것이야말로 지금 필요한 일이기 때문이요, 자네들이 악기를 울리게 하고 말하게 하고—그가 목소리를 높여—말하자면 악기로 하여금 '묘사'하게 해야 하기 때문이지, 라며 요는 자신이 이미 모든 것을 아는 것이라고 설명하더니 덧붙이길 이 시점에서는 자신이 모든 것에 대한 지식을 가장 완전히 소유하고 있음을 언급하지 않을 것이고 이는 그들이—그가 사과를 쥔 손을 들어올려 네 손가락으로 꽉 쥔 채 검지를 뻗어 그들을 가리키며—그들이, 음악을 만드는 악사들이 매사를 즉각 그에게 알려야 하고 그의 앞에서는 어떤 비밀도 있을 수 없으며 이것이 본론인데, 거듭 말하지만 알려질 수 있는 모든 것이 내게 가능한 한 최대한 자세히 '이미 알려져' 있음에도 불구하고 나는 모든 것을 제때 알고 싶으며 내 앞에서 자네들은 그 무엇에 대해서도 침묵해서는 안 되며 아무리 사소한 것이라도 내게 고해야 하니, 즉 자네들은 이 시점으로부터 내게 이실직고해야 할 것이요, 즉 나는 자네들에게 신뢰를 요구하는 것이네, 라고 말한 뒤에 다시 입을 열어 설명하길 이 말뜻은 무언가—이 특별한 경우에는 그와 그들 사이의 신뢰를 뜻하는데—가 최대한 구속되지 말아야 하고 이 신뢰가 없이는 그들이 어디에도 갈 수 없을 것이요, 지금 애초부터 이를 그들의 뇌리에 강제로 새기고 싶다며 자신이 알고 싶은 것은, 그가 말하길 자네들이 어떻게 왜 자신의 악기를 가방에서 꺼내는 것인가이며 이제, 그가 설명하길 '악기'라는 단어는 간단히 말해서 일반적인 의미로서, 즉 누가 바이올린이나 피아노를 연주하는지, 누가 반도네온이나 베이스나 기타를 연주하는지 시시콜콜 따지지 않을 텐데, 이 모든 것이 '악기'라는 말로 한결같고도 적실하게 지칭되는 바이니, 그가 말하길 본론인즉 어떤 현을 현악기 연주자가 사용하는지, 어떻게 조율하는지, 왜 꼭 그렇게 조율하는지 알고 싶고 공연 전에 여분의 현을 몇 가닥이나 상자에 보관하는지 알고 싶고 피아노 연주자와 반도네온 연주자가 공연 전에 얼마나, 몇 분을 몇 시간을 며칠을 몇 주를 몇 년을 연습하는지―그의 목소리에서 금속성 음색이 더욱 강해지면서―알고 싶고 그들이 오늘 무엇을 먹었고 내일 무엇을 먹을 것인지 알고 싶고 봄을 좋아하는지 겨울을 좋아하는지, 양달을 좋아하는지 응달을 좋아하는지 알고 싶고, …… 자네들도 알다시피 모든 것을 알고 싶고 연습할 때 앉는 의자와 보면대의 정확한 모양을 보고 싶고 보면대를 정확히 몇 도로 기울이는지 알고 싶고 어떤 종류의 송진을, 특히 바이올린 연주자가 쓰는지, 또 어디서 구입하는지, 대체 왜 거기서 구입하는지 알고 싶고 송진 가루가 떨어지는 것에 대한 그들의 가장 어리석은 생각조차, 또는 그들이 얼마나 자주 손톱을 다듬는지, 왜 바로 그때 다듬는지 알고 싶다며 거기에 더해 그들에게 명하고 싶은 것은—그가 의자에 등을 기대며 그가 알고 싶다고 말할 때 그들은 눈동자에 그런 두려움을 담은 채 그를 멍하니 바라보아서는 안 되는데—그 말은 그가 가장 하찮은 것 하나까지도 알고 싶다는 뜻이요, 그러는 동안 그들이 스스로 깨달아야 할 것은 그가—그가 누구냐고 만일 누군가 묻는다면 일종의 악장樂長이라고 대답할 수 있을 텐데—그들의 모든 박자와 작디작은 떨림을 관찰하면서 그 모든 최대한 작디작은 떨림을 미리 정확히 알 것이며 그럼에도 그들이 이 문제들에 대해 소상히 보고해야 하리라는 것이요, 이에 따라 그들은 이제 진퇴양난에 놓인 바 되었으니 간단히 말하자면 한편으로는 둘 사이에 무조건적이고 무제한적인 신뢰가 있고 그와 더불어 모든 것을 보고할 의무가 있다는 것이요, 다른 한편으로는 부인할 수 없지만 그들에게는 끝없이 심란하고 실로 해소할 수 없는 역설이 있으니—이해하려 애쓰지 말라는 것이 그의 조언이었던바—그것은 그들이 보고해야 하는 모든 것을 그가 미리 또한 그들보다 훨씬 자세히 알고 있다는 것으로, 그리하여 이 시점으로부터 이 진퇴양난에 대해 계약상 합의가 적용될 것인바 이와 관련하여—또한 이것은 그가 덧붙일 수도 있는 것이라고 그는 덧붙였는데—여기에 배타적으로 무조건적이며 자연적으로 일방향적이고 일면적인 종속이 함축됨을 그들이 인지해야 하며 그들이 그에게 고하게 될 것은, 그가 계속해서 이야기한바—다시 한번 눈부신 광채를 발하는 사과를 손바닥 위에서 천천히 돌리기 시작하며—그들이 그에게 고하는 것은 누구에게도 발설해서는 안 되며, 그가 받아 적으라며 말하길 자네들이 내게 고하기로 되어 있는 것은 영원무궁토록 내게만 고할 것이요, 그누구에게도 고해서는 안 되며 이와 더불어 어떤 상황에서도 내가—그가 손에 쥔 사과로 자신을 가리키며—지금의, 또한 (자네들에게) 운명적인 논의 이후로 무엇 하나 다시 말하거나 무엇 하나 자세히 설명하거나 되풀이하리라 결코 기대하지 말 것이며 게다가 자네들이 내 말을 마치—여기서 나는 농담을 하는 것인데—마치 자네들이 전능하신 분, 그러니까 자네들이 어떤 상황에서든 무엇을 해야 할지 알 거라고, 말하자면 스스로 찾아낼 거라고 기대하시는 분의 말씀을 듣고 있는 것처럼 내 말에 귀를 기울인다면 더욱 유익하리니 이것이 사물의 이치요, 여기에는 어떤 실수도 있을 수 없는바, 저 쉿소리가 전보다 더 불길하게 떨리며 말하길 어떤 실수도 있지 말아야 할 것은 '어떤 실수도 있을 수 없기 때문'이요, 이곳에 있는 모두가 이를 받아들일 수 있기 때문이라는 것이 그의 의견이니 물론 그는 앞으로의 협조가—그는 이에 따르는 결과를 단 한 번만, 그러니까 바로 지금 명확하게 또한 세세하게 설명했는데—그들에게 크나큰 기쁨의 원천이 되리라고 장담하지는 않았으니 이 일이 그들에게 어떤 기쁨도 가져다주지 않을 것이기 때문이요, 지금 이 순간부터 이후로 그들이 이 일을 고통으로 여기는 편이 나을 것이기 때문인데, 지금 맨 처음부터 이 일을 기쁨이 아니라 고통으로, 일종의 고된 노동으로 여긴다면 훨씬 견디기가 수월할 것은 지금 그들을 기다리는 것이, 그러니까 자기네가 부여받은 임무를 창조 행위로 구현했을 때 (비록 자발적이진 않았지만 그들의 협조가 가져다줄 단 하나의 성과로서) 찾아올 것은 괴롭고 쓰라리고 힘들고 고된 노동이기 때문이니 간단히 말해서 이 일에는 리허설도 준비도 '자, 처음부터 다시'도 결코 없을 터이므로 실수가 추호도 용납되지 않으며 그들은 자신들이 무엇을 해야 하는지 대번에 알아야 하고, 그가 말하길 이 말이 '그 본질에 있어서' 아무리 헷갈리거나 그들이 그의 말을 아무리 피상적으로만 이해했더라도—사실이 그러했으니—앞서 말한 땀 흘리기와 기쁨 없음이 결코 해결되지 않을 것임은 그것이 그들의 운명이요, 그들의 활동을 통해 어떤 즐거움도 그들에게 전해지지 않을 것이기 때문이니 개개인으로 보자면 그들은 무엇이기에?—그가 그들에게 일갈하길—음악을 만드는 악사 무리요, 한낱 깽깽이쟁이 부대요, 각자 자신의 악기를 괴발개발 놀리는 어중이떠중이 패거리요, 결코 전체에 대한 공을 인정받을 수 없는 자들이기 때문이며 그들의 경우에 있어서 이 말의 뜻은 그들의 경우에, 말하자면 그들의 앞에 놓인 결과물로서는 그들이 전체로서 의미하는 바를 어떤 식으로든 자신들 개개인에게 부여할 수 없다는 것이며 그러므로, 그가 말하길 그들은 이 모든 것이 그들과는 아무 상관이 없음을 깨달아야 하며 만일 그들이 계약을 최대한 존중하기로 한다면 그것이 '어떻게든 드러

날' 것이되—어떻게 드러날지는 누가 알겠느냐마는—어떻
게든 '드러나기는 할' 것이며 지금으로서는 이 일이 어떻게
될지 자신이 알고 있음을 아무리 되풀이해도 그에게 부족할
따름인 것은 이것이 마땅한 귀결이요, 그들이 체념하여 더
는 아무 질문도 던지지 않는 것이 훨씬 낫기 때문이니 이를
테면 각각의 특별한 경우에 그 무능력이 실로 어마어마하다
면 그들이 함께 만들어내는 최종 결과가 어떻게 해서 그토
록 다를 수 있느냐고 물을 수 있을 텐데—그는 이런 질문에
는 대답할 생각이 없다며 심드렁하게 오만한 말투로—아니,
이건 그들이 관여할 바가 아니며 그들은 자기들 중 누구도
스스로의 무능력을 가지고서 무엇 하나 기여한 바가 없음
을 기정사실로서 확신해도 좋으니 그러한 생각조차 그들의
마음속에 들어가서는 안 되나 이미 충분히 들어가 있는 것
은 그가 생각하고 또 생각해야 한다는, 활이 줄을 '그런 식
으로' 긁는다거나 건반을 '그런 식으로' 누른다는 그 생각만
으로도 그는 두려움에 사로잡혔기 때문이며 그러는 내내 그
들이 전체의 어느 것 하나 결코 이해하지 못할 것은 전체가
그들을 훌쩍 뛰어넘기 때문이요, 그가 진심을 다해 말하길
앞에서 언급한 이 전체가 개인으로서의 그들을 얼마나 뛰어
넘는가를 생각할 때 자신이 질문 공세에 시달리는 개탄스러
운 사태를 고려하니 공포에 사로잡혔으나…… 그건 됐고, 그
는 고개를 저으며, 그럼에도 그가 여기서 누구와 일해야 하
는가 하는 슬프지조차 않고 오히려 웃기는 사실이 자신에

게 분명하다면 결국 그것이 '드러날' 것이요, 사실 그는 이미 처음에 자신이 해야 하는 대로 예상에 따라 말할 것이되 봉기에 대해서는—그의 목소리가 별안간 착 가라앉았으며—누구라도 나에게 대항할 계획을 생각조차 한다면 또는 어느 것 하나라도 내가 바라는 것과 달리 시행되리라는 그런 바람이 지나가는 말로라도 표명된다면, 이런 생각은 꿈에서조차 떠오르지 못하게 할지며 머릿속에서 던져버릴지며 적어도 던져버리려고 애쓸지니, 어떤 시도라도 하는 날에는 통탄할 결과가 기다리고 있음이요, 이것은 자비롭지는 않을지라도 경고이니 여기에는 오직 한 방식으로만 시행될 수 있는 오직 한 주법의 연주만 있기 때문이요, 그러한 두 요소의 조화는 나에 의해—그는 다시 한번 사과를 든 손으로 스스로를 가리키며—오직 나에 의해서만 결정될 것이니 자네 악사들은 내 조율에 맞춰 연주해야 하며 단언컨대 경험상 말하노니 내게 저항해봐야 아무 소용도, 어떤 의미도 없으며 자네들은 어느 날엔 상황이 그렇지 않게 될 것이라고, 달라질 것이라고 환상을 품거나(내가 그것에 대해 알 수만 있다면 얼마나 좋겠는가) 꿈꿀 수는 있지만(자네들이 내게 털어놓는다면 얼마나 좋겠는가) 그렇지 않게 되지는 않을 것이요, 달라지지 않을 것이며 않을 수밖에 없으니 내가 이 공연의 '악장'인 한—아, 우리가 이미 여기에 다가가고 있다면—여기서 연주되는 곡을 내가 지휘하는 한은 이와 같을 것이며 이 '한'은 영원과 같은 것인데, 나는 단 한 번의 공연을 위해 자네들 전부와 계약을 맺고 있으며 이것은 동시에 이 역할에서, 이 단 하나의 가능한 공연에서 자네들 전부와 계약을 맺는 것이니 그 밖의 어떤 공연도 자동으로 배제되어 어떤 이후도 없고 그에 따라 어떤 이전도 없고 자네들이 받을 솔직히 약소한 금액 말고는 어떤 대가도 없고 물론 그에 따라 어떤 기쁨도 어떤 위안도 없을 것이므로 우리가 끝마쳤을 때 우리는 끝장날 것이며 그것이 전부이지만, 이제 자네들에게 밝히건대, 금속성 목소리가 마지막으로 조금 누그러뜨려진 듯도 하며 그가 밝히길 그것은 내게도 그중 무엇도 아닐 것이요, 기쁨도 위안도 없을 것이며 기쁨이나 위안이 있을 것인가에 대해 또는 우리가 확정한 이 계약 이후에 자네 모두가 무엇을 생각하고 느낄 것인가에 대해 내가 신경을 덜 써도 무방하다는 것은 아니며 내가 말하고 있는 것은 결코 자네들이 이곳에서 앞으로의 참여가 부실한 수준임을 어떻게 설명할 것인가, 말하자면 자네들이 스스로에게 어떤 거짓말을 할 것인가가 아니라 이 모든 일에서 내게 어떤 기쁨도 없다는 사실이며 나 자신이 받는 대가는 여기서 우리가 공연이라고 부르는 것에 비추어 터무니없으며, 그가 말하길 그렇게 될 이유는 그렇게 될 수밖에 없기 때문이요, 그게 전부이며 나는 자네들을 사랑하지도 미워하지도 않고 내가 보기에 자네들은 모두 지옥에 갈 것이고 하나가 쓰러지면 다른 누군가가 그 자리를 차지할 것이며 나는 무슨 일이 일어날 것인가를 미리 보고 미리 들으며 그것에는 기쁨도 위안도 없을 것이기에 이 같은 것은 무엇도 다시는 일어나지 않을 것이요, 내가 자네들, 악사들과 함께 무대에 오를 때 이 임무가, 가능성에 입각한 이 임무가 결실을 거두더라도 나는 조금도 만족하지 않을 것이며 작별 인사차 자네들에게 말해두고 싶은 것이 있으니 나는 음악을 좋아하지 않는데, 달리 말하자면 고백하건대 우리가 지금 여기서 함께 만들어내려는 것을 전혀 좋아하지 않는데, 나는 여기서 모든 것을 감독하는 자요, 무엇도 창조하지 않고 그저 모든 소리 앞에 존재하는 자요, 신의 진리에 따라 이 모든 것이 끝나기를 그저 기다리는 자이기 때문이다.

차례

이어서
럼, 펌, 펌, 펌, 흠므므, 라리라, 리, 롬
럼, 펌, 펌, 펌, 흠므므, 라리라, 리, 롬
럼—라리라, 리라롬

트르르르
다 카포 알 피네

트르르르……

잘난 당신을 쓰러뜨리고 말겠어

　　그는 창문으로 다가가고 싶지 않아 멀찍이 떨어진 채
바라보되 마치 몇 걸음 물러나면 자신을 보호할 수 있으리
라는 듯 떨어져 있었으나 물론 어쨌거나 쳐다보긴 했는데,
엄밀히 말하자면 눈을 뗄 수 없었다고 해야 할 것이, 안으로
스며드는 이른바 아우성을 체에 걸러 바깥에서 대체 무슨
일이 벌어지고 있는지 알아내려 했지만 안타깝게도 그 순간
에는 어떤 아우성도 스며들지 않은 것은 뭉뚱그려 말해 정
적이 감돌았다고 할 법했기 때문으로, 그 문제만 놓고 보자
면 꽤 한참 동안 정적이 감돌았으나 어제부터 그 모든 일을
감수해야 했던 이후로 그는 창가로 가서 헝가로셀 스티로폼
단열 패널을 치우고 그렇게 뚫린 틈으로 엿볼 필요가 전혀
없었던 것이, 그러지 않아도 사건들을 추측하기가 그리 힘들

트르르르……

지 않았기 때문인데, 말하자면 자신을 보호해주는 헝가로셀 패널이 바깥에서 벌어지는 사건들을 가렸어도 그는 자신의 딸이 꺼지지 않았음을, 여전히 자신의 오두막 앞에서, 그러니까 약 스물다섯 내지 서른 발짝 떨어진 곳에서 얼쩡거리고 있음을 똑똑히 알았기에, 한마디로 다시는 저기로 안 가, 내다보지도 않을 거야, 라고 혼잣말을 했으며 한동안 그런 상태가 지속되었으니 실로 그는 창문으로부터 안전한 거리만큼 떨어져 서서 헝가로셀 패널의 보호막 뒤로 물러선 채 귀를 기울였는데, 이렇게 보호받는 상황에서는—그가 앞의 혼잣말을 단순히 머릿속으로 생각하는 게 아니라 소리내어 되풀이하길—어차피 이전과 똑같은 광경이 자신을 맞이할 텐데 굳이 헝가로셀 패널을 치워봐야 소용이, 아무런 소용이 없다며 고개를 내저었으나 마치 자신이 어쨌거나 헝가로셀 패널을 다시 치우고 말 것임을 직감한 사람처럼—하긴 그렇게 할 수 있었으니—안절부절못했고 이미 어제저녁 5시 3분에, 그러니까 땅거미가 지고 나서 이미 모든 것이 끝났다고 믿었으나 패널을 치우는 일은 일어나지 않은 것은 밤이 가고 아침이 오고 그 뒤로도 줄곧 그가 헝가로셀 패널을 떼어내는 순간순간마다, 심지어 손만 움직여도 자신이 헝가로셀 패널을 치우고 틈새로 엿보는 즉시 자신이 앞서 보았던 것과 똑같은 것을 볼 것임을 추호도 의심하지 않기 때문이니 그의 딸은 저 밖에서 그의 이른바 '창문'을 통해 헝가로셀 패널이 치워졌음을 알아볼 터였는데, 말하자면 아버지의 모습을 발견하고 조롱하듯 입을 삐죽거리고 '즉시' 저 끔찍한 팻말을 그의 머리 쪽으로 쳐들고서 등골을 오싹하게 할 미소를 얼굴에 지어 보일 터인 것은 이 미소가 그의 패배를 암시하는 표시였기 때문으로, 그래서 그는 자신의 안전한 벙커에 틀어박힌 채 바깥에서 일어나는 모든 일에 잠시 최대한 집중했으나 더는 그럴 수 없었고 이제 어떤 소리도 스며들지 않았기에 다시 한번 헝가로셀 패널을 치웠다가 다시 막은 것은 물론 일순간에 상황을 가늠했기 때문이며 이 때문에—이 모든 서커스가 시작된 뒤로 처음도 아니지만—그의 손이 불안증으로 덜덜 떨리기 시작한 탓에 헝가로셀 패널을 다시 틈새에 끼우려 할 때 패널에서 작은 부스러기가 떨어져 나오기 시작했으나 그는 손의 떨림을 멈출 수 없었고 떨리는 손을 그저 바라보았으며 이로 인한 분노에 휩싸인 것에 불안증이 더욱 커진 것은 이렇게 분노해서는 올바른 판단을 도무지 내릴 수 없었기 때문이지만 그는 자신이 올바른 판단을 내릴 수 있어야 함을 확실히 알았기에 가라앉은 목소리로 다시, 진정해, 제발 좀 진정하라고, 라고 혼잣말을 시작했고 어느 정도 효과가 있었으나 불안증은 사라지지 않았는데(이는 또한 그에게 일종의 오기를 불러일으켰으니) 불안은 남았어도 분노는 남지 않았기에 이 상황에서 그는 이제 바깥에서 벌어지는 일이 '왜' 벌어지는가의 문제로 돌아가 새로울 것이 전혀 없음을 다시 한번 당연하게도 파악할 수 있었으나 그럼에도 자제력을 점점 잃고 분노가 다시

트르르르……

자신을 덮칠 것임을 직감했으며 너무 늦기 전에 그들에게 꺼지라고 고함칠 수 있다면 무척 행복했을 것이요, 지역 TV 방송국 취재진과, 자신의 딸이 용케도 이곳에 끌어들인 지역 신문 기자들이 이 모든 짓거리를 그만두고 그들이 꺼질 수 있을 때 꺼지기를 바랐으나 그는 고함치지 않았고 물론 그들은 그만두지 않았고 꺼지지 않았고 무엇보다 그녀는, 이 여자는 자신의 '위치'를 단 한 순간도 이탈하지 않았던 것에 반해 기자들은 오줌을 누거나 몸을 데우고 마침내—어쨌거나 그가 믿기로는—이튿날 새벽에 숫자는 줄었어도 어쨌든 돌아올 수 있도록 밤에 잠을 좀 자두려고 이따금 슬쩍 사라졌으나 이 여자는 그 자리에 그냥 머물러 있었거나 적어도 그녀의 존재 전체가—마치 오두막 창문에서 어른거리는 형체조차 알아볼 수 있을 만큼 전망 좋은 하나의 지점에 붙박인 듯—자신이 태어난 순간으로부터 그에게, 이 '족제비'에게 받아야 할 것을 받아낼 때까지 이 장소를 떠나지 않을 것임을 시사했는데, 이것은 그녀가 그곳에서 실시한 첫 인터뷰에서 말한 바였으나 물론 교수의 관점에서는 순전한 헛소리인 것이, 그가 대체 누구에게, 특히 자신의 앞에 서 있는 저 망나니 후레자식에게 빚진 게 뭐가 있겠느냐는 까닭이었던바 그녀가 착상着床하여 이 세상에 나와 머물고 게다가 치사하고 사악한 속임수를 쓰게 된 원인이래봐야 그 자신의 무책임, 부주의, 용서받지 못할 어수룩함, 끝없는 자기중심주의, 한없는 허영심, 말하자면 그 자신의 타고난 천박함이 고작일 텐데, 그는 그 결과를 사진으로도 제 눈으로도 결코 본 적이 없었고 게다가 도무지 떠올릴 수도 없었으며(사실 그는 사물의 본질을 좀 더 진실하게 표현하면서 자신에게는 더욱 진실하게 표현했는데) 자신에게 혼외로 얻은 딸이 있다는 사실은 도무지 기억나지 않았으니 그는 그녀를 잊었거나 더 정확히 말하자면 그녀에 대해 생각하지 않을 수 있을 때는 생각하지 않는 법을 배웠으며 잠시나마 그가 평안을 누리는 시기가 때로는 바로 지금처럼 몇 년씩 있었으니 그는 그 문제로 동요하지 않았고 모든 문제에 대해, 일반적으로 자신의 과거 전체에 대해 그랬듯 손을 씻었으며 적잖은 시간이 지나도록 아무도 그를 괴롭히지 않았기에 자신이 이 모든 문제에 대해 자유롭다는, 말 그대로 자유롭다는 결론에 이미 이르렀으나 어제 오후에 난데없이 뜻밖에 이 딸년이 갑자기 이곳에 나타나 메가폰을 잡고서 "내가 당신 딸이야, 이 비열하기 짝이 없는 족제비 같으니"라고 고함을 지르더니 "이제 빚을 갚으시지"라며 팻말을 들었는데, 저 '새끼 괴물'이 아주 뜻밖에도 난데없이 그를 공격한 것은 사전에 모든 것을 치밀하게 계획한 결과임은 의심할 여지가 없었던바 그녀가 소뿔처럼 생긴 물건(메가폰)을 입수하고(설마 늘 가지고 다닌 건 아니겠지?!) 얼기설기 팻말을 만들고 지방지 기자들을 불러들여 이곳에 데리고 온 것에서 보듯 그녀는 자신이 무슨 짓을 하는지 실제로 알고 있는 듯했으며 이것이 처음부터 그에게 이미 오싹했던 것은 자신이 그 밖의 다른

트르르르……

것도, 알아야 마땅하지만 알지 못한 그 밖의 다른 것도 혹시 잊어버린 게 아닐까 하는 우려를 품게 했기 때문이요, 그가 이런 생각을 해본 적이 없었기 때문이요, 저 미신이 아니고서는 아무것도 설명이 안 되기 때문이요, 저 여자가 이토록 오랜 세월 뒤에, 그러니까 꼬박 19년이 지난 뒤에 여기서 원하는 게 대체 무엇이냐는 것 때문이었으니 그가 기억하려 해도 기억이 나지 않은 것은 지금까지 실시한 연습에서 상당한 진전을 거뒀기 때문이며 특히나 이렇게 먼 과거의 일은 기억할 수 없었는데, 이것이 이제 와서 위험해 보이는 것은 자신이 마땅히 기억해야 하는 것을 기억하지 못한다면 자신을 보호할 수 없을 것이기 때문이므로 그는 모든 조각을 맞추려고 발작하듯 애썼으나 모든 것이 아무 의미도 없었으니 아무것도 예상 가능한 방식으로 일어나지 않았기 때문이요, 이를테면 '이 딸'은 그저 문을 두드리고 자신의 문제를 직접 이야기하는 식으로 진행한 것이 아니라 다짜고짜 목표물을 겨냥했으니 모든 것을 미리 준비한 채 도착하여, 말하자면 최대한 커다란 소동을 일으켰고, 말하자면 시위를 벌였는데, 그 목적은 기자 나부랭이들을 불러들이는 것이었던바 물론 이 기자 나부랭이들이 없으면 시위가 무슨 소용이겠느냐는 것이었으며 저 여자의 관점에서는 모든 사건이, 그녀의 전체 계획, 진행, 안무가 적절히 계산되고 의도되고 계획된 반면에 그의 관점에서는 모든 사건이 맨 처음부터, 어제 12시 27분부터 심란했으며 사건이 한창 벌어지고 있는 지금도 여전히 심란한데, 한쪽에는 그의 당황과 어리둥절함과 물론 그의 분노가 있었으나 다른 쪽에는 그가 알지도 못하는 누군가, 전략을 꾸민 것이 분명한 누군가가 있었기 때문이어서, 이 전략의 존재는 이제야 그에게 드러났으니, 즉 그녀에게 전략이 있었고 그녀가 이 전략을 가지고, 말하자면 전략을 거느리고 찾아왔다는 것은, 게다가 사실인바 이것은 마치 모든 일은 이 작은 단계들이 위계적으로 서로 쌓여가는 것을 통해서만 깨달을 수 있는 것 같았으며 이것이 바로 그녀가 사전에, 어제 12시 27분에 계획해둔 모종의 시작이었으니 그것은 기자들과 두 명의 TV 취재진으로 하여금 주민들이 마을 북쪽에 있는 그 지형을 부르는 이름인 가시덤불땅—완전히 황량하고 뚫고 들어갈 수 없으며 방치된 곳—에서 그를 발견하는 즉시 에워싸도록 하는 것이었으며 그녀가 직접적 증인을, 자신이 메가폰이든 무엇이든에 대고 외치는, 말하자면 "족제비, 이리 나와"라는 소리를 받아 적고 녹음할 증인을 필요로 했음은 분명했으나 정작 '족제비'는 그녀가 자신에게 무엇을 바라는지조차 알지 못했으며 처음에는 아무것도 알지 못했고 심지어 그녀가 누구인지도 이 사람들이 누구인지도 그들이 뭐라고 외치는지 또는 그들이 무엇을 원하는지도 알지 못했으니 나중에야 그녀가 누구이고 이 사람들이 누구이고 이 딸이 무언가를 지독히 원한다는 생각이 떠오르기 시작하여 그는 처음으로 생각하고 곱씹었으니 그것이 늘 그렇듯 개인적 요청

트르르르……

의 형태가 아니라 법률적 요구, 말하자면 금전이 아니라면 그녀가 무엇을 원할 수 있겠느냐는 문제인 것은 게다가 그녀가 이튿날 인터뷰에서 이것에 대해 매우 간접적으로 암시하며 이야기했기 때문이나 유일한 문제는 이 일 전체가 너무 심각하고 너무 거창해 보이고 그녀가 그를 공격하며 제시한 해결책이 너무 심란하다는 것이었으니 그것이 여기서 벌어지는 일이었고 그가 공격당하고 있었으며 교수가 스스로에게 말한바 자신이 기습당해 허를 찔렸으며 자신이 피해자라는 것 말고는 달리 표현할 길이 없었기에 이제 그는 어쩌면 이 경우에는 놀랍게도 이 모든 일의 배후에 금전이 연루된 것조차 아닐지도 모른다는 의심이 들기 시작했던바 그는 자신의 오두막에서 이 모든 서커스로부터 무엇도 이해할 수 없었으니 이것이 이 시점까지 열아홉 해를 꼬박 요구받았고 지금껏 온전히 이행할 수도 없었을 '수만에 이르는 누적 양육비의 미지급'에 대한 것이라고는 생각할 수 없었으며 그녀는, 그의 딸은 앞서 분명히 질문했듯 그의 상황에 대해 조금이라도 질문할 생각이었다면 이 사실을 알았을 수밖에 없는 것이, 그러지 않았다면 그녀가 그를 어디서 찾아야 할지 어떻게 알 수 있었겠느냐는, 한마디로 어림도 없다는 것인데, 지난 몇 시간 동안 그는 이 문제를 풀려고 애쓰면서 여러 번 고개를 내저었으나 그게 아니라 여기서 벌어지는 일은 뭔가 다른 것이어서, 저 여자는 무슨 짓이라도 저지를 수 있을 것처럼 보였고 적어도 제 어미와 같은 부류임이 분

명했으니 그녀의 윤곽과 이목구비에서 순간적으로나마 떠
오르는 천 번도 더 혐오한 모습은 그에게, 교수에게 결정적
인 신체적 고통을 야기했기에 그는 몇 년간 그 모습을 떠올
리지 않았으며 어쩔 수 없는 지금에야, 자신의 딸을 본 것은
짧은 순간이었지만 판단을 내려야 하는 지금에야, 이따금
헝가로셀 패널을 치우는 찰나에만 그는 '그녀가 어미를 정
말로 닮았'으며—사실 어찌나 닮았던지 그는 두려움에 눈을
치떴으며—사실상 그녀가 어미를 빼쏘았음을 알 수 있었는
데, 이 '빼쏘았음'으로 인해 그는 이 문제의 근본적 성격을
재빨리 간파했으니, 그렇다, 이 여자는 가능한 한 가장 결정
적으로 제 어미를 빼쏘았으나 설상가상으로, 설상가상으로
도무지 저녁에는, 말하자면 어제 정확히 어스름이 깔릴 때
도 꺼지지 않았으니 그때가 5시 3분이었고 그녀는 기자들
과 함께 그 자리를 떠나지 않았기에, 그들이 어떤 새로운 감
각을 추구하려고(이에 대해서는 그들이 잠이라도 자두려고 꺼졌
다고 생각했을 때처럼 막연히 추측만 할 수 있을 뿐이었는데) 돌연
사라졌을 때, 그렇다, 그녀는 밤새 그곳에 있었을 가능성이
다분했으니 이것이 그가 도달한 결론이었으나 그가 생각을
더 진척시키지는 못한 것은 어두워진 뒤에는 헝가로셀 패널
을 들어올리려 해봐야 헛수고였고 그녀가 아직 거기 있는지
어둠 속을 들여다봐야 헛수고였기 때문이며 어둠이 하도 촘
촘하여 그는 아무것도 볼 수 없었고 표적이 될까봐 감히 밖
에 나갈 수도 없었는데, 그가 오두막을 지을 때 문을 안에서

트 르 르 르……

만, 그것도 힘겹게 열어야 하도록 한 것은 말할 필요도 없으
며 밖에서는—방어를 고려하여—문이 어디 있는지 알 수조
차 없었으니, 한마디로 두 사람은 간밤에 그는 안에서 저 여
자는 밖에서 잠을 설친 듯하다는 것으로, 그는 수시로 소스
라치게 놀라 일어나느라 한 번에 몇 분밖에 못 잤는데, 딸도
마찬가지였을 것이 분명했으나 그는 그녀가 어떻게 그렇게
할 수 있었는지 이해할 수 없었던 것이, 새벽 어스름이 처음
깔릴 때부터 그는 어떤 경우에도 경계를 늦추지 않았으나
그가 안쪽에서 헝가로셀 패널을 내리고 밖을 내다보면 그녀
는 전날 밤에 서 있던 바로 그 자리에 서 있었으며 그는 그
녀가 어떻게 그럴 수 있었는지, 어떻게 추위를 견딜 수 있었
는지, 더 나아가 저 지점에서 누울 거리를 어떻게 찾을 수
있었는지—틀림없이 못 견딜 만큼 불쾌했을 텐데—알 수 없
었으며 모든 것이 수수께끼였으니 저 작고 칭얼거리고 버르
장머리 없는 아이와 가시덤불땅을 그는 이해할 수 없었기에
그 자신조차도 더 버틸 수는 없으리라고 인정할 참이었으며
이 때문에 이 딸이 더더욱 무시무시하게 보였거니와 그녀는
'그에게 연속 사격을 퍼부을' 수 있도록 이 시나리오를 미리
계획했음이 틀림없었으며 추위를 견디게 해줄 장비를 가져
왔음이 틀림없었는데, 그러지 않았다면 저 일이 어떻게 일어
날 수 있었겠는가, 말하자면 그녀는 이튿날 아침에도 마치
어제 도착했을 때처럼 생생하고 투지 넘치고 그에게 시선을
고정한 채 거기에 서 있었고 마치 1밀리미터도 꿈쩍하지 않

은 듯 그곳에 정확히 같은 자세로 서 있었으며 움직이지 않
았고 그 때문에 다른 누구도 움직이지 않았으며 이미 둘째
날하고도 오후 3시 1분이 되어 그는 오두막 안을 왔다 갔다
하며, 아니야, 아니야, 더는 이렇게 계속할 수 없어, 라고 중
얼거리다가 피가 머릿속으로 솟구쳤고 자신이 '이미' 늦었음
을, 의무적인 생각면역 연습을 시작해야 할 시각으로부터
'벌써' 1분 넘게 지났음을 알기 위해 시계를 볼 필요도 없었
으니―그래도 시계를 보기는 했지만―그가 이 때문에 불안
해진 것은 놀랄 일이 아닌 것이, 어떻게 안 그럴 수 있었겠는
가, 만일 그가 그 생각을 했다면―물론 그는 끊임없이 그 생
각을 했는데―이날은 벌써 이렇게 엉망이 된 두 번째 날이
었고 밖에서 벌어지는 일은 그냥 공격이 아니라 공격의 위
협이었으며 위협과 사전에 발표된 징벌 조치와 암담하고 임
박한 미래에 놓인 협박보다 그를 더 불안하게 하는 것은 아
무것도 없었으므로 그는 헝가로셀 패널에 귀를 갖다 댔으나
밖에서는 아무도 누구에게도 어떤 말도 하지 않고 있었으며
저 여자는 기자들의 원 안에서 사모트라케의 니케처럼 몸
을 약간 앞으로 숙인 영웅 포즈로 서 있을 것이 틀림없지만
말을 하고 있지는 않았는데, 그래서 그녀와 기자들 사이에
는 어떤 소통도 없었던 것으로 보이는바 물론 전날 밤의 짧
은 첫 번째 인터뷰 말고는 지금껏 소통이라고 할 만한 것은
거의 없기도 했거니와 이날 아침에는―그들이 각자 차를 타
고 도착하여 사태가 어떻게 전개되는지 상황을 파악하는

트르르르……

듯하다는 지난밤의 느낌과 반대로—이날 아침에는 두 번째 인터뷰가 있었는데, 어제보다 더욱 짧았으니 교수는 차량이 자기 오두막의 잡동사니와 방해물을 가로질러 다가오는 소리를 뚜렷이 들었으나 그걸로 끝이었고 그 뒤로는 아무 소리도 듣지 못했으니 그들은 여자에게 질문을 퍼부었으나 아무 소용이 없었고 그녀는 마치 주위에 서 있는 기자들을 보지도 듣지도 못한 양 행동했기에 그들이 할 수 있는 일이라고는—지금으로서는—기껏해야 사건 경과에 대한 보도로 주민을 즐겁게 하는 것이 고작이었던 것은 아무 일도 벌어지지 않았기 때문이니 그들은 10분마다 편집국에 전화를 걸어 보고하길 저 여자가 여기 서서 교수의 오두막을 바라보고 교수는 밖을 내다보고 있으며 그녀는 똑같은 글자가 적힌 팻말을 들고 있습니다, 그것이 그날 아침 이후로 기자들이 보도할 수 있었던 전부였으며 그것은 별게 아니었고 사실 아무것도 아니다시피 한 것이, 새로울 것이 아무것도 없었기 때문이요, 폭로되는 추문에 대해 새 정보를 요구하는 대중은 늘 있기 마련이므로—편집장들 말마따나 '나머지'는 다른 뉴스거리에 정신이 팔려 있었으니—그리하여 TV 방송국 두 곳과 신문 편집국 두 곳에서는 편집장들이 이른바 '배경 자료'를 찾아내라며 고함을 지르고 있었으나, 대체 어디서 그런 자료를 구할 수 있겠느냐고 기자들이 분노하여 쏟아붙였으니 이곳에서, 그들은 가시덤불땅 한가운데에서 살을 에는 바람을 맞으며 밖에 서 있었고 여자는 이날 아침

공표한 것 말고는 한마디도 내뱉지 않았기에 뉴스는 사실 하나도 없었으며 그녀가 저 자리에 붙박인 채 이따금 교수의 오두막에서 헝가로셸 패널이 치워지는 바로 그 순간마다 팻말을 들어올리며 '양귀비꽃처럼 붉게 타오르는 근사한 입술'을 조롱조로 삐죽거리는 게 고작이었던바 기자들은—그때마다 휴대폰 속 목소리가 점차 위압적으로 바뀌면서—"그녀의 코트로 판단컨대 젊은 여인은 오로지 런던이나 파리 같은 대도시의 우아한 패션에 맞춰 차려입었"다거나 "그녀의 숄은 두꺼운 스코틀랜드산 플래드 직물로, 최상의 재료로 짠 것이 분명하"다고 보고했는데, 후자의 경우에는 이 스카프가 "동물 가죽으로 만든 것은 아닐 법한 두꺼운 모피 위에, 또한 그와 마찬가지로 가냘픈 법한, 하지만 겉보기에도 가냘픈 목둘레에 여기저기 넓게 드리워져 있었"다고 보고했을 뿐 그 밖의 무엇에 대해서도 보고하지 않았는데, 팻말에 대해 할 말은 이미 어제 모두 말했고 저녁 뉴스와 오전 뉴스 단신에 보도되었기 때문이며 그 팻말의 문구는 의도된 수신자—자신의 오두막에 감금된 교수—에게 수신자 자신이 '원죄'를 지었음을 끊임없이 상기시켰는데, 이는 저 여자가 첫 인터뷰에서 설명한 대로이고 소나무 막대에 판지를 붙여 만든 팻말에는 수수께끼 같은 문구, 말하자면 '정의'와 '심판'이라는 두 단어가 보였으며—기자들이 마지막 보고에 덧붙이길 그녀는 다른 면에서는 수도首都의 여느 여자들과 같아 보였고 이따금 이곳 하느님의 작은 땅을 서성거리며 무언가를, 대개는 '용납할 수 없는 편견, 이루 말할 수 없는 부패, 고통을 악용하는 자들'을 비판했는데, 수도에서 멀리 떨어진 이곳에서는 아무도 그 구호를 알아들을 수 없었으므로 아무도 진지하게 여기지 않은 것은 이곳에서는 이런 소소한 방문은 늘 같은 식으로 끝났기 때문으로, 그들이 목소리를 높이고 팻말을 높이면 머지않아 향토방위군이 나타나 그들을 흠씬 두들겨 패고 기차에 데려가 그들이 원래 있던 곳으로 돌려보내 이런 법석을 떨 생각을 아예 못 하도록 했으니 이 경우에도 똑같은 일이 벌어지고 있는 것이 분명했거니와 적어도 바깥의 기자들과 안의 교수는 그러길 바랐으며 심지어 그럴 가능성도 있는 것이, 앞서 언급한 향토방위군에 대해 자세히 아는 사람은 아무도 없었으나 그들이 어떤 소란도 평화로운 고요함보다 선호하지 않는다는 사실은 모두가 알았기 때문이며 그 소란이—신문사 중 좀 더 대립각을 세운 한 곳에서 강조했듯—"여기서 일어날 참"이었던 것은 이날 아침까지는, 다음번의 충격적인—편집장들이 즐겨 말하듯 "모든 것을 쓸어버릴"—뉴스거리가 등장하여 폭발할 때까지는 이것이 도시를 통틀어 으뜸가는 대화주제요, 말하자면 여기서 벌어지는 일이자 이른바 가시덤불 땅에서 (한때는 저명했으나 한동안 완전히 정신이 나간) 교수와 "한 번도 전례가 없이 수도에서 이곳으로 그를 방문한" 그의 딸 사이에 벌어지는 일이었기 때문인데, 시내에 있는 두 곳의 경쟁 신문사와 두 곳의 경쟁 TV 방송사로 이뤄진 지역 언론을 통해 모두가 이 사건에 대해 이미 알고 있다는 것은 의심할 여지가 없었으나 실제로 무슨 일이 벌어지고 있는지에 대해 명확한 정보를 전달하는 사람은 아무도 없었으니 여자 본인 말고는 누구도 왜 그녀가 이런 요구 방식을 채택했는지, 더 나아가서는 요구 조건이 무엇인지조차 이해하지 못했기 때문이어서, 유일하게 분명한 것은 소란이 있었고 심지어 교수와 관련된 또 하나의 새로운 소란이 있었다는 사실로, 소란의 이유는 "음, '이 사실에 비추어 보건대' 그에겐 딸이 있는 것 같"으며 이 딸은 '이 사실에 비추어 보건대' "충분한 보상을 얻지 못하고 있"다는 것이었으나 그게 전부였으니 문제의 본질은, 말하자면 "치렁치렁한 금발과 사람을 홀릴 것 같은 푸른 눈과 양귀비꽃처럼 붉은 립스틱을 바른 도톰한 입술로 이곳을 찾은 이 아름다운 젊은 여인이 누구인가"라는 것과, 최근까지도 최고의 명성을 누렸으나 뉴스 보도에서 주장하는 것과 달리 7개월 전이 아니라 9개월 전에 정신이 나간 이 지역 저명인사의 과거에 무엇이 도사리고 있는가—이 '검은 얼룩'이 대체 무엇이기에 지금껏 억눌려온 교수의 과거 한 조각이 난데없이 지금—세상에나!—튀어나왔는가—의 질문이었으니 이것은 누구에게도 결코 명백하지 않았다.

그는 세 벌의 서로 다른 코트를 입고 있었는데, 그가 차고 있는 시계를 제외하면 그의 낡은 옷장에 들어 있는 유일한 걸칠 거리인 벨벳 깃 달린 갈색 모직 코트와 짧은 코트

트르르르……

두 벌이었으며 그 밑에는 스웨터 두 벌, 그 밑에는 셔츠 몇 벌과 그의 피부와 하나가 되다시피 한 티셔츠가 있었으며 하의로는 바지 두 벌을 입었는데, 하나는 꼭 맞았고 다른 하나는 다리를 바람으로부터 보호하는 용도였으며 머리에는 러시아풍 털모자를 썼고 목에는 검은색 스카프를 묶었으니, 말하자면 이 모든 의류는 노숙자에게 정기적으로 생필품을 공급하는 승합차에서 구한 것들로, 승합차는 8개월 전인 그해 초 3월 말경 가시덤불땅 외곽에 찾아왔는데, 그래서 자원봉사자들은 이 장소의 유일한 거주자에게 뭐 필요한 게 없느냐고 물을 수 있었던바 이 두 자원봉사자가 어떤 예상도 할 수 없었음을 감안하면 이것은 용감한 행동이었으니 그들 또한 저 유명한 일탈—말하자면 교수가 제정신이 아니라는 것—에 대해 알고 있었기 때문이지만 그들이 찾아오기 전에는 아무도 그와 이야기를 나눈 적이 없었고 더 정확히 말하자면 한 번의 예외를 제외하고는 아무도 감히 그에게 가까이 오지 못했으니 그가 남부끄러운 도피 뒤에 자신의 유일한 지인인, 근처 농장에서 살며 때마다 그에게 물과 식량을 가져다주는 농부를 통해 시#에 메시지를 전한바 그 것은 누구든 그를 찾아와 귀찮게 할 작정이라면 가시덤불땅에 있는 그의 오두막에 감히 접근하는 즉시 경고 없이 총격을 받으리라는 주의의 메시지였다.

그는 딸을 쏘지는 않기로 마음먹었기에, 격분의 물결이 다시금 자신을 짓누르자 오두막 뒤쪽으로 걸어가 비밀 구덩이에 (위장용으로) 쌓아둔 옷가지 더미를 한쪽으로 던지기 시작했는데, 그러면서 스스로에게 중얼거리길 그녀가 유령이라면, 과거에서 드리운 그림자라면, 그가 기억조차 못 하는 그림자라면, 아니, 이건 말할 것도 없고 저 나머지가, 아무짝에도 쓸모없는 저 신문쟁이들이 꺼지지 않는다면 머지않아 모든 것이 난장판이 될 것이고 나는 거기에 목숨이라도 걸 수 있어, 하지만 지금은 그저 지켜보고 기다리면서 그들에게 물러날 시간을 주겠어, 라며 창문 구멍 왼쪽에 자리를 잡고, 때가 되면 즉각 행동을 취할 수 있도록 한 손을 자유롭게 두었으나 바깥에서는 기자들이 아무 낌새도 채지 못한 채 이 찰나적 상태를 '난국'으로 상사에게 묘사하고 있었으며 그들이 이곳에서 하루를 다 보낼 채비를 하고 있었던 것은—나중에 숫자가 부쩍 줄긴 했지만 어제 오후 반나절, 그리고 밤늦게까지 대기한 것처럼—아무 일도 일어나지 않으리라고 대체로 확신했기 때문으로, 이곳에서는 아니야, 라며 고개를 절레절레 흔들었으니 체온을 유지할 덮을 거리를 충분히 마련하지 못한 사람은 따스한 담요를 가지러 차량으로 돌아갔으며 충분히 마련한 사람은 오후의 추위가 점차 매서워지는 가운데 담요를 더 꼭 여민 것은 한 기자 말마따나 또다시 저녁 늦게까지 이렇게 있어야 할 터였기 때문이나 그의 옆에 서서 그에게 담배를 권한 또 다른 기자 말로는 한 시간쯤이면 일이 말끔히 마무리되고 우리 모두 귀가할 수 있을 것이라고 했으니, 한마디로 널리 알려지고 따

트르르르……

분한 절차를 따르는 인내심 경기가 벌어졌고 지금 취재 중인 이런 기자들은 이 경기에 매우 익숙했던바 앉아 있는 사람들은 다들 일어나 팔다리를 쭉 폈으며 한참 돌아다니다가 돌아다니는 것에 지친 사람들은 다들 나무 그루터기에나 잔가지와 잎을 목적에 맞게 그러모은 위에 다시 앉았는데, 차가 담긴 보온병이 천천히 비어갔으며 그들은 이 보온병이 다시 채워졌으면, 누군가 그렇게 해줄 사람이 있으면—가장 어린 멀대 같은 여드름투성이 조수를 가리키며, 네 다리가 가장 길잖아—얼마나 좋을까 하고 말하기 시작했는데, 그때 갑자기 오두막 방향에서 총성이 울렸고 소리가 어찌나 크던지 기자들이 놀란 참새처럼 뿔뿔이 흩어졌고 그 첫 순간에는 무슨 일이 벌어지는지 분간조차 하기 힘들었으나 그들은 처음 흩어진 뒤로 다리가 땅속에 뿌리를 내린 듯 제자리에 붙박여 선 채 무슨 일이 일어났는지 깨닫고서—그들의 눈은 그들을 속이지 않았고 그들은 환각에 빠지지도 않았으며 누군가 정말로 오두막 방향에서 그들을 향해 총을 쏘고 있었으니—허리를 숙여 바닥에 몸을 던지고는 고함을 지르고 손가락질을 하고 팔다리를 버둥거리다 눈 깜박할 사이에 휴대전화를 손에 들고는 처음에는 전화선 너머 상대방에게 두서없이 외마디 비명을 지르다, 끊어지고 일그러지긴 했어도 문장을 말하기 시작했으니, 말하자면 오두막에서 총이 발사되고 있다고, 그래, 그들은 두 번, 세 번 외쳤는데, 교수예요, 그래요, 잘못 본 거 아니에요, 교수라고요, 안 들려요?! 지금도 쏘고 있어요, 그래요, 경고도 없이, 위협도 없이, 사전 통보도 없이, 그래요, 어, 알아듣겠어요?! 그·가·쏘·고·있·다·고·요, 그들은 팔짝팔짝 뛰며 한 음절 한 음절씩 외치다 뾰족뾰족한 덤불 속으로 헐레벌떡 뛰어들기 시작했는데, 그래요, 그가 쏘고 있어요, 그들은 믿을 수 없는 일이라는 걸 알았지만 그래도 그가 쏘고 있다고, 전화선 건너편에서 대경실색한 편집장들에게 설명했으며 온갖 소음 속에서 고함을 지르느라 목소리가 점점 갈라졌으니 TV 취재진은 뾰족뾰족한 덤불 속에서 이리 뛰고 저리 뛰며 재빨리 카메라를 켜서 옛 훈족처럼 몸을 반쯤 돌린 채 달아나며 덤불속 나무들의 영상을 맹렬히 전송하기 시작한 것은 이렇게 내달리면서는 그것 말고는 아무것도 담을 수 없기 때문이었거니와 이 지점에서는 오두막의 어느 한 부분도 볼 수 없었으며 폭발음만 들렸고 폭발은 멈출 줄 몰랐는데, 그리하여 그들은 점점 더 겁에 질리고 넋이 나간 채 달아나려 했으며 그가 총을 쏜다는 사실 자체와 무엇을 향해 쏘느냐 중에서 어느 쪽이 더 무서운지 판단할 수 없었던 것은 총성 하나하나가 너무 요란해서 귀가 먹을 지경이었기 때문이었으며 거대한 폭발이 일어났고 그와 동시에 거대한 메아리가 들렸으며 그런 다음 또 다른 폭발과 또 다른 메아리가 일어났으나 어찌나 거대하던지 땅이 흔들리고 공기가 흔들리고 계속 흔들리고 계속 흔들려 그들이 "교수가 진짜로 정신이 나갔"음을 깨달았을 때 한 명은 울부짖으며, 제발 여기서 빠져나가

트르르르……

자고요, 라고 재촉했으나 누구에게도 재촉할 필요가 없었던 것이, 그러지 않아도 그들은 최대한 앞다퉈 빠져나갔기 때문이요, 그들이 서로 뒤엉켜 가시덤불땅 밖으로 나가 포장도로에 당도하여 주차된 차량을 향해 나아가는 동안 오두막에서는 몇 초씩 사이를 둔 채 총성이 울리고 또 울렸으나 물론 아무도 총이 허공에 발사되었을 뿐임을 알지 못한 것은 그의 탄창이 남아 있는 한—오두막의 수인囚人은 신경질을 부리며 탄창을 갈고 허공을 향해 납빛 구름 속으로 총을 쏘았는데—'탄약이 여전히 남아 있는 한' 그가 고함을 질렀기 때문인데…… 그런 다음 그는 자신이 이 모든 일을 얘기하지 않았느냐고, 이렇게 끝날 거라고 경고하지 않았느냐고 고함쳤으며 분노에 휩싸인 채 바닥에 널브러진 헝가로셀 패널을 짓밟았고 모두에게 이런 일이 일어날 거라고 미리 이야기하지 않았느냐며, 숨을 헐떡이며 바로 이렇게, 탄약이 바닥날 때까지 멈추지 않았다.

저년에게 전략이 있다면, 그가 머릿속이 캄캄해진 채 씩씩거리며 말하길, 그렇다면 내게는 소총이 있으며 나는 저년의 거창한 전략에 엿을 먹일 뿐 아니라 산산조각으로 날려주마, 그러고도 몇 분을 기다렸는데, 그래야만 자신이 준비한 탄창을 전부 살펴보고 탄약을 재점검한 뒤에 단번에 서슴없이 장전할 수 있었으나 그래봐야 찰나 이상 걸리지 않았기에 한 번의 거침없는 동작으로 헝가로셀 패널을 뜯어내고 시계를 흘끗 보니 3시 35분이어서 더 깊이 생

각할 것 없이 방아쇠를 당겨 사격했을 뿐이지만 마치 경기
관총이라도 되듯 빠르게 연사했으며 이따금 의기양양하게
"꺼져라, 이 냄새 나는 잡것들아"라고 외치더니 첫 번째, 두
번째, 세 번째, 네 번째, 마지막으로 다섯 번째 탄창도 절반
이 비자 방아쇠에서 손을 떼고는 승리한 지휘관처럼 오두막
앞의 뒤죽박죽 아수라장 빈터를 둘러보았으나 자신이 승리
를 운위할 수 없음을 깨닫지 않을 수 없었으니 기자들은 궤
멸됐어도 여자는 몸을 앞으로 숙인 채 여전히 거기 서 있었
으며 반짝거리는 파란색 두 눈을 과감하게 빛내며 그의 눈
을, 자신과 똑같이 생긴 파란색 두 눈을 똑바로 쳐다보고 있
었기에 그의 머릿속은 더욱 캄캄해졌으며 그는 "네년한테
는 이 총알이 비껴갈 것 같으냐?"라고 외치고는 지금껏 높
은 곳을 겨냥했던 총구를 낮춰 그녀를 거꾸러뜨리지는 않더
라도 발 앞에 한바탕 쏘아댈 작정이었으나 이 일은 결코 일
어나지 않았으니, 여자는 아버지가 오두막 창문에서 고함치
는 소리를 듣고 그와 동시에 총구가 내려오는 것을 보고는
더는 버티지 못하고 팻말을 내팽개쳤으며 덤불을 뚫고 급히
퇴각했으니 그걸로 끝이었고 완전히 종료되었으며 그 어떤
소리도 들리지 않고 단지 교수의 가쁜 숨소리뿐이었으며 그
어떤 것도 보이지 않고 단지 빈터와, 이 부대가 바깥에서 그
의 오두막을 향해 들어왔다가 이젠 바깥세상으로 다시 나가
면서 아무렇게나 낸 길 몇 갈래뿐이었거니와 그에게 보이는
것이라고는 잔가지가 늘어진 채 무성한 덤불이 사방팔방 뻗

트르르르……

처 뒤엉키고 여기저기에서 아직도 가지가 느리게 흔들리는 광경뿐이었으니 그것은 방금 달아난 사람들의 흔적이었다.

그래요, 지금 어떤 게 필요하슈, 인근 농장에서 그가 안내받길 직접 보고서 선생 맘에 드는 걸로 고르슈―농부가 미소 짓자 넓게 벌어진 입가의 상처가 뒤틀렸는데―얼마든지 있으니까, 여기 이건―그가 손전등 불빛을 비추며―PPD-40이요, 보이죠, 여기 보슈, 실탄 70발이 탄창에 들어 있으니, 어떻게 생각하슈, 그가 찡그린 표정으로 쳐다보았으나 교수는 한마디도 하지 않은 채 땅바닥에 가지런히 펼쳐진 낡은 군복 망토 위에 벌여놓은 무기들을 우두커니 바라보았는데, 하나하나 살펴보면서 아무것도 묻지 않았으며 급기야 어느 것을 원하느냐는 농부의 질문에도 답하지 않은 채 돌격소총을 집어 들자 농부가 알쏭달쏭하게 찡그린 표정으로 대뜸 슈트름게베어라며, 중간 탄창이 달린 독일제라며 끼어들었지만 그 밖에는 한마디도 하지 않았는데, 이―농부가 47이라는 옛 등록 번호로만 알려진 단골 술집에서 '읍내 신사'라고 이름 붙인―요상한 인물은 이 물건에 관심이 '조금이라도' 있는지 어떤지 '조금도' 내색하지 않았으며 표정에서 아무것도 드러내지 않았으나 그 자신으로 말할 것 같으면 이곳 헛간에 데려와 여기 옥수숫대 밑에서 그가 농담조로 자신의 알라딘 상자라고 부르는 것을 열어 보여도 괜찮은 사람들이 누구인지 알 수 있었으니, 그것은 헛간 바닥에 있는 귀한 수집품을 일컫는 그만의 이름으로, '디'가 두

개가 아니라, 연달아 세 개—Aladddin—였으나 브랜디 몇
잔을 들이켜야 '디'가 두 개가 되고 몇 잔을 들이켜야 세 개
가 되는지는 알 도리가 없었으며 어쨌거나 지금은 세 개로
발음하며 말하길 좋아, 한번 오슈, 거기 있는 걸 보여드릴 테
니, 그러다 신사가 난데없이 나타났고 양몰이 개가 그를 찢
어발길 뻔했는데, 신사는 수집품 중에서 팔고 싶은 게 있는
지 아니면 그냥 가지고 있는 건지만 물었고 그가 말하길 물
론 팔고 싶은 게 있지요, 안 그러면 신사 양반 생각에 자신
이 오토바이 예비 부품 살 돈을 어디서 구했겠느냐고, 요즘
은 진짜 체펠 오토바이 부품을 무엇 하나—정말이지 무엇
하나!—찾기가 얼마나 힘든지 누구라도 상상할 수 있겠느냐
며 솔직히 말하자면 그가 동네방네 이야기했어도 아무도 그
가 자신의 체펠을 얼마나 애지중지하든 말든 관심이 없었던
것은 할아버지가 전쟁 뒤에 수집하여 저기 땅속에 숨겨둔
무기도 애지중지하긴 하지만—그가 애지중지하긴 한 것이,
어떻게 그러지 않을 수 있었겠는가, 그래서 기름칠하고 소제
하고 관리하고 광나도록 닦고 필요한 것을 다 해주었으니—
'그'가 자신의 체펠에 대해 느낀 것은 사랑 이상이었던 것이,
이 체펠 오토바이로 말할 것 같으면 그는 오토바이를 숭배
했으며 솔직히 말해서 오토바이를 위해서라면 죽을 수도 있
었던 것은, 하느님 맙소사, 두두두 하는 엔진음, 운전대의 고
무 손잡이를 움켜쥐었을 때 피스톤들이 내는 천상의 소리,
이따금 그가 자신의 체펠에 올라탔을 때 궁둥이로 전해 오

트르르르……

는 진동, 이것은 그 무엇과도 비교할 수 없었기 때문이니, 그
래, 좋소, 라고 읍내에서 온 신사가 말했는데, 그가 여기로
왔을 때, 자네들 어딘지 알지, 저 가시덤불땅으로 말이야, 그
가 자전거를 밀면서 집으로 가다가 둘이 만났고 둘은 담소
를 나누기 시작했고 물론 결론은 그가 제 입에 자물쇠를 채
우지 못했다는 것이고 그 직후에 그가 자두 브랜디를, 시냇
물처럼 맑디맑은 브랜디를 권했으나 허사였고 담소 주제는
그의 헛간에 있는 특별 수집품으로 옮겨 갔고, 그래, 좋소,
그러고는 읍내 신사가 그에게 말하길 언제 한번 그가 가진
것을 보러 오겠다고, 뭐 쓸 만한 것이 있는지 보겠다고, 그래
서 그렇게 된 거라고, 그냥 그렇게—농부가 단골 술집인 초
코시 도로 '47' 선술집에서 지껄였지만 아무도 듣고 있지 않
았는데—사흘도 지나지 않아서 그가 우리 농장에 왔고 양
몰이 개가 그를 잡아먹을 뻔했고 그는 쳐다보았고 그는 특
이한 종자였는데, 이것 또 저것을 그냥 보고 또 보더니 줄곧
한마디도 하지 않다가 그때 갑자기 하나를 가리키며 이게
가장 시끄러운 녀석이냐고, 헝가리무기기계회사에서 나온
AMD-65냐고 묻더니, 소소한 것을 합치고 75발 탄약까지
묶어서, 좋소, 그가 말하길, 얼마면 되겠소, 음, 그가 교수에
게 말하길 이건 특별히 아끼는 물건인 것이, 하나밖에 없는
것이고, 케셰뤼 사 제품이라며 가격을 말했는데, 그 신사는
일언반구도 없이 돈을 꺼내어 세더니 총에다 탄약까지 전부
샀으며 그러고는 농부가 교수에게 말하길 이건 좀 많지 않

으냐고, 이렇게 많은 탄약이 뭐에 필요한 거냐고 물었지만 신사는 얼버무리기만 하더니 윤활유도 좀 사고 그럴 거라기에 농부는 그에게 오백에 넘겼고 신사는 헝겊 몇 장과 꽃을 대를 챙겨서는 사라졌는데, 농부는 그 뒤로 다시는 신사를 보지 못한 것이, 결코 가시덤불땅에 가지 않았기 때문인바 망할 놈의 덤불에 찔릴 뿐인 것을 뭐 하러, 집시 애새끼들이 하늘에서 떨어지기 시작할 때만, 오로지 그럴 때만 갈 터였는데—물론 그럴 때는 갔을 테지만—어쨌든 그렇게 농부는 신사에게 돌격소총을 팔았고 지금은 돌려받고 싶었는데, 신사가 그걸로 무슨 짓이라도 저지르면 어떤 일이 벌어질지 뻔했고 이 모든 돈이 어디서 났느냐고 추궁당할 것이 뻔했기 때문이어서, 곤란해지는 건 누구겠느냐면 그 자신 아니겠는가, 이를테면 다들 말하길 그는 늘 고주망태였기 때문이지만 그는 아무것도 할 수 없었으며 그에게 변변찮은 수집품이 있는 것은 사실이고 그도 부인하지 않는 바이지만 그는 한 번도 문제를 일으킨 적이 없고 그걸로 문제는 일단락된 것이, 신사는 뭔가 꿍꿍이가 있어 보였고 오늘도 그랬는데, 주민들에게 함부로 접근하지 말라고, 그랬다가는 끝장이라고 통보했기 때문이요, 사람들에게 그런 말을 하는 저의가 대체 뭐냐고 그가 묻고 싶었던 것은 이곳 초코시 도로에서 그는 파리 한 마리 해치지 못할 위인이고 이 자리의 누구에게 물어봐도 그만큼 상냥한 사람은 못 봤다고 대답할 것이어서, 그가 저 무기들을 가지고 있는 유일한 이유는 무척 아

트르르르……

름답기 때문이지 다른 어떤 이유도 없으며 체펠은 말할 필요도 없는 것이, 체펠은 전혀 다른 문제이기 때문이다.

　　그는 덤불 안쪽에서 헝가로셀 패널을 발견했는데, 이를 계기로 정착할 위치를 정했으며 헝가로셀 패널이 쌓여 있던 곳에서, 누군가 헝가로셀 패널을 깜박한 것이 분명한 곳에서 그가 공터의 흔적이라도 발견할 수 있었으리라는 말은 아닌 것이, 공터는 전혀 없었고 오두막이나 농가도 전혀 없었고 이곳에는 공터란 하나도 없었고 있을 수도 없었으며 그럴 리 없었기에 이 덤불 한가운데에 어떤 공터도 조성되지 않았고 이 패널들은 알 수 없는 이유로 숨겨져 있으나 이곳에 처음에는 쌓이고 다음에는 망실되었으니 누군가 이 쓸쓸하고 황량하고 밋밋한 땅에 내버려두었고 '그 뒤에' 잡초가 찾아오고 '그 뒤에' 가시덤불과 아카시아 덤불이 자라 모든 것을 덮었으며 이름하여 악명 높은 가시덤불땅이 이 빈약한 헝가로셀 패널 더미의 바로 그 둘레에 솟아올랐으니 헝가로셀 패널을 여기 가져온 사람이 누구이든 그에게는 그럴 만한 목적이 있었을 것이요, 분명한 것은 그 목적에 부합하는 무슨 일인지가 일어났을지도 모른다는 것이어서, 그리하여 얼마 뒤에는 그 똑같은 사람이 돌아와 헝가로셀 패널을 가져가봐야 소용이 없었으리라는 것이니 요지는 헝가로셀 패널이 여기 놓이게 되었다는 것이고―교수가 이곳으로 이주할 준비를 하다가 이 결론에 도달한 것은 지역을 샅샅이 조사했으나 그 밖에는 아무것도 없이 오로지 헝가로셀 패널이 쌓여 만들어진 탑 모양 구조물 몇 개뿐이었기 때문으로—이렇게 된 일인지도 모르겠군, 하고 당시에는 추론했으며 헝가로셀 패널은 이 늪인지 초원인지 구불텅구불텅 덤불인지 사막인지 뭐라고 불러도 상관없는 곳으로 운반되었고 여기에 부려지고 잊혔으며 표면은 딱딱해졌고 누구도 패널 한 장조차 필요하지 않았기에 패널의 탑은 좌우로 휘청이되 인근 농장에서 일하는 농부가 낡아빠진 자전거를 타고 집으로 돌아갈 때처럼 휘청였고 바람에도 날아가지 않은 것은 끈으로 묶여 있기 때문이었으며 바람은 패널을 쓰러뜨릴 수만 있었고 거의 전부를 쓰러뜨렸기에 패널은 남았고 그런 뒤에 가시덤불과 아카시아 덤불과 오만가지 잡초가 그 위로 자라 가시덤불땅이 생겨나되—이것은 주민들이 부르는 이름으로—아무리 봐도 버젓한 이웃집처럼 생겨났는데, 이것은 일어날 수 있는 일이 일어난 것이었으며 처음에는 헝가로셀 패널이, 다음에는 잡초가 그 옛날 마자르 정복 때처럼 완전하게 자리 잡았으니 교수가 주위를 둘러보며, 아니야, 일이 다른 식으로 진행될 수는 없었어, 라며 그리하여 그가 지금의 장소에 살게 된 것은—그는 앞으로도 쭉 이곳에 살고 싶다고 생각했는데—헝가로셀 패널 덕분이며 이미 이름 때문만에라도 그랬던 것이, 그가 단어 전부를 적어야 할 때가 온다면—'헝가로'에서 연상되는 치밀하게 풍부하고 무한하게 정확하고 혐오스러운 의미 덩어리 때문에—오로지 대문자로만 적는데, 그리하여 더는 결정할 것이 없어서

트르르르……

그는 헝가로셀 패널이 있는 곳에, 정확히는 그 가운데에, 더 정확히는 '그 사이'에 오두막을 지었으니 이는 그가 큼지막한 헝가로셀 패널 다섯 더미를 발견했기 때문이요, 그중 하나는 여전히 서 있었고 나머지 넷은 반쯤 아니면 모조리 덤불 속으로 무너졌기에 그는 이 장소의 취지에 맞게 근처에 집을 짓는 게 상책이겠다고 판단하여 여기에 판잣집을 짓기 시작했으며 오두막 뒷부분을 아직껏 서 있는 유일한 헝가로셀 탑에 기댔으니, 말하자면 여전히 팰릿 높이로 남아 있는 세 개의 헝가로셀 탑을 출발점으로 삼았으며 이곳이 그가 건축 작업을 시작한 곳으로, 그는—앞에서 언급했듯 헝가로셀 패널에 대한 매우 상징적인 해석에 적잖이 영향 받아—이 건축 작업을 마자르 정복으로 명명했으며 작업이 예상보다 훨씬 순조롭게 진행된 것은 그가 결단을 내리고 이곳에 들락거리기 시작하고 이 장소를 선택하고 건축 자재로 쓸 것이 있나 주위를 꼼꼼히 둘러보다가 재물을, 보물 창고를 발견한 덕분인데, 그곳에는 널빤지, 널브러진 자동차 타이어, 버려진 농장 건물 잔해, 경계를 표시하다가 뽑혀버린 그루터기, 타르지*(柏油紙)* 두루마리, 무너져 썩어가는 사냥막, 허수아비, 녹슨 보습, 써레와 우물 뚜껑, 낡은 음수대와 부서진 우물 작대기, 풀밭에 쓰러진 도로 표지판, 낡은 주석 예수상, 누군가 몰래 가져와 엎어놓은 오래된 냉장고 문짝과 텔레비전 화면, 파손된 차량, 오만가지 닳아빠진 헌 옷가지, 그리고 그 가운데 온갖 쓸모 있는 재료들이 있었기에, 한마디로 널브러진 쓰레기 중에서 시간을 초월하는 것들로 이루어졌기에—교수가 일하다가 메모한 바에 따르면—그 쓰레기들은 우리와 같다.

　그것은 결코 좋은 질문이 아니었으나 그가 아무리 머릿속에서 몰아내려 해도 허사였으니 지금도 떨쳐버릴 수가 없어서 바깥이 완전히 잠잠해진 뒤에, 말하자면 꺼져야할 자들이 모조리 꺼진 뒤에 그도 상황을 두 눈으로 확인하기 위해 밖으로 나와 '왜'를 계속해서 곱씹었거니와 그녀가 이곳을 찾은 의도와 원인과 목표에 어떻게든 도달해야 했던 것은 그러지 않으면 그녀가 다시금 자신을 들볶고 우위를 점하고 자신이 한동안 누리던 어느 정도의 질서를 뒤흔들 것이 뻔했으며 그 질서를 유지하는 것은 처음 생각했던 것보다 훨씬 힘든 일이었기 때문으로, 이유를 찾아내는 것이 지금 그의 임무였고 그는 허리를 숙여 공터 여기저기를 살펴보았으나 그 누구의 흔적도 발견하지 못했으며 기자 나부랭이들은 뿔뿔이 흩어져 덤불과 나무와 넝쿨과 이끼 무더기의—이끼 무더기는 한때 그가 찬탄하던 대상이었는데—빽빽한 그물망을 뚫고 마침내 아마도 도로까지 내뺐을 터였는데, 그는 이따가, 농부에 따르면 총의 사정거리인 200~300미터까지 나가서 탄피가 있는지 찾아보기로 마음먹었거니와 이미 어둠이 깔리기 시작했고 특히 이곳 가시덤불땅 한가운데에서는 좀처럼 아무것도 보이지 않았기에 경찰이 당장 그를 찾아오지는 않을 것이요, 내일 동튼 뒤라면

　　　　　　　　　　　트르르르……

몰라도 오늘은 아닐 것이므로 오늘은 전체 상황을 되돌아 볼 시간이 아직 남았기에 그는 오두막으로 돌아가 복잡한 현관문 개폐 장치를 다시 조립하고 손전등을 켜고 외투를 벗고 팔걸이 달린 낡은 부엌 의자에 앉았는데—의자는 격자무늬 담요와 신문으로 꽉 채워두었던바—이 의자는 오래된 농가에서 일찌감치 찾아낸 것으로, 그 뒤로 그는 오두막 실내에서 암막창 개구부를 마주 보는 명당자리를 차지하고는 모직 담요에 파묻혀 앉아 담요와 신문지로 몸을 감싼 채 손전등을 끄고는 갑작스러운 어둠 속에서 딸의 어머니를, 그녀를 떠올리고서 그가 전율한 것은 그녀를 떠올린 바로 그 순간, 그 여인의 형상이 그의 앞에 나타났을 때, 이번 환상에서 다시 한번 그 여인의 얼굴이 그의 앞에 나타났을 때, 그가 그녀의 눈을 보았을 때 그녀가 이 일의 배후에 있음을, 모든 일을 조종했음을 즉시 알아차렸기 때문이며 그녀는 바로 지금 모든 것을 배후에서 조종하고 있었고 여자는 지금쯤 시내에 돌아가 최근에 전개된 상황을 엄마에게 전화로 알렸을 것이 분명했는데, 그는 그녀가 설명에 귀를 기울일 때의 눈빛을 보았고 그녀가 이미 골머리를 썩이는 모습을 보았고 그러는 동안 얼굴을 찡그리고 그럴 때마다 입을 삐죽거리는 모습을 보았는데—그녀는 전혀 정당화될 수 없는 우월감을 품고서 자신에게 불리한 설명을 들을 때마다 무한히 혐오스러운 태도로 입을 삐죽거릴 수 있었거니와—그녀가 미소 짓는 모습을 볼 때면 속에서 분노가 들끓었지만 이 미소는 사실 이 궂은 소식의 장본인이 곧 최후를 맞으리라는 뜻이었고 그녀는 그를 제거할 터였으며 그녀는 이미 방법을 알고 있었으니 누구를 맞닥뜨리든 상대방을 꿰뚫어 보고 그 사람의 약점을, 말하자면 적에게 타격을 입히기 위한 공격로들을 한눈에 식별하는 무시무시한 능력의 소유자였기에 이 거만한 미소가, 짧았지만 그 때문에 더더욱 불길했던 두 사람의 교제 이후로 늘 그의 간담을 서늘하게 한 미소가, 자신의 길을 가로막는 다음번 희생자를 어떻게 요리할지 정확히 알고 있음을 암시하는 미소가 그녀의 얼굴에 떠오른 것은 이 때문이며 이번 희생자는, 이번에도 그였으니 이는 그가 불운하게도 이 운명을 자초했기 때문이며 처음에는 알아차리지 못했지만 그는 평생에 걸쳐 이 운명을 스스로 불러들였음을, 자신이 이 여인으로 인해 어떤 덫에 걸렸는지를 깨닫자 달아나야겠다는 생각에 사로잡혔는데, 물론 그가 구체적으로 어떻게 이 운명을 자초했는가는 말하기 힘들었고 어쩌면 수도의 한 술집에서 여인이 그를 위아래로 찬찬히 뜯어본 순간을 시작으로 치는 것이 가장 합당할 듯한바 어느 날 저녁 그는 대사관에서 열린 환영 만찬에 싫증이 나서 술김에—또한 술을 더 마시고 싶은 김에—그곳에 들어섰으니 그의 운명을, 더 나아가 그의 일생을 결정한 것은 이 최초의 철저한 품평이었을 가능성이 다분한 것이, 그가 그녀에게서 달아났을 때 그녀는 그가 결코 진정으로 달아날 수 없을 것이고 그녀가, 이 여인이 영영, 그

트르르르……

의 마지막 날까지 그를 쫓아다니고, 영원토록 그를 고문할 것임을 그가 매우 신속하게 알아차리게 했기 때문으로, 그녀는 금전적 요구의 형태로 그를 쫓아다닐 터였고 이 형태의 금전적 요구로써 그를 고문할 터였으며 이 고문은 모욕적 편지들을 통해 더더욱 심해질 터였던바 저 추잡한 편지들을 읽어야만 하는 것이 치욕스러웠기에 그에게는 더더욱 고통스러운 상처를 입혔으며 이 편지들은 혐오감밖에 느껴지지 않는 세상으로 그를 끌어내렸으니 그러니까 편지 내용인즉 그가, 교수가 자신의 소생인, 하지만 그 자신은 그 사실을 부인하는 아이를 저버리다니 얼마나 추악한 인간인지를 가장 추악한 언사만 동원하여 질타했으며 그가 아이로부터 달아나려는 것이 아니라 이 여인으로부터 달아나려는 것임은 모든 당사자에게 명백했음에도 이것은 모두 허사였으니 그 또한 팔걸이 달린 부엌 의자에 웅크리고 앉아 헝가로셀 패널 암막창 바깥의 칠흑 같은 어둠을 노려보며 이를 직감하고서 그녀가 대체 무슨 꿍꿍이를 꾸미는지, 이 여인이 그를 어떻게 제거할 계획인지 곰곰이 생각하고 있었다.

당시에 그는 현관문 문제를 골똘히 생각했으나 결코 창문만큼 골머리를 썩이지는 않은 것은 처음에는 이런 돼지우리, 굴, 헛간, 판잣집에는—한동안 그는 오두막을 이 모든 이름으로 불렀으며 두 번째 달 중순에 접어든 새벽 4시 14분에야 명칭을 확정했는데—창문이 필요하지도 않으리라 생각했기 때문으로, 이런 '오두막'의 벽에 창문을 내는 것은 잘못이라는 것이 그의 판단이었던 것은 겨울에는 당연히 비합리적이고 여름에는 열기를 막아주지 못하리라는 것이 그의 논리였기 때문으로, 그는 문제를 이리저리 궁리했으나 창문의 기본적 문제는 이런저런 실용적 장단점의 문제가 아니며 자신을 무척 심란케 하는 것은 창문의 '원리'임을, 말하자면 창문의 안을 들여다볼 수 있기 때문이 아니라 언제나 창문의 밖을 내다볼 수 있기 때문임을 서서히 인정하기에 이르러—그가 이곳 가시덤불땅에서 이런 생활 방식을 스스로 선택한 것은 창문 밖을 내다보며 자신이 통째로 거부한 세상을 끊임없이 엿보기 위해서가 아니었으므로—처음의 상황은 그랬으나 결국은 창문이 생기고 말았는데, 이것은 안전이라는 관점에서 반드시 어느 때든 밖을 내다볼 수 있어야 한다는 것, 말하자면 오두막 앞의 공간을, 그 한 방향을, 그 한 구획을, 그의 오두막에 접근하는 지점이자 경로인 그곳을 볼 수 있어야 한다는 것을 깨달았기 때문이어서 그는 창문이 있으면 안전할 것이요, 게다가 오로지 이 경우에만 안전할 것이라는 내면의 목소리의 추론을 받아들였으니 보호의 본질이란 준비 가능성을 창조하는 것이기 때문이요, 말하자면 창문이 없으면, 막힘없이 밖을 내다볼 수 없으면 누구든 그가 준비되지 않았을 때 그의 오두막에 접근하거나 침입할 수 있기 때문인바 이는 무슨 수를 써서라도 막아야 했고 그는 안전하다고 느끼고 싶었기에 결국 창문을 내고 말았으니 그는 이 지역의 자연환경을 고려하여 보강재를 이용함으로

트르르르……

써 꽤 수월하게 창문을 낼 수 있었는데, 농부에게서 헌 톱을 사고 헝가로셀 패널을 창문 구멍에 꼭 맞게 잘라내면 이렇게 만든 창문이 겨울에나 여름에나 모든 면에서 그의 조건에 들어맞을 것임을 깨달았으며 결국 외부인은 그가 허락할 경우에만, 말하자면 그가 헝가로셀 패널을 구멍에서 치울 때만 안을 들여다볼 수 있을 것인즉 이와 마찬가지로 어떤 순간에든 그는 필요하다면 스스로 같은 일을 할 수 있었으니 밖을 내다보며 무슨 일이 벌어지고 있는지 살필 수 있으리라는 것이었다.

가시덤불땅은 처음에는 조롱거리였으며 나중에야 악명을 얻었으나 그때조차 그 명성을 드높인 것은 선정적인 살인이나 성범죄가 아니라 완전히 방치되어 누구도 필요로 하지 않는 도심 속 무주공산이라는 점이었으니 누가 그런 땅을 필요로 하겠으며 어떻게 활용할 수 있겠는가는 그 누구도 논쟁의 필요성조차 느끼지 않았으므로 이 땅은 완전히 방치되었으며 이 때문에 이 일대에 대한 여론을 형성한 것은 잠재적 범죄 행위에 걸맞다는 점과 감시를 받지 않는다는 점, 즉 정말로 끔찍한 사건은 한 번도 일어난 적이 없지만 무슨 일이든 일어날 수 있는 장소가 되었다는 사실이며 주민들은 이 북쪽 외곽 지역에 대해 알았더라도 대체로 심드렁했으니 이 북쪽 외곽 지역 전체—즉, 초코시 도로 너머의 구역 전부—는 주민들의 머릿속에 살아 있는 지도에는 단 한 번도 나타나지 않았고 메마른 주변부에만 나타났으며 또는 이따금 노숙자가 몰래 들어가서 인근 상수도 시설에서 노후 발전기를 훔쳤다가 구금당했다는 소문이 퍼지던 중에 루마니아 출신 집시 가족이 찾아와 땅뙈기를 개간하여 천막을 세웠는데, 며칠간 입방아에 오르내리다가, 당장 추방하라, 라고 주민들이 당시에 요구하되 연습이 잘된 합창단처럼 격분하여 투덜거리길 지금은 안 된다고, 집시 떼가 여기 천막 치는 꼴은 볼 수 없다고, 경찰은 뭐 하느냐고, 각설하고 저 온 젠장맞을 장소에 왜 뭐라도 하지 않느냐고 말했는데, 그들이 음절을 하나하나 또박또박 발음하며 이 침입자들을 '당·장·쫓·아·내'라고 거듭거듭 말하는 소리가 들릴 지경이었으니 당장 뭔가 조치를 하지 않으면 일주일 안에 루마니아 국경 지대에서 "저 냄새 나는 집시들이 모조리" 이곳으로 몰려올 텐데, 오, 제발, 그렇게 내버려 둘 순 없어, 제발 뭐라도 해봐, 놈들을 없애버려, 라는 말들이 주민들의 다과 자리에서 들려왔으며, 쓸어버려, 그게 유일한 해결책이야, 라고 그들은 읊어댔으니 그들은 자신의 선동적 발언에 선동되었고 그 흥분은 오후의 끽다喫茶 와중에 등장한 것만큼 재빨리 증발했으니 집시 가족의 추방과 더불어 가시덤불땅을 어떻게 할 것인가의 문제는 시의 '의제'에서 사라져 다시 한번 의식의 주변부로 밀려난 것은 실은 아무도, 정말로 아무도 여기에 관심이 없었으며 몇백 에이커의 이 '황무지'가 존재한다는 사실에 아무도 관심이 없었기 때문이요, 그들은 찻잔을 우아하게 들어올리며 끊임없이 지

트르르르……

껄이면서도 그 말의 진짜 의미를 깨닫지 못했으니 높은 지하수위 때문에 그곳의 땅은 휴경지였고 서쪽으로 국가 위탁 공장을 면해 있고 초코시 도로를 따라 시내 방향으로는, 태초부터—그들이 찻잔을 내려놓으면서—"늘 그렇게 방치되었"으니 그것은 쾨뢰시강의 범람 때문일지도 모른다며 그들은 조금 바보 같은 표정으로 서로를 쳐다보고는 작은 페이스트리 한 조각을 접시에서 또다시 집어들었다.

그녀의 도착은 순조로웠고 그녀는 화장실에서 거울을 들여다보았으며 기차가 역에 들어온 것을 알고서 한 번 더 제 모습을 살펴보고 만족한 것은 입술에 바른 불타는 듯 붉은 립스틱이 양귀비색으로 도도하게 불타고 있었기 때문으로, 저 입술의 붉은색이 양귀비꽃처럼 불타는 것이야말로 그녀가 원하는 것이었으며 눈 아래쪽에는 아직도 살짝 그늘이 져 있었으나 대부분 희미해졌고 뒤로 묶은 금발은 늘 그렇듯 연파랑 눈을 돋보이게 했으며 스카프는 좋아 보였고 코트는 좋아 보였고 스타킹은 좋아 보였고 부츠는 완벽하게 근사했으니 그리하여 그녀는 이 문제를 처리할 때가 되었다고 혼잣말을 하며 마치 무대에 발을 딛듯 행동에 돌입했는데, 그녀는 기차에서 내렸고 사람들은 그녀가 역전에 들어설 때부터 주목했으며 물론 그녀는 모든 시선이 자신을 향하고 있음을 한눈에 알아차릴 수 있었거니와 물론 이것은 제 어머니에게서 배운 것이며 또한 그녀는 자신을 향하지 않은 시선도 알아보았으니 물론 그것이 어떻게 가능하며 이 사람들은 누구이며 왜 이들은 이 모든 미모를 타고난 그녀에게 관심이 없는가의 문제는 남아 있었으나 이제 그녀는 개의치 않았고 이날 아침나절 이 시선들의 개수가 무엇을 의미하는지 알아차렸으며 그들은 그녀가 도착했음을 알아차렸고 택시들이 거의 자발적으로 그녀를 향해 굴러가기 시작한 것은—맹세컨대, 운전사 한 명이 그날 밤 화톳불을 쬐며 말하길 가속 페달을 밟지도 않았는데 차가 저절로 그녀를 향해 움직이기 시작하더라고—그녀가 정말이지 화끈했기 때문으로, 그녀는 사전에 짜인 계획에 따라 섹시한 여인처럼 나아가되 역전앞 광장을 가로질러 평화로[路] 입구를 향해 갔으며 그곳에 모인 많은 택시 중에서 하나를 불러 탑승하고는 도도한 어조로 빠르게 말하길 편집국으로 가자고 했는데, 택시 운전사는 어느 편집국이냐고 묻지 않고도 그녀가 정부 비판적 신문을 원한다는 사실을 직감하고는 여린 나비를 옮기듯 살살 클러치를 풀었으나 젊은 여인은 결코 여린 나비가 아니었으니 그녀의 몸매가 꽤 탄탄한 것은 여자 몇 명이 그녀를 위아래로 훑어보고서 파악한 바요, 이미 그녀는 도심에 도착하여 택시 운전사에게 요금을 지불하고는 그가 가리키는 방향을 향해 탄탄한 골격과 펑퍼짐한 엉덩이와 넓은 어깨와 살짝 통통한 체구로 걸음을 떼었으니 그녀 자신의 시선이 이 시선들을 날카롭게 되받으며, 나는 알아—저 파란색 눈이 반짝거리며—나는 내가 누구인지 자각하지만 당신들은 쥐뿔도 몰라, 이 말라비틀어지고 비겁하

　　　　　　　　트르르르……

고 옹졸한 잡것들 같으니…… 라고 저 두 개의 네온 빛 눈과 그녀의 얼굴이 말하며 그녀가 그들을 헤집고 나아간 것은 어머니와 꼭 같은 그녀의 버릇이었기 때문으로, 그녀는 늘 전속력으로 걸었고 그녀의 어머니는 그녀의 이 버릇을 없애려고 수백 번 수천 번 애썼으나 좀처럼 쉽지 않았고 그녀에게는 불같은 성격이 있어서 마치 무언가가 늘 그녀를 몰아붙이는 것 같았으며 그래서 맹렬한 속도가 유지되었으니 적어도 저기에 더 빨리 도착해야겠다고 지금 그녀가 생각했고 그렇게 되어 그녀는 택시 운전사가 가리킨 방향으로 몇 분 안 가서 그 장소를 찾아 건물 출입문에서 초인종을 눌렀는데, 이 지점부터는 아무런 걸림돌이 없었던 것이, 그들은 그녀의 스타킹 신은 다리를 보되 표면만을 볼 수 있었으며 저 수컷의 시선들이 코트까지 오르락내리락하며 육감적이고 화려한 진홍색 입술로 기어 올라가 저 파란 눈으로 직행하자 저 눈이 즉시 그들에게 주문을 걸어 문이 저절로 열리고 그들이 나와 그녀를 안으로 안내하여 이리 오시라고 손짓하고는 사방에서 얼굴들이 환영의 미소를 띠니—번들거리고 자기만족에 빠진 촌뜨기들에게 그녀는 미소로 화답했는데—그녀는 부드러운 어조로 고맙다고 말하고는 마침내 방으로, 편집장 집무실이 틀림없는 곳으로 안내되었으니, 커피 드시겠어요, 조심스러운 여인의 목소리가 조금 불쾌한 기색을 내비치며 그녀 뒤에서 물었는데, 그녀는 돌아보지도 않고, 그래주시겠어요, 라고 웅얼거리고는 널찍한 책상 앞에 바싹 당겨놓은 팔걸이의자에 앉아 이따금 스타킹 신은 다리를 고쳐 꼬며 자신이 여기 왜 왔는지 그에게 이실직고했으니 이런 문제에는 영 숙맥이어서 여길 찾아오는 것이 좋은 생각인지 모르겠다고 말했으나, 처음에야 다 그렇죠, 물론 좋은 생각이에요, 아무렴 좋은 생각이고 말고요, 라고 책상 맞은편에서 가슴을 두근거리며 말하길 상상할 수 있는 최선의 아이디어인걸요, 말하자면 이 일은 그가—이 누군가가 책상 뒤에서 손가락으로 자신을 가리키며—판단컨대 지극히 중대하므로 언론사를 대표하는 사람으로서, 또한 그가 떳떳이 장담할 수 있는바 구독자 수가 가장 많은 언론사를 대표하는 사람으로서 도움의 손길을 줄 수 있다면 더없이 기쁘겠다고 말하자 수도에서 갓 당도한 이 젊은 여인이 대답하길 매우 감사하지만 그녀가 필요로 하는 것은 자신의 소박한 대의를 조금 홍보하는 것이 전부로, 그 점에 대해서는 자신이 무척 부족하게 느껴진다는 것이었으니 이 문제는 그녀에게 무척이나 까다롭고 복잡하고 바로 그 자체의 개인적 성격 때문에 지독히 실망스러웠던바 완수해야 할 모멸적 임무가 있고 반드시 달성해야 하고 그녀가 전담해야 했으나 그녀는 결코 해낼 수 없을 것 같았는데, 이 시점에 그녀의 맞은편에서 가슴을 두근거리던 사람이 벌떡 일어나서더니 둘을 가로막고 있던 널찍한 책상을 돌아 방문객 앞에 서더니 그녀 가까이로 몸을 숙여 말하길 자신을—자기 자신을 개인적으로—믿어도 좋다고 했으며 방문객에게는 이걸

트르르르……

로 족했기에 그녀는 이미 팔걸이의자에서 일어나 형편없는 에스프레소가 남아 있는 커피잔을 우아하게 내려놓고는 이미 문으로 향하고 있었으며 게다가 벌써 길로 나와, 주위 사방에서 펄쩍대는 기자들에게, 괜찮으시다면 대체 어디서—여기서 그녀는 의미심장하게 침묵했는데, 어찌나 의미심장하던지 그녀가 가만히 서 있는 동안 기자들도 전부 동작을 멈췄거니와—아버지를 찾을 수 있는지, 어디 숨어 계신지 알려주실 수 있느냐고 물은 것은 방금 듣기로 그가 새로운 곳으로 이사했기 때문이며 이에 대해 기자들은 마치 젊은 여인의 경이로운 유머 감각에 탄복한 듯 폭소를 터뜨렸으며 서로 말을 가로채며 설명하길 음, 어떻게 설명해야 할지 모르겠지만, 그들이 대단히 존경하는 인물인 교수에게 실제로 일어난 일은 음, 그에게 뭔가 일어났는데, 따님인 그녀도 알아야 하는바 그녀가 오랫동안 그를 보지 못한 것은 문제 되지 않는 것이, 그들이 말하길, 그녀가 말했듯 정말이지 명성 드높던 교수가 이전의 삶에 대한 흥취를 모조리 잃은 듯 보인다는 걸 그녀도 아셔야 하는데, 이 때문에 그는 거처를—음, 어떻게 표현해야 하려나—시 북부로 옮겼으며 여기서 그들은 '거처'라는 단어를 쓰기가 영 탐탁지 않다고 덧붙이되 무슨 말인지는 나중에 그녀도 알게 될 거라며 자신들이 기꺼이 그녀에게 길을 안내할 것인바 그곳이 여기서 멀지는 않아도 그들 없이는 결코 그곳을 찾지 못할 것이고 우리가 그곳에 동행하겠다고—기자 중에서도 가장 의욕에 넘치는 자들은 그녀 옆에서 제자리 종종걸음을 치며—한달음에 도착할 거라고 장담했다.

　그러니까 한달음이라는 거죠, 라며 여자는 갑자기 보도에 멈춰서서 기자를 돌아보았는데, 하지만 한달음에 갈 필요는 없는 것이, 이 '한달음' 이전에 처리해야 할 볼일이 있기 때문이라고 하자 열의에 찬 기자들은 자기들도 즉시 그자리에 붙박여 그녀를 둘러싼 채 그녀에게 필요한 것이 무엇인지 알자마자 이곳에서 그녀의 볼일이 만에 하나 흡족하게 마무리되면 불문곡직하고 시내에서 제일 좋은 과자점에서 자기들과 에스프레소 한 잔을, 딱 한 잔을—또는 무리에서 가장 나이 많은 기자가 한쪽 눈을 찡긋하며 말하길 그녀가 원하는 거라면 무엇이든—함께하겠다고 약속해준다면 자신들이 돕겠다고 나섰는데, 그러자 젊은 여인은 아리따운 눈썹을 치켜올리고 나이 든 기자를 돌아보며 '만에 하나'가 무슨 뜻이냐고 물었는데, 둘러선 기자들에게 미소 지으면서도 목소리는 착 가라앉아 있었기에 그들이 사태를 수습하려고 말하길 그것은 오해인 것이, 그녀가 이곳에 온 목적을 달성하게 되면 과자점에서 모두와, 또는 한 명씩과 근사한 에스프레소를 음미할 수 있지 않을까 생각했을 뿐이었다며 이런 조력은 그들에게 전혀 폐가 되지 않으니 그들이 제대로 이해했다면 이 젊은 여인에게 필요한 것은 팻말과 몇 가지 잡동사니, 그리고 물론 메가폰이 전부로, 메가폰은 행진이나 시위에서 쓰는 종류로서 특히 이곳에서는 기자들이

　　　　　　　　　　　　트르르르……

'꽥꽥이'라고 부르는 것이 전부였으니 그에게—그들은 이미 팔짝팔짝 뛰고 있던 가장 젊은 기자를 가리키며—팻말과 메가폰과 잡동사니를 드는 것보다 간단한 일은 없을 거라고 말하자 젊은 여인은 자신이 매직펜을 가져왔다고 덧붙였으니 사실 저 애송이는 이미 허겁지겁 떠났고 그들은 몇 블록 안 가 웅장한 법원 건물에서 방향을 틀었는데, 저 눈치 빠른 애송이는 이미 차량을 그들 가까이 대고는 어리둥절한 그들에게 귀가 근질근질한 채 "다 챙겨 왔습니다"라고 보고했다.

　　그는 '왜'라는 의문을 거듭거듭 던지고픈 어리석은 강박을 떨치려 했지만 의문이 떠오르게 놓아둘 수밖에 없었던 것은 아무것도 완벽하지 않았기 때문이며 자신의 지적 분투를 비방할 수도, 무의미하다고 비난할 수도 없었으니 그는 진정으로 자신의 주된 목표 하나를 달성하는 도중이었으나 경우에 따라서는 이런 지적 분투의 현실적 결과는 여전히 제한적이었고 그는 자신이 이름 지은바 병적 생각 강박에 완전히 브레이크를 걸 수 없었으며 바로 지금도 하릴없이 앉아 있었는데, 이미 족히 두 시간은 부엌 의자에 웅크리고 있었던지라 바깥에서는 어둠이 점점 짙어지는데도 그는 두 시간 동안 앉아 있던 바로 그 자리에 가만히 앉은 채 같은 생각을 곱씹고 또 곱씹었으니 그것은 그녀가 왜 왔는가, 무엇을 원하는가, 왜 바로 지금인가 따위였으며 그는 하도 열이 올라서, 하긴 의문들에 조금도 진척이 없으니 그럴 수밖에 없었지만 적어도 실용적인 쓰임새가 있는 작업을 시작하기로 마음먹고는 다시 한번 손전등을 켜고 땅바닥에서 탄피를 죄다 주워 큼지막한 합성 직물 장바구니에 넣으며, 탄피를 장바구니에 던져넣을 때마다 하나씩 정확하게 개수를 헤아렸으니 그 자신의 계산에 따르면 자신이 사용한 도합 225개 중에서 207개를 헤아렸을 때 빈 탄창도 던져넣고는 다시 문을 열고 손전등을 꺼내어 오두막 뒤쪽 헝가로셀 기둥으로 가서 은밀한 구멍에 전부 감춰 나중에 적당한 때가 왔을 때 처리할 수 있도록 해두었으니 물론 그중에는 무기도 있어서 다른 물품과 함께 오두막 실내의 한쪽 끝에 커다란 옷가지 더미 아래 숨기고는 앞쪽 공터로 300미터쯤 가서 거기에 나머지 탄피가 떨어졌으리라 생각하여 땅바닥을 뒤지기 시작했으나 마침내 머리가 조금 맑아지자 동작을 멈추고는 이 짓이 헛짓임을 깨달았던바 이 칠흑 같은 어둠 속에서는 춤추는 손전등 빛만 가지고는 탄피 하나라도 찾을 확률이 극히 낮아 2,500,000분의 1밖에 안 되었기에 돌아가기로 마음먹고 오두막 앞 공터에 돌아와서는 곧장 들어가지 않고 천천히 서성거렸는데, 서성거리면서 이곳저곳 조금씩 거닐다가 여자가 온종일 서 있던 근방에서, 더 정확히 말하자면 그 지점으로부터 3~4미터 떨어진 곳에서 그녀의 팻말이 바닥에 떨어져 있는 것을 알아차렸으니 이제껏 눈에 띄지 않던 그 팻말은 그녀가 그를 보았을 때 줄곧 들고 있던 것으로, 손잡이를 달고 틀과 가로대 몇 개도 부착한 소나무

트르르르……

널빤지에는 매직펜으로 '정의'와 '심판' 두 글자가 박혀 있었으니, 참 내, 이젠 이것까지, 라고 화난 목소리로 내뱉으며 뒤집어 쳐다보았으나 특별한 점은 하나도, 새로운 정보를 알 수 있는 것은 하나도 찾을 수 없었기에 한쪽으로 집어 던져 마구 짓밟으려던 찰나에 종류가 같은 종이 몇 장이 바닥에 떨어진 것을 보았으니 종이는 두꺼운 판지로, 소나무 팻말에 붙인 것과 같은 종류였는데, 종잇조각을 집어서 보니 작은 것들과 큰 것 하나가 있었으며 작은 것들에도 뭔가 쓰여 있었으나 어둠 속에서 손전등 불빛만으로는 알아볼 수 없었어도 이제껏 자신이 취합할 수 있었던 여자의 의도를 더 분명히 알려줄 것 같았기에 그러모아 오두막 뒤편으로 가서 견주어 보고 뜯어보다가—문은 제자리에 끼워두고서—부엌 의자에 앉아 더듬어도 보고 냄새도 맡아보았으나 무엇에 쓰는 것인지 알아내기가 쉽지 않았으며 그중 하나인, 가늠컨대 두껍고 널찍한 판지는 팻말 크기와 대략 맞먹는 듯했으니 어쩌면 그가 추측하기에 그녀가 나중에 다른 팻말에나 그런 비슷한 것에 붙일 계획이었을 성싶었지만, 그때 이게 대체 뭐람, 하며 그가 판지를 눈 가까이 들어올려 손전등을 직접 비추자 여기 그리고 저기 줄이 나 있는 것을 보고서 깨달은바 자신의 손에 들어 있는 것은 특별히 준비한 판지로, 작은 종잇조각에 쓴 단어들을 판지 표면에 붙은 세로띠에 끼워넣을 수 있도록 하는 용도였으니 이 팻말은—그는 다소 경악하여 판지를 멀찍이 떼어 들었는데—전문가의 솜씨로, 전문 시위꾼이 쓰는 종류였으며 그는 두려운 눈으로 쳐다보다가 두꺼운 판지를 바닥에 내던졌다가 다시 허리를 숙여 집어들고는 다시 살펴보기 시작하고는 공터에서 가져온 작은 종잇조각들을 발로 밀어냈다가 다시 하나씩 집어들었는데, 하나하나 다른 어절이 쓰여 있어서 그중 하나를 큰 판지의 띠에 끼워보려 했으니 그의 판단이 옳았음은 틀림없이 쉽게 끼워졌기 때문이어서 그는 하나 더 밀어넣고는, 이렇게 하는 거였군, 하고 한숨을 내쉬며 말하길 이 여자는 얼마나 악독하게도 만반의 준비를 갖췄는가, 라며 아까와 마찬가지로 사건들을 곱씹으며 그녀의 창의성을 순순히 인정한 뒤 종잇조각들을 커다란 판지에 이리 끼웠다 저리 끼웠다 하면서 흥겨워하다가 돌연 심장이 멎을 뻔했으니 작은 종잇조각들을 이리 끼우고 저리 끼우고 하다가 나타난 문구는 바로

당신은   나의   아빠

그런 다음 재빨리 첫 번째 종잇조각을 맨 뒤로 보내어 다시 읽어보니

나의   아빠   당신은

그는 심장 속에서 물음표를 붙였는데, 그 심장은 한순

트르르르……

간 얼어붙었고 그 심장은 그의 것이었으며 오래전에, 아주 오래전에 차갑게 식은 줄 알았던 것으로, 혈액을 그의 장기에 펌프질하는 것 말고는 하는 일이 없었으니 그는 어절 하나를 다른 어절 자리에 놓았다가 다시 원래대로 놓았으나 어느 것이 여자의 의도인지 판단할 수 없었으며 그가 오두막에서 씨름하는 동안 어둠 속 공터에는 그가 발견하지는 못했지만 아마도 요긴했을 법한 중요한 종잇조각 넉 장이 여전히 널브러져 있었으니 올바른 순서대로 놓았다면 나타났을 문장은 바로 "잘난 당신을 쓰러뜨리고 말겠어!"

　이튿날 새벽에 그는 이미 헝가로셀 패널 뒤의 초소에 서서 바깥에서 벌어지는 상황에 귀를 기울이고 있었으나 어떤 소리도, 그들이 돌아올 것임을 암시하는 그 어떤 소리도 들리지 않았음에도 그들이 돌아올 것임을 확신할 수밖에 없었던 것이, 하나는 어제 사건들 때문에 이제 경찰이 찾아올 것이 뻔했기 때문이요, 다른 하나는 여자에 관한 한 이것이 결코 끝이 아님이 분명했기 때문이니 그는 헝가로셀 패널 뒤에 앉아서 마치 사냥꾼과 사냥감이 뒤바뀐 듯 사냥감이 은신처에 틀어박힌 채 사냥꾼이 오기를 기다리듯 기다렸으나 기다려도 허사였던 것이, 이 사냥감을 노리는 사냥꾼들은 찾아오지 않았고 6시 10분이 지나고 6시 50분이 지나고 7시 20분이 지나고 8시 20분이 지나 밖은 환해졌는데도 그는 여전히 거기에 앉아 하릴없이 귀를 기울이고 있었으니 밖에 아무도 없는 것이 분명했던 것은 그가 그곳에 속하지 않는 낯선 소리를 아무리 작은 소리라도 오래전부터 감지할 수 있었기 때문이나 오늘은 그런 소리가 하나도 들리지 않았으니, 이건 불가능해, 그는 믿을 수 없다는 듯 고개를 내두르며, 그들이 오지 않을 수는 없어, 그들이 이곳에 오지 않을 가능성은 절대적으로 배제되어야 해, 라고 말했지만 사실이 그랬던 것이, 그들은 없었고 오지 않았고 여전히 저기 없는데, 시간은 9시 20분이었고 바깥 공터뿐 아니라 가시덤불땅 어디에도 없었고 정적은 완벽했으며 바람이 바스락거리며 일기는 했지만 마른 가지와 덤불의 헐벗은 가시줄기를 흔드는 것이 고작이었고 얼음장 같은 바람만이 쓸모없는 가시덤불땅을 온통 휩쓸 뿐이었으며 이미 11시가 지나 11시 9분이 되자 그는 더는 서 있을 수 없어 매우 조심스럽게 가능한 한 느린 움직임으로, 어제 조각조각 짓밟은 패널 대신 마련한 새 헝가로셀 패널을 창문에서 들어올린 것은 충분히 주의를 기울이지 못한 것이 아닌지 제 눈으로 확인하고 싶고 어쩌면 그들이 저기서 최대한 침묵한 채로 그를 쳐다보고 그의 새 헝가로셀 패널을 쳐다보며 이제 움직이나 저제 움직이나 기다리고 있을지도 몰랐기 때문이지만 그의 판단은 틀렸으니 마침내 창문을 열고 틈새로 몸을 내밀었으나 공터에는 아무도 보이지 않았으며 주변 덤불에서도 누구 하나 보이지 않았고 그의 엑스선 시력으로도 공터 너머 덤불에서 눈 깜박이는 것 하나 감지되지 않았으니 그는 잠시 기다리면서 꿈쩍하지 않은 채 관찰했으나 아무것도 없었기

트르르르……

에 헝가로셀 패널을 다시 끼우고 무슨 일인지 생각해보려고 잠깐 의자에 앉았는데, 그때 갑자기 나뭇가지 부러지는 소리와 오토바이 엔진음이 동시에 그의 귀를 때리더니—그가 판단하기에 여러 방향에서 한꺼번에 들려왔는데—엔진음이 점점 커져 그들이 이미 공터에 당도한 것을 알 수 있었으며 그중 몇 명은 아직도 시동을 끄지 않은 채 한두 명이 부르릉거리다가 마침내 하나씩 하나씩 엔진을 끄고는 한동안 알아들을 수 없는 소음만 들리다가 난데없이 낙엽과 나뭇가지가 두껍고 딱딱한 부츠에 밟혀 부서지는 소리가 나서, 그들이 왔군, 이라고 그는 판단하여 문 가까이에 서서, 그래, 오냐, 그가 스스로에게 묻길 이제 어떡하나, 문을 막을까, 다른 수를 쓸까, 희망이 없군, 이라며 러시아풍 털모자를 쓴 머리를 숙였으니 그들이 여기 들어오고 싶어 한다면 저항해봐야 소용없을 터였으므로 이미 문을 떼어내기 시작했는데, 바로 옆에서 깊은 베이스 음이 울려퍼지며 "우리요"라고 말한 뒤에 조금 있다가 "문 여슈, 교수, 양반, 해치지 않을 테니"라기에 교수가 움직이다 멈춰선 것은 어쩐지 이 사람들이 경찰 같지는 않고 어제 온 기자 나부랭이는 더더욱 아닌 듯해서였으니 그가 넝마를 뽑아내고 널빤지와 남은 넝마와 철판과 신문과 판자와 헝가로셀 패널과 그러고도 남은 넝마를 치우자 갑자기 문간에서 어떤 사람의 모습이 보였는데, 어찌나 큰지 가슴밖에 보이지 않았으며 커다란 부츠를 신고 징 박은 검은색 가죽 바지를 입고 징 박은 검은색 가죽 재킷을 걸치고 벌써부터 상체를 숙이고서 거대한 몸집을 기울인 채 문간으로 들어온 이 수염 난 남자는 쉰은 족히 되어 보였으며 앞머리는 대머리였고 뒷머리는 꽁지머리로 묶였으며 시커먼 오토바이 고글을 이마에 밀어 올리고 헬멧은 한 손에 든 채 다른 손으로 문간에서 몸을 떠받치고는 몸을 아래로 숙여 깊이 울려퍼지는 목소리로 다정하게 말하길 "좋은 친구가 왔으니 겁먹지 마슈."

확실치는 않다고 그녀는 지역의 정부 비판 TV 방송국 뉴스 편집장에게 말하며 소파에 앉아 무릎을 최대한 딱 붙인 채 물컵을 앞의 낮은 탁자에 천천히 내려놓았는데, 여기서 모종의 법적 지원을 얻을 수 있다거나 현 거주지에서 그런 지원을 물색할 수 있다거나 하면 좋지 않겠느냐에 대해 이 시점에서는 아는 바가 전혀 없었으나 그런 국면 전환은 사실 기대하지 않았으니—그들 모두가 이해할 수 있었듯—그녀의 아버지는 그 문제를 통상적인 법적 절차에 부치는 것 말고는 어떤 선택지도 그녀에게 남겨두지 않았으므로 그녀는 뭔가 행동을 취해야 했기에, 그렇다고, 뉴스 편집장은 공감과 연민으로 눈이 촉촉해진 채, 당신의 처지를 이해하고도 남는다면서 자신이 보기엔 문제를 여기서 다루는 것은 매우 좋은 생각 같다고, 말하자면 이 젊은 여인은 그 어디서도 이보다 더 훌륭한 법률 서비스를 받을 수는 없을 것이라며, 자신에게 묻는다면 자신의 미천한 견해에 의하여 추천할 만한, 의문의 여지 없이 그 분야 최고의 인물은 게저

트르르르……

인데, 그가 교수에게 휘둘리리라는 걱정은 접어둬도 좋거니와—TV 뉴스 편집장은 젊은 여인을 향해 탁자 위로 좀 더 가까이 상체를 내민 채—영향력이란 당신 아버지의 엄연한 평판을 말하는 것인데, 그는, 즉 교수는 자신의—단도직입적으로 말하자면—명성으로 이 도시에서 확고한 존경을 받고 있으며 사람들은 참으로 어수룩하지 않으냐고 뉴스 편집장은 끊임없이 미소 지으면서, 그리고 사람들의 어수룩함을 그들이 오만가지 방법으로 주무르려 드는 것이 우스꽝스럽다며, 도덕 말이지요, 아가씨—뉴스 편집장의 어조가 갑자기 변하면서—도덕 말이지요, 그건 지금은 단어에 불과하며 아시다시피 저희가 그 마지막 보루임은 두말할 필요 없는바 그런 대의를 떠안는 것은 인도주의적 책무일 뿐 아니라 이것은, 이것은, 이것은 그야말로—이제 젊은 여인은 틀림없이 놀랄 것인바—이것은 '우리의 임무'이며—여기서 TV 뉴스 편집장은 의미심장하게 말을 멈추고 방문객의 크게 뜬 순진무구한 눈을 요리조리 들여다보며—자신이—이 짧은 침묵에 이어 자신을 가리키며—그녀를 전적으로 지원하는 것에 더해(그녀는 이것이 전화 한 통이면 해결되는 문제임을 알고 있었는데) 정의를 위한, 말하자면 충분한 법적 뒷받침을 물색하는 이 싸움에서 젊은 여인을 결코 혼자 내버려두지 않겠노라고, 자신이 도움이 될 수 있다면 더없는 행운이겠다며 여기서 다시 말을 멈추고 젊은 여인에게서 눈을 떼지 않은 채 말하길 이유인즉 일종의 소통 창구를 만들 생각을 하고 있었다고, 그렇죠, 재판이 시작되면 법정이 그녀의 감정을 온전하고도 깊이 이해할 수 있도록 '멍석'을 깔아둘 수 있다고 말했는데, 그 감정이란 이를테면—그가 팔걸이의자에 등을 기대며 말하길—무고하게 고통받는 자녀의 감정이라는 것은, 이것은, 그의 의견으로는, 정서적 문제이니까요, 젊은 아가씨, 아닌가요, 하고 그가 묻는데, 이제 다시 활기를 찾아, 제가 제대로 이해하고 있는 거라면 말이지만요, 그럼요, 맞아요, 그녀가 무심하게 대답하며 물컵을 탁자의 유리판 위로 좀 더 멀리 밀어내고는, 완벽하게 이해하셨어요, 이것은 정말이지 지독하게 정서적인 문제예요, 당신이 제안한 도움은 더없이 감사하지만 소통 창구를 만들겠다는 말씀이 무슨 취지인지 좀 더 구체적으로 설명해주실 수 있을까요, 그럼요, 복잡할 게 전혀 없어요, TV 편집장은 희희낙락하며, 이게 무슨 말이냐 하면 자신과 쾨뢰시 1 TV 방송국의 뛰어난 동료들에게 출발점은 이처럼 중차대한 문제에서 모든 사법적 판결이 공통의 시민적 확실성에 토대를 두도록, 말하자면 법의 모든 조문에서 정의正義가 분명히 드러나도록 하는 것이야말로 자신들의 남다른 의무라는 뜻이며 이런 식으로 표현해도 된다면, TV 뉴스 편집장이 다시 표현하길, 말하자면 이 공통의 시민적 확실성을 형성하는 것은 보편적 공공도덕에 기초하여 설립된 공영 방송의 책무라는 뜻이라고 설명하자, 아, 알겠어요, 여자가 짧은 미소와 함께 고개를 끄덕이며, 제게 인터뷰 기회를 주실 생각인데, 이번에는 당신의

트르르르……

TV 방송국과 하게 해주시겠다는 것이군요, 더 간단히 말하자면, 뉴스 편집장이 웃음을 터뜨리며, 당신이, 젊은 아가씨가 그 문제의 불알을 움켜쥐었다고 말해도 무방하겠지요, 라며 '불알'이라는 단어에서 그의 웃음소리가 돌연 개 짖듯 날카롭게 변하더니, 그래요, 젊은 아가씨—뉴스 편집장은 방문객의 싸늘한 표정을 감지하고는 급히 웃음을 거둔 채—그 비슷한 걸 염두에 두고 있는데, 당신이 찬성한다면 우리는 모든 것을 사전에 준비해뒀어요, 마침 1번 스튜디오가 비었으니 괜찮으시다면 바로 시작하죠. 좋아요, 가요, 여자는 이렇게 말하고 벌떡 일어서서 스커트를 바루고는 코트를 팔에 걸친 채 뉴스 편집장이 따라 나오기를 기다리지도 않고서 집무실을 재빨리 빠져나왔다. 얼뜨기 촌놈 같으니, 라며 그녀는 잇새로 쉿 소리를 냈다.

그는 교수가 양해해준다면 친구들을 곧장 소개하고 싶지는 않다고 말했는데, 그것은 이름이 알려지는 것이 달갑지 않기 때문이요, 아름답고 시적인 문장으로 표현해도 된다면 공통의 고통과 공통의 이익이 그들을 하나로 묶었을 때 이름을 쓰지 않기로 결정했기 때문이라면서도 물론 이름이 중요하다면 알려드릴 수 있고 그게 적절할 것인데, 민간인의 삶에서 그의 이름은 요슈커이지만 교수가 양해해준다면 이름 얘긴 그만하고 자기들이 물론 그를 알고 있더라도 교수는 별로 놀라지 않을 것이, 그것은 예상된 일이고 놀랄 일이 아닌바 교수가 누구인지는 누구나 알고 누구나 그를 존경하며 그들은 이 말을 처음으로 하는 사람이 되고 싶었고 그게 그들이 여기 온 이유이며 누군가 교수에게 합당한 존경심을 표하지 않는다면 그자의 머리를 전봇대에 처박을 것이고 그것은 사소한 '사고'일 것이며, 그래야 옳지 않겠나, 작은별, 이 남자는 물어보는 어투로 동료 한 명에게 말했는데, 동료 또한 그의 뒤를 따라 오두막에 비집고 들어왔으며 키는 남자와 엇비슷했으나 훨씬 뚱뚱했고 해체된 문의 조각들을 무슨 까닭에서인지 격렬히 걷어차고 있었는데, 좋아, 작은별, 그렇지 않나, 작은별, 그가 다시 한번 그에게 소리친 것은 어떤 대답도 듣지 못했기 때문으로, 그래, 맞아, 작은별은 마지못해 대답하고는 계속해서 딱딱한 검은색 부츠로 문의 조각들을 걷어차면서 무엇보다 철판에 분노를 퍼부었으나 이유는 알 도리가 없었으며 급기야 검은 가죽 재킷을 입은 남자가 고함을 질러야 했으니, 그만해, 작은별, 말하는 소리가 하나도 안 들리잖아, 그러자 그가 행동을 멈췄으나 얼굴을 시무룩하게 찡그린 것을 보면 다시 시작할 수 있게 되자마자 다시 시작할 게 뻔했던 것은 이곳의 조각들, 특히 이 철판이 그를 미치게 했기 때문인데, 한마디로, 이 남자가 계속 말하길 우리는 당신이 누군지 알며 우리가 누군지를 당신도, 교수도 알길 정말로 바라는 것은 우리가 이 도시를 위해 많은 일을, 물론 당신만큼은 아니지만 했기 때문이며 우리가 스스로를 당신과, 교수와 비교하는 일은 결코 없을 테지만 우리는 언제나 최선을 다했고 지금도 다하

트르르르……

고 있으며, 안 그래, 작은별, 그는 다시 한번 뒤에 있는 사람에게 말을 걸었으나 이번에는 고개를 돌려 뒤를 돌아보았는데, 이 작은별은 잠잠해졌을 뿐 아니라 뭔가를 다시 걷어차고 있었거니와 이번에는 몰래 주로 철판을 다시 걷어찬 것은 무슨 까닭에서인지 그것들이 그를 시각적으로 격분시키는 듯 보였기 때문이었지만 이내 멈추고 코를 킁킁거리며 콧구멍에서 콧김을 내뿜고는 홱 돌아서서 문의 조각들을 모조리 짓이기고 몸을 숙여 문틀 노릇을 하는 기둥을 양손으로 움켜쥐고서 웬일인지 용을 쓰면서 우람한 몸을 문틈에 꾸역꾸역 밀어 넣으며 밖으로 나가 이제 오두막 바깥 멀찍이 가서야 대답하길 어쨌든 죄다 태워버려야 해, 하지만 그때 다른 남자는—그는 이제 교수를 향해 앉아 있었는데, 교수의 팔걸이의자에 다리를 쩍 벌리고 앉은 모습이 이제 보니 풍문으로만 듣던 어떤 무리의 우두머리인 것만 같았으며—물론 그는 호응하지 않았으니, 가라지, 하고 싶은 대로 하라지, 이곳에 불을 놓아야 한다면 직접 하라지, 이 남자의 찡그린 표정을 보니 작은별은 잠잠해진 것이 아니었고 이제는 고분고분하지도 않았으며 그는 옆에 선 다른 인물을, 여드름 난 꼬맹이를 보았으나 한마디도 하지 않고, 흥분하지 말라고 손짓만 했거니와—걘 놔둬, 아직 애잖아—이 것이 그의 표정에 들어 있었으며 여드름 난 꼬맹이는 알아듣고는 분명히 수긍하는 듯 보였으니 한번은 고개를, 끄덕여야 하는 횟수보다 몇 번 더 끄덕였는데, 그의 두목은 다시 한번 단호하게 쳐다보며 이번에 마지막 끄덕거린 것에는 심기가 불편하다는 기색을 내비쳤으나 다시 한번 교수에게 몸을 돌려 어디까지 얘기했는지 묻고는, 아, 그렇지, 이제 기억나는군, 그러니까 그들은 존경심이 자기네 무리에게 얼마나 중요한지 이야기하고 있었고 무슨 수를 쓰든 아무도 교수를 잊지 못하게 할 거라고 이야기하고 있었으니, 그렇지, 그렇지, 하고 반복하고는 사실대로 말하자면 그들이 여기 온 것은 어제 오후 어느 때쯤엔가 여기서 일어난 일에 대해 들었기 때문이라며 '어느 때'라는 구절을 길게 끌었는데, 자기네가 다른 누구를 대체할 생각이라거나 다른 누구 대신 왔다거나 하는 식으로 들리기를 바라지 않으며 그들은 그 일과 아무 상관이 없고 그들에게 가장 중요한 것은 독립이며—물론 존경과 더불어—그들은 아무에게도 무엇 하나 빚진 것이 없고 자신의 자아와 이상에만 충성하니, 이 세상에서 이것은 가장 귀한 가치요, 그렇지 않소, 다이아몬드와 같으니까, 그렇지 않소, 교수, 내 말에 찬성하지 않소? 그가 의자에서 몸을 조금 앞으로 기울이며 교수에게 물었지만 교수는 알쏭달쏭하게 고개를 한 번 끄덕이는 게 전부인 것이, 마치 무엇에 대해 고개를 끄덕이는지 잘 모르는 사람 같았으나 무엇보다 킹콩을 떠올리게 하는 우두머리의 얼굴은 흡족한 것이 분명했으며 잠시 뜸을 들이더니—그 목적은 그의 얼굴을 깊숙이, 마치 그의 진짜 시선을 깊숙이 탐색하듯 들여다보려는 것이었는지도 모르겠는데—말하길 여기 있는 사람

트르르르……

들은 모두 어떤 고귀한 분을 찾고 있는데 길이 여기 하나뿐이었다며 다시 한번 뜸을 들이더니 자신이 정말로 솔직하기에 자신의 솔직함이 웃음거리나 조롱거리가 될까봐 우려하는 사람처럼 또다시 교수의 얼굴을 뜯어보다가 다시 말하길 나는 솔직하단 말이오, 교수 양반 앞에선 하나도 숨기는 게 없어, 그러니 솔직한 것 다음으로 직설적인 것을 으뜸의 가치로 치는 사람으로서 내가 원하는 걸 직설적으로, 얼버무리지 않고 우물쭈물하지 않고 우리가 왜 여기 왔는지 단도직입적으로 말하자면, 아까 말했듯 우리는 어제 오후의 일에 대해 들었는데, 하지만 그가 곧이어 덧붙이길 어제 오후 일에 대해 들었을 뿐 아니라 모든 일에 대해 들었고 그 때문에 존경심이 북받쳤고 모든 것에 대해 어느 정도 알면서 개인적으로도 교수가 좋아졌는데, 자기네가 아는 것만 가지고는 흡족하지 않은 것이, 자기네가 추구하는 가치가 교수가 추구하는 가치와 같다는 것은 알았지만 어제 오후까지만 해도 둘의 이상이 똑같다는 걸 온전히 확신할 수는 없었으나 어제 오후 이후로는 똑같다는 걸 확신하며 이것이 존경의 바탕이요, 이 순간부터 이 도시에 발을 디디는 모든 사람과, 자신을 이곳 주민으로 여기는 모든 사람이 교수 양반을 이전보다 더욱 존경하리라 기대하는 것이, 교수 양반은 스스로의 이상에 110퍼센트 맞게 살아가는 인물이요, 스스로에 대해 이렇게 말할 수 있는 사람은 거의 없으므로 한마디로 이제 존경심을 담아—'이 보호 협회의 대변인으로서'

라고 말해두고 싶거니와—요청하고 싶은바 만일 교수 양반이 반대하지 않겠다면 예전에 불리던 이름인 이 익명의 패거리가, 도시를 보호한다는 취지로 결성되었으나 앞에서 말했듯 특정한 이름 아래 활동하는 것을 언제나 꺼린 이 협회가 그럼에도 이제 이름을 짓고서 그 깃발 아래서 자신의 임무를 도시—우리 도시—에 대한 책무로서 날이면 날마다 밤이면 밤마다 완수해야 하는 임무를 완수할 것임은 교수 양반이 단 한 순간이라도 걱정하지 않을 수는 없기 때문이요, 어제 오후에 벌어진 일이 모두 계획된 것이기 때문이며 누구도 이곳에 발을 디디고서 당신을 귀찮게 하거나 심지어 질문도 하지 못할 것인즉 그들은 이날 아침 적절한 장소에서 모든 것을 설명했고 법적이고 공식적인—여기서 그는 '공식적'이라는 단어를 강조했는데—주체가 알아야 할 가장 중요한 사항을, 물론 가장 중요한 부분만을 시의 질서 수호자들에게 설명했으니, 그가 말하길 그리하여 모든 것이 정리되고 사건은 종결되었으며 교수 양반은 고요한 고독 속에서—이번에도 이런 시적 표현을 써도 된다면—누가 자신을 귀찮게 할까봐 걱정할 필요가 없으며 이 고요한 고독은, 그가 교수 양반의 눈을 다시 깊숙이 들여다보며 말하길 자신들에게 중대한 의미가 있는바 드디어 자신들의 깃발에 이름을 쓸 수 있게 되었으며—물론 상상으로만 이 상상 속 이름을—교수 양반이 동의하기만 한다면 그들 앞의 길이 마침내 말끔해질 것이요, 이 길에서 그들이 고귀한 분을 찾아다닌

트르르르……

것은 분명히 그들 모두가 이곳에서 깃발에 쓰인 이름으로 이 사람을 금세 찾을 수 있으리라고 느꼈기—그들을 보기만 해도 알 수 있듯—때문이다.

밖에서 엔진이 부르릉거리더니 하나 또 하나 다시 또 하나 합류했는데, 어떤 것들은 한동안 부르릉거리기만 하고 또 어떤 것들은 즉시 고단으로 변속했으며 그가 밖의 소리에 귀를 기울이는 동안 오토바이 한 대가 출발하고 또 한 대가 다시 또 한 대가 기어를 2단으로 바꾸거나 3단으로 바꿨다가 다시 2단으로 바꾼 다음 멀어지기 시작했으며 몇 분 지나자 오토바이의 굉음이 멀리서 들렸으니 마치 가시덤불 땅 끝에 이르러 모두가 포장도로에 올라선 것처럼 일제히 굉음을 울리되 처음 왔을 때 여러 방향에서 측면 공격 대형을 이룬 군대처럼 울리면서 이번에는 반대 방향으로 떠났으니 그들은 자신들이 온 길을 되짚어 그의 왕국으로부터 떠나갔으며 그 시점으로부터 그의 왕국은 더는 예전의 모습이 아니었으니 이 생각이 그에게 떠오른 것은 이번이 처음이었는데, 그는 자신이 아직도 자신의 오두막 앞에서 자신의 의자를 향해 서 있다는 것을 깨닫고서, 그런데 그들은 어떻게—이 부근엔 번듯한 길이 하나도 없는데—지난 이틀간의 야단법석으로 다져진 길을 이용했을 뿐 아니라 그것을 넘어서서 새로운 길을 이용하여 그에게 올 수 있었으며 언제 그렇게 했을까, 라는 매우 심란한 의문을 품었다가 의문을 떨쳐버리고는 이 문제를 곱씹는 것보다 중요한 일이 있다고 말했지만 여전히 마음이 안정되지 않고 다시 고뇌가 찾아왔으니, 이전에는 가시덤불땅에서 그의 오두막으로 통하는 길이 하나도 없었는데 어떻게 그들은 그처럼 한꺼번에 똑같이 나타났을까, 이 말은 틀림없이 어젯밤 자정께부터 아마도 반밤 동안, 그러니까 그가 더는 버티지 못하고 몇 시간 잠들었을 때 이 패거리가 나타나 그가 잠든 사이에 이 길을 냈으리라는 뜻이었으나 그렇더라도 이것이 사실이라면 그가 깨지 않았을 리가 없는데, 그들은 밀림을 베는 칼을 쓴 것이 틀림없어, 이런 생각이 그의 뇌리를 스치길 이런 치들은 그런 물건을 좋아하는 게 분명해, 그래, 그거야, 그자들은 밤에 와서 일종의 정글도나, 뭐 비슷한 걸 쓴 게지, 라며 그는 깊은 한숨을 내쉬었는데, 밖은 적막했고 바람만 불어댔으며 그는 창문으로 몸을 돌려 의자에 앉는 평소 자세로 돌아가 의자 속의 격자무늬 담요와 신문을 매만지다가 다시 앉은 채, 아니, 꺼져내린 채 골똘히 생각에 잠겼으니 여기서 무슨 일이 벌어지고 있는지, 이 사람들은 누구인지, 킹콩이라는 자는 대체 무슨 소릴 중얼거린 건지, 아니, 그가 이 사람들을 모르지는 않았던 것이, 그가 여전히 기억하는바 아마도 1년 전, 시에 돌아온 누군가가 대화 중에 그들을 욕하기 시작했을 때 그가 웬일인지 그들을 변호하여 수도의 중앙 정부가 허울에 지나지 않는다면 이 불행한 나라의, 빈곤의 나락에 빠진 모든 지역이 오로지 각자도생의 상황에 내몰렸다면, 모두가 사기꾼과 도둑과 강도와 살인자의 손에 떨어졌다면,

트르르르……

그렇다면 그런 집단의 결성과 활약은 오히려 환영해야 하지 않느냐는 것이야말로 그가 말하려던 바였으며 그는 지금까지 정확히 일곱 번 그 일을 후회했으나 이후로는 그가 할 수 있는 일이 아무것도 없어서 그는 자신의 발언에 대한 소문이 금세 퍼져 나가는 것을 감내해야 했던바 그가 가장 놀란 것은 어느 날 늦게 옛 독일 구역에 있는 당시 그의 집 앞에서 누군가 문 앞에 선물 꾸러미를 뒀는데, 그것은 그에게 있어서 존재할 수 있는 가장 쓸모없고 무의미하고 어리둥절한 선물이었던 것으로, 그 안에는 남성용 샴푸, 초콜릿, 헝가리 왕국 지도, 밀수한 코냑, 싸구려 건전지 시계, 성냥 다발, 몇몇 문장에 빨간색 밑줄이 쳐진 1944년 이후의 낡은 신문 몇 장이 들어 있었고 꾸러미 위에는 장미 한 송이가 놓여 있었으니 그는 이 일을 매우 정확하게 기억했지만 당시에는 그들이 어떤 식으로든 자신에게 의존하리라거나 '그들'이 '그'를 주시하며 일종의 정신적 기준점으로 삼으리라고는 생각하지 않았으니 게다가 어제의 사건으로 인해 그들은 이제 그를 일종의 영웅으로 찬미하고 있었고 저 촌놈 킹콩의 두서없는 말에서 보듯 어제의 사건들에서 그 자신이 맡은 역할로 인해 터무니없는 방식으로 그는 그들의 눈에 고귀한 인물이 되었고 그가 이 문제를 아무리 궁리해도 그들이 미치광이요, 공공의 위협이라는 사실 말고는 어떻게도 설명할 수 없었으며 그들의 행동에 대해 어떤 합리적이거나 논리적인 동기를 추론하려 해봐야 소용이 없었으니 이 패거리는—

교수가 눈을 부릅뜬 채 헝가로셀 패널을 노려보며—단지 사이코패스 환자요, 그가 최악의 결과밖에 예상할 수 없는 방식으로 최악의 결과를 예상케 하는 악인이기 때문이며 그렇기에 그는 뭔가 조치를 해야 했는데, 그들이 그에게 부여한 이 역할은 쉽사리 치명적으로 돌변할 수 있는, 그가 어떻게든 막아야 하는—그가 의자에서 벌떡 일어서며—역할이었지만 그때 그는 이미 오두막 밖에 나와 있었고 걷다가 한동안 그대로 멈춰서서 문짝을 어떻게 할지 궁리하다가 지금은 골머리 썩이지 않기로 결정한 것은 지금 떠나야 했고 이 문제를 검토하고 끝장내야 했기 때문이어서 그는 문을 그대로 내버려둔 채 출발했다.

그녀는, 도시를 떠날 거라고 눈을 동그랗게 뜬 채 말했는데, 비케르 술집에서 TV를 보던 사람들은 두 눈을 크게 뜨고 숨을 죽인 채 입을 벌렸으며 그녀가, 도시를 떠난다고 기자를 향해서가 아니라 카메라를 직접 향해서 말한 것은 지금부터 이것은 개인적 문제가 아니라 공식 기관의 문제이기 때문이니 그녀는 보고했으며 이로써 이 문제에서 자신의 역할이 적어도 자신의 공식적 책무와 관련해서는 일단락되었길 바랐다며 그럼에도 처음에 했던 말을 다시 한번 되풀이하고 싶다면서 자신이 이곳에 온 것은 개인적 문제가 대중의 눈앞에서 모두 해결되도록 하기 위해서였고 자신은 이 문제를 마무리 짓기 전에는 떠나고 싶지 않으며 그래서—여기서 단호한 표정으로 입술을 내밀며 의미심장한 침

트르르르……

묵 뒤에 카메라를 바라보았으나 문장을 이어 말하지는 않고 이 짧고 효과적인 침묵 뒤에 조금 전만 해도 부드럽던 음색을 최대한 딱딱하고 날카롭게 벼려 말하길—자신은 배신당하고 버려진 아이이며 이곳에 온 것은 진실을 폭로하고 대중에게 겉모습을 믿지 말라고 말하기 위해서이거니와 이른바 국제적인, 게다가 세계적으로 유명한 이끼 연구 덕분에 국제적으로 저명하고 학식 있는 교수로 이 시에서 명성이 자자하며 그녀 자신이 불문곡직하고 어제까지만 해도 자기 아버지라고 생각한 인물이—그녀가 입술을 떨며 말하길—고백건대 대중의 존경을 받거나 스스로 아버지라고 부를 특권을 누릴 자격이 없다며—앞선 TV 방송으로 이미 유명해진 저 맑고 파란 네온 빛 눈에서 불꽃을 튀기다시피 하며—제가 오늘 이 훌륭한 TV 방송국에 온 것은 이 사람이 더는 제 아버지가 아니라고 발표하기 위해, 무엇보다 그를 위인으로 여기는 주민 여러분께 발표하기 위해서이고 저를 20년간 부인한 이 사람을 이제는 제가 부인한다고 여러분께 발표하는 것이야말로 제가 여기 있는 이유이며 저는 더는 그를 아버지로 여기지 않고 더는 그의 이름을 지니고 싶지 않기에 이 시점으로부터 그는 어느 때에도 어느 상황에서도 저를 자신의 자녀로 지칭할 권리가 없음을 선언하는 바입니다, 이 천박한 무장 범죄자, 부당한 명성을 누리는 위선자 사기꾼, 옹졸한 이끼 채취꾼, 이라고 그녀가 카메라에 대고 속삭이자 비케르 술집 손님들은 표정에서 보듯 그녀의 아름

다움에 정신을 잃었는데, 맥주 위에는 아직 거품이 그대로
남아 있었고 파인트 잔은 여전히 손에 든 채였고 손은 여전
히 허공에 떠 있었고 그들은 이 여자를 뚫어져라 쳐다보았
고 TV 수상기는 입구 옆 구석 높은 곳 천장과 벽이 만나는
지점의 쇠막대에 달려 있었으니 그들은 목이 점차 뻣뻣해졌
으나 10분째 움직이지 않았던 것은 뭔가 대단히 중요한 것
이 방송되고 있음을 다들 직감했기 때문인 것, 말하자면
대단히 중요한 일이 일어날 때마다 언제나 그들이 연루되고
말았기에 그들은 최대한 주의를 집중했으나 이미 그토록 열
심히 주의를 집중하느라 무척 피로했기에 여자가 하는 말에
서 가장 본질적인 부분을 찾아내려 애썼으니, 이를테면 여
자는 그가 저지른 모든 짓에 본보기로 앙갚음할 방법을 찾
고 있다거나 그는 틀림없이 감옥에 갇히고 말 텐데, 자신은
결코 면회를 가지 않을 것이며 그가 마땅히 가야 할 감옥에
서 썩는 것이야말로 가장 바라는 바라거나 그가 구질구질
한 감방의 악취 나는 침상에서 말라비틀어지길 바란다거나
"마침내 이끼에 뒤덮일 것"이라고 말했는데, 이 말에 단단한
집중력이 얼음 깨지듯 깨져버렸고 이 마지막 문구가 그들의
주의를 흩트렸으니, 말하자면 폭소가 터져나왔고 그들은 더
는 긴장감을 견딜 수 없어 다들 왁자하게 웃음을 터뜨렸으
며 맥주잔을 카운터에 내리쳤고 하도 웃어대느라 몸을 주체
할 수 없었으며 그중에서 오로지 대장만이 말없이 오른쪽
팔꿈치를 카운터에 기대고 있었으니 그의 얼굴에는 모종의

트르르르……

침울한 집중 말고는 아무것도 없었고 동료들이 숨을 못 쉴 정도로 웃어대는 와중에도 저 위에 매달린 TV 수상기에 시선을 단단히 고정한 것이, 마치 이해하지 못하는, 들리는 말을 알아듣지 못하는 사람 같았으나 실은 저 말들을 머릿속에서 주물럭거려 나머지 동료들에게 설명하길 아직 모든 것이 완전히 밝혀지지 않았고 그들이 터무니없이 착각했고 그들이 들은 게 전부가 아니고 그들이 이곳에서 마주하고 있는 것은 진실이 아니라 그 반대인 것이, 이곳에서 가장 용납 못 할 중상모략이 벌어졌으며 이에 대해 그들은 으레 그랬듯 한 집단으로서 대응할 의무가 있다는 것이었다.

순수한 심장과 곧은 척추, 이것이 당신에게 있으면—웹사이트를 열자 엄숙한 회원 모집 연설이 울려퍼졌는데—그렇다면 가입해도 좋으며 게다가 당신은 우리 중 하나이니, 염통이 그러하고 등뼈가 그러한 사람은 누구나 우리에게 합류해야겠다는 의무감을 직접적으로 느낄 수밖에 없거니와 당신의 오토바이가 어떤 기종인지는 상관없어서, 엠체트를 타고 와도 좋고 심지어 베르버 모페드를 타고 와도 좋으며 당신의 가와사키가 얼마나 오래됐든, 당신의 혼다가 얼마나 오래됐든 상관없는 것은 우리에게 중요한 것은 오직 하나, 정직과 이상이기 때문으로, 당신의 내면에서 이 두 가지가 느껴진다면—오토바이 경적이 들리며—당신은 우리 가운데에서 자신의 자리를 찾을 것인바 우리에게 오되 가와사키를 타고 오든 베르버를 타고 오든 상관없으나, 물론 상관이, 그것도 많이 있었던 것은 거의 모두가 가와사키 아니면 혼다 아니면 가와사키 아니면 야마하 아니면 스즈키 아니면 가와사키 아니면 혼다를 타고 왔기 때문이요, 가장 흔하고 인기 있는 것은 8~10년 전에 나온 가와사키 636과, 비슷한 시기에 나온 야마하 T2R였는데, 혼다 바라데로를 타고도 꽤 많이 찾아왔고 물론 스즈키 GSF 밴디트와 하야부사도 있었지만 그렇다고 해서, 대장이 설명하길 이것들만 타고 와야 하는 것은 아니며, 당신이 오토바이를 구할 수 있도록 우리가 도와줄 것인바 우리에겐 회원 전용 매장이 있어서 가죽 장비에서 허리 보호대까지, 식스기어 장갑과 디파이 바이킹 장갑에서 포르마 이체 부츠까지 뭐든 구할 수 있으며 대금을 바로 지불할 필요도 없는 것이, 회원들은 신용으로 구입할 수 있거니와, 하긴 신용이긴 해서 갚긴 갚아야 하는데, 원하면 조금씩 갚아도 되지만 갚긴 갚아야 하니 그러지 않으면 제명될 것이며 회원이 아니면서 갚아야 할 돈이 있는 사람은 호된 대가를 치러야 할 것임을 최우선으로 언급해야 하는 것은 여기서는 소유물에 책임감이 결부되기 때문이니 이 책임감이 내면에서 우러나야 한다는 것은 아무리 강조해도 지나치지 않는바 당신은 이곳이 놀이동산도 아니요, 어린이집도 아니요, 힘을 요하는 집단임을 애초부터 인식하는 게 좋을 것이며 요컨대 이해한다면 힘을 보여줘야 한다는 것임은 그래야 이해했다는 뜻이기 때문이며 당신이 제대로 이해해야 하는 것은 이것이 단순한 주말 오토바이

트르르르……

동호회가 아니어서 일렬로 줄지어 새끼 거위처럼 왼쪽으로 틀었다 오른쪽으로 틀었다 하지 않기 때문이니 그게 아니라 이곳에는 과제가 있는바 목표에 도달하기 위해서는 순수한 인간성과 명예를 찾는 길을 닦아야 하기 때문이요, 그것은 우리가 '고귀한 분'을 찾고 있기 때문이고 그 길을 찾고 있기 때문이며 그러므로 우리에게 동참할지 말지 곰곰이 따져보는 것이 좋을 것인바 이후로는 돌이킬 수 없기 때문이며 이 것을 곰곰이 따져보는 동안 우리의 송가를 연습해야 하는데, 우리에게 합류하는 사람은 누구나 송가를, 즉 아래의 노래를 익혀야 하므로 가사를 외워야 하되 노래로 부르지는 못할지언정 가사라도 외워 머릿속에 집어넣어야 하니—그러지 않으면 우리가 당신 머릿속에 집어넣을 것이므로—암기하도록.

모든 피스톤이 내 밑에서 부르릉거리네,
나의 심장은 둘로 쪼개져 부르릉거리네.
길은 빛나고 모든 별은 반짝이니
벤츠여 잘 있거라.
어디로 향하는지도 모르니
아는 것은 고통이 크다는 것뿐.
삶은 좋은 것도 나쁜 것도 약속하지 않으니
모든 씨발놈들아 잘 있거라!
바퀴가 회전하고 브레이크는 망가졌네.

어떤 커브에서도 망설이지 않으리.
순수의 이념이 나를 인도하니
나는 순수의 충성스러운 수호자로다!

그는 이것이 위험한 장치라고 그에게 설명했으며 게다
가 다시 그의 의자에 앉아 있었는데, 이번에 돌아왔을 땐
긴 가죽 코트를 입고서 그의 오두막에 들어와 암막창에서
팔걸이 달린 부엌 의자로 직행하는 바람에 다시 한번 그는
그의 앞에 선 채로 들을 수밖에 없었으니 그가 말하길 여기
이것 좀 보슈, 교수 양반, 전체 모습을 상상해보라고, 여기
장치의 몸체가 보이지, 나는 만지지 않을 거요, 그가 미소를
지으며 덧붙이길—미소를 짓지 않았으면 더 좋았겠지만—
당신이 이해할 수 있다면 이름으로만 부를 거요, 그러니까
요는 여기 가운데, 보슈—당신도 이미 알 거야, 꽤 능숙하게
다뤘으니까—이거 보이슈, 라면서 그는 상상의 탄창을 꺼내
고 그 탄창에서 엄지손가락으로 상상 속 탄약을 반대편 손
바닥에 튀겨 올리고는, 보슈, 여기 탄약이 있소, 라며 그가
똑똑히 볼 수 있도록 가까이 들이밀고는, 자, 여기 있소, 당
신에겐 무척 친숙할 거요, 그렇소, 하지만 탄약 밑에 화약이
조금 있는데, 거기에는 두 가지 쓰임새가 있소, 그중 하나
는—그가 탄약을 뒤집어 아랫부분을 그에게 보여주면서—
총탄을 커다란 에너지와 함께 총열에서 밀어내는 것이지만
나머지 쓰임새로 말하자면 다음 총알을 탄창에서 뽑아 올

트르르르……

리는 데는 에너지가 조금밖에 필요하지 않소, 이해될 거요, 그렇소, 물론 그럴 거요, 이제 이것이 당신에 의해 발견된 새 품종의 태평양 이끼가 아니라 위험한 무기라는 걸 똑똑히 알았을 거요, 그리고 이렇게 위험한 무기—AMD-65—가 여기 있어선 안 되는 것은 내 부하들이 당신을 찾으러 여기 올지도 모르는데, 그보다는 다른 식으로 대비하는 게 훨씬 나을 것이어서 내가 전부 준비해뒀소, 그러고는 그가 이제 교수의 부엌 의자에 앉아 수염을 긁으며 말하길 교수가 그의 말 한마디 한마디를 귀담아들어야 할 것은 모든 것이 그가 세운 계획에 따라 진행되어야 하기 때문으로, 그들이 찾아와 무기에 대해 물으면 공기총을 꺼내 그들에게 보여주면서 이걸로 아무렇게나 발사하는 게 전부였다고 말해야 하거니와 기자 나부랭이들이 그렇게 쉽게 겁을 먹는 거야 어쩔 수 없는 것이, 그러니까 그게 이 권총이 여기 있는 이유이지, 그런 나부랭이들을 쫓아버리기 위한 것이되 그 이상의 피해는 줄 수 없으며, 그런데 당신은 권총 소지 허가를 받을 필요가 없나, 확실한가, 불청객은 끈질기게 묻고 나서 기다란 가죽 코트 안주머니에서—지금은 기다란 가죽 코트를 입고 있었으므로—코트 아랫부분 어디에선가 권총처럼 생긴 것을 꺼내더니 말하길 여기 있소, 당신의 가스식 공기총이오, 방아쇠를 당기기만 하면 그대로 발사되지, 그런 다음 그는 일어섰지만 물론 오두막 천장이 그에게 너무 낮아서 몸을 구부린 채로 묻길 그런데 AMD-65는 어디 됐소, 지금은 시위도 없잖소, 라기에 교수는 자신이 그들에게 존경받는 인물이든 아니든 이 위인이 두 번 묻지 않을 것임을 알고서 군말 없이 오두막 뒤쪽에 쌓여 있는 옷가지 더미로 돌아가 무기를 꺼내어 남은 탄창과 탄약까지 그에게 건넸으며—이것들은 순식간에 기다란 가죽 코트 밑으로 사라졌는데—빈 탄피나 탄창은 어떻게 되었느냐는 질문을 기다리지 않고서 말없이 따라 나오라고 손짓하고는 둘 다 밖으로 나가 헝가로셀 패널 기둥이 있는 뒤쪽으로 돌아가서 비닐을 짜서 만든 큼지막한 봉지를 은닉처에서 들어올리니 상대방은 그것을 받아 자기 오토바이에 가져가서는 뒷바퀴 위에 장착된 박스에 던진 뒤 잠시 오토바이 옆에 서 있다가 교수의 눈을 뚫어져라 쳐다보고는—그 눈빛은 지난번에 교수를 오싹하게 했고 그의 혈관을 흐르는 피를 싸늘하게 식힌 것이었는데—밭은기침을 하고 손을 내밀며, 조만간 다시 볼 터인즉 지난번 이야기를 나눈 이후로 시에 큰 변화가 일어났고 누군가가, 사람들이 오랫동안 기다린 누군가가 오고 있으며 모든 것이 달라졌고 오늘 모든 것이 어제와 달라졌으므로 모두가 내일에 모든 것을 걸고 있다고 말하며 헬멧을 채우고 안장에 걸터앉아 AMD-65를 쑤셔넣은 기다란 가죽 코트를 가다듬고 무심하게 가와사키에 시동을 걸고는 이미 후진하고 있었는데, 후진하는 동안 기어를 고단으로 바꾸고 이미 떠나버렸으니 온 적도 없는 사람처럼 사라져버렸고 가시덤불 속으로 어찌나 솜씨 좋게 빠져나갔던지 가지들이 흔들리지조차 않

　　　　　　　　트르르르……

았던 듯했다.

그는 그의 늙은 양몰이 개를 묶을 수 있었는데, 커다란 개와 씨름하면서 구시렁거리긴 했지만 그래도 언제나처럼, 그가 여기 왔을 때 이 짐승은 방문객에게 잠깐 관심을 보이더니 조금 지나자 목줄 잡아당기기와 으르렁거리기를 그만두고 마치 싫증이라도 난 듯 방문객을 내버려둔 채—이번에는 방문객으로 찾아왔기에—물러났는데, 늙고 병들고 털이 빠지고 한쪽 눈이 먼 저 개는 모든 것을 저기 남겨둔 채 구덩이에 몸을 뉘었으며 그는 부서진 시멘트 조각으로 얼기설기 포장한 길을 따라 농가 입구로 올라가 한 번 초인종을 울리고 두 번 초인종을 울리고 세 번 초인종을 울렸으나 농부가 나오길 기다려봐야 허사였으며 그는 나오지 않았기에 다시 한번 문을 두드리되 이번에는 있는 힘껏 두드리고 고함을 지르며 아까 벌어진 일에 대해 이야기하고, 자느냐고, 문 좀 열라고 했지만 문이 열리지 않아서 우연히 손잡이를 밀었는데, 신기하게도 손잡이가 돌아가면서 문이 열렸으니 그가 이 농부를 안 뒤로 그가 술에 떡이 되었어도 문을 열어둔 것은 한 번도 못 봤던바 일이 어떻게 돌아가는지 이해할 수 없었으니, 어쩌면 그가 이 모든 혼란에 미쳐버렸는지 누가 알겠어, 라며 마치 그에게 말하듯 물으며 자신이 이미 부엌에 들어왔다고 말했으나 아무도 대답하지 않았으니 부엌에는 아무도 보이지 않았으며 상황 전체가 정말이지 무척 낯설었으니 교수는 이런 이른 시각에는, 7시 18분에는 그가 대개는 집에 있다는 사실을 알고 있었는데—오랫동안 그는 먹여야 할 가축을 하나도 키우지 않았고 연장 하나도 수리하지 않았으며 집도 전혀 돌보지 않았고 게다가 집에서 마시는 것으로도 충분하지 않으냐며 시내 술집에도 전혀 가지 않은 것은 모두에게 말하듯 자기 술만 마셨기 때문이며 집에 술이 있으면 딴 사람 술이 필요하지 않기 때문이니—여기 무슨 일 있느냐고 교수가 다시 묻고는 밭은기침을 하고, 이봐요, 어딨소, 좀 나와보라고 말했지만 아무 대답도 없어서 거실 문을 열었는데 아무도 없었고, 식료품 저장고 문을 열었는데 아무도 없었고 그래서 문을 닫으려던 참에 신음 비슷한 소리가 들려 다시 들어갔으나 아무도 없었는데, 하지만 다시 문을 닫으려 할 때 끙끙거리는 소리를 들은 것도 같아 다시 돌아가서 보니 저장고 끝에 길이가 3미터는 됨직한 널빤지가 벽에 기대어 있고 그 뒤에 숨겨진 작은 문이 있어서 문을 열었더니 농부가 머리가 으깨지고 입이 벌어지고 온몸이 피범벅이 된 채 흙바닥에 누워 있었던 바 몸 전체를 태아처럼 구부린 채 끙끙거리는 것을 보면 목숨이 아직 붙어 있는 듯하기는 했으나 끙끙거리는 소리 말고는 살아 있는 기미가 전혀 없어서 교수가 그의 옆에 괸 피웅덩이 속에 무릎을 꿇고 그의 머리를 똑바로 세우려 한 것은 그의 머리가 한쪽으로 기울어진 채 입이 또 다른 피 웅덩이에 닿아 있었기 때문으로, 교수는 농부가 질식하지 않도록 머리를 세우려 했으나 그를 움직일 엄두가 나지 않았

트르르르……

고 그를 붙들고 있기가 두려웠으며 그래도 붙들고 나서는
더 다치게 할까봐 머리를 돌리기가 두려웠으니, 에휴, 하고
일어섰는데—어떡한다?—할 수 있는 일이 아무것도 없어서
부엌으로 가 재빨리 대야를 찾아서는 물통에 담긴 물을 붓
고 행주를 집어 허겁지겁 저장고로 돌아왔는데, 그곳은 예
전에 훈연실이었던 듯 아직도 훈연할 고기가 걸려 있었거니
와 그는 아주 조심스럽게 그는 농부의 머리를 닦기 시작하
여 벌써 눈과 코가 보일 만큼 진척이 있었으며 귀와 머리카
락을 정성껏 닦아내고서 머리를 다시 돌리려 했는데, 완벽
하게 성공하지는 못했으나 적어도 그의 입이 피에 닿지 않도
록은 움직일 수 있었으며, 어떡한다, 이제 어떡한다, 그는 망
연자실하지 않았으며 이런 힘든 상황에서도 언제나 침착했
으나 묘안이 전혀 떠오르지 않던 그때 농부가 한번 움직였
으니 대단한 건 아니었어도 적어도 무언가 일어나긴 한 것
이, 그가 한번 눈을 깜박이고 다시 한번 깜박이자, 그렇지,
그러고서 그는 몸에서 피를 닦아내야겠다는 생각이 들었는
데, 어쩌면 실제로 도움이 될 수도 있겠으나 농부가 정신을
차리길 기대하면서 시간을 버는 것에 불과할 수도 있었거니
와 그 일이 정말 일어난 것이, 처음에는 눈만 끔벅거리다 뭐
라고 말하려는 듯 입을 우물거리더니 이윽고 손을 움직이
기에—처음에는 이 손, 다음에는 저 손 하는 식으로—교수
는 하릴없이 그저 기다렸으니 무얼 할지 생각해낼 수 없었
고 상처가 어디 있는지, 상처가 있긴 한지조차 알 수 없었는

데, 농부의 얼굴이 하도 일그러진 것이 마치 무언가에 짓이겨진 듯 머리 한쪽이 움푹 꺼진 듯한 끔찍한 광경이었으나 그때 갑자기 농부가 입을 열었는데, 목소리가 하도 기어들어가서 교수가 그의 옆에 무릎을 꿇고 가까이 몸을 숙이자 농부가 말하길 한 모금만, 그 순간 뜬금없는 생각이 교수의 뇌리를 스쳤으니, 이 지경이 되어서도 처음 생각나는 게 이거라니 어이가 없군, 하고 생각했으나 이내 그 뜻이 아닌 것을 깨닫고서 다시 부엌에 달려가 물 한 잔을 가져와서는 그에게 마시게 했으나 목구멍도 손상된 모양으로 물을 삼키기가 힘들어 즉시 게웠는데, 이것은 좋은 징조인 것이, 그의 몸이 조금씩 회복된다는 뜻이었으며 그렇게 천천히 한 걸음 한 걸음 한 동작 한 동작 적어도 10분, 20분, 어쩌면 30분이나 지났을까…… 그는 충격 때문인지 시간 감각이 완전히 사라져 아무리 집중력을 발휘해도 자기가 몇 시에 여기 왔는지 기억이 나지 않았는데, 물, 하고 농부가 말하자 다시 그에게 물을 주었으며 이번에는 몇 모금 넘길 수 있었고 그게 가능했고 그리하여 그는 농부를 모로 누일 수 있었으며— 그는 농부가 입안의 피 때문에 숨이 막힐까봐 모로 누이는 게 낫겠다고 생각했는데, 실제로 농부에게 어느 정도 도움이 되었으니—어떻게 된 거요, 교수가 묻고서 그제야 여기서 무슨 일이 일어났는지에 생각이 미친 것인데, 그것은 여느 사람에게라면 처음 물었을 질문이었을 것이며 이내 문득 어떤 생각이 스치고 지나갔으니 그는 이미 반 시간 전에 여기

트르르르……

왔으나 이 질문을 던질 생각을 하지 못했고 물론 대답도 얻지 못한 것은 농부가 적어도 이 시점에는 말할 수 없었기 때문이요, 반의반 시간쯤 더 지난 뒤에야 그럴 수 있을 터였으며 이제 그는 이미 일어나 앉아서, 당신은 몸뚱이가 무쇠인가 보군, 하고 교수가 그에게 말하며 농부를 벽에 기대게 하여 다시 한번 머리를 거의 곧게, 물론 매우 조심스럽게, '오직 매우 조심스럽게' 세우려 했는데, 그의 몸 안에서 목소리가 웅얼웅얼하다 그가 몸을 추스를 수 있게 되어 머리가 곧게 세워지고 몸이 일어나 앉았고, 아니, 적어도 일어나 앉은 것처럼 보였고, 구급차를 불러야겠어, 하고 교수가 생각했으나 그때쯤이면 이 일은 다 전부 마무리되었을 터였는데, 구급차는 부르지 마슈, 농부가 힘 하나도 없는 목소리로 말하되 마치 교수의 생각을 읽기라도 한 듯 말하길 구급차는 안 돼요, 라고 그가 중얼거렸을 때 교수는 그제야 농부가 앞니가 죄다 달아난 것을 알았으며 그는 다시 물을 달라고 했는데, 이번에는 삼킬 수 있었고 한쪽 눈을 뜰 수 있어서 그 한 눈으로 교수가 자기 옆에 섰다가 무릎 꿇었다가 하는 것을 보았으며 교수가 무엇을 해야 할지 갈피를 잡지 못하자, 아무것도 하지 마슈, 라고 말했는데—달아난 잇새로 우물거렸다고 하는 게 정확하겠지만—이젠 정말로 오싹했던 것은 그가 자기 내면에서, 머릿속에서 벌어지는 것을 그대로 읽어내는 것 같았기 때문으로, 괜찮소, 그러지 뭐, 구급차는 부르지 않겠소, 아무것도 하지 않겠어, 하지만 말할 수 있다면 말해보게, 무슨 일이 생긴 건가, 하지만 이에 농부는 탈진한 사람처럼 눈을 감았다가 다시 뜨고는 물 한 모금 청한 뒤 들릴락 말락 하는 목소리로 머뭇거리며 아주 천천히 말들을 주워섬기며 말하기 시작했는데, 그의 말을 들으면서 교수의 머릿속에 천천히 그림이 그려진 것은 농부가 더듬더듬 말한바 그들이 체펠을 조각조각 부술지 그를 조각조각 부술지 그에게 선택권을 주겠다고 말했다는 것으로—불쌍하기도 하지, 그들이 정말 당신을 때렸단 말이오—그건 내가 당신에게 그들의 물건을 팔았기 때문이외다, 하지만 나는 체펠을 위해 새 배터리에다 새 피스톤 부품에다 새 클러치 축이 필요했단 말입니다, 내게 뭘 팔았단 말이오, 라며 어안이 벙벙한 교수가 끼어들었지만 농부는 듣지 못한 듯 제 할 말만 했으니, 여기 이건 결코 수집품이 아니고 나는 할아버지가 누군지도 모르고 할아버지는 고사하고 아버지도 본 적이 없고 전쟁통에 무기를 수집한 사람이 어디 있겠느냐며 단지 이 모든 무기를 왜 가지고 있느냐고 누가 물어보면 그렇게 설명하라고 오토바이족들이 그에게 일러줬을 뿐이었던 것은 이곳이 그들의 무기 은닉처였기 때문이고 이것이 계약 조건이어서 초코시 도로와 딴 데서도, 그리고 어디에서도 그는 이렇게 얘기하고 다녀야 했으나 아무도 그의 말을 한마디도 믿지 않았기에 그들은 안심할 수 있었거니와 오토바이족들에게 법적 문제가 생기면 그 혼자만 붙잡혀 감옥에 갈 터였는데, 그래봐야 무기 은닉죄가 전부였으며 오토바이족

트르르르……

들은 그를 돌봐주겠다고, 돈도 주고 마실 것도 조금 주고 몸이 필요로 하는 것은 뭐든 주고 달이면 달마다 초코시 도로 선술집에서 한턱내겠다고 약속했으니, 체펠을 굴릴 수 있게만 해달라고, 이 체펠은, 살아 계신 하느님께 맹세컨대 이 체펠은 그의 모든 것이라고 했더니 그들은 약속했고 그렇게 한동안은 순탄했으나 어제 자정에 그들이 문을 박차고 들어와 완전히 실성한 채 문을 부수고, 감히 AMD-65를 팔아, 라며 처음에는 물통으로 그의 머리를 후려치기 시작하더니 그중에서도 가장 사나운 새벽별이 널빤지로 그를 때렸는데, 멈출 수도 없었고 멈추고 싶어 하지도 않았거니와 그들은 네놈이 죽을 때까지 때리겠다고 말했으며 아마도 그가 맞아 죽었다고 생각했을 법한 것은 그가 이미 의식을 잃었기 때문으로, 그가, 고명한 신사 나리가 이곳에 온 것은 이제야 알았고 그는 그의 입에 물을 뿌려주고 있었으며 이것이 그가 그에게 해줄 수 있는 것이었고 이제 그가 어떻게든 움직일 수 있어서 그는 그를 내버려두었으며 농부는 울기만 했고 울면서 그에게 말하자, 다 잘될 거요, 아니, 안 돼요, 그들이 돌아와 당신을 발견할지도 모르니 여기서 빠져나가슈, 그자들은, 농부가 말하길 사람이 아니라 짐승이니까. 교수는 고개를 끄덕인 뒤 밖으로 나가 은닉처로 돌아가서는 알라딘을 열고 처음으로 눈에 띈 무기를 꺼내어 (무기 더미에서 맨 처음 손에 잡힌) 탄약 주머니를 걸치고 코트 밑에 쑤셔넣지도 않은 채 그냥 손에 들고서 멜빵을 덜렁거리며 농장을 떠나 가시덤불땅을 향해 발걸음을 내디뎠다.

우리는 당신을 도우려고 왔소, 이에 그녀가 두 번째로 불러 뭘 원하느냐고 묻자 그들이 대답하길 만사가 순조롭게 진행되도록 하려고 왔다면서, 아가씨가 더 구체적으로 알고 싶으시다면, 이 살을 에는 아침에 역까지 걸어서 가기로 마음먹었다면 가는 동안 험한 꼴을 당하시지 않도록 도우려 한다고 하자, 희롱은 없을 거예요, 라고 그녀가 입을 삐죽거리며 말했지만, 아니, 있을 거요, 라고 그들이 그녀의 등 뒤에 대고 말하고는 모두 한동안 말없이 역을 향해 평화로를 걸었는데, 여자는 이 불청객 수행단을 참아내는 수밖에 없어서 혹시나 택시가 오지 않으려나 계속 뒤를 돌아보았지만 택시는 어쩌다 눈에 띄지조차 않았으며 이제 그녀가 처음 이곳에 왔을 때처럼 순조롭게 진행되는 일은 하나도 없었으니 덩치가 우람하고 다들 가죽을 걸쳤다는 것이 그녀가 그들을 처음 보았을 때 알 수 있었던 전부였던바 인원은 대여섯 명, 그러니까 작은 부대였던 듯한데, 그녀는 여기서 무슨 일이 벌어지고 있는지 이해할 수 없었으니—누가 이자들을 보낸 거지—마치 아무도 보내지 않은 것처럼 보이기도 했는데, 이런 황폐한 시골에서 흔히 그러듯 그들은 난데없이 나타났으며 그녀는 그런 부류를 잘 알았으니 그들은 자칭 타칭 향토방위군으로 불렸는데, 수도에서조차 무엇 하나, 의회도 법원도 경찰서도 관공서도 작동하지 않고 모든 곳에서 모든 것이 썩어빠진 탓에 이 나라 어디에서고 그 무엇도 더

트르르르······

는 작동하지 않는 이 절대적 혼돈 속에서 그녀는 '무해한', 즉 '무언가 해야 한다'라는 이름의 단체에 가입하기로 마음 먹었고, 말하자면 회원이 되었으며 게다가 그녀가 가입 이후로 줄곧 명백히 주도적 역할을 맡은 탓에 다들 처음에는 그녀가 무해한을 결성한 줄 알았고 그들은 전국을 순회하기 시작했고 대담하게 나라를 횡단했기에 그녀는 이런 부류에 무척 친숙해 있었고 그들이 역겨워 혼자 생각하길 그런 문제라면 그들이 두렵지 않아, 그 순간 그녀의 표정이 날카로워지며, 아니, 오히려 그들에게 내가 역겹지, 이제 그녀는 그들이 바로 등 뒤에 있는 것을 느꼈지만 그들이 원하는 게 무엇인지, 그녀를 구타하고 싶은지 겁탈하고 싶은지 알지 못했으며 이런 일이 일어나지 않은 것도 아닌 것이, 요즘은 하루가 멀다 하고 이런 공격이 벌어지고 있었으며 많은 경우 조치조차 이루어지지 않았는데—'용의자'의 정체를 경찰을 비롯한 모든 사람이 알고 있는 상황에서 수사가 벌어질 때 이것을 도무지 조치라고 부를 수 있겠느냐마는 어쨌든 상황은 이러하여—그녀가 저 모든 무골충—그녀가 이 나라의 시민들을 빗대 지칭한 표현—과 달리 자신은 여기서 벌어지는 일을 수동적으로 방관하는 것이 아니라 무언가 해야 한다고 생각한 것은 이 때문이었으며 이번에도 그녀는 어떤 잔학 행위가 일어나면 어떻게 자신을 지킬지 생각하고 있었으나 아무 일도 일어나지 않았고 대신 그들은 그녀가 안전하게 도시를 떠나기만 바라는 듯 수행하기만 했으니, 실례가 안 된다면 다시 말해주시면 좋겠는데―징 박은 거대한 가죽 부츠와 오토바이 부츠를 신은 채 그녀 뒤를 바짝 따르는 무리 중 하나가 불쑥 말하길―당신이 여기 왜 왔는지, 원하는 게 뭔지 말해달라고 했으나 그녀는 물론 한마디도 대답하지 않았으며 몇 걸음 떼기도 전에 되묻길 그게 당신과 무슨 상관이죠, 글쎄요, 우리와는 상관없지, 아니, 실제로는 상관있지, 왜냐면 교수 양반을 들볶는 건 여기서는 온당한 일이 아니니까, 알다시피 아가씨, 난 당신 아가씨가 아니에요, 라고 여자가 쏘아붙이고는 걸음을 더 떼었는데, 발걸음을 조금 빨리하면서 생각하길 아, 우리 아버지가 나를 미행하라고 이 사람들을 보냈구나, 지옥에서 썩어버려, 정말이지 깡패 같으니, 그러다 등 뒤에서 목소리가 들리길 우리에게 말해보슈, 그래도 손해 볼 것 없으니, 아무한테도 말 안할 테니까, 그러자 그녀가 불쑥 뒤를 돌아보며 그들의 면전에 대고 내뱉길―자신을, 무엇보다 자신을 겁쟁이로 여기지 않도록 하려고―그래서 당신들에게 말해달라고? 좋아, 말해주지! 그의 삶을 못 견딜 것으로 만들고 싶고 그가 사는 곳을 못 견딜 곳으로 만들고 싶어, 그렇게 전해, 라고 소리치고는 계속 걸어갔고 그들도 그녀를 따라갔는데, 누군가 자기들끼리 말하는 소리가 들리길 저 여자 하는 말 알아듣겠나, 상대방이 대답하길 아니, 자넨 알겠나, 난 모르겠네, 이런 대화를 듣다 보니 다시 부아가 치밀어서 그녀는 다시 몸을 돌려, 당신들의 썩어빠진 고명한 지휘관에게, 그가 정신병원에

트르르르……

처박히든 감옥에서 썩든 내 알 바 아니라며 그들의 면전에
대고 쏘아붙이길 팔을 등 뒤로 묶인 채 정신병원에 처박히
거나 감방에서 썩거나 둘 중 하나일 테니 각오하라고 전해,
그럴 거지?! 그러지, 하며 수행단들이 고개를 끄덕이는 것으
로 보건대 호되게 꾸중을 들은 것 같기도 하고 목소리에 죄
책감이 배어 있는 것 같기도 하고 어쨌거나 그렇게 보인다
고 여자는 생각했으며 아버지가 그들에게 자신을 폭행하라
고 명령하진 않았길 바라면서 다시 발걸음을 떼고는 앞으로
앞으로 걷기만 했는데, 그녀는 역에 도착했으나 기차에 차
장도 없을 텐데 무슨 소용이겠느냐 싶어 매표소에도 들르지
않았거니와 뜻밖에 선로에 객차가 있는 것을 보고서 더없이
기뻤던 것은 적어도 열차가 운행되고 있다는 뜻이기 때문
이었거니와 열차 시간표는 소용없어진 지 오래되어 족히 몇
시간을 기다려야 했지만, 적어도 기차가 있기는 하니까, 라
고 생각했고 객차가 그 증거인 듯 보였으며 내부가 텅 비다
시피 했기에 그녀는 밖에서 창 안을 들여다보면서 어느 칸
을 탈까 고민했는데, 갑자기 열차 전체가 꿈틀하더니 천천
히 움직이기 시작하여 지체할 수 없었기에 가장 가까운 객
차의 계단에 뛰어올라야 했고 그럴 수 있었고 그러고서 문
을 닫았으며 늪초록색 좌석에 털썩 주저앉아 내다본 창밖
에서는 역겨운 부대가 승강장에 서서 기차를 바라보고 있었
으니 그걸로 일단락되었고 그걸로 끝이었으며 유일하게 아
쉬운 것은 기차에 오를 때 립스틱, 바로 그 립스틱, 양귀비꽃

붉은색 립스틱이 핸드백의 사이드포켓에서 빠져 선로와 선로 사이에 떨어졌다는 사실로, 정말로 아쉬웠던 것은 이 립스틱이 그녀가 아끼는 것이었기 때문이며 지금 그녀는 정말로 아쉬웠다.

그는 아무도 좋아하지 않았고 아무도 그를 좋아하지 않았으며 이 상황에 그는 지극히 만족했던바 존경은 별개 문제로 그 자체로부터 왔고 안타깝게도 인간의 어리석음으로부터 저절로 생겨났으며 그 앞에서 그는 무력했으나 전전긍긍한 것은 아니어서 그는 사실 전전긍긍하지 않았어도 만일 그것을 직면한다면 정말로 괴로웠을 것이기에, 말하자면 이것이 그를 첫 번째 결단으로 이끌었으니 비록 그가 과학과 과학의 메커니즘과 이른바 과학적 탐구를 저버렸어도 이것을 결단이라고 지칭할 수는 없었으며 이것은 오히려 그가 이끼에 대해, 자신이 평생에 걸쳐 천착한 주제이자 전 세계에 이름을 알린 계기인 이끼에 대해 흥미를 잃었다는 사실의 자연적 귀결이었으니 그날은 그가 창밖을 바라보고 있을 때 찾아왔는데, 그는 길 건너 페니마켓을 보고 있었으며 개장을 기다리는 줄이 길게 늘어선 것으로 보건대 오늘 토마토 꾸러미나 코카콜라 0.5리터들이 병을 할인하는 것이 분명했으며 그는 이 광경을 보고서 과학적 연구에 대한 흥미가 모조리 떠나갔는데, 갑자기 이끼에 대해 아는 것이—이끼에 대해 그가 아는 것은 온 세상을 통틀어 그만 아는 것이었으나—어떻게 해서 아무짝에도 쓸모없어졌는가, 대

트르르르……

체 왜 자신이 이 이끼들에, 특히나 평생에 걸쳐 노심초사했는가, 더 나아가서는 대체 왜 그 무엇에든 노심초사했는가, 하는 생각이 들었거니와 〈네이처〉 말마따나 그가 전 세계에서 가장 중요한 이끼 전문가 세 명 중 하나라는 사실이 무슨 소용이냐는 것인데, 엿 먹으라지, 라며 그가 자신의 유명한 욕설을 내뱉길 엿 먹어, 엿 먹어, 그가 격렬하게 되풀이했으니, 전부 엿 먹어, 이끼 따위 다시는 안 본다, 라든가 내가 이 이끼 덩어리를 봐야 하는 것은 〈네이처〉지 때문이거나 이 비참한 장소, 이 썩어빠진 도시에서 이 대가리가 텅 비고 자기만족에 빠진 얼간이들이 날 보고 모자를 벗도록 하기 위해서이지, 라든가 내가 이 이끼들을 보는 것이 이끼 자체 때문이라면 이끼들은 내가 보든 말든, 내가 자기들에 대해 무엇을 알든, 어떻게 생각하든 상관도 안 하지 않는가, 이끼는 그냥 이끼이고 나는 그냥 나이고, 그거면 충분하지 않은가, 라는 식으로 시작되었으나 그것은 여전히 결단이 아니라 그가 어쩌다 빠져든 상태였으며 그렇기에 그날 페니마켓에서 토마토 꾸러미나 코카콜라 0.5리터들이 병을 할인하지 않았으면 모든 일이 다르게 전개되었을지도 모르지만 둘 다 할인했고 그는 페니마켓 앞에 늘어선 줄을 보았으며 그리하여 그의 삶은 지금과 다르게 전개될 수 없었으니 그러던 어느 날 그는 매 시각 남자 목소리로 정확한 시각을 '훌쩍거리며' 알려주는 앱을 아이폰에 내려받았는데, 이 앱이 도움이 되지 않는다는 사실을 깨달았고 자기 집이 바이러스 실험실처럼 티 없이 깨끗해서 무엇 하나 제자리에 있지 않으면 심란해지는 것에 진절머리가 났으며 모든 것 위에 군림하고 싶은 생각에 진절머리가 났으니 이끼뿐 아니라 모든 것을 다루는 일이 지겨워진 것으로, 그의 아이폰은 트위터, 페이스북, 이메일, 물론 링크드인을 담은 채 늘 그의 호주머니에 들어 있었으며 그는 욕실과 화장실에 라디오가 있었고 TV 수상기가 석 대 있었고 업계 전문지 말고도 헝가리 일간 신문 네 종을 탐독했으며 자신이 어떻게 언제나 뉴스 보도를 듣고 보고 읽는지 생각해보았는데, 말하자면 배경에서는 언제나, 그들이 이런저런 보도를 할 때나 버스가 폭발했을 때나 누군가의 어머니가 맞아 죽었을 때나 신종 전염병이 창궐할 때나 미술가 그레고어 슈나이더의 전시회가 새로 열릴 때 그들이 말하는 소리가 들렸으며 그러던 어느 날 첫 결단의 때가 찾아왔으니 그는 집 안의 방들을 샅샅이 살펴 우선 라디오와 TV를 모조리 꺼서 현관 앞에 내던진 다음 신문이며 책이며 편지며 그 위에 있던 (아이폰과 더불어) 모든 것을 버리고는 아직 끊어지지 않은 전화선을 통해 가정부에게 상황을 설명하고 급기야 이 전화기도 쓰레기 더미 꼭대기에 내던졌으며 이 모든 물건을 바깥으로 가지고 나왔던 바 이 첫 결단이 이루어졌을 때 두 번째, 세 번째 등등의 결단이 더 있을 것임을 이미 알았던 것은 이 상황에서 단번에 스스로 해방시키는 것은 매우 힘든 일이었고 그 무력감으로 인해 갑자기 고통이 밀려들었기 때문으로, 그는 이 단 한 번

트르르르……

의 몸짓으로, 자신이 좋아한바 이 '한 번에 끝장을 보는' 몸
짓으로 스스로를 해방시켜, 그래, 이건 이제 그만, 이라거나
저건 이제 끝장이야, 라고 말할 수 있길 바랐으니, 정말 끝장
을 봐야 하는데, 결코 끝장이 충분하지 않아서 본격적인 장
애물 코스가 남아 있고 오만가지 사소한 걸림돌이 놓여 있
어서 그는 지인 명단을 모조리 정리했는데, 신문이나 라디
오나 그 밖의 것들과 달리 쉽게 버릴 수 없었던 것은 이 지
인들이 그가 아무리 내쳐도, 마치 그가 (종종 납득하지 못하
는 상대방에게) 나름의 방식으로 표현한바 꺼지라는 소리를
그만큼 들었어도 모자란다는 듯 자꾸자꾸 돌아왔기 때문인
데, 지인만 있는 것이 아니어서 그와 안면이 없는, 그를 존경
하고 그에게 모자를 벗고 그의 생일을 축하하는 사람들과
정치인과 언론인과 국내, 국외, 지방, 오지의 TV 방송국, 그
밖의 상스러운 편집장으로부터 벗어나야 했고 이 일은 느릿
느릿 고통스럽게만 진행되어 그를 더더욱 조바심 나게 했으
며 그러는 동안 그는 점점 폭력적이고 거칠어져 이 폭력적
이고 거친 인물은 은행 계좌를 해지하여 모든 자산을 현찰
로, 말하자면—소액은 포린트화[貨]로 가지고 있었지만—유
로화로 바꿀 수 있었고 이젠 폭력적이고 거칠 뿐 아니라 그
야말로 야만적으로 돌변하여 물과 난방과 연료를 제외한 모
든 공급 계약을 해지하여 가정부에게 맡겼는데, 그녀는 이
문제를 관리했지만 꼭 필요할 때만 관여했으며 그것도 직접
대면하여 오로지 현금으로만 거래했으니 그리하여 그는 온

종일 빈방에 앉아 아무것도 하지 않고 누구도 자신을 찾아
오지 않는 경지에 이를 수 있었던 것은 아무도 감히 그의 현
관문을 두드릴 엄두를 내지 못했기 때문이며 사람들은 멀
찍이서 모자를 벗어 보이는 것이 고작이었으니 그곳에 그는
물건과 뉴스와 정보 없이, 어떤 종류의 개인적 책무나 공식
적 책무 없이—그가 짜증스럽게 덧붙인바 현재 상황을 고려
하면 '거의 없이'—앉아 있었으니 가정부 이보이커 여사가
이따금 마음속에 떠오르면 그는 즉시 떨쳐버렸는데, 이보이
커 여사를 떨쳐버리는 것은 그리 쉽지 않았던 것이, 그에게
는 그녀가 필요했고 이 뚱뚱하고 엉덩이가 펑퍼짐하고 수더
분하고 느릿느릿하고 통통하고 소박한 영혼이 필요했기 때
문이며 그도 이를 부인할 수 없었으니 그와 이보이커 여사
는 두어 달 뒤, 더 정확히 말하자면 두어 해 뒤 세상에 남은
전부였으며 어느 날 오후 세 사람이 몰래 들어와—하지만
이보이커 여사가 그 뒤로 또한 몇 달간 줄곧 부인했음에도
모종의 관계가 있었던 것은 틀림없는바—그가 생각면역 연
습을 마무리하던 바로 그때 거실 문간에서 그의 앞에 섰는
데, 그들은 어떤 소리도 낼 엄두를 내지 못하고 모자를 말
아 쥔 채 양쪽 발에 번갈아 무게를 실으며 서 있었기에 그는
놀라서 말문이 막혔으며 제정신을 차리고서 자신을 보호하
고 그들을 집 밖으로 내쫓을 준비가 되었을 즈음 이미 그들
은 이런 식으로 불쑥 쳐들어와 송구하기 이를 데 없다며 말
을 꺼냈는데, 이 결례에 대해 자기들 모두가 책임을 통감한

트르르르……

다면서도 이것이 자신들에게 희생을 요하는 엄청나게 중요한 문제여서 말씀을 드리지 않을 수 없었다며 울먹이느라 입이 일그러지다시피 한 채, 교수님, 당신의 고향인 우리 도시가 올해로 창건 200주년을 맞은 만큼 꼭 필요한 일입니다만, 이라며 이 말할 수 없이 거창한 행사와 관련하여 교수에게 전갈을 전달할 임무를 맡았다고 말했거니와 그 전갈이란 그를 명예시민으로 추대하고자 한다는 것으로, 명예시민이라고?! 그가 놀라서 물었는데, 대경실색한 집주인은 이제 말문이 트였으나 어찌나 당혹했던지 다른 말은 아무것도 할 수 없었으며 문간에 선 세 사람은 이 기회를 틈타 계속 말하길 실은 (지역 포크 댄스 공연의 선풍적인 인기 때문에) 축제는 세계적으로 유명하다고 말할 수 있는 사탄탱고로 시작하여 시장의 개회사가 이어지는데, 시장은 무엇보다 시의 이름으로 그에게 치사할 터인즉, 그래서, 라고 말한 뒤에야 교수가 외친 것은 첫 번째 격분을 토하는 데 필요한 산소를 모으는 데 시간이 오래 걸렸기 때문으로, 당신들은 사탄탱고, 그 사탄-탱고로 시작하겠다는 거요, 이제 그는 고함을 질러댔고 겁에 질린 세 사절은 여차하면 내뺄 수 있도록 천천히 뒷걸음치며, 했던 말을 되풀이했으나, 사탄탱고라고, 라고 교수가 무시무시한 목소리로 거칠게 으르렁대자 달아날 때가 되었다고 여겨 말할 엄두를 내지 못했는데, 그는 하지만—그들이 계단을 쿵쿵거리며 내려가 아래층 문을 열고, 마치 무거운 물건이 창문에서 떨어질까봐 그러는 듯 허겁지겁 도로로 달려갈 때—이 모든 광경을 바라보면서 이 모든 소동으로부터 안전한 피난처는 결코 찾을 수 없을 것임을 불현듯 깨달았으니 그가 고개를 씁쓸하게 내두르며 말하길 이제는 아무도 불쑥 들이닥쳐 내게 사탄탱고 얘기를 꺼내지 못하겠지, 그래, 안 될 말이지, 라며 다시 고개를 내두르고는, 여기서 사탄탱고는 없을 거야, 그럴 수 없다고, 라며 코트를 챙기고 헐레벌떡 이보이커 여사를 찾아가 그녀의 부엌에 앉아 그녀가 내미는 페이스트리 접시를 계속 거절하며 그녀에게 한 번 말하고 다시 말하고 세 번째로 탁자 맞은편에서 이해 못 하겠다는 표정으로 자신을 쳐다보는 이보이커 여사에게 그녀가 해야 할 일을 설명하려는 찰나 그녀가 불쑥 지극히 이성적으로 대답하길 물론 설명 안 하셔도 돼요, 교수님, 저도 알아요, 교수님 댁을 팔고 싶으신 거잖아요, 여길 떠나고 싶으시죠, 제가 다 알아서 할게요, 그걸 원하시는 거죠, 그렇죠? 그가 고개를 끄덕였고 이보이커 여사는—그도 인정하지 않을 수 없었던바—모든 일을 훌륭히 처리했고 집은 내놓은 그날 팔렸으며 대금은 그가 세운 아직은 막연한 계획에 따라 150만 포린트를 제외하고 유로화로 지불되었고 그 덕에 운 좋은 매수인은 시내 중심가의 발코니 딸린 상태 양호한 2층짜리 주택을 난데없이 헐값에 살 수 있었으며 그는 마침내 3월 22일 아침 코트만 걸치고 떠날 수 있었으니 가방으로 말할 것 같으면 사실 그는 하나도 챙기지 않았고 이보이커 여사에게 자신이 어디로 가는지 아무에게도 발설

트르르르······

하지 말라고 단단히 일러두었으니, 한마디로 그는 떠났고 악명 높은 가시덤불땅 한가운데 무주공산으로 대★마자르 원정을 떠났는데, 이곳은 그가 지난 몇 달간 근처를 두루 돌아다니다 찾아낸 곳으로, 처음에는 시 외곽 도보즈 도로 옆에 있는 거대한 콘크리트 급수탑에 주목했으나 그곳을 후보군에서 제외한 뒤에 이상적인 은신처를 발견한 것인데, 이렇게 결정한 데는 여러 이유가 있었으나 주된 이유는 천문대가 있던 급수탑 꼭대기에 올라가려면 엄청나게 많은 계단을 올라야 하기 때문이었다. 그래, 여기서라면, 교수가 가시덤불땅에 도착하여 생각하길 아무 문제가 없겠군, 다시는 누구에게도 관심을 끌지 않겠어.

린처토르테요, 가장 자랑할 만한 페이스트리가 뭐냐고 그들이 물으면—그들은 정말로 물었는데—그녀는 이렇게 대답했으니, 그래요, 린처토르테예요, 두말할 필요 없죠, 우리 건물뿐 아니라 과장 아니고, 라고 이보이커 여사가 과장하며 온 동네에서, 실은 온 도시에서 이보이커 아줌마의 린처토르테를 알죠, 그들이 물으면—그들은 정말로 물었는데—이보이커 여사는 언제나 이 시점에서 미소를 지었으니, 비결은요, 그녀가 곧이어 말하길 비결 같은 건 없다는 거예요, 아가씨, 비결은 전혀 없어요, 말씀드리죠, 이것보다 만들기 쉬운 페이스트리는 없답니다, 만들기 쉽다는 페이스트리를 꽤 많이 알고 있는데요, 이것 보세요, 라고 주의해서 보아야 할 것을 가리키며 설명하길 밀가루 이만큼하고 이만큼을 버터 이만큼하고 몇 온스만 넣어서 반죽해요, 정확히 얼마큼인지는 묻지 마세요, 아가씨, 저는 그냥 눈대중이니까요, 한마디로 버터를 넣은 뒤에 반죽하고 다진 호두를 조금 넣고 아몬드도 있으면 넣어도 돼요, 그런 다음 물론 달걀이랑 베이킹파우더랑 가루 설탕을 넣어서 다 말끔하게, 딱 적당하게 반죽하되 손으로 해야 해요, 아가씨, 손으로 해야만 적당하게 할 수 있으니까요, 그러고는 반죽을 3분의 1과 3분의 2로 나눠 3분의 2를 넓은 도마에 올려 좋은 밀방망이를 가지고, 중국산 허섭스레기 말고요, 큰 시장에서 살 수 있지만 주말 장터에서도 구할 수 있는 제대로 된 밀방망이를 가지고 넓은 도마에서 반듯하게 밀어요, 말랑말랑하고 노릇노릇하게 밀되 손으로 느껴봐야 해요, 그래야 어떤 노릇노릇한 색깔이어야 하는지 알 수 있어요, 다 됐는지 안 됐는지도 알 수 있어요, 안 됐으면 느낌으로 알 수 있죠, 나의 귀염둥이, 그래요, 중요한 것은 반죽이 말랑말랑하고 노릇노릇해야 한다는 거예요, 그런 다음 빵 굽는 팬에 고루 펴서 반 시간 동안 잘 놔둬요, 그러고는 3분의 1을 조금 굴려서 작은 경단을 만들어요, 손으로 굴려야 해요, 손으로요, 아가씨, 손으로 굴리세요, 그러면 이렇게 작은 반죽 조각이 되죠, 필요한 만큼 만들어요, 아, 맙소사, 말씀 안 드린 게 있는데, 반 시간이 지나면 큰 반죽에 잼을 좀 발라야 해요, 너무 단 건 말고요, 라즈베리나 블랙커런트, 자두, 뭐 그런 건 괜찮아요, 상관없어요, 너무 달지만 않으면 돼요, 살짝 새콤한 맛이 나면

트르르르……

좋거든요, 그런 다음 반죽 조각들을 가로로 올리고 세로로도 올려서 멋진 석쇠무늬가 되게 해요, 그러고는 통째로 오븐에 넣어요, 이게 다예요, 얼마나 간단한지 아시겠죠, 이렇게 말해도 아무도 안 믿어요, 오늘도 하나 굽고 있답니다, 라고 이보이커 여사는 바로 그 순간 이웃 여자에게 설명하지만 누구에게 줄 것인지는 결코 발설하지 않는 것은 자기가 먹으려고 구운 게 아니라 음…… 누군가를 위해서인데, 그얘기는 하면 안 돼요, 그녀가 이웃의 귀에 대고 소곤소곤 말하길 한마디도 안 돼요, 그 불행한 양반은 저한테 아무 관심도 없지만 그를 굶어 죽게 내버려둘 수는 없으니까요, 작은 페이스트리 한 조각조차 없대서야 말이 안 되죠, 이 린처토르테는 그분이 언제나 좋아하시던 거예요, 그래서 세 판이나 구워다 드린 거라고요, 하지만 물론 그녀는 이 얘기는 하면 안 되었기에 이웃을 짓궂게 쳐다보고는 반 시간 동안 오븐 옆에 앉았다가 팬을 꺼내 잠깐 식히고는 딱 알맞은 크기의 작은 조각으로 반듯하게 썰어 모조리 바구니에 넣고 깅엄 보자기를 덮었는데, 그녀는 이미 바구니를 들었고 밖에는 찬 바람이 불었으며 그녀는 그 신사가 굉장한 소식을 모르게 내버려두지는 않을 작정이었으니 일주일째 그에게 아무것도 가져다주지 않은 터라 때가 된 것은 분명했으며 지난번처럼 순순히 쫓겨나지는 않을 작정인바 그는 성격이 괴팍하기 짝이 없었지만, 내가 뭘 할 수 있겠어, 그렇다고 이대로 내버려둘 순 없잖아, 그녀는 이미 초코시 도로를 걷

고 있었고 이미 가시덤불땅에 들어섰으며 놀랍게도 가시덤
불땅 가장자리에서 많은 이동 흔적을 보고서—타이어 자국
이 온 사방에 깊게 교차하고 있었으니, 여기서 대체 무슨 일
이 일어난 걸까—전에는 없던 길이 난 것을 한눈에 보고는
매우 기뻤던 것은 가시에 온몸을 찔리지 않고도 그에게 갈
수 있었기 때문으로, 그래, 얼마나 좋아, 이 길이 잘 다져져
서 말이야, 그녀는 걸어가되 바구니를 팔로 든 채 걸어갔고
린처토르테는 깅엄 보자기로 고이 덮어둔 채로 안으로 훌쩍
들어섰을 때 나온 사람이 누군가 하니, 교수 자신이, 아니,
그냥 나온 게 아니라 무언가에 불안해지기라도 한 듯 불쑥
나타난 것은 그가 성격이 불안한 위인이었고 그런 예민한
부류이기 때문이었으나, 그래, 원래 그런 분이니까, 그녀가
그에게 말하길 하느님의 축복이 임하시길, 교수님, 린처토
르테를 조금 가져와야겠다 싶었어요, 여기서 굶어 돌아가시
게 내버려둘 순 없잖아요, 그리고 굉장한 소식이 있어요, 교
수님께 알려드리려고 서둘러 왔답니다, 여기서 벌어진 일에
대해 들었거든요, 하지만 그 사람들 말은 안 믿어요, 교수님
께서 총을 쐈느니 어쨌느니, 교수님 따님과 TV 취재진을 향
해 쐈느니 하는 말들 말이에요, 그렇게들 제게 말해봐야 다
허사였죠, 저는 한 귀로 흘려버렸어요, 정말로요, 라며 말하
길 하지만 어찌나 터무니없는 소리를 하던지, 교수님에 대해
서도 말이에요, 아직도 따끈해요, 라며 그녀가 바구니를 들
어 작은 깅엄 보자기를 벗겨 옛 고용주에게 보여준 것은 그

　　　　　　　　　　트르르르……

가 여전히 조금은 고용주처럼 보였기 때문으로, 그녀는 자신이 결코 그를 떠나지 않을 거라며 그게 자기 가족의 전통이라고, 누군가가 다른 누군가를 섬긴다면 그건 평생의 일이니까요, 라면서도, 걱정 마세요, 그것 때문에 온 건 아니니까요, 제가 말하고 싶은 건 교수님께서 사람들을 쏘면 안 된다는 것, 이 삶과 이 모든 총질에서 돌아서셔야 한다는 거예요, 여기서 굉장한 일이 벌어지고 있어요, 그게 사람들이 하는 말이에요, 들리는 소문에 따르면 남작이, 남작 아시죠, 그가 귀향하고 있대요, 상상해보세요, 아메리카에서 돌아오는 남작을요, 저는 남작 어르신을 알아요, 벵크하임 가문을 죄다 안다고요, 당시에 저희 가족 거의 전부가 그분들을 모신걸요, 그녀가 말하길 하지만 그땐 좋은 시절이었죠, 옛날 벵크하임 가문은…… 하지만 어쨌거나 지금은, 교수님, 중요한 것은 교수님이 댁에 돌아가셔서 이 가시덤불땅에서의 삶을 청산하시고 댁에 돌아가시는 거예요, 아직 아무도 매매계약서에 서명 안 했어요, 다들 남작이 귀향하면 삶이 어떻게 바뀔지 얘기하고 있어요, 다들 남작이 이곳에 오면 모든 것이 어떻게 달라지려나 이야기하고 있어요, 그는 벌써 기차를 탔는지도 몰라요, 사람들 말로는 페스트에선가 어디에선가 봤대요, 틀림없이 기차를 탔다는 거예요, 남작, 진짜 남작 말이에요, 교수님, 제 말 듣고 계세요?! 남작이 귀향하고 있어요, 귀향하고 있다고요, 그는 자신의 성城과 재산과 모든 것을 되찾을 거예요, 제 말 이해하시겠어요, 교수님? 그런데 어디 가시는 거예요, 그녀가 그의 뒤통수에 대고 고함을 지른 것은 그가 휙 돌아서서 반대 방향으로 오두막에 들어가버렸기 때문인데, 이보이커 여사가 그날 저녁 내내 이웃들에게 말했듯, 그는 벌떡 일어서더니 돌아서서 그 쓰러져가는 판잣집으로 들어갔어요, 하고많은 사람들 중에서 그가, 교수님이 어떻게, 제가 전깃불 스위치를 제대로 안 닦으면 꾸중하시던 양반이었는데, 그래도 들어가실 때 이렇게 말씀드렸어요, 바구니는 가져가시라고 말하고 또 말했죠, 이곳은 냉큼 잊으시라고, 싹 잊으시라고요, 그는 정말이지 버릇없는 아이 같아요⋯⋯ 그나저나 그는 남작이 귀향한다는 사실을 이해하지 못하는 걸까요?

그는 누군가 오두막에 접근하고 있다는 사실을 깨닫지 못했던바 지난 며칠간의 시련을 통해 충분히 이유를 알 수 있었음에도—하지만 그렇지 않았으며—그 충격이 아직도 그에게 속속들이다시피 영향을 미치고 있었으니 그는 시간이 좀 필요했고 마음을 가라앉히고 집중할 수 있도록 시간이 좀 더 필요했으며 상황을 분명히 파악하여 무엇을 할지 결정해야 했으나 말짱한 정신으로 무언가를 한다는 것이 도무지 불가능했으므로 부엌 의자에 무너지듯 주저앉았는데, 하도 기진맥진한 터라 돌아왔을 때는 문을 임시변통으로 고정하는 것이 고작이었기에 문이 한 번의 힘찬 발길질을 당했을 때 한편으로는 그의 자업자득이었으나 다른 한편으로는 발길질이 하도 거세서 그가 문을 똑바로 고정했더

트르르르⋯⋯

라도 아무 소용 없이 침입을 조금 늦출 뿐이었을 테지만 그
조차도 문제가 되지 않은 것은 또 다른 발길질이 뒤를 이었
기 때문인데, 그조차도 문제가 되지 않은 것은 지금 그를 맞
닥뜨리고 있는 것이 무엇이든 만일 안에 들어오고 싶다면
들어왔을 테기 때문이며 그는 이 존재가 잔해를 밀치며 다
가와 엄청나게 굵은 몸뚱이를 문틈으로 밀어붙이는 순간 그
것을 가늠할 수 있었는데, 그것은 순식간에 오두막에 들어
와 그의 정면에 버티고 섰으며 교수는 박차고 일어날 시간
이 없었던바 그렇게 주저앉은 자세에서는 벌떡 일어나 뭔가
를 하는 것이 가능하지 않았으며 그러는 동안—찰나에 불
과하긴 했지만—생각할 시간이 없고 뭔가를 해야 한다는
것을 알았으나 의자에 못 박힌 듯 몸이 말을 듣지 않았으며
그의 앞에서 그 형체는 우뚝 더 우뚝 솟았으니 그것은 한마
디도 하지 않고 그저 그를 쳐다보았는데, 말하자면 그가 있
을 법한 장소를 내려다보고 있었으나 웬일인지 저 눈알들
은 딱히 그에게 초점을 맞추고 있지 않았으니, 말하자면 단
순히 심란한 게 아니라 마치 이리저리 구르면서 올바른 장
소를 다시 찾으려 해도 그러지 못하는 것 같았으며 눈구멍
에 박힌 채 이제 내려다보고 있었거니와 처음 만났을 때처
럼 가죽 복장과 바닥 두꺼운 군용 훈련화 차림이었으나 이
훈련화는 아무것도 걷어차지 않고 가만히 있었으며 한동안
꼼짝하지 않고 있는 동안 그는 힘겹게 숨을 쉬며 오른팔만
떨리고 있었는데, 말하자면 교수는 이것을, 그의 오른팔이

떨리고 있는 것을 처음부터 눈치챘으며 장갑 낀 손에는 아무것도 없었으나 이 손은 주먹을 꽉 쥐고 있었고 팔 전체가 실로 떨리고 있었으며 게다가 그 문제로 말할 것 같으면 몸 전체가 떨리는 것이 마치 무시무시한 힘이 내면에서 투쟁을 벌이는 것 같았거니와 그제야 교수는 장갑이 피에 물든 것을 알아차렸는데, 그러니까 그 피가 아직도 저기 있군, 하고 생각하고는 재빨리 말하길 여기 당신이 관심을 가질 만한 것이 있는데, 그러자 이 시점에 저 육신의 탑은 금방이라도 무너질 듯 균형을 잃은 것처럼 보였으며 원래는 뭔가 다른 일을 하고 싶었으나 그 문장에 동요되어 정말로 기우뚱하며 머리가 뒤로 쏠렸다가 다시 그에게로 돌아왔으며 심란한 눈알은 그에게 초점을 맞추려 했으나 맞추지 못했고 여전히 맞추지 못했으며 더더욱 초점을 맞추지 못한 채 저 눈구멍 속에서 이리저리 헤엄칠 뿐이었으나 위에 머물러 있되 오른쪽 위에 고정되었으니, 내 생각엔, 하고 교수가 차분한 목소리로 다시 말하길 당신이 여기 관심이 있을 듯한데, 농부의 농장에서 발견한 거요, 라며 덧붙이길 하지만 내가 그에게서 산 게 아니라 딴 거요, 뭔질 모르겠는데, 당신이 더 잘 알겠지, 한번 보겠소? 그러고는 교수가 올려다보니 그는 침입자를 꽤 어리둥절하게 만든 것이 분명했던바 이제 보니 그는 처음에는 말할 의도가 없었음이 분명했기 때문이었고 그는 뭔가를 하고 싶었기 때문이었고 그가 지금 어리둥절한 것은 그 때문이었는데, 말하자면 그는 몸을 기우뚱하고 입

트르르르……

을 약간 벌린 채 힘겹게 단어를 뱉어내며 말하길 나는 작은 별이오, 하지만 말하진 않겠어, 빛이 이미 당신에게 뻗어 나가고 있으니까, 형씨, 이것은 그가 동료들 사이에서 처음으로 저 말을 입 밖에 냈을 때 그의 호감도를 높여준 오래된 회심의 문장이었을 것이며 그 뒤로 그는 습관적으로 저 말을 던졌을 테지만 이제는 기계적인 행위가 되어 자판기에서 캔 코카콜라가 나오듯, 아니면 총알이 발사되듯 했는데, 더구나 그는 이 사실을 자각하지도 못하는 듯했으니, 그는 완전히 만신창이가 되었군, 이라는 생각이 교수의 뇌리를 스치고 지나갔는데, 하지만 그는 고주망태로 취했어, 하고 깨닫고서야 악취 풍기는 숨이, 그가 말하면서 내쉰 숨이 그에게 닿았으니, 간단히 말해서, 교수가 말하길 원한다면 보여주겠소, 당신이 가져가야 할지도 모르겠군, 나는 어떻게 해야 할지 전혀 모르겠으니 말이오, 알겠소? 내가 일어나서 당신에게 주지, 아, 저기 있소, 저기 말이오, 하고 교수가 오두막 뒤쪽을 가리켰는데, 그곳에는 손전등 빛이 닿지 않았으며 그는 동의의 표시를 기다리지 않고 대뜸 일어나 그 거인 옆을 지났는데, 그는 보기에도 완전히 얼빠진 것이, 지금 벌어지는 상황을 이해하기에는 뇌가 너무 천천히 돌아갔으며 그가 여기 온 것은 분명하게도 누군가를 때리기 위해서이지 담소를 나누기 위해서가 아니었는데─담소는 그가 특별히 잘하는 활동은 아닌 듯했으므로─이제 묵직한 담요를 두른 이 인물은 그에게 뭔가를 주고 싶어 했으나 이 모든 상황이 납추처럼 무겁게 그의 머릿속을 누르며 지나가는 동안 교수는 이미 뒤쪽에, 구석에 도착했고 그는 그 소리에 반응했으나 허사였고 안전장치가 딸깍하는 소리를 들었으나 허사였고 무슨 일이 벌어지는지 이제야 똑똑히 이해했으나 허사였으니 그는 충분히 빠르지 않았고 조금도 빠르지 않았기에 이 인물이 자신을 향해 돌아서서 한 발짝 앞으로 내디디는 것을 막지 못했으며 이제 그의 눈에는 불꽃과 연기만이 보였고 그다음에는 할 수 있는 일이 아무것도 없었던바 옆으로 비키고 싶어도 다리가 허락하지 않았고 근육이 더는 말을 듣지 않았으며 그는 이 인물을 멍하니 바라보다가 마지막 순간에 눈알이 제자리로 돌아가며 다시 한번 불꽃이 튀고 연기가 솟구치는 것을 보고 이 인물이 방아쇠에서 손가락을 떼지 않은 채 고함지르는 소리를 들었으니, 그래, 이제 알겠냐, 이게 PPD-40이다, 이 짐승 같은 놈아.

그가 벽을 완전히 날려버린 것은 오랫동안 방아쇠에서 손가락을 뗄 엄두를 내지 못했기 때문으로, 이 총알들이 저 라드의 산더미를 마치 정상적인 몸 뚫듯 뚫는다는 걸 확실히 보고서야 총을 거두고 내려놓았는데, 아니, 총이 그의 손에서 떨어졌는데, 그는 감히 움직이지 못했으며 자신이 뭔가 끔찍한 일을 방금 겪었는데도 뭔가 끔찍한 일이 자신을 기다리는 것 같았고 그것은 자신이 초래한 일이었던바 여기 희생자가 눈앞 땅바닥에 누워 있었으니 이는 상상도 못 할 일이었지만 생각할 시간이—이번에도—없었으며, 아니, 자

트르르르⋯⋯

신이 저지른 일을 이해할 시간조차 없었으니 그는 손을 앞으로 내민 채 비틀거리며 오두막 밖으로 나갔으며 나중에야 자신이 얼마나 경솔했는지 깨달았으나 도무지 집중할 수 없었고 어디로 갈지 몰라서, 말하자면 공터를 배회할 때 그의 본능이 속삭인바 갈 데가 아무 데도 없어서 이리저리 갈팡질팡했으며 마침내 한 방향으로 처음에는 그저 느리게 나아갔는데, 어느 방향인지는 중요하지 않고 다만 시내나 농장 쪽으로 가서는 안 되어서, 자신이 가야 할 올바른 방향이 있다고 그가 믿은 것은 아니지만 무슨 일이 있어도 시내 쪽으로 가서는 안 되고 무슨 일이 있어도 농장 쪽으로 가서는 안 된다고 그의 머릿속에서 목소리가 지껄이길 시내로 가면 안 되고 농장으로 가도 안 돼, 거기하고 거기 말고 아무 데나 가, 그리하여 그는 더더욱 겁에 질린 채 나아갔으니 그러는 동안 비가 내리기 시작했는데, 그것은 차라리 젖은 눈 같았으며 바람이 계속 불어 이보다 더 인정사정없는 날씨는 없을 것 같았으며 그는 이 얼음장 같은 눈보라 속에 몸을 들이밀고 곧장 걸음을 내디디되 생각은 하지 못한 채 그저 갈 수만 있었는데, 오직 문장 하나가, 오직 한 생각이 머릿속에서 형체를 드러내기 시작했으니 이 시점으로부터 그가 곱씹었고 그의 머릿속에서 멈출 수 없이 맴돈 문장은, 나치 돼지들, 너희는 결코 나를 못 이겨, 너희는 결코 나를 못 이겨.

기차가 오기 전에 모든 일을 준비해야 한다, 그가 말하길 남작이 새롭게 시작하기 전에 가야 한다, 엉성한 실타래는 하나도 남기면 안 된다, 두엄 더미를 여기에 남겨두지 마라, 모든 것이 질서 정연해야 한다, 질서를 유지하는 것이 우리의 책무이니까, 그러니 형제들이여—비케르 술집에서 대장이 파인트 맥주잔을 들며—우리가 이 먼지를 닦아야 하는 것은 이 도시에는, 우리의 도시에는 먼지란 없기 때문이며 여기 이것은 쓰레기 더미인데, 그것은 우리가 신뢰하는 분에게 크나큰 실망을 안겨드릴뿐더러 길거리를 말끔하게 청소하고도 현관문 앞에 쓰레기를 내버려두는 격이니 그럴 수는 없는 일이다, 라며 대장이 목소리를 높이길 그러니 이제 낡은 방식을 쓸어버릴 때가 왔다, 우리는 조 차일드, 제이티, 토토의 세 무리로 나뉜다, 그래, 앞에 있는 너희 셋, 전에 했던 것처럼 말이다, 지금은 감정을 발산할 여유가 없다, 여기는 그럴 만한 때와 장소가 아니다, 내 말 잘 들어, 이제 우리는 저 쓰레기를 없앨 각오를 해야 한다, 규율을 갖추고, 저 오물을 쓸어버릴 준비를 해야 한다, 벌레 잡듯 짓이겨 연기로 날려버려야 한다, 내 말 알아듣겠나, 다들 찬성하리라 생각한다, 그런 다음 기차가 오면 우린 그곳에 있을 것이다, 남작이 도착할 때 누군가 거기 서 있어야 한다면 그것은 우리이니까, 그런 뒤에야, 자네들도 이해하겠지만 우리가 역에서 해야 할 일을 마친 뒤에야, 말하자면 때가 되면, 그때가 언제인지는 내가 말해주겠지만 그러면 우리는 마음을 활짝 열어 감정을 발산할 여유를 가질 수 있다, 흐느낄 수 있

트르르르……

단 말이다, 두려워하지 말라, 고결한 작별의 기회는 있을 것이다, 작은별은 내 아우였을 뿐 아니라 자네들의 형제이기도 했으니까, 그래, 우리 모두의 형제였지, 하나로 뭉치는 가족처럼 말이다, 작별 인사를 건넬 기회는 있을 테니 걱정 마라, 그때는 올 것이다, 누군가가 작별 인사를 받을 자격이 있다면 그건 바로 그이니까, 그가 모든 일을 했으니까, 그는 우리가 순수한 길을 따르게끔 하려고 목숨을 바쳤다, 그는 우리의 영웅이요, 순교자다, 결코 우리의 영웅을, 또는 순교자를 잊으면 안 된다, 그는 우리의 형제였다, 우리는 그에게 작별을 고할 것이다, 내가 말할 때까지만 기다려라, 그러면 작별 인사를 할 수 있을 것이다. 다만 우선 처리해야 할 일이 몇 가지 있다.

럼

창백한, 너무도 창백한

　　그가 승강장 옆에 서 있는데, 유난히 세련된 신사 하나가 다가오기에 보니 이 신사는 무척 세련되어서 저렇게 세련된 사람은 평생 한 번도 본 적이 없었으며 더구나 이런 베스트반호프 같은, 동유럽행 ET-463 후스커 예뇌 고속철도와 연결된 곳에서는 기대할 수도 없었던바 31년째 철도 회사에서 일하다가 31년이 지나 갑자기 저렇게 세련된 신사가 걸어오다니, 만일 이날 아침 이런 일이 일어날 거라고 누가 말했다면 그는 믿지 않았을 것인데, 그날 아침 고속철도에 그런 여행객이 있으리라고 누가 믿을 수 있었겠는가, 그의 하인은 어쩌나, 하지만 어쩌나 세련되었던지 그는 이를테면 그의 그레이트코트가 무슨 소재인지조차 알 수 없었는데, 마치 실크나, 어디 보자, 그가 말하길 메리노 양모로 만

　　　　　　　　　　　　　　　　　　　　　　　　　　　　림

든 듯했지만 소재는 상관없었던 것이, 소재가 이루 말할 수 없이 세련되었을 뿐 아니라 재단도 그러했으니 그것은 롱코트로, 땅바닥까지 늘어졌는데, 그가 철도 노동자 휴게실에서 몸짓으로 보여주길 그 하인의 코트는 땅바닥까지 늘어졌는데, 무슨 말인가 하면 그 코트는 그레이트코트였고, 그가 말하길 땅바닥에 닿도록 늘어졌다니까, 진짜야, 라며 그가 진지하게 그들에게 말하길 바닥을 쓸고 다녔어, 그는 말장난을 하는 것도 과장하는 것도 아니어서 코트는 정말로 땅바닥까지 늘어졌고 바닥에 닿았으며 이 모든 일이 베스트반호프에서 일어났거니와 코트만 그런 게 아닌 것이, 그의 구두도 어찌나 고급스럽던지 그는 그런 구두를 한 번도 본 적이 없을뿐더러 그런 가죽으로, 그런 박음질로, 그렇게 독특한 코와 굽으로 구두를 만든다는 건 상상도 못 했으며 게다가 땅바닥까지 늘어진 코트가 바닥을 쓸 때 이따금 구두가 빛났으니—어떤 때는 한쪽이, 어떤 때는 반대쪽이—내 말 알아듣겠어, 좋아, 그다음은 그 위풍당당함인데, 동무들—그가 철도 노동자 휴게실에서 마치 황홀경에 빠진 듯 고개를 흔들며—그가 경계선 건너편에서 기차 오는 것을 기다릴 때 정말이지 이렇게 말할 수 있을 텐데, 그 청년이 처음으로 나를 향해 걸음을 내디디고 그 그레이트코트의 밑자락이 서서히 탄력을 잃고서 서서히 내려앉고 다시 한번 그 근사한 구두 한 켤레가 코트에 덮였을 때…… 그는 예전에 자신에게 할당된 직책을 확인하고 또 463 후스커 예뇌 고속철도에서 이러이러한 때 해야 할 임무를 맡았을 때 쓰러지는 줄 알았던바 남들은 어떤지 몰라도 자신은 이 노선이 너무 싫어서 이 31년 내내 얼마나 싫은지 말할 수 없을 정도였는데, 왜냐하면—그가 철도 노동자 휴게실에서 그의 말을 다소 건성으로, 하지만 듣긴 듣고는 있던 네 사람을 둘러보며—이 31년은, 이…… 31년은, 그가 그들에게 한번 생각해보라며 말하길 이 모든 세월이 지났는데도 여전히 익숙해지지 않는 것은 그게 가능하지 않았기 때문이니 이 둔해빠진 동유럽 것들에서는, 그러니까 노선을 말하는 것인데, 이 동유럽 후스커 예뇌에서는 말이지, 여기서는 놀라운 일을 기대하는 사람이 아무도 없어, 물론 무슨 일이든 일어날 수야 있긴 하지, 하긴 31년이 지나긴 했으니…… 그렇지, 그는 정말이지 이런 일을 결코 기대할 수 없었고 근무 시간에 이런 일이 있으리라고는 결코 기대하지 않았는데, 그는 다른 차장들과 악수하고 9번 객차 승강장 옆의 자기 자리에 섰으며 차장으로 31년을 보냈는데도 이런 일을 겪을 준비는 되어 있지 않았으니 어느 날 군중 속에서 이런 사람이 가죽 여행 가방을 든 채 불쑥 나타나 전혀 예상치 못하게도 이 군중 속에서 갑자기 걸어 나온 이 세, 세, 세…… 그가 달리 표현할 방법이 없었던 것은 백 단어의 값어치에 맞먹는 한 단어 '세련미'였으며, 요는 그가 나로 하여금 자기 친척에게 관심을 가지게 하고 싶다고 진지하게 말했다는 것인데, 차장이 이제 진지하게 말하길 그는 정확히 "내 친척에게 당신이 관심을

림

가지도록 하고 싶소"라고 말했다는 것으로, 그가 조용히 말했다며 차장이 조용히 말하길 그는 분명히 외국인이긴 했지만—그는, 차장은 이렇게 판단을 내릴 수 있었던바—독일어를 완벽하게 구사했는데, 그래, 내가 말할 수 있는 건, 그가 말하길 난데없이 어찌나 놀랐던지 입에서 틀니가 빠질 뻔했다는 것으로, 내가 똑바로 못 들었나 싶었던 것은 그 코트와 구두에 조금 정신이 팔렸기 때문이어서 내가 묻길 다시 말씀해주시겠습니까? 그러자 신사는 큰 소리로 자신이 한 말을 반복하지는 않고 내게로 좀 더 가까이 몸을 숙여 아주 조금 더 조용한 목소리로—그래, 더 조용했다고!—자신의 친척에게 내가 관심을 가지게 하고 싶다고 말했는데, 그 말은 나보고 사실상 그를 눈여겨보라는 뜻이었던 것이, 그는 좀처럼 혼자 여행하지 않았고 더 정확히 말하자면 결코 자기 혼자 여행하지 않았다고 하기에 불현듯 이런 생각이 들었는데, 차장이 이제 말하길 우리가 이야기하는 사람은 아이인 것 같아서 정중하게 묻길 꼬마 손님은 몇 살인가요? 그러자 하인은—그는 하인일 수밖에 없었고 친척일 리 없었던 것이, 이 사람이 자기 '친척'을 객차로 안내할 때 그가 어디에도 부딪히지 않도록 그를 통로로 인도하고 그를 앉히고 여행 가방을 받아 선반에 올리고 저 위대한 신사(저 사람은 위대한 신사였으므로)가 더 편히 착석할 수 있도록 팔걸이를 들었다가 다시 내려준 것으로 보건대, 그래, 이 모든 것으로 보건대 그는 이 신사가 결코 친척이 아니라 분명히 그의 주인이라고 확언할 수 있었으니—한마디로 하인은 미소를 짓고는 그가 적잖은 나이라고 대답했는데, 그래서 내가 생각하기에, 그가 말하길 이 사람은 아흔과 죽음 사이에 한 번 더 기차를 타는 노인네이겠구나 싶었지만 이 모든 생각이 머릿속을 스쳐 지나가다가 싫증이 나서, 말하자면 노신사에 대해 이런 식으로 생각하고 싶지 않았는데, 설명하긴 힘들지만 알다시피 이 하인에게는 일종의 효과가, 태도가 있었으니, 이제 차장이 말하길 그의 동료들이 웃음을 터뜨리지 않는다면 그는 뭔가 정말로 중요한 일이 여기서 벌어지고 있다는 듯한 인상을 풍겼다고 말하려 했는데, 에이, 허풍 그만 떨게, 그래서 자네 얼마나 받았나, 철도 노동자 휴게실의 동료 하나가 나머지를 향해 능글맞게 웃으며 끼어들었으나 차장은 이 문제의 세속적 측면을 거론하고 싶지 않은 사람처럼 입을 삐죽거릴 뿐이었던 것은 하고 싶은 말이 그 말이 아니었기 때문이며 그는 그들에게 전체 사연을 들려주기로 마음먹고는—그가 모두를 둘러보며, 요점은 얼마냐가 아닌데, 그들이 이야기를 그렇게까지 전락시켰다며—하지만 이것은 훨씬 거창한 이야기이고 그들이 이 말을 비웃더라도 이 단어 말고는 묘사할 방법이 없으니 차장은, 그가 말하길 이 하인이 보여준 모습에 매우 감명받은 채 9번 객차 승강장 옆에 서서 그가 할 수 있는 일이라고는 이 객차를 예매한 게 맞느냐고 묻는 것이 고작이었으며 하인은 고개를 끄덕이고는 그에게 승차권을 주고 여행 가방을 건넨 뒤에, 도착한 승객이 그들 사이로 승강장을 올라 열차에 타도록 천천히 한쪽으로 비켜서고는 그곳에 서서 문제의 여행객이 오기로 되어 있는 방향을 바라보았으며 그렇게 그들은 그곳에서 기다렸으니 하인과 또한 승강장과 마지막으로 차장은 실제로 그 순서로 기다렸으며 그들은 바라보았는데, 마침내 차장은 다가오는 사람 중에서 누가 그인지 알아볼 수 있었다.

이제부터는 혼자서 여행하셔야 할 겁니다, 어르신, 객실의 모든 것을 정돈한 뒤에 젊은 친척이 그를 향해 몸을 숙이고는 말하길 저를 믿으세요, 걱정할 건 전혀 없습니다, 방금 차장과 이야기했는데, 그가 종착역까지 모실 겁니다, 더 정확히 말하자면—이제 청년이 다소 서툰 스페인어에서 독일어로 바꿔—슈트라스-조머라인까지, 말하자면 헤제슈헐롬까지를 말하는 것임은 그곳에서 헝가리인 차장들과 오스트리아인 차장들이 교대하기 때문으로, 말하자면 오스트리아인 차장들이 하차하여 다른 기차로 빈에 돌아가고 헝가리인 차장들이 기차에 탑승하여 업무를 인계받아, 수도에 도착하실 때까지 곁에 있을 겁니다, 어르신, 차장에게 어르신과 관계된 모든 임무를 넘겨줄 사람은 저와 이야기를 나눈 오스트리아인 차장인데, 그가 헝가리인 동료에게 모든 내용을 전달할 것인바, 말하자면 헝가리인 차장에게 어르신의 다음 기차 탑승을 도와드리라고 요청할 것이니 저를 믿으세요, 아무 문제 없을 겁니다, 그는 객실 문간에 서서 수심 가득한 얼굴로 먼 친척을 바라보았으니 이 먼 친척이 그를 바

라보는 눈에 두려움이 가득하여 객실을 떠날 엄두를 내지
못한 채, 어르신, 환승하시는 데는 아무 문제도 없을 겁니다,
부디 절 믿으세요, 그는 거듭 말하며 숨을 고른 뒤에 왜 안
타깝게도 자신이 동행할 수 없는지 다시 설명을 시작했으
니 그는 가문의 알제리 혈통 중 마지막 일원의 장례식에, 정
확하게는 이 가문의 먼 친척들, 즉 남작 쪽 혈통을 대표하여
무슨 일이 있어도 참석해야 한다는 것으로, 그 자신이, 여기
앉아 있는 신사가 강권하지 않았느냐며, 하지만, 그가 설명
하길 이 두 가지, 그가 보기에 똑같이 중요한 두 가지 임무
를 동시에 완수할 수는 없다고, 말하자면 그의 고향까지 동
행하는 동시에 가문의 장례식과 뒤이어 망자를 기리는 고
별연에 참석할 수는 없다고 말했으나 사실 설명을 시작하지
도 못한 것이, 자기가 여기까지 모시고 온 이 여행객의 얼굴
이 하도 안절부절못하고 이 시점부터, 이 능수능란한 안절
부절못함을 가지고서 자신의 심정을 전했기 때문이나 동시
에 그는 자신의 젊은 동행에게 이젠 정말로 가야 한다고 설
득하려 했으니 그는 기차에서 내려야 했는데, 부디 지체하
지 말게, 부탁하네, 라며 그가 그에게 말하길 기차에서 하차
하게, 우리는 곧 떠날 테니 말일세, 라고 말했으나, 이 "우리
는 곧 떠날 테니 말일세"라는 말이 그의 입에서 어찌나 무
뚝뚝하게 발음되고 그에게서 좀처럼 보지 못한 모습이던지
그는 마치 운명에 자신을 내맡긴 사람 같았으나 그와 동시
에 그는 그 구절—"우리는 곧 떠날 테니 말일세"—의 복수형

럼

을 생각하니 몸서리가 쳐졌는데, 그는 정말로 몸서리를 쳤으나 이 몸서리 속에서 그의 관심이 점차 좁아지다가 불현듯 하나의 대상이 그의 흥미를 돋웠으니 그것은 기차가 출발할지도 모른다는 사실이었으며 그는 이제 진심으로 청년이 그를 떠나지 않으면 훨씬 큰 문제가 생길 거라고 거듭 말했는데, 말하자면 그것은 이 젊은 동행이 기차에 머문다면 무슨 일이 일어날 것인가였던바 그는 이 일이 일어나지 않으리라는 사실에 의해 느끼는 불안을 좀처럼 감추지 못했기에 심란한 눈빛으로 청년을 물끄러미 바라보았는데, 이 눈은 자신의 동행에게 가라고 간청하는 동시에 머물라고 간청했으나 문제의 동행은 이만하면 됐다는 생각이 들자 절을 하고 객실 밖으로 나와 문을 닫고 손을 흔들어 작별을 고하고는 상대방이 이 과정에 끼어들 시간을 허락지 않으려고 노심초사하는 기색이 역력한 채 객차 출입문 끝까지 종종걸음으로 걸어 기차에서 내렸으니 신사는 홀로 남아 좌석에서 미동도 없이, 처음에 들어왔을 때 코트를 엉덩이 밑에 불편하게 깔고 앉았는데도 빼낼 생각조차 하지 않은 채 모자를 벗지도 않고 단추를 끄르지도 않고 목에서 스카프를 풀지도 않고서 창가로 고개를 돌리고는 깨끗하다고는 할 수 없는 창문 너머로 승강장에 선 사람들을 쳐다보았으니 모든 얼굴이 그에겐 무척 낯설었고 어느 얼굴에서도 안심할 구석을 찾아내지 못한 것은 얼굴 하나하나에서 긴장감을 보았거나 이 기차에서 내려야 할 사람은 모두 진작 내렸어야 한다는 암울한 체념을 보았기 때문으로—그들은, 하느님 감사합니다, 가만히 있었으니—마치 이 기차가 어떤 어둡고 불길한 장소로 출발하는 것 같았으며 심지어 그들은 수가 많지도 않았던 바 사실 벽 아래쪽에 노숙자 행색으로 누워 있는 수많은 사람을 제외하면 승강장에 서 있는 사람은 극소수로, 주로 여자, 아이, 청년인 것 같았으나 승강장이 움직이기 시작하자 불안한 마음이 더더욱 커졌으며 그는 기차가 출발한 것과 아무도, 다른 누구도 타고 있지 않은 것을 깨달았거니와 그를 제외하면 이 기차에는, 적어도 이 객차에는 승객이 단 한 명도 없었기에 그의 기분이 우울해질 이유가 하나 더 늘었을 뿐이었으니, 말하자면 그는 혼자였고 정말로 완전히 혼자였으며 이제부터 이 여정을 어떤 도움도 받지 못한 채, 그것이 그 자신의 바람이었을지라도 시작해야 했으니 그 문제는 그동안은 그의 머릿속에 떠오르지 않았으나 이제야, 이 순간에야 그의 결정이 현실이 되고 모든 일이 실제로 일어나면 어떻게 될지 걱정되기 시작했으니 그는 (불운한 사건 전개로 인해) 남아메리카를 떠나라는 조언을 들었을 땐 이 생각을 하지 못했으며 가문의 마지막 혈통 중 한 명의 사망으로 인해 어쨌거나 유럽으로 날아가야 했는데, 이 기회만 활용하고 장례식에는 참석하지 않을 작정이었던 것이, 장례식은 출국을 위한 일종의 구실에 불과했지만 오히려—그는 오랫동안 이 문제로 골머리를 썩였는데—이젠 볼일이 하나도 없는 부에노스아이레스를 생의 말년에 떠나기로 마음먹었으니 그가 돌아가려는 곳은 자신이 떠나온 곳이요, 모든 것이 시작된 곳이요, 모든 것이 늘 아름다워 보이던 곳이지만 그 시절 이후로 모든 것이 지독하게 달라진, 하지만 지독하게 잘못된 쪽으로 달라진 곳이었다.

그가 곤경에, 말하자면 정말로 큰 곤경에 처한 것을 그들이 안 것은 순전히 우연이었는데, 그것은 저택에서 누구도 타블로이드지를, 그들이 부르기로는 〈크로넨 차이퉁〉이니 〈쿠리어〉를 읽지 않았기 때문으로, 그런 신문은 건물 안에서 눈에 띈 적이 한 번도 없었고 물론 부엌이나 직원 숙소에도 없었던 것은 엄격히 금지되었기 때문인데, 그럼에도 한 부가 눈에 띈 것은 그야말로 기적이었으며 종업원 여자애 하나가 저명한 아르헨티나 귀족에 대한 기사를 우연히 발견한 것은 더더욱 큰 기적이었으니 그 귀족은 노름빚을 갚지 못해 현지 카지노의 앙갚음을 당하거나 감옥에 갇힐 위험에 처해 있었는데, 이 이야기가 종업원 여자애의 눈길을 확 사로잡은 것은 기사의 등장인물이 그녀가 보기에 좋았기 때문인즉 그의 옷차림이 무척 근사했다고 그녀가 나중에 설명하면서 객실 청소부에게 기사와 사진을 보여줬는데, 그녀도 기사를 대충 살펴보고는 이따가 고용주에게, 그리고 가족에게도 신문 기사 이야기를 했는데, 왜 그랬느냐면 그 이름이 그녀에게 인상적이어서 다음과 같은 생각이 들었기 때문으로, 벵크하임이라는 이름을 가진 사람들 중에서 이 가문과 관계없는 사람이 세상에 몇 명이나 있을 수 있을까, 이런 생각이 떠오르고 궁금해졌을 때 그녀는 이미 여주인에게 가는 길이었으며 그 시점부터 이 뉴스는 저택 안에서 중요한 사건이 되었는데, 직원들은 사건의 추이를 더는 따라갈 수 없었고 그것은 그들이 관여할 문제가 아니었으며 하긴 물론 정원사와 남자 하인과 요리사와 운전사가 그중에 있을 때면 아주 가끔 서로에게 귓속말하길 구출 계획이 세워졌고 문제의 신사—그들이 〈크로넨 차이퉁〉과 〈쿠리어〉에서 알게 된바—는 이미 유럽으로 향하는 중이라고 했으며 젊은 백작과 그의 친구들이 이미 공항으로 그를 맞이하러 갔으나 아무리 만반의 준비를 갖췄어도 그중 누구도, 그 시점으로부터 먼 친척으로만 지칭된 그 사람을 힐끗 볼 수조차 없었는데, 그럼에도 소문이 끊임없이 돌았으니 이 먼 친척은 잔쳉이 카드 노름꾼에 불과하고 사기꾼에다 쇠락한 가문의 일원이라는 것이었거니와 마침내 마지막 판본이 등장했으니 그는 게으름뱅이가 아니고 협잡꾼도 아니고 순전히 백치라고, 가문의 또 다른 백치일 뿐이라고 심술궂기로 유명한 정원사가 의미심장하게 중얼거렸으니, 그래서 어쩌라고, 라며 그가 어깨를 으쓱하길 우리는 이자도 이겨낼 거야, 그런 바보는 원 없이 겪어봤잖아, 게다가 여긴 오스트리아 아니겠어, 그리고 그것이 저택 구성원들에게 도달한 정보의 전부였던바 그로써 정원사는 문제가 해결되었다고 여기고는 상자 화분이 있는 데로 돌아가 한 줄로 심은 베고니아의 뿌리 근처 흙을 세심하게 눌렀다.

문을 두드리는 소리는 문 두드리는 소리가 최대한 희미할 수 있는 최대한으로 희미했으나 그는 즉시 알아듣고는 좌석에서 몸을 일으켰는데, 문을 다시 두드리는 게 누구였든 그 사람은 세 번째로 두드렸으나 그때쯤 신기하게 생긴 문손잡이가 돌아가는 것을 이미 볼 수 있었으니 누군가가 문을 당겨 열고 객실에 들어왔는데, 그는 재빨리 뒤로 움츠려―마치 그 장면에 완전히 넋이 나간 사람처럼―창밖으로 스쳐 지나가는 풍경 쪽으로 고개를 돌렸으며 또 다른 사람의 존재를 정중하게 알리기 위한 작은 헛기침 소리를 더는 무시할 수 없게 되고서야 고개를 들었으니 그는 올려다보았으나 한동안 자신에게 들리는 소리가 무슨 말인지 전혀 이해하지 못한 것은 귀에서 종소리가 들리기 시작했기 때문이요, 마음을 가라앉히고 이 사람이 실은 차장이라고 믿기가 무척 힘들었기 때문이니 차장은 무언가를 주저리주저리 주워섬기기 시작했는데, 단어를 아주 느리게 발음한 것은 자신이 쓰는 언어를 이 여행객이 얼마나 잘 이해할는지 알지 못했기 때문으로, 그에게 승차권이 완벽하게 유효하다며 그가, 그러니까 차장이 곁에 머물다가 국경선 너머에서 기차를 넘겨받을 헝가리인 동료에게 인계할 것이니 신사는 아무 걱정 안 해도 되며 무엇에 대해서도 전혀 걱정할 필요 없는 것이, 기차는 정시 운행을 하고 있고 이것은 틀림이 없는데, 그들은 국경에, 게다가 도시에 도착할 것이고 그곳에서 앞서 말한 차장 교대가 제때 이루어질 것이며 그 이후에 대해서는—차장이 희미하게 짓궂은 미소를 띠며 몸을 앞으로 조금 숙인 채 목소리를 높여—아무것도 장담할 수는 없지만 이 노선과 관련하여 최근에 심각한 불만이 제기된 적은 한 번도 없으며 한동안은 '저들조차도'—그가 기차의 진행 방향 어딘가를 가리키며—유럽 표준을 준수하려고 노력했으니 신사는 걱정할 이유가 전혀 없고 그가, 차장이 외람되게도 그를 방해한 것은 자신이 신사를 도와드릴 것이 없는지 여쭙지 않아서인즉 혹시나 음료수나 커피 생각이 나거나 배가 고프거나 어쩌면 샌드위치를 바란다면 그가—차장이 자신의 제복을 호기롭게 가리키며—금방 준비해드릴 수 있다고, 식당차가 바로 옆에 있다고, 이 객차에는 딴 승객이 아무도 없으니 자신이 할 일이 많지 않다고, 덕분에 바로 지금 이런 소소한 임무를 완수할 시간이 생겼다고, 자신은 이 임무에 무척 애착을 느끼니 이제 신사께서 어떤 분부든 내리시길 기다리고 있으니 말씀만 하시라고 말했는데, 아니, 됐어요, 여행객이 힘없는 목소리로 제지하길 고맙긴 하지만 자신은 아무것도 필요한 게 없다며 창밖으로 고개를 돌렸는데, 차장은 당황한 채 서 있었으니 이보다는 긴 대화를 준비해 왔음이 틀림없었고 신사와 몇 마디 나누면서 그가 이토록 불안한 성격이라면 어떻게 해야 그가 마음을 추스르도록 도울 수 있을지 논의할 작정이었으나 이제 그는 평정심을 잃은 듯했고 실망감을 굳이 감추지 않은 채 고개를 끄덕이고는 몸을 돌려 통로로 나간 뒤에 신사가 마음을 바꾸지

럼

않았는지 돌아보았는데, 그는 바꾸지 않았고 확고했으니 그리하여 그는 혼자가 되었고 이 첫 번째 난국이 지나가서 다소 안심했으나 이 안도감이 오래가지 않은 것은 그의 심란한 머릿속이 오랫동안 여기저기 맴돌던 문장으로 이내 돌아갔기 때문으로, 그것은 이 기차가 너무 빨리 간다는 것이었는데, 속도가 너무 빨랐고 철로를 휩쓸듯이 나아가는 것이 마치 철로를 달리는 게 아니라 공중을 나는 것 같았으며 한 번도 덜컹거리지 않고 한 번도 감속하지 않은 채 오로지 한 곳을 향해, 동쪽을 향해 미친 듯 질주한 것이다. 국경이 가까워지고 있었다.

힘든 일이었던 것이, 카지노는 어떤 보증금을 제시해도 선량한 친척을 풀어달라는 청을 들어줄 생각이 없었기에 가문은 돈만 필요한 게 아니라 원하는 결과를 얻기 위해 영향력까지 발휘해야 했는데, 말하자면 카지노 소유주로부터 변호사를 통해 통보받은 뒤 방임적 태도로는 이 문제를 해결할 방도가 전혀 없었던바 이 모든 일의 안타까운 결말은 감옥 아니면 정신병원으로, 그럴 순 없어, 가문 회의에서는 벵크하임이라는 이름에 결코 오점을 남길 수 없다고 결정했으며—가문의 수장은 농담조로 맥주 거품 한 톨 이상은 절대 안 된다고 말했는데—이 때문에 그는 어마어마하다고 말할 수 있는 액수를 듣고 아연실색한 친척들 앞에서 말하길 남작을 구해내야 하는 이유는 그의 말마따나 우리가 그의 일평생 한 번도 그의 손을 잡아주지 않았더라도 그가 노망이 난 지금은 손을 잡아줘야 한다는 것이었거니와 이를 바득바득 갈며 그들은 채무를 모조리 갚고 카지노에서 제기한 공소장을 부에노스아이레스 법원 서류에서 사라지게—1944년 이후로 다져온 탄탄한 아르헨티나 인맥을 동원하여—조치하고는 마지막으로 중개인의 조력으로 남작을 처음에는 마드리드행 비행기에 태웠다가 거기서 빈으로 보냈으나 빈에는 그에 대해 조금이라도 아는 사람이 아무도 없었고 오로지 그의 수치스러운 도박벽만이, 그를 이곳으로 오게 한 그 수치스러운 도박벽만 알려졌으므로, 말하자면 그들은 그가 진정으로 누구이고 어떤 사람인지 전혀 알지 못했기에 남작 혈통의 마지막 생존자로 그 이름을 간직한 이 사람에 대해 어느 것 하나 알지 못했으며 심지어 그가 어떻게 생겼는가도 알지 못했으므로 그들의 손님은 모든 면에서 번듯하지 못하다는 탐탁잖은 추측이 슈베하르트 공항 입국장에서 피어오르기 시작하여 그들은 나머지 승객들 사이에서 그가 나타나기를 기다렸고 기다리고 또 기다렸으나 그는 나타나지 않고 또 나타나지 않았으며 입국장은 비어가기 시작했는데, 그때 불현듯 어떤 사람이 눈에 띄길 노란색 셔츠와 노란색 바지, 챙이 넓은 모자 차림으로 서 있었는데, 유난히 키가 크며 두리번두리번 주위를 둘러보는 은발의 인물인 그가 바로 그였으나 그가 하도 만신창이였고 그들도, 가문의 환영단도 마찬가지여서, 말하자면 그 가문의 몇 안 되는 젊은 일원들이 하도 어리둥절해서 영접은 엉망이 되었

럼

던바 그들은 악수조차 나누지 않았고 포옹은 말할 것도 없었던 것은 그들이 그에게 걸어가 당신이 벵크하임 남작이냐고 물었을 때 손님이 하도 애매하게 응대했기 때문이며 대답으로 돌아온 그렇소, 가 하도 풀 죽고 게다가 스페인어여서 그들은 여행 잘하셨느냐 등등의 의례적 질문을 하고 나서는 여행 가방 어디 있느냐고 묻는 것이 고작으로, 그 뒤에는 어떤 질문도 던질 엄두를 내지 못한 것은 무엇보다 알고 보니 여행 가방이 하나도 없었기 때문이며—가문의 젊은 일원 중에서 이것을 믿고 싶은 사람은 아무도 없었으나 곰곰이 생각한 뒤에 그가 미리 가방을 보내 운송 서비스를 통해 전달한 것이 틀림없다고 판단하여 더는 그 문제로 다그치지 않았으니 왜 코트를 입지 않았느냐고 다그치지 않은 것도 같은 맥락이었는데—그들은 그저 차량이 있는 방향을 가리켰고 그는 머뭇머뭇 걷는 모양이 마치 현기증이 난 듯했으며 그래도 그들은 감히 팔을 잡아주겠노라 제안하지 못했으나 그의 양쪽에서 걷던 친척 두 명이 좀 더 가까이 붙었는데, 그러나 이에 대해 남작이 공포에 질린 듯 반응하는 바람에 두 사람은 황급히 물러났으며, 그는 사람들이 가까이 있는 걸 견디지 못해, 라고 그들은 나중에 저택에 도착해서 말했거니와 그들은 그를 방으로 데려다주고는 이따가 다들 저녁 식탁에 앉아 그가 내려오기를 기다렸는데, 물론 그들은 그에 대해, 그의 설명할 수 없을 만큼 불완전한 복장에 대해, 노란색 모자와 셔츠와 노란색 바지에 대해, 그의 어리둥절함에 대해, 그의 예민함에 대해, 그리고 걷다가 팔을 잡으려 했을 때 얼마나 겁에 질렸는지 등등에 대해 이야기했으며 젊은이들은 한두 마디 농담을 건넸으나 나이 든 친척들은 고개를 숙인 채 첫 번째 코스가 차려지기를 기다리며 한마디도 하지 않았으니 잠시 뒤에 젊은이들도 이야깃거리가 떨어지고 식사가 시작되었으나 그는 없었던 것은 함께 식사하기로 했는데도 그가 반 시간이 지나도록 나타나지 않았기 때문이며 그리하여 오랫동안 수프 스푼 달그락거리는 소리만 들렸고 이따금 누군가 유리잔을 식탁에 좀 더 세게 내려놓던 와중에 그중 가장 나이가 많은 크리스티아네 사촌이, 집안에서 누구도 그녀에게 함부로 대하지 못하는 그 인물이 갑자기 새된 목소리로 허심탄회하게 말하길 그가 매력적인 사람이 아니라고는 말 못 하겠지만 그의 얼굴은, 음, 좀 창백한 것이 내 취향에는 너무 창백하구나.

그는 의복에 무슨 일이 일어났는지 질문하고 싶지 않았는데, 말하자면 이 친척이 왜 노란색 셔츠 단벌에 노란색 바지 단벌에 노란색 양말 한 켤레에 저 괴상한 모자 차림인지 꼬치꼬치 따져 묻고 싶지 않았으며 그의 짐이 어떻게 되었는지도 전혀 궁금하지 않았으니 애초에 그에게 짐이 하나라도 있었는지도 의문이지만 그는 집사를 불러 기자들을 저택에 얼씬 못하게 하라고 명령하고 남작을 남부끄럽지 않게 단장하는 임무를 맡겼으니 집사는 자신이 해야 할 일을 알았고 즉시 이 문제를 시종장과 상의했던바 시종장은 이미 전화기를 들어 자허 호텔에 연락해서는 새빌로 양복점에서 파견한 재단사들이 언제 올 수 있는지 확인했으며 불과 한 달 전에 빈 일정이 취소된 것을 알고서 즉시 집사에게 연락했고 집사는 즉시 새빌로 본사에 접촉했으며 그곳에서는 '특별한 연줄'에 부응하여 단 한 번의 가봉으로 옷을 완성해달라는 터무니없는 요청을 이례적으로 수락하여 이틀 뒤 재단사 보조 대런 비먼 씨가 도착했고 그와 더불어 고문이 시작되었으니 그는 이 문제에서 그의 협조가 필요하며 그러지 않고서는 어떤 성과도 얻을 수 없음을 남작에게 이해시켜야 했던 반면에 남작은—이 문제에 연루된 사람들에게는 도무지 이해 못 할 노릇이었지만—여전히 노란색 셔츠와 노란색 바지 차림으로, 앞서 갈아입으라고 내준 의복을 무시했으며 일종의 '취해야 할 조치들'에 대한 계획을 격렬히 거부했거니와 처음부터 전혀 여지를 주지 않았으니 이를테면 아래층 응접실 옆 흡연실에서 그를 설득하려는 거듭된 시도의 와중에 갑자기 실례하겠다면서 황급히 자리를 벗어나서는 방에 틀어박힌 채 사람들이 찾아와도 아무도 들이지 않는 바람에 대화는 굳게 닫힌 문을 사이에 두고 이루어졌으나 한참 뒤에 집사가 그에게 진중하게 처신할 것을 당부하고 다시 한번 최대한 정중하게 여기서 벌어지는 일에 대해 이야기해도 요지부동이었으니 남작의 행동으로 보건대 그의 거부는 격렬할 뿐 아니라 본질적으로 지속적임이 분명했기에 그들은, 집사, 하인 우두머리, 런던에서 온 재단사는 그를 둘러

싸고 그에게 무척이나 갸우뚱한 시선을 던졌으니 그들은 그의 거부 이면에 무엇이 있는지 파악할 수 없었고 실은 파악하고 싶지도 않았던 것은 그의 독특한 예민함을 존중하기는 하지만 그의 협조란 재단사용 줄자를 가지고서 키와 머리통과 목둘레와 어깨와 가슴과 허리와 엉덩이와 팔 아래 몸통과 그 아래쪽의 치수를 재는 것이 영 불가능하지 않게만 해주는 것임을 그에게 설득할 수 있다고 확신했기 때문이니, 며칠이면 됩니다, 라고 아일랜드인 재단사가 말하자, 어쩌면 두어 시간 만에 끝날 수도 있지요, 라며 집사가 남작의 얼굴을 보고서 재빨리 덧붙였고 그리하여 그는 바로 옆에 있는 팔걸이의자에 무너지듯 주저앉되 자신이 고문을 당할 것이지만 아무 느낌도 없으리라는 말을 방금 들은 사람처럼 앉았으며 재단사가 다시 그를 안심시키려 해도 남작은 협조하려 들지 않았고 그 시점으로부터 재단사를 가까이 오지도 못하게 했으니 그는 문간에 서 있어야 했으며 한참 뒤에 고개를 내저으며, 달리 할 수 있는 일이 없고 그들이 직접 남작과 이야기를 해봐야 할 것 같으며 자신은 모처에서 기다리겠다며 시야에서 사라졌으니 그다음 집사는 하인 우두머리에게 몸짓하여 남작과 단둘이 남아, 모든 것을 고려하건대 여기서 그가 옷을 갈아입는 것이 '필요하다고 여겨진다'고 설명했으니 그는 지금 이곳 오스트리아에 있으며 그가 가고 싶어 하는 곳에는, 말하자면 달랑 셔츠와 바지 차림으로는 그곳에 더더욱 갈 수 없으니, 이해하시겠어요, 그곳은

럼

겨울이라고, 부에노스아이레스 같은 여름이 아니라고, 겨울이라고, 차고 얼음장 같은 바람이 불고 서리가 낀다고, 그는 단어를 하나하나 발음하면서 음절 하나하나에 힘을 주었는데, 이에 남작이 색깔 없는 목소리로 이 모든 일을 정말로 피할 수 없느냐고 묻자 집사는 천천히 고개를 끄덕였던 바 남작은 손을 조금 쥐어짜고 한숨을 내쉬고는 이렇게만 말하길 그래요, 마땅히, 피할 수 없다면, 그렇다면 이해하겠다고, 여기 모두에게 크나큰 심려를 끼쳐 죄송하기 그지없다고, 자신이 꼭 이렇게 하고 싶은 건, 사람들에게 심려를 끼치고 싶은 건 아니었다고, 그러고는 재단사를 다시 불러달라며 고개를 숙였으나 딱 한 가지를 부탁했는데, 그것은 치수를 잴 때 재단사가 그의 몸을 결코 만지지 않게 해달라는 것으로, 그렇게 하면 일이 더 까다로워질 것은 알았지만 그래도 그는 애석하게도 어떤 접촉도 견딜 수 없는 것이, 한 번도 그럴 수 없었고 어릴 적에도 그랬고 지금은 더더욱 그렇다고 하자, 그러시다면…… 좋습니다, 집사가 미소 지으며 대답하길 오도너휴 씨와 이야기하면서 어떻게 치수를 잴지 논의해보죠, 하지만 이건 결단코 불가능하다고요, 재단사는 나중에 치수를 재기 시작했을 때 격분하여 고함을 질렀으니 그는 이미 등 치수를 우선 재려 했는데, 남작의 목덜미를 실수로 건드리고는, 이렇게는 할 수 없어요, 제발 참아보도록 하세요, 몸을 안 만지고 어떻게 치수를 재야 할지 도무지 모르겠다고요, 이건 작은 줄자에 불과해요, 아무 해도 없는 재단사의 줄자 말이에요, 그러면서 줄자가 얼마나 해가 없는지 보여주자, 오, 당연하죠, 평소보다 더 창백한 얼굴로 남작이 대답하길 제발 무사히 일을 끝내주시오, 그리하여 재단사가 다시 시작했으며 남작이 이것을 얼마나 힘들게 참아내는지는 피부가 접촉될 때 몸서리를 치는 것으로 알 수 있었으며 재단사가 치수 측정 결과를 큰 소리로 읊었으나 남작은 꼼짝하지 않으려 들었으며 줄자가 지나갈 때 얼굴에 경련을 일으키면서도 얌전히 있었으나 재단사가 만질 때마다 몸을 부르르 떨었기에 재단사의 이마에서는 땀이 쏟아져 내렸고 얼굴은 시뻘게졌으며 계속되는 고역으로 쇠잔해져 마침내 밖이 어두워지고 양복 치수를 적잖이 수첩에 적어 넣고서 나머지를 내일로 미룬 것은 집사가 남작의 인내심이 한계에 도달했다고 판단했기 때문으로, 그는 오도너휴 씨에게 그날의 작업에 대해 감사하고 그런 다음 그를 밖으로 안내하고 남작을 방에 데려다주었으며 남작은 문을 닫고 침대에 누워 이튿날 아침까지 움직이지 않았으니 이튿날 아침에 그는 퀭한 눈으로 말없이 하인 하나를 따라갔는데, 하인은 다시 한번 그를 응접실 옆 흡연실에 데려갔고 재단사가 도착했고 정중한 인사가 오가고는 모든 일이 다시 시작되었던바 다시 한번 그는 얼음처럼 차가운 줄자 끄트머리의 거듭된 공격을 견뎌야 했으니 재단사의 수첩에, 하지만 새빌로 양복점에서 주문을 이행하는 데 필요한 모든 숫자가 기입되기 시작한 것은 모든 것이 필요했기 때문이며 회사는—

럼

수십 년간 다져진 고객들과의 관계를 고려하여—단순히 이 작업을 완수하는 게 아니라 (새빌로와의 남다른 연줄을 고려하여) 주문과 동시에 더블브레스트 다크네이비블루 핀스트라이프 양모 양복 두 벌, 도니골 트위드제 스리브레스트 양복 두 벌, 그리고 받쳐 입을 조끼가 캐시미어 코트와 더불어 배달되도록 했고 특급 수선권, 실크 넥타이 열두 장, 포켓 스퀘어 열두 장, 커프스단추가 달린 셔츠 열두 장, 포켓 손수건, 양말, 모자, 드레싱 가운 세 벌, 장갑, 스모킹 재킷을 제공했으며 그와 동시에 이루 말할 수 없는 고문의 와중에 알아낸 발 치수에 따라 제작된 다양한 신발이 런던 슈니더 제화점으로부터 제때 준비되도록 했으니 여기 포함된 악어가죽 구두 한 켤레는 기차 객실의 끈적끈적한 바닥에 딱 달라붙으려 했으나 미끄러졌는데, 전부 다 그랬고 체스터필드 코트를 입으면 더더욱 그랬으며 물론 그는 인조 가죽을 댄 좌석에 앉아 코트 단추를 풀 엄두도 내지 못했으니 이 모든 것에는 시간이 필요한 것이, 새빌로는 정확한 배달 날짜를 일러주지 않았고 그것은 그들의 관례가 아니었고 그들이 일하는 방식이 아니었으며 그로 인해 이 먼 친척은 여러 주를 저택에서 보냈는데, 사실 그는 별로 소란을 일으키지 않았으니 대개는 써야 할 편지가 있다며 방에서 나오지도 않았으며 가족 식사에 한 번도 나타나지 않고 위층에서 점심과 저녁을 먹었으며 (반 시간 동안 급히, 빌린 코트를 입고서) 집을 나선 것은 크리스티아네 사촌이 그를 끌고 나가, 저택에 딸린 공원에서 산책 좀 하라고 명령했을 때뿐으로, 이렇게 며칠 몇 주가 지나다 어느 월요일 크리스티아네 사촌의 말에 따르면 가문의 수장과 나눈 대화—남작이 그와 나눈 처음이자 마지막 대화—가 한 시간을 넘겨 흡연실에서 막 끝났는데, 그곳에서, 말하자면—닫힌 문 앞을 공교롭게도 두 번 이상 지나가야 했던 크리스티아네 사촌의 말에 따르면—안에서는 가부장의 강압적 목소리만 들려왔으니 한마디로 구원의 순간이 마침내 찾아온 것이오, 새빌로에서 직접 보낸 마지막 특별 배달 물품이 도착하여 남작의 복장이 완비되었던바 그 뒤로 일이 일사천리로 진행되어 집사는 기차 시간표를 알아보고 승차권을 구입했는데, 노란색 셔츠와 노란색 바지와 노란색 구두가 슬쩍 사라진 뒤(모자를 버리는 것이 불가능했던 것은 어떤 이유에선지 남작이 필사적으로 모자에 매달렸기 때문으로) 그에게 여행 복장을 입히는 임무가 그들에게 떨어졌으며 나머지 의복은 여행을 위해 특별히 구입한 가방에 고이 담겼는데, 그들은 짐을 싸면서 그에게 각각의 의복이 구체적으로 무엇인지, 어떤 소재로 만들었는지, 어떤 상황에서 입어야 하는지, 물론 어떻게 착용하고 조이고 매고 추어올리고 다시 한번 매야 하는지 말해주었으나 그는 한마디도 하지 않아 각각의 물품이 무엇인지, 어떤 소재로 만들었는지, 어떤 상황에서 입어야 하는지를 그가 알아들었는지, 또한 그것을 어떻게 착용하고 조이고 매고 추어올리고 다시 한번 매야 하는지를 그가 알고 있는지는 결코 알 수 없었으

림

니 그들이 자신을 어린아이 취급하는 것이 그로선 분명했으나 그는 이것을 무한한 선의로 해석했고 변명거리로 삼고 싶지 않았으며 가문이 그에게 보여준 헤아릴 수 없는 호의에 한없이 감사했거니와 그 배려와 관심이 그에게 베풀어졌고 그는 이에 대해 한 사람 한 사람에게 감사한 뒤에 양복에 대해, 모자에 대해, 그러고는 체스터필드 코트에 대해 따로 감사했고 실크 넥타이, 손수건, 양말, 드레싱 가운, 스모킹 재킷, 장갑, 구두에 대해 감사했으며 오직 한 가지만 청하길 자신의 원래 모자를 쓰게 해달라고 청했으니 이에 대해 물론 모두가 흔쾌히 동의했고 그런 뒤에 그들은 그가 온갖 선물을 다시 한번 짧게 언급하고 자신이 목격한 모든 아름다움과 고상함을, 무엇보다 친척들의 아름다움과 고상함을 구구절절 묘사하며 이 모든 것에 자신이 지금 감사해야한다고 말하는 것을 들었으니 그리하여 그가 이곳에서 머문 지도 두 달이 지나 작별의 시간이 되었을 때—그가 직접 휴대한 여행 가방 하나를 제외한 나머지 여행 가방들은 믿음직한 배달 서비스의 책임하에 최종 목적지로 이미 출발했으며—그는 이 모든 이야기를 했고 가문은 그의 말을 들었으며 그들은 이를 나무랄 데 없는 예의범절의 발현으로 해석하여 진정으로 흡족한 놀라움을 표했으니 심지어 가문의 수장은 감동하기까지 하여 남작에게 다가가 어깨를 두드릴 뻔했으나 자신이 실제로 그런 몸짓을 취했다가는 무슨 일이 벌어질지 제때 깨달아 고개만 끄덕이고는 좋은 여행이 되길 남작에게 빌었으며 그런 다음 알제리 친척의 장례식을 위해 도착했던 가문 일원 중 하나가—그는 그중에서도 사업가 기질이 다분한 사람 중 하나였는데—남작과 시자侍者를 베스트 반호프까지 차로 데려다주고는 임무를 마치고 돌아왔는데, 그는 가문의 또래 일원들에게 시시콜콜 이야기를 들려주어 폭소를 자아냈으며 그러는 동안 한 번도 남작이 창밖을 내다보면서 겁에 질린 채 기차가 국경에 접근할 때 그들을 떠올리고 있었으리라는 생각은 하지 못했으니 남작은 저택에 있던 모두를, 애정과 감사를 느끼면서 또한 그들을 다시는 보지 못할 것임을 알면서 떠올렸다.

그는 그와 일대일 단도직입으로 이야기할 작정이었는데, 그래봐야 무슨 소용이 있을지, 말하자면 그의 앞에 앉아 있는 사람이 자신이 말하려는 것을 이해할 수 있을는지 판단하기 힘들긴 했지만 이젠 남작이 스스로에게 베풀어진 보호에서 벗어나기 전에 솔직히 이야기할 필요가 있었던 것이, 그가 충족해야 하는—이 집을 나서면—조건들이 있었으며 이것과 함께 그들은 그의 손을 놓아주노라고 가문의 수장이 나름의 유머 감각을 발휘하여 말했거니와 그들은 가장 안쪽 방에 있었는데, 그곳은 서재라고 부르는 곳이지만 책꽂이에는 책이 아니라 다양한 크기의 트로피가 꽤 오랫동안 늘어서 있었던바 이것은 가문이 대대로 그리고 최근 들어 이름난 사업가 기질을 발휘하여 얻은 노동의 결실로, 말하자면—젊은 형제자매 한 명이 간명하게 언급했듯—무지막

림

지한 양조업 경쟁에서 쟁취한 것이며 이곳에서 가문의 수장
은 웅크려 앉을 수밖에 없는 일종의 팔걸이의자에 앉은 다
음 앉은 채로 상체를 기울여 양손을 거대한 책상에 얹고 그
를 향해 몸을 숙인 채 계속 말하길 자신은 아무 보답도 바
라지 않으며 이에 대해서는 오해가 전혀 없길 바라는바 어
떤 환상 또한 없어야 하는 것이, 말하자면 그들이 그를 아르
헨티나에서 구해낸 것은 그에게 송구해서가 아니라 남아메
리카에서의 상황을 어떻게든 해결하지 않으면 가문에 유익
하지 않을 테기 때문이었으나 결코 걱정 말라고 가문의 수
장이 우레 같은 목소리로 말했으니 그걸로 충분한 것이, 그
들은 할 수 있는 일을 다했으며 이제 그를 본인의 소망에 따
라 보내주고 싶으나 우선, 말하자면 무엇보다 먼저 몇 가지
처리할 일이 있으니 그는 그가 어디로 가는지 왜 가는지는
개의치 않으나 어딜 가든, 어떤 이유로 그곳에 가든 다시는
그들에게 수치를 안겨주지 않겠노라 약속하라며, 그에게 지
금 거기 앉아서 고개만 주억거리지 말고 그들이 그에게 원
하는 게 무엇인지 똑바로 알아들으라고, 말하자면 그들이
원하는 것은 다신 어떤 추문도 일어나지 않는 것이며 그가
어디로 가고 싶어 하든 하느님의 축복을 빌며 보내주겠지
만 다시는 그 어느 신문에서도 벵크하임이라는 이름을 보고
싶지 않다며, 말하자면 가문은 여기서도 이 이름을 간직하
고 있기에 다시는 이 이름이 더럽혀지는 것을 바라지 않는
바 이렇게 표현해도 무방하다면 자신이 젊을 때 술통을 들

창백한, 너무도 창백한

고 통의 나무 마개를 뽑고 이 가문의 이름과 고귀한 기억을 보살핀 것은, 마지막 순간까지 그럴 테지만, 벨러, 자네처럼 철없이 늙어가는 사람이—여기서 가문의 수장이 책상 위로 그에게 더 가까이 몸을 숙이며—이 이름을 타블로이드지와 수챗구멍의 악취 나는 오물에 처넣는 꼴을 보기 위해서가 아니었네, 내게 약속하게, 그가 엄중한 어조로 그에게 호령하길—이제 의자에 뒤로 기댄 채—그렇게 앉아서 고개만 끄덕거리지 말고 우리가 자네에게 바라는 게 뭔지 깨달으라고, 그때 상대방은—의자의 팔걸이가 높아서 쭈그리고 있을 수밖에 없었는데—더는 견디지 못하고 가문의 수장에게 전력을 다해 말하길 자신이 백치라는 걸 똑똑히 알고 있지만 그렇더라도 자신에게 하는 이야기를 알아들을 수는 있으니 이 경고를 어떻게 알아듣지 못할 수 있을 것이며 특히 그들에게 자신의 목숨을 빚진, 더 간명하게 말하자면 더 존엄한 죽음을 빚진 처지에 어찌 그럴 수 있겠느냐는 것이, 자신을 엘 보르도에 처박혀 있도록 내버려두지 않은 것에는 아무리 감사해도 모자랐으니 그가 당한 것은 이런 협박이었기 때문으로, 그래, 그건 당신만을 위한 엘 보르도야, 라고 그의 감방에 찾아온 주 검찰관, 경찰, 변호사가 말했거니와 그는 엘 보르도에서 생을 마감할 뻔했다고 남작이 팔걸이의자에 앉은 채 말했던바 지난 몇 년간 그는 모든 사람이 꿈꾸는 것과 같은 생의 마무리를 꿈꿨으나 이제 그것이—자신의 가문이 베푼 이 하해와 같은 은총 덕분에—가능해졌으므로 어떻게 그가 이 모든 것을 알아듣지 못할 수 있겠으며 어떻게 그가 약속을 그저 하는 것이 아니라 지키지 않을 수 있겠는가 하는 것이었기에 이런 까닭에—그가 이제 가문의 모든 일원에게, 특히 자신에게 극진한 친절을 베푼 크리스티아네 사촌에게 말하길—그는 이제 그들이 다시는 그에 대해 아무 소리도 듣지 못하도록 이 경이로운 저택에서 떠나기를 소망했으니 그들이 분명히 알았다시피 그는 편도 승차권만, 그곳으로 가는 승차권만 요청했으며 특히 어떤 상황에서도 자신이 왕복 승차권을 요청하지 않았음에 크리스티아네 사촌이 주목해주길 바랐거니와 가문이 자신에게 해준 모든 것에 대해 말로는 감사할 수 없었지만 그들이 그를 얼마나 신뢰해도 좋은가를 행동으로 입증하고자 했으니, 비록 그가……, 그가 이것을 인정한 것은 그가 40대일 때에도 의사들은 이 일이 일어날 거라고, 그가 백치가 될 거라고 그에게 말했기 때문인데, 그리하여 그렇게 그는 백치처럼 되었으나 하느님 덕분에 그는 그들이 자신에게 하는 모든 말을 알아들었으며 대체로 또한 마땅히 책상 맞은편에서 들려오는 말을 알아들었으며 그들은 모두 그를 신뢰할 수 있었고 그는 이를 입증하기 위해서라면 무엇이든 할 작정이었으니, 그래, 그렇다면 그렇게 하지, 가문의 수장이 더 활기찬 어투로 목소리를 높이며 이로써 대화가 마무리되었다고 여기고는 남작을 서재 밖으로 안내하면서 그를 배웅하며 팔을 두르려는 자연적 본능에 굴복할 뻔했던바 바로 그 첫 순간부터 그는 그에게 확고한 연민을 느꼈으며 거의 그럴 뻔한 것이, 이미 팔을 쳐들었으나 반쯤 올리다 정신을 차리고는 다시 내렸는데, 놀랍게도, 열린 문간에서 남작이 작별 인사를 건네며 난데없이 그의 손을 끌어당겨 입맞추고는 계단 쪽으로 총총히 걸어간 것이다.

언제 국경을 건넜는지 그가 알지 못한 것은 아무 일도 일어나지 않았기 때문이어서 객차는 철로 위를 미끄러지다 그 순간에야 제동하기 시작하여 속도가 느려지며 덜컹했을 뿐으로, 마치 어느 시점엔가 철로가 사라지고 기차가 울퉁불퉁한 땅 위를 달리는 것 같았으니 그 순간은 국제선 급행열차가 갑자기 또한 명백하게 국내선 완행열차로 바뀌는 시점이었으며 그리하여 기차는 첫 번째 정차 지점에 도착하되 완전히 영구적으로 정차할 것처럼 정차했으니 텅 비다시피 한 기차역 앞에는 제복 차림의 몇 명이 서성거리고 있었으나 그들은 즉시 기차로 다가가 탑승한 반면에 나머지는—오스트리아 제복을 입은 철도 직원이 분명했는데—하차했으며 객실 문이 굉음과 함께 열렸다 닫히고 발을 쿵쿵거리는 소리가 들리며 제복 중 몇몇은 통로를 성큼성큼 오르락내리락했는데, 여기는 헝가리가 틀림없다고 그는 생각하면서 재빨리 자신의 모자를 찾아 자신이 받은 모자 대신 쓰고는 경련으로 위장이 뒤틀린 채 떨리는 손으로 여권을 찾았으나 그런 다음 여권을 꽉 쥐고 있기만 한 것은 한동안 아무도 객실 문 앞에 나타나지 않았기 때문으로, 객실 문이

럼

열렸다 닫히면서 쿵쿵거리는 걸음 소리만 들렸는데, 쿵쿵거리는 소리가 점점 가까워지다 마침내 그의 객실 문이 열리면서 제복을 입은 사내가 그를 위아래로 훑어보고 선반을 올려다보더니 한쪽 다리로 문을 받친 것은 그러는 동안 기차가 다시 출발했기 때문으로, 기차의 움직임 때문에 문이 닫히려고 하는 바람에 그는 발로 문을 받쳤으며 심지어 등을 문에 기댄 채 묻기를 "독일인?" 아니오, 승객이 침을 꿀꺽 삼키며, 나는 헝가리인이오, 그리고 그는 이 모든 것을 헝가리어로 말했으니 이 시점에서 세관 직원은―남작이 보기엔 그랬는데―그에게 놀란 눈길을 보내면서, 그래, 헝가리인이라, 그는 단어를 곱씹었고 남작은 이 발언을 철회하고 싶어졌으나 너무 늦었으며 세관 직원은 번들번들 빛나는 이마를 닦고 남작의 여권 페이지를 들췄는데, 더 정확히 말하자면 페이지를 두 손으로 들춘 게 아니라 한 손으로 휙휙 넘겼는데, 하지만 심지어 여권을 보고 있지도 않았던 것은 그를 보고 있었기 때문으로, 남작은 불안한 기색이 역력한 채 코트 차림에 챙 넓은 괴상한 모자를 쓰고 머리 위에 여행 가방을 올려두고 앉아 있었으나 이건 헝가리 여권이 아니라고 그가 말하자 그렇다고, 당연하다고 남작이 들릴락 말락 대답했더니, 뭐라고 말하는지 안 들려요, 라고 세관 직원이 소리치자, 그래요, 당연하죠, 저는 아르헨티나 국적이니까요, 라고 남작이 좀 더 또렷하게 말했고, 오, 당연히 아르헨티나인이시군, 이라고 세관 직원이 비꼬듯 말하며 다시 여권을 쳐다보면서 페이지를 좀 더 들추다 비자가 뚜렷하게 찍힌 페이지를 발견하여 이것은 눈여겨봐야 하므로 찬찬히 살피며 이 서류를 여러 각도에서 들여다보고 머리를 한쪽으로 기울인 채 목에 건 가방에서 커다란 고무인을 꺼내어 승객에게 미소 지으며 가방의 한쪽 옆구리를 매만지더니 고무인을 여권에 꽉 눌러 찍고는, 자, 그러면, 하며 여권을 다시 덮고는 반대쪽 손바닥에 대고 탁탁 치기 시작하면서, 자, 그러면, 이라고 되풀이했지만 한동안 생각을 이어가지 않은 채 그를 물끄러미 바라보다가 문득 잇몸을 반짝거리며, 그러고 보니 오늘 〈블리크〉에서 읽은 그 유명 인사 아니신가, 그는 공무원의 말투에서 돌연 스스럼없는 민간인 말투로 바꿔, 당신은 그 백작이겠구먼, 안 그렇소, 작은 제국인지 뭔지를 도박으로 날려버린, 그는 낄낄거리며 여권으로 손바닥을 탁탁 치다 여전히 웃음을 머금은 채 한동안 고개를 저었는데, 그러는 동안에도 시선은 여행객에게 머물러 있었으며—눈에는 짓궂은 빛이 감도는 채로—천천히 그에게 여권을 내밀고는 즐거운 귀향이 되길 바란다면서 여기서는—기차가 가는 방향을 향해 손으로 넓게 반원을 그리며—카드놀이 하다가 패가망신하지 않길 바란다고 덧붙인 뒤에 통로로 나가 계속 닫히려던 문을 등 뒤로 닫고는 작별의 의미로 유리문 너머에서 집게손가락을 장난스럽게 흔들었으나 이제 저 번들거리는 얼굴에는 의심도 호기심도 없이 한통속의 의미심장한 기색만이 빛나고 있었으며 통로에는 희미한 햇살이 한순간

럼

더 내리쬐어 작은 별이 그의 이마에서 빛나는 듯했던 것은 틀림없이 그곳에서 그의 피부가 가장 번들거렸기 때문이다.

그는 내가 자신을 돕도록 허락하지 않았으며 심지어 내가 안에 들어가 부탁하기까지 했는데도 내가 식당차에서 뭐라도 가져오지 못하게 했기에 그를 달래기 위해 할 수 있는 일이 아무것도 없어서 조금 신경이 쓰인 터라 그에게 뭐라도 줬으면 좋겠다 싶었으니 결국 사람은 자신에게 기대되는 일을 하고 싶어 하며 이 경우에는, 말하자면 그 기대가 컸던 것이, 내가 하려는 말은, 거대했다는, 어마어마했다는 것으로, 왜냐하면, 하고 차장이 말하길 하인은 두둑한 팁을 그에게 억지로 쥐여주었으나—그가 최근에 받은 팁을 전부 합친 것보다도 훨씬 많은 금액이었는데—글쎄, 돈 때문만은 아니었고, 어차피 그는 모든 일을 의무감에서 했을 것이고, 단지 승객이 허락지 않았을 뿐이며 그는 그의 객실 앞을 몇 차례, 그가 생각할 시간과 동작을 취할 시간을 가질 수 있도록 천천히 지나갔으나 아무 일도 일어나지 않았으며 신사는 움직이지도 않았고 그것만 놓고 볼 때 어떤 생각이 들었는가 하면—오스트리아인 차장이 동료들의 관심이 시들해지자 서둘러 말을 잇길—어떻게 빈에서 헤제슈헐롬까지 가는 내내 전혀 움직이지 않았을까 하는 것으로, 그는 탑승하여 좌석에 비집고 들어갔을 때와 똑같은 자세에 코트 차림으로 앉아 있었으며 단추를 모두 채운 채 챙이 넓고 붉은 리본이 달린 모자를 썼고 다리를 꼬았으며 창밖을 내다보았지만 밖을 보면서도 딱히 아무것도 보고 있지 않았던 것이, 풍경이 전혀 바뀌지 않았으며 낮게 깔린 구름 아래로 똑같이 갈아 놓은 들판이 끝없이 이어지고 똑같은 흙길과 숲 자락이 보였으나 그것도 한두 번뿐이어서 한마디로 그는 아무것도 보지 않았으며 아마도 기차 창문에 비친 자신을 관찰하고 있었는지도 몰랐으나 그가 알 수 없었던 것은 그를 꼼꼼히 살펴볼 시간이 없었기 때문으로, 그는 객실 앞을 천천히 왔다 갔다 하면서, 바로 지금 떠오른 것 같은 문득문득 스치는 인상에만 의지했으나 한 가지 분명했던 것은, 그가 단언하길—그는 철도 노동자 휴게실에서 이 단어들을 강조했는데—이 사람이 그냥 어중이떠중이였을 리 없다는 것으로, 그를 심란하게 한 유일한 문제는 그가 누구였을지 물어볼 사람이 아무도, 지금처럼 아무도 없었다는 것이었으나, 그때 심드렁한 청중 가운데에서 동료 하나가, 젊고 우람하고 농부처럼 생긴 남티롤 출신이 한참 동안 짜증스럽게 그를 뜯어보다가 조금 역정을 내며 말하길—그는 이 이야기에 대해서나, 이야기를 하는 사람에 대해서나 별 관심이 없는 것이 분명했지만 지금은 무슨 까닭에서인지 분노로 가득한 채—그가 누구인지 짐작이 간다면서 척 보면 알 수 있지 않겠느냐며 자신의 추측이 여러 방면에서 뒷받침된다는 것을 보여주려는 듯 엄지손가락을 쥐고 흔들며, 그 여행객에게는 동행이 있었잖아, 외모도 그랬고—그리고 이번에는 집게손가락을 쥐고서—그렇게 번듯해 보이는 신사가 후스커 예뇌를 타고 동

럼

쪽으로 여행한다는 사실도 그렇고—이제는 가운뎃손가락
을 쥐고서—마지막으로, 그가 얼마나 특이했나, 그러니까 그
에게는 괴벽이 있었잖나, 그런 다음 목소리를 높여 이 시점
에 살짝 꾸벅꾸벅 졸기 시작하는 동료들의 주의를 환기하려
고 약손가락을 흔들며, 괴짜라고, 그러고는 의미심장한 표정
으로 차장에게 몸을 기울이며, 글쎄, 자네는 떠오르지 않나,
뭐가 떠올라야 하는데? 라고 차장이 묻고는, 나는 아무것
도 안 떠오르는걸, 그러자 젊은 남티롤 출신은 반신반의하
듯 고개를 젓다가 마침내 약손가락을 내리며, 자네는 신문
을 통 읽지 않는군, 만일 신문을 읽었다면 이 사람이 다름
아닌 페루의 귀족이라는 걸 알았을 텐데 말이야, 지금 당장
은 그 사람 이름이 생각나지 않지만 그의 가문인 오타크링
거 가문이 현지 코카인 마피아의 마수에서 그를 구해낸 것
은 그가 감옥에 갇힐 터였기 때문이고 그들이 그를 감옥에
처넣고 만 것은 그들이 그를 해치우고 싶어 했기 때문이고
그들은 그를 해치울 뻔한 것은 신문에서 말하길 그가 뭔가
를 아는 것 같았기 때문이어서 그를 카드 도박 빚에 휘말리
게 하여 해치우려 했으니—기자들이 쓴 바로는 그랬는데—
그는 알아선 안 될 것을 알았으며, 그래, '그'가 바로 후스커
예뇌에 탑승한 당신의 괴짜요, 당신의 난놈이지만 그 수백
유로는 말이지, 그가 분노로 가득한 채 차장에게 말하길 그
건 한순간도 믿지 못하겠어.
　　그에게는 잔돈이 하나도 없어서, 오로지 50유로 지폐

한 장과 10유로 지폐 한 장뿐이었으니 이것이 그에게 근심거리였던 것은 베스트반호프에서 하인이 자신에게 맡겨둔 100유로를 어떻게 분배할지가 처음부터 고민스러웠기 때문으로, 자신의 팁으로 받은 100유로와 별개로 이것을 헝가리인 차장에게 나눠주어야 했는데, 그렇더라도 전부 줄 수는 없는 것이, 50유로는 너무 많아 보였고 10유로는 너무 적어 보였던바, 이걸 어떻게 한다, 그는 적어도 세 차례 잽싸게 식당차에 가서 직원들에게 잔돈을 바꿔줄 수 있는지 물어보았으나 그들은 바꿔줄 수 없었고 기차에는 사람이 거의 없었으며, 이보게, 손님이 하나도 없잖나, 식당차의 헝가리인 직원은 그가 세 번째로 다가갔을 때 서툰 독일어로 쌀쌀맞게 말했으니 그리하여 그는 50유로 지폐를 고스란히 줄 수밖에 없었고 그것은 지난 10년을 통틀어 최고 액수의 팁일 터였는데, 아무리 나눠봐야 100유로와 50유로는 100유로와 50유로일 뿐이니까, 라며 체념하려다 바로 그때 뇌리를 스치는 생각이 있었으니, 만일 헝가리인 동료에게 한푼도 주지 않으면 어떻게 될까, 어쩌면 그의 호기심을 동하게 하는 것만으로 충분할지도 몰라—'그의 호기심을 동하게' 한다고 생각하자 기분이 좋아져서는—그래, 그가 결심하길 그걸로 충분할 거야, 그리하여 기차가 헤제슈헐롬 역에서 정차하여 무엇보다 9번 객차를 담당하는 차장을 그가 만났을 때 그는 베스트반호프 역에서 자신이 할당받은 특정 승객에게 관심을 가져주었으면 한다고 그에게 말하되 그에게, 즉 그의 헝가리인 동료에게, 수도에 도착할 때까지 이 승객에게 필요한 것을, 켈레티 역(동역)에서 그의 환승을 돕는 것까지 포함하여 채워주는 것이 얼마나 중요한가를 최대한 전달해 줘야 할 것 같았다며 그러면 두둑한 보상을 기대할 수 있고 그게 마땅하다고 오스트리아인 동료가 헝가리인 동료에게 설명하자 동료는 자신들에게 허락된 짧은 시간에 이 문제에 진지하게 관심을 보였으며 그는 그에게 그 승객의 승차권을 건네고 그를 그곳에 남겨두고는 동료들과 함께 추위를 피해 철도 노동자 휴게실로 물러나 빈행 기차가 돌아오길 기다렸으며 한동안은 이 사건을 혼자만 알고 있을 수 있었을지는 몰라도 그 200유로가 그를 어찌나 행복하게 했던지 그는 넋이 나갈 지경이어서 곧장 자신의 이야기를 하지 않을 수 없었거니와 자신이 손에 쥔 정확한 금액을 언급할 뻔한 적이 두 번 있긴 했지만 현명하게도 기쁜 내색을 피한 것은 그가 매우 현명했기 때문이다.

여기서 무슨 일이 벌어지고 있는지 그가 정확히 알았던 것은 카드놀이를 하던 남작이 하와이에서 출발하여 기차로 빈을 거쳐 고향에 돌아가고 있다는 뉴스가 며칠 전부터 타블로이드지 〈블리크〉에 실렸기 때문으로, 아무도 그가 해야 할 일을 두 번 일러줄 필요가 없었기에 그는 그저 9번 객차에 있는 그의 객실 앞을 지나다니며 안에 앉아 있는 승객에게 눈길을 던졌는데, 그는 그가 누구인지 이미 알고 있었고 그로부터 뭔가를 얻어낼 수 있음을 알고 있었으니, 말하자면 그는 그렇게 믿고 있었는데, 그것은 물론 남작이 이 노선에서 정확히 자신의 교대 시간에 기차를 타리라는 것을 확실히 알 수 없었기 때문으로, 오, 하느님, 신은 살아 계신다, 오스트리아인 동료가 그 상황에 대해 이야기했을 때 그는 조용히 눈을 하늘로 쳐들며, 하느님은 살아 계시고 살아 계시고 살아 계신다, 라고만 말하고는 이미 식당차로 가서 직원에게, 자신이 아는 직원에게 말하길 치즈 샌드위치와 살라미 샌드위치, 적포도주 작은 병, 코카콜라, 커피가 필요해, 어, 잠깐만, 이것 말고도 더 있나, 물론이지, 그가 곰곰이 생각하더니, 디저트는 뭐가 있지? 디저트라, 식당차 직원은 유통 기한이 얼마나 지났는지 알 수 없어 판매 물품에 손도 안 대는 사람처럼 입술을 오므리더니, 벌러톤 슬라이스 초콜릿 바, 벌러톤 슬라이스 엑스트라, 호두와 럼주를 넣은 체리 봉봉이 있어, 그거면 되겠군, 하나씩 줘, 차장이 활기차게 대답하길 죄다 쟁반에 담아, 돈은 금방 줄게, 그 순간 식당차 직원의 손이 두 번째 샌드위치를 향해 이미 뻗고 있다가 허공에 멈추더니, 뭐라고 그랬나, 그가 미심쩍은 표정으로 그를 바라보자, 여기 좀 봐—차장이 식당차 직원에게 가까이 오라고 손짓하며—이건 '그를 위해서'야, 말하자면 '그를 위해서'라고, 이에 식당차 직원은 체념한 듯 고개를 끄덕이며 상대방의 눈을 뚫어져라 쳐다보았으나 그러고는 그 손이 샌드위치를 향해 계속 나아갔으니 찰나의 순간에 그가 이 친구를 믿기로 마음먹은 것은 그를 잘 알았고 고객 한 명 때문에 그와 틀어지고 싶지는 않았기 때문이니, 좋아, 하지만 냉큼 돈 가지고 돌아와, 물론이지, 늑장 부리지 않을게, 차장이 설명했으며 이미 그는 쟁반을 들고 9번 객차의 객실을 향해 비틀비틀 걸어가고 있었는데, 한 번 노크하고 두 번 노크하고 세 번째 노크했는데도 아무 소리도 들리지 않자—바로 그 순간에 기차가 선로를 바꾸느라 덜커덩거려서인지도 모를 일이지만—한 번의 동작으로 문을 밀어 열고서 쟁반을 든 채 객실로 불쑥 들어서며 말하길 손님, 귀국을 환영합니다, 그러자 승객은 꽉 끼는 코트 차림으로 소스라치며 반대 방향으로, 창가로 물러나서는 동그래진 눈으로 이 미지의 인물을 쳐다보았던바 그는 비어 있는 손으로 신사의 등을 두드려 환영 인사를 마무리할 작정이었으나 저 동그래진 눈 때문에 망설이다가 자기도 창가로 다가가 탁자를 한 번에 철커덕 빼서 펴고 솜씨 좋게—코카콜라가 적포도주 병에 살짝 부딪힌 게 전부였을 정도로—쟁반을 내려놓고서 말하길 그럼 맛있게 드세요, 손님, 우리네 별미를 음미하시길 바랍니다, (그는 이제 문간에서 말했는데) 커피는 식기 전에 드세요, 그러고는 물러나면서, 곧 돌아오겠습니다, 라고만 말했으나 승객에게는 아마 들리지도 않았을 것이다.

그는 아무도 그를 방해하지 못하게 하고는 20분이 족히 지난 뒤에 돌아와 "하느님 맙소사!"라고 말하며 그의 맞은편 좌석에 털썩 주저앉아 차장 가방을 벗고는 허벅지를 주무르기 시작했는데, 그러면서도 승객에게서 눈을 떼지 않

은 채, 걱정하실 필요는 전혀 없다고 거듭 말하길 이 기차는
'고요의 바다' 자체이니 그저 상상해보세요, 손님, 그가 이
어서 말하길 이 객차를 통틀어 손님 말고는 아무도 없다는
말입니다, 안타깝게도 그게 사실입니다, 또한 팔을 활짝 벌
리며 말하길 이 평일 아침 노선에서는 말이죠, 그러고는 천
천히 숨을 내쉬어 은은한 마늘 소시지 냄새를 맞은편 승객
에게 풍기며, 아시다시피 평일에는 늘 이렇습니다, 성탄절이
나 부활절 같은 명절이 아니면요, 그때는 다들 국내에서 구
할 수 없는 것들을 사려고 빈으로 몰려가는데, 물론 손님께
서는 명품을 떠올리고 계시겠지만, 오드콜로뉴 향수나 나
이트가운을 사려고 가기도 하니까요, 그는—차장이 자신을
가리키며—그런 사람들을 이해하지 못하겠다며 뭐 하러 이
렇게 물건을 쌓아놓는 거냐고, 이거 샀다가 저거 샀다가 대
체 뭐 하는 짓이냐고 그에게 말했으니 그에게는, 차장에게
는 자신이 가진 것으로 족하다고, 많지는 않아도 넉넉하며
버틸 만큼은 되고 자식들도 다 출가시켰으며 지금 가진 것
으로 마누라와 충분히 먹고살 수 있어서, 오드콜로뉴니 허
튼 장신구니 새로 유행하는 물건이니 뭐하는물건인지도알
수없는 아이폰이니 그런 온갖 물건들은 그녀에게 필요하지
않았으며 그는 이런 이름을 도무지 알아들을 수 없었거니
와 한마디로 그녀는 거실에 뭐 하나라도 들여놓을 수 있으
면 만족하는 여인인바 이를테면 올해 그녀의 성탄절 선물
은 새 코트걸이라고 그들은 이미 마음을 정했으니 하느님께

감사하게도 마누라는 물욕이 많은 사람이 아니었고 그들에게는 코트걸이가 필요하다고 그들은 결론을 내렸기에 그것이 그녀의 선물이 될 테고 셈해보니 돈은 얼추 넉넉해서 코트걸이가 생길 것이고 성탄절은 흥겨울 것이며 신사께서는 그들이 행복하다는 그의 말을 믿어야 할 것이, 그들에게는 필요한 모든 것이 있으니 근사한 TV 수상기, 가구, 모든 것이 있고 은퇴까지는 4년 반 남았으며, 웬걸, 이만하면 기쁘게 말할 수 있은즉 참으로 고맙지 않습니까, 할 만큼 했으니 이제 여한이 없습니다, 이 일에 따르는 스트레스도 이젠 안녕입니다, 여기저기서 언제나 일이 터졌거든요, 최근에도 바로 지난 화요일에 다름 아닌 이 노선에서 빈으로 가는 길에 웬 알바니아 폭력배들이 싸움을 벌여서 한바탕 시끄러웠는데, 그가 식당차에 채 숨기도 전에 기차가 멈추고 경찰이 올라오는 그런 일이 언제나 일어났던바, 그러니 다들 귀가하면 신경이 곤두설 수밖에요, 이것은 그도 마찬가지여서 교대를 마치고 마침내 TV 앞 팔걸이의자에 앉으면 다리의 근육이 떨리는 걸 느낄 수 있었거니와, 여기 보세요―그가 자신의 허벅지를 가리키며―똑바로요, 스트레스며 신경이며 그가 팔걸이의자에 앉을 때 온갖 것이 밀려오지만 그는 앞으로 4년 반밖에 남지 않았으며 그걸로 끝이니 그런 다음에는 그들 말마따나 노년의 고요가 찾아올 것이고 그가 그때를 고대하는 것은 여기서는 결코 평안을 누릴 수 없기 때문인즉 지금 여기 사람이 거의 없어 텅 비다시피 한 기차에서도 그럴 수 없지만 켈레티에 도착하시면 그들이 미친놈처럼 내달리는 걸 보시게 될 텐데, 난민들이 거기서 내려 온갖 물건을 끌고 플라스틱 병이며 음식 봉지며 작은 병이며 큰 병이며 온갖 것을, 정체도 모를 것을 가지고 마치 거지처럼 나라도 뭣도 없어서—그들 말마따나 머리 위가 지붕이니—오랫동안 그렇게 오고 또 와서 어디에나 널브러져 있는데, 그는 그들이 불쌍하지 않은 건 아니라며, 자신도 불쌍한 생각이 들지만 멀리서 볼 때만 그런 것이, 가까이 가면, 그러면, 손님, 그 냄새는 상상도 못 하실 겁니다, 그들은 씻지도 않으니까요, 피부 짓무른 냄새에 오줌 지린내에 먹은 게 다 올라올 지경이요, 온 도시가, 특히 기차역이, 그중에서도 지하도가, 무엇보다 켈레티 역이 그들로 가득하니 어떻게 그 많은 사람이 매주 찾아오는지 상상도 할 수 없고 카다르 야노시 시절에는 이런 일이 전혀 없었는데, 물론 카다르 시절에는…… 그렇긴 하지만 그때 카다르는 모든 사람에게 일자리와 잠자리와 빵을 줬습니다만, 그 시절이 다시 돌아와야 한다는 뭐 그런 얘기는 아니지만 그때는 없는 게 없었다는 걸 인정해야 하는바 보잘것없긴 했어도 그걸로 충분했으며 비록 이 모든 어마어마한 기술은 없었고 상점에 아무것도 없었어도 살아갈 수는 있었고 한 사람과 다른 사람이 별로 다르지 않았으며 아시다시피 주로 북부와 동부 지역의 빈곤이며 게다가 저 모든 집시며, 신사께서는 그런 걸 상상도 못하실 거라며 이것은 이 나라 최대의 문제이니, 모두 지옥으

럼

로 떨어지라지, 저 집시 놈들, 그들은 일하질 않으니 말입니다, 제 말 들어보세요, 그들은 자라길 그렇게 자랐다고요, 그들에게 일은 고약한 짓거리인 것이, 그들은 도둑질과 강도질만 좋아하고 인생의 절반을 감방에서 보내고 나오면 다시 도둑질하고 강도질하다 다시 감방에 들어가고 그들이 여기 기차에 타면, 어디 타든 상관없이 사람들이 어디든 숨는 것은 그들이 아무것도 성스럽게 여기지 않기 때문으로, 고작 승차권 때문에 얻어터진 게 몇 번인지, 하지만 원래 그런 거니까요, 어디에서나 불평과 불편과 불만뿐이고 물론 꼭대기의 뚱보 고양이들은 자기만 신경 쓰니 그러다 거물 두목 하나와 다른 두목 간에 싸움이 붙었는데, 그들은 빨간색 람모르기니를 놓고 싸우다가, 아, 발음이 틀린 것 같긴 하지만 그냥 상상해보세요, 누가 람모르기니를 차지할지를 놓고 둘이 서로 싸우다가, 물론 나라 꼴이 말이 아니니 아무도 이 난민들을 받아들이고 싶어 하지 않아서 뜨거운 감자처럼 여기서 저기로 주거니 받거니 하고 있으며 신사께서 직접 보시겠지만 여기서는 결국 모든 게 화염에 휩싸여 올라갈 겁니다, 그래요, 뭐든지요, 그는 그를 침울하게 하려는 생각은 없었으며 그러려고 이 얘기를 한 것이 아니라 두 사람이 담소를 나눌 수 있으면 시간을 훨씬 즐겁게 보낼 수 있을 것 같아서였던바, 그렇지 않은가요, 그가 묻고는 쟁반 위로 몸을 숙여 플라스틱 컵을 손에 쥐고 고개를 저으며 말하길 커피가 다 식었군요, 괜찮으시다면 식당차에 가져가 데워달라고 하겠습니다, 손님, 뜨끈뜨끈하게요.

　　그는 창문에 바싹 다가앉아 이마를 유리에 대고는 그
자세로 창밖으로 지나가는 것들을 관찰했는데, 창밖으로 지
나가는 것들로 말할 것 같으면 국경을 넘을 때 실컷 보았으
나 지금은 모든 것이 달라진 것이, 똑같으면서도 달랐으니,
아마도 바로 지금 차장의 말 때문이겠지만 이 끝없는 황량
한 농장 지대는, 이 경작지에서는, 저 멀리 깊숙한 곳에서
는—이따금 황폐한 농가가 나타나고 때로는 외딴 나무가,
이따금 철로에서 그리 멀지 않은 곳에서 비쩍 마른 토끼 떼
가 기차 지나가는 소리에 고랑 속으로 바싹 엎드리고 이 모
든 것이 그의 심장을 어찌나 빠르게 고동치게 했는데—아무
것도 변하지 않았고 이 심장은 두근거렸고 모든 것이 예전
과 같았고 그를 놀라게 한 것은 하늘뿐이었던바 이 거대하
고 어둡고 묵직하고 서로 연결된 덩어리의 몇 조각이 쪼개
져 열려 여기저기 몇 군데 가는 틈으로 빛이 새어 들어와 빛
살이 하늘에서 땅에 내려와 닿자 굵게 반짝이는 무수한 빛
줄기가 부드럽게 퍼졌는데, 마치 후광 같군, 그가 생각하길
성 판탈레온 교회 근처 마타데로스 시장의 값싼 성화聖畫 같
아, 그는 차가운 유리에 이마를 대고 빛의 갈래들이 풍경 속
을 노니는 광경을 그저 바라보고 그저 바라보았으며 이 광
경은 아무리 보아도 지겹지 않았으니 그는 다시 볼 수 있으
리라 감히 바라지도 못한 것을 볼 수 있어서 행복했고 다시
행복할 수 있어서 행복했고 바라보며 경탄했고 눈은 눈물

로 가득했고 이제 정말로 고국에 돌아왔다는 생각이 들었다. 어쩌면 성 판탈레온이 없다는 사실을 그가 눈치채지 못한 것은 눈물 때문인지도 모르는데, 그가 지금 바라보고 있는 것이 하도 신비롭고 아름다웠기에 그 사실이 그에게 떠오를 이유가 어디 있었겠으며 그에게 이 후광은 이 땅 어디에도 속하지 않았다.

　10번 객차에는 좌석을 예약하지 않은 노부인이 하나 있었고 승차권조차 없는 사람이 넷 있었는데, 아마도 4분의 3시간이 지나갔을 즈음 그는 할 일을 정했으니 그에게 어떻게 이야기해야 할지는 몰랐지만 식당차 직원들이 더는 기다려주지 않으려 들었던바 그들은 그에게 커피를 데워주지 않겠다고, 당장 돈을 내놓으라고 했으며 그리하여 그는 객실로 돌아가 다시 그의 맞은편에 앉은 채 여전히 한동안은 그 문제를 외면했으나 마침내 쟁반을 가져가야겠다고 말하고는 남작이, 그가 말했듯 배가 고프거나 목이 마르지 않다는 걸 잘 알아들었으나 만일 그럼에도 그가 쟁반을 가져가려면 돈이 조금 필요한 것이, 샌드위치와 음료수의 대금을 지불해야 한다고 하자 남작은 당연히 이 '빼어나게 맛난 우리네 별미'의 값을 치르겠다며 새 지갑을 꺼내 차장에게 200유로 지폐 두 장을 보여주며 이거면 되겠느냐고 물었는데, 차장은 문득 떠오른 생각을 재빨리 떨쳐내고는 고개를 절레절레 흔들며, 아니, 아니요, 너무 마, 너무 많습니다, 그는 말을 더듬었는데, 승객이 지폐 한 장을 집어넣고 나머지

한 장을 보여주자, 그것도 너무 많아요, 너무 많습니다, 그가
호들갑스레 몸짓을 지어 보이며, 그래요, 이 100유로, 이거
면 됩니다, 틀림없이 괜찮을 겁니다, 차장이 고개를 끄덕이
며, 전부 합쳐서 말입니다, 하지만 당신 봉사료는요, 하고 승
객이 참견하자, 그것도 포함입니다, 그러고도 남습니다, 차
장이 말하며 얼굴이 벌게진 채 잽싸게 돈을 받아 들고는 실
례하겠다며 식당차로 급히 돌아가 제 돈으로 대금을 치른
뒤 객실로 돌아와 여행객이 자신에게 준 은행권을 다시 한
번 바라보았으나 도무지 제 눈을 믿을 수 없었으니 다시 보
아도 여전히 진짜 버젓한 100유로 지폐였는데, 그는 지폐를
안주머니에 쑤셔넣고는 서툰 동작 때문에 실수로 돈이 딸려
올라올까봐 손을 주머니에서 조심조심 꺼내면서 그 자리에
선 채 제복을 두세 번 가다듬고는 다만 생각하길 '이걸로
코트걸이는 해결됐군', 그러고는 객실로 돌아왔는데, 이 승
객이 그가 거기 있는 것을 바라지 않는다는 사실은 전혀 몰
랐으니 그는 내색은 하지 않았어도 혼자 앉아서 하늘과 땅
에 나타나는 모든 것을 바라보고 싶었으나 하긴 그가 여기
찾아와서 자신을 즐겁게 해주기를 신사가 바라는지 아닌지
따져볼 생각은 차장에게 결코―이번에도, 그 이후로도―들
지 않았기에 "오, 하느님" 하고 또 한 번 깊은 한숨을 내쉬
며 여행객 맞은편 좌석에 앉았으니 그 생각은 한 번도 들지
않았고 그가 생각한 것은 오로지 당면 과제를 어떻게 완수
할 것인가였으나 아무것도 머릿속에 떠오르지 않았으며 그

는 뭔가를 탐색하듯 이마를 찡그린 채 집중력을 모았으나 아무것도 전혀 아무것도 떠오르지 않았으니―보기에는 무척 애쓰는 듯했으나 단 한 문장도 짜낼 수 없었던 것은 안주머니 생각을 떨칠 수 없었기 때문이었는데―그리하여 무엇으로도, 결코 무엇으로도, 심지어 하느님의 사랑으로도 맞은편 승객의 기대에 부응하지 못한다고 느꼈음에도 오래도록 그는 한 단어조차 내뱉지 못했으며 지금은 안주머니에 집착하고 싶지 않았으나―자신에게 부여된 기대에 부응하고 싶었기에―그 썩을 놈의 안주머니와 바로 그것, 그 코트걸이, 그 두 가지가 머릿속을 맴도는 통에 어떻게 말문을 열어야 할지 도무지 생각이 떠오르지 않았기에 침묵이 점차 길어지고 이에 대해, 그러나 그의 맞은편 승객이 고마워하는 눈길을 두 번 넘게 보낸 것은 지금 그에게는 이 침묵이 무척 필요했기 때문으로, 그를 혼자 내버려두지 않는 것이야말로 옳은 일이라는 것이 차장의 생각임이 이미 분명했음에도 그에게 필요한 것은 방해받지 않고 창밖을 쳐다볼 수 있는 것이었으므로 차장의 혼란은 커져만 갔으니 이러한 사건의 반전에서 그는 분노의, 정당한 분노의 징조를 보았던바 간단히 말해서 객실에서의 오해는 완성되었으며 오해에 종지부가 찍힌 것은 기차가 갑자기 감속하다 덜컹 하면서 멈췄을 때로, 무슨 일인지 알아보겠습니다, 라고 차장이 안도의 한숨을 내쉬며 말하고는 객실에서 재빨리 사라졌으나 남작은 다시 창밖으로 고개를 돌려 차가운 유리에 이마를 댄 채 감사하되 차장이 그렇게 눈치 빠르게 행동한 것에 진심으로 감사했으니 그는 모든 것이 자신이 이해한 것의 징조라고 믿었으며 침묵은 좋았지만 지금 그에게 정말로 필요한 것은 침묵 속에서 '홀로 있는 것'이었다.

그는 자기 입에서 "무슨 일인지 알아보겠습니다"라는 말이 왜 나왔는지 알지 못했는데, 그것은 무슨 일인지 정확히 알고 있었기 때문으로, 그들은 도시 외곽에 도착하여 기차를 임시 목적지인 켈레티 역으로 도시를 가로질러 인도할 궤도에 그들을 올려줄 신호를 기다리고 있었으며 기차는 멈춰 신호가 바뀔 기다리고 있었고 그도 멈춰 9번 객차와 10번 객차 사이에서 이제 무엇을 할지 궁리하고 있었으나 뇌가 돌아가지 않아 아무것도 떠오르지 않다가 문득 오스트리아인 동료가 해준 말이 생각났으니 그것은 승객의 다음 번 환승을 도와야 한다는 것이었던바, 물론이지, 그의 생각이 갑자기 선명해지면서, 그의 여행 가방을 들어드려야지, 내가 나르겠어, 어떻게 안 그럴 수 있겠어, 그러고 그를 위해 환승 열차에 실어드려야지, 그래, 그게 해법이야, 그렇게 해야—그가 생각하기에—하는 것은 그가, 매 순간 이 참으로 별난 신사가 식당차 대금을 그렇게 경솔하게 지불한 걸 보면 그만큼 경솔하게 돈을 돌려달라고 할까봐 실은 두려웠기 때문이지만, 아니, '그게 아냐,' 그의 심장이 몸속에서 두려움에 고동친 것은 코트걸이가 이미 자신의 것이 되었으며 그는 그렇게 운 좋게 손에 넣은 것을 토해낼 생각은 없었기

럼

때문으로, 안 돼, 그 코트걸이가 필요하단 말이야, 그는 고개를 젓되 내면에서 참견하는 누군가에게 반박하는 것처럼 저었으나 물론 아무도 그의 내면에서 참견하지 않았고 그는 9번 객차와 10번 객차 사이에 바위처럼 단단히 서 있었으며 그의 다리가 살짝 벌어져 있는 것은 그동안 열차가 천천히 출발했기 때문으로, 열차가 앞뒤로 왔다 갔다 하며 선로 전환기를 가로지르는 동안 그는 그곳에 가만히 있었고 근육은 초조하고 긴장했는데, 그러다 그곳이 어디인지—기차 소리를 듣고서—깨닫고는 마침내 객차 사이 공간에서 나와 9번 객차에 들어가서는 켈레티 역 도착을 준비해드리겠다고 신사에게 알리기 위해 객실 문을 두드리고는, 놀라지 마세요, 그가 그에게 초조하게 말하길 그냥 가만히 계세요, 그는 경련하는 다리 근육을 진정시키려 애썼으며 그가—자신을 가리키며—그를 도와드릴 것이고 그의 여행 가방을 들어드릴 것이며—심지어 선반에서 내리기까지 했는데—이제 가져가겠다고 그가 그에게 말했으며 물론 다음 열차로 갈아타는 것을 도와드리겠다고, 여기 손님 승차권이 있고 켈레티 역에서 최종 도착지까지의 예약 내역이 있는바 이제 직접 가지고 계시는 것이 낫겠으니 잘 간수하시고 잃어버리지 마시고 저를 따라오시죠, 손님, 그 시점으로부터 그가 그 문장을 1분마다 적어도 세 번 발음한 것은—저를 따라오시죠, 저를 따라오시죠, 저를 따라오시죠—신사가 기차에서 내리는 것을 여간 힘들어하지 않았기 때문이며 그는 차장과 보조를 맞추는 것도 여간 힘들어하지 않았기에 함께 내디디는 걸음마다 차장은 이 신사는 모든 것이 예측 불허이니 너무 믿어서는 안 되겠다는 생각이 들었으며 그렇게 그는 하도 대충 처신하고 매사가 뒤죽박죽이었는데, 자신이 조금 서두르고 있는 건지는 몰라도, 여행 가방을 가지고 조금 빨리 걷고 있는 건지는 몰라도 군중 속을 밀고 나가는 것 말고 그가 달리 무엇을 할 수 있었겠는가, 그 군중이란 대부분 기차를 향해 나아가는 승객이 아니라 여느 난민 중의 여느 무뢰배로, 다들 승객을 습격하려고 벼르고 있었기에 그는 이 혼란을 뚫고 어떻게든 나아가야 했으며 그렇게 했으니 여행 가방을 손에 들고 최선을 다해 나아가다가 왜 갑자기 기차에서 사라졌는지는 나중에 설명하겠지만, 여행 가방을 다음 차장에게 넘겨주어야 할 때 왜 그랬는지는 나중에 전부 설명하겠지만 지금은 당면 과제가 더 중요했으니 이제 그는 무엇보다 그에게서 벗어나고 싶었고 자유로워지고 싶었고 짐에서 해방되고 싶었으니 이 짐은 저 괴상하고 흐느적거리고 비쩍 마른 노인이 그에게 떠안긴 것이지만, 참으로 지나치게 정교하고 복잡한 존재로서 이곳에 그저 존재하는 마지막 순간까지 이 노인은 열차를 습격하려는 저 거대한 거지 떼 같은 인간들에게 압도되고 기차역에 밴 냄새에, 소음에, 열차 정보를 알리는 스피커의 쩌렁쩌렁하고 무시무시한 남자 목소리에, 그리고 방송이 나올 때마다 그 전에 울리는 전자 음악 소리에 질려 차장 뒤를 순순히 따라 이리저리 걸

럼

었으니 그에게 달라붙어 딸려 갈 수만 있으면 더 바랄 것이 없었던바 여기 아래 역의 아스팔트 위에서는 모든 것이 아수라장이고 마치 밀림을 통과하는 것 같아서 어리벙벙하지 않겠노라 다짐했음에도 모든 것을 어리벙벙한 눈으로 보았고 그럼에도 아무것도 눈에 들어오지 않았으며 그가 계속 주위를 둘러보지 않은 것은 다음 기차로 갈아탈 시간이 많지 않음을 알고 이해했기 때문이기에 그는 애쓰고 차장 뒤를 따르고 온 힘을 다해 주위를 그만 둘러보려 했으나 어느 시점엔가는 자신을 둘러싼 채 빙글빙글 돌아가는 이 미지의 세계를 여전히 바라보아야 했어도 기차에서 내리기 직전에 차장의 마지막 지시를 이해했거나 나름대로 파악했던바 그것은 무엇보다 자신을 따라와야 한다는 것, 오로지 따라와야, 멈추지 말고 오로지 따라와야, 뒤처지지 말고 그래야 한다는 것으로, 그것은 이 미지의 소용돌이 속에는 위험이 도사리고 있기 때문이라는 것이었으나 그들은 이미 옥외 승강장에서 첫 번째 열차에 도달했고 차장은 그에게 예약 번호를 달라고 하여 어느 객차와 어느 좌석인지 확인한 다음 그에게 돌려주었으며 그들은 기차 선두까지 갔는데, 갑자기 끝에 다다라 남작이 승강대로 안내되고 보니 이 기차는 자신이 방금 내린 기차와 전혀 달랐고 자신이 앉은 좌석은 지금까지 앉아 있던 좌석과 전혀 달랐으며 차장은 그를 동행하며 말하길 여행 가방을 놓치지 마세요, 손님, 품 안에 감싸안는 게 제일 좋겠습니다, 라며 그에게 방법을 보여주니 그는 여행 가방을 품 안에 감싸안았으며 팔을 흔들지도 못한 채 차장이 문을 닫고 그를 돌아보다 그의 인생에서 영영 사라질 때에도 눈짓만 저어 보이는 것이 고작이었던 것은 손 하나는 여행 가방을 꽉 쥐고 있어서 자유롭지 않았고 나머지 손은 작은 테이블을 힘껏 붙잡고 있었기 때문으로, 작은 테이블은 창턱 아래로 튀어나왔고 테두리에 두꺼운 알루미늄 조각을 댔는데, 이 틀은 장식이 아니라는 점이 분명하지 않았다면 장식으로 생각되었을 법한 것으로, 알루미늄 띠는 사람들이 가장자리를 부수지 않도록 이 작은 테이블을 보호하는 용도이지만 사람들이 테이블에 걸터앉아 창턱에서 튀어나온 부분을 모조리 부러뜨리는 것은 어쩔 수 없었다.

여인은 가죽 바지와 가죽 재킷을 입었으며 입술을 뚫은 것은 구세대에 속한다는 것을 드러내기 위해서였는데, 소용돌이치는 혼란 속에서 아이를 잃어버리지 않으려고 왼손으로 아이의 손을 꼭 잡은 채 터미널에서 기차 옆으로 승강장 위를 걸었으니 그녀는—기차역의 구석구석을 알았으며 언제나 본능에 의지하여—방해받지 않고 사진을 찍을 수 있는 장소를 찾고 있었거니와 이 지점에서 첫 번째 신호 불빛이 이미 보였고 기둥들이 철로 사이에 무작위로 흩어져 있었고 무엇보다 전선이 무시무시하게 얼기설기 공중에 매달려 있었으며 그녀는 기차 옆 승강장의 길이를 가늠하고 있었던바 둘은 갈 수 있는 데까지 갔으며 더는 갈 수 없어지자 그녀가 너무나 사랑스러운 아이에게 말하길 아이가 너무나 사랑스러운 이유는 보모를 찾으며 칭얼대거나 징징거리지도, 뭘 먹거나 마시고 싶다거나 오줌이나 똥을 누고 싶다고 칭얼대지도 않았기 때문이라고 했는데, 이 아이는 천사였으니, 넌 작은 꼬마 천사란다, 라고 그녀가 말했을 때 둘은 승강장 좁은 부분에 멈춰서서 그녀가 무릎을 꿇고 아이에게 이제 자신이 아이 사진을 두어 장 찍을 텐데, 그가 해야 할 일은 거기 서서 아무것도 하지 않는 것이라고, 그냥 거기 서서 그녀를 보고 카메라를 들여다보는 게 전부라고 말하자, 좋아요, 아이가 진지한 표정으로 대답했으니 그는 젊은 여인을 고분고분하게 따랐고 진지해도 너무 진지했으며 여인은 그를 고를 때 이미 알고 있었으니, 아니요, 아니요, 이 아이는 그냥 진지한 게 아니에요, 사람들 말마따나 '폰 하우스 아우스,' 타고난 거라고요, 이 덕분에 그는 모델 선발이 이루어진 시설 유치원에서 다른 아이들을 제치고 한눈에 돋보였으며 크고 까만 두 눈에 슬픔이 깃든 이 아이가 곧장 그녀의 눈에 띈 것은 대체로 아이들 속에서 그토록 슬프게 서 있는 것이 네 살배기 소년에겐 도무지 걸맞지 않았기 때문으로, 나머지 아이들은 전부 놀거나 놀려고 애쓰고 있었으며 보모들이 그녀가 쉽게 선택할 수 있도록 아이들을 한군데로 집합시키려고 했으나 허사였던 것이, 아이들을 한군데 모아두는 것은 정말이지 가능하지 않았으며 아이들에게 가만히 있으라고 해도 그럴 분위기가 아니어서 아무도 가만히 있지 못했는데, 오직 그만이, 그녀가 재빨리 고른 그 아이만이 플라스틱 볼링 핀이나 집짓기 블록 있는 데로 당장이라도 달려가고 싶어 하지 않았고 보모와 다툴 마음이 조금도 없는 아이처럼 거기 가만히 서 있었던바 그런 건 관심 없다고 그의 두 눈이 암시한 것은 자신이 어디에 왜 서 있어야 하는지에는 아무 관심 없다는 것이었으니 이에 여인은 그를 시설 유치원에서 빌려야겠다고 결심했는데, 시설 유치원은 그녀가 이런저런 사진 촬영에 아이가 필요할 때 여러 번 도와준 곳으로, 그녀는 아이의 손을 잡고 그곳으로 데리고 나갔으며 그는 그녀와 전차를 탔다가 지하철을 탔으며 그녀는 그를 켈레티 역으로 데려갔고 이 어린아이가 자신에게 일어나는 일에 대해 무관심한 것이 점점 섬찟해졌거니와 그는 그녀를, 생판 타인을 서슴없이 따라왔고 얼굴에는 어떤 감정도 드러내지 않았으며 고분고분하게 그녀의 손을 잡았고 어디로 왜 가는지 묻지 않았으며 어디든 여인이 이끄는 대로 갔고 여인이 손을 잡으라고 해서 잡았을 뿐이니, 내 손을 잡으렴, 그리하여 둘은 켈레티 역의 이른 오후 아수라장에 도착하여 난민과 승객의 무리를 헤치고 나아가 이 옥외 승강장에 도착했으며 구름 틈새로 햇빛 한 줄기가 뚫고 내려온 지점에 그를 세우자 그는 시설에서 처음 보여준 것과 똑같은 커다랗고 슬프고 움직이지 않는 눈으로 그녀를 보았으니 슬픈 두 눈이 이 네 살배기 소년으로부터 그녀를 보았으며 그가 무엇을 입었는가는—해진 작은 갈색 재킷, 머리에 쓴 술 달린 갈색 뜨개모자─중요하지 않았으니 그 밖의 무엇도 중요하지 않았고 오로지 그녀를, 카메라를 바라보는 두 눈만이 중요했으며 그녀가 이제 다시 들여다보는 그 눈으로 인해 그녀에게는 웬일인지 문제가 있었으니 그녀는 초점을 제대로 맞출 수 없었고 렌즈 뚜껑이 손에서 떨어졌으며 짧게 친 머리카락을 묶은 스카프에 카메라 끈이 걸렸으니, 말하자면 일이 하나씩 꼬였고 게다가 마침내 간신히 카메라 준비를 끝내자 아이를 세워둔 곳의 햇빛 조각이 갑자기 사라져버려 그녀는 새로운 촬영 지점을 찾아야 했다.

　이제 그녀의 사진에는 불꽃이 없다고, 지난 몇 년간 사람들이 그녀의 작품에 대해 이야기했는데, 그녀는 한동안은 여기에 신경 쓰지 않았지만 그래도 어떤 임계점을 지나자 (왠지 더는 그녀의 사진에 불꽃이 없다는 취지의) 그런 피상적이고 악의적인 발언이 그녀의 심기를 건드리기 시작했는데, 그게 사람들이 하는 말이었고 게다가 이 말들은 이런저런 전시회에서 그녀가 들으라는 듯 내뱉어지다가 어느 시점엔가 한 평론가가 대담하게 그녀는 재주를 잃고 그저 유명하기만 한 여류 미술가라고 평하기에 이르렀으니 그녀가 스스로에게 말하길 좋아, 그렇다면 불꽃을 담아주지, 하며 지인이 보모로 일하는 제17구 고아원에 아이를 고르러 갔던 바 서너 살배기를 염두에 두던 차에 그 아이가 있었고 매우 사랑스러웠고 그녀에게 무척 필요한 그런 두 눈이 있었으며 빛이 있었기에 그녀는 아이를 그 속에 세웠는데, 그의 뒤로는 철로가 너저분한 평지로 뻗었고 그 위로는 전선이 드넓게 펼쳐졌으며 무엇보다 배차실도 살짝 프레임에 들어왔기에 어쩌면 이것이 좋을 것 같아 여인이 카메라를 들었으나 바로 그때 해가 사라져 아이가 그늘에 가려지자 여인은 그에게 다가가 주위를 둘러보았는데, 터미널에서 출발하는 것이든 터미널에 도착하는 것이든 기차가 한 대도 보이지 않아 그녀는 아이를 데리고 선로 사이로 아직 햇빛이 조금 남아 있는 곳까지 살금살금 걸어갔는데, 햇살이 구름 틈새를 비집고 내려와 이제 그들 위로 퍼지고 있었기에 그녀는 그곳에 아이를 세웠으며 그동안 신경을 곤두세우고 터미널 건물에서 출발하거나 터미널에 도착하는 기차가 있는지 계속 지켜보았으나 기차는 한 대도 도착하지 않았거니와 그녀는 카메라를 들어 들여다보니 매우 좋다며 아이에게 말하길 그렇게 가만있어, 카메라를 쳐다봐, 똑똑하기도 하지, 하지만 바로 그때 그곳에서 햇빛이 다시 한번 사라졌으니, 괜찮아, 걱정하지 마, 그녀가 그에게 말하길 잠깐만 기다려, 다른 곳을 찾아보자꾸나, 그들은 내려온 곳으로 다시 기어 올라갔고 기차가 멈춰 있는 승강장에서 그녀가 목을 빼고 둘러보며, 어디 보자, 지금 어디에 햇빛이 비치려나, 문제는 저 위에서 구름이 움직이고 있다는 것이었는데, 그것은 틀림없이 거센 바람이 일었기 때문으로, 한편으로는 머리 위 구름이 흩어지고 있었으니 해가 다시금 아래쪽 이곳에 비출 수 있기에 좋은 일이었으나 다른 한편으로는 이 양달이 확 타올랐

럼

다가 그만큼 빨리 사라졌기에 어디서 양달이 나타나고 언제 다시 사라질지 도무지 알 수 없었으므로 그녀는 아이를 여기 세웠다 저기 세웠다 하다가 한참 뒤에 노출 시간이 부족한 것에 화가 났으니 셔터 속도 아니면 조리개나 심도에 문제가 있었던바 바로 그때, 모든 것이 적절해 보였을 때 아이가 다시 한번 그늘에 가렸고 그는 기관차 뒤쪽 실내에 앉아 있었는데, 일등칸에서 처음으로 혼자였으며 한 손으로는 여행 가방을 움켜쥐고 다른 손으로는 작은 테이블을 꼭 쥐고서 그들을, 여기저기 돌아다니는 여인과 어린아이를 그저 바라본 것은 여인이 아이의 사진을 찍고 싶어 하는 것이 분명했기 때문이며 이를 위해서는 해가 비치는 지점에 그가 서 있어야 했는데, 이 해는 끊임없이 그들을 희롱하며 돌아다녀 양달이 나타났다가도 카메라가 준비되었을 즈음이면 아이는 그늘에 서 있는 신세가 되었으며 둘이 방금 나타난 또 다른 양달로 가도 작업을 끝내기 전에 햇빛이 사라지는 탓에 남작은 그들에게서 눈을 뗄 수 없었으며 아이가 고분고분하게 여인을 따라 이 지점으로 저 지점으로 가고 이따금 철로 사이로 안내되는 광경을 보았으니 그는 양달에 세워졌으나 햇빛은 끊임없이 그의 위에서 사라졌으며 갑자기 기차가 덜커덩거렸으나 움직이지는 않고 그곳에 가만히 서 있되 마치 어떤 기술적 결함이 생긴 것처럼 서 있었으나 기술적 결함은 없었던 것이, 1분 뒤에―엄청나게 달그닥달그닥 덜커덕덜커덕 삐그덕삐그덕 끼익끼익거리며―기차는 자신이 움직일 수 있음을 아주 느리게 보여주기 시작했으며 그가 여행 가방을 놓고 작은 테이블에서도 손을 뗀 것은 그들을 보고 싶다면 계속 몸을 돌려야 했기 때문으로, 그는 정말로 그들을 보고 싶었으며 마지막 순간까지도 저 어린아이와 여인을 보고 싶었으나 테이블에서 손을 떼도 허사였고 몸을 돌려도 허사였던 것은 그들이 시야에서 금세 사라졌기 때문이며 어차피 그가 볼 수 있는 것이 별로 없었던 것은 그의 눈이 눈물로 가득했기 때문이나 기차가 시커먼 배차실 앞을 지날 때 그는 눈에서 눈물을 닦고 아까만큼 힘주어 쥐어짜지는 않았어도 다시 한번 여행 가방과 작은 테이블을 움켜쥔 채 창밖을 내다보지 않은 것은 실내를 응시하고 있었기 때문으로, 그는 더럽고 번들거리는 바닥을, 바닥에 붙박여 있으려는 악어가죽 구두를 바라보고 있었다.

느릿느릿 움직이는 기차의 창밖을 내다보면서 여인과 아이에게 눈길이 사로잡힌 탓에 이 느릿느릿 움직이는 기차 옆으로 한 무리가 나란히 달리고 있는 것을 그는 뒤늦게야 알아차렸는데, 이 남녀노소 부대는 객실 창문을 들여다보려고 안간힘을 썼고 더 잘 보려고 팔짝팔짝 뛰었으며 누군가를 찾고 있는 것이 분명했거니와 그게 누구이든 찾지 못해 한 객차에서 다음 객차로, 한 창문에서 다음 창문으로, 그러다 기차 앞쪽까지 오게 된 것으로, 어떤 면에서는 운이 좋았던 것이, 그들이 이렇게 할 수 있을 만큼 느릿느릿 기차가 움직이고 있었던 것이, 한동안 속도를 올리지조차 않고 농

럼

부의 걸음 속도로 덜컹거리며 나아갈 뿐이어서 그들은 보조를 맞출 수는 있었으나 다른 한편으로 자기들이 찾는 사람을 통 찾지 못하다가 마지막 순간에야 발견한 것은 그가 마지막, 말하자면 첫 객차에 앉아 있었기 때문으로, 이제 그중에서도 운 좋고 민첩한 자들이 거기 나타났던바 그들은 자기네가 찾던 사람이 모자를, 이제는 트레이드마크가 된 넓은 챙과 빨간색 리본이 달린 모자를 쓰고 풍성한 은발이 양쪽으로 흘러내리는 모습을 언뜻 볼 수 있었으니, 찾았다, 저기 있다, 그들이 뒤쪽을 향해 소리치길 그가 저기 있다, 그 말은 그가 이 기차에 있다는 것으로, 그러는 동안에도 남작은 아무것도 알아차리지 못한 채 눈에서 흘러내린 눈물을 닦고 있었으며 설령 알아차렸더라도 그의 뇌리에 떠올랐을 유일한 생각은 그들이 기차를 놓친 승객이고 이제 기차에 올라타려 하나 성공하지 못했다는 것이었을 테지만 일이 그렇게까지 흘러가진 않았으니 기차의 앞부분이 이미 선로 전환기, 우회선, 교차로, 환상선과 삼각선, 스위치판, 원방신호기, 정차 차선, 가공선 같은 복잡한 구조물의 거대한 혼돈 속으로 끌려 들어가는 바람에 저 사람들이 기차를 따라 달릴 승강장이 더는 없었으며 더욱이 운이 나빴던 것은 그들이 그를 마지막, 그러니까 첫 객차에서 발견했기 때문으로, 기차는 승강장의 마지막 몇 미터를 남겨두고 발견한 순간 멀어졌기에 그들은 기차 사진을 찍는 것 말고는 할 수 있는 일이 별로 없었으니 기차가 여기 있었고, 오스트리아 뉴스 통신사에서 이날 아침 보도했듯 그가 타고 있었다고, 말하자면 그가 최종 목적지를 향해 가고 있었다고 기록될 것인즉 그들은 그 뉴스와 쓸모없는 사진을 가지고 뛰어 돌아갔으며 〈블리크〉와 〈이브닝 포스트〉와 〈메트로〉의 편집장들은—이 형편없는 사진 기자들을 사무실에서 내보낸 뒤에—남아메리카에서 온 추잡하고 부유한 남작이 수도를 떠났으며 출생지를 향해, 계획보다 하루 늦기는 했지만 가고 있다고 보도하는 것이 고작이었는데, 다시 한번 그들은 그의 외모에 대한 구체적 묘사를 송고하되 오스트리아 통신사에서 얻은 정보와 사진을 다시 한번 이용하는 수밖에 없었으며 남작이 고향으로 돌아가는 것은 콜롬비아 구리 광산에서 쌓은 어마어마한 부를 만년에 남다르게도 자신의 출생지에 기부하기 위해서이며 그는 참으로 모범적인 진정한 애국자라고 그들이 기사에 쓴 것은 저 탐욕스러운 타블로이드지에 열렬히 휘갈겨진 모든 것이 거짓말로, 악랄한 거짓말로 이루어졌기 때문으로, 기실 그는 전 재산을 도박으로 날려버리고 마피아와 얽히고 감옥에 갔다 왔음에도 이제 사람들은 '명백한 사실'을 (특히 자기네 통신사의 보도 덕분에) 알게 되었으니 그 사실이란 그가 돌아온 것이, 참된 헝가리인답게도 재산을 기증하기 위해서이며 그가 빈에 있을 때 공식적으로 천명한바 자신을 낳아준 나라에, 그 참된 아들이 되기 위해 감사를 표하고 이 나라의 소식이 온 세상에 울려 퍼지기를 바라기 때문이라는 것으로, 〈블리크〉 편집국은 사

럼

설에 쓰길 그런 사람들이, 말하자면 타국에서도 고국을 멸시하지 않고 고국에 영광을 가져다주는 사람들이 있으며 그는 진정한 애국자이고 이것은 온당한 표현이라고, 그들은 빈에서 찍은, 적어도 그곳에서 처음 발표된 사진과 나란히 실은 1면 기사에 썼으니 그는 헝가리의 위대한 독지가로서 사랑하는 조국에 전 재산을 남긴—독자들도 잘 알다시피—세체니 이슈트반 백작에 비할 수 있을 뿐 아니라…… 이 지점에서 기자가 펜을 내려놓아야 할 것만 같았던 것은 내면에 차오르는 감정의 깊이 앞에서 지독한 무력감이 느껴졌기 때문으로, 이제 막 기사를 마무리하려는 참에 이 감정이 차올랐고 거의 다 됐는데 감정이 차올랐거니와 이 감정은—〈블리크〉에서는!—말로 표현하기가 여간 힘들지 않았다.

우린 짐승이 아냐, 하느님께서 너희에게 벼락을 내리시길, 우린 더러운 짐승 떼가 아니라 사람들이라고, 그래, 정말이지 밀지 좀 마, 검은색 머릿수건 차림의 나이 든 여인이 더는 참지 못하고 빽 소리를 지르며 2등칸 하나를 포위한 군중을 헤치고 나아가 몸을 쑤셔넣었으니 이 말인즉 왼손에 든 바구니를 휘두르거나 몸무게를 이리저리 옮기며 억지로 비집고 들어가야 했다는 뜻으로, 그녀는 객차 승강대에 도달하기까지 치열한 전투를 벌여야 했고 이 일은 다년간 축적된 경험을 요했으나 문제는 이 경험이 딴 사람들에게도 축적되었다는 것이어서 여기저기에서 바구니, 여행 가방, 싸구려 합성 직물 바구니가 등장하고 몸무게 이동이 조금씩 발생했어도 아랑곳하지 않고 그녀는 계단까지 나아갔지만 그곳에서 비로소 그녀의 난관이 시작되었으니 그 첫 번째 계단에 도달하려는 다양한 힘이 사방에서—사물의 본성에 따라—그 지점에 도착하여 그곳에 밀집하고 이 방향으로는 쑤셔넣고 저 방향으로는 밀어붙였으나 그녀는 끈질기게도 나이를 무색케 하는 근력으로 땅을 디디고 선 채, 그러는 동안에도 끊임없이 말하길 참 내, 당신들 대체 뭐 하는 거야, 그래, 왜 이런 식으로 행동하는 거지, 마치 사람이 아니라 더러운 짐승 떼 같잖아, 하지만 그때쯤 그녀는 이미 왼쪽 다리를 첫 번째 단에 올렸는데, 바로 그 순간 같은 방향에서 온 사람들의 물결에 휩싸인 채 반대편으로 쏠려가다시피 하여 자신의 위치를 상실할 뻔했으나 한 조각 행운 덕에 가까스로 기차 문손잡이를 자유로운 손으로 붙잡을 수 있었고 그리하여 그럭저럭 제자리로 돌아와 균형을 찾을 수 있었으며 그런 다음 힘을 끌어모아 그 첫 번째 단에 오른쪽 다리를 올릴 자리를 사정없이 쟁취했는데, 이것은 이미 승리를 의미했으니 이 시점부터는 양쪽에서 오는 압력을 견뎌내기만 하면 되었거니와 그녀는 압력을 견뎌냈으며 이미 두 번째, 말하자면 끝에서 두 번째 단에 올랐으니 털모자 쓴 뚱뚱한 남자가 매우 위험하게도 첫 번째 단에 올라 그녀 뒤에 바짝 달라붙었을 때는 자신의 둔부를 이용하여 밀어낼 수 있었으며 마지막으로 다름 아닌 객차 출입문의 인파가 최대가 되는 마지막 순간이 찾아왔으니 이것은 단지 끈기의 문제였고 끈기는 그녀에게 있었기에(이 끈기가 아니었다면 어떻게 되었겠는가?) 그녀는 실내에, 기차 실내에 들어왔으며 엑스선 시력으로 상황을 가늠하여 '어느 좌석이 자신의 좌석인지' 정확히 알아냈고 과연 그러했으며 그리하여 같은 지점을 두고 경쟁하던 나머지 두 명을 앞질러 그 좌석에 털썩 주저앉되 마치 자기 자리에 앉았지 남의 자리에 앉진 않은 사람처럼 앉았으며 바구니는 이제 무릎에 올리고서 옆에 앉은 사람과 남은 몇 밀리미터를 두고 여전히 실랑이를 벌였으나 이것은 다른 무엇이라기보다 습관의 소산이었으니 심지어 그녀는 이 2시 10분 열차가 썩 맘에 들진 않는다고 말하기까지 했는데—이가 없는 합죽이 입을 연신 들어올려 턱아래 머릿수건 매듭을 매만지며—늘 이런 식으로 어쩌면 사람들이 이렇게 밀어붙이고 서로 짓밟다시피 하고 어쩌면 이렇게 외양간에 몰려 들어가는 짐승 같으냐며, 그래, 질서 정연하게 한 사람씩, 한 사람 타면 다음 사람, 이렇게 열차를 탈 순 없나요, 라고 말했다.

이 일이 그에게 불편을 야기하지는 않았지만 이 시점으로부터는 객실의 모든 좌석에 승객이 앉아 있었는데, 그래도 그들은 말을 하지는 않았으며 일등칸의 이 6번 객실에 있는 동승자들은 번들거리는 잡지의 페이지를 넘기거나 대부분 일제히 머리를 숙인 채 스마트폰에 열중한 것이 마치 각각의 승객이 일종의 불투명한 공 안에 앉아 있는 꼴이었기에 그는 이전 기차에서의 소일거리로, 말하자면 풍경 내다보기로 돌아가는 데 (새로운 승객이 기차에 탑승하여 앉을 자리를 찾는 몇 번의 어수선한 순간을 제외하면) 전혀 어려움이 없었으며 이 풍경은 수도를 향해 여행할 때 본 것과 전혀 달랐으니 여기서는 끝없이 뻗은 경작지 사이로 황폐한 농가들이 나타났다가 하나씩 차례로 휑하니 사라졌으며 아카시아가 외로이 서 있었고 토끼들은 기차 소리에 고랑에 숨었고 노루는 겁에 질려 달아났으며 이것이 희미한 어린 시절 기억으로서 그에게 남아 있었더라도 이 끝없는 경작지는 다른 방식으로 끝없었고 농가들은 다른 방식으로 황폐했으며 외로운 아카시아와 웅크린 토끼와 겁에 질려 달아나는 노루는 다른 방식으로 외롭고 웅크리고 달아났으니, 이곳이 헝가리 대평원이군, 그가 생각하길 여기는 하늘이 낮고 땅이 황량해, 밭고랑, 농가, 토끼, 노루, 굽이진 흙길, 이 모든 것에서 무無 자체는 그의 희미한 어린 시절 기억에서보다 훨씬 더 폐기된 느낌이었으나 그럼에도, 이 모든 것에도 불구하고 이 폐기감은, 도처에 있는 이 무한한 마비감은 그에게 달콤했으니 모든 것이, 이 풍경에 대한 그의 모든 기억과 어린 시절 여행의 단속적 기억, 여름 열파와 겨울 눈의 친숙함이 돌아왔으니 그는 자력에라도 이끌린 듯 기차 창문 유리에 달라붙었거니와 그곳의 적막한 풍경에 경탄한 것은 그에게 소중하고 감동적이었기 때문으로, 기차가 앞으로, 이 음산하고 싸늘하고 적막한 무無 속으로 점점 깊이 들어가는 것을 보면서 그는 스스로에게 말하길 선하신 주여, 제가 돌아왔나이

다, 귀향하는 길에 베케시주州의, 비공식적으로 '폭풍의 땅'
으로 알려진 지역을 지나면서는, 저것 봐, 모든 것이 오래전
과 조금도 달라지지 않았으니 이곳에서는 기본적으로 아무
것도 변하지 않았군.

　　맞은편 창가에 앉은 승객은 누구인지 전혀 알 수 없고
무척 특이한 외모였는데, 내가 알 수도 있었겠지만, 나중에
집에서 좋아하는 음식—월계수 잎을 곁들인 김이 모락모락
나는 사워크림 감자수프—을 앞에 두고 그가 말하길 그가
그 유명한 남작이라고 누가 생각이나 했겠느냐며 누구도 그
를 알아보지 못한 것 같다고 했는데, 그리하여 우리는 절호
의 기회를 놓쳐버렸으니 단도직입적으로 말해 그는 몸매가
무척 길쭉했는데—그가 식탁에서 질문에 대답하길—팔이
지독히 길고 몸통도 길고 다리도 길고 심지어 목도 길고 머
리도 위로 뻗을 듯 가늘어서 턱에서 출발하여 공중으로 도
약할 것 같았다니까, 하긴 그렇게 높은 이마는 한 번도 본
적이 없는 것이, 흐느적거리는 체형을 소싯적에 한두 명 본
적이 있지만 그는 정말이지 그중에서도 특히나 수척해서 집
시 수레를 끄는 늙고 지친 말이나 진짜 콩깍지 같더라니까,
글쎄, 하지만 물론 옷은 네가 상상할 수 있는 최고급이며 나
이는 아마도 여든 남짓과 죽음 사이이지만 건강해 보였으며
눈은 검은색이고 눈썹이 짙고 코가 시원스레 길고 턱이 뾰
족하고 머리카락이 어찌나 풍성한지, 쉰을 바라보는 나로서
는 꿈만 같았어도 완전히 은발이었는데, 그거야 무슨 상관

이겠으며 다리 긴 노인이라고 부르면 되겠지만 다른 한편으로는, 애들아, 그는 순 바보였단다, 그의 눈길이 끊임없이 왔다 갔다 하는 걸 보면 너희도 납득할 텐데, 그는 보고 있었지만 실은 어디도 보고 있지 않은 것이, 발작하는 것과 꼭 같았으며 내가 그를 특별히 주시한 것은 아니었어도 알다시피 내가 기억력이 좋은 데다 이 모든 것을 순식간에 알아차릴 수 있잖니, 어쨌거나 그게 내 직업이니까, 이걸로 나도 먹고살고 너희도 먹여 살리니 말이다, 말하자면 아무것도, 너희도 이해하겠지만 그와 관련해서는 아무것도 머릿속에 떠오르지 않은 것이, 내가 그를 알아볼 수도 있었겠지만 웬일인지—좋으신 주님만이 이유를 아실 텐데—남작이 귀향한다는 것은 생각조차 못 했으며 이 인물은 창가에 앉아 한번도 창문에서 눈을 떼지 않더구나, 흥미로웠나봐, 나는 그와 대각선으로 앉아 있었고 그와 이야기를 나눌 수도 있었고 너희도 이해하겠지만 그와 조금 담소를 나눌 수 있었고 어쩌면 그가 보안 기술에 관심이 있을 수도 있었거니와—왜냐고? 그렇게 부자인 사람이라면 신형 경보 시스템이니 뭐니 하는 것에 대해 알고 싶어 한다고 해도 그리 이상하지 않으니 말이다—게다가 나는 공구함을 가지고 있었기에 그에게 시제품을 몇 가지 보여줄 수도 있었는데, 글쎄, 말도 마, 그 기회는 날아가버렸다니까, 애들아, 걱정 말아라, 그가 마침내 생각을 매듭짓길 어쨌거나 시제품 없이도 설명할 순 있었을 텐데, 그나저나 소리 좀 줄이렴, 뉴스 끝났잖니, 여기

럼

맛있는 감자수프가 있으니 먹자꾸나, 얘들아, 싹 비우렴, 안 그러면 추위에 오들오들 떨게 될 거야.

그가 기억하기로 솔노크 기차역은 대평원의 여러 역 중 하나에 불과했으며 그는 솔노크 역이 정확히 어떻게 생겼는지 기억나지 않았으니 어디나 마찬가지로 여기서도 노란색으로 칠한 2층 건물에다 2층에는 역장 숙소가 있고 매표소와 여객 사무소와 대합실은 1층에 있고 아름다운 밤나무 고목이 두세 그루 앞에 있었지만 오래 연착한 뒤에 기차가 마침내 역에 진입하는 지금 그는 정말로 놀랐는데, 옛 역사가 있던 자리에는 거대한 기차역이, 무자비하게 차가운 철근콘크리트 괴물이 있었으나 이보다 더 놀라운 것은 건물 앞에 낯설도록 넓게 뻗어 나간 철로 시스템으로, 무슨 일이 일어났기에 솔노크가 이런 요충지가 되었을까, 남작은 계속해서 창밖을 둘러보며 철로 개수를 세기 시작했지만 스물에서 멈춘 것은 그때 기차에 올라 그에게 다가오는 승객 몇 명에게 주의가 쏠렸기 때문으로, 그중 하나가 문을 열고 줄 달린 후드를 벗고는 방금 누군가 내려 생긴 빈자리 하나에 눈길을 던지더니 안으로 들어와 "하느님, 감사합니다"라며 그의 맞은편에 털썩 주저앉아, 기다리다 기진맥진한 사람처럼 끙끙거리다 팔다리를 주무르기 시작하고서, 아, 여기는 포근하군요, 라고 활기차게 말하고 우샨카 방한 털모자를 벗었는데, 음성이 깊이 울려퍼지고 또한 쩌렁쩌렁해서 다들 하던 일을 멈췄으니 그들은 처음에는 두려워해야 할지 경탄해야 할지 갈피를 잡지 못한 채 그가 누구인지 훑어보고서 그런 다음에야 두려워할지 경탄할지 판가름해야 했던바 물론 신참은 자신을 향한 관심을 즉각 알아차리고서, 여러분은 모두 분명히 이 추위에 익숙하겠지만 저는 여기 다른 곳—여기라 함은 저 밖이라는 뜻이죠—여러분이 상상도 못 할 곳—페스트는 페스트 아니겠습니까—에서 왔어요, 하지만 여긴 우라지게 춥고 눅눅하군요, 이런 추위는 솔노크에만 있겠죠, 여긴 세상에서 가장 저주받은 곳이니까요, 왜냐면 들어보세요, 이제 모든 시선이 그에게 고정되었는데, 새 승객은 새로운 장소에 와서도 적응 과정이 전혀 필요 없이 하나가 끝나면 곧바로 다음을 시작하는 부류, 말하자면 한눈에 알 수 있는 부류, 그러니까 관심의 중심이 되고 싶어 하는 부류인 것이 이미 명백했으며 거기에 대해서는 의심할 여지가 없었는데, 그가 나중에 우물거리며 말했듯 그는 남을 즐겁게 하는 것에서 순수하고도 벅찬 기쁨을 느끼는 사람이었고 왜냐면 이런 11월은 어디서도 볼 수 없다며 그가 단호하고 침착하게 말을 잇되 마치 비보가 아니라 낭보를 전하는 사람인 양 이은 것은 이렇게 지독한 날씨는—그가 텁수룩한 머리를 절레절레 흔들며—여기서만 겪을 수 있으니까요, 이 '솔노크 11월'이라는 것은 그 어디서도 경험할 수 없죠, 그는 맞은편에 앉은 사람들을 짓궂은 표정으로 바라보며, 온종일 무언가가 '뚝뚝 떨어지고' 있어요, 제 말은—부디 유심히 들어주시길—비가 내린다는 게 아니라 무언가가 뚝·뚝·떨·

어·지·고 있다는 거예요, 라며 음절 하나하나마다 오른손 집게손가락으로 왼손바닥을 두드리면서, 그건 사람의 골수에 곧장 스며들죠, 도무지 견딜 수 없어요, 저는 안 해본 짓이 없답니다, 이런 코트며 저런 스카프며 이런 장갑이며 저런 장화며 이제 문제를 이 우산카에 맡기고 나니—그가 맞은편에 앉은 사람에게 모자를 보여주며—적어도 귀는 보호할 수 있더군요, 정오가 지나면 바람이 부니까요, 하지만 아시다시피—두려워해야 할지 경탄해야 할지 아직도 갈피를 잡지 못하는 청중을 둘러보며—이 바람으로 말할 것 같으면 여러분을 한순간에 꿰뚫고 일주일이 지나도록 잊을 수 없고 추위로 몸이 얼얼해지게 하고 포근한 기차 안에 앉아도 소용없는 바람이에요, 그래도 무슨 상관이에요, 넌 어떠니, 그는 옆에 앉아 공책에 얼굴을 파묻으려 하는 여학생에게 물으며 여학생의 손에 모자를 얹었는데, 정말 요긴한 물건 아니냐, 어? 그가 여학생을 향해 능글맞게 웃으며, 좋을 거야, 그냥 느껴봐, 진짜 토끼털이야, 한번 써봐, 그렇게 부끄러워하지 말고, 그러면서 그가 여학생의 머리에 모자를 씌우자 여학생은 금세 얼굴이 빨개져 나름대로 저항하려 했으나, 어허, 점잔 빼지 말고, 머리에 쓰면 감촉이 얼마나 좋은데, 짝퉁도 아니야, 중국산도 아니고, 불가리아산도 아니고, 루마니아산도 아니란다, 걱정 말거라, 손으로 만져보렴, 그래, 이제 두려워 말고 느껴봐, 여학생은 선택의 여지가 없어 손으로 만져보다가 기어드는 목소리로 "좋네요, 정말"이라며

모자를 돌려줬는데, 그렇지, 바로 그거야, 새 승객이 모자를
허벅지 사이에 끼워넣으며, 어떤 사람이 진짜 우샨카를—너
도 알다시피 이 부분에서 우리는 우샨카라고 부르니까 말
이야—짝퉁이 아닌 진짜를 가지고 있으면, 어디 말해봐, 그
가 여학생에게 몸을 돌리며, 그게 짝퉁이 아닌 걸 알 수 있
겠니? 물론이죠, 물론이죠, 여학생이 괴로운 듯 미소 지으며
고개를 끄덕이고는 다시 공책에 얼굴을 파묻으며, 느낄 수
있어요, 그렇지, 여러분도 들으셨죠, 신참이 다시 한번 나머
지 승객에게 몸을 돌려, 이게 증거입니다, 여기 앉아 있는 아
리따운 처자의 의견이 이러하다면 더 갑론을박해봐야 소용
없으니까요, 이건 성경 말씀이나 마찬가지라고요, 이로써 우
샨카 문제가 일단락되자 그는 등을 기대고 만족스러운 한
숨을 내쉰 다음 몇 분간 침묵했으며—이 극적인 입장 이후
에 이런 침묵이 이어지리라고는 아무도 감히 예상하지 못했
는데—기차는 좌우로 휘청거렸고 승객들도 기차와 함께 휘
청거렸으며, 이 휘청거리는 기차는 승객들의 무게를 짊어진
채 대략 시속 60킬로미터의 속도로 목적지까지 도달하려고
애썼는데, 그것은 이 노선(부다페스트에서 헝가리 남동부 '폭풍
의 땅' 지대까지)을 지나는 이 기차가 '도시 간 고속' 열차로
분류되기 때문이지만 애써봐야 허사였으니 이 명칭에서 유
일하게 타당한 부분은 두 장소를 오간다는 것뿐으로, 기차
자체는 '도시 간' 노선에 걸맞은 속도를 단 한 번도 낼 수 없
었으며 심지어 실수로도 그럴 리 없었으니 그것은 결코 드

럼

러나지 않는 복잡한 기술적 이유 때문이었기에 이곳을 정기적으로 오가는 승객들은 더는 말을 꺼내지 않았으며 농담조차도 던지지 않고 그냥 받아들이되 이 나라에서 다들 그러듯 받아들인 것은 특히 이 지역에서는, 이 나라의 남동부 구석에서는 사람들이 사건을 해석할 때 그냥 이러저러했다, 그냥 상황이 그랬다, 그냥 일어난 일 중 하나였다고 말하는 경향이 있어서 어떤 복잡한 조건들이 이 사건으로 이어졌는가는 아무도 관심이 없으며 왜와 어찌하여는 따지지 않는 편이 나았기 때문으로, 여전히 11월이었고 이미 바람이 거세게 불고 비가 내리쳤고 모든 마을과 도시가 싸늘하게 얼어붙었고 선로 전환기의 움직임이 힘겨워졌기에 이런 날씨에 흠을 잡으려는 사람은 무의미한 질문으로 매사를 더 망칠 뿐이니 누가 그러고 싶겠는가.

저는 딱 서른네 살이고, 이 곱슬거리고 풍성한 흑발 덕분에 원하는 여자는 누구나 낚을 수 있고 검고 짙은 눈썹과 매의 눈으로 세금 신고서의 아무리 사소한 계산 실수조차 찾아낼 수 있으며 코가 크고 넓어서 이 코 덕분에 후각이 사냥개 후각 같으며 넓은 입은 오페라 가수의 입 같고 턱이 튼튼한데, 이 턱 덕분에 녹아웃을 시킬지언정 결코 당하지 않으며 게다가, 보여드릴 테니 보시죠, 스물아홉 개의 건강한 치아가 있고 여기 아래쪽에 세 군데 크라운을 씌웠으며 키가 대략 162.6센티미터에 몸무게가 86킬로그램이지만 누가 뭐라고 해도 살을 뺄 생각은 없는데, 그래도 머리에 있는 커다란 까치집은 그대로 놔뒀으면 싶은 것이 머리를 빗고 싶지는 않으며 이걸로도 미흡하다면 내 말씀드리죠, 라며 그가 그에게 말하길 정유 사업에 몸담은 적이 있습니다만 축구 심판에 어학 시험 감독관에 벽돌 공장 공장장도 지냈고 지금은 아라드에서 슬롯머신 기술자를 하고 있지만 제 계획은 티소강까지 사업을 확장하여 옛날에 루마니아인들이 바란 것처럼 티소강까지 모든 것을 제 것으로 만드는 것, 이것이 제 계획이지만 나리께서 한 말씀만 하시면 모든 것을 포기할 테니 한 말씀만 해주시면—그가 남작에게 간청하길—수염을 기르고 18킬로그램을 빼고 2주 만에 스페인어를 배울 테니 말씀만 해주십사 부탁드립니다, 라고 그에게 애원할 때 그는 알아차리지 못했지만 객실의 나머지 승객들이 아까는 그를 두려워했으나 이제는 비웃음만, 하지만 말없이 보내고 있었던 것은 이제 그가 객실 바닥에 무릎을 꿇고서 몸을 곧게 세운 채 노인에게 자신을 무슨 일에든 고용해달라고 애걸복걸하고 있었기 때문으로, 나리의 마구간지기가 되겠습니다, 나리의 비서가, 경리가 되겠습니다, 나리의 요강을 비우겠습니다, 나리가 앉으실 의자의 먼지를 털겠습니다, 공사를 막론하고 편지를 보내실 일이 있을 때 25미터 밖에서도 불러주시면 받아 적겠습니다, 나리를 위해 무슨 일이든 하겠습니다, 허락만 해주신다면 말이죠, 저는 사람을 보기만 하면 그에게 뭐가 필요한지 압니다, 제가 나리를 보니 나리에겐 부족한 게 없음을 한눈에 알겠습니다, 저만 빼고 말이죠, 제가 나리에게 '필요'한 존재임은 명명백백하니 말입니다, 제가 없으면 나리는 곤경에 처하실 겁니다, 안 그래도 듣자 하니 이미 곤경을 겪으셨다고요, 나리에겐 언제나 도움이 되고 언제나 의지하실 수 있는 버팀목이, 그림자가, 보이지 않는 오른손이 필요하십니다, 그게 바로 접니다, 보세요, 나리, 저는 사람들을 등쳐먹는 놈이 아닙니다, 고백건대 저도 나리가 필요합니다, 제가 보건대 좋으신 주님께서는 우리가 서로를 위하도록 지으셨습니다, 이 말을 끝으로 그가 입을 닫은 것은, 아니 자신의 대★독백을 멈춘 것은 이제 필요한 것은 침묵임을 감지했기 때문이며 그는 그를 보는 것만으로 충분했으니 〈블리크〉에서 〈메트로〉까지 그에 대한 모든 것을 읽어 머릿속에 넣어두었고 그것이 이 방향을 향하는 기차에 올라탄 이유이며—세계적 유명 인사인 남작이 고향에 도착할 때 함께 있기 위해서—보다시피 그는 남작이 있는 객차에 올라탔고 남작이 앉은 바로 그 객실에 앉았으니 이것은 꿈인지 생시인지 모를 행운이었으며 그가 그에게 꼭 해야만 하는 이야기가 있었는데, 그가 이제 남작에게 말하길 그의 평생 행운과 불운이 이렇듯 번갈아 찾아왔다며 이 말은 한 번도 달아나거나 구석에 숨지 않고 위험을 무릅쓰는 삶이 그의 핏속에 들어 있다는 뜻으로, 그는 주님께서 그에게 침을 뱉으실 만한 그런 겁쟁이가 아니라 영웅이니 그는 나머지 모두가 구경만 할 때 무엇이든 떠안을 각오가 되어 있기 때문이요, 그는 구경하지 않고, 오, 결코 절대로 구경하지 않고 언제나 바람을 안고 서서, 이렇게 표현해도 된다면 말입니다만, 불 테면 불라지, 라고 말하는 사람으로, 이렇게 사설을 늘어놓기 전에 그는 먼저 객실에 있는 모든 사람에게 자신이 누구와 동석했는지 알고 싶다며 상대방의 신분을 묻고서 남작에게도 물었는데, 그는 오랫동안 대답하지 않은 채 창밖을 물끄러미 내다보았으니 그가 객실에서 벌어지는 일에 별 관심이 없음을 분명히 알 수 있었던 것은 이 바깥 풍경이 그의 눈길을 사로잡고 있었기 때문이어서, 그의 맞은편에 앉은 사람은 분명히 애가 탔을 것이며 그는 멈추지 않은 채 말하고 또 말했으니, 자, 좋습니다, 그런데 창가에 계신 신사분은 자신이 호명된 줄 모르시는 것 같군요, 이 말과 함께 그가 잠시 자리에서 일어나 맞은편으로 가서 노신사의 어깨를 짚자 노신사는 놀라서 창가로 몸을 움츠렸으나 아무 말도 하지 않았는데, 그 뒤에도 좀처럼 마음을 추스르지 못했으며 나머지 승객은 이 작은 소동을 비웃고만 있었으니 그녀가 털어놓은바—여학생이 집으로 가는 메죄투르행^行 버스에서 이야기하길—솔노크에서 기차를 탄 작고 뚱뚱한 남자가 허풍이 어찌나 심한지 웃다가 배꼽이 빠질 지경이었는데, 그는 모든 사람에게 신분을 묻다가 나이 든 스페인인 차례가 되었을 때 마치 200볼트 전기에 감전된 것처럼 펄쩍 뛰더니, 어떻게 표현하면 좋을까, 천장에 닿도록 뛰더니 곡예사처럼 바닥에 몸을 던지고는, 무슨 말인지 알아듣겠어? 무릎을 꿇었고 그렇게 공략이 시작

럼

되었는데, 달리 표현할 방법이 없네, 그건 공략이었어, 상상할 수 있는 온갖 허튼소리를 내뱉는 통에 웃다가 팬티에 오줌을 지릴 뻔했어, '어찌나' 우습던지 그런 허풍은 생전 처음 들어봤어, 어지간한 허풍이었어야 말이지, 그러고서는 이 스페인인에게 자길 채용해달라고 했는데, 뭐 하러 그러는지는 모르겠지만 저 늙은 할아버지는 사뭇 겁에 질린 것이, 바닥에 꿇어앉은 이 어릿광대가 무슨 말을 지껄이는지 알아듣지 못한 것도 같아, 헝가리어도 잘 모르는 것 같았으니까, 하지만 그 뚱보는 계속 이야기하고 또 이야기했으며 한 번도 말문이 닫히지 않았지만 하느님께 감사하게도 한참 있다가 노인이 주위를 둘러보더니 아무도 심기가 별로 불편하지 않은 것을 보고서 자기 앞에 무릎 꿇은 이 인물을 그렇게 두려워하지는 않는 것처럼 보였는데, 그저 듣기만 했지만 마치 진지하게 귀를 기울이거나 상대방 이야기에 대해 생각하는 것처럼 보였어, 내 생각엔, 소녀가 말하길—그녀가 손잡이를 더 꽉 잡은 것은 바로 그때 버스가 푸슈킨 거리와 버이치-질린스키 거리 교차로에서 급회전했기 때문인데—그는 여전히 겁을 먹은 것 같았어, 마지막에 그에게 생각해보겠다고 말했거든, 진짜야, 노인은 그에게 고려해보겠다고 말했어, 하지만 결국 어떻게 됐는지는 아쉽게도 모르겠어, 거기서 내려야 했으니까, 그래도 그 광대는 결코 포기하지 않았을 거야, 원하는 걸 얻었을 게 틀림없어, 폭풍처럼 노인을 흔들어댔으니까.

주청州廳 소재지 역에서 거의 모두가 내렸으나 온수·난
방 설치 기사 한 명은 기차에 남고 싶다며 자기도 더 멀리까
지 간다고 말했으나 비서는—그는 자신을 이렇게 부르기 시
작했는데—다른 객실을 찾아보라고 단호하게 요청하길 여
기선 보다시피 진지한 협상이 벌어지고 있거니와 그가 (잠깐
이라도) 꼭 있어야 하는 것은 아니지 않느냐며 그를 문밖으
로 밀어내고 눈을 찡긋하고는 언젠가 만에 하나 온수·난방
설치 기사가 필요할지도 모르니 전화번호를 알려달라고 나
직이 귓속말을 했고 설치 기사는 전화번호를 알려주고는 통
로 뒤쪽으로 사라져 그들은 마침내 둘만, 신사와 비서 단둘
이 있게 되었다고 비서가 말하며 오동통한 다리를 꼬고 등
을 편히 기댔는데, 이제 주제를 바꿔서 그는 그것이 적절한
지는 모르겠다면서도 자신에게는 남작님의 인사말이 매우
자연스러워 보였으나 남작이 자신을 어떻게 불러야 하는가
의 문제에 대해서는, 자신의 모든 사업 관련자들이 지금까
지 자신을 부른 호칭을 남작이 유념하도록 하고 싶은 것은
아무도 그를 본명으로 부르지 않기 때문으로, 그는 단순히
단테로 알려졌는데, 사실 이것이 과장이 아닌 것이, 그의 친
구, 적수, 사업 관계인, 직원 모두가, 카르파티아산맥에서 절
러주州의 만년설 봉우리에 이르기까지 그를 단테라고 부른
것은, 말하자면 그의 거대한 타래 머리 때문으로, 추정컨대
그것이 (그가 멋쩍게 미소 지으며) 단테의 타래 머리를 빼닮았
기 때문이니 단테라 함은 바이에른 뮌헨의 유명 수비수를

럼

말하는 것으로—그도 검은 머리가 북슬북슬한데—그리하여 그는 단테가 되었으며, 이것이 타당하다 싶으면 부디 이제부턴 저를 이 이름으로 불러주시죠, 그러자 놀랍게도 남작이 비록 기어들어가는 목소리이긴 했지만 말하길 그가 말하는 사람—방금 언급한 뮌헨 사교계의 회원—이 누구인진 잘 모르겠으나 그의 견해로는 단테라는 이름은 그에게 남아 있는 모습에 비추어 보건대 이 비서와는 썩 어울리지 않는 것이, 더 정확히 말하자면 단테라는 이름은 오래전 과거에서처럼 이미 '버젓이' 임자가 있으니 위대한 이탈리아 시인이 이 이름을 가진 만큼 그는, 남작은 그를 가능하다면 본명으로 부르는 게 낫겠다며 본명이 무엇인지 알고 싶은데, 이것이 마땅히 더 타당해 보이기 때문이라고 했으나 비서는 노인의 말을 듣고서 놀란 마음을 재빨리 진정시키고는 그의 말을 끊고서 자신이 여기서 말하는 인물이 평범한 사람이라고 남작이 생각해서는 안 되는 것이, 바이에른 뮌헨은 세계에서 가장 위대한 팀은 아닐지라도 가장 위대한 팀 중 하나로, 그도 틀림없이 들어보았을 텐데, 아니, 애석하게도 못 들어봤소, 라며 남작이 맞은편에 앉은 채 고개를 저었으나, 뭐, 괜찮습니다, 그건 중요하지 않으니까요, 라며 자칭 비서가 말을 끊고는 중요한 건 그가 단테라는 이름에 자부심을 품고 있다는 것으로, 바이에른 뮌헨에서 뛰는 단테는 전성기에 올랐다고 해도 과언이 아니며 자신에게—그가 자신을 가리키며—그런 비교는 유익할 수밖에 없는 것이, 말하자면 자신의 활동 분야—지금은, 하지만 실은 오늘까지만이긴 하지만 슬롯머신이라는 화려한 세계인데—에서 자신이 저명한 권위자로 통한다는 징표이며 자신에게 제안된 비서라는 자리에 지원한다는 생각은 해본 적도 없었으나 자신은 지금 남작에게 바치려 하는바 스스로 자신의 가치를 알며 이 가치는 20년 넘도록 단테라는 이름과 묶여 있었으니 부디……하지만 남작은 다시 고개를 젓고 부드럽게 미소 지으며 말하길 이 부분에 조금 오해가 있는 것이, 자신이 말하는 사람은 뮌헨 출신이 아니라 피렌체 출신으로, 엄밀히 말하자면 그는 피렌체의 위대한 추방자이자 《신곡》의 저자이며 세계 문학을 통틀어 가장 위대한 작가는 아닐지라도 가장 위대한 작가들 중 하나인데, 그러자 그건 전혀 중요한 문제가 아니라며 비서가 약간 분개한 채 재빨리 대답하길 많은 사람에 따르면 그의 단테는 역사상 가장 위대한 수비수이며 여기에 더해 '전 세계에서' 가장 위대한 수비수요, 방금 말했듯 많은 사람도 동의하는 바이니 지난 두 시즌 동안 그가 다소 부진했던 것은 사실이나—그가 변명하듯 팔을 벌리며—그가 경기를 신통찮게 했거나 상대 팀 포워드가 골대 앞 16미터 페널티 구역 안쪽까지 들어왔더라도 그의 능력을 의심하는 사람은 아무도 없으니 단테가 단테임은 모두가—남작이 이해하셔야 하는바—하지만 모두가 알고 있으며 그의 비천한 의견으로도 그는 최고에 속할 터이니, 말하자면 이 이름을 가진다는 것은 그 자체로 지위의 상징이며……

럼

아니, 아니, 남작이 다시 고개를 저었는데, 그는 자신의 동행이 이 이름으로 불리는 어떤 사람을 틀림없이 대단히 존경한다는 사실을 의심할 의향이 전혀 없었으며 몇 가지 세부 내용을 채워넣어 도움이 되고자 할 뿐이었으니 둘 사이에는 아무 문제도 없었고 그는 열과 성을 다해 동행의 바람에 부응할 것이고 그를 단테라는 이름으로 부를 것이고 이 이름을 쓸 것이지만 제안을 하나 해도 된다면―단지 정확성을 기하기 위해―단테는 거물급 운동선수가 아니라 자신이 알기로 젊은 시절에만 스포츠에 관여했으며 그조차도 사냥개와 사냥매로 사냥하는 것뿐이었을 가능성이 큰데, 거기에다 그는 독일과는 아무 관계가 없으니, 자네도 알다시피, 남작은 이제 동행을 스스럼없이 대하며, 우리는 여기에 대해 아는 바가 많지 않은데, 하지만 좋아, 자네의 제안대로 하자고, 그가 미소 지었으니 그들은 여기 단테라는 사람이 있는 한 만일 적절하다면 그가 솔노크의 단테가 되는 것에 합의했거니와 그가, 남작이 자신의 귀한 동행을 알게 된 것은 솔노크 시 덕분으로, 솔노크가 없었다면, 그렇다면 말하자면 솔노크의 단테도 없을 것이므로 만일 상대방이 동의한다면 그 이름은 명실상부하니 그런즉 새로 임명된 비서가 이 점에 대해 문제를 더 밀어붙일 의향이 전혀 없었던 것은 여기에 오해가 있었던 것이 아니라 뭔가 다른 일이 벌어지고 있었다고 판단했기 때문으로, 그는 이것을 남작이 스포츠에 대해서는 다소 무지하다는 사실로 해석했으니 그렇다면 알고 싶어 하지도 않는 사람에게 정확한 정보를 욱여넣을 이유가 어디 있겠는가, 좋습니다, 그가 고개를 끄덕이며, 그들은 앞으로 솔노크의 단테라는 명칭을 쓸 것이고 이것이 그에게는 어차피 마찬가지이며 어쨌거나 조만간 예전의 단테로 돌아갈 것임은 살아 있는 언어에서는 아무도 그 누구를 온전한 이름으로 부르지 않기 때문이니, 아, 그렇지, 남작이 놀라서 굵은 눈썹을 치켜올리며, 그거 정말 흥미롭군, 자네도 알다시피, 그가 그를 향해 좀 더 몸을 기울이며, 나는 헝가리를 아주 오래전에 떠났다네, 그래서 요즘 관습에는 친숙하지 못해, 언어는 더더욱 그렇고, 단테가 눈을 반짝이며 자신이 도울 수 있다며 말하길 이 문제를 비롯하여 어느 문제에서든 남작을 도우려는 것이 아니라면 자신이 왜 그의 비서가 되었겠느냐고 말하는 찰나에 남작이, 비서라는 직함을 얻으려는 동행의 기발한 싸움이 시작된 이후 아마도 처음으로 자신은 이 비서 문제를 아주 명쾌하게 이해하지는 못하겠는 것이, 자신에게는 비서가 전혀 필요하지 않으나 다른 한편으로는 이 현지의 문제들에 대해 방향을 일러주는 도움을 받는 것을 무척 고맙게 여긴다고 했으니 이 순간 그의 비서가 벌떡 일어났고 이것은 기쁜 소식이었으며 그가 미사여구로 남작에게 이르길 그렇다고, 바로 그것이라고, 그것이야말로 그가 여기 있는 이유라고 했는데, 이 말은 그가 여기 이 지구상에 있는 이유라는 뜻으로, 그의 평생 목표는 단 하나이며 그것은 동료 인간에게 도움이 되는 것인바 그 방법은 휘

럼

발유를 저렴한 가격에 공급하거나(여기에 위험이 전혀 따르지 않는 것은 아니었으나) 주택 소유의 꿈을 실현하고 싶은 사람들을 돕거나 여가 활동을 창조하는 것이었는데, 그는 실제로 도움을 주었고 삶의 이 모든 분야를 진흥했기에 이제 이 모든 것을 남작에게 드리는 것 말고 그의 임무가 무엇이 있을 수 있겠느냐며, 그렇지요, 그렇지요—그가 옆자리에서 흥에 겨워 팔걸이를 두드리기 시작하며—새로운 상황에서 그를 인도하는 것, 그것이야말로 그가 지금까지 20년간, 그동안 아무것도 하지 않은 것은 아니지만 기다려온 일이니 하느님께서는 이 임무를 위해 그를 창조하셨고 그러니 남작은 걱정할 것이 전혀 없으며 이 순간부터 그의 운명이 믿음직한 손에 놓이게 될 것은 이 순간부터 단테가 모든 걸음을 살펴볼 것이기 때문이요, 그리고, 그가 활짝 미소 지으며, 그는 솔노크의 단테라는 이름으로 통하는 팔방미인이니 이것을 대놓고 말하는 것이 너무 뻔뻔스럽지 않다면, 하지만 다시 말하건대 이제 대놓고 말하지 말아야 할 이유가 어디 있으며 사실 두 사람이 서로를 허심탄회하게 대해야 할 것은 그가—단테가 자신을 가리키며—정말로 도움이 되려면 알아야 할 것을 모두 알아야 하기 때문이라고 말했다.

최근에 주변의 모든 일이 뒤죽박죽되었다며 남작이 기차 객실에서 털어놓길 시간이 흐른 뒤에 그는 자신에게 무슨 일이 벌어지고 왜 벌어지는지 온전히 이해할 수 없음을 깨달았고 그가 알지 못하는 사람들이 주변에 나타났으며 그들은 이상했고 심지어 어쩌면 그의 말마따나 좀 지나치게 '원시적'이었는데, 그들은 언제나 그에게서 뭔가를 원했으나 그가 그들에게 어떤 도움도 될 수 없었던 것은 그가 고백건 대—남작은 이제 귀를 쫑긋 세운 단테에게 털어놓고 있었는 데—한동안 귀향하는 것 말고는 아무것에도 흥미가 없었기 때문으로, 그는 때가 왔음을 느꼈고 특별히 중요한 개인적 문제를 위해, 자신이 떠나온 그 장소를 다시 한번 보고 싶었 으며 그는 이 나라를 거의 어린아이일 때, 거의 46년 전에, 거의 46년 전에 떠나야 했는데, 그는 창밖을 바라보았으나 바깥은 어두워진 지 오래였으며 아무것도 보이지 않았고 자 신의 모습만이 유리창에 비쳤으며 보고 싶지 않아서 몸을 돌렸으니, 그건 보석함 같아—그가 깊은 상념에 빠진 채 동 행을 쳐다보며—나는 보석함을 돌려받았어, 여기선 모든 것 이 너무나, 하지만 너무나 놀라우니까, 알다시피 소중한 친 구여, 지금까지 오랜 시간 동안 나는 여행만 하며 풍경을 보 았다네, 자네의 이 매혹적인 나라를 말이야, 땅이며 지평선 이며 빛이며 아무리 보아도 질리지 않아, 자네가 이해할 수 있을지 모르겠지만 이 모든 것이 나 같은 늙은이에게는 매 우 큰 의미라네, 그리고 병 때문인지 모르겠지만 나는 이 경 이로움에 스스로를 매 순간 온전히 내맡길 수 없었어, 수많 은 원시적인 사람들 사이에서, 그리고 말할 것도 없이 수많 은 낯선 상황 때문에 나는 번번이 다소, 이걸 헝가리어로 어 떻게 표현해야 하려나, 다소 어리둥절했지, 그래, 언어 때문에 나는 모든 것을 완전히 이해하진 못해, 그래도 헝가리가 내가 상상한 그대로 나의 옛 조국이요, 우화의 땅임은 알 수 있지, 그리하여 이제 나는 내가 태어난 도시를, 특히 그곳의 오래전 친숙한 얼굴 하나를 보려고 대단히 흥분한 채 기다렸다네, 자네도 알다시피 이건 내 나이대 사람에게는 매우 통상적인 일이지, 나는 하늘하늘한 버드나무 아래로 쾨뢰시 강 강둑을 따라 다시 한번 걸어보고 싶고 요커이 거리를 따라 거닐고 싶고 머로티 광장의 아름다운 공원을 마지막으로 한 번 더 가로지르고 싶고 얼마시 저택과 달팽이 공원과, 아시다시피 나리, 그리고 성까지…… 압니다, 안다고요, 단테가 조금 성마르게 고개를 끄덕이며, 말하자면 나리께서는 일종의 황혼 여행을 계획하고 계시는군요, 사실 그는 이해했으며 흥미가 없었을 뿐으로, 그 시점에는 이미 이 남작이 불운의 화신임을 대충 눈치챘으니 그는 순식간에 이를 직감했고 여기에 끼어든다는 자신의 계획을 고집하는 것은 엉뚱한 말에 돈을 거는 격일 수도 있겠다는 생각이 뇌리를 스치고 지나갔으나 그런 뒤에 그 생각을 떨쳐버린 것은 수상한 사건의 수수께끼 같은 분위기를 감지했기 때문으로, 그는 이런 분위기를 무척 좋아했으며 남작의 표현이 점차 감상적으로 변해가도 전혀 개의치 않았고 오히려 어떤 표현은 그의 피를 냉랭하게 식혔으니 그로서는 목적 없는 상투어와 어리석은 감상주의를 견디기가 무척 힘들었기 때문이거니와 이것들은 남작에게서 마구 쏟아져 나오고 있었는데, 그가, 단테가 알고 싶은 것은 그의 계좌에 현금이 얼마나 있으며 어디에 있느냐는 것이었고 그가 궁금한 것은 은행 이름과 계좌 번호, 구체적 계획, 말하자면 이 늙다리 뼈다귀 자루가 이 쓰레기 더미 같은 나라에서 대체 뭘 하려는지였으니 그 주된 이유는 그가 사업상 거래를 하기 전에 항상 이론적 수익을, 말하자면 그의 말마따나 연락처와 연락 방법을 파악했기 때문이지만 남작에게서는 이런 정보를 하나도 알아낼 수 없었으니 이 점에서 그는 매우 고독하거나 불신으로 가득하든지 아니면 그런 것에 대해 아무것도 모르고 다른 누군가가 그의 뒷배를 봐주든지 둘 중 하나일 테니—단테가 초조하게 추측하기로는—한동안은 전망이 그다지 밝아 보이지 않는다며 그가 판단하길 유일한 예외는 그가 지금 로열플러시를 쥐고 있다는 것으로, 실례합니다, 신사 숙녀 여러분, 이때 기차에서 누가 남작과 함께 있었나요? 그입니다, 남작이 이 객실에서 누구와 함께 여행하고 있었나요? 그입니다, 지금 귀향하는 저 유명한 아르헨티나인이 솔노크와 베케슈처버 사이에서 누구를 비서로 삼았나요? 그입니다, 그는 이제 자신의 이름을 별로 입에 올리지 않았으니 루마니아 국가대표팀의 유명 축구선수 코스민 콘트라에게서 차용한 자신의 진짜 가명으로 통했으며 추잡한 권모술수의 기예에 대한 전문성으로, 또한 그에 따라 예술가로 널리 알려졌으니 운명은 그를 끊임없이 짓이기고 싶어 했지만 계속해서 다시 일어나고 숨 한 번 크게 쉬고 다시 아수라장에 뛰

럼

어들 수 있는 그런 예술가 말고 그가 자신을 어떤 사람으로
생각할 수 있었겠는가. 도착했습니다, 남작님, 솔노크의 단
테가 자리에서 일어나 차창 밖을 가리켰다. 그들이 우리를
기다리고 있는 게 보입니다.

펌

그가 내게 편지를 썼다

난 낭만적인 사람이란다, 부인하지는 않겠어, 머리커가 관광 안내소 신입 직원에게 말하길 난 촛불과 함께하는 저녁 식사, 대저택 정원에서의 긴 산책, 세련된 감정, 그런 온갖 것이 좋아, 부인하지는 않겠어, 하지만 그가 날 마리에타라고 부른 건 놀라웠단다, 난 한 번도 마리에타였던 적이 없거든, 누구에게도 그렇게 불린 기억이 없어, 그가 날 그렇게 부를 이유가 있는 것 같지는 않아, 그가 날 마리에타라고 부를 수 있다 하더라도 어쨌든 그가 날 이렇게 불렀다는 사실이 너무나 뜻밖이어서 처음에는 편지가 내 것이라고는 생각도 못 했어, 하지만 이 이름을 가진 다른 사람을 알지도 못하기에 편지를 읽어봤지, 그런데 정말로 내게 온 편지였던 거야, 그래, 나였어, 편지를 읽을수록 더욱 분명해졌어, 알다시피 그는 매우 아름답게 장식된 편지지를 쓰고 필체가 언제나 근사했어, 오로지 그 때문에 편지를 쓴 사람이 분명히 그라는 걸, 나의 어릴 적 남자 친구라는 걸 깨달았지, 그의 필체가 무척 아름다웠다는 게 불현듯 떠올랐거든, 오, 하느님, 하고 그녀는 한숨을 내쉬며 책상 위에 앉은 몸을 뒤로 좀 더 잡아당겨 천진난만하게 다리를 꼬고는 왼손으로 스커트 주름을 폈으니, 말하자면 스커트를 끌어 내리기 시작했다는 뜻으로, 스커트는 조금 말려 올라가 있었는데, 그때 난 열여섯 아니면 열일곱이었어, 내가 그의 관심을 끌었다는 건 당연히 알지도 못했어, 그때는 도보시 아담과 꽤 깊은 관계였거든, 그래, 도보시, 놀랄 것 없어, 그와 말이야, 그래, 우린 애들이나 마찬가지였어, 난 열일곱인가였고 그는, 즉 벨러는, 그러니까 그는 분명히 좀 더 어렸어, 열다섯쯤, 아니면 열여섯이었는지도, 모르겠어, 사실 기억이 안 나, 하지만 분명한 사실은 그가 재미있는 아이였다는 거야, 무척 말쑥한 아이였어, 난, 하지만 언젠가 그가 날 찾아왔을 때 정말 놀랐어, 하지만 그는 어찌나 쑥스러워하던지 말도 제대로 못 하더라, 날 만나고 싶다고 말했어, 난 흐뭇했어, 그는 아주 다정했거든, 그래도 아직 어린애였어, 보면 알 수 있었지, 아담과는 그때까지도 깊은 관계였어, 알다시피 그 멀쑥한 아이가 큰 귀를 붉히고서 내 앞에 서 있던 모습이 눈에 선해, 그래도 눈은 근사했어, 녹색이 하도 밝아서 마치 빛나는 것 같았지, 그래서 그에게 이렇게 말했는지도 모르겠어, 만

그가 내게 편지를 썼다

나자고, 그리고 그걸로, 내 기억이 정확하다면 우리의 대화는 끝났어, 그는 지독히 괴로운 상황에서 해방되어 기쁜 표정이 역력했어, 나로 말할 것 같으면 솔직히 말해서 그 무시무시한 편지가 우편함에 들어오기 전까지는 싹 잊어버리고 있었어, 금방 말해줄게, 잠깐만, 너무 겁이 났거든, 얼마나 무서웠는지 몰라, 정말이야, 상상해봐, 테두리가 검은색인 봉투에 들어 있었다고, 자신이 얼마나 나를 사랑하는지 쓴 긴 편지였지, 내가 자기를 거들떠보지 않는 걸 더는 참지 못하겠다는 거야, 물론 난 정말로 겁이 났어, 당장 옷을 차려입고 시내로 달려갔지, 그때는 알다시피 혁명이 일어난 지 10년이 다 됐고 우리가 사는 초코시 도로는 남작 가족과 꽤 떨어져 있었거든, 그들은 여기 중심가에, 중앙광장의 공원 옆에 살았어, 난 초인종을 누르고, 그의 어머니에게, 무척 겁에 질린 채 그와 이야기하고 싶다고 말했단다, 그랬더니 그의 어머니는, 내가 누구인지 모르셨는데, 그분도 꽤 놀랐어, 상황이 이해되시지 않았으니까, 하지만 그때 난 아무 문제 없다는 걸 이미 깨달았어, 그는 내가 두려워한 것과 달리 미친 짓을 전혀 저지르지 않았어, 그랬을 리 없지, 그는 그저 밖으로 나왔는데, 자기 집 문간에 있으니 조금 달라 보이더라, 좀 더 진지한 소년 같은 인상을 풍겼지만 다시 한번 지독히 당황한 채 거기 서 있었지, 그는 내게 들어오라는 말도 제대로 못 했어, 나도 들어가고 싶지 않았고 솔직히 말하자면 검은색 테두리 봉투로 내게 오해를 일으킨 것에 무척 부

펌

아가 나 있었거든, 알다시피 전부 그가 벌인 일이잖아, 난 이유도 몰랐다고, 하지만 분명한 건 그가 날 '무척' 사랑했다는 거야, 반면에 난, 음, 뭐라고 해야 할지, 그녀는 관광 안내소 신입 직원에게 이야기하다 말문이 막히자 그 동료에게 의미심장한 미소를 지어 보였는데, 그녀는 그녀 자신이 몇 달 전에 이 자리에 추천했으며 그녀 자신은 가족 문제를 이유로 그만두었던바, 뭐라고 해야 할지, 라고 그녀가 말하고는 어깨를 조금 으쓱하면서 동료의 눈을 깊이 들여다보았는데, 아담과의 관계도 있고 그 밖에도 여러 문제가 있었어, 내 감정을 모르겠더라고, 열일곱 살이었으니까, 욕망과 갈망으로 가득한 채 모든 것을 장밋빛 유리를 통해 바라보았지, 너도 어떤 건지 알 거야, 너도 한땐 열일곱이었으니까, 나는 이곳에서, 우리의 작고 근사한 도시에서 열일곱 소녀였고 깨어 있을 때도 꿈을 꿨어, 이런 일이 일어나려나 저런 일이 일어나려나 상상했지, 에휴, 말도 마, 그러니 만사가 지독하게 복잡할 수밖에, 그리고 한동안은 아무 일도 일어나지 않았어, 벨러에게서는 소식이 없었고, 하지만 너도 알다시피 그는 비쩍 말랐고 키가 무척 크고 등이 구부정하고 머리가 길고 옷맵시가 형편없었어, 틀림없이 그의 어머니가 옷을 골라줬기 때문일 거야, 당시에 그보다 세련된 아이들은 청바지나 멋진 이탈리안 부츠 차림으로 다녔지만 그는 아니었어, 언제나 카디건 차림이었지, 언제나 길이가 짧고 정말이지 말도 안 되게 바짓단이 달린 모직 바지를 입었어, *끄트머리가*

발목 주위에서 달랑거렸지, 그의 어머니가 왜 그를 그런 식으로 입혔는지, 왜 그가 순순히 따랐는지는 모르겠어, 알다시피 그땐 이미 근대였는데 말이야, 우리는 집에서 리타 파보네나 아다모의 노래를 불렀어, 나도 그랬어, 똑똑히 기억나, 나는 엄마랑 동생이랑 내 물건을 모두 직접 바느질해서 만들었어, 옷도 바느질해보려고 했고…… 너도 알 거야, 우리는 산레모 음악제며 온갖 방송을 함께 봤어…… 동생은 바느질 솜씨가 남달랐어, 하지만 너도 알다시피 걔는 여기 시인 페퇴피의 동상 옆에 양품점을 가지고 있었잖아, 그래, 걔가 양품점 주인이었어, 그래, 그래, 그래서—어디까지 얘기했더라?—그렇지, 그래서 한동안 그에게서 소식이 없다가 나중에 들었는데, 내가 보기엔 아무것도 달라지지 않은 거야, 난 여전히 그에게 특별한 사람이었어, 그래서 말했지, 좋아, 괜찮아, 우리 만나, 그래서 만났어, 물론 아담은 좋아하지 않았지, 그래서 (너도 상상할 수 있겠지만) 심하게 다퉜어, 그즈음 나와 아담의 관계는 예전 같지 않았지만 내가 벨러와 산책하려고 달팽이 공원에 간 게 그것 때문만은 아냐, 또다른 이유가 있는데, 내 맘에 들었던 건 아름다운 눈을 가진 이 소년이 너무나, 하지만 너무나…… 아, 내가 무슨 말을 하려는지 알겠지, 비웃진 말아줘, 이런 일이 일어날 땐 말이야, 나이도 고작 열일곱이었으니까—그땐 더했지—그렇게 우린 달팽이 공원에 산책하러 갔어, 그는 내 옆에서 걸었지만 내 몸에 손도 대지 않았어, 신기한 얘길 많이 했는데, 잘

펌

알아듣지는 못하겠더라, 그는 아주 신기한 책들을 읽었거든, 어떤 책이냐면, 글쎄, 하도 오래전이어서 어떤 책이었는지는 잊어버린 지 오래야, 그래도 무슨 철학책이었다는 건 알아, 내가 자기 얘길 이해하지 못한다는 걸 알고서 러시아 문학으로 주제를 바꿨어, 그러면서 그가 내 심장 속으로 들어왔어, 그때 나는 투르게네프를 막 알았거든, 그를 열렬히 좋아했어, 근데 이 소년이 투르게네프를 잘 아는 거야, 게다가 두 번째로 쾨뢰시강 강둑에서 만나 시내에서 성까지 그와 함께 걸었을 때 그가 투르게네프에 대해 이미 '모든 것'을 알고 있다는 걸 깨달았어, 그는 끊임없이 이야기했어, 오만가지 것에 대해 이야기했지, 말들이 그에게서 그저 쏟아져 나왔어, 생생히 기억나, 그리고 어떻게 된 일인지, 너도 알다시피 나는 그가 좋아졌어, 그를 남자로 여겼다는 말은 아니지만 그가 좋았어, 그의 초록색 눈동자와 모든 것이, 그래, 이 짧은 산책은 아담에게 큰 충격이었어, 그때까지만 해도 그는 다 끝난 것처럼 행동하고 다녔거든, 하지만 이렇게 산책이 시작되자 갑자기 내게 관심이 돌아온 거야, 그래서 다시 나를 설득하기 시작했어, 물론 난 당장 아담에게 돌아갔지, 그에게 홀딱 빠져 있었으니까, 내게 아담은, 그 아담은, 그는 이미 남자였으니까, 나보다 한 살 많았거든, 너도 알겠지만 그는 허우대가 좋잖니, 그래서 벨러는 싹 잊었지만 아담과는 잘 되지 않아서 결국은 영영 헤어졌어, 그때가 벌써 네다섯 번째였지, 웃지 마, 우리는 애들이었다고, 적어도 난 그랬어, 그리고 이런저런 일이 일어나리라는 꿈으로 가득했지, 내가 너한테 얘기해주는 건 네가 나의 친척이고 나를 이해해줄 것이기 때문이야, 하지만 아담은 딴 여자들한테도, 그중에서도 가슴이 큰 저저에게 관심을 보였는데, 너도 알 거야, 이코시 박사와 결혼한 여자, 그래, 나는 어떻게 할 수가 없었어, 그녀의 작전은 죄다 알고 있었지, 그 여자는 잔꾀가 많거든, 너도 알 거야, 나이는 스물셋인가 스물넷인가였어, '그러고 나서' 그녀가 아담을 맘대로 주물렀지, 하지만 무슨 상관이야, 내 마음은 그에게서 완전히 떠나간걸, 가슴 큰 백치가 좋다면 그러라지 뭐, 가라고 해, 그렇게 끝났어, 그러던 어느 일요일 오후에 그를, 그러니까 밸러를, 역에서 나오는 그를 다시 만났어, 나는 반대 방향으로 가려던 참이었는데, 우리는 함께 걸었지, 어찌나 자유롭고 편하던지 내게 인사를 건넬 때 그는 정말이지 무엇에도 구애받지 않는 사람 같았어, 그 순간 깨달았지, 그래, 내가 그를 사랑한다는 걸, 그도 나보다 한 살 많았는데, 그에겐 뭔가가 있었어, 무언가가, 그게 무엇이었는지는 모르겠지만 느낄 수 있었어, 이 밸러가 더는 1년 전의 어린아이가 아니라는 느낌이 들었어, 그래서 데이트를 청했지, 편지를 써서 그 집 우편함에 넣었어, 물론 몰래 했지, 봉투에는 그의 이름만 적었어, 그게 다였어, 그래도 뭐 어때, 그러다 에스프레소 가게에서 밸러가 맞은편에 앉아 있는 거야, 요커이 거리 모퉁이에 있는 작고 예쁜 에스프레소 가게 알 거야, 그래, 거기서 만났어, 내가 말을 걸었지,

그는 정말로 놀랐던 것 같아, 한 번도 날 사랑하지 않은 적 없지만 체념하고 아담에게 보냈다는 거야, 그래서 내가 아담과는 끝났다고, 이젠 오직 그뿐이라고 그에게 말했는데, 물론 과장이 섞이긴 했지만, 일이 어떻게 돌아가고 있는지 몰랐으니까, 그래도 그렇게, 아니면 그 비슷하게 말하긴 했어, 그 뒤로 우리는 사귀기 시작했으니까, 하지만 알다시피 이 소년은 여전히 감히 날 만지지 못했어, 손조차, 그래, 손조차 잡지 못했어, 그러다 한번은 데이트 중에, 그가 한 번도 입맞춤한 적이 없다는 거야, 우리는 쾨뢰시강 위쪽에, 알다시피 그땐 카지노라고 부르던 평범한 과자점에 함께 앉아 있었는데, 발코니에서 강이 내려다보였어, 테라스에는 우리 둘뿐이었지, 그때 마귀에 씌었던지 나는 그에게 내게 입맞추라고 말했어, 오, 얼마나 마법 같은 오후였던지, 하늘하늘한 버드나무가 구슬프게 물을 향해 휘어졌고 그는 내게 입맞췄어, 하지만 그는 방법을 몰랐어, 그래서 내가—벌써부터 웃지 마—입맞추는 법을 가르쳐주기 시작했어, 우린 거기 앉아서 입을 맞췄어, 하지만 진짜 제대로 된 입맞춤은 아니었어, 여전히 이 벨러는 어린아이였으니까, 말하자면 그는 아무것도 몰랐어, 입맞춤만 가지고 그러는 게 아냐, 그는 사랑이 뭔지도 전혀 몰랐어, 그저 마음속에 감정이 있었을 뿐이야, 그러다 갑자기 '그 사람'이, 주유소의 러요시가 내 삶에 비집고 들어온 거야, 그래서 그걸로 끝났어, 우리는 더는 만나지 않았지, 그는 그래도 한동안 나를 따라다녔어, 자기가 쓴 시를 보냈어, 투르게네프에 대한 괴상한 편지보다 더 괴상한 편지도, 그러다 그만뒀어, 당연히 나도 그를 잊다시피 했지, 꿈과 공상을 전부 잊어버리듯 말이야—그녀가 고개를 저으며—얼마나 많은 밤을 자신이 도시를 간절히 바라보았는지 잊어버리듯 말이야, 왜냐면—그녀가 동료에게 설명한 바로는—그때는 아직 집에서 살고 있었고 평화로를 따라 도심에 가려면 반 시간은 족히 걸렸기 때문으로, 그녀는 그저 꿈꾸고 갈망하기만 했으나 실은 그녀는 자신이 무엇을 갈망하는지, 누구를 갈망하는지 알지도 못하는 그런 어린 소녀였고 아담이 그녀의 젊음이었으며, 그녀가 꿈꾸듯 계속 말하길 그녀가 그녀에게 이것을 털어놓을 수 있고 이 모든 것을 말해줄 수 있는 것은 그들이 친척이기 때문이며 조카들 중에서 그녀는—그녀가 신입 직원을 가리키며—언제나 자신의 가장 내밀한 비밀을 기꺼이 털어놓을 수 있는 단 한 사람이고 이제 그녀는 이 비밀을 그녀에게만 알려주고 있었는데, 그래서 그녀의 조카가 1년 전 제 아빠와 도시에 돌아왔을 때 그녀는 그토록 기뻤으며 그것은 저 모든 소문 중에서 어느 것 하나 사실이 아님을 이 도시의 누군가는 알아야 했기 때문으로, 이 모든 악독한 풍문이 그녀에게—그녀가 자신을 가리키며—역겨웠던 것은 죄다 거짓말이기 때문이며 조카는 자신을 믿어야 하는데, 왜냐면 그녀에게 아담은 정말로 첫사랑이었으며 벨러는, 저 어린 소년은 세월이 흐를수록 희미해지기만 했는데, 그러다 성년이 되는 힘든 시기가 찾아왔

고, 어떻게 표현해야 할지 모르겠으나 그녀는—그녀가 다시
한번 자신을 가리키며—그녀는 이탈리아 고등학교를 졸업하
고 주유소에서 러요시와 나란히 일하게 되었고 물론 그들에
게는 늘 계획이, '거창한 계획'이 있었으니—그녀가 모음을
길게 빼며—한번은 그녀에 대한 기사가 나기도 했는데, 이건
우리끼리 하는 말이지만 기사를 쓴 사람은 그녀의 순진한
성격을 악용한 최악의 악당으로, 그녀에게 모든 것을 약속
해놓고도 그가 바란 것은 오로지 '그것'뿐이었으니 그런 다
음 그는 그녀를 헌신짝처럼 내버렸으며 그래서 그녀는 끝까
지—그녀가 조카에게 말하길—끝까지 러요시 곁에 머물렀
는데, 하지만 그러지 말았어야 했으나 당시에 그는 이미 정
식 축구선수였고 심지어 헝가리 2부 리그에 들어갔거니와
경기는 주말에 열렸고 그녀는 언제나 옥외 관람석에 앉아
있어야 했는데, 그녀가 늘 좋은 자리에 앉은 것은 사실이어
서 러요시는 항상 자리 문제도 다른 문제들처럼 확실히 해
두었으나 그것은 그녀가 꿈꾸던 삶과 꼭 맞아떨어지지는 않
았기에 그녀는 홀로일 때면 이따금 편지를 넣어둔 오래된 상
자를 꺼냈는데, 벨러가 예전에 자신에게 쓴 편지를 보았고
편지를 읽으면서 울기까지 했다고 털어놓았으니 지금 이렇
게 말하면서 관광 안내소 책상에 앉아 있는 것은 손님이 하
나도 없기 때문으로, 그들은 오랫동안 이야기를 나눌 수 있
었고 할 일이 하나도 없었으며 사람들이 길거리를 걷다가
불쑥 관광 안내소에 들어오던 시절은 지났던바 애석하게

도—신입 직원이 퇴근하여 그날 저녁 식사 자리에서 말하길—길거리엔 아무도 없고 관광객은 더는 이곳에 찾아오지 않으며 이곳 출신의 그 누구도 여기서는 관광객이 되고 싶어 하지 않으므로 그녀는 왜 그가—그녀가 책망하듯 아버지를 바라보며—이 관광 안내소 업무를 자신에게 떠넘겼는지 이해할 수 없었으니 이 도시를 보려고 세르비아, 크로아티아, 루마니아에서 수백 명씩 찾아오던 시절이 지나간 것은 모두가 아는 바요, 이제 그곳에서 찾아오는 것이라고는 이 난민의 물결뿐이었으니, 하긴 그들은 대규모로 밀려들었으며—그녀가 부연하길 아니라고, 물론 그들은 여기 머무르고 싶어 하는 게 아니라고, 물론 여기는 아니지만 그게 무슨 상관이냐며—그녀가 서글프게 고개를 저으며 그때는 좋은 시절이었다고, 황금기였으나 아버지는 이곳의 관광 산업에는 과거만 있지 미래는 전혀 없음을 깨달으셔야 한다며, 그러나 저러나 그녀는 여전히 저 머리커 할머니와 대화를 나눠야 했고 그녀는 이제 자신을 머리에터라고, 그녀의 발음대로 하자면 마·리·에·타라고 불렀는데, 그것은 순전히 촌극이었고, 글쎄요, 하지만 제 말이 믿어지세요, 그녀는 벨러와의 관계가 어땠는지 한 시간 내내 이야기했는데, 그것은 그녀가 그를 그렇게, 벨러라고 불렀기 때문이었으며 아버지는 이 머리커와 남작의 이야기를 듣고서 웃다가 배꼽이 빠질지도 모르는바 여기선 다들 제정신이 아니며 그녀는 남작이 자신에게 어떻게 편지를 썼는지, 그들이 둘 다 10대일 때 둘 사이에 어떤 일이 있었는지 이야기했는데, 일이 없지는 않았으니—그녀가 분노를 토하며 말하길—머리커가 10대이고 율리커 고모 가족이 아직 초코시 도로에 살고 머리커가 그들과 함께 살 때 남작과 머리커가 사귀자 뱅크하임 가문은—공산주의이든 공산주의가 아니든—그녀를 남작 근처에 얼씬도 못 하게 했으며 다들 그 사실을 알았기에 그녀는 마침내 이 모든 사연을 머리커에게서 들었을 때 그녀는 자신이 이미 미쳐가고 있다고 진지하게 믿었으나, 실은 아버지, 머리커는 그녀를 대체 어떻게 보았기에 이런 걸 믿을 거라 생각했을까, 물론 머리커가 그녀에게 이 모든 거짓말을 들려준 것은 딴 사람에게 이야기하길 바라서였으니, 하긴 그녀가 그런 소문을 퍼뜨리는 건 정신 나간 짓이고 그중 한마디도 사실이 아니라면 더더욱 정신 나간 짓일 텐데, 괜찮아요, 신경 쓰지 말아요, 그녀가 접시 위로 몸을 숙여 포크로 음식을 찌르며 '그녀에 관해서라면' 문제 될 것 없다고, 중요한 것은 이 일에서 아무것도 얻을 게 없다는 거라고, 이제 그녀가 대뜸 아버지에게 말하길 아무것도요, 아시겠어요, 아빠, 관광객뿐 아니라 그 화창한 날 온종일 어떤 사람도 사무소에 들어오지 않았다고요, 그녀가 그곳에 하루만 있고도 예측할 수 있었듯 좋은 시절은 돌아오지 않을 터였고 그렇지 않을 거라 믿었다가 절망하는 것은 시간 낭비였으며 차라리—이것이 그녀의 바뀐 견해였는데—도축장 일자리를 구하는 게 훨씬 나으리라는 것이었는데, 거기 아는 사람 없나요, 그녀가 눈썹을 치켜올리자, 감독관 비서 자리가 비었단다, 그럼 희망이 있겠네요, 그녀의 아버지는 부인할 수 없었으니 그녀는 다시 한번 포크로 접시를 뒤적였는데, 몹시 허기진 사람처럼 보이진 않았으며 적어도 그녀는 그러길 바랐다.

그가 입을 닫을 필요가 없었던 것은 사실 그들이 그를 성가시게 한 것이 점심때와 저녁때뿐이었기 때문으로, 심지어 그때도 하도 요란하게 계단을 올라왔기에 그는 그들이 접근하고 있는 것을 미리 알았으며 그들이 문을 두드리기 전에 준비할 시간이 있었으니 그래서 그는 닫힌 문틈으로 그들에게 말하길 괜찮소, 그러고 나서 말하길 그렇다고, 방에서 식사하겠다고 하자 발걸음 소리가 차츰 멀어졌으며 그는 편지를 쓰고 있던 피아노책상으로 돌아갈 수 있었는데, 집사가 아래층의 가문 사람들에게 말하길 그는 책상 앞에 가만히 앉아 편지를 한 통 또 한 통 쓰고 또 썼으며 그렇게 보인 것 같았다고 했으나 지금까지 아마도 일주일간 남작은 잔심부름꾼에게 부치게 할 편지 한 통을 쓰고 또 쓰고 있었지만 마음을 바꿔 두 번째 편지를 썼는데, 그 편지에서는 첫 편지에서 정확히 표현하지, 자신이 느끼기에 못한 모든 것을 바로잡으려 했던바, 기억이 떠나가고 있소, 라고 애석한 상황을 서술했는데, 말하자면 시간이 흐르면서 그의 기억 능력에 어떤 일이 일어났을 가능성이 크다는 것으로, 다른 말로 하자면 녹슬고 있었다는 바로 그 일이 일어나고 있었으니 그가 기억하지 못하는 것이 많았고 더는 떠올리지 못하

펌

는 것이 많았으며 이름들은 그의 머리에서 영영 사라지는 것 같아서 그는 거리 이름을 기억해내려 애썼으나 허사였고 옛 대★루마니아 구역 근처의 자분정 우물 이름과 병원으로 가는 길에 있는 다리의 이름을 떠올리려 했으나 우물과 다리 둘 다 더는 생각나지 않았으며 사라진 게 분명했으니 그가 헝가리에 보낸 편지에 썼듯 그에게 남은 게 거의 없었던 것은 그의 기억에 문제가 있었기 때문만이 아니라 자연스러운 노화 과정의 결과로 다리가 약해졌기 때문이기도 한데, 그는 언제나 조금 비틀거리며 걸었으며 약한 시력과 예민한 위장과 삐걱거리는 관절과 아픈 등과 폐는 말할 것도 없었으나 그가 계속하고 싶지 않았던 것은 이 모두가 비참한 결말로 끝날 것이기 때문이었으며 그가 두려워한 것은 그녀가, 마리에타가 그의 실제 모습보다 더 불쾌한 인상을 받으리라는 것이었는데, "하지만 나를 밑어주오", 그는 '믿'을 '밑' 으로 잘못 쓴 탓에 처음의 편지를 구겨 피아노책상 옆의 쓰레기통에 던져넣고서 계속하여 쓰길 나의 능력 중에서 영원히 '부서지지 않는' 것 단 하나가 있는데, 엄밀히 말해서 그것은 이 도시를, 그리고 이 도시 안에서 당신을, 마리에타를 떠올릴 때 그런 고통을 느낀다는 것이오, 이제 나는 예순다섯이 넘었소, 어쩌면 나는 두 가지 사실을, 내 삶을 지탱한 두 가지를 고백하고 있는 건지도 모르겠소만 그것은 내가 한 도시를 알았고 그 도시에서 당신을 알게 되었다는 것과 또한 털어놓을 수 있는바 내게 이것의 의미는 오직 하나라는 것으로, 그것은 '이 생에서 내가 가장 사랑하는 것은 이 도시, 그리고 그 속에 있는 당신'이라는 것이니 내가 여기서 무슨 대단한 비밀을 실토하는 것이 아님을 당신도 분명히 알 터인데, 내가 아직도 기억하는 것은 내가 아무리 비겁해도 결국 당신을 사랑한다고 고백했다는 것이니 지금이야 끝났다는 걸 알고 내가 예전의 내가 아니라는 걸 알고 내가 만신창이가 되었다는 것도 알지만 당신도 알다시피 마리에타, 나는 가장 힘들 때 이 도시를, 그리고 그 속의 당신을 생각하면 언제나 기운이 솟았고 실은 마지막으로 딱 한 번 당신을 찾아가 직접 이야기하고 싶으니 나의 사랑하는 마리에타, 당신이 있기에—그는 이렇게 썼으나 이제 종이가 피아노 책상 표면을 저절로 미끄러지다시피 하여 쓰레기통을 향해 가고 있었는데—당신의 얼굴, 당신의 미소, 그리고 당신이 미소 지을 때 아담하고 어여쁜 뺨에 생기는 자그마한 보조개 두 개는 내게 무엇보다, 다른 무엇보다 귀중했소.

　　그는 10년째 제2우편구역에서 배달하고 있었기에 이것이 특이한 편지라는 것을 알아차리기란 힘든 일이 아니었는데, 우표 때문만도 아니요, 봉랍 때문만도 아니요, 우아한 필체로 쓴 주소 때문만도 아니요, 봉투의 형태 자체가 요즘 일반인이 쓰는 것과 달랐다며—봉투를 쓰는 일도 드물긴 하지만—그가 기자들에게 말하길 비율이 다르되, 아시다시피 가로와 세로의 길이가 우리에게 친숙한 봉투 형식과 달랐는데, 봉투가 너무 길거나 넓은 것은 아니고 봉투 전체가 엄

　　　　　　　　　　　　　　　　　　　　펌

밀히 말해서 작았으며 실은 일반 봉투보다 훨씬 작되 비율이 낯설었거니와 그는 새벽에 우편 분류소에서 편지를 분류하다가 그 봉투를 집어 만져보았는데, 원래 그런 식으로 일을 했던 것이, 편지를 기계로 분류한 뒤 사람이 편지들을 넘기면서 제대로 분류하는데, 정말로 편지들을 하나하나 넘겼으며 다들 나름의 방식이 있었으나 그는 평상시 배달 경로에 맞춰 분류했으니 그래서 그가 언제나 A지점에서 B지점으로 간다면 배달 장소를 뛰어다닐 수 있도록 이 편지들도 똑같은 순서로 정리해야 한 것은 그가 인도에서 우편함까지 뛰다시피 하여 편지를 던져넣었기 때문으로, 그래서 주소를 읽을 시간이 없었기에 일종의 인간 컴퓨터처럼 언제나 한눈에 파악했으며 찰나에 주소를 확인하고 인도에서 한 번 뛰면 편지는 이미 우편함에 들어 있었기에 '그를 따라다닐 수 있다면' 대략 이런 식으로 진행되었다는 것인데, 앞의 말은 실은 농담인 것이, 아무도 그를 따라다닐 수 없었고 그는 동료 중에서 가장 빨랐으며 몇몇은 그를, 오직 그만을 쌩쌩이 토니라고 부르기까지 했으며 이것은 결코 놀리는 게 아니었던바 이것은 그가 얼마나 빠른지 표현하는 한 가지 방법에 불과했고 그는 정말로 그렇게, 바람처럼 빨랐으며 그래서…… 음, 지금 보시듯, 그러자 기자들이 고개를 끄덕였으나 다들 약간 조급해하는 것 같았기에 그는 더는 그들의 인내심을 시험하지 않기로 하고 본론으로 돌아가서, 그래서 봉투는, 음, 그렇지, 더 작았고 가로는 여느 봉투와 같지 않앉고 세로도 마찬가지였고 도로명과 건물 번호와 층 번호에 따라—만일 다층 건물이라면—편지들을 분류하던 새벽에 그가 이미 뭔가 다른 점을 눈치챈 것은 이런 까닭으로, 그래서 그는 발신자가 누구인지 살펴보았는데, 평상시라면 절대 그러지 않았을 것이, 흥미롭지 않았기 때문이 아니라 흥미로웠지만 그럴 시간이 조금도 없었고 이 업무의 성격상으로도, 아시다시피—그가 기자들에게 설명하길—그는 이 편지들을 대할 때 일종의 인간 기계처럼 행동해야 하기 때문인데, 한마디로 수신인은 봉투에서 흥미로운 요소가 아니었으나 발신인은 흥미로웠으니 그러니까 그의 시선이 봉투 왼쪽 위로 살금살금 기어간 것은—이런 표현을 써도 된다면—저 우아한 필체 때문이었으나 반송 주소가 있어야 할 봉투 왼쪽 위에는 아무것도 없었고 '전혀 아무것도' 없었는데, 그럴 리 없었으므로 그는 어안이 벙벙했으며 여느 사람과 마찬가지로 어안이 벙벙할 때면 봉투를 뒤집어보았는데, 옛날 식으로 봉투 뒤에 뚜껑 위쪽 가장자리를 따라 반송 주소가 쓰여 있었으며 거기에 벵크하임 벨러 남작이라고 적혀 있었으니 그가 모든 종류의 필체를 알아볼 수 있다는 말은 아니지만 모든 종류의 글씨를 읽지는 못하는 일반인보다는 잘 알아보았으므로—꼭 필요하다면 그는 거의 모든 필체를 읽을 수 있었는데—자신이 손에 든 것이 무엇인지 당장 알 수 있었던 것은 〈블리크〉에서 읽었기 때문으로, 그가 며칠 전에 읽은 기사에 따르면 남작이 돌아오고 있었고 그의 재산

은 전대미문의 규모였으며 그는 이 재산을 십중팔구 나눠
줄 작정이었던 것이, 그게 아니라면 뭐 하러 돌아오겠느냐
는 것이며 이것은 그의 의견이 아니라 〈블리크〉에서 읽은 것
으로, 그는 이미 주머니에서 아이폰을 꺼내어 봉투가 조명
을 잘 받게 기울이고는 벌써 카메라로 찍고 있었으며, 벌써,
세상에나, 사진 갤러리에 들어 있으니, 여기 있으니 좀 보시
라고, 당분간은 아무것도 요구하지 않겠다고—이것도 농담
일 뿐이라며—다시 한번 일이 그렇게 진행되면 이것으로 대
가를 조금 얻을 수 있을지, 그거야 모르는 일 아니냐고, 여
기 이것이, 유명한 봉투를 찍은 이 작고 흐릿한 사진이—그
래요, 직접 보세요—조금이나마 가치가 있을지도 모른다고
말했다.

　　당신을 어떻게 불러야 할지도 모르겠군, 젊은 아가씨,
시장은 이렇게 말하고는 사무실을 둘러보며 앉을 자리를 찾
았는데, 한마디로 친애하는…… 거시기 뭐더라? …… 그렇
지, 물론이지, 친애하는 도려, 하지만 당신은 지금 최고로 중
요한 하루를 맞았소, 물론 처리해야 할 일이 수천 가지 있겠
지만 지금부터는 그 모두를 제쳐두어야 하오, 아시겠소, 나
머지 일은 잊어버리시오, 그냥 잊어버리란 말이오, 그가 마
침내 노란색의 현대식 플라스틱 팔걸이의자에 엉거주춤 앉
아 보타이를 매만지고는 계속 이야기하길 이 순간까지 이
사무실에서 어떤 업무에 종사했든 나머지 모든 업무는 당
장 중단해야 하오, 이제 이 사무실은 중차대한 임무를 맡았

으니 말이오, 정말이오, 어디서 시작해야 할지조차 모르겠
군, 내 머리가 어디 있는지도 잘 모르겠으니, 글쎄, 괘념치
말아요, 그가 한숨을 내쉬며 재킷 단추를 푸는 동안 그의
시선—근심과 염려에 시달린 공무원의 침울한 시선—은 앞
에 선 여인의 얼굴을 훑고 지나갔으나 그녀는 시장이 여기
서 뭘 하고 있는지 도통 알 수 없었으며 어리둥절한 채로 영
문을 몰라 기다리고 있었는데, 그건 당면 과제가, 시장이 말
하길 중차대하기 때문이오, 친애하는 노러—도러예요, 그녀
가 바로잡자—그렇지, 물론, 물론이지, 시장이 정정하며, 도
러 양, 미안하오, 하지만 이것도 전혀 중요하지 않은 것은 지
금 당신을 기다리는 임무에 대해 당신이 정말로 준비가 되
어 있는지 알 수 없기 때문인바 당신이 이곳에서의 일상 업
무를 확실하고도 책임감 있게 완수한다는 걸 알지만 앞으
로의 일을 위해 하루하루의 과중한 업무에서 벗어날 터인
즉 보다시피—그가 그녀에게 몸을 숙이며—지금으로부터
당신은 관광과 관계된 모든 책임으로부터 면제될 거요, 이
시점으로부터 이 사무실에서 관광과 관계된 어떤 책임도 맡
지 않을 거요, 아시겠소? 이젠 날 위해 일하는 거요, 하지만
내가 하는 말은—그가 신경질적으로 날카로운 목소리로 내
뱉으며 다시 한번 보타이를 느슨하게 매만지기 시작한 것은
새것이고 처음 맨 것이라 전혀 몸에 익지 않았기 때문으로,
아내가 목에 제대로 매주었는지도 확신할 수 없었는데—여
기서 내가 하는 말은, 그는 자신이 말할 때마다 단어를 강조

펌

하기 위해 현대식 팔걸이의자 옆을 양손으로 두드리면서, 지금으로부터 당신이 일하는 건 날 위해서가 아니라 시를 위해서라는 거요, 도러 양, 당신 이름을 똑바로 발음하지 못하고 있다면 미안하지만 지금은 머리가 너무 복잡하군, 시장 업무는 모든 일을 한꺼번에 처리해야 해서 말이오, 이 사안에서 나는 임무를 나무랄 데 없이 수행해야 하는데, 나를 위해서도 그렇고 말이오, 당신도 알겠지만 이 일은 최대한의 집중력을 요하기 때문이오, 내 말 잘 들어보시오, 노러양, 지금부터 당신은 전체 과정을 조율하는 책임을 맡게 될거요, 아시겠소? 당신은 환영식이 최대한 순조롭게 진행되고 우리의 저명한 내빈들이 최대한 흡족해하도록 하는 책임을 맡을 거요, 보다시피—그가 그녀에게 가까이 다가붙으며 목소리를 낮춘 채—환영식은 최대한 성공적이어야 할 거요, 아시겠소? 하지만 그와 더불어 최대한 흥겨워야 하오, 몇 가지 여흥을 마련하도록 하시오, 제가 뭘 하면 되나요? 신입직원이 착 가라앉은 목소리로 물었는데, 이 시점에 그녀가 초조했던 것은 여기서 아무것도 이해하지 못했기 때문이며 이 정도 초조함으로도 손을 덜덜 떨고 있었으니, 당신은 조정관 대리가 될 거요, 라고 시장이 그녀에게 대답하고는 잠시 누군가에게 훈장을 달아줄 때와 같은 표정을 지었으나 그것이 잠시뿐이었던 것은 침울한 집중의 징후들이 무수히 그의 얼굴로 기어 올라왔기 때문으로, 당신이 이 문제에 대해 지금부터 생각해줬으면 좋겠군, 노러 양, 이곳에서 어떤

근사한 이벤트를 벌이면 좋을지 머리를 굴려보시오, 그리고
어떻게 말해야 할지 모르겠지만 번개처럼 신속하게 처신해
야 할 거요, 잊지 마시오, 시간이 없으니까, 맙소사, 시간은
전혀 없소, 모든 것을 준비할 시간이 하루밖에 없단 말이오,
자, 어떤 생각이 드시오? 그가 기대하는 듯한 말투로 묻고는
뜸을 들였으나 맞은편에 서 있는 직원은 그의 말을 한마디
도 못 알아들었다고 말할 엄두를 내지 못했기에 시장은 다
시 한번 보타이를 살짝 매만지고는 자신의 대머리에서 무언
가를 생각할 때 늘 긁적이던 부분을 긁적이며 그녀의 고충
을 이해한다는 듯한 표정으로 그녀를 바라보려 했고 도움
을 주려 했는데, 왜냐면, 그가 그녀에게 말하길 이것 봐요,
노러 양, 우선 부드리오 주택 단지가 있잖소, 거기서라면 신
나는 대회를 구상할 수 있을 거요, 이 말에 여인은 매우 조
심스럽게 고개를 끄덕여 보였으니, 그렇소, 그렇다면—시장
이 한숨을 내쉬며—이건 될 거요, 보시오, 도러 양, 이렇게
상상해봐요, 부드리오 주택 단지에서 젊은이 대여섯 명을 모
아 이른바 '누가 누가 가장 요란하게 재채기하나 대회'를 여
는 거요, 아시겠소, 작년에—당신과 당신 아버지가 이곳으
로 돌아오기 전에—성 옆에 있는 유치원의 개원식에서 아주
성황리에 개최했으니 말이오, 다들 좋아했소, 그렇다면 독
창적 아이디어 아니겠소? 시장이 묻고는 대답을 기다리지도
않은 채, 그러니 보시오, 앉아봐요, 그러고는 자기 옆의 책상
을 가리키자—직원은 몽유병자처럼 느릿느릿 책상 옆으로

펌

돌아 책상 뒤에 앉았는데—거기 종이가 있소, 펜을 들고 이렇게 쓰시오, '누가 누가 가장 요란하게 재채기하나 대회'라고 말이오, 어서 쓰시오, 이제 뒷면에다 이렇게 쓰시오, 부드리오 주택 단지라고 말이오, 알아들었소, 그 아래 두 번째 줄에는 숫자 2라고 쓰고—그녀가 숫자 2를 쓰자—좋소, 어디 보자, 또 뭐가 있을까? 제안할 것 있으면 해도 괜찮소, 하지만 그에게 지목받은 여인은 그렇게—적어도 이런 식으로는—할 수가 없어 보였으니 그녀는 시장을 정신 나간 사람 보듯 물끄러미 쳐다보았으나 그 시선에 두려움도 담겨 있었던 것은 그는 어쨌거나 시장이었으며 12년째 시장을 역임했기 때문으로, 그녀는 여전히—겁에 질린 채 생각하길—그가 자신에게서 도대체 뭘 바라는지, 이 미친 짓이 무얼 위한 것인지 이해하려고 노력해야 했으나 어쨌든 그가 가리키는 대로 종이 왼쪽에 받아적길 대회: 누가 누가 가장 요란하게 재채기하나, 종이 오른쪽에는 부드리오 주택 단지라고 쓰고는 한 줄 아래에 숫자 2라고 쓴 뒤에 시장이 입을 열길 기다렸으나 그는 그저 그녀를 나무라듯 가만히 쳐다보았는데, 하도 오래 그렇게 쳐다보았기에 그녀는 숨을 곳도 찾을 수 없었다고 그날 저녁 집에서 이야기한 것은 시장이 미쳤기 때문이라고, 더는 의심할 여지가 전혀 없다고, 진지하게 말씀드리는 거라고요, 라며 그녀가 저녁 밥상에서 아버지에게 말하길 그는 완전히 돌았어요, 이랬다저랬다 헛소리를 지껄이는데, 제가 무슨 조정관이라나, 제가 이 일을 해야 하고 나머지는 모두 집어치우라는 거예요, 그리고 제발요—그녀가 맞은편에 앉은 채 접시 위로 몸을 푹 수그린 노인을 바라보며—아빠, 제 말 듣고 계세요, 그녀가 묻길 아무것도 시작한 게 없는데 대체 어떻게 그만두라는 거예요, 말도 안 돼요, 저 진심이라고요, 그리고 제가 아무 말도 안 하는 걸 보고서 시장은 구술을 시작했어요, 저는 두 번째 줄에 숫자 2를 쓰고서 연금 수령자 협회와 함께하는 '통닭 던지기 대회'라고 써야 했어요, 그 옆에 '연금 수령자 협회'라고 쓰고 셋째 줄에는 숫자 3을 쓰고 나서 '사격 연습: 3층에서 젤리빈으로 오토바이 피자 배달원 맞히기'라고 쓰고 오른쪽에 '레닌 광장'이라고 써야 했는데, 그쯤 되자 시장은 질렸는지 힐난하는 듯한 표정으로 직원을 쳐다보며 말하길 그렇소, 하지만 당신은 아무것도 생각하질 않았군, 네, 많이 생각하진 못했네요, 라고 직원이 대답하고는 넷째 줄에 숫자 4를 썼지만 그런 뒤에 아무것도 쓰지 못한 것은 시장이 계속 말하기를 기다렸기 때문이지만 시장은 계속 말하지 않고서 문득 시계를 보더니 현대식 플라스틱 팔걸이의자에서 벌떡 일어나 보타이를 조였다가 다시 풀었다가 재킷을 매만졌다가 다시 단추를 채웠다가 마지막으로 그녀에게 내뱉길 그럼, 이제 당신이 마무리하시오, 계획안은 내일 정오까지 내 책상에 두시오, 시청에 출근해서 당신이 특별 임무의 신임 책임자라고 말하시오, 그러면 비서들이 안내해줄 거요, 한마디로, 시장이 관광 안내소 출입문을 열면서, 내일 정오까지요, 노러 양,

펌

그가 이 손가락으로 유머러스하게 경고 동작을 취했지만 그의 동작에는 불안감이 배어 있었고 그는 이미 사라졌으며— 그녀는 그날 밤 저녁 밥상에서 이 모든 일을 이야기했는데— 그녀는 자리에 얼어붙은 사람처럼 그곳에 멍하니 앉아 있었고 그것은 지독하게 바보 같았다며 그녀가 말하길 그의 말을 받아 적은 이 종이가 제 앞에 놓여 있었어요, 저는 종이를 그냥 쳐다보면서, 그저 바라보면서 생각했어요, 뭐라고?! 그러고서 처음 든 생각은—아빠, 제 말 좀 들어봐요!—구급차를 불러야겠다는 것이었어요, 시장님에게—전화를 걸었을 때 이렇게 말하려고 마음먹었는데—뭔가 심각한 정신적 문제가 생겼다고 신고할 작정이었어요.

그녀는 그것을 한 번 읽고 두 번 읽어봐도 이 벵크하임 벨러 남작이라는 사람이 누구인지 알 수가 없었는데, 주소를 보니 정말로 자기 주소여서 이건 실수일 리가 없다고 혼잣말했으며 편지를 조금 멀찍이 들고서 이상하다는 생각을 하면서 다시 읽었으나 이번에는 두 줄씩 건너뛰며 읽었는데, 그러자 이 사람이 누구인지 문득 떠오르기 시작하여 한 소년이 그녀의 기억 속에 어렴풋이 나타났으나—그녀가 고개를 저으며—이게 그의 이름인지는 기억나지 않았으니 그의 이름은 다른 것이었는데, 뭐였지, 기억나지 않다가 문득 모든 것을 똑똑히 볼 수 있었으니, 그래, 그녀가 고등학교 다니면서 도보시 아담과 깊은 관계였을 때였는데, 그때 이름이 전혀 기억나지 않는 또 다른 남자애와 몇 번 만났거니와,

오, 하느님, 그녀가 생각하길 내가 몇 살이었을까, 열여덟, 열일곱? 아니면 그 언저리였을 텐데, 그는 여전히 어린 소년 같았어, 말하자면 컸다는 건데, 아, 그래—불현듯 기억이 떠오르며—그는 키가 매우 크고 비쩍 말랐고 등을 잔뜩 웅크린 채 걸었고 무척 신기했고 도저히 입지 못할 옷을 입은 데다가 입냄새도 고약했으나 그의 이름은, 그녀가 특이한 형태의 봉투를 다시 뒤집으며, 여기 있는 이름은 왠지 와닿지가 않아…… 그게 다였고 그녀는 다른 것은 하나도 기억나지 않았고 오로지 그가 껑충하게 크고 비쩍 말랐고 구부정하다는 것과 고약한 입냄새밖에 기억나지 않았는데, 물론 그것들 중간에는 아무것도 없었던바 만일 있었으면 그녀가 기억했을 테지만 없었기에 그녀는 편지를 봉투에 도로 집어넣고 봉투를 칵테일 테이블에 올려둔 채 소파베드에 기대어 눈을 감고, 오, 하느님, 67년이 지난 지금 아무 일 안 하는데도 뼈마디가 고단합니다, 제가 왜 늙어야 하나요, 그녀가 눈을 감고 생각하길 왜 나는 스스로 '정말로' 늙었다고 생각하지 않는 걸까, 벵크하임, 벵크하임, 그녀는 기억을 더듬었으나 이름을 기억하는 데는 영 젬병이어서 아무것도 떠오르지 않다가 갑자기 과거의 한 장면이 불쑥 나타났으니, 오, 하지만 그 소년은 제정신이 아니었어, 그녀의 눈앞에 도시 중앙광장에 있는 집이 나타났고 소년의 어머니가, 그녀가 초인종을 누르자 실크 드레스가운 차림의 우아한 여인이 나와 문을 열고는 그녀를 쌀쌀맞게 쳐다보며 원하는 게 뭐냐

고 아주 거만하게 물었는데, 그와 이야기하고 싶을 뿐이에
요, 라고 그녀가 말했거나 아니면 더듬거린 것은 눈물 고인
눈으로 이 우아한 숙녀와 이야기하는 것이 무척 당황스러웠
기 때문으로, 그녀가 쩔쩔매는 것이 하도 똑똑히 보였기에
문간에 선 숙녀는 더 냉랭해져 그녀에게 뭘 원하느냐고 묻
자 그녀가 놀라 말하길 저, 그가 집에 있나요? 이 말은 무슨
뜻이었느냐면, 그가 아직 살아 있나요? 그러자 소년이 나왔
는데, 그러자 그녀의 마음속에서는 왠지 안도감보다 분노가
커졌으니 그 봉투와 그 편지를 대체 왜 보냈느냐며 그녀는
그가 자기 때문에 완전히 미친 짓을 저지른 줄만 알았으며
이제 여기서 그가 그녀 앞에 서 있었던바, 그냥 알고 싶었어,
그녀가 그에게 말하길 네가 무슨 짓을 저질렀나 싶어서, 하
지만 그런 게 아니었구나, 그냥 나를 가지고 논 거였어, 그러
면 안 되는 거야. 그러면서 그녀는 뒤로 돌아 가버렸으니, 벵
크하임, 벵크하임, 그녀는 딴 것도 기억해내려고 했으나 그
럴 수 없었던 것은 구멍 난 그물 같은 머릿속에서 이름과
저 소년이 도무지 맞아떨어지지 않았기 때문으로, 오, 하느
님, 누군가와 이야기를 좀 해야겠어요, 이런 생각이 들었는
데, 그녀는 이미 리모컨을 들어 TV 음량을 줄이고는 하나밖
에 없는 여자 친구에게 전화를 걸어, 근데, 내가 이름을 제
대로 기억 못 하는 거 알지, 하지만 네가 날 도와줄 수 있을
지도 모르겠어, 들어봐, 벵크하임이라는 이름을 들으면 뭐가
떠오르는지 말해줘, 그러자 처음에 친구는 아무것도 안 떠

오른다고 말했지만 목소리가 높고 날카로워지더니 '하지만
물론' 안다며 말하길 신문에서 읽었어, 왜, 왜 이 이름을 알
아야 하는 거니, 지금은 몰라도 돼, 이따 말해줄게, 뭘 아는
지만 말해줘, 그렇게 해서 이야기 하나가 그녀에게 펼쳐지자
그녀는 마비된 듯 소파베드에 주저앉았는데, 수화기를 든 손
바닥에는 땀이 배었으며 얼굴도 새빨개진 것이 틀림없었는
데, 그녀는 덥다가 춥다가 다시 더워졌고 얼굴이 아직도 화
끈거리는 채로, 그래, 물론이지, 고개를 끄덕이며 친구의 조
잘대는 목소리에 귀를 기울였으나 친구는 처음에 했던 얘기
를 반복하고 또 반복할 뿐이어서, 나중에 전화할게, 그녀가
말하며 수화기를 살며시 내려놓고는 봉투를 다시 집어 다
시 이름을 살펴보니, 그래, 그가 맞아, 그녀가 생각하다가 어
쩐 일인지 온몸이 떨리기 시작하여, 오, 하느님, 운명적 사건
이 벌어지려고 할 때는 언제나 그랬듯 심장이 한 번 뛰고서
'무언가'가 번개처럼 그녀의 온몸을 번득하고 지나갔으니,
오, 하느님, 제가 이렇게 늙지 않았다면 얼마나 좋을까요, 그
가 정말 이곳에 온 거면 어떡하죠, 아, 안 돼, 그녀가 고개를
저으며 다시 한번 소파베드의 등받이에 기대어 눈을 감고
는 앉은 자세에서 천천히 모로 누워 머리를 베개에 올린 채
발을 슬리퍼에서 빼고 다리도 올렸는데, 물론 뻗지는 않고
조금 구부린 것은 소파베드가 다리를 뻗을 만큼 길지는 않
았기 때문으로, 완전히 펴지 않았을 때는 더욱 그랬으니 그
녀는 꼼짝하지 않고 모로 누운 채 베개를 베고 두 손을 기

도하듯 가슴 앞에 모았으나 기도하지는 않았고 그냥 꼼짝하지 않고 누워 여전히 눈을 뜨지 않고서 자신에게 말하길 오, 안 돼, 절대, 머리커, 다시 꿈꾸기 시작하면 안 돼, 그런 일은 일어나지 않을 거니까, 절대로 절대로 일어나지 않을 거라고. 그녀가 리모컨에 손을 뻗어 TV를 켜자 그녀가 좋아하는 프로그램인 〈만인을 위한 시〉가 방송되고 있었다. 하지만 그녀는 집중할 수 없었다.

기획안이 훌륭하군요, 시장이 이렇게 단언한 것은 오전 9시 30분 회의에서였는데, 그가 유용하다고 판단한 도시의 모든 지도자급 민간인이 확대 시민위원회 위원으로 선임되었으며 임무 부여와 실무진 구성에 대해서는 직위를 감안하지 않을 것이니 아마추어도 좋고 전문가도 좋고 어느 쪽이든 상관없으며 관건은 부차적 임무를 서로에게 위임할 수 있어야 한다는 것입니다, 요약하자면 첫째—그가 왼손 엄지손가락을 오른손으로 쥐고 들어올리며—지금 발표하건대 그를 환영하는 가벼운 여흥이 도시 전역에서 열릴 것입니다, 둘째—그가 집게손가락을 쥐고 들어올리며—모든 행사는 기차역에서 시작될 것입니다, 셋째, 고아원은 이날 오후에 얼마시 저택 밖으로 이전을 완료합니다, 넷째—그가 아까 깜박한 가운뎃손가락을 쥐며—도심 전역의 교통을 통제할 것입니다, 왜인고 하니 우리가 아는 게 무엇이겠습니까?—그가 새된 목소리로 질문을 던지며 다시 한번 엄지손가락을 허공에 치켜들더니—우리가 아는 것은 첫째, 남작은 부정적 감정에 쉽게 빠지므로 그가 우리 도시에 체류하는 내내 희망찬 행사들만이 허용될 것입니다, 둘째, 기차역에서 열리는 환영식은 물론 최대한 성대해야 합니다, 여기서 우리가 논의하는 분은 백작이 아니라 솔직히 말하자면 남작이라는 사실을 잊으면 안 됩니다, 셋째―그가 다시 한번 가운뎃손가락을 허공에 치켜들며―남작을 아무 데서나 묵게 할 순 없습니다, 사람들은, 우리는 그를 호텔에 무작정 던져넣을 수 없습니다, 생각해보세요, 사실 말이지 콤로 호텔이나 옛 노동조합 전국위원회 리조트가 어떤 지경인지 생각해보시란 말입니다―그가 기다란 탁자 주위에 모인 사람들에게 마치 그들이 콤로 호텔이나 한때 노동조합 전국위원회 리조트이던 곳이 어떤 지경인지에 책임이라도 있는 양 힐난하는 눈길을 던지며―우리는 얼마시 저택이 필요합니다, 이건 갑론을박할 일이 아닙니다, 당장 필요하단 말입니다―그가 불쑥 의자 등받이에 몸을 기대며―여러분에게 조언을, 의견을, 생각을, 아이디어를 청합니다, 번득이는 아이디어를 제안해주시죠, 여러분, 하느님의 성스러운 사랑으로 번득이는 아이디어를 제안해주십시오, 이건 우리 도시와 관계된 일이니 말입니다, 이 시점에서 견딜 수 없을 만큼 긴 1분 동안 참석자들은 침묵했는데, 마침내 침묵을 깬 것은 야당 소속 부시장으로, 시장 오른쪽에 앉아 있었으며 그는 제시된 방안의 절대다수에 동의하고 마땅히 지지하지만―그가 목소리를 높이며―어마어마한 쓰레기 더미, 노숙자, 길거리를

끊임없이 배회하는 거지 아이들을 어떻게 해야 할지 고려해
야 한다고 말하던 그때 시장이 그의 말을 끊고 말하길 실은
부시장, 내가 부탁드린 건 번득이는 아이디어였소, 그런 명
백한 문제들에 대해 듣고 싶은 생각은 추호도 없소, 여러분,
그러면 이 중에 좋은 아이디어를 가진 사람이 아무도 없다
면…… 그러자 비서실장이 시장 맞은편에서 온화한 표정을
하고 풍만한 가슴을 강조한 채 앉아 있다가 부시장님께서는
물론 옳으시다며 말하길 쓰레기와 노숙자와 거지 아이들을
어떻게든 시급히 모아 옮겨야 하니 이곳에서 이 회의에 참
석 중인 도시관리사업소장이 당면 업무에 유념해주실 것을
감히 희망한다고 말하자 회의에 참석 중이던 (또한 부시장의
처남인) 도시관리사업소장이 자리에서 일어났으나 너무 멀
리, 탁자 반대편 끝에 떨어져 있어서 소리가 거의 들리지 않
았기에 시장과 부시장이 하나같이 그에게 호통을 치자 그
가 성마르게 목소리를 조금 높여, 그런 대규모 작업에서는
작업 계획이 반드시 필요하다고 말하고 싶었을 뿐입니다, 안
돼에에, 비서실장이 소리를 지르며 온화한 미소에서 갑자
기 불똥이 튀기 시작하더니, 여기서 우리에게 필요한 것은
계획이 아니라 행동, 그것도 즉각적인 행동이에요, 내가 당
신에게 요구하는 것이 그거요, 그녀 왼쪽에 앉아 있던 작고
땅딸막하고 왜소한 사람이 찬성조로 말하며 손가락으로 책
상을 두드리기 시작했고 시청 대회의실에서 급히 꾸려진 비
상 회의는 이런 식으로 진행되었던바 참석자들은 진지한 (이

른바) 우연의 유희를 즐기는 귀빈의 성향으로 보건대 그가 이곳 그들의 도시에 체류하는 동안 온라인 도박이—이렇게 표현해도 무방하다면—실행될 수 있는 모든 장치, 말하자면 그들이 열거하길 컴퓨터며 스마트폰이며를 모두 압수하여 보관해야 할 것이라고 말하자 회의실 왼쪽 중간쯤에서 한 여인이 새된 목소리로 외치길 슬롯머신은 어쩔 건가요, 이에 대해 수긍하면서도 난감하듯 투덜거리는 소리가 들려왔으니, 하지만 물론 그거야 옳지요, 유일한 질문은 '어떻게'가 아닐까요? 고등학교 교장이 질문을 던지길 그것들을 어떻게 없앨 것이냔 말입니다, 잘 아시다시피 이 도시의 모든 술집에, 하지만 모든 술집에—술집만 놓고 보더라도—슬롯머신이 적어도 한 대씩 있지만 슬롯머신이 두 대 있는 술집도 있잖습니까, 다들 잘 아시잖습니까, 그가 이제 우렁차게 말하길(여기서 그는 자신의 유명한 웅변술을 구사하고 있었는데) 이 도시에 술집이 대체 몇 곳입니까, 그때 누군가가—그것이 누구인지는 결코 드러나지 않은바 적어도 그에게는 드러나지 않았는데, 그가 그것이 누구였을 것인가에 대해 의혹을 품은 것은 나중 일이었으니—착 가라앉은 어조로 말하길 글쎄, 누군가 안다면 그건 당신이겠죠, 교장, 이에 이 도시에서는 도합 일흔아홉 곳의 술집이 운영되고 있습니다, 라는 교장의 목소리가 이 은밀한 논평에 호응하는 어수선한 웅성거림을 뚫고 울려퍼지길 전부 해서 무려 일흔아홉입니다, 제가 묻겠는데, 그가 묻기를 이걸 처리하려면 트럭이 몇 대나 필요할까요, 도대체 몇 대난 말입니까? 시장이 탁자 위의 가까운 지점을 쳐다보자 그런 문제의 책임을 맡은 나이 든 시의원이 밭은기침을 했고 시장은 그를 더 뚫어져라 노려보았는데, 그러다 시장이 말하길 이곳에 있는 모든 사람이 대전환 시기에 시의원에게 감사했던 것보다 더 큰 감사를 이번에 표할 수 있게 된다면 더없이 기쁘겠다고 했는데, 이 대전환이란 도시의 모든 도로명을 바꾼 것으로, '레닌 광장'에 대해서는 대신할 명칭을 찾지 못했으니(다들 알다시피 광장을 콘크리트로 메우기 전에 그 옆에 레닌 동상이 서 있었기에) 시의원님께서는 그곳 명칭을 '레닌 광장'으로 바꿔야 한다고 제안함으로써 정곡을 찌르신바, 이 말인즉슨, 그러고도 시장은 취조하는 듯한 눈길을 의원에게서 거두지 않았는데, 이 시점에서 호명된 인물은 단지 나긋한 어조로 말하길 어디 보자, 적어도 스무 대는 있어야겠죠, '적어도'가 무슨 뜻입니까, 시장이 소리를 지르자, 네, 네, 시의원이 더듬거리며, 더 정확히 말하자면 열다섯 대라고 하겠습니다, 그래서 트럭 열다섯 대를 보유하고 있습니까? 시장이 눈을 부라리며 묻자, 네, 시장님, 다만 유일한 문제는 모든 차량을 가동할 수 있지는 않다는 것인데, 그럼 몇 대나 가동할 수 있습니까? 부디 심려치 마시길 바랍니다만, 흐루즈니크 씨, 넉 대가 정상 가동합니다, 그가 대답했으나 재빨리 덧붙이길 하지만 휘발유가 하나도 없습니다, 휘발유라고요, 시장이 버럭 소리를 지르며 탁자 맞은편의 휘발유 책임자를 쳐다보자, 휘발유는 있을 겁니다, 저편에서 누군가 말하길 트럭이 있다면 말이지요, 트럭은 있을 거요, 시장이 외치길 그렇지 않소, 흐루즈니크 씨, 트럭은 필요한 만큼 있을 겁니다, 그렇다면 우리가 할 수 있는 일이 뭐가 있는지 들여다봐야겠군요, 라고 흐루즈니크 씨가 말했으며 그렇게 대회의실에서 약 세 시간이 더 흘렀는데, 그러는 동안 다들 시간이 없음을 깨달았으며 자신들이 신속하게 행동하지 않으면 온화한 미소를 띤 비서실장에게서 10분마다 그들이 남작을 '지독히 실망시키고 있다'는 날 선 비난을 들어야 한다는 사실도 알게 되었으니, 그건 우리가 바라는 바가 아니지, 안 그렇소, 여러분, 시장이 회의 말미에 참석자들에게 묻고서 힘없이 한숨을 내쉬고는, 보타이 착용이 의무이므로 아직 안 한 사람은 다들 즉시 비서실에서 보타이를 고르라고 통보한 뒤에 자리에서 일어나 회의실과 퀴퀴한 공기 밖으로 내뺐다.

이렌이 틀림없어, 그녀는 포목상 앞을 지나치며 확신했는데, 점원들이 안쪽에서 자신을 바라보는 시선을 느낄 수 있었던 것은 그녀가 아침에 집 밖으로 발을 디디자마자, 어떻게 되었느냐면 다들 그녀를 쳐다보았기 때문이거니와, 왜 놀랐을까, 하고 그녀가 자문하길 보고 싶으면 보라지, 그녀는 개의치 않았으니 그녀가 유일하게 개의한 것은 이 상황에 대한 대처를 어떻게 시작해야 할지 모른다는 것으로, 이일로 상황이 달라졌으며 그것은 이렌 때문임이 틀림없는 것이, 그녀가 그 방정맞은 입으로 뭔가 지껄인 게 틀림없는 것

필

이, 그녀는 잠시도 입단속을 못 했기 때문이어서, 그녀를 성가시게 한 것은 정말이지 왜 다들 지금 그녀를 쳐다보고 있느냐는 것으로, 지금 그들이 그녀를 쳐다보는 것은 질투가 났거나 조롱하기 위해서나 도무지 알 수 없는 이유 때문인 바 그녀는 계속 걸어갔으나 때마침 날씨가 좋지 않아서, 실은 여간 궂은 게 아니어서 바람이 얼음장처럼 차고 비가 흩뿌렸으나 그녀는 계속 걸었으니 이 도로에서 저 도로로, 괸되치 공원에서 평화로를 따라 헤트베제르 거리로 향한 다음 돌아서서 대로를 따라 올라가 큰 다리에 이르러서는 황금십자가 약국에서 쾨뢰시강 쪽으로 돌아서서 하늘하늘한 버드나무 아래로 한동안 걷다가 마침내 작은 도로에서 다시 대로로 틀어 성당 쪽으로 올라가 그곳에서 중앙광장의 공원으로 향했으나 성까지는 가지 않고 돌아섰으니 이곳에서는 아무도 그녀가 훌쩍 돌아서서 반대 방향으로 서둘러 돌아가는 것을 보지 못했으며 아무도 그녀가 '그냥 걸어다니는' 것이 아니라, 그저 어딘가를 거니는 것이 아니라 어떤 이유 때문에 걷는 것임을 그녀의 동작에서 유추할 수 없었으니, 난 늘 이런 식이었어, 그녀가 곧잘 이렌에게 말하길 마음속에 정말로 무언가 있는 것 같아, 그러면 내 안의 작은 악마가 나를 걷게 해, 그것이 그녀가 무언가에 대해 생각해야 할 때 자신의 상태를 묘사하는 표현이었는데, 그래, 그러면 나는 언제나 걸어서 생각을 떨쳐야 해, 알다시피 사랑하는 이렌, 나는 한곳에 머물러 있질 못해, 가는 것, 그냥 가는 것, 그럴 땐 그게 내게 정말로 필요한 거야, 그리고 결국 '얻고 말지,' 이 말은 결국 그녀가 결정을 내린다는 뜻으로, 이를테면 얼마 전 양품점 쇼윈도에 진열되어 있던 작은 검은색 에나멜 구두를 살 것인지 뭐 그런 것으로, 내 말 알겠지, 사랑하는 이렌, 무엇이 안에서 나를 집어삼키든 상관없어, 내가 밖을 돌아다닌다면 말이지, 얼마 있다가 마음이 가라앉고 작은 악마는 사라지거든, 그러면 내가 무엇을 해야 하는지, 아니면 하지 말아야 하는지 알게 돼, 이번에도 그랬어야 했어, 그녀는 마음이 가라앉을 때까지 걷고 또 걸었으나 이번에는 그토록 중요한 문제를 명료하게 바라볼 수 있어야 할 때 효과가 없었으니 그녀가 이미 숨이 턱까지 차오른 것은 그럴 때마다 으레 그러듯 걸었기 때문만이 아니라 보속을 높여 평소보다 빨리 걸었기 때문으로, 그녀는 평소에도 걸음이 빨랐는데, 그래서 멀리서도 쉽게 알아볼 수 있었으며 그녀가 어린아이일 적에도 학교에서 집에 돌아올 때면 그녀의 어머니가 이 빠른 걸음으로 그녀를 알아볼 수 있었거니와, 어딘가에 들러 에스프레소를 마셔야겠어, 라는 생각이 들었기에 대로를 따라 되돌아가다가 처음 눈에 띄는 에스프레소 가게에 들어가, 에스프레소 한 잔 주세요, 라고 말한 뒤에 코트를 벗고 기다란 털목도리를 목에서 풀고는, 에휴, 카운터 뒤에서 그때는 그녀에게 등을 돌린 채 서 있던 여인에게 말하길 날씨가 형편없네요, 글쎄요, 저런 걸 좋아하는 사람에게는 좋은 날이죠, 라고 대답하면서 카운터 뒤

펌

의 여인은 에스프레소 기계의 필터를 내리쳐 커피박을 떨궜는데, 그녀의 목소리에서는 상냥함이라고는 찾아볼 수 없었기에 그녀는 대화를 이어갈 수 없었고 실내가 딱히 쾌적하지는 않았던 것이, 에스프레소 가게는 무척 협소해서 작은 테이블 네 개가 다닥다닥 붙어 있고 바로 옆에 카운터가 있었으며 카운터 뒤의 여인은 팔 뻗으면 닿을 거리에 있었던 바 그녀는 에스프레소를 한 모금 들이켜자 바깥의 한기에 뒤이은 열기에 몸이 떨렸으며 여기를 둘러보고 저기를 둘러보고 정적이 다소 고통스럽게 느껴졌는데, 신문도, 패션 잡지도, 방어적으로 몰입할 만한 읽을거리는 아무것도 시야에 들어오지 않았으나 그녀가 용기를 끌어모아 다시 입을 열어 일기 예보에 따르면 올해 겨울이 길 거라고 말하자 여인은 그저 "그렇군요"라고 말하며 시큰둥하게 반응하여 이후의 대화 시도를 불가능하게 만들었으나 놀랍게도 에스프레소를 제조하던 이 뚱한 여인이 갑자기 카운터 뒤에서 나와 그녀에게 다가오더니 아무 말도 없이 다짜고짜 그녀의 테이블에 앉아 말하길 당신은 날 기억하지 못할 거예요, 그렇죠, 머리커, 우리는 성 옆에 있는 유치원에 함께 다녔어요, 그러고는 뒤이은 침묵 속에서 무슨 말을 해야 할지 알 수 없어 그녀는 무척 혼란스러웠는데, 상대방이 다시 입을 열어, 그래요, 난 당신을 잘 알아요, 당신은 그때도 금발이었죠, 양배추찜에는 입도 대지 않으려 했고요, 뭐라고요, 제가요? 양배추찜을 먹지 않으려 들었다고요? 머리커가 물으며 커피를

꿀꺽 삼키자, 그럼요, 그럼요, 에스프레소 여인이 고개를 끄
덕였고 이론상 웃음이었어야 마땅한 소리가 그녀에게서 터
져 나왔으니, 당신은 언제나 호들갑을 떨었어요, 머리커, 그
녀가 유쾌하게 들리는 어투로 말하길 머리커─그러더니 그
녀의 손을 잡아 커피 잔을 든 그 손을 허리 위로 들어올리
며─난 잊지 않아요, 아무것도 잊지 않는다고요, 나는 모든
것을, 모든 것을 아니까요, 사랑하는 머리커, 그녀가 계속 이
야기하며 창밖으로 길거리를 내다보자 그녀도 내다보았는
데, 둘 다 어쩌면 같은 것을, 말하자면 다른 누군가가 에스
프레소 가게에 들어오길 기다리는지도 몰랐으나 아무도 오
지 않았으니, 그래, 이만하자, 그녀가 생각하며 커피를 한 모
금 더 마시고 싶다는 듯 손을 빼냈으나 잔에는 한두 방울뿐
아무것도 남아 있지 않았으며 그마저도 식었지만 개의치 않
고 잔을 입가에 쳐들어 이 한두 방울이 굴러 나오게 한 뒤
에 계산하겠다고 재빨리 말하자, 물론이죠, 에스프레소 여
인이 한 번 고개를 끄덕였으나 꼼짝하지 않고 그녀를 물끄
러미 바라보기만 했으니 그녀는 여간 거북하지 않았으며 그
일이 여기서, 우리의 작고 근사한 도시에서 일어나지 않았다
면, 그녀가 나중에 친구에게 말하길 겁이 났다고, 말하자면
이 여인에게 겁이 났다고 말했을 거야, 그녀가 다짜고짜 아
무 대화도 없이 내 옆에 앉았다니까, 상상해봐, 아무도 없는
이 에스프레소 가게에서 말야, 밖에서는 얼음장처럼 쌀쌀한
바람이 불고 비가 내리는데, 안에는 이 무시무시한 여자가

펌

있는 거야, 그래, 정말이야, 그녀가 그녀에게 말하길 내가 거기서 나올 수 있었을 즈음에는, 그러니까 커피값을 알 수 있게 되었을 때—그녀는 우리가 성 옆에 있는 유치원에 함께 다녔으니까 돈 안 내도 된다고 말했지만—한마디로 다 끝나고 내가 거리로 나왔을 즈음에는, 정말이야, 이렌, 혈관의 피가 차가워졌어, 그래, 물론이지, 이렌이 말하길 얼마든지 상상할 수 있어, 사랑하는 머리커, 그 에스프레소 가게, 여인, 너의 혈관, 피, 그러고는 둘 다 큰 소리로 웃으며 한시름을 덜었다.

내가 그래도 된다면, 시장이 말하길 부디 당신이 허락한다면 당신의 호칭을…… 물론이죠, 이제 저는 누구에게나 그들의 작은 마리에타일 뿐이니까요, 여기엔 일종의 신랄한 어조가 스며 있었고 시장은 이를 감지할 수 있었기에 편지를 넘겨달라고 반 시간가량 헛되이 그녀를 설득하다가 조가비 의자에서 최대한 몸을 틀어 그녀 쪽으로 완전히 돌려서는 그녀의 손을 잡고서 눈을 그윽이 들여다보며, 이것 봐요, 머리에터, 이 도시의 미래가 여기 달려 있어요, 내가 아는 건—그는 그녀가 손을 천천히 빼내도록 내버려둔 채 그녀에게 설명하길—당신이 이 도시를 사랑한다는 거예요, 오, 그래요, 저는 이 도시를 무척 사랑해요, 하지만 그게 무슨 상관이라는 건가요? 라고 그녀가 말하자, 여길 봐요, 친애하는 머리에터, 시장이 그녀의 말을 끊고는, 지금 이럴 시간 없어요, 부탁해요, 진심으로 부탁합니다, 제발 내 말에 관심을 기울여줘요, 여기선 단어 하나하나가 중요하니까, 우리에게, 모든 사람 한 명 한 명에게 중요하니까 제발 나를 이해해줘요, 여기서 나는—시장이 자신을 가리키며—나는 정말로 우리 모두를 생각하고 있어요, 이 도시를 마음속에 간직한 모든 사람을 생각하고 있어요, 한마디로 바로 지금 몇 시간 안에 해결해야 할 문제가 천 하고도 한 가지예요, 생각해봐요, 머리에터, 이 도시가 이런 상황에 놓인 적은 한 번도 없어요, 하나—여기서 그가 왼손 엄지손가락을 들어 오른손으로 쥐며—우리는 지난 세월 동안 흐지부지된 여성 합창단을 재건해야 해요, 그리고 기차역에서 진행되는 전체 행사를 주관해야 해요, 둘—그가 집게손가락을 쳐들며—우리는 고아원을 통째로, 친애하는 머리에터, 통째로 얼마시 저택 밖으로 옮겨야 할 거예요, 또한 저택의 이름은 이 시점부터 벵크하임 저택이 될 거예요—오, 젠장, 깜박하고 있었군—이 말은 서른일곱인지 얼마인지 되는 애새끼들을 빛의 속도로 옮겨야 한다는 뜻이에요, 그리고 저택을 단장해야 해요, 이해하겠어요, 단장 말이에요, 시장이 두 음절을 강조하며, 저택이라고 할 수 없게 된 지 60년이 지났어요, 그리고 여기 세 번째가 있는데—가운뎃손가락이 곧추서고 시장이 이 가운뎃손가락을 격하게 흔들며—환영 축제는 도시 전역에서 벌어져야 할 거예요, 그건, 당신도 이해하겠지만, 그가 그녀를 향해 의미심장한 표정으로 몸을 기울이며, 남작의 기분 때문이에요, 당신도 알는지 모르겠지만 보도에 따르면 남작은 썩 유쾌한 기분은 아니라고 해요, 그러니 온 도시가 오로지 흥겨운 분위기만을 연출해야 해요, 다채롭고 풍성한 문화 행사를 치러내야 한단 말이에요, 머리에터, 그는 조가비 의자에 앉은 채 그녀에게 더 바싹 몸을 기울여 의자 끄트머리에 엉덩이 끝만 걸친 채, 내가 하는 말을 한마디도 빼놓지 말고 들어줘요, 나는 쓰레기와 거지를 이곳에서 몰아낼 거예요, 그것들은 지옥에나 가라지, 어디 처박아둘지는 전혀 모르겠지만 그것들은 사라져야 해요, 슬롯머신도 마지막 한 대까지 이 도시에서 없애야 해요, 당신도 똑똑히 알다시피 당신의 저명한 친구는 도박꾼 기질이 조금 있다고 하니, 봐요, 내 솔직히 말하리다, 이젠 더 나직한 목소리로 시장이 말하길 이곳에서 일어날 일은 내가 도시 전체를 몇 시간 안에 탈바꿈시켜야 한다는 거예요, 이해하시겠어요, 이건 불가능해요, 그가 소리를 지르며 조가비 의자에서 몸을 물려 뒤로 기댄 채, 하지만 천장을 바라보며 말하길 이건 일개 시장의 역량을—그가 돌연 숨죽여 말하길—훌쩍 뛰어넘는 일이에요, 하지만 이 도시에서 나보다 뛰어난 시장은 단 한 명도 없었고 앞으로도 없을 거예요, 이건 누구나 알지, 당신도 동의할 것 같소만, 물론 동의해요, 그녀는 고개를 끄덕였으나 제안을 받아들이진 않았으니 그가 원하는 건 터무니없는 것이었다고 그녀가 나중에 이렌에게 말하길 상상해봐, 그가 자신에게 편지를 달라고, 자신에게, 시장에게 달라고 한 것은 그의 말마따나 편지를—상상해보라고!—인쇄하기 위해서였어, 그걸 1,000부 찍어서 시민들에게 나눠주겠다는 거야, 미쳤군, 이라고 친구가 말하며 믿지 못하겠다는 듯 고개를 젓자, 그래, 맞아, 무슨 역병이 돌았나 싶더라니까, 머리에터가 이어 말하길 밖에 나갈 엄두가 안 나, 정말이지, 저런, 괜찮아, 이렌이 몸짓을 취하며, 그 얘긴 하지 말자, 라고 말한 것은 이미 모든 것을 들었기 때문이니 그녀가 알고 싶은 것은 어떻게 그를 떨쳐버렸는가였는데, 그래, 맞아, 그녀가 대답하길 4시 뉴스에서 편지에 대해 이야기하기로 했는데, 그래서 내가 여기 온 거야, 사랑하는 이렌, 나 좀 도와줘, 머리커가 그녀의 손을 꼭 쥔 채, 난 화장품이 없어, 머리도 못 했어, 입을 옷도 없어, 아무것도, 부탁이야, 이렌, 그녀가 친구를 간절히 바라보며, 좀 도와줘, 이런 꼴로 카메라 앞에 설 순 없어, 하지만 그녀는 아무 말도 덧붙일 필요가 없었으니 둘 중에서 더 영리한 쪽은 이렌으로, 그녀는 상냥하고 낭만적이고 울적한 친구를 언제나 자신의 현실 감각으로 뒷받침했으니 둘은 각자의 남편과 이혼한 뒤로 서로 빈자리를 메웠으며—둘 다 남편에게 어마어마한 실망감을 느낀 터였는데, 두 사람이 이 어마어마한 실망감을 느끼고 이혼하여 혼자 살게 된 것은 거의 같은 시기였거니와—머리커가 여성적 감수성으로 묘사한바 고아가 된 두 그루 옥수수는, 흔들거리는 두 그루의 고아가 된 옥수수는 한 번도 서로의 곁을 떠나지 않았으니, 도와줄 거지, 그럴 거지, 이렌, 그녀가 커다란 파란 눈으로 그녀를 바라보자 이렌은 벽시계를 보더니 벌떡 일어나 의자를 정돈하여 아직 몸이 온전치 않은 친구에게 앉을 자리를 마련해주었으며 그러는 동안 쉬지 않고 이야기하길 걱정하지 마, 사랑하는 머리커, 다 잘될 거야, 넌 별처럼 빛날 거라고.

　문제는—그들은 일종의 대표단처럼 그의 앞에 서 있었는데—이 마사馬舍의 공식 감독관으로서 당신이 무엇을 권하겠는가요, 우리는 사두마차나 육두마차를 염두에 두고 있소만, 이 말에 상대방이 몸무게를 이 발에서 저 발로 옮기기만 한 것은 뭐라고 말해야 할지 몰랐기 때문으로, 마침내 그는 자신이 이곳에서 어떤 공식 감독관도 아니며—뒤쪽으로 마구간을 가리키며—마구간지기 셋을 거느린 수석 마구간지기라고 말하면 되겠다는 생각이 떠올랐으나, 이 마구간지기들은 없는 게 나았으니 그들은 언제나 방해만 될 뿐이어서, 암말의 갈기도 제대로 빗지 못하며 할 줄 몰라서 안 하는 게 아니라—그가 설명하길—하기 싫어서 안 하는 것인즉 이 밥버러지들은 일하기를 싫어하니 내 말씀드리리다, 우리가 젊었을 적에는…… 부탁하네만, 감독관—대표단 중에서 잔뼈가 굵은 사람, 그러니까 병원에서 온 의사가 말을 끊더니—귀중한 시간을 이곳의 자질구레한 문제에 허비할 순 없소, 사두마차나 육두마차를 준비해줄 수 있는지 없는지 단도직입적으로 말해줄 수 있겠소, 우리는 당장 답을 얻어야 하니 신경 긁지 마시오, 그래요, 그렇다면 단도직입적으로 답변드리죠, 나리, 마구간지기가 불현듯 짜증이 난 것은 해도 해도 너무한다 싶었기 때문으로, 그들은 여기 와서 그에게 명령하는 것으로 모자라 여기 와서 그에게 마치 자기네가 상관인 것처럼 명령했는데, 하지만 그들은 여기서 상관이 아니었고 그는 이자들이 누구인지도 몰랐으니 그들은 다짜고짜 찾아와 버티고 서서 마치 그를 내려다보듯 이야기했으나 정작 말 위에 앉은 것은 그였거니와, 됐어, 그만하슈, 그가 분노로 얼굴이 달아오른 채, 보기에도 부아가 난 채 그들에게 말하길 대화가 이미 너무 길어졌고 이런 식으로 찾아오는 것은 예의가 아니요, 말투도 적절치 못했으며 그는 무슨 영문인지 모르겠으니 신사라면 그에게 그런 식으로 말해서는 안 되는 것은 아무도 그에게 그를 내려다보듯 이야기해서는 안 되기 때문이며 그들이 이것을 말 그대로 뇌에 새기는 것이 좋을 것이라고 했으나 대표단 중에서 나이 든 사람이 가정의학과 의사에게 자신이 협상을 맡겠노라 손짓하고는 마구간지기에게 그들에게 조언을 해줄 수 있는지 알고 싶다고 말했는데, 그것은 시장의 청에 따라 그들이 사두마차를 찾고 있기 때문인, 그래요, 조언이라면, 마구간지기가 그의 말을 끊고는, 당연히 드릴 수 있죠, 그들이 그를 내려다보듯 이야기하지 않고 공손하게 묻는다면 얼마든지 가능하다며 그는 그들이 하는 말을 잘 알아들었으니—그가 잠시 무언가를 생각하는 듯 입술을 조금 삐죽거리더니—시장에게 필요한 것은 자신이 가진 가장 화려한 '말수레'일 거라며, 사륜마차가 아니라고요, 제발! 여기엔 사륜마차가 없어

펌

요, 말수레뿐이라고요, 한마디로 당신들에게 필요한 건 거기 맞는 말수레일 거요, 맞나요, 그렇다면 곰곰이 생각하여 말씀드리겠는데, 간단히 답하자면 우리에게는 한 대 있으니—하느님 맙소사, 라는 말이 가정의학과 의사의 입에서 터져 나오자 그가 성가신 듯 하늘을 쳐다보며—그래요, 여기 협동 마사에 말수레가 있어요, 그는 가정의학과 의사의 입에서 '하느님 맙소사'를 다시 끄집어내려고 더 큰 소리로 반복하고는 불쾌한 빛이 역력한 채 자신 앞에 서 있는 대표단에게 느릿느릿 다가갔고 그들은 인내심의 극한에 이르러서는, 그렇다면 이런 말수레에는 뭐가 필요한가요? 음, 그거 좋은 질문이군요, 제가 보기엔…… 여기서 그는 말을 중간에 멈추고 진흙땅 위의 돌멩이를 구두코로 밀기 시작하더니…… 그게, 제가 보기엔 이런 말수레에는 말이 네 필 필요할 겁니다, 하느님 맙소사, 아뿔싸, 눈은 여전히 하늘을 향한 채 가정의학과 의사가 혼잣말하자, 말씀 좀 해주시죠, 그중 경험 많은 사람이 말을 이어받아서 미소 지으며—그는 자신이 마구간지기의 언어로 마구간지기에게 말하는 법을 아는 유일한 사람이라고 확신하는 것이 분명했는데—말씀 좀 해주시죠, 말이 네 필이면 근사하게 맬 수 있겠습니까? 성대한 환영식이 될 거라서요, 아시다시피, 넵, 마구간지기가 말 한마디로 대화를 끊고는 모두에게 놀랍게도 돌아서서 뒤쪽의 마구간에 들어가자 그들도 따라 들어갈 수밖에 없었는데, 비에 젖어 진창이 된 흙을 걸었으나 문지방을 넘지 못한 것은 마구간지기가 그들에게 고함을 질렀기 때문으로, 그가 그들에게 대체 생각이 있는 거냐고, 들어오면 안 된다고 하기에 그들은 즉시 걸음을 멈추고 그에게 말하길 알았어요, 알았다고요, 안 들어가요, 네 필짜리 말수레를 4시까지 역에 가져다줄 수 있는지만 알려주시죠, 왜요? 마구간지기가 그들에게 물으며 고개를 돌리지도 않은 것은 바로 그때 암말의 깔짚을 정돈하고 있었기 때문이었고 그러는 동안 마구간지기들을 씩씩대는 목소리로 욕했으니, 젠장할, 대체 어딜 간 거야, 왜 4시 정각이라는 거지, 그가 쇠스랑을 말똥 범벅 짚가리에 쑤셔넣으며 투덜거렸으나 대표단은 마구간을 떠난 터라 이 말을 듣지 못했으며 그들은 흙바닥을 걸어 작업 차량으로 돌아가 신발에서 진흙을 털 수 있는 한 털어내고는 마필조합 구내에서 허둥지둥 내뺐으니 그는 똥으로 덮인 짚가리 옆에 홀로 서서 말하고 또 말하길 저렇게 떠나는군, 그들이야 이 불쌍한 짐승들을 이 똥 속에 내버려둘 수 있지, 그럼, 감정이라고는 한 톨도 없는 작자들, 이 불쌍한 말들은 존중받아 마땅한 것을, 하지만 저치들은 누구도 무엇도 존중하지 않아, 내 저들의 모가지를 비틀어버리겠어, 저 돼먹지 않은 어중이떠중이 놈들, 하나씩 모가지를 비틀어주마, 내가 농담하는 줄 알지, 두고 봐.

안 돼요, 안 된다고요, 최선을 다해도 소용없어요, 익숙하지 않아서 안 돼요, 〈저 어린 소녀, 저 까무잡잡한 어린 소녀〉나 〈샛별아 저라〉나 〈솔개가 알을 세 개 낳았네〉 같은 노래는 알아요, 그럼요, 그런 노래는 어떻게 부르는지 잘 안다고요, 하지만 이 신곡은 우리에겐 벅차요, 귀에 들어오질 않는걸요, 인원도 모자라요, 유치커도 안 나왔고, 호르고시 부인, 로지커 부인, 카티 여사, 또, 어, 그렇지, 머리슈커 여사에다 그의 이웃도, 저, 이름이 뭐더라, 생각이 안 나네, 됐어, 상관없어요, 하지만 합창단 지휘자는 막무가내였어요, 그 안쓰러운 남자는 가락을 우리 귓속에 집어넣으려고 카세트테이프를 수천수만 번 틀었지만 허사였어요, 도무지 귀에 들어오질 않았다고요, 그렇다고 해서 우리가 배우고 싶어 하지 않았다는 말은 아니에요, 우리도 배우고 싶었어요, 그래서 끝내는 모였어요, 다들 테이프리코더인지 뭔지 주위에 마치 그것이 우리 주 예수 그리스도의 구유라도 되는 양 둘러서서 용쓰고 또 용썼어요, 그를 따라서 "날 위해 울지 말아요, 어르"를 흥얼거렸고 또 흥얼거렸는데, 단어가 정말 어려웠어요, 머릿속에 들어오질 않는 거예요, 저 어르긴터라는 단어가요, 저기, 뭐더라, 또 잊어버렸네…… 어르, 어르, 참 내, 발음이 틀렸잖아, 어르·겐·티·너, 아, 그거예요, 이게 한 단어라니, 하지만 우리에겐 너무 낯설었어요, 달에 쓴 글자처럼요, 그를 따라 불러야 했지만 헛심만 썼다고요, 그 자리에 시장님도 계셨는데, 글쎄 연습이 안 되는 걸 듣고 어찌나 역정이 나셨던지 우리에게 말씀하시길 저, 숙녀 여러분, 다섯 단어밖에 안 되잖습니까, 그게 아니라도 글쎄 다섯 줄가량이 전부입니다, 이 짧은 가락이 다인걸요, 자, 여러분에겐 식은 죽 먹기일 거요, 숙녀 여러분, 하지만 시장님, 너무 어려워요, 우리가 그에게 말했죠, 벌써 한 시간째 안간힘을 쓰고 있는데도요, 딴 곡 없나요, 그러면 그 대★신사분에게 정말 근사한 노래를 불러드릴 수 있다고요, 라고 호르고시 부인이 그에게 말했는데, 그녀는 수다쟁이인 데다 하루 종일 고역을 치른 터라 이렇게 말하길 이제 〈내 속치마의 주름 열세 줄〉은 어떠냐고 시장에게 물었지만 그는 고개를 저으며 주절거리다 핑계는 사절이라고, 자신에게 필요한 건 이 곡이라고, 이…… 어르닌, 그게, 됐어요, 제가 발음 못 하는 거 보셨잖아요, 결국 끝내는 해냈지만요, 우리 합창단 지휘자가 마지막에는 어떻게든 집어넣고 말았다고요, 우리는 〈날 위해 울지 말아요, 어르멘기터〉를 휘파람으로 불었고 오후까지는 결국 어떻게든 익혔어요, 나머지 단원도 하나둘 나타나서 오늘 역으로 출발할 준비가 됐어요, 그때 시청에서 사람이 온 거예요, 그가 말하길 시청에서 누군가 착오가 있었다는 거예요, 기차가 지금 오는 게 아니라 내일 아니면 모레 온다나요, 아시겠어요, 그래서 시간이 생겼어요, 그래요, 그래서 합창단 지휘자에게 말했죠, 정말 부끄러운 노릇이지만, 내일이면 이 난이도 높은 곡은 연기처럼 잊어버릴 테니까 처음부터 시작하면 되겠다고 말이에요, 하지만 합창단 지휘자는 정말이지 점잖은 신사인데, 그가 하는 말이라고는, 숙녀 여러분, 이제 귀가하셔서 다들 가락이 귀에서 사라지지 않도록 곡을 흥얼거리시되 정말로 흥얼거리시라고 말하고는

펌

모두 가락을 알 때까지 우리를 향해 흥얼거리고 또 흥얼거렸으니 그렇게 우리는 집에 갔고 오늘 가락이 귀에서 사라지지 않도록 집에 가서 흥얼거리고 또 흥얼거렸어요, 그리고 나는, 친애하는 아가씨, 나는 집에서 흥얼거리다 근사한 것을 만들기 시작했는데, 그건 이보이커 여사에게 배운 작은 린처토르테예요, 교수가 미쳐버리기 전까지 청소를 해준 사람 아시죠, 그녀가 만드는 린처토르테는 아무도 흉내 내지 못했어요, 저야 어림도 없죠, 그래도 맛이 나쁘지 않아서 접시를 싹 비웠답니다, 우리 가족은 제가 그런 걸 구우면 언제나 대환영이에요, 하지만 저는 늘 이건 아무것도 아니라고 말한답니다, 이보이커 여사만이 진짜 린처토르테 굽는 법을 알거든요, 아무도 몰라요, 이보이커 여사만 알죠, 진짜를 맛보려면 그녀에게 가야 한답니다.

그래도 뭐라고 말해야 할지, 그녀가 카메라 앞에서 말하길 그녀는 그녀의 친구일 뿐이며 지금까지 15년간, 그녀가 덧붙이길 둘은 서로 완전히 떨어져 있었는데, 아시다시피 저 머리커는, 그녀는 언제나 구름 위 하늘에서 노닌다며, 저는 사람들 말마따나 발을 땅에 붙이고 사는 쪽이고요, 말하자면 그녀는 두 사람이 찰떡궁합이었다는 걸 부인하지 않았으나 자신은 아무것도 모른다고, 따라서 그들이 이 문제에 대해 물어야 할 사람은 머리커 본인이고 그녀가 곧 여기 올 것이라며 막연히 자신의 뒤쪽 어딘가를 가리켰으나 그때 여성 리포터가 그런 식으로 손가락질하지 말라고 그녀에게 격렬한 몸짓을 보내기 시작하더니, 그런 동작은 안 하셔도 돼요—괜찮아요, 그녀가 뒤에 있는 카메라맨에게 말하길 나중에 편집하면 되죠—한마디로 그녀는 다시 그녀에게 몸을 돌려, 모르는 것 말고 아는 것에 대해 계속 말씀해보세요, 그러자 그녀는 살짝 기분이 상해서 카메라 앵글에서 벗어나지도 않은 채 저 처녀에게 말하길 자신은 TV에서든 뭐든 이런 식으로 대접받는 데 익숙하지 않다며 이 장면이 녹화되든 말든—자기 생각을 솔직히 말하자면—알 바 아니며 그들에게 필요한 것은 자신이 아니라 머리커이니 이제 자신을 가만히 내버려두라며 그녀는 누군가 그녀 머리 위로 쳐들고 있던 반사판 조명 밖으로 나와 제작진을 전부 내버려둔 채 떠났으니 그녀가 나중에 친구에게 말했듯 그것이 그녀에게 필요한 모든 것이었으며, 거만한 잔챙이 참견꾼들이 나 같은 할머니에게 명령하다니, 너도 알겠지만 이런 건 재수 없어, 그래서 어쩌면, 그녀가 말하길 내가 TV에 나갈지도 몰라, 그래, 그러면 어떻고 아니면 또 어때, 머리는 완전히 엉망이었고 솔직히 말해서 이 TV 방송국은 거대한 쓰레기에 불과하던걸, 그녀가 그날 저녁 이렇게 말한 것은 그들이 차 한 잔하면서 무슨 일이 있었는지 이야기하려고 그녀의 집에서 만났을 때였으니, 우리 얘기 좀 해, 라고 머리커가 전화기에 대고, 지난 며칠간 그랬던 것처럼 숨 가쁘게 말하길 꼭 해야만 해, 사랑하는 이렌, 누군가에게 이야기해야겠어, 그래, 필요하다면 이리 와, 꾸물거리지 말고, 자기, 옷 차려입어, 맛난

차를 만들어줄게. 머리커는 맛난 차라면 사족을 못 썼다.

　　그는 머릿속이 엉망진창이었고 편지를 부친 것이 무척 심란했으며 지금은 할 수 있는 일이 아무것도 없었으니 편지를 부친 게 확실하냐고 잔심부름꾼에게 묻고 벌써 두 번째 물었는데, 잔심부름꾼은 안됐다는 표정으로 고개만 한 번 끄덕하며 팔을 벌렸던바 그가 방 안을 맴돌기만 할 뿐 배달된 식사는 온종일 건드릴 수도 없었던 것은 자신이 저지른 실수가 하도 괴로웠기 때문이요, 왜 그런 편지를 그토록 무턱대고 써야만 했는가 때문이요, 설령 편지를 써버렸더라도 왜 그토록 서둘러 편지를 부쳐야 했는가 때문이었으니 그러니까 마음이 가라앉을 때까지 좀 기다렸다가 편지를 한 번 더 차분하게 읽어볼 수는 없었는가 하는 것은 그랬다면 자신이 실수를 저질렀음을 그 즉시 깨달았을 터였기 때문이어서, 이런 식으로 편지를 쓰는 것은 중대한 실수였으며 그가 그녀를 놀래킬 뿐임이 분명한 것은 그녀가 틀림없이 무척 예민하기 때문이니 이 모든 일이 그녀를 겁에 질리게 할 것이 분명했으며 그가 그녀에게 편지를 썼다는 사실만 해도 그 자체로 무분별한 짓이었으나 그가 그녀를 몰아붙였다는 사실은 그야말로 용서할 수 없는 짓이었기에 그녀는 결코 그를 용서할 리 없었고 그는 뭐라도 해야 했던바 그녀에게 그에게서 받을 편지를 읽지 말라고 전보를 칠까 하는 생각을 제쳐놓고서(알고 보니 전보는 쓰이지 않은 지 오래였으므로) 피아노책상 앞에 앉아 편지지를 한 장 새로 꺼내고는 멍하니 앉아 편지지를 바라보며 어떻게 시작할지 궁리한 것은 사과문을 무작정 쓸 수는 없었기 때문으로, 이것은 머리에터가 그 속에서 그의 진실한 뉘우침을 해독해낼 수 있는 사과문이어야 했기에 그는 자신이 첫 번째 편지를 얼마나 후회하는지, 자신이 어떻게 그녀를 몰아붙였는지로 말문을 열고는 자신이 그녀에게 어떤 감정적 동요를 일으켰는지 상상하고도 남으며 자신의 경솔함이 하도 당혹스러워 만일 할 수만 있다면 멀리서 마법을 부려 그 끔찍한 편지를 태워버리고 싶다는 자신의 말을 믿어달라고, 과거로 돌아가 자신의 행동을 지워버리고 싶으나 이것은 가능하지 않으므로 그러니 이제 이 새로운 편지에서 그녀가 자신을 용서해주길, 앞선 편지를 어리석고 못 미덥고 이기적이고 무례하며 더 나아가서 결코 발언이 허용되지 않았을 남자의 고백으로 받아들여주길 청하기 위해 무엄하게도 다시 그녀에게 연락할 수밖에 없었다고 했으니 그 고백은 틀림없이 그녀에게만 전달된 것이요, 그가 결코 하고 싶지 않을 일이 단 하나 있다면 그것이 바로 그것이고 그는 결코 그녀를 혼란스럽게 하고 싶지 않으며 다시 그녀를 보러 가고 싶지도 않고 오로지 그녀를 생각하고만 싶으니 그녀는 그를 잊어도 된다며 그는 이전 편지를 태우고 잊어달라고 머리에터에게 부탁하고 애원하고 더 나아가 간청했으며 편지를 머리에서 제발 지워달라고 그녀에게 사정하되 저 무례한 고백을 결코 표현된 적 없는 무언가로 간주해달라고, 그리고 부디 결코 자신을 잊지 말아달라고 머리에터에게 부탁하고 애원하고 더 나아가 간청한 것은 누군가의, 그녀처럼 섬세한 영혼의 소유자인 누군가의 영혼을 그렇게 무지막지하게 짓밟는 것은 범죄이며 그는 이것이 범죄임을 뼈저리게 느꼈기 때문이며 자신이 저지른 일을 결코 바로잡을 수 없음을 안 것은 그녀를 다시 괴롭히는 것 자체가 용서받을 수 없는 일이기 때문이요, 10대 때보다 결코 덜하지 않은 불꽃으로 내면에서 타오르는 모든 감정으로 그녀에게 달려가는 것으로는 충분치 않았기 때문이니 그 감정은 줄곧 불타고 있었고 그 감정이 그를 지탱했으나 이제 충분하다고 남작은 썼는데, 아마도 편지지 스무 장을 다 써버린 뒤에 글자 하나의 모양이 맘에 들지 않아서 편지지 한 장을 새로 꺼내어 지금까지 쓴 글을 모두 베껴 적고 틀린 글자를 고쳤으나 또 틀렸으며 철자가 긴가민가하거나 이런저런 단어가—이런 현상이 한 줄 걸러 일어났는데—충분히 적절한 것 같지 않거나 저 단어가 충분히 애절하지 않으면 이미 다음 편지지를 꺼내어 방금 쓴 글을 다시 베껴 적고 고치고 또 고쳤으며 그러던 어느 저녁 마침내 편지를 다 쓰고는 당장 잔심부름꾼을 호출하여 등록된 개인 우편으로 편지를 부치고 싶은 마음이 굴뚝같았지만—자신의 과거 연인이 그 편지를 즉시 읽기를 바랐으므로—여전히 마음을 추스를 수 없었고 잔심부름꾼을 부르지 않았으며 호출용 벨을 울리지 않은 채 침대에 누워 천장을 바라보며 아침이 오기를 기다리다 아침이 되자 편지를 다시 재빨

리 훑어본 뒤에 다시 한번 훑어보고는 그냥 훑어보기만 해
서는 안 되고 집중력을 최대한 발휘하여 한 자 한 자 꼼꼼
히 들여다봐야겠다고 혼잣말하고는 그렇게 했거니와 세 번
을 꼼꼼히 들여다본 뒤에 벨에 손을 뻗어 마침내 벨을 울려
편지를 쟁반에 올려놓아 그들이 우편으로 부치도록 했으나
그때로부터 줄곧 몇 시간 며칠을 훨씬 극심한 고통 속에서
보낸 것은 자신이 그토록 망쳐버린 것을 과연 바로잡을 수
있을는지 도무지 알 수 없었기 때문이다. 2주 뒤 잔심부름
꾼이 문을 두드리고는 평범한 봉투가 든 쟁반을 내밀며 나
직한 목소리로 방금 도착한 편지라고 말했는데, 봉투 안에
는 엽서가 들어 있었고 엽서에는 성 주위로 호수와 버드나
무가 그려져 있었으며 반대쪽에 쓰여 있는, 전부 해서 세 어
절은, 당신을 기다리고 있어요.
   자네들 모두가 한마디 한마디 주의 깊게 귀 기울이기를
바란다, 그가 비케르 술집의 카운터에서 그곳에 모인 사내
무리에게 말하길 토토, 여기 우리가 몇 명이나 있는지 세어
봐, 왜냐면 별빛이 어스름한 이런 때에, 이렇게 시적으로 표
현해도 된다면 말이지만 내가 바라는 건…… 그래서, 스물
일곱이라고, 토토, 분명해, 한마디로 확신하느냐고, 좋아, 그
가 말하길―그는 긴 가죽 코트의 단추를 여몄는데, 요즘은
거의 이 코트만 입었으며 이것은 여느 가죽 코트와 마찬가
지로 자신의 것이 아니었거니와 그는 걸상에 앉아 카운터
위의 술잔을 돌리기 시작하되 어떻게 시작할지 곰곰이 궁리

펌

하는 사람처럼 돌리다가 주위를 둘러보고서 말하길—상황
이 유리하다, 필요한 인원수가 확보되었다, 그러니 이제 임
무는 전원이 러치 삼촌네에 들르되 앞마당 말고 뒷마당으로
가는 것이다, 알겠나? 뒷마당, 잊지 말길, 걔는 걱정할 것 없
다, 자, 그러면, 그가 말하길 러치 삼촌이 자네들을 한 번에
한 명씩 준비해줄 터인즉 러치 삼촌은 우리 편으로, 어제 오
후와 저녁 내내 이 작업을 했으니 그가 자네들의 오토바이
경적을 새걸로 교체할 텐데, 여덟 개의 음을 낼 수 있는 압
축공기 경적 서른 개를 조립해두고 내게서 멜로디를 웨이브
파일로 전달받았으니 이 사람은 진정한 헝가리인 장인이요,
천재요, 팔방미인이요, 바로 러치 삼촌이니 이곳 멀리서나마
그에게 박수를 보내도 좋겠다, 그러자 여기 모인 사내들이
열렬히 박수를 치기 시작했는데, 토토가 술잔을 쳐들어 외
치길 러치 삼촌 만세, 그러나 그들 모두가 따라 외친 것은 아
니어서 술잔을 든 그의 손처럼 토토의 목소리는 금세 낮아
졌으니, 뒷마당에 가라, 이건 명령이다, 라고 그가 그들에게
말한 것은 남작이 도착하기 전에 우리가 그 문제를 수습하
지 못하더라도 적어도 이것은 수습할 수 있는바 러치 삼촌
네에서 한 번에 한 명씩 각자의 오토바이에, 한 대도 빠짐없
이 다들 새 경적을 근사하게 장착해야 할 것이며 반대는 있
을 수 없으니 우리가 형제라면 하나로 뭉쳐야 하지 않겠는
가, 내 말 맞나?! 옳소, 나머지 남자들이 우렛소리로 화답하
자, 좋다, 그가 맥주 한 모금 마시고 이어 말하길 낡은 경적

을 제거하고 새 경적을 장착한다, 그게 전부다, 시험용 케이블이며 차단 계전기며 접점이며 배터리며 변압기며 연결기며 전계효과트랜지스터 조정기며 연소며 하는 걸로 러치 삼촌을 귀찮게 하지는 않을 것이다, 누구도 몇 데시벨이니 몇 헤르츠니 하는 걸로 러치 삼촌과 언쟁을 벌이지 않는다, 다들 점잖고 정숙해야 한다, 러치 삼촌이 오토바이를 작업장에 가지고 들어가게 내버려두고 밖에서 기다리거나 메탈 술집에 갔다가 한 시간마다 상황을 점검하러 돌아온다, 그에게 우리를 불러달라고 할 수는 없으니까, 한마디로 자네들의 오토바이가 준비됐는지 알 수 있도록 매 시간 그에게 찾아간다, 그런 다음에는 각자 오토바이를 집에 가져갈 수 있지만—여기서 그가 왼손 집게손가락을 치켜올리며—하지만 여기 있는 우리 형제들은 정확히 오후 5시 0분에 기차역에 모여야 한다, 기회는 이번 한 번뿐이다, 이번엔 인원수가 되니까, 그렇지 않나, 바로 그거다, 우리는 역사驛舍 옆에, 역사를 오른쪽에 두고 역사 옆 계단과 승강장 사이에 평소처럼 세 줄로 서야 한다, 시청에서 그렇게 정했다, 그러면 그곳에서 만나자, 마지막으로 한 가지—그가 긴 가죽 코트 소매 속에서 집게손가락을 꺼내 다시 한번 치켜들었다가 내려 자신을 가리키며—내가 이 손을 들 때, 재깍재깍 알아듣고 있나? 그러면서 어느 손인지 보여주려고 가리키며, 내가 뒤에 대고 큰 소리로 "하나, 둘, 셋" 하고 나서 넷이라고 외치면, 형제들이여, 그가 돌연 앞으로 몸을 숙여 몸짓과 함께 말하길 '넷'이라고 말할 때 다들 운전대의 경적 단추를 눌러야 한다, 경적 단추는 운전대에 있을 테니 말이다, 하지만 동시에 눌러야 한다, 정확히 똑같은 시각에 일제히 누르지 않으면 효과가 없다, 그러니 경적 단추를 한꺼번에 눌러야 한다, 계속 누르고 있다가 경적이 세 번 울린 뒤에 손을 떼라, 3은 헝가리에서 진실의 숫자 아니던가, 〈에비타〉에서도 마돈나가 그 노래를 세 번 불렀잖나, 모든 게 명확해졌길 바란다, 이제 맥주는 그만, 다들 러치 삼촌네로 간다, 그리고 아까 말했듯이 느긋하게, 내 말 명심하라, 러치 삼촌이 자네들의 오토바이를 작업장에 가지고 들어갔다가 가지고 나올 때까지 느긋하게 차례를 기다린다, 그것 말고 내가 하고 싶은 말은 작은별이 크나큰 희생을 치렀다는 것뿐이다, 이것은 우리 모두 아는 바다, 하지만 우리는 이 희생을 되갚아줄 것이다, 내 분명히 말하건대 우리는 경적을 무작정 울리는 것이 아니다, 형제들이여, 내 말을 믿으라, 이곳은 번영할 것이다, 헝가리인은 새로운 삶을 살게 될 것이다, 지금까지는 꿈꾸는 것이 고작이었지만 이젠 현실이다, 말하자면 그렇게 될 것이다, 우리가 할 일은 망할 놈의 멜로디 경적 단추를 제대로, 다들 동시에 한 몸처럼 한 영혼처럼 누르는 것뿐이다, 그저 단추를 누른 채로 있기만 하면 위대한 번영이, 헝가리에서의 새로운 삶이 찾아올 것이다, 여기서 우리가 무슨 일을 해야 하는지 다들 이해했으리라 믿는다.

그는 술잔을 들어 마지막 한 모금까지 비웠으나 움직이

던 중간쯤에 갑자기 멈췄는데, 토토에서 제이티까지 나머지 스물일곱 명 모두가 덩달아 멈췄으며 그들은 무엇을 하고 있었든 그대로 얼어붙었으니 구석에 설치된 TV에서는 프로그램이 멈추되 영상이 멈추고 음성이 멈췄으며 한순간 비케르 술집 전체와 TV 화면의 영상이 정지했던바 카운터 뒤 바텐더의 손은 1,000포린트 지폐가 들어 있는 금전등록기의 열린 서랍으로 향하다가 정지했고 모든 술잔에서는 맥주 거품이 정지했으니 맥주 거품 속에서는 거품들이 수면에서 터지려고 위로 올라오다 전부 정지했고 카운터에서는 맥주 거품 속 모든 빛의 점이 얼어붙었으니 모든 것이 멈췄고 모든 것이 완전히 정지했고 모든 것이 얼어붙었고 한순간 비케르 술집에서 삶이 정지한 것은 이 순간이 산산조각 났기 때문으로, 마치 어떤 육중하고 캄캄하고 무시무시한 공포가 생겨나 모든 존재하는 것을 뒤흔든 것 같았으며 모두가 올려다보았으니 어리둥절한 채 그들은 TV 화면을 올려다보되 마치 그들 내면에 있는 이 육중하고 캄캄하고 무시무시한 공포의 존재에 대한 설명이 화면에 나타난 것처럼 보았으나 화면에는 아무것도 없었던 것은 TV 화면의 영상 또한 멈췄기 때문이지만 그들은 여전히 어리둥절한 채 올려다보았으며 아무도 무엇도 이제 무엇을 해야 할지 몰랐다. 그리고 그와 동시에 또한 무슨 일인가가 일어나되 머리커에게, 이렌에게, 시장과 부시장에게, 비서실장에게, 도시관리사업소장에게, 가정의학과 의사에게, 도러 양에게, 에스프레소 바 카운터 뒤의 여인에게, 여성 합창단 전부와 지휘자, TV 취재진 전부와 기자, 포목상의 점원에게, 이보이커 여사에게, 수석 마구간지기와 이제 마구를 쓴 말 네 필에게, 여전히 빈둥거리는 마구간지기들에게, 게다가 도주 중인 교수에게, 심지어 린처 토르테에도 무슨 일인가가 일어났으니 그 모든 일이 정확히 동시에 일어난 것은 그 순간이 도시 전역에서 웬일인지 산산조각 나고 모든 것이 멈추되 두려움으로 인해 완전히 정지하되 도시를 휩쓴 두려움 때문에 완전히 정지했기 때문인데, 제정신을 놓은 사람은 아무도 없었어도 그들을 덮친 이 두려움은 무지막지했으며 모두가 어리둥절한 채 위를 올려다보며 이것이 무엇인지 알려줄 설명을 찾았으나 설명은 없었고 오로지 두려움, 미지의 무언가에 대한 순수한 두려움뿐이었으며 아무도 누구도 이제 무엇을 해야 할지 몰랐다.

이것을 조금이라도 본 사람 중에서 누구도 어느 것 하나 이해하지 못한 것은 그 사람이 이해할 수 없었기 때문이요, 기초적 지식에서와 기본적 해석에서 정지가 일어났기 때문이며 그리하여 그들이 누구이고 여기서 무엇을 하고 있는지 아무도 이해할 수 없었으니 베케슈처버 쪽에서 도시 경계를 가로질러 들어온 호송대의 선두가 있었고 레넌 광장에서 호송대를 목격한 사람들이 있었고 그가—이 무리 가운데에서—중앙광장에 도착하여 재빨리 주위를 둘러볼 때 추위를 무릅쓰고 그곳에 있던 사람들이 있었으며 병원 담장에서 호송대를 언뜻 본 사람들이 있었고 그들이 성령 묘지를 지나고 도시의 남쪽 경계 표지판을 지나칠 때 본 사람들이 있었으며 그들은 경계선을 향해 나아갔으니 한마디로 이 위압적인 차량 호송대를 마주친 사람들은 한두 명이 아니었고 그들을, 이 모든 사내 무리를 본 사람들도 한두 명이 아니었으며 그들도 정말로 그를 보았을 것이나 이 모든 일에 대해 무엇 하나 이해할 수 있는 사람이 아무도 없었던 것은 이것이 무엇인지, 그들이 어디서 와서 어디로 가는지, 무엇보다 왜 그러는지 조금이나마 아는 사람이 아무도 없었기 때문으로, 이 유령 같은 차량 행렬이 어찌나 장관이었던지— 그들은 도시를 가로질러 미끄러지고 이곳에서 생겨나는 모든 이야기를 지나치되 마치 아무것도 미끄러져 지나치지 않듯 지나쳤는데—그들이 여기에 있지 않다고 생각할 사람은 아무도 없었으나 동시에 그들은 그렇다고, 그들이 여기에 있다고 생각하지도 않았을 것이니 그들은 생각할 수 없었기 때문이며 특히 그들이 자기가 본 것을 보았다고 말할 수 없었던 것은 그들이 심지어 아무것도 보지 않았기 때문일지도 모르며 그럼에도 어쩌면 존재하지조차 않았을 이것을 보지 않는 것은 불가능했으니 어쨌든 길거리에 나와 있던 사람은 누구나 설령 용기를 내서 보았더라도, 설령 그들이 그것들을 조금이나마 일별했더라도 이 차량 중 단 한 대도 알아보지 못했을 것은 이 차량들은 식별하는 것이 불가능했기 때문이어서 그것들이 메르세데스가 아니었는지, 베엠베가 아니었는지, 그것들이 롤스로이스가 아니었는지, 벤틀리가 아

펌

니었는지 말하는 것은 불가능했으며 그와 동시에 그것들이 메르세데스였는지, 베엠베였는지, 그것들이 롤스로이스였는지, 벤틀리였는지 아무도 알 수 없었던 것은 가까이서 일별한 이 무수한 차량이 하나도 예외도 없이 실제 차량 행렬이 아니라 어떤 저세상 군대에 속한 듯 보였다고밖에 말할 수 없었을 것이기 때문이요, 그들은 엄청난 속도로 도시를 횡단했으나 아무도 이 말을 하지 않았고 모두가, 심지어 그가 나오는 것을 본 사람들조차 비밀에 부쳤던바 이 사람의 주위에서는—심지어 그가 차에서 내리기 전에도—어마어마한 인원이 무언가를 준비하기 시작했거니와 그들은 그를 둘러싸고 '그'의 주위에서 무언가를 했으며 그는 그곳에 선 채 움직이지조차 않았으니 모두가 극도로 정확하게 무언가를 하고 있었고 그들의 얼굴은 뻣뻣하고 심각했으나 부분적으로든 전체로서든 그 모든 것에는 어떤 '의미'도 없었으며 더 정확히 말하자면 그것은 일어날 필요가 있는 무언가임이 분명했으나 첫 번째 차량에 이어 두 번째 차량에 이어 세 번째 차량이, 계속해서 백 번째까지 그저 나아가는 이 상황이 무슨 영문이며 무슨 의미인지 이해할 수 있는 사람은 아무도 없었으나 이 거대한 움직임이 펼쳐지는 한가운데에서 그는 미동도 없이 서 있었으며 그를 본 사람들이—그 수가 많지는 않았는데—유일하게 본 것은 그의 얼굴이 단호하고 매우 '진지'하고 매우 '심각'하고…… 매우 '안절부절'못한다는 것이었던바 중앙광장에서 그를 보았다는 사실을 나

중에 끝끝내 부인한 사람들이 받은 느낌은 그가 이 무지막
지한 군대와 함께 어마어마하게 중요한 문제로 이동하고 있
다는 것이었으니 그렇다, 모든 것이 엄청나게 거대해 보이
되 마치 한순간의 처음에 군대 전체가 도시를 관통했고 그
런 다음 그 순간의 끝에 완전히 사라져버린 듯 보였으며 모
든 것이 이 문제, 그들에게는 감쪽같이 감춰졌으면서도 어
마어마하게 중요한 이 문제 때문이었으니 이것을 무엇이나
마 본 사람은 누구나 이렇게 생각했을 것이나 그들은 결코
나중에 그에 대해 말하지 않았고 게다가 그중에서도 운 좋
은 사람들은 이 일을 정말로 영영 잊었으며 잊는 것이 가능
했던 이유는 그것이 끝났을 때 마치 전혀 일어나지 않은 듯
했고 마치 모든 것이 그저 일종의 환각, 그러니까 환각, 히스
테리, 뇌의 찰나적 중단인 듯했기 때문이니 그들이 그 일에
대해 잊지 않았다면 이렇게 설명했을 것이나 거의 모두가 잊
은 것은 이 무시무시한 행렬이 그들의 이해 능력을 모조리
넘어섰기 때문이요, 그들이 자신의 눈조차 믿지 못했기 때
문이요, 삶이 멈춰버린 그 산산조각 난 순간이 정말로 있었
으리라고 누가 믿을 수 있었겠는가 때문이지만 그런 식으로
실은 아무것도 없었고 아무것도 없었으며 어떻게, 이를테면
부엌의 수도꼭지가 열려 있었다면 물이 흐르다가 그대로 멈
췄으며 어떻게, 그 순간에 누군가 터무니없이 비싼 요금에
격분하여 수도 요금 고지서를 찢고 있었다면 그 고지서가
반으로 찢어지다가 허공에서 그대로 멈췄는지에 대해 어떤

설명도 없었으며 그 순간에 밖에 있던 사람들이 이슬비에 가장 놀란 것은 비도 멈췄기 때문으로, 비는 내리다 그대로 멈췄으며 빗방울은 허공에서 높든 낮든 상관없이 제 위치에 떠 있었으니 1천 개와 1만 개와 1십만 개의 빗방울이 그 순간 하늘과 땅 사이에 떠 있었으며 더는 떨어지지 않았고 그렇게 된 것은 바람도 멈췄기 때문으로, 바람은 그냥 잦아든 것이 아니라 어느 지점에서 원래 가려던 방향으로 더는 가지 않고서 맹렬한 채로 멈춰 있었으며 물론 아무도 자신의 눈을 믿고 싶어 하지 않았으니 일어난 모든 것으로부터 '나중에' 그들에게 남은 것이 있다면 그것은 오로지 두려움, 찰나 전의 그 두려움에 대한 기억에 지나지 않는 두려움, 두려움과 두려움의 기억, 무시무시하기로는 둘 다 마찬가지인 두려움이었으나 그 첫 두려움이 아무도 겪어본 적 없는 무언가였음은—겪고도 살아남을 수는 없는 무언가였으므로— 이 두려움의 세기가 말할 수 없이 깊고 원초적이고 압도적이었기 때문으로, 이전의 어떤 두려움과도, 견딜 수 있거나 상상할 수 있던 이전의 어떤 하나의 두려움과도 닮지 않은 것은 이것이 명명할 수 있거나 명명할 수 없는 원인을 가진 치명적 공포조차 아니었기 때문이어서 여기에는 어떤 원인도 없었고 이름 붙일 단어조차 없었으며 이것은 스스로를 드러내는 어떤 악조차도 아니었고 이 공포 속에서 그 영향하에 놓인 존재와 대상은 오히려 경이감에 사로잡혔는데, 그것은 모든 것의 한가운데에 서 있는 '그'를 향한 일종의 황홀하면서도 모멸적인 놀라움이었으니 그를 중앙광장에서 본 사람이나 그가 거기 있는 것을 감지할 수 있었던 사람은 누구나 놀랐고 그에게 놀라는 것 말고는 아무것도 할 수 없었으니 그것은 이루 말할 수 없을 만큼 두려웠으나 마치 사람과 사물이 그의 앞에 자신을 내던질 정도로 행복할 뿐인 듯했으며 그들이 경이감과 놀라움에 휩싸여 그의 앞에 엎드린 것은 모든 존재와 모든 사물과 모든 과정과 아직 존재에 들어설 준비를 하는 모든 것이 위대함에, 그에게서 발산되는 믿을 수 없고 헤아릴 수 없고 기념비적인 장엄함에 완전히 휩싸였기 때문이요, 그 순간에—이것이야말로 그들이 기억에서 지워버리고 싶어 한 것이며 나중에 드러났듯 그들은 최대한 그렇게 할 수 있었거니와—누구든 무엇이든 그에게 굴복했을 것이기 때문이지만 이 굴복이 사람에게나 사물에나 가장 견딜 수 없었던 것은 이 경이의 대상, 이 놀람, 이 매혹, 이 굴복, 이 무게중심, 말하자면 그 중점, 그 깊이, 그 본질의 대상 때문이니 중앙광장에서 차에서 내린 그가 엄숙한 표정을 짓고 냉담한 권태로움을 풍기며 결국은 급한 일이 있는 사람처럼 주위를 둘러보다 재빨리 차에 다시 탄 것은 이 도시와 이 이야기에 관심이 없었고 사악했기, 사악하고 병약하고 전능했기 때문이다.

그런 다음 또 다른 순간이 시작되었는데, 머리커는 TV 스튜디오에 들어섰다가 그곳을 나섰으며 그 시점으로부터는 그녀 말마따나 호기심 탐구자들을 막을 방법이 전혀 없

펌

었으니 그들은 얼마나 지독히도 무례했던가, 하긴 그녀는 자신이 단박에 유명해졌다는 사실을—한숨을 내쉬며—부인할 수 없었으며 이제 전에는 그녀에 대해 몰랐던 사람들조차 그녀가 누구인지 안다고—그녀가 관광 안내소에 다시 들러 손아래 친척에게 불평하길—상상해봐, 그녀가 그녀에게 말하길 이 도시를 걸어다니면 사람들의 시선을 피할 도리가 없어, 누군가 다가와 내가 답할 수 없는 걸 물어본다고, 뭐라고 물어보는지 알겠어? 머리커가 텅 빈 사무실에서 조카에게 묻길 당연히 '그것에 대해' 물어본단다, 하지만 그녀는 이미 TV에서 말한 것 말고는 더 아는 것이 하나도, 하나도 없었으며 그녀는 이 일을 그 뒤로도 몇 번이나 겪었는데, 지인들도 길거리에서 그녀와 마주치면 똑같은 질문을 던졌던바, 상상해보렴, 힘찬 몸짓과 함께 그녀가 설명하길 가게에 가서 빵과 편육을 사는데, 처음에는 카운터 뒤에 있는 사람이 질문을 던지고 다음에는 창고 직원이, 마지막으로 계산원이 그러는 거야, 물론이지, 머리커가 고개를 끄덕이며, 계산원이 빠질 이유가 어디 있겠니, 작은 개신교 교회 옆에 있는 상점으로 말할 것 같으면 그녀가 평소에 장 보는 곳으로, 계산원이 두 명 있는데, 지독하게 불쾌하고 때로는 그녀에게 어찌나 무례하게 말을 붙이던지 밥맛이 싹 달아날 정도였으나, 글쎄, 관두자, 그녀는 탁자에서 미끄러져 내려왔는데, 원래 계획은 신입 직원과 몇 마디 주고받으며 그녀가 새로운 환경에 잘 적응하는지 알아보려던 것으로, 전반적으로 상황 변화가 있는지, 즉 손님이 하나라도 있는지도 알고 싶었거니와 평생 연금을 받을 수 있는 일자리를 그녀가 그만 둔 것은 가족 문제나 뭐 그런 것 때문이 아니었고, 아니, 그녀는 멍하니 기다리고 또 기다리다 진이 빠졌을 뿐이었던 바, 아무리 잘 봐줘도 관광객이라고 부를 만한 사람은 아무도 온 적이 없었어요, 그래, 아무라도 찾아왔니? 누구라도 여기 왔어? 그녀가 거듭 질문하자, 물론 없었어요, 그녀의 친척이 입을 삐죽거리며 덩달아 책상에서 미끄러져 내려오며, 아무도 여기 발을 들여놓지 않아요, 관광객은 이제 하나도 없어요, 하긴 이젠 그런 게 어디 있겠어요—방문객을 출입문으로 안내하며 그녀가 더 서글픈 목소리로—기차가 출발하고 있는지조차 모르겠어요, 기차가 정말로 출발하더라도 어딘가에서 정차하긴 하는지, 언제 정차하는지 알 도리가 없어요, 버스는 기름이 있을 때만 다니는데, 기름이 없을 때가 대부분이에요, 그러니 이런 상황에서 누가 여행을 다니겠어요, 관광이든 뭐든 왜 여길 찾아오겠어요, 머리커 이모, 이 나라 전체가 엉망이 됐어요, 그녀가 신랄하게 말하길 보세요, 머리커 이모, 여기서 어떻게 누구에게든 뭐라도 보여줄 수 있겠어요, 이 도시가 어떻게 됐는지 말씀 좀 해보세요, 어디나 지긋지긋한 쓰레기 더미, 가로등마다 전구를 도둑맞아서 거리는 온통 깜깜해요, 어딜 가나 비닐봉지 수만 장이 끊임없이 바람에 날아다니죠, 저 알바니아 부랑자들, 마피아 밑에서 일하는 거지 아이들, 다들 알지만 아무도 입도 벙긋 안 해요, 시장이 있고 경찰서장도 있지만 그 둘은, 그녀가 입꼬리를 뒤틀며, 그들이 분주한 건 남작을 위해 이거 하라 저거 하라, 뭐든 남작을 위해서예요, 그래서 말씀드리는 건데요, 머리커 이모, 더는 무엇도 바라지 않아요, 남작이 여기 올 수 있다고 해도, 심지어 왕이 올 수 있다고 해도 여긴 아무것도 없을 거예요, 그럴 것만 같아요, 나의 사랑하는 도러, 그녀의 이모가 처음으로 끼어들며, 전에도 말했다시피 머리커 이모라고 부르지 말아라, 편하게 마리에타라고 부르렴, 이젠 다들 그렇게 부르니까, 말하자면 여기선 격식 차릴 것 없어, 우린 가까운 사이잖니, 안 그래? 간단히 말해서 내가 보기에 넌 너무 어두운 색안경을 끼고 세상을 보고 있어, 너처럼 젊은 숙녀는 그런 식으로 말하면 안 돼, 왜 그런 식으로 말하면 안 되죠? 아니, 그게 사실이잖아요, 머리커 이모? 마리에타로 금방 바꾸지 못해서 죄송해요, 입에 잘 붙지 않아서요, 이렇게 허물없이 대해주시는 거, 제가 젊다는 둥 말씀해주시는 거 고마워요, 하지만 아무리 그러셔도—그녀가 서글프게 고개를 저으며—이제 저는 그렇게 젊지 않아요, 마흔하나라고요, 게다가 독신이고요, 환상 따윈 없어요, 저는 버젓한 일자리가 없어요, 식품업계에서 일자리를 찾아봐야 했다고 아빠에게 말해봐야 허사예요, 여기 이모의 옛 일자리가 훨씬 나을 거라고 우기시니까요, 그녀는 머리커 이모가 이곳에서 매사를 훌륭히 관리했음을 실로 인정했고 지금도 인정하지만 이젠 아무것도 남지 않았고 하루 종일 일이 하나도 없어서 그녀는 그녀의 옛 일자리를 맡아 시작한 뒤로 멍하니 앉아서 제 엉덩이만 보고 있었으며 그저께는 시장이 완전히 정신이 나간 채 찾아와서 온갖 횡설수설을 했는데, 그도 남작이 시를 위해 이런저런 일을 할 거라고 생각하기 때문이라면서—그녀가 관광 안내소의 문간에서 자신을 가리키며—제 말 들어보세요, 머리커 이모, 제가 보기에 남작이 이곳에 온 건 이모 때문이에요, 그는 여기서 무언가를 할 의도는 눈곱만큼도 없다고요, 제가 어떤 멍청한 소릴 들었는지 상상도 못 하실 거예요, 머리커 이모, 하지만 그건 생각도 안 하시는 게 좋겠어요, 그러고서 그녀는 작별 인사를 건네고 그녀가 멀어지는 모습을 바라보면서 계속 생각에 잠겨 있었으며 그날 저녁 식탁에서 그 생각에 대해 얘기하길 생각해보세요, 아빠, 정말로 이모는 다시 저를 보러 왔어요, 하지만 저는 왜 그랬는지 알아요, 이모는 바보가 아니에요, 이모가 말했듯 이건 가족 방문이 아니었어요, 무슨 일이 일어나고 있는지 알고 싶었을 뿐이라고요, 제가 이모보다 잘하는지, 이를테면 중국인 관광객을 버스째 유치하는지 말이에요, 이모는 꿈도 못 꿀 일이었으니까요, 거기다 이모는 온 시내를 돌아다니면서 모든 사람에게 자기가 TV에 나와서 이제 얼마나 유명해졌는지 떠벌려요, 저를 찾아온 것도 그 때문이에요—그녀가 단어 하나하나를 발음할 때마다 스푼으로 식탁을 두드리며—이모는 성미가 고약해요, 저를 찾아온 건 뻐기고 잘난 체하려고 그런 거였어요, 머리가 어질어질해요, 아직도요, 아빠, 그렇게 쉽게 속아 넘어가시다니요, 아빠마저 남작이 어마어마한 전 재산을 정말로 우리에게 주려 한다고 믿으시네요, 말도 안 돼요, 그가 여기 오는 건 단지 이모 때문이라고요, 이모에게도 이렇게 얘기했어요, 이건 저만 알고 있는 것 같아요, 다들 남작이 정말로 뭔가 할 작정이라고 생각하니까요, 믿든 말든 그들은 이미 쓰고 있어요, 진짜예요, 그의 돈을 엄청나게 쓰고 있다고요, 그녀는 씁쓸하게 웃기 시작했으나 진짜 웃음은 아니었으니 바로 그때 입안이 음식으로 가득 찼기 때문만은 아니라, 아시겠어요, 아빠, 그들은 이미 남작의 돈을 쓰고 있는데, 그는 아직 도착하지도 않았어요, 대체 누가 그런 바보짓을 할 수 있겠어요, 우리가 아니라면요, 그들은 이미 이것저것 계획을 세우고 있어요, 그러거나 말거나, 라고 제가 말하죠, 그들은 그가 저택을 다시 고쳐주리라는 꿈을 꾸고 있어요, 글쎄요, 그럴 수도 있겠죠, 하지만 그들은 그가 수영장 열두 곳과 호텔 네 채를 새로 지을 거라고도 말한다고요, 하지만 이렇게 묻고 싶어요, 새 수영장이 하나라도 뭐에 필요하죠, 목욕탕 가는 사람조차 누가 있다고요, 아무도 없어요, 거기서 일하는 직원이 전부예요, 게다가 호텔 네 채라니, 누가 제발 말 좀 해줘요—그녀가 아버지를 바라보았으나 접시 위로 깊숙이 몸을 숙인 그는 음식을 찌르기만 할 뿐 조금도 먹을 수 없었는데—왜 꼭 네 채인가요, 세 채나 다섯 채면 왜 안 되죠, 열두 채는요, 근사한 숫자잖아요—그날 밤 그들은 채소 굴라시를 먹고 있었는데, 여인이 다시 한번 음식에 스푼을 담근 것은 아무도 실은 배가 고프지 않았기 때문으로—그녀가 냉소적으로 말하길 새 수영장 개수만큼 호텔이 생기는 거죠, 안 그래요?—그녀가 고개를 저으며 목소리를 낮춰—말해보세요, 아빠, 진심으로요, 이곳이 하나의 거대한 정신병원에 불과한 것 아닌지 말이에요.

그녀는 편지 두 통을 심장 바로 위에 간직했는데, 밖에 나갈 때면 코트 안주머니에 넣었으며 집에서 드레싱 가운을 입고 있을 때면 사이드포켓에 넣었으니 물론 그곳은 심장 위가 아니라 심장 옆이었지만 그건 중요하지 않다며 그녀가 생각하길 중요한 것은 감정이었는데, 그녀가 생각하기에 두 편지는 그녀의 심장 위에 있었고 영원히 그럴 것이며 이미 며칠간, 실은 몇 주간 두 편지와 함께했는데도 그녀는 결코 편지와 떨어지지 않을 작정이었던바 그녀는 자신이 느끼는 이 무한한 행복을 누군가와, 친척이나 지인과 나누고 싶었으나 그럴 수 없었던 것은 나눌 사람을 아무도 찾지 못했기 때문으로, 도러에게는 두 번이나 시도했지만 허사였고 이렌조차도 이것을, 그녀 영혼의 유일한 비밀을 감당할 만한 사람은 아니었으니 이 이렌—진정 그녀의 가장 친한 친구이자, 고락을 함께한 이렌—에게 그녀는 삶에서 가장 중요한 일에 대해 이야기할 수조차 없었거니와 이렌은 지극히 현실적이고 매사에, 모든 감정과 모든 환희에—하지만 이 모든 것은 언제나 그녀의 마음속에 들어 있었는데—찬물을 끼얹었으며 편지 두 통이 그녀의 심장에 바싹 붙어 있는 지금 이 렌은 결국 편지를 조롱하고 그녀를 다정하고 어리고 낭만적 인 바보라고 놀릴 터였던바 그녀는 그녀를 늘 그렇게 생각했 으나 이번에 그랬다가는 그녀의 심장이 조각조각 부서질 것 같았으니 그녀는 편지 두 통 아래에 있는 이 심장이, 자신의 심장이 어찌나 연약하게 느껴지던지 어떤 섭섭한 말뿐 아 니라 이렌 같은 사람의 정색한 충고에도 무너질 것 같았기 에 편지 두 통을 항상 몸에 지니고서 시내 여기저기를 극도 로 조심하며 다녔을 뿐 아니라 자신의 이 연약한 심장도 지 니고 다녔으니 그녀가 두 편지 중 하나를 보여줄 수 있는 사 람이 아무도, 단연코 아무도 없었던 것은 자신이 느끼는 것 을 털어놓을 수 있는 사람이 아무도 없었기 때문이고 그것 은 그녀가 다시 한번 행복을 느낀다는 것으로, 그녀의 행복 은 그렇게 단순한 말로 표현할 수 있다고 그녀는 행복하게 생각했거니와 계획을 짜거나 하는 것이 아니라 편지 두 통 을 가지고 있는 것만으로 그토록 지독하게도 섬세한 감정이 그녀에게로 흘러들었는데, 이 감정을 그녀가 다시는 바랄 수 없던 것은 다시는 이토록 무한히 세련된 말을 소망하지 않 았고 자신의 삶이 너무나, 하지만 너무나 실망스러운 때에 이 일이 자신의 삶에서 한 번 더 일어나리라고는 전혀 믿을 수 없었기 때문이어서, 그녀는 기적이, 그녀가 언제나 기다 렸으나 언제나 실망으로 끝난 기적이 또다시 일어나리라고 는 조금도 믿을 수 없었던바 한편으로—집에 먹을 것이 없어서 저녁거리를 사려고 작은 개신교 교회 옆의 작은 상점에 들어서면서 그녀가 이제 생각하길—한편으로 사람들은 줄곧 실망스러웠는데, 여기서 머리커가 말하는 사람들이란 남성을 뜻하는즉, 말하자면 그들은 그녀에게 다가와 약속을 하고 근사한 일을 해주었으나 그러고는 언제나 가장 비열한 이유와 가장 비열한 태도로 그녀를 내팽개쳤으며 다른 한편으로 그녀는, 혼자 생각하듯 이 낭만적 여인은 너무나, 하지만 너무나 연약한 심장의 소유자였고 이런 식으로 평생을 살았으니 한편에 이 커다란 실망이 있었고 다른 한편에 그녀 몸속의 이 심장이 있었으며 이젠 끝이라고, 더는 아니라고 생각했을 법한 때에 어느 날 집배원이 편지를 가져와 기적이 일어났고 어디서 누구든 그녀를 그런 식으로 생각했더라도—유통 기한을 쳐다보면서 그녀는 어느 편육을 살지 고르고 있었는데, 비닐 랩을 들여다보면서 어느 날짜를 믿어야 하고 어느 날짜를 믿지 말아야 하는지 판단하려 골머리를 썩이다가—그랬더라도 그것은 오로지 그녀가 어린 소녀일 때 멀리서 그녀를 생각하고 순수한 사랑으로 그녀를 생각하는 누군가가 있으리라는 꿈을 그녀가 꾸고 있을 때였으니 그녀는 그저 그래 보이는 볼로냐소시지 한 덩어리를 집어 바구니에 던져넣고는 계산대를 향해 걸어갔다.

다들 연설문을 쓰느라 분주합니다, 그들이 그날 오전 그에게 보고하자 그는 눈 하나 깜박이지 않고서 고개만 끄덕이며 고갯짓으로 부하 직원을 내보낸 다음 모자를 벗고

이마를 닦고는 정수리 부위를 매만진 뒤에 다시 한번 책상
서랍을 열어 사적인 글을 쓸 때 이용하는 필기구를 꺼냈으
나 소용이 없었고 잘되지 않았고 도무지 진도가 안 나간다
고 말할 수 있었으니 그는 표현 하나를 쓸 때마다 망설이고
또 망설였으며—이 표현이 좋을까 안 좋을까?—철자는 말
할 것도 없었는데, 철자 또한 정확해야 하는 것은 이 글이
어딘가에 발표되거나 신문 기사에 인용될 가능성을 배제할
수 없기 때문이었으며—그가 어떻게 알겠는가?—발표되면—
그렇지, 그럴지도 모르지, 다만 그에겐 확신이 전혀 없었을
뿐—뭘 하지? 그는 노련한 연사가 아니었으며 지금까지는
언제나 연설문을 보면서 읽었는데, 그는 시장이 아니었으며
시장에게서는 다듬어지고 더더욱 다듬어진 문장들이 쏟아
져 나왔으나 그는 이번 역시 연설문을 보고 읽기로 했어도
이번에는 누구도, 심지어 서류계도 연설문에 손을 대게 하
고 싶지 않았으나 그 직원은 언제나 그가 쓰는 글을 검토했
는데, 말하자면, 하긴 부인할 이유가 없는 것이 서류계는 언
제나 그를 대신하여 글을 썼으니 지금까지 거의 언제나—말
하자면 거의 언제나가 아니라 언제나—그런 식이었으며 서
류 보관실에서 일하는 (고등학교를 갓 졸업한) 견습 직원이 그
의 연설문 작성을 언제나 도와주었으나 문제는 지금 그가
무엇을 해야 하느냐였는데, 이것은 여느 친숙한 업무가 아니
었으며 초등학교를 방문하여 신호등 지키라고 당부하거나
경찰서 연말 회의에서 개회사를 하는 것이 아니었으니 그런

게 아니라 이번에는 원대한 제스처가 요구되는바 그는 이것
을 다른 누구에게도 맡길 수 없었으나 이미 10시가 지났고
진도가 하나도 나가지 않았고 아무것도 나온 게 없어서 결
국 그는 견습 직원을 불렀던바 그 긴 다리 청년은 졸업 시
험을 통과했고 안경은 중국 정치인처럼 보였는데, 노동조합
사회보험에서 지급받은 굵은 검은색 안경테에 두꺼운 렌즈
두 장을 끼웠으며 이제 견습은 그 렌즈 너머로 그를 쳐다보
되 자신에게 요구되는 것이 무엇인지 이해하지 못하는 사람
처럼 쳐다보았으나 그는 매우 분명하게 말하길 나는 충분히
분명하게 말하고 있네, 그렇지 않나, 라고 그에게 단호하게
말했거니와 물론 그로서는, 물론 모든 것이 더없이 분명하
고 자신이 이해했다는 대답 말고 무슨 말을 할 수 있었겠는
가, 연설은 오후 2시까지 준비하겠습니다, 그래, 좋아, 그가
이젠 누그러진 목소리로 그에게 말하길 좀 가까이 오게, 견
습, 그리하여 견습 직원이 가까이 오자, 이것 봐, 그가 이젠
전혀 사무적이지 않고 비밀스러운 목소리로 말하길 시장에
서 교장까지 그들 모두가 내 등에 대고 절하고 싶어지도록
뭔가를 이끌어내야 해, 틀림없이, 그가 말하길 그들도 전부
연설할 테니까, 그리고 그는—그가 이제는 진심을 다해 말
하길—그는 그들보다 더 찬란히 빛나고 싶다며, 이해하겠나,
견습, 그들보다 더 찬란히 빛나야 해, 지금은 그야말로 위대
한 순간이며 자네에게는 역에 운집한 모든 사람이 박수갈채
를 보내도록 할 그런 연설문을 내 손에 쥐여줄 기회가 생긴

펌

것이네, 그런 다음 자네는 내 뒤에 서서 그 박수갈채의 일부가 자네 것임을 알게 되겠지, 나의 생각을 가져다가 구체적 형식으로 빚어냈으니 말일세, 모든 생각은 내게서 나오는 것이니까, 안 그런가, 나는 자네에게 서장이요, 상관이자 대장이지만 한 인간이기도 하다네, 나는 자네 모두에게 열린 책이니 자네에게는 2시까지 참고할 자료가 있는 셈일세, 이 열린 책에는 모든 것이 들어 있으니까, 이제 자네가 할 일은 형식을 찾는 것뿐이야, 나머지는 내가 알아서 하겠네, 내 알다시피 연설의 소리에는 어떤 실수도 있어서는 안 되네, 연설하는 법을 아는 사람이 있다면 그 사람은 나라는 데 자네도 동의하리라 믿네, 네, 그렇습니다, 서장님, 견습 직원이 머리를 숙였는데, 이것은 규정에 따른 것이 전혀 아니었고 마치 안경의 무게가 그의 머리를 끌어내리는 것 같았으며 여전히 견습 직원에게는 거론하고 싶은 것이 있었던바 그는 무급 휴가 문제와 관련하여 사소한 요청 사항이 있었으나 그럴 시간이 없었던 것은 경찰서장이 고갯짓했기 때문인데, 그것은 그가 그의 집무실에서 나와 곰팡내가 코를 찌르는 지하실에 내려가야 한다는 뜻이었으며 그는 이 지하실을 이 세상 무엇보다도 증오했음에도 매일 아침 그곳에 내려가야 했거니와 그에게 이것은 지하 세계에 내려가는 격이었고 그는 그곳의 온갖 종이들이 뿜어대는 곰팡내와 형광등 불빛을 견딜 수 없었으니 저 모든 형광등이 그의 머리 위 천장에 줄지어 늘어선 채 홀로 책상 위로 웅크린 그를 내려다보는 그곳에서는 한 시간이 하루 같았고 하루가 일주일 같았고 일주일이 한 달 같았고 한 달이 한 해 같았으며 급기야 1분마저 1년 같을 때가 있었기에, 위안은 되지 않을지라도 그에게는 책상 서랍에서 그가 좋아하는 라틴어 고전을 끄집어낼 시간이 많았는데, 키케로, 타키투스, 카이사르가 그곳에서 그와 함께했으나 허사였으니―그의 졸업 시험 과목들은 모두, 열한 개 모두…… 과거에, 영광의 시절에 속한 것이었는데―그가 라틴어를 안다는 것과 그와 동시에 경찰관이라는 사실에 매료된 친구에게 그가 털어놓았듯 그는 고등학교 4학년 때 라틴어를 선택 과목으로 정한 유일한 학생이었으며 그래서 졸업 시험 치를 때가 되었을 때 과제가 거의 없었고 모든 것을 암기하여 시험 감독관들을 감탄시켰으며 원하기만 한다면 오늘 맞닥뜨리는 누구라도 감탄시킬 수 있었던바 그는 그 열한 개의 시험 과목에서 어느 것 하나 잊지 않았으며 지금은 그저 누구도 감탄시킬 기분이 아닐 뿐으로, 그가 결코 그런 기분이 아닌 것은 그가 서커스 곡예사가 아니라, 그가 혼자서 생각하길 중대한 잘못의 피해자이기 때문으로, 자신은 이 싸늘한 지하 창고에서 견습으로 앉아 있어야 할 사람이 아니며 그가 비밀리에 쓰고 있어야 하는 것은 서장의 연설문이 아니라 오늘까지도 그를 흥분시키는 저 모든―키케로에서 타키투스와 카이사르까지―위대한 업적에 걸맞은 것이라며 형광등을 올려다보았고 그 불빛들이 자신을 보고 있음을 알았기에, 그래, 좋아, 그가 한숨을 내쉬며 자신은 이곳에 있어야 할 사람이 아니라고 생각하다가, 아니야, 그러면서 종이를 한 장 꺼내어 자신이 저 너절한 컴퓨터를 거부하면서 쓰겠다고 우긴 콘티넨털 타자기에 끼워넣고서, 고명하신 남작님, 이라고 타이핑하기 시작하자 저 모든 서류와 문서에서 곰팡내가 새어 나왔는데, 그는 오전 8시부터 오후 5시까지 이곳에 갇혀, 점심시간이 한 시간 있지만 줄곧 이곳에 갇혀서는 불빛을 위로 하고 곰팡내를 뒤로 한 채 어떤 목적도 없이 갇혀 있는 것을 도무지 견딜 수 없었다.

도서관에는 그런 '사람들의 움직임'이 있었는데, 이것은 그가 부르는 표현으로—그 자신은 매우 재치 있다고 생각했지만—시립 도서관이 괸되치 공원에서 더 걸맞은 장소로 마침내 옮겨 간 이후로, 말하자면 도서관이 웅장한 옛 시청 건물로 이전한 이후로 지난 수십 년간 한 번도 관찰되지 않은 움직임이었으며 그로 말할 것 같으면 시 고위직들 옆 관장석의 위엄 있는 자리를 차지할 수 있었던바 도서관에서는 '크고 작은' 사람들의 이런 움직임이 한 번도 없었다고 안내대에서 에스테르가 행복에 겨워 거의 날아오를 것처럼 그에게 방금 말했으니 그들은 부에노스아이레스에 대해, 관장님—그녀가 기쁨에 겨워 도무지 믿기지 않는다는 듯 고개를 내두르며—'가능하다면 즉시' 모든 걸 알고 싶어 해요, 상상해보세요, 관장님—에스테르가 책상 뒤에서 만족한 표정으로 쳐다보며 관장에게 말하길—그들은 이미 아르헨티나에 대해 모든 것을 알고 싶어 하는 수준에 도달했어요, 관장님,

모든 안내 책자, 여행기, 회고록, 길버트 어데어, 앙겔리카 타셴, 축구의 역사, 쿠루츠 라슬로, 그러니까 우리가 가진 모든 것이요, 모든 책은 반납된 뒤에 옮겨놨어요 열람실에, 관장님께서도 동의하시겠지만 이런 상황에서는 이 책들을 대출한다는 게 사리에 맞지 않아서요, 열람실에 비치하는 수밖에 없다고요…… 이해해요, 에스테르, 나야 이 모든 상황이 무척 흡족하지만 부디 청컨대 '옮겨놨어요 열람실에' 같은 표현은, 적어도 이곳 도서관에서는 쓰지 말아줘요, 당신은 교양 있는 숙녀잖아요, 에스테르, 올바른 헝가리어를 구사하려면 독일어 문법을 쓰지 말아야 한다는 것쯤은 당신도 알 거예요, 안 그래요, 그러니 당신의 마음을 다치게 하고 싶지는 않지만─그녀의 마음을 평생 다치게 해온 관장이 말하길─일전에 당신이 헝가리어답지 않은 말투로 스스로를 표현하는 경향이 있다고 내가 말한 적 있지 않나요, 부탁건대 이런 표현을 쓰지 말아줘요, 우리 헝가리인에게는 훌륭한 표현법이 있잖아요, 당신이 내 말에 동의한다면 말이지만, 물론이에요, 관장님, 그녀의 목소리가 떨렸으며, 우리에게는 우리 문법이 있어요, 그렇지 않나요, 그러니 다음번에는 부디 '열람실에 옮겨놨어요'라고 말해줘요, 바로 그거예요, 금세 문장에서 빛이 나잖아요, 에스테르, 그래요, 그녀가 눈을 감았으니 이곳에 들어오는 길에는 마치 기쁨에 겨워 살짝 떠 있는 듯한 기분이었다면 이제 돌아가는 길에는 이곳 도서관에서 늘 신는 슬리퍼를 질질 끌면서, 말하자면 매 맞는 개처럼 비척비척 물러선 것은 대체 무슨 권리로, 인파를 뚫고 다시 안내대 뒤에 서면서 그녀가 혼잣말로 중얼거리길 그는 내게 문법을 가르치겠다고 나선 거지, 제2학교에서 23년간 헝가리어를 가르친 내게 말이야, 기분 상했어, 라고 그녀가 옆에 서 있는 여성 동료에게 말했지만 동료는 그녀의 말이 귀에 들어오지도 않았는데, 그것은 방금 책을 한 권 더 찾아내어 배부했기 때문으로, 그것은 샨도르 어니코가 쓴 부에노스아이레스에서의 모험담 《내 어깨 위 나비》였는데, 동료는 자기 앞의 열람 신청인 뒤에 길게 늘어선 줄을 어떡해야 할지, 이 모든 사람에게 무엇을 줘야 할지, 무엇이든 어디서 찾아야 할지 막막했거니와 곰곰이 생각하면서 열람 대장에 기입한 것은 무언가, 아무거나, 이 빌어먹을 아르헨티나에 대해서면 아무거나였으며 그녀가 방금 동료 에스테르에게 물을 수 없었던 것은 그녀가 관장을 만나러 간 것을 알았기 때문으로, 그녀는 언제나 풀이 잔뜩 죽은 채로 그곳에서 나왔는데, 도서관 직원들은 모두 그녀가 그를 향한 불치의 상사병에 걸린 것을 알았으니, 쉰여덟이나 먹었는데, 라는 생각이 얼굴을 스치는 미소처럼 뇌리를 스치면서 그녀는 그녀를 재빨리 곁눈질하고는 '그래, 그가 그녀의 마음을 또다시 아프게 했군' 하고 알아차렸던바 이것은 다들 알고 있는 사실로서 그녀가 사랑하는 사람은 관장으로, 그는 저 탄산음료 병 같은 안경을 쓰고 있는 데다 하마를 빼닮았으며 그가 집착하는 것은 오직 하나 자신의 명성이었으나 그녀는 마침내 도서관 문을 닫고 가족이 있는 집으로 돌아와 이야기를 계속하길—그들은 거실에서 TV 앞에 앉아 있었는데—이건 우리끼리만 아는 비밀인데, 우리 관장은 정말이지 허세 덩어리야, 그런 부류는 이 도시에서 내가 이 도시를 안 뒤로—그녀가 자신을 가리키며—지난 20년간 단 한 번 배출됐지.

친애하는 머리에터, 이제 한 시간밖에 안 남았소, 그리고 당신은 연설을 할 거요, 라고 시장이 명령조로 말하자, 오, 아니에요, 저는 아니에요, 소파베드에 앉은 채 머리커가 반박하길 거기 가겠다고는 약속했지만 연설은 안 해요, 라며 단호하게 고개를 저었으나, 오, 그러면 참석만 해줘요! 시장이 필사적으로 외치길 당신이 주연인걸요! 청컨대 이 모든 게 당신을 위한 거요, 당신이 없으면 남작도 안 올지 몰라요, 이해해주시길 부탁드려요, 머리커가 최대한 단호하게 반박하길 저는 연설하지 않을 거예요, 이건 시장님 일이에요, 원하시면 거기 있을게요, 하지만 결코 아무 말 안 할 거예요, 부디 제 처지를 이해해주시고 절 그만 괴롭히세요, 이거면 충분하지 않나요, 시장님이 바라시는 대로 다 했잖아요, TV에서 이야기했고 편지와 제 답장에 대해 말했고 옛이야기도 시시콜콜 털어놓았잖아요, 하지만 이건 제게 가장 개인적인 문제예요, 제발요—불안에 사로잡힌 채 그녀가 다탁에서 잔을 들어 차를 한 모금 마시며—하지만 글쎄 그런 것만도 아니오, 시장이 그녀를 설득하려 애쓰며 말하길 모

펌

든 게 개인적이길 바라지 않는다는 것은 아니오, 개인적이어도 좋소, 그거야말로 당신이 우리 앞에 서야 하고 저 위대한 인물을 맨 먼저 맞이해야 하는 이유요, 그는 그녀를 설득하려고 애썼고 몇 분째 노력했으나 아무런 효과가 없음을 알고서 체념으로 얼굴을 찡그리더니 고개를 끄덕이며—무엇에 대해 고개를 끄덕였는지 누가 알겠느냐마는—결국 머리커에게 함께 출발하자며 시간이 됐다고, 사람들이 벌써부터 역에서 기다릴 거라고 말했는데, 그가 흥분하여 말하길 그들이 기다리고 있어요, 당신과 나를 말이오, 그건 우리 모두 함께 기차를 맞이하기 위해서요, 하느님 맙소사, 많이 늦지만 않았으면 좋겠는데, 그는 푹신푹신한 조가비 의자에서 벌떡 일어서서 코트 단추를 채우다가 머리커가 코트를 내리려고 코트걸이 쪽으로 가는 것을 보고는 재빨리 단추를 풀고 잽싸게 달려가 코트를 내려 다정하게 입혀주고는 등을 가볍게 두드렸는데, 그녀가 살짝 몸서리를 치자 바로 그만두고는 문을 열되 숙녀를 위해 열었으며 둘은 함께 나와 계단을 내려가 정문 밖 쌀쌀한 바람 속으로 나왔으니 아직은 비가 내리지 않았으나 그래도 얼마 지나지 않아 세찬 바람에 몸이 얼 것 같았지만 다행히 쉰 걸음 남짓 걸어 차에 탄 뒤로는 만사가 순조롭게 진행되어 그들은 관용차를 타고 평화로를 따라 내달리고 날았으며—내가 당신에게 날아가고 있어요, 라고 머리커가 뒷좌석에서 생각하고 있었으므로—그밖에는 아무것도 없었고 오직 이 네 어절만이 그녀의 가슴

속에서 은은한 종소리처럼 울리는 동안에도 시장은 끊임없이 이야기하고 또 이야기했으나 그가 뭐라고 말하는지 한 단어도 알아들을 수 없었던 것은 그가 하는 말이 그녀에게 조금도 흥미가 없었기 때문으로, 그녀는 끊임없이 바람에 밀려 들이닥치는 더러운 비닐봉지에 맞서 끈질기게 싸우는 차창 와이퍼 두 개에 관심이 쏠려 있었고 비닐봉지가 와이퍼와 차창 사이에 끼어 좌우로 움직이면서 끼익끼익 하는 소리밖에 들리지 않았으며 그러는 동안에도 그녀는 날았으니 모든 것이 그녀와 함께 날았고 존재하는 것은 이 네 어절뿐이었으며 이 네 어절이 그녀 안에서 노래하고 그 밖에는 아무것도 없었다.

부산을 떨었지만 그녀가 찾은 것이라고는 볼펜 두 개와 매직펜 한 다스뿐이었거니와 그녀가 찾고 있는 것은 만년필로, 파르스름하거나 푸르스름한 색깔의 만년필이 있었던 걸로 기억해, 라며 그녀가 생각하길 여기 있을 거야, 그녀는 뜨개질 바구니를 뒤적이기 시작했는데, 바구니 안에는 실꾸리뿐 아니라 버리고 싶진 않지만 더는 쓸모없는 온갖 자질구레한 물건들이 들어 있었으며 그녀는 뒤지고 또 뒤졌으나 찾지 못하자 집게손가락을 입술에 대고 차분하게 마음을 가라앉히며 거실을 둘러보다가, 아, 책상 두 번째 서랍, 거기 있을지도 몰라, 그녀가 책상으로 가서 서랍을 열자 인도고무 지우개에서 구유에 사철 눈송이가 떨어지는 유리공까지, 또 종이칼까지, 서랍에는 시간이 흐르면서 온갖 물건이 들

펌

어차 있었으며 그녀는 어쩌다 여기 들어오게 된 사진을 한 장 집었는데, 약간 구겨져 있어서 펴고는, 저건, 세상에나, 그녀가 엄마와 함께 있는 것 같다고 그녀가 생각하며 사색에 빠졌는데, 그녀는 열다섯 살 아니면 열네 살쯤 되어 보였으니, 오, 하느님, 세월이 얼마나 흐른 건가요, 그녀가 한숨을 내쉬며 한동안 자신을 물끄러미 바라보았던바, 그녀는 얼마나 예쁜 여자아이였는지, 그녀가 사진이 맘에 든 것은 그녀가 미소 짓고 있었고 얼굴에 작은 보조개가, 웃을 때마다 생기는 보조개 두 개가 똑똑히 보였기 때문으로—그때에도 그녀는 이 보조개가 남자들에게 어떻게 작용하는지 알았거니와—아, 가버린 시절이여, 그녀가 한숨을 내쉬며 사진을 조심스럽게 서랍에 넣고는 계속 찾아보았으나 찾지 못한 채 뒤로 물러나 다시 집게손가락을 입술에 대고 만년필이 있을 만한 곳을 찾아 주위를 둘러보다가, 부엌에 있지 않을까, 하고 새로운 생각이 문득 떠올라, 그럴지도 몰라, 라고 스스로에게 대답하며 부엌에 들어가 찬장에 다가가서는 어디 있을지 모르니 서랍을 당겨보고 찬장 문도 열어보았으나 아무것도 없었는데, 문득 어디 있는지 생각이 나서 재빨리 거실로 돌아와 커다란 벽장을, 바닥 칸에 손가방을 보관하고 있던 옷장을 열고는 곱고 가벼운 베이지색 천 소재에 황금 걸쇠가 달린, 봄에만 쓰던 그 손가방을 찾았는데, 그래, 마침내 여기 있네, 하고 그녀는 흡족해했으나 잉크도 있어야 한다는 걸 금세 깨달았거니와 이것은 하지만 별로 힘든 일이 아니었으니 그녀는 책상에서, 물론 당연히 밑에서 두 번째 서랍을 열어 바로 잉크를 찾아 마침내 책상 앞에 앉아서 필요 없는 물건을 말끔히 치우고는 목화 가지를 꽂은 꽃병 두 개를 정돈한 뒤에 종이를 책상 한가운데 놓고서 상체를 숙인 채, 자, 하지만 뭐라고 쓴담, 다시 한번 그 괴상한 봉투에서 벨러의 첫 번째 편지를 꺼내어 보니 이 봉투에는 보일락 말락하게 연필로 숫자 1을 써놓았으며 마찬가지로 다른 봉투에는 같은 식으로 숫자 2를 써놓았으니 그녀는 첫 번째 편지를 다시 처음부터 끝까지 읽고 두 번째 편지도 역시 처음부터 끝까지 읽었으나 막막하기는 매한가지였고 손이 떨렸으며—뭐라고 써야 하나—급기야 물건을 전부 치우고 오른쪽 위 서랍에서 엽서 다발을 꺼내어 석 장을 고르고 그중에서 한 장을 골라 마침내 아까 잉크를 채워둔 만년필을 쥐고서 머리를 왼쪽으로 살짝 기울인 채 책상 위로 몸을 숙였으며 잠시 생각한 뒤에 세 어절을 적고는 등을 구부린 채 가만히 앉아서 엽서를 쳐다보다 자신이 등을 구부리고 있다는 것을 느꼈으나 한동안 아무것도 하지 않았는데, 스스로에게 이것을 허락하는 것은, 말하자면 자신을 이렇게 내버려두는 것은 매우 드문 일이었던바 그녀 말마따나 그녀는 언제나 등을 펴고 상체를 똑바로 세웠으나 지금은 모든 것이 왠지 힘들어졌고 갑자기 모든 것이 어려워져서 그녀는 엽서 뒷면의 세 어절을 쳐다보다 자신이 늙었다는 생각이 들었으니, 난 늙었어, 그래, 내가 여기서 뭘 바라는 거지, 그녀는 고개를 조금 내두르되 마치 경솔한 짓을 저지르던 와중에 있던 것처럼 내둘렀으니 그녀가 대체 무엇을 바라겠는가, 벨러는 백발이 되었고 그녀는 노파가 되었고 그것은 무슨 말로도 위로할 수 없으니 그들이 무엇을 기대할 수 있겠는가, 그녀는 멍하니 앉아 엽서 위로 몸을 기울인 채 세 어절을 바라보다가 눈물이 맺히고 등이 더욱 굽고 두 어깨가 앞으로 처졌으니 이것은 노파의 등이요, 아랫부분이 곧잘 쑤시는 아픈 등이었으나 갑자기 그녀가 몸을 일으켜 미리 준비한 봉투에 엽서를 재빨리 밀어넣고 봉한 뒤에 두 장의 경이로운 봉투에 쓰인 글줄을 한 글자 한 글자 읽고서 직접 주소를 쓰기 시작했다. 그러고는 벌떡 일어나 서둘러 문으로 가서 재빨리 코트와 스카프와 모자를 걸치고 벌써 밖으로, 얼음장 같은 바람과 비 속으로 나와 우체국에 도착하여 문을 밀어 열고는 안으로 들어서며 미소를 지은 것은 그녀 안에서 어떤 목소리가 노래하되 마치 누군가 첼로에 맞춰 노래하는 것 같았기 때문이니, 준비가 됐어요, 그래요, 사랑할 준비가 됐어요.

인파는 모든 예상을 뛰어넘었으며—시장만 놀란 게 아니라 그곳에 서 있던 사람들도 그 많은 인원에 어리둥절한 채 한동안 그저 주위를 둘러보았는데—시민들이 딴 걸 기대했던 아니고 이제 그들은 모두 승강장 위에, 오른쪽에, 왼쪽에, 역사 안에, 역사 뒤와 앞에, 제2승강장에까지 운집한 채 어안이 벙벙했으며 그 와중에도 얼마나 많은 사람들이 나왔는지, 집에 처박혀 있지 않고 이렇게 나와서 얼마나 좋은지 뿌듯한 어조로 말했거니와 물론 집에 처박혀 있어야겠다고 진지하게 생각한 사람은 아무도 없었으며 단지 뉴스 보도가 혼란스러워 어떤 사람들은 주위를 둘러보며 남작이 도착하는 날이 정말 오늘인지 궁금해한 것은 어제 거창한 팡파르와 함께 그의 도착이 선포되었으나 아무 일도 일어나지 않았기 때문이나 참가자 중에서 이런 의문을 표명한 사람은 극소수에 지나지 않았으니 나머지, 말하자면 대다수는 심지어 영문도 모른 채 의견이 일치했으니, 말하자면 기차가 정말로 어느 시점에 이곳에 도착한다면, 그 객차가 어느 시점에 베케슈처버에서 도착한다면, 어느 시점에 그가, 그들이 이미 그토록, 하지만 그토록 여러 번 본 사진의 주인공이자 그들이 그토록, 하지만 그토록 많이 들은 이야기의 주인공이기에 그들로 말할 것 같으면 그를 환영하는 것 말고는 딱히 할 일이 아무것도 없는 그가 마침내 열차에서 하차할 것이라면 어디 무슨 일이 일어나는지 보자는 것이었으니—그것은 그 거창한 질문과 관련하여 시민 전부가 총론적으로는 당연시했으되 각론만이 지극히 자연스럽게도 모호한 채로 남았기 때문이므로—남작이 무엇을 먼저 시작할지, 즉 얼마시 저택을 개축할지, 성을 재건할지, 아니면 오랜 숙원이던 쾨뢰시강 제방의 작은 분수를 먼저 설치할지, 호텔 일곱 곳을 먼저 건설할지 아는 사람이 아무도 없었으며 이 목록은 이 이야기가 그들의 귀에 들어온 뒤로 도시 전역

폄

에서 회자되었는데, 끊임없이 확대되고 개작되었으며 도시
주민들은 침실에서 이발소에서까지, 상점에서 사무실에서
까지 오만가지 경우에 대해 논의할 수 있는 능력을 입증했
으며 심지어 아이들도 유치원에서 이 문제로 토론했으니 그
야말로 언제나 어디서나 모두가 무슨 일이 일어날지, 어떻게
일어날지만 이야기했으며 이젠 그들이 생각하기로는 가장
본질적인 문제에 대해 더는 근심할 필요가 없었던 것은 기
차가 다가오면서 그것, 말하자면 남작의 도착이 이미 일어나
고 있었기 때문으로, 그것은 의심의 여지가 없었으니, 말하
자면 기차가 도착하고 있었고, 말하자면 바로 그 순간에 이
사건의 축에서 도착하고 있었고 이제 역장이 나타나—물
론 그는 오늘 근무 시간 내내 운송 주임 두 명이 역을 담당
하지 못하게 하여 원성을 샀는데—3분마다 군중 속에 나타
나, 기다리는 인파를 뚫고 제3승강장으로 나와 왼쪽을, 베케
슈처버 방향이자 넓은 세상의 방향을 보았는데—대체로 넓
은 세상이 그 방향으로 펼쳐진 것은 지역민의 눈에 무궁무
진한 가능성의 세상이 역사驛舍의 왼쪽에 있기 때문으로—그
방향으로 보이는 것이라고는 경비원 숙소와 철도 건널목 차
단기뿐이었고 좀 더 멀리에는 급수탑으로 알려진 거대한 콘
크리트 흉물뿐 그 밖에는 아무것도 없었으며 심지어 역장
자신도 그것들밖에 볼 수 없었으나 마치 뭔가 사뭇 다른 것
을 볼 수 있는 것처럼, 마치 기차가 지금 어디쯤 오고 있는
지 볼 수 있는 것처럼 굴었으니 그의 수신호 깃발은, 의심할

여지 없이 존경심을 불러일으키는 그것은 여전히 그의 손에 들려 있었으며 그의 제복은 보기에도 깔끔한 것이, 먼지 한 톨 묻지 않았고 단추는 반들반들 윤이 났고 휘장의 바늘땀은 보강되었으나 군중은 혼자 생각하길 그가 무엇 하나 더 많이 보지 못하며 그들과 똑같은 것을 본다고, 말하자면 아무것도 못 본다고 생각했으나 그럼에도 역장의 단호하면서도 날카로운 눈길을 보면서 대단한 발표를 기다렸으니 그는 자신이 이 기대를 의식하고 있음을 숨기지 않았으며 세 번째 철로 옆에 최대한 오래 서 있으면서 고개를 한 번 까딱하여 '아직 아니야'라거나 그 비슷한 기색조차 내비치지 않고서 아까와 똑같은 표정을 지은 채 군중을 뚫고 자신이 방금 나선 것과 똑같이 역장실로 돌아갔다가 곧이어 3분 뒤에 다시 나타나 이 모든 과정을 되풀이했는데, 다만 이번에는 그의 연기가 끝났던바 역장은 '다른' 표정을 지은 채 제3승강장에서 돌아왔거니와 이 표정이 어떻게 다른지는 말하기 힘들었을 테지만 분명 달랐으니 명당자리를 잡은 사람들은 누구나 쉽게 알 수 있었듯 무언가 달라졌고 무언가 지금 벌어지고 있음을 조금도 의심하기 힘들었던 것은 역장이 나올 때와는 전혀 다른 걸음걸이로 역장실에 들어갔기 때문으로, 그는 서두르고 있었고 이제 서둘러 돌아간다고 말할 수 있었으며 게다가 3분을 채 기다리지 않은 채 들어가자마자라고 할 만큼 금세 다시 나왔으니 그를 본 사람들이 모두 그의 수신호 깃발을 쳐다본 것은 이제 그들 가운데로 나오면서 그가 깃발을 다리에 가볍게, 하지만 분명히 두드렸기 때문으로, 이 행동은 그가 나와 있는 동안에도 계속되었으며 흥분이 뚜렷이 커지다가 갑자기 군중 속에서 소리가 들려왔는데, 아무도 말하고 있지 않았으나 일종의 웅성거림이 시작되다가 역장이 제복을 가다듬자 그로부터 모두가, 그를 볼 수 있는 사람은 누구나 열차가 오고 있음을 알았으며 그런 다음 사전에 전혀 합의되지 않았음에도 모든 것이 시작되었던바 그 생각이 시장에게 저절로 떠오른 것은 그가 손을 흔들기 시작한 사람이기 때문으로, 그는 기차가 오리라 예상되는 왼쪽으로 몸을 돌려 갑자기 손을 흔들기 시작하되 크고 격정적인 동작으로 손을 흔들자 처음에는 그의 바로 곁에 서 있는 사람들이 덩달아 손을 흔들기 시작하더니 이 손 흔들기가 전염병처럼 순식간에 퍼져 1분도 채 지나지 않아 모두가 거의 예외 없이 손을 흔들되—'거의' 모두인 것은, 이를테면 승강장 오른쪽 화물용 계단 근처에 자리를 잡은 향토방위군 오토바이족들은 손을 흔들지 않았기 때문으로, 그들은 극도로 단호하고 용맹스러운 표정을 지은 채 앉아 있었고 그들의 귀에는 가장 엄숙한 기념식에서만 착용하는 징이 박혀 있었으며 양손으로 오토바이 운전대를 잡고 있어서 손을 흔들 수 없었고 같은 이유로 역장도 거국적인 손 흔들기에 참여하지 않았으며 말수레에 묶인 말 네 필도 물론 흔들지 않았으나 방법만 다를 뿐 그 밖에는 거의 모두가 흔들되—각자 마음가짐과 기질에 따라 손을 쳐들었으며 여성 합창단도 처음에는 마구잡이로 흔들기 시작하다가 몇 몇이 나머지 단원들에게 뭐라고 말한 뒤 모종의 절차를 확 정하여 모두의 손이 일사불란하게 오른쪽으로 다시 왼쪽으 로 움직였으니 장관壯觀이라고 시장은 생각하며 열광과 초조 로 얼굴이 시뻘겋게 물든 채 집단적 환영의 이 자발적 열광 에 취해 그 자신도 격렬하게 몸짓을 취했으나 이렌은 그러 지 않았거니와 원치 않게 찡그려진 얼굴이 잘 보여주듯 그 녀가 이곳에 온 것은 단지 인사치레였으며 여기서 무엇도 회피하진 않았으나 조금은 너무 서두르는 것 아닌가 생각 한 것은 누구도 아직 아무것도 보지 못했기 때문이나 우편 집배원으로 말할 것 같으면—그는 유명한 편지 두 통을 머 리에터의 손에 전해준 사람임이 밝혀진 뒤로 명성이 커지 고 또 커졌는데—그는 열심히 손을 흔들되 기차가 오는 것 을 본 사람처럼 흔들었으나 기차는 오지 않았으며 그럼에 도 군중은 포기하지 않았고 그들의 손은 내려가지 않았으 니 누군가 이미 무슨 소리인가를 들었으며 그런 다음 점차 많은 사람도 들었던바, 그래, 여기저기에서 사람들이 생각하 길 덜컹거리는 소리야, 그래, 덜컹거리는 소리, 그러면서 그 들은 계속 손을 흔들었고 어떤 사람들은 아까보다 훨씬 열 심히 흔든 반면에 또 어떤 사람들은 원래의 운동량을 꾸준 히 유지했으며 역 구내식당에서 알코올 중독자들이 모조리 나왔으나 그 속에서 아마도 어떤 종류의 스위치가 영구적 으로 눌렸으니 그들은 손을 흔들되 기차가 다가오는 것처럼 흔드는 게 아니라 기차가 역에서 '떠나가는' 것처럼 흔들었으나 그들의 얼굴에 떠오른 행복한 표정은 관광 안내소 신입 직원의 얼굴과 똑같았는데, 그녀 또한 지극한 기쁨을 느끼며 군중 속에 있었던바 원래 그녀가 오기로 한 것은 오로지 아버지 때문이어서, 말하자면 모두가 기대하는 대형 서커스를 놓치시지 않도록 아버지의 휠체어를 밀어주기 위해서였으나 그녀도 전반적인 기대감의 분위기에 점차 감염되었으며 그녀는 군중 너머를 쳐다보기도 전에 팔을 허공에 치켜들어 남들과 함께 손을 흔들었고 협동 마사의 수석 마구간지기조차도 (역사 바깥에 있어서 기차에서 내리는 사람의 눈에 띌 리 없었건만) 계속해서 채찍을 휘둘렀으며 이보이커 여사도 그곳에 있었는데, 그녀만이 바구니를 허공에서 흔들었으니 주위에 서 있던 사람들의 의견에 따르면 그 속에는 그녀의 명물 린처토르테가 숨겨져 있는 것이 틀림없었으며 몇 사람이 아무것도 하지 않고서 손을 호주머니에 깊이 찔러넣은 채 멍하니 서 있어도 좀처럼 눈에 띄지 않았는데, 그중에서 군중이 고대하는 손님의 전 애인(이라고 사람들이 일컬은 사람)인 남작의 전 애인 머리에터가 가장 충격적이었으니 사람들은 그녀에게 무슨 일이 일어나는지, 왜 그녀가 손을 흔들지 않는지 이해할 수 없었는데, 이 자발적인 흥분의 분출에 그녀가 어떤 식으로도 영향을 받지 않는 것처럼은 보이지 않았기 때문이나—비록 그녀는 어떤 내색도 하지 않았지만—사실 모든 것은 그녀의 내부에서, 코트 주머니 속에 깊숙이 찔러넣은 그녀의 손에서 일어나고 있었던바 그녀의 작은 두 손은 도저히 가만있을 수가 없었으며 군중과 같은 리듬으로 둘 다 꼼지락꼼지락 움직였거니와 이 두 손이 주머니의 온기 속에서 꼼지락거리는 동안 이 꼼지락거리는 두 손 조금 위쪽은 코트 아래에서 그저 맥박 치고 더더욱 맥박 치고 점점 요란하게 두근거렸으니 그저 쿵쾅거리고 또 쿵쾅거린 것은 기차가 가까워지는 것을 이 심장이 느꼈기 때문으로, 기차는 덜커덩거리며 어느덧 브레이크를 잡고는 점점 느려지다 완전히 멈췄다.

펌

그는 도착할 것이다. 그가 그렇게 말했으므로

    M41 2115라는 노선 번호가 붙어 있고 '덜덜이'로 불리
는 기관차는 확신이 없었던바 정차해야 하는 선로가 어느
것인지 알 수 없었으며 마치 처음 정차할 때 고도의 정확성
을 기하고 싶어 하는 듯 여전히 1미터가량 앞으로 덜커덩거
리며 전진했으니, 말하자면 조금 재조정을 하여 덜커덩거리
는 한 번의 커다란 동작을 취한 다음 공기 브레이크가 긴
한숨을 쉬듯 공기를 내뿜되 마치 지금까지의 여정이 너무도
힘겨웠던 것처럼, 마치 열차가 마지막 숨을 내쉬듯 내뿜었으
니 이제 끝이고 더는 못 버티겠다는 듯 기관차는 모든 객차
를 뒤에 매단 채 힘겨운 신음을 내뱉는 것 같았으나 기관사
는 만족스러운 표정으로 옆 창문을 열어 몸을 내밀고는 아
직 엔진이 멈추지 않았는데도 다들 늘 하는 말마따나 매우

활기찬 표정을 지었으며 다른 한편으로 이곳 기관차 창문에서 모든 것을 '내려다보았'으니 나머지 사람들이 말하길 그래, 젠장, 그는 운도 좋지, 늘 위에서 모든 걸 내려다보니 말이야, 하지만 그래도 평생 저기 갇혀 있잖아, 모든 걸 늘 기관차 창문에서 바라보면 지겹지 않을까, 위에서 내려다보더라도 늘 같은 것만 보니 말이야, 거기 있는 건 언제까지나 똑같은 것이니까, 이렇게 그의 기를 죽이려는 그들의 시도가 물거품으로 돌아가더라도 그는 이번처럼 어딘가에 정차하게 된다면 그저 웃음을 터뜨리며 활기차게 주위를 둘러볼 뿐이었으며 지금 평소보다 더 활기찬 표정을 지은 채 창밖을 내다본 것은 이런 군중을 마지막으로 보았을 때만큼 군중이 많았기 때문으로, 그 시절 여름철에 그가 수도의 기차역에 들어오면 여름 여행객들이 객차 출입문에 몰려들었거니와 지금 그의 활기찬 시선은 처음에는 군중 전체를 훑어보다가 그 자신도 객차 출입문을 관찰하기 시작하되 역사 주변의 모든 사람과 마찬가지였으니 그들은 모두 객차 출입문이 언제 열리는지 보려고, 말하자면 그가, 모두가 그토록 기다리는 그가 언제 모습을 드러내는지 보려고 다들 객차 출입문을 바라보고 있었는데, 기관사는, 말하자면 〈블리크〉를 읽지 않고 TV도 보지 않고 평소에는 근무 중이거나 집에서 침대에 쓰러져 있었으나, 아무렴, 그는 그런 일에 쓸 시간이 없었음에도 지금은 이 광경을 즐기는 기색이 역력했으며 좀 더 편안하게 주위를 둘러볼 수 있도록 창문 선반 위

로 팔을 조금 뻗고 시야를 넓히려고 몸을 더욱 기울였는데,
그건 볼거리가 있었기 때문이라고 그가 나중에 베케슈처버
역에 돌아가(그는 오랫동안 규정을 소홀히 한 탓에 기관차를 다
른 기관사에게 넘겨야 했는데) 말했으며 웬일인지 잠깐 열차 문
이 열리지 않으려 들었으나 그래도 군중 속에는 볼 것이 많
았으니 거기엔 모든 것이 있었다고 동료 조원에게 히죽거리
며 그가 말하길 상상해보라고, 제길, 꽃단장한 말 네 필이
끄는 마차가 있더라니까, 정말이야, 말 네 필이 끄는 꽃마차
가 군중 속에 있었고 반대편에는 오토바이족이 쉰 명 남짓
있었어, 아닌 게 아니라 다들 가죽옷을 빼입고 문신을 하고
제2차 세계대전 철모를 쓰고 있더라고, 둘 사이로 역사 꼭
대기 층까지 '환영합니다!'라는 현수막이 걸려 있더군, 어디
나 헝가리 국기가 매달려 있었어, 농담 아니야, 진짜로 그랬
다니까, 그가 동료 조원에게 항변하는 동안 문이 열렸으나
그는 어느 승객이 모두가 그토록, 그러나 그토록 기다리는
그 사람인지 볼 수 없었던바 무전기에서 무슨 소리인가가
들렸으며 2순위 호출이 와서 한동안 응대해야 했고 돌아왔
을 즈음에는 창밖이 아수라장으로 변해 있어서 기관차 창
문을 통해서는 밖에서 무슨 일이 벌어지는지 알 수 없었으
나 예상치 못한 무언가가 일어났고 그것은 확실했으니 사람
들이 여기저기로 내달리기 시작했으며 그가 동료를 쳐다보
아도 동료는 한마디도 하지 않았는데, 그가 이 모든 일에 관
심이 없었던 것은 기관사실 'A 위치' 옆의 지점을 치워야겠

다는 생각이 머릿속에 들어 있었기 때문으로, 그 지점은 오른쪽 아래에 있었는데, 말하자면 그가 그곳을 치우고 정돈하고 싶었던 것은 그가 이른바 동료와 반대로 서류 가방과 도시락을 항상 '정확히 같은 장소에' 두기 때문이었기에 그는 그곳에 쌓인 물건을 전부 옆으로 치우기 시작했으니 그는 자신이 서류 가방을 아무 데나 던져놓지 않고 서류 가방과 도시락을 언제나 올바른 장소에 둔다는 사실을 아무도 눈여겨보지 않는 것을 견딜 수 없었는데, 그 지점은 언제나 비어 있어야 했고 그가 근무할 때면 다들 이 사실을 알았으나 물론 이 자리의 명랑 씨만 예외였으니 그는 언제나 돌능금처럼 함박웃음을 지었고 언제나 수다를 떨었으며 누가 신경이나 쓰겠느냐마는 일생에 한 번은 이 노선을 넘겨받을 수 있을지 생각하고 있었을지도 모르는데, 그러면 만사가 정말로 정돈될 터인즉 이것은 M41 2115 노선을 달리는 기관차이니까, 이 망할 잡년 같으니, 그는 울분에 가득 차 입술을 삐죽거리며 귓불 앞쪽의 턱 근육이 경련하기 시작했으나 아무 말도 하지 않았으니 이곳에서는 규율이 지켜져야 했고 이것은 사람 목숨이, 시간표가, 어마어마하게 비싼 장비가, 철도 회사와 승객이 걸린 문제이며 이것은 그의 견해였고 이는 이제 동료를 쳐다보는 그의 표정에서 똑똑히 드러났으니 그 동료는 한가롭게 잡담하다가, 제기랄, 이제 그쳤지만 이 서류 가방은—분노로 눈을 이글거리며 그가 그에게서 돌아서서—서류 가방은 언제나 제자리에 있어야 하는 거라고 말하면서 서류 가방을 자신 옆에 꼼꼼히 정돈하고 기관사실에 편안하게 자리를 잡고는 운전대에 손을 얹고 신호등, 자동 브레이크, 비상 브레이크, 방향 전환 스위치, 속도 조절기, 제어판 등을 하나하나 차례로 살펴본 뒤에 거울로 좌우를 살펴 모든 것이 정돈되었는지 확인했는데, 모든 것이 정돈되었으므로 이 이른바 동료가 지껄이는 것에는 더는 관심을 기울이지 않았어도 그의 동료는 점점 활기를 띠며 나불거렸으니 마침내 그는 인내심이 바닥나서 그에게 제발 닥치라고 툴툴거린 다음 여긴 왜 전부 이 모양이냐고 스스로에게 툴툴거린 것은 어떻게 이런 자들에게 열차를 통째로 맡길 수 있느냐는 것으로, 그는―브레이크를 재빨리 점검하며―장난감 기차조차도 이런 광대의 손에는 맡기지 않겠다고, 그가 진심으로 이야기하길 장난감 기차조차도.

그녀가 아주 잘 볼 수 있었던 것은 승강장 난간 가까이 자리를 잡을 수 있었기 때문으로, 물론 군중에 짓이겨질 위험이 있긴 했지만 자신이 버틸 수 있으리라 확신했으니 중요한 것은 그녀가 모든 것을 보고 싶었다는 것이어서, 비록 친구 곁에 서 있을 수는 없었는데, 그들은 이곳에 함께 올 수 없었던 것이, 왕관의 보석처럼 머리커는 시장과 함께 별도의 차량으로 왔기에 이렌은 난간 옆에서 스스로에게 미소 지으며, 그래, 잘됐어, 하지만, 그녀가 혼잣말하길 저 사랑스러운 여인은 저 위 구름 속에 머물 자격이 있지, 저기가 그녀의 집이니까, 비록 이런 감정이 그녀에게 무척 낯설긴 했어

핌

도 그녀가 그녀를 그토록 사랑하는 것은 이 때문이었으며 그녀는 다른 사람에 대해서는 결코 이 감정을 감당할 수 없었을 것이나 머리커는 예외요, 성자요, 언제나 그녀의 꿈속에서 살고 있는 진정한 낭만주의자였으며 한편 그녀는 이미 예순일곱 살이었고 꿈꾸면서 여전히 구름 속을 노닐고 있었으니 그녀가 그녀에게 매료된 것은 전혀 놀랄 일이 아니라고, 전혀 놀랍지 않다고 그녀는 생각했는데, 이제 처음으로 그녀가 자부심 또한 느낀 것은 바로 지금 자신의 친구가 어디 서 있는지 보았기 때문으로, 그녀로서는 더 바랄 것이 없었으니 시장은 좀처럼 그녀의 손을 놔주지 않고 메인 마이크 뒤에서 그녀를 붙들고 있었던바 그녀는 주최 측이 마이크를 여러 대 설치한 것을 보았거니와 승강장 출구 바로 앞에 하나, 왼쪽으로 마차에서 별로 떨어지지 않은 제1선로 옆에 하나, 그리고 하나가 더 있었는데, 그곳은, 오, 물론 오른쪽 멀리 승강장 위였으며 시장 말고도 누군가가 연설하기로 되어 있는 것이 분명했으나 그녀는 그게 누구일지는 몰랐으니, 알게 뭐람, 중요한 건 (그녀가 솔직히 털어놓아야 했던바) 모든 것이, 조금 과장되기는 했어도 그녀에게 흡족했다는 것으로, 이것을 아무리 강조해도 지나치지 않은 것이, 그게 아니라면 이토록 거창한, 하지만 이토록 거창한 소동을 뭐 하러 하겠는가, 라며 그녀가 지인들에게 거듭 말하길 머리커와 시장이 그를 환영하러 오는 걸로 충분하지 않겠어, 그러면 그들은 함께 돌아가 그를 마차에 태워 시가행진을 시켜야겠다는 생각이 들 때 그를 말수레에 태워 시내로 안내할 수 있겠으나, 다시 말하지만 뭐 하러, 그는 백작, 아니, 남작인걸, 그녀는 지난 며칠간 사람들에게 이 논평을 들려주면서 경멸적 미소에 뒤이어 한쪽 눈을 찡긋하되 '백작, 아니, 남작인걸'로 무언가를 암시하려는 듯 찡긋했으나(물론 그녀의 대화 상대자들이 그가 백작이 아니라 남작이라는 것이 왜 경멸받을 일인지 이해하지 못한 것은 그가 남작이 맞았기 때문인데) 이것은 그녀에게 중요하지 않았으며 그녀가 머리커에게도 여러 번 설명하려 했듯 그의 작위는 중요하지 않고 오로지 그가 좋은 사람인가만 중요했으니, 그것만이 중요하니까, 나의 사랑하는 머리커, 라며 그녀가 그녀에게 말하길 걱정되지 않니, 작위 말이야, 그게 무슨 소용이지? 하지만 그가 솔직하다면, 고결하다면, 지금까지 모두가 그랬던 것과 달리 널 속이지 않는다면 나의 사랑하는 머리커, 그러면 두 사람에게 축복을 빌게, 그러자 머리커가 수줍게 웃음을 터뜨렸으며 이렌은—숨길 이유가 어디 있겠는가—그녀의 이 어린 소녀 같은 웃음을 솔직히 존경했으니 자신의 옛 지인 중에서 누구도 사랑한 적 없는 그녀는 자신의 친구를 사랑했던바 그녀는 무척 순진하고 무척 상냥하고 무척 다정했으며 그녀는 우정이 시작될 때부터 그녀 바로 곁에서 자신의 자리를 찾았으니 이토록 섬세한, 하지만 이토록 섬세한 영혼에게는, 이토록 순진무구한 처녀에게는 늘 곁에 서서 필요할 때마다 함께 있어주고 지켜줄 상식을 갖춘 여자 친구가 있어야 한

펌

다는 굳은 확신을 품게 되었거니와—그녀는 진심으로 뿌듯하고 만족스러운 한숨을 내쉬었으며 이제 열차의 문 하나가 열리기 시작했는데—그녀가 없으면 머리커는 어떻게 될까, 그녀가 없으면 어떻게 될지 누구라도 말할 수 있을까?

문이 열리자 그들은 어떤 남자가 챙이 넓은 모자를 한 손에 들고 웅크린 채 서 있는 것을 보았던바 문간은 그에겐 너무 낮았으며 그는 처음에는 주위를 둘러보려고 고개를 내밀었으나 그 뒤에는 가까이 서 있던 사람들, 말하자면 첫 줄에서 긴장한 채 기다리다 오토바이 경적을 누르기 시작한 향토방위군 대원들이 노인의 얼굴에서 무엇보다 두려움에 비견할 수 있는 표정을 보았으나 나머지 사람들은 무언가 정상적으로 진행되지 않고 있음 또한 감지했으니 그들도 첫 번째 객차에서 문이 열리는 것을 보았으며 그는 마치 기차에서 내리려는 것처럼 보였는데, 그들은 머리와 그의 손에 들린 유명한 모자를 보았고 그가 열차 계단의 난간을 움켜쥐고 있는 모습을 보았으나 그때 군중과 깃발로 장식된 역사 건물을 보고서 자신 앞에 있는 모든 것으로부터 움츠러드는 사람처럼 그는 모자를 든 채 문간으로 물러섰으며 게다가 군중의 알아들을 수 없는 웅성거림을 뒤로하고 객차 문까지 닫아버렸는데, 웬걸, 아무도 상황을 파악하지 못하여 다들 멍하니 서 있었거니와 마차며 여성 합창단이며 시장과 마이크며 깃발로 장식된 모든 것이며 '환영합니다!'며, 그래, 이렇게 거대한 실패라니—역에 나오지 못한 소수의 시민은 모두 이 이야기를 나중에 들었던바—당신은 상상도 못 할 거야, 머릿속에 그려보라고, 이 거대한 군중을 말이야, 기차가 멈추고 문이 열리고 사람들은 남작이 고개를 내미는 모습을 볼 수 있었는데, 그러다 어떻게 됐게?! 그가 고개를 물리고 열차 문을 닫아버렸어, 그래, 다들 어안이 벙벙했지, 그들은 나중에 이렇게 이야기하면서 고약한 기쁨으로 정신을 못 차렸는데, 이것은 주로 주최측, 그중에서도 시장을 향했으니 그는 사실상 망부석이 되었고 어리둥절했으며 물론 이 모든 장면이 가장 당혹스러웠던 사람은 역장이어서, 그는 뒤꿈치를 딱 붙이고 경례 자세로 손을 모자에 올린 채 멍하니 서 있는 채로 문이 열리고 승객이 나타나는 것을 보았고 그가 기차에서 하차하려는 것처럼 보이는 유일한 사람이라고 생각했으나 그 뒤에 아무 일도 일어나지 않았던바 문제의 인물은 기차에서 내리지 않았고 객차 안에 틀어박혔으며 문을 닫아버렸으니 이제 그가 무엇을 할 수 있었겠는가—그는 차려 자세로 경례하며 서 있었거니와—기관차 창문에서는 기관사가 저 위에서 그를 바라보며 히죽히죽 웃고 있었는데, 그는 멍하니 선 채 무엇을 해야 할지 막막했으니 이제 무슨 일이 일어날 것인지, 승객은 기차에서 내릴 것인지 말 것인지, 이런 상황에서 그가, 역장이 어떻게 대처해야 하는지 알 수 없었던 것은 그가, 승객들의 탑승과 하차가 끝난 뒤에 열차를 곧장 베케슈처버로 돌려보내라는 지시를 무전으로 받았기 때문으로, 그것은 기관차

펌

가 몇 량 남지 않았기 때문인데, 특히, 그들이 무전으로 그에게 말하길 '덜덜이'가 얼마 없으며 심지어 지금 제대로 작동하는 건 두 량도 안 되고 나머지는 다 낡아빠져서 조머나 케테지하저시나 오로시나 심지어 버토녀까지도 못 갈 지경이나 그래도 그가 역장인 것은 이 때문 아니던가, 이런 상황에서 언제나 제2안을 마련하는 것······ 그것이 그가 늘 하던 말이었기에 그는 제2안을 마련해두지 않는 법이 결코 없었으며 이번에도 마찬가지여서 차려 자세로 경례하며 서 있다가 문득 이 일이 지겨워져 제2안을 실행했던바 문제의 객차로 가서 계단을 올라가 문을 열고는 다시 한번 문간에 모습을 드러낸 남자에게 말하길 종착역입니다, 하차해주십시오, 도착했습니다, 나리, 그러자 남작이 선뜻 허리를 숙여 여행 가방을 손에 들고는 몸 앞쪽으로 든 채 계단 맨 위 칸에 발을 디뎠으나 그때 군중이 아우성을 치는 바람에 승객은 겁을 먹고는 계단에 얼어붙어버렸으니 역장은 그가 다시 안으로 들어갈 것임을 직감했는데, 도착 손님이 누구인지 그가 알더라도 이것을 더는 용납할 수 없었고 잠시나마 그를 일개 승객으로 취급해야 했기에 그에게 공손하게, 하지만 단호하게 말하길 나리, 기차에서 내리실지 타실지 결정해주시지요, 이에 대해 여행객은 '마땅히' 기차에서 내리고 싶다고 대답했으며 그렇게 다시 한번 여행 가방을 들고 앞으로 발을 내디디자 이번에는 역장이 가방을 받았는데, 도우려는 것 같아 보이지만 거절을 용납하지 않는 몸짓이 그를 편하게 해주려는 의도였던 것은 모자 때문에 동작이 불편해 보였기 때문으로, 그는 그가 계단을 내려오도록 도왔으나 이즈음 군중은 이미 환호성을 지르기 시작하다 분위기가 심상치 않아 놀라서 다시 한번 주위를 둘러보았는데, 그것은 갑자기 경적 여럿이 한꺼번에 울리는 소리를 들었기 때문이지만 그와 동시에 그는 어디선가 울려퍼지는 합창 소리를 들었으며 그와 동시에 공식 스피커들이 정말이지 소름 끼치는 음량으로 울부짖기 시작하다 어떤 목소리가 쩌렁쩌렁, 어떤 이유에서인지 정확히 세 번 울리고는, 환영합니다! 그가 여행 가방을 들고서 더는 앞으로 나아가지 못하는 것은 기쁨이 아니라 절망 때문임이 분명했으나 바로 그때 역장이 다시 한번 자신의 임무에 부응하여 그에게 팔을 뻗었으며 시장 자신도 정신을 차리고 눈 깜박할 사이에 남작 옆에 서서 말하길 이쪽으로 오시죠, 남작님, 제가 안내하겠습니다, 그러더니 역장에게서 여행 가방을 건네받아 역장의 얼굴을 찌푸리게 하고는 여행 가방을 한 손에 든 채 침목 사이로 팔짝팔짝 앞으로 뛰어가면서 도상道床의 돌과 자갈 위에서 균형을 잡았고 다른 손으로는 남작에게 '이쪽'이 어디인지 가리켰던바 남작은 어디론가 인도되고 있었고 자유 의지를 모조리 상실했으며 시장이 가리키는 방향으로 따라갔거니와 땅딸막한 남자의 뒤에서 그는 걸었으며 불안한 마음으로 걸었는데, 그는 건물 앞 군중에게 점점 가까이 다가갔고 그러는 동안 그들에게서 멀어질 수만 있다면 더 바랄

펌

게 없었으나 이 군중에게서 멀어질 수는 없었고 그들을 향해 그저 계속 나아갈 수밖에 없었거니와 어느새 그는 군중한가운데 서 있었으며 그의 등 뒤에서 역장이 펄쩍 뛰쳐나와 누가 말릴 새도 없이 다시 한번 그에게 거수경례를 하면서, 역장, 러비츠 얼러다르, 라고 관등성명을 댔는데, 남작은 그를 멍하니 바라볼 뿐 뭐라고 답해야 할지 몰랐으니 하긴 이렇게 난감한 상황에서 자신의 앞으로 뛰쳐나와 역장, 러비츠 얼러다르, 라고 관등성명을 대는 사람에게 뭐라고 말해야 할 것인가, 그는 뭐라고 말해야 할지 몰라 그를 멍하니 바라보면서 억지웃음을 지었는데, 그때 땅딸막한 남자가 역장을 옆으로 밀치고 그를 오른쪽으로 살살 밀어 그들 둘 다 마이크 쪽에 자리를 잡도록 하고서 이런 일은 결코 꿈에서도 생각지 못했다고 말하기 시작했으니…… 이것은 그가 상상한 도착 장면이 전혀 아니었으며, 오, 하느님 맙소사, 이것은 그가 상상한 장면이 아니었다.

완벽한 계획이 모조리 수포로 돌아갔고—시장이 고개를 내두르며—완벽한 일련의 이벤트가, 완벽한 업무 분장이 수포로 돌아갔고 행사가 뒤죽박죽이 되지 않도록 그들이 쏟은 모든 노력이 수포로 돌아갔고 행사는 뒤죽박죽이 되었는데, 그 이유는—시장은 남작이 도착한 뒤로 이런저런 장소에서 이런저런 주민들에게 이 말을 백번은 했을 텐데—기차가 멈췄을 때 사람들이 돌연 광분했기 때문이니 모든 게 엉망이 된 것은 저 귀빈의 도착이 저 최초의 순간에조차—음, 뭐라고 말해야 하나, 하면서 그가 말하길—다소 어수선했던 것 때문만은 아니요, 그는 이 문제를 논의하고 싶지는 않았는데, 기차는 제대로 정차하지도 못했으며 무슨 이유에서인지 그는 처음부터 기차에서 내리고 싶어 하지 않았거니와, 음, 그건 그렇고, 분명한 사실은 그가 마침내 그를 기차에서 메인 마이크로 데려가기 시작했을 때 갑자기 오토바이족들이 오토바이 경적으로 그 마돈나 곡을 마구잡이로 불러젖히는 것을 그가 들었고 그다음에 여성 합창단이, 마치 그것이 신호인 양 같은 노래를 부르기 시작했다는 것으로, 이 시점에 군중이 온갖 함성을 지르기 시작했으나 그 소리는 그가 사전에 메가폰으로 지시한 것이 아니었던바 몇몇은 "남작 만세"라고 외쳤고 몇몇은 "환영합니다"라고 외쳤고 다른 몇몇은 "브라보"라고 소리쳤고 또 다른 몇몇은 "어서 옵쇼"라고 외쳤으니, 누가 내게 알려주시겠소—그는 며칠째 이 질문을 던지고 있었는데—'어서 옵쇼'는 무슨 뜻으로 하는 말이오, 그렇게 중요한 손님을 맞이할 때 그렇게 말하는 게 옳은 거요? 그가 묻고는, 아니오, 라고 자답하길 그럴 수는 없소, 이래서는 안 되는 거였소, 그리고 모두가, 심지어 여성 합창단도 알 수 있었듯 북새통이 하도 요란해서 그들이 있는 힘껏 목청이 터지도록 고함을 질러봐야 소용이 없었으니

날 위해 울지 말아요, 어르겐티너

난 당신을 결코 떠나지 않았어요
고난의 세월 내내
미칠 것 같은 시절 내내
나는 약속을 지켰어요
나를 멀리하지 말아요

　합창단으로부터 흘러나오는 소리는 죄다 아우성에 묻혀 앰프로 증폭해도 허사였기에 그들은 상황이 호전될까 싶어 더욱 열심히 노력했으나 상황이 전혀 호전되지 못한 것은 저 젠장맞을 폭주족들, 역 반대편의 오토바이족들 때문이어서, 여성 합창단은 오래전부터 그들을 증오했으니 괸되치 공원 문화관의 창문 바로 아래에서 저 오토바이족들의 부르릉거리는 엔진 소리 때문에 리허설을 망친 것이 어언 몇 번인지, 하지만 몇 번인지, 모두 까마귀에게 눈이나 파먹히라지, 정말이지 반대편의 저 오토바이족들은 (이것은 사전에 합의되지 않았으며 적어도 아무도 이에 대해 한마디도 하지 않았는데) 정말이지, 하지만 그들은 이런 짓을 하고도 남았거니와 그들의 오토바이 멜로디 경적이 일제히 '같은 곡'을 울리기 시작하자 합창단원들은 귀를 의심할 수밖에 없었는데, 그래, 그 노래야, 어르게미어인지 뭔지 저 빌어먹을 곡이야, 그래, 저 젠장맞을 오토바이족들은 경적으로 그 노래를 불러젖히고 있었으며 여성 합창단은 어안이 벙벙했으니 누군가 그들에게 〈아르헨티나여, 날 위해 울지 말아요〉를 부르면서 올바른 음높이와 분명한 가락을 지키면서도 그와 동시에 소 떼가 정확히 같은 선율로 음매 우는 소리를 들으라고 한다면, 이것이 사전에 합의되지 않았고 아무도 언질을 받지 않았다면 그것은 약 올리는 짓이라고, 그들은 마침내 모든 게 끝났을 때 서로에게 거듭거듭 이야기했으며, 그래, 왜 부인하겠는가, 그들은 기대에 부응하지 못했으며 오로지 '그들'에게서만 범인을 찾은 것은 오토바이족들이 범인이었기 때문으로, 율치부터 이보이커 여사까지 모두가 모든 것의 책임은 저 흉악한 무리의 발치에 놓여 있다고 확신했으나 사실 비난받아야 할 사람은 그들이 아니었던바 그것은 향토방위군이 주최측과 합의한 그대로였고 이것이 사실이나 다른 무언가가 그들을 혼란케 했고 그것은 완벽하게 납득할 만한 것이, 말하자면 오토바이족들은 그 귀빈이 기차에서 내렸다고 말할 수 있는 시점이 언제인지 판단할 수 없었기에 그가 문을 열고 고개를 내밀자 그중 몇 명은—또한 여기에는 이유가 없지 않다고 인정할 수밖에 없는바—이벤트의 압박 때문에 대장의 수신호가 아니라 이것이야말로 그들이 기다려야 하던 신호라고 생각하여 그 순간에 경적을 눌러대기 시작했으나 나머지는 여전히 기다렸는데, 한 가지 이유는 뒤이은 소동에서 그들이 대장의 수신호를 정말로 보았는지 확신하지 못했다는 것이고 또 한 가지 이유는 이 경우 시작 신호란 그 귀빈이 실제로 기차에서 내리는 순간이어야 한다고 판단했다는 것이지만 그가 다시 기차 안으로 들어가버린 탓에 그들은 제 나름으로 판단하길, 말하자면 비케르 술집에서 술잔을 그들이 서 있는지 앉아 있는지에 따라 카운터나 테이블에 내리치며 '대중의 비난'이 부당하다고 진심으로 느꼈으니 그에 따르면 남작은 기차에서 내렸다고 간주할 수 없었고 그것은 그가 내리지 않았기 때문이라며 그들이 거듭 말하길 그가 기차에서 내린 것은 나중 일이었다는 것이며 기차에서 내린다는 말의 뜻은—그들이 술잔을 흔들어대며 설명하길—누군가의 발이 땅을 밟는다는 것으로, 말하자면 그가 마지막 계단에서 내려와 시장 옆에 서서 마이크를 향해 출발하고 나서야 그들은 그 일이 일어났을 때 경적을 누르기 시작했다는 것이나 물론 그것은 엄청난 소란으로 끝나고 말았다고 그들도 인정한바 그들 모두가 저마다 다른 시각에 경적을 누르기 시작했고 그렇기에 가락의 마지막에도 제각각 도달했으니 그들은 경적을 그저 누르고 또 눌렀으며 귀빈에게서 "기쁨의 눈물을 자아내"고자 했던—대장이 시장과 경찰서장을 만나 논의하고서 장담했듯—마돈나의 위대한 송가 '아르헨티나의 위대한 걸작'은 완전 엉망진창 대소동이 되어버렸으며 그것은 짜깁기였고—토토가 상황을 진정시키려 했지만 별 성과는 없었는데—그들 자신이 마침내 제 스스로 내는 소리를 듣고서 이래봐야 이로울 것이 전혀 없을 것임을 깨달았으나 허사였으며 그래도 그들은 감히 멈추지 못하고 경적을 누르고 또 눌렀으니 급기야 시장이 마이크에 대고 참가자들에게 환영식에서의 역할에 대해 힘차게 감사하고는 직접 환영의 인사말을 하기 시작했으니 이로써 마침내 질서 비슷한 것이 축제에 부여되었다.

군중이 함성을 지르기 시작하자 물론 말 네 필이 놀랐는데, 말들은 오토바이 경적에 놀랐고 그다음에 스피커에서 여인들의 빽빽거리는 소리가 흘러나왔으니, 내 말하건대 그것은, 하고 수석 마구간지기가 말하길 말들이 일제히 내달리지 않은 것은 기적이었어, 말들은 내달리려고 했지만 그가 어떻게든 통제했는데, 하지만 누구나 상상할 수 있듯, 그가 나중에 마구간지기 세 명에게 말하길—그들은 마구간에서 그의 유일한 청중이었으므로—이 모든 것이 마구를 채운 말 네 필에게는 매우 낯설었는데, 그것은 네 필이 마지막으로 그렇게 함께, 무엇보다 그렇게 많은 군중에 둘러싸인 채 그토록 소란스러운 와중에 묶여 있던 것이 언제였는가 하는 것으로, 하긴 그런 적은 한 번도 없었으니 고삐를 잡아 붙들고 있는 것만 해도 여간 고역이 아니었으나 그가 무슨 일을 할 수 있었겠는가, 이런 식으로는, 서로를 견디지 못하는 말 네 필을 묶어서는 일이 되지 않는다고 시청에 설명할 수 있었겠는가, 그냥 묶지 그랬어요, 그들이 그에게 말하길 그러면 아무 문제 없었을 텐데요, 그거야 물론이지, 수석 마구간지기는 이렇게 말하면서도 다짜고짜 충고를 들은 것에 기분이 상했으니, 말이야 누가 못해, 말 네 필을 묶으세요라고, 그런데 이 말 네 필이 한 번도 함께 묶여본 적이 없으

펌

면 어쩌냐고? 아브란드가 마구시를 견디지 못하면?! 퍼쥔지가 어이더 옆에 한 번도 안 서봤으면? 그러면 무슨 일이 일어나겠느냐고, 대체 뭘 해야겠느냐고, 그는 질문을 던지면서 가죽끈으로 울타리를 후려치기 시작했으나 세 마구간지기에게서는 아무 대답도 없었으며 다른 누구에게서도 아무 대답도 없었던 것은 누구 하나 그에게 인사조차 건네지 않았고 누구 하나 그 사륜마차에 관심을 보이지 않았기 때문이니 다들 시장의 연설에 정신이 팔렸는데, 대다수 의견에 따르면 시장은 의욕이 지나쳐 과욕을 부렸고 연설은 잡설로 끝났으며 그는 모든 것을 열거하고 하루케른 가문이 어떻고 얼마시 가문이 저떻고 운운했지만 주로 벵크하임 가문을 거론하고, 음, 그들을 하늘 높이 칭송했으나 백작과 남작을 헷갈렸고 크리스티나와 장마리를, 프리제시와 요제프를 혼동했으며 사람들은 어안이 벙벙했는데, 당사자는 말할 필요도 없었던 것이, 내뺄 작정을 하고 눈알을 이리저리 굴리는 그런 얼굴을 하고 시장 옆에 서 있었기 때문이나 놀랄 일도 아닌 것이, 시장은 그를 환영하는 연설에서 실로 만용을 부렸으며 그것이 중론이었으니 질식할 것 같은 사람에게 산소가 필요하듯 이 도시에 자금이 필요하다며 저 가련한 남작을 대뜸 압박하는 것이 무슨 소용이겠으며 도대체 저것은 어떤 천박한 말버릇이며 시민들이 교양 있는 사람에게서 기대할 만한 태도인가? 그렇지 않고 그것은 그가 기대하는 것이 아니었고 그는 그런 정면 공격을 기대하지 않았으며 게다가 이것으로 끝난 게 아니었으니—환영식장에 있던 사람들이 집에 머문 사람들에게 그날 저녁 이야기했듯—실랑이가 벌어진 뒤 그에 뒤이어 향토방위군으로부터 멀지 않은 곳에서 경찰서장이 연설하기 시작했는데, 그도 자신의 연단을 준비하도록 했으며 암송이 불가능했기에 연설문을 읽었는데, 지각 있는 모든 사람을 격분케 한 것이, 그는 변죽을 울리지 않고 대뜸 남작에게 그의 모든 재산을 공공 안녕의 대의를 위해 기증하라고 충고했으며 한술 더 떠서 자신의 연설에서 그에게 미리 감사하고는 그 돈을 어디에 쓸지 이야기하되 경찰 기동대, 비상 대비 태세, 장비와 차량, 헬리콥터 두 대 이상, 수륙 양용 자동차 넉 대에다 무기 목록까지 읊었던바 누구 하나 그의 말을 한 자 한 자 따라갈 수조차 없었으며 우리는 그곳에 옴짝달싹 못 한 채 서 있었다고 에스프레소 가게에서 일하는 여인이 단골에게 말했는데, 그는 왼쪽 바짓가랑이를 걷어붙여 의족을 보여주어 그 대단한 행사에 왜 참석하지 못했는지에 대한 설명을 대신했으나 카운터 뒤의 여인은 그가 왜 자꾸 바짓가랑이를 걷어붙이는지 이해하지 못한 것은 그의 의족에 대해서는 10년 전부터 알고 있었기 때문으로, 그는 에스프레소나 우니쿰을, 또는 둘을 함께 마시려고 들르는 사람들에게 천 번은 이 얘기를 했으며 어쨌거나 그녀가 그에게 계속 이야기하길 진지하게 말씀드리는 건데, 우리가 옴짝달싹 못 한 것은 경찰서장 때문이에요, 그가 입을 닫질 않으니 말이에요, 결국 시장이 그

320   펌

의 어깨를 두드려야 했는데, 그에겐 이 무례를 중단시킬 용기가 있었거든요, 무엇에든 한계라는 게 있잖아요, 정말요, 그게 무슨 뜻이냐 하면 그의 돈을 전부 이른바 공공 안녕에 쓰라는 건, 에휴, 있지도 않은 것에 돈을 달라는 건 꼴사나운 짓이에요, 어디 말해볼까요—여인이 어떤 이유에서인지 분노에 찬 눈빛으로 외다리 손님을 보며—보도는 어쩌라고요, 창밖을 보시라고요, 여길, 자, 좀 봐요, 그녀가 에스프레소 가게 입구로 가서 문을 가리키며, 여긴 다리 부러지기 딱 좋아요, 보도에 틈과 구멍이 얼마나 큰가 봐요, 어디나 마찬가지예요, 어느 화창한 날에 보도를 걷다가 목 부러지기 십상이죠, 오늘 급히 역에 가다 무슨 일이 생겼는지 상상이라도 하실 수 있겠어요? 글쎄, 그녀는 보도에서 저 구멍에 발이 빠져 목이 부러질 뻔했으나 왜 저곳의 구멍에 대해 이야기하고 있느냐면—그녀가 자리로 돌아가 카운터 뒤에 서서 팔꿈치에 몸을 기댄 채—바로 저기 보도 중간에 넓고 오래된 구덩이가 있다며 그녀가 말하길 그런데 경찰서장은 모든 게 자기한테 와야 한다고 지껄이고 있으니 무슨 심보인지, 이거 좀 들어봐요, 그녀가 외다리 손님에게 가까이 오라고 손짓했는데, 그가 물론 움직이지 않은 것은 이 손짓을 의당, 말하자면 비유적으로, 물론 오로지 비유적으로 받아들였기 때문으로, 그가 모든 걸 원하는 건 자신을 위해서예요, 소총이며 헬리콥터며 도대체 무엇이든 간에 그가 바랄 리가 없으니 그는 그 돈을 전부 자기 호주머니에 쑤셔넣고 싶을 뿐이라고요, 그러면 이 도시가 그걸 꿀꺽할 수 있겠죠, 그게 이 모든 놀음의 전모예요, 그들은 그 돈을 빼돌리려고 해요, 보면 아실 거예요, 그녀가 마침내 씁쓸하게 말하길 그게 경찰서장인지 시장인지 분유 공장인지는 상관없어요, 제가 분명히 말씀드리는데, 그녀가 그에게 말하길 그들이 결국 모든 걸 챙길 거예요.

역에서 벌어진 추문을 빠짐없이 기록하게, 라며 편집장이 앞에 선 기자들에게 말하길 진짜 추문은 이거냐 저거냐 아니면 딴 거냐가 아닐세, 물론 그것에 대해서도 몇 줄 기록해야겠지만 자네들도 알다시피 자신에 대해 야권이 어떻게 생각하는지 마침내 깨닫는다고 해서 시장이 타격을 입진 않을 걸세, 하지만 내 말 들어보게, 그가 그들에게 말하길 진짜 추문은 저 불쌍한 머리커일세, 무슨 일이 일어났느냐면—그가 팔을 벌리며—무슨 일이 일어났느냐면 어릴 적 연인이라던 사람을 남작이 알아보지도 못했다는 걸세, 나는—그가 자신을 가리키며—그의 바로 가까이에 서 있었기에 전부 보았다네, 그들은 저 불쌍한 여인을 끝까지 세워뒀네, 연설이 전부 끝날 때까지 말이지, 시장은 남작을 호명하면서 마이크에 대고 말하더군, 그런데 왜 도대체 왜 바로 옆에 서 있는 남작을 마이크에 대고 불러야 하는 거지? 어쨌거나 그건 약과일세, 그는 그에게 마차로 얼마시 저택에 데려다주겠다고 했는데, 그제야, 모든 게 이미 끝난 뒤에야 그는 머리커를 기억해냈지, 머리커가 거기 있다는 걸 기억해냈다네, 그는 심지어 그녀를 소개하지도 않았네, 그제야 그가 말하길—내가 분명히 말했듯 이걸 전부 기록하게—그가 말하길 남작님, 여긴 머리커입니다, 그때 남작은—편집장이 집게손가락을 경고하듯 들어올려 마치 흙 얼룩을 무심히 털어내는 듯한 동작을 취하며—남작은 고개를 한 번 끄덕였지만 저 가련한 여인에게 눈길조차 주지 않고 몽유병자처럼 그녀를 스쳐 지나갔으며 시장은 그의 앞으로 뛰쳐나가 사람들을 밀쳐내며 마차 있는 곳까지 갔는데, 자네들도 알다시피 이건 추문일세…… 솔직히 말해서 그녀는 사실 그런 식으로 생각하진 않았지만 조가비 의자에 홀로 앉아 다시 생각할 수 있었을 때 이번에는 이렌을 집에 돌려보냈는데, 그건 아무 말도, 도무지 어떤 말도 할 수 없었기 때문이요, 오로지 느낄 수만 있었기 때문이며 그녀가 느낀 것은 지금 자신이 겪는 것보다 더 고통스러운 슬픔이 있을까였으니 도시 전체가 보는 앞에서 이 모든 일이 일어날 수 있었다는 것이 괴롭고 정말로 정말로 괴로웠기에 그녀는 얼굴을 두 손에 묻었으며 그녀의 얼굴은 여전히 화끈거리고 있었으나 그녀의 뇌리를 스친 생각은 그녀가 마음속으로 겪어야 했던 것에 비하면 이 상황은 아무것도 아니라는 것이었으며 그곳에서 도시 전체가 보는 앞에서 그녀는 그 코미디를, 이제 그녀가 스스로에게 말하길 그 치욕스러운 상황을 당해야 했으니 치욕이야말로 그녀가 바라보는 이 이른바 환영식의 의미였으며 그녀뿐 아니라 한 방울의 품위라도 가진 사람에게라면 누구에게나 그랬을 것은 모든 일이 정녕 이렇게 일어나야 했던가? 라고 그녀가 무한한 슬픔을 느끼며 물은 것은 저 끔찍한 경적이, 저 너절한 농사꾼 여편네들이 마이크에 대고 악을 쓰는 〈에비타〉의 저 끔찍한 노래가 정말로 필요했는가, 저 모든 연설이, 그에게 걸맞지 않은 저 모든 요구가 필요했는가였던바 그들은 그를 대체 어떤 사람으로 여겼기에 가장 세련된 분위기에만 익숙한 그를 저렇게 몰아붙였을까, 그녀는 열차 문에서 그를 보자마자 깨달았는데, 벨러가 이런 형편없는 볼거리가 아니라 오로지 가장 세련된 환영을 받아야 할 사람임을 한눈에 간파했거니와, 이것이 정녕 그들이 원한 것일까? 저 끔찍한 시장과 저 끔찍한 경찰서장과 그 뒤에 벌어진 모든 짓거리가? 교장도 연설하지 않았나, 하느님 맙소사—머리커가 조가비 의자에서 몸을 앞으로 숙여 얼굴을 손에 묻으며—그가 뭐라고 했더라, 오, 하느님, 젊었을 적에 당 아카데미에서 마르크스의 《1844년 경제학·철학 초고》를 강의했는데, 자신이 실은 작위 증명서를 감춘 소귀족이었다는 사실이 가슴 깊이 부끄러웠다고 했지, 오, 주여, 하지만 그녀는 이 말을 들어야 했던 것만으로도 수치를 느꼈거니와 말미에 그가 자신이 초라한 귀족이라고, 언제나 초라한 귀족이었다고, 그러니 언제까지나 그럴 거라고 반복할 때는 더더욱 그랬으며 그녀는 수치를 느꼈으나, 솔직히 말하자면 모든 것이 지독히도 끔찍했으나 그녀는 마지막에 남작이 자신과 이야기를 나누고 싶어 하지도 않은 것에 놀라지도 않았으니 그녀가 자신의 마음이 다쳤다고 말하지는 않겠지만 마음은 다쳤고, 하지만 그와 동시에 그녀는 그렇게 된 이유와 원인을 이해했으니 그녀가 그의 처지였다면 그녀도 똑같이 행동했을 것이기 때문이요, 그녀 또한 서둘러 마차에 올라타 이 장소와 이 형편없는 환영으로부터 달아났을 것이기 때문이니 이 도시에 그토록 돌아오고 싶어 한 그가 이 도시에 대해 대체 뭐라고 생각하겠으며 지금 벌어지고 있는 아수라장은 다 무엇인가, 이 시점에서 머리커는 생각을 멈추고 의자에서 일어나야 했는데, 지금은 매우 미묘한 시점이며 이제 그녀는 생각의 흐름을 이 방향으로나 저 방향으로 이어가야 할 것이었으나 어느 방향으로도 감히 진척시키지 못했으니 '아니다'의 측면에서 생각하는 것도 견딜 수 없었고 '그렇다'의 측면에서 생각하는 것도 견딜 수 없었으며 그것이 그날 저녁 그녀의 상황이었고 바깥은 완전히 어두워졌으나 그녀는 알아차리지도 못한 채 어둠 속에 앉아 눈앞의 공간을 바라보면서 방금까지 생각하고 있던 것에 대해 생각하지 않으려고 애를 쓰다가 어둠이 깔리면서 더는 '아니다'라고 말하는 것을 감당할 수 없자 눈물이 얼굴로 넘쳐흐르도록 내버려뒀으며 눈물이 쪼글쪼글한 얼굴 위로 흘러내렸으나 손수건을 꺼내지도 않고서 눈물이 흘러내리고 흘러내리도록 내버려둔 것은 손수건을 꺼낼 힘조차 남아 있지 않았기 때문으로, 손수건조차 꺼내지 못할 만큼 그 정도의 힘조차 없었던 것이다.

그는 마차가 폭발할까봐, 아니면 날이 어두워진 탓에 무언가와 충돌할까봐 전전긍긍하는 사람처럼 앉아 있었으며 옆에 앉은 자그마한 사람을 보고도 전혀 안심하지 못했는데, 그 사람은 어둠 속에서 끊임없이 오른쪽 왼쪽 열심히 가리키며 말을 쏟아내다가 보타이의 고무줄이 끊어진 것도 알아차리지 못하고 턱시도 한쪽이—그것이 정말로 턱시도라면—완전히 얼룩진 것조차 몰랐으니 어딘가에서 벽에 부딪힌 것 같다고 남작이 생각하길 저것이 정말로 턱시도라면 말이지만 그것은 그가 한 번도 들어보지 못한 양복점에서 만든 것이어서, 넓은 옷깃은 평범한 광택 섬유로 바느질한 게 아니라 아마도—그래도 믿기지 않긴 매한가지였지만—일종의 플라스틱 소재로 만든 것 같았다고 남작이 생각하길 우리가 어딜 가고 있든 최대한 빨리만 가주면 좋겠군, 그러면서 마차의 양쪽을 양손으로 붙잡고 있었으며 게다가 이 순간에야 그의 머릿속에 떠오른 생각은 기차에서 비서를 자처한 사람, 그 단테가 감쪽같이 사라졌다는 것으로, 남작은 이 단테가 차창 밖을 골똘히 내다보고 있던 것을 떠올렸는데, 마치 신경에 거슬리는 무언가를 본 사람 같았던바 기차가 속도를 늦추기 시작하자 객실 문밖을 내다보기 시작했어도 기차가 정차하기 시작했을 때는 잠시 머뭇거리다 기차에서 내렸는데, 단테라는 이름의 이 청년은 어디에서도 보이지 않았으니 남작은 그가 언제 사라졌는지조차 알지 못했으며 왜 그랬는지 이유도 모른 것은 남작이 둘의 만남 이후로 새로 알게 된 친구가 자신의 도착과 관련한 실무를 처리해주리라 기대했기 때문이요, 솔직히 말해서 자신이 그런 실무 작업에는 도무지 젬병이었기 때문으로, 반면에 이 작고 뚱뚱한 남자는…… 어쨌든 솔노크의 단테를 그는 이런 실무에 걸맞은 인물로 여겼으니 이에 따라 기차에서 그는 체념한 채 좋다며 말하길 새로 알게 된 친구를 받아들이겠노라, 자신이 할 수 있는 한 제시된 기회를 활용하겠노라, 필요한 일들을 단테가 처리하도록 하겠노라 말했지만 그는 그러지 않았고, 아마도 현대 헝가리어에서 쓰는 표현인 것 같은데, 그냥 연기가 되었으며 그곳에서 그는 심히 심란해 보이는 땅딸막한 남자 옆에 앉아 있었고 실제로 남작의 판단은 옳아서 시장이 실제로 그의 옆에 앉아 있되 자신이 재난의 한가운데 처했음을, 그러나 또한 빠져나오기에는 너무 늦었음을 감지한 사람처럼 앉아 있었으며 그리하여 그는 점점 깊이 파고들기만 했는데, 말하자면 끊임없이 주절거리고 여기저기 가리켰던바 자신이 칠흑같이 어두운 시내에서 끊임없이 여기저기 가리키며 이렇게 말하고 있음을 알아차리지 못한 것이 분명했거니와, 여기가 그 유명한 평화로 주택가입니다, 이 대로는 다름 아닌 나리의 선조 중 한 명의 이름을 땄던 곳이죠, 그곳을 따라 그의(시장의) 어린 시절에도 이미 매혹적인 협궤 철도가 달리고 있었으니, 상상해보십시오, 남작님, 이 협궤 철도는 시모니펄버를 그 누구도 모를 도시와 연결했죠, 그가 열성적으로 손가락질하며 말하길 하지

만 저길 보세요, 반대편을 가리키며, 저건 육류 가공 공장이
었습니다, 애석하게도 오늘날은 가동하지 못하게 되었지만
요, 왜냐면, 글쎄, 뭐라고 말씀드려야 할지, 경영진이 회계상
의 실수를 몇 가지 저질렀기 때문인데, 아, 저기 좀 보세요—
그가 귀빈의 팔을 움켜쥐자 그가 어찌나 소스라치던지 그
의 임시 가이드는 당장 팔을 놔줄 수밖에 없었는데—저 건
물 두 채가 경찰서입니다, 궁금하시다면 말이지만요, 그 옆
에는 저희의 소중한 초등학교 한 곳이 있고 여기는—그가
다시 한번 남작의 시선을 반대편으로 유도하며—다름 아닌
저희 음악 학교의 저명한 전前 교장이 살던 집입니다, 그는—
생각해보십시오, 남작님—영화 주연을 맡기도 했습니다, 자,
저게 저희의 작은 도시입니다, 그는 잠시 좌석에서 몸을 뒤
로 기댔으나 좌석 덮개의 퀴퀴한 냄새를 맡고는 다시 앞으
로 몸을 숙여 왼편을 가리키며 기쁨에 겨워 소리치길 저기
가 슈트레베르의 집이라며 이에 대해 아무런 설명도 붙이지
않되 마치 명칭을 언급하기만 하면 건물이 스스로 말하기라
도 할 것처럼 붙이지 않았으나 명칭과 건물 둘 다 남작에게
는 아무 의미도 없었던 것은 그에게 아무것도 보이지 않았
기 때문이나 그의 옆에 앉은 땅딸막한 남자는 개의치 않았
거니와 사실 그쯤 되자 이 땅딸막한 남자는 현실이 전혀 눈
에 들어오지 않았으며 기진맥진한 터라 무아지경에 빠진 채
귀빈 옆자리에서 끊임없이 이쪽저쪽으로 기우뚱하면서 쉬
지 않고 주절거리고만 있었던바 말을 멈추면 그 자리에서

펌

쓰러질 것 같았기에 멈추지 않았고 자기가 하는 말이 남작의 귀에 들어가는지조차 신경 쓰지 않았으며 길을 따라 한가로운 속도로 나아가는 마차의 측면을 귀빈이 계속 움켜쥐고 있는 것조차 인식하지 못했으니 그 길은 이제 그의 조상중 한 명의 이름으로 불리지 않았으며 행인도 거의 없었으나 그나마 지나는 사람들은 그나마 작동하는 가로등의 희미한 불빛에 마차를 보고는 그 자리에 멈춰서서 입을 헤벌린 채 마차가 시야에서 사라질 때까지 쳐다보았으니, 어, 저기 마차가 간다, 저기 봐, 남작이야, 그러니까 그 사람이란 말이지, 그들의 놀라움이 무척 컸던 것은 그에 대해 지금까지 많은 것을 들었기 때문으로, 그들은 그에 대해 이런저런, 또 그 밖의 이야기를 들었으나 지금 그들이 본 것은—무작위로 작동하는 가로등의 희미한 불빛에 보는 한에서 말이지만—그들의 예상을 훌쩍 뛰어넘었는데, 그들은 남작이 의심의 여지 없이 남다른 인물이라고 이구동성으로 단언했으니 그가 남작이라는 사실은—그들이 나중에 말하길—한눈에 알아볼 수 있음이 분명했기에 그들은 온갖 방법을 써서 남작다운 특징을 명토 박으려 했으나 그럴 수 없었으며 그리하여 결국 적잖이 뒤죽박죽인 그림이 제시되었음에도 다들 입을 닫고 숨을 죽인 채 운이 좋았던 사람들에게 귀를 기울였고—그들의 운이란 분에 넘치는 것이었던 것이, 그들은 환영식에 가지 않았음에도 남작을 가까이에서 볼 수 있었으므로—그리고 그와 동시에 인정해야 할 사실이 또 하나 있었는데, 그것은 남작다운 특징을 명토 박는 것이 힘들었다는 것으로, 그것을 정의하기란 더더욱 힘들었으며 그 일은 마차 자체로부터 시작되었던바 그것은 마치, 그들이 말하길 평화로에 있던 여느 마차에 비하면 딴 세상에서 온 것 같았으며 아무튼 그런 마차가 사방을 번쩍거리며 네 필의 말에 끌려 어둠 속에서 나타난다는 건, 글쎄, 동화에서나 있을 법한 이야기 아닌가? 라고 목격자들이 외치고는 그들은 남작이 얼마나 껑충했으며 그의 머리와 저 유명한 넓은 챙 모자가 저 위에서 앞뒤로 얼마나 까딱거렸는지 묘사했고 마차가 삐걱거리며 그를 앞뒤로 흔들었다고 말했으니 마차는 정말로 삐걱거렸고 마차가 나아가는 동안 모든 것이 끊임없이 삐걱거리고 빼각거렸으며 이것은 마부가 바퀴를 제대로 기름칠하지 않았거나 기름칠해봐야 헛수고일 만큼 바퀴가 낡았기 때문임이 틀림없었거니와 그들은 청중을 향해 의미심장하게 한쪽 눈을 찡긋했으나 그들은 바퀴에 대해 아는 게 하나도 없었고 기름칠에 대해서도 아는 게 하나도 없었으며 그들은 이런저런, 그리고 그 밖의 것에 대해 말하면서 눈만 껌벅거렸고 온갖 터무니없는 묘사로 사설을 길게 늘이는 바람에 청중은 결국 그가 얼마나 비쩍 말랐고 그의 얼굴이 얼마나 창백하고 그의 모자나 그의 코트나 그의 코트의 깃이 어떻게 생겼는지 듣는 것에 신물이 난 것은 그들의 관심사란 하나, 오직 하나였기 때문으로, 목격자들은 남작의 남다른 품위를 묘사하려 했으나 허사였고, 됐소, 이 이야기는

펌

여러 번 했잖소, 그때마다 남작의 품위에 대해서는 다들 한결같이 듣기를 거부했으니, '그의 키가 얼마나 되는지'나 말해줘요, 알았어요, 라며 대답하길 그는 매우 커요, 그리고 그에게선 남들과 전혀 다른 품위가 흘러넘치죠, 그래, 좋아, 그건 됐어요, 그들은 목격자에게 그만하라며 소리치길 그가 얼마나 큰지나 말해줘요, 좋아요, 키로 말하자면, 그들이 승낙하여 말하길 그는 군계일학이에요, 그게 무슨 말이죠? 그들이 묻자, 내 말은, 이라며 여러 목격자가 말하길 남작으로 말할 것 같으면 여러 가지 특징을 거론할 수 있지만 이 특징을 거론한다면 그를 당신들 눈앞에 데려다 놓을 수 있는 그런 특징이 하나 있어요, 그건 바로 그의 키라고요, 오호, 이 말에 다들 만족에 겨워 소리를 질렀으니, 그러니 한마디로 당신 말은 그가 껑충하다는 것이군요, 그들은 목격자를 바라보았으며, 그래요, 그게 제 말이에요, 당신들 귀먹었나요, 그가 2미터를 넘는다고 몇 번을 말해야 해요, 내 눈대중으론 그 정도예요, 이 시점이 되자 질문은 쏙 들어갔으며 모두가 그를 단지 2미터 남작으로 부르기 시작했는데, 그러다 이보이커 여사가 나름의 별명을 들고나왔으니 그녀는 어수룩한 순박함을 지녔으면서도 결코 변죽을 울리지 않고서 남작의 본질을 한 단어로 압축하여 말하길 그래요, 여러분, 돌려 말할 필요 없어요, 이러니저러니 따질 필요 없다고요, 내 말 들어봐요, 그 줄자는 치워버려요, 내가 하고 싶은 말은 이 사람이 멀대라는 거예요, 이게 사실이 아니라면 제

머리 위에서 하늘이 무너질 거라고요, 그러자 나머지 사람들은 웃음을 터뜨릴 뿐이었다.

도시가 하도 작고 어두워서, 길거리가 하도 비좁아서, 집들이 하도 낮고 허름해서, 그들 머리 위의 하늘 또한 하도 낮아서 그는 "여기는 같은 도시가 아니야"라고 말하고 싶은 마음이 굴뚝같았음에도 똑같은 도시임을 인정할 수밖에 없었으나 마치 도시가 복제품이 된 것 같았고 원본은 그의 기억 속에만 가까스로, 하지만 매우 정확하게 남아 있는 것이 고작일 뿐인 것 같았지만 이것은 복제품일 뿐 진짜 도시가 아니었거니와 그는 조만간 진짜가 나타나기를 바랄 수밖에 없었으니 싸늘하고 횅한 방에서 거대하고 몹시 불편한 팔걸이의자에 앉은 채 당부받은 대로 생각을 모으려 했으나 소용이 없었는데, 언제나 같은 지점에—둘은 같지 않으면서도 같았기에—도달하여 옴짝달싹할 수 없었으니 둘의 차이를 표현하는 것이 극히 힘들거나 아예 불가능한 것은 과제 자체가 힘들기 때문만이 아니라 그의 두뇌가 이 이상 돌아가지 않았기 때문으로, 그는 난로에서 타닥거리는 불을 바라보며 곰팡내와 역겹게 뒤섞인 석회의 지독한 악취를 맡지 않으려고 애쓰면서 지금 그 청년이 이곳에 자신과 함께 있기만을 바랐는데, 그와 동시에 그가 여기 있지 않아서 안심이었으나 머릿속의 또 다른 목소리는 그가 도착했다는 말을 되풀이했던바 그리하여 이곳에서는 해결할 수 없어 보이는 과제가 있었으며 사실 그는 해결책을 몰랐으니 왜냐

펌

면 그가 이곳에서 벗어나야 한다는 사실과 그럼에도 이곳에, 그가 그토록 오랫동안 돌아오고 싶던 장소에, 이곳에서 모든 것을, 그 역사와 그 자신의 개인적 불운이 그에게서 빼앗은 모든 것을 다시 보고 싶던 그 장소에 돌아왔다는 사실을 어떻게 구별할 수 있겠으며 그가 뭘 해야 하겠는가, 라며 그는 불을 바라보았는데, 어디에도 눈을 돌릴 수 없었던 것은 앉아 있는 팔걸이의자의 용수철이 완전히 망가져 궁둥이를 파고드는 바람에 불을 들여다볼 뿐 그 밖에 아무것도 볼 수 없는 자세로 앉아 있어야 했기 때문으로, 이것은—금세 밝혀졌듯—알고 보니 잘된 일이었는데, 그 커다란 방에서 독특한 냄새를 맡으며 앉아 있는 일은 그가 지금껏 겪은 어떤 일과도 비교할 수 없었기에 마침내 그는 이 별난 시련을 겪은 지 얼마 지나지 않아 손발을 씻으려고 일어나 어디로 가야 하는지, 그의 조촐한 산책이 왼쪽을 향해야 하는지 오른쪽을 향해야 하는지 알아보려고 주위를 둘러보았으나 어느 방향으로도 발을 떼지 못한 것은 방에 장식이 되어 있되 처음 이곳으로 안내되었을 때 숨을 가다듬어야 할 만큼 장식이 되어 있었기 때문이며 당시에는 경황이 없어 아무것도 볼 수 없었으나 지금은 실내가 전부 장식되었고 색색의 화환으로 장식된 것을 보았으며 어쩌면 심지어 화환이 아닐지도 몰랐던바 그는 벽 위쪽에 높이 매달린 것이 무엇인지 알아내려고 이마를 찌푸렸는데, 아니, 저건 화환이 아니라 크리스마스트리를 장식할 때 쓰는 금박 은박 갈랜드인 것만 같았으나 성탄절이 정말로 얼마 안 남았는지 남작은 고개를 갸웃거리기 시작했으니, 아니야, 아니야, 성탄절이 임박하진 않았어, 그는 시선을 떨어뜨렸으나 팔걸이의자에서 일어서지 않은 것은 기다란 탁자가 눈에 들어왔기 때문으로, 그것은 조잡하게 깎아 만들었고 기둥 같은 다리가 달렸으며 거미줄이 쳐져 있었고 탁자 위에는 크기가 제각각인 미슈커 항아리가 놓여 있었는데, 전부 콧수염을 기른 노인의 얼굴이 소박하게 새겨져 있었고 전부 똑같은 공방에서 제작했으며 무질서하게 널브러져 있었으나 그곳으로부터 고개를 돌리자 맞은편 벽에, 석회 냄새가 풍겨 오는 곳에 민속 문양이 그려진 양탄자가 수없이 걸려 있었는데, 이 민속 문양 양탄자들이 커다란 못으로 벽에 고정되었다는 걸 알고서 그는 소름이 끼쳤으니 못은 벽에 때려 박힌 것으로, 대가리가 여전히 튀어나와 있었으며, 음, 저러면 떨어지진 않겠군, 웬 괴상한 관습이람, 남작은 입을 벌린 채 벽을 바라보다 왼쪽으로 가서 다시 방을 거닐다가 한 번 더 방을 걷고는 다리에 힘이 하나도, 하지만 하나도 남지 않은 것을 느꼈으며 몸에도 어디에도 힘이 전혀 없었으니, 그렇다면, 그가 생각하길 눕는 게 훨씬 낫겠군, 하지만 어디에도 침대가 보이지 않아서 직원을 부르려고 방에서 복도로 나왔으나 어디에도 직원이 없었고 아예 사람이 아무도 없어서 누울 자리를 찾으려고 혼자 돌아다녔으나 돌리는 문손잡이마다 잠겨 있었으며 게다가 자물쇠까지 걸려 있어서 더 돌아다니는 것 말

펌

고는 할 수 있는 일이 아무것도 없었는데, 그때 멀리서 드릴 소리가 아주 희미하게 들려 그 방향으로 걸어가다 복도 갈림길에서 오른쪽으로 틀자 드릴 소리가 더 커졌으며 또 다른 문손잡이를 돌리자 이번에는 문이 열려 문간으로 들어섰더니 인부처럼 보이는 남자가 바닥에 무릎을 꿇고 있다가 벌떡 일어났는데, 소형 전기 드릴을 들고 있는 것이 마치 스스로를 무언가로부터 지키려는 듯한 채로 그가 말하길 어서 오세요, 나리, 하지만 그 말이 전부였고 둘은 서로를 쳐다보았으며 둘 다 어리둥절한 채 서로를 물끄러미 바라보다가 남작이 먼저 말문을 터서—더는 서 있을 힘이 없었으므로—이 사람에게 자신의 침실이 어디 있는지 아느냐고 묻자 상대방은—한 손에 드릴을, 다른 손에 나사못 다발을 들고 허리띠에는 가죽 연장주머니를 늘어뜨린 채—변명을 늘어놓으며 비난을 퍼붓기 시작했지만 남작은 그가 왜 구구절절 변명을 늘어놓는지, 누구에게 화가 났는지 이해할 수 없었으며 어쨌거나 인부는 계속 주절거리길 그들이 밤 10시까지는 끝내라고 해서 자신은 이곳에서 평화롭게 작업하고 있었는데, 끝내야 하는 시각이 10시가 아니라 어제라고 그들은 말하지 않았고 이건 전부 그들의 잘못이며 그는 '그들'이 누구인지 말하지 않았지만 드릴을 허공에 내두르면서 '그들' 방향을 여러 번 가리키며, 그들 잘못이라고요, 드릴을 위협적으로 흔들며 그가 몇 번 더 말하는 동안 남작은 문간에 서서 더는 이렇게 서 있을 수 없겠다는 느낌이 들었으며 누워야겠다고 중얼거렸는데, 그런 그가 매우 불쌍하게 보였던지 이 인부처럼 생긴 남자는 이 문제만 빼면 그가 제대로 찾아왔다고, 여기가 그의 침실이라고 말하고는 얼굴을 붉히며 덧붙인 말은 "그렇게 될 겁니다", 이 말에 남작은 어느 침대가 자기 것인지 가르쳐줄 수만이라도 있느냐고 힘없이 물었으나 그의 대답은 그를 다시 혼란하게 했으니 이 사람은 이 방이 그의 침실이 '될 거라고'만 되뇌면서 한발 옆으로 비켜 자기 뒤의 침대를 가리켰으나, 아직 준비는 안 됐어요, 라고 덧붙이고는 침을 한 번 삼켰으니 남작이 그쪽으로 가서 잠시 누워도 되겠느냐고 묻자, 그럼요, 누우세요, 인부처럼 보이는 남자가 한쪽 발에서 다른 쪽 발로 몸무게를 옮기며, 이 침대에 누우셔도 됩니다, 그렇다면 당신도 알다시피 나는 좀 쉬고 싶소, 라고 남작이 대답하며 침대가 튼튼한지 알아보려고 한 손으로 침대를 눌러보았는데, 그의 말이 사실이었던 것이 침대는 정말로 아직 준비가 되지 않아서 이 사람은 실제로 바로 그때 침대 작업을 하고 있던 것이었으나 남작은 대화에나, 이 침대에서 무슨 일이 벌어지고 있는지 걱정하는 데에나 쓸 힘이 전혀 남지 않아 그저 침대에 앉은 채 허리를 숙였으며 인부처럼 생긴 남자가 물끄러미 바라보는 가운데 천천히 구두끈을 풀고 웃옷을 벗고 안주머니를 더듬어 봉투를 하나 꺼낸 뒤에 그 봉투를 침대 끝에 놓았을 때, 저, 그런데 잠시 기다려줄 수 있겠느냐며 인부처럼 생긴 남자가 성큼 다가와 침대 머리맡을 털고 임시로 아무

렇게나 부려놓은 매트리스를 똑바로 펴려 했으나 남작은 이
미 매트리스에 누웠기에 인부처럼 생긴 남자는 화가 머리끝
까지 났으니 작업 도중에 이 남작이 불쑥 나타날 것이라고
는 사전에 일언반구도 없었고 그들은 그에게 그날 10시까지
일을 끝마쳐야 한다고 말했는데, 작업을 위해 그를 성에서
이곳으로 데려온 것은 불과 조금 전이었으니 그는 10시까지
작업을 끝내야 했기에 침대 가장자리에 앉아 아직 핀 보강
작업이 남았다고 말했던바, 그는 침대를 수선하겠노라 약속
했고 아직 수선되지 않았으므로 침대 가장자리에 앉아 지
저분한 작업복 차림으로 몸을 숙인 채 드릴을 무릎에 내려
놓았거니와 지금껏 그는 끝마치지 못할 작업은 한 번도 맡
아본 적이 없는데, 남작이 침대에 누워 있으면 작업을 끝마
칠 수가 없으며 게다가, 그가 화난 목소리로 덧붙이길 나리
가 침대에 이런 식으로 이런 상태의 침대에 누워 계신 것은
결코 권할 수 없는바—이제 그는 이 신사에게 퉁명스럽게
말하고 있었는데—지금까지 이 침대에서 잔 것은 들쥐와 집
시뿐이며 오늘까지도 이 침대는 성의 지저분한 구석에서 썩
어가고 있었고 이날 오후 이곳으로 질질 끌려와 그의 손에
맡겨졌으며 그는 이날 밤 10시까지 작업을 끝내라고 지시받
았으나 아직 7시 30분밖에 안 됐고 남작이 허락한다면 핀을
수선해야 하지만—그가 남작의 감은 눈을 들여다보며—이
번듯한 신사가 이 침대에서 일어나지 않으리라는 것을 점점
확실히 더더욱 쓰라리게 깨달았던바 그는 여기 누웠고 일어

나지 않았고 일어나고 싶어 하지도 않았으나 그는 10시까지 끝내야 했으므로 침대 가장자리에 웅크린 채 앉아 있었으며 남작은 그의 옆에서 눈을 감은 채 미동도 없이 누워 있었으니 이제 그가 하려던 말은 언제나 그랬듯 이곳 노동자에게는 미래가 없으며 다들 그가 돈에 혈안이 되어 있고 그에게 주문이 쏟아져 들어온다고 생각하지만, 대체 무슨 주문이?! 침대 가장자리에 앉은 채 목수가 목청껏 외치길 그 사람들은 대체 무슨 소릴 하는 거야?! 한 달에 전화를 8~10번만 받아도 좋겠구면, 그조차 이런 하찮은 잡일인 것을, 그가 비어 있는 손으로 그 일들이 얼마나 하찮은지 손짓해 보이며, 이 신사는 내가 이 일로 실제로 버는 돈이 얼마인지 알까? 당신은 몰라, 하지만 내 말해주지, 5,000포린트를 달라고 했는데, 3,500 주겠소, 라더군, 상상해봐, 거기에는 내 기름값도 들어 있다고, 일하려면 여기서 크리놀린 구區까지 가야 해, 방금 크리놀린에서 왔는데 말이야, 그러면 기름값이 600포린트는 들어, 그마저도 기름을 구할 수 있을 때 얘기지만, 그가 미동도 없는 남작에게 구슬피 말을 건네길 며칠 내내 기름이 하나도 없었어, 저기 성 뒤의 주유소에 갔는데, '기름 없음' 팻말을 달아놨더군, 내 물어보자고, 그게 무슨 뜻이냐고, 딴 팻말을 달아주고 싶은 적이 한두 번이 아니었어, 그게 무슨 말이냐고? 기름이 없으면 주유소가 무슨 소용이냐는 거야, 알다시피 저 사람들에게는—그가 천장을 가리키며—저 작은 친구에겐 기름이 있든 없든 똑같아, 자기들에게는 기름이 있으니까, 그가 몸을 앞으로 더욱 숙여 팔 꿈치를 무릎에 대고 머리를 손에 묻고는, 그들은 딴 것에는 아무 관심이 없어, 그가 계속 말하길 자신이 여기 있고 자신에게는 영업 면허가 있지만, 상상해보라고, 나리, 우리는 누구나 팔방미인이어야 하는 세상에서 살고 있어, 이를테면, 그가 말하길 자신에게는 온수·난방 면허도 있고 심지어 일요일에도—하지만 물론 겨울에, 오로지 겨울에만—조각칼로 돼지 모형을 새긴 것은 그것도 배웠기 때문이어서, 그에게는 그 자격증도 있었으며 그런데도—신사가 알아줬으면 하는데—이렇게 해서 한 달에 얼마를 버느냐면 자그마치 한 푼도 못 버는 것은 세금이며 수수료며 부담금 때문이지만, 신경 쓰지 마시라, 신사 나리를 귀찮게 할 생각은 없으니 당신은 그저 편히 쉬시라고 그가 체념한 듯 말하더니 침대에서 일어나—남작은 여전히 조금도 움직이지 않았고 그의 눈은 앞서와 마찬가지로 감겨 있었는데—그러면 이제 무엇을 한다, 이…… 널빤지인지 뭔지에선 남작이 자고 있으니 그를 내버려둬야 하나? 나가야 할까? 문제가 생기면 어떡하나, 누가 책임지지, 그거야 물론 그의 책임이지만 그가 대체 무엇을 해야 하느냐는 것이, 그들이 어제 고아들을 모두 내보낸 뒤로 이곳은 아수라장이었는데, 그는 사람 하나 볼 수 없었고 그들은 남작을 그에게 떠넘겼으니 그는 하릴없이 고개를 저으며, 그래, 하지만 사실 대체 뭘 해야 하나, 담요도, 그의 머리를 받칠 베개도 없는데, 어딜 봐도 아무것도 없는데, 그는 목수이지 간호사나 호텔 직원이 아닌데, 이 일을 해야 할 사람들은 어디 갔나, 그는 드릴을 침대 옆에 내려놓고는 까치발로 문 앞까지 가서 복도를 내다보았으나 예상대로 복도는 쥐 죽은 듯 조용했으며 이제 그는 분노로 가득하여 격분한 채 문틀을 치며 말하길 아니, 이 사람이 내 친척이냐고, 아니잖아, 근데 왜 이 사람 뒤치다꺼리를 해야 하지, 제기랄, 나는 집에 가겠어, 그러고서 드릴을 집으려고 돌아서서는 모든 연장을 연장주머니에 챙기려고 허리띠를 풀었는데, 운 나쁘게도 남작을 돌아보았다가 그가 다리를 침대 가장자리에 달랑거리며, 하지만 실은 다리를 쭉 폈지만 오금이 침대 끝에 닿을 만큼 다리가 길어서 달랑거리며 누워 있는 모습을 보았는데, 오금 아래로 다리의 나머지 부분이 달랑거리고 있었고 그는 이 달랑거리는 두 다리를 보고도 그를 그곳에 누운 채로 내버려두고 떠날 수가 없었고 감히 그럴 엄두가 나지 않아서—그가 나중에 크리놀린의 집에 돌아와 말하길—그를 내버려두지 못했으니 그 말이 사실인 것은 아무것도, 담요도 베개도 아무것도 없는 저 노인을 어떻게 두고 떠날 수 있겠기에 그는 복도를 걸어 무언가를 찾으려 했으나 위층에는 모든 문이 단단히 잠겨 있었지만 계단을 따라 1층에 내려가자 '군수품'이 잔뜩 있었던바 방 하나에 시트가 꽉 차 있었던 것으로, 고아들을 내보낸 뒤에 여기 처박아둔 것이 분명했으므로—고아들은 어제 이곳에서 전부 트럭으로 이송되었는데—좋아, 그가 이부자리를 들고서 말한

펌

뒤 위층으로 올라가 노신사에게 돌아가서는 누비이불을 덮어주고 머리 밑에 베개를 밀어넣고 달랑거리는 다리 밑에 베개를 받치고는—그가 괜히 팔방미인으로 불리는 것이 아니었으니!—의자와 담요로 다리 받침대를 급조했으며, 괜찮군, 받침대 위에 멀대 다리를 보기 좋게 얹자, 그가 아내에게 설명하길 그의 다리는 막대기 같았으며 그러고 나서 그는 임시방편 보조 침대에 그의 다리를 올리고는 이제 떠날 시간이 되었다 싶어서—그가 사건에 대한 설명을 끝내고 이날 저녁 요리가 무엇인지 냄새를 킁킁 맡으며—문을 살며시 닫고 저 가련한 남자를 자게 내버려뒀으니 그를 혼자 내버려둔 것을 보면 그들은 그에 대해 별 관심이 없었거니와……여기서 '그'가 그 자신을 뜻하는 것은 그가 문제를 해결하는 최선의 방법을 이곳에서 혼자 힘으로 찾아내야 하는 동안 그들은 이 문제로 골머리를 썩이지 않아도 되어 저기 어딘가에서 기뻐하며 무릎을 치고 있었기 때문으로, 그런 바보는, 머르케비츠는 언제나 있으며 그건, 말하자면 나 같은 놈이니—목수가 자신을 가리키며—그들은 내 이름을 제대로 쓰지도 못하고 어떤 사람은 심지어 머르코비츠라고 하기까지 했으니 그들은 모두 어디 근사한 작은 술집에서 담소나 나누는 게 분명했고 그들이 해야 할 일은 그를 부르는 것, 그 머르코비츠를 부르는 것뿐이니, 그가 우리를 위해 모든 일을 처리할 것이고 그는 팔방미인이지.

썩 훌륭하진 않았다고 그는 비케르 술집에서 말하고는

결과에 흡족하지 않아 한다는 것을 모두가 알 수 있도록 꽤 오랫동안 침묵하다가, 나는 도무지—그가 벗겨지는 더벅머리를 쳐들어 뒤통수의 꽁지머리도 덩달아 움직이면서—나는 도무지 결과가 흡족하지 않아, 그러고는 다시 한번 긴 침묵이 이어지는 동안 나머지 사람들은 문신을 긁적거리기나 할 뿐 그가 무슨 질책을 하려는 것인지 전혀 알 수 없었는데, 우리는 모든 것을 점검하지 않았나, 그는 계속해서 말하며 자기 앞에 털썩 놓인 지 오래된 맥주잔에는 손을 뻗지도 않았으니 맥주는 이미 거품이 가라앉고 있었으며, 자네들, 이를테면 제이티 말이야, 언제 경적을 눌러야 하는지 내가 뭐라고 말했나, 답해봐, 네놈 면상을 갈겨버릴 테니까, 하지만 제이티는 할 말이 없었을뿐더러 그는 제이티가 말할 시간도 주지 않고서 맥주잔을 들어올려 냅다 그의 면상을 후려쳐 제이티의 면상을 이내 피로 물들였으며 그는 나무토막처럼 뒤로 쓰러졌지만 폭행을 가한 쪽은 그저 얼굴을 찡그린 채 카운터로 돌아서 바텐더를 쳐다보았으니 그가 무엇을 기다리고 있었느냐면 바텐더가 벌떡 일어나 새 맥주잔을 그에게 가져다주었으며, 우리가 여기서 한 일은—그가 계속해서 말했는데, 아무도 제이티를 돕거나 상태가 어떤지 보려고 움직일 엄두를 내지 못해 그는 뇌진탕 걸린 사람처럼 바닥에 드러누워 있었거니와—우리가 여기서 한 일은 내게, 그리고 자네들 모두에게, 그뿐만 아니라 러치 삼촌에게 수치를 안겼다, 지금 그가 뭐라고 생각하겠는가, 그래, 자네들은 어떻게 생각하나, 그가 모두에게 《나의 투쟁》을 한 권씩 준 것으로 충분하지 않나, 그런 다음 그는 어느 날 오후와 저녁에 자네들의 저 고물 오토바이로 기적을 만들어냈다, 그러니 러치 삼촌이 지금 우리에 대해 어떻게 생각할지 상상해보라, 그도 거기 있었으니 말이다, 애석하게도 그가 거기 있었다, 내가 봤다, 경찰서장 옆에 서 있는 모습을 봤단 말이다, 그는 엉망이 된 저 모든 경적 울리기인지 뭔지를 보고, 아니, 듣고, 거기 쪼개지 마라―그가 의자에 앉은 채 천천히 돌아 토토를 쳐다보며―여기서 낄낄대지 마, 토토 자식아, 그가 번개처럼 그의 옆에 다가서서는 바닥에서 제이티 옆을 구르던 맥주잔을 집어 조금 전에 제이티의 면상을 갈기던 만큼의 힘으로 그에게 던지자 작은별 못지않게 우람했음에도 토토 역시 뒤로 나자빠져 일어나지 못했는데, 이쯤 되자 그들은 정신 바짝 차려야겠다는 생각이 번득 들었으니, 이 시점부터, 그가 엄숙하게 말하길 실수는 더는 있어선 안 된다, 우리에게 속하고 싶은 자는 누구든 더는 실수를 저질러선 안 된다, 우리가 역에서 자초한 치욕을 씻는 것은―피로 씻어야 한다면 피로, 땀으로 씻어야 한다면 땀으로―이제 우리의 몫이다, 나는 실수를 원치 않는다, 그는 이렇게 말하고는 맥주를 한 잔 더 가져온 바텐더에게 고개를 끄덕이며, 나는 받아들이지 못하겠다, 이 도시에서―이곳이 우리에게 성스러운 것은 우리의 본거지요, 우리가 태어난 곳이요, 우리가 죽고 싶은, 이 나라를 위해, 길을 위해, 이상을 위해, 우리를 필요로 하는 모든 이를 위해 죽고 싶은 곳이기 때문이니—이 도시에서 사람들이 우리를 보고 웃음을 터뜨리는 꼴을 받아들이지 못하겠다, 이제 그 꼴을 당하게 생겼으니 말이다, 그가 고함을 지르자 모두 벌벌 떨었던바, 그들은 우리를 보면 웃음을 터뜨릴 것이다, 그러니 여기서 사태를 바로잡아야 한다, 형제들이여, 우리는 맡은 임무를 완수해야 하며, 이 도시는 정화되어야 한다, 우리의 옛 구호가 무엇이었는지는 자네들 모두 기억할 것이다, 깔끔한 마당, 단정한 주택 아니던가, 그러자 그들 모두 문구를 외치기 시작했는데, 이것은 옛 시절 그들의 집회 구호였으며 그들은 후창을 뭐라고, 말하자면 '질서가 있으리로다'라고 외쳐야 하는 것도 잊지 않았거니와, 좋다, 카운터 옆에 선 채 그가 말하되 마치 모든 것이—그들 모두 하나 되어 '질서가 있으리로다'라고 외치는 화음 덕에—마치 모든 것이 옛 방식으로 돌아가기 시작하는 것처럼 말했으며 대장은—어제 이후로 그들은 그를 두목이 아니라 대장으로 부르는 게 낫겠다고 합의했으므로—그는 맥주를 홀짝이고, 수염을 긁적이며 다른 말은 한마디도 하지 않았고 그들은 맥주잔을 손에 든 채 한참 멍하니 서 있다가 몇 마디 떼기 시작했으나 나직하게 읊조리기만 한 것은 폭풍우가 가라앉았는지, 아직 사나운지 알지 못했기 때문이나 폭풍우는 가라앉았던 것은 대장이 아무 말도 하지 않았기 때문으로, 그는 이리 오라고 애송이 조에게 몸짓하여 그와 뭔가 대화를 나눌 뿐 그러고는 조용히 맥주를 마시며 방구석의 TV를 보았는데, 마침 TV에서는 리얼리티 쇼 〈진짜 세상〉 2부가 방영되고 있었고 그는 맥주를 홀짝거렸으나 〈진짜 세상〉 2부에 별 관심이 없는 티가 역력했으니 그는 무언가에 대해 생각하고 있었고 마치 그러는 동안 무언가 그를 갉아먹는 것 같았던바 그의 얼굴에는 어떤 기색도 없었기에 모든 것에 아무런 변화도 없었고 사람들은 낮은 소리로 옆 사람과 이야기를 나눴고 대장은 가만히 맥주를 조금씩 홀짝거렸으며 저 위 철제 프레임에 달린 TV에서는 〈진짜 세상〉 2부가 방영되고 있었다. 모두가 다음 명령을 기다리고 있었다.

그는 택시를 타고 자신에게 너무도 귀중한 주소로 곧장 갈 작정이었는데, 오스트리아에서 지낼 때처럼 사환은 수완이 하도 좋아서 어떤 이름에 해당하는 헝가리 우편 주소를 찾아달라는 임무를 받고서 반 시간도 채 지나지 않아 그의 앞에 주소를 대령하되 작은 은쟁반에 받쳐 피아노책상에 가져다주었으니 물론 그는 자신이 언제 도착하든 첫 과제는 곧장 그 주소로 가는 것이라고 생각했거니와 시내를 거니는 것은 이따 해도 되고 호텔은 이따 찾아도 되고 나머지 모든 것도 나중까지 기다릴 수 있었으나 나중까지 기다릴 수 없는 유일한 것은 그녀를 찾는 것이었는데, 그 일은 결코 일어나지 않았을 뿐 아니라 그는 그녀에게서 멀리 떨어진 곳에 처박히게 되었으니 이제 이 낯설고 적막한 건물의, 이 낯설고 적막한 방의, '오리지널'인데도 끔찍이도 불편한 침대의 악취 나는 이불 밑에 누워 유일하게 남아 있는 그녀의 사진을 얇은 종이봉투에 담은 채로 쥐고 꼭 누르며 마치 꿈이 이루어졌으나 꿈꾸는 동안 이 꿈이 악몽이 되리라고는 미처 예상치 못한 사람처럼 느꼈으니 그토록 많은 군중에게 환영받고 낯선 자들이 떠들어대는 온갖 잡소리를 듣고 마차에 실려 이 갑갑하고 허름한 건물에 홀로 내팽개쳐지리라 예상했느냐고 누군가 그에게 묻는다면 그는 그건 약과라고 답할 것이니 그가 이런 대접을 예상하는 것은 고사하고 그 어떠한 환영도 아예 예상하지 못한 것은 그가 언제 어떻게 이곳에 도착할 것임을 대체 누가 알 수 있었는지 짐작도 할 수 없었기 때문으로, 그들이 어떻게 알아냈을까? 그가 고약한 냄새를 풍기는 베개 밑에서 절망 가득한 얼굴로 묻길 어디서 알아냈을까? 누가 알려줬을까? 이 모든 환영 인파를 밀어내고 연사들의 입을 닥치게 하고 서커스 마차 같은 마차 대신 평범한 택시를 요청하고 만사를 직접 챙길 작정이었다면—기차에서 그의 시중을 들겠다고 간절하게 자원한 솔노크의 단테라는 자는 어디에서도 보이지 않았으니—자신의 계획대로 이동하고 이곳에 온 목적인 그 사람을 방문할 그런 기력조차 그에게 없었던 것은 왜일까, 왜 그러지 않았을까, 왜 다시 한번 천치처럼 굴고 말았을까, 그는 이처럼 스스로를 들볶았고 뼈마디가 시렸으며 봉투를 마냥 손에 쥐고 있다가 사진을 꺼내어 다시 한번 쳐다보았던바—그가 긴 인생에서 이 사진을 몇 번이나 들여다보았는지는 헤아릴 수 없었거니와—이 사진은 언제나 그와 함께 있었고 한 번도 떨어지지 않았으며 그가 어딜 가든 언제든 사진이 그와 함께했으니 무슨 일이 일어나도 그는 결코 사진을 버리지 않았고 40여 년이 지나는 동안 사진은 한 번도 휘어지지 않았는데, 그는 누비이불을 젖히고 침대에 일어나 앉아 봉투를 무릎에 내려놓은 뒤에 사진을 다시 집어넣고 재킷에 손을 뻗었으나 이 순간 발소리가 다시 들리더니 몇 사람이 큰 소리로 외쳐 부르다 어느덧 그의 방 안에 들어와 돌연 그의 침대 앞에 한 무리의 사람들이 서 있되 그들의 눈을 믿고 싶지 않은 사람처럼 서 있었으며 이 눈들은 그를 그저 물끄러미 바라보았고 그제야 그중 하나가, 이번에도 그 작고 뚱뚱한 남자가 뭐라고 묻길 저, 남작님? 여기서 뭐 하십니까, 그가 뭐라고 대답해야 했겠는가, 불운이 그의 계산을 모조리 어긋나게 했고 아무것도 그의 상상대로 일어나지 않았으며 자신이 일종의 끔찍한 환영식에 말려들었고 사람들이 자신에게 헛소리를 해대더라고 말했어야 했을까? 그게 그가 말했어야 하는 것이었을까? 그가 그들을 물끄러미 바라본 것은 말할 수 없었기 때문이요, 말문이 도무지 떨어지지 않았기 때문이니 그들은 그의 방에 쳐들어오되 마치 그를 취조하려는 듯 쳐들어왔으나 사태가 마무리된 것은 이 불운한 하루 내내 그의 옆에 있던, 또한 그 휑뎅그렁한 건물에 숙소를 마련해준 것에 대해 감사받아 마땅한 저 작은 남자가—아마도 이 도시에서 모종의 감독관인 듯한데—그로 하여

금 재킷을 입도록 도와주고 재빨리 그를 방에서 데리고 나
갔으며 복도에서 누군가 그로 하여금 재킷과 스카프와 모
자를 입도록 도와주었기 때문으로—그는 그것들을 어디에
두었는지도 알지 못했는데—그가 옷가지와 함께 건물 밖으
로 안내되되 마치 모든 것이 처음부터 다시 시작되는 듯했
던 것은 이 작은 남자가 그의 주위를 팔짝팔짝 뛰며 굳이
마차를 타시겠느냐고, 만찬장에 가실 때는 자동차면 되겠
느냐고 물었기 때문으로, 아니, 남작은 이 사람에게 그만하
라고, 진정하라고 손짓하며 그를 길가로 끌어당기고는 이해
안 되는 게 많다고, 아니, 오늘 여기서 자신에게 무슨 일이
일어나고 있는지 이해가 안 되지만 한 가지만은 분명하다
고, 종류를 막론하고 만찬은 결코 있을 수 없다며 오랜 여정
으로 매우 피곤하다고 말했는데, 그랬는데도 이 사람이 자
신에게 가까이 기대 오는 것을 보고서 자신이 하는 말을 그
가 제대로 알아듣지 못했나 싶어 다시 반복하길 결코, 결코
있을 수 없다고, 그렇게 관심을 베풀어준 것에 대해서는 무
척 영광스럽게 생각하지만 부디 자신을 모든 의무에서 벗어
나도록 배려해달라고 요청하자 이에 대해 작은 남자가 손뼉
을 치며 대답하길 나리의 말씀은 저희에게 명령입니다, 라
며 남작을 그의 의지에 반하여 어떤 종류의 만찬에든 강제
로 데려가려는 생각은 추호도 없으니, 사실 이건 우리 둘만
아는 것인데—이 사람이 남작에게 더 가까이 기대며—'우리
집 레스토랑'이 역사적 중요성에도 불구하고, 또한 모든 면

에서 빼어나고 만찬에 안성맞춤이지만 '요리가 맛이 없다'는 것을 은밀히 털어놓을 수밖에 없다고 말하고는 어떤 이유에서인지 웃음을 터뜨리기 시작했는데, 얼굴의 근육을 모조리 동원하여 남작 또한 웃게 만들려고 애썼으나, 글쎄, 남작은 이 사람을 따라 웃음이 터뜨려지지가 않았거니와 정중한 미소조차 짓기 힘들었던 것은 이제 실로 모든 것이, 심지어 이런 대화마저도 그를 기진하게 하는 것 같았기 때문이어서 그는 작은 남자에게 부탁하길 정말로 자신이 잘되길 바란다면 가장 가까운 호텔에 데려다달라며 자신은 쉬고 싶다고, 그것이 그의 유일한 바람이라고 하자, 그는 그것은—이 사람이 열성적으로 그의 생각을 마무리하여—'몇 분 안에' 해결할 수 있으리라고 말했으니 그 뒤 그가 바란 대로 일이 진행되어 이 작은 사람이 차를 불러 그들은 그를 어딘가로 데려갔는데, 그는 안락한 분위기에서 '스위트룸'으로 안내되었으며 이 호텔의 명성이 어떻고 저떻고 무엇보다 이 스위트룸의 벽이 '그런 이야기를 들려줄' 수 있으리라는 호텔 매니저의 말을 더는 들어줄 수 없게 되었을 때 그는 빼어난 서비스에 담담하게 감사를 표하고, 허리를 숙이는 호텔 매니저를 향해 담담하게 문을 닫았는데, 그 뒤에서는 작은 남자도 비슷하게 허리를 숙이고 있었거니와 그는 모자와 코트와 양복과 셔츠와 속옷까지 마침내 발가벗고서 샤워한 뒤에 침대에 파고들 수 있었는데, 침대는 너무 푹신했으나 전에 자던 것보다는 훨씬 편안하여 그는 등을 대고 누워 눈을 감고는 이내 깊은 잠에 빠져들었다.

그는 일어난 일 중에서 몇 가지는 일어나지 말았어야 한다는 것을 잘 알았으나 이 사실에 주의를 환기할 필요가 전혀 없다는 것도 잘 알았는데, 글쎄, 하지만 그럼에도, 그가 호텔 로비에 모인 기자들에게 단언하길 기차역에서의 환영식을 기념비적 행사로 명명할 수 있다는 것은 아무도 부인하지 못할 것이니 여러분 모두 그렇게 적어주시오, 그가 기자들을 바라보며, 이런 요청을 해도 된다면, 이라며 말하길 '기념비적'이라는 단어를 똑똑히 적어주시오, 요즘 같은 시대에 지금 같은 상황에서 그토록 많은 군중을 불러 모을 수 있다고 누가 생각이나 했겠느냐는 말이오, 또한 그것에 대해서는 아무도—그의 말은 자신의 동료들도 포함한 것으로—그에게 시비를 걸지 못할 것이니, 말하자면 '그'는 이 거대한 군중을 움직인 장본인이요, 이 사람들을 역으로, 또한 '희망'으로 불러 모은 장본인이거니와 또한 그가 흡족하게 인정하고 실은 강조한바 그것은 이제 사정이 달라질 것이고 이전보다 나아지리라는 희망이었으니 그가 그들에게 다정하게 부탁하길 뉴스를 보도할 때 여성 합창단을 편집하지 말아달라며 그들 앞에 서면 자신은 존경의 표시로 저절로 모자를 벗게 된다고 하고는—하지만 당신은 모자를 쓰지 않잖아요, 라고 누군가 외쳤는데, 누구인지는 도저히 알 수 없었으나—그렇게 시장은 동요하지 않은 채 말을 잇길 그들은 노래에 마음과 영혼을 담았소, 그건 아무도 부인

펌

못 할 것이오, 또한 이것도 부인 못 할 텐데, 이를테면 그들
도 똑같은 인정을 받아야 할 것인바, 그들이란 빼어난 연사
들을 말하는 것으로, 무엇보다 경찰서장과 교장이 있거니와
두 사람 다 환영식을 빛내는 데 일조했으니 이것도 마음껏
쓰시오, 저 문구를 정확히 넣어서 말이오, 시장이 기자들에
게 당부하길 그리고 기차의 도착과 관련해서는, 음, 오토바
이 동호인 협회의 고명한 회원들이 기울인 노고를 잊지 말
아주시오, 남작이 처음부터 흥겨운 분위기에서 환영받은 것
은 그들의 공이므로 내 정말로 부탁하건대, 라며 그가 정말
로 그들에게 부탁하길 부디 그들을 필요 이상으로 조롱하
지 말아주시오, 객관성을 기하고—그가 기자 한 명 한 명의
눈을 뚫어져라 들여다보며—핵심에 집중하시오, 그것은 그
가 이곳에 있다는 것, 그가 도착했다는 것이오, 벵크하임 벨
러 남작이 귀향했다는 것은 단순한 풍문이나 허위나 허풍
이 아니라 진실이오, 그것이 여기서 핵심이니 진실로 부탁드
리오, 여러분이 할 수 있는 한 최선을 다해주시오, 물론 경
적 소리가 조금 혼란스러웠고 주민 합창단이 약간 특이했
고 뭐 그 밖에도 몇 가지 소동이 있었지만 그게 뭐 어떻단
말이오, 그게 무슨 문제라는 거요?—그가 힐난하듯 목소리
를 높이며—그들이 자신의 전부를 내주었다는 사실, 남작
이 자기가 태어난 사랑하는 도시를 보았다는 사실이 중요
한 것 아니오—그는 여기서 태어나지 않았어요, 라고 당돌
한 기자 하나가 내뱉자—그래, 좋아요, 그러면 그가 이 시간

이 찾아오기를 간절히 기다렸을 만큼 사랑한 도시라고 써주시오, 실제로 오늘 그 시간이 마침내 찾아왔소, 오늘 오후 5시 40분에—6시 10분이었어요, 기자단 뒤쪽에서 목소리가 들렸으나—어쨌거나 그즈음 베케슈처버발^[※] 완행열차가 정차했고 벵크하임 벨러 남작이 그 기차에서 하차했소, 지금은 휴식을, 그렇소, 이 호텔에서 취하고 있소, 그러니 진심으로 부탁건대, 그가 그들에게 진심으로 부탁하길 그의 휴식을 방해하지 말아주시오, 그가 상태가 어떨지 생각해보시란 말이오, 우리가 알기로 남작은 64세이며 이날 아침부터 줄곧 이동 중이었소, 그런 여정이 그의 노구에 얼마나 무리였을지 상상해보시오, 내가 여러분 모두에게 요청하는 것은, 신사 여러분, 오직 인도주의, 인도주의적 공감이오, 그가 다시 한번 말하길 적어도 내일 정오까지는 그를 방해하지 말아주시오, 질문을 하거나 인기척을 내어 그를 심란하게 하지 말아주시오, 이 말인즉슨—시장이 이제 좀 더 단호하게 천명하길—내일 정오까지는 이 도시의 이름을 걸고 단 한 명의 기자도 이곳을 얼쩡거리지 않길 바란다는 거요, 그러니 내일 오후에는—정오라고 하셨잖아요, 라고 누군가 끼어들었는데—그러면 내일 오후에는, 시장이 고쳐 말하며, 알게 될 거요, 모든 건 남작에게, 그가 무엇을 먼저 하고 싶어 하는지에 달렸소, 만일 이를테면 그가 옛 성을 보고 싶어 한다면—어느 성을 말씀하시는 거죠, 누군가 조금 날 선 목소리로 물었는데—뭐 어쨌든, 시장이 못 들은 척 말을 잇

길 지코시 영지로 모시고 갈 거요, 모를 일이긴 하지만 어쩌
면 시내를 보고 싶어 할 수도 있소, 결정은 그가 내릴 거요,
그가 모든 걸 결정하니까, 이 말을 꼭 써주시오, 이 시점부
터 그는 어느 누구에게도, 어떤 방식이나 형태나 형식으로
도 구속받지 않을 거라고 말이오, 왜냐면, 여러분에겐 좀 이
채롭게 들릴지도 모르겠소, 다들 이른바 '민주주의'라는 것
에 친숙하니 말이오, 하지만 그의 역량으로 보건대 오늘부
터 그가 이곳의 영주이자 주인이라는 것을 명심하시오—시
장이 목소리를 낮추고 손바닥으로 대머리를 쓸며—여러분
이 이 모든 일을 어떻게 생각하는지는 중요하지 않소, 여러
분이 뭐라고 끄적거리는가도 중요하지 않소, '진실을, 말하
자면 바로 이곳에서 방금 들은 것을 보도하지 않'으면 여러
분은 곤란한 상황에 처할 것이오, 여러분의 신문사도 마찬
가지요, 그것은 (하느님, 감사합니다!) 그것이 더는 결코 '민주
주의'가 아니기 때문이오, 이제부턴—그가 크게 손동작을
지었는데, 사실상 주변 세상을 전부 감싸안는 모양이었으며
그런 다음 앞으로 몸을 숙여—그것은 '통치'요, 수많은 세월
이 흐른 뒤에 (그가 다시 한번 손바닥으로 정수리의 땀을 닦으며)
영주이자 주인이 다시 한번 돌아온 것이오.

어떻게 여기 들어왔느냐고요? 글쎄요, 소설이 따로 없
답니다, 라며 이렌이 말하길 그런 얘기로 당신을 지치게 하
고 싶진 않아요, 당신이 어디 있는지 알아내려고 뇌물까지
써야 했는데, 그녀가 남작에게 말하길 정말로 뇌물을 써야

했어요, 호텔 매니저와 도어맨에게요, 청소부 두 명한테도 돈을 줘야 했어요, 안 그랬으면 정말이지 여기 못 들어왔을 거예요, 소설 같은 이야기예요, 나쁜 소설이요, 남작님, 부디 노여워 마시고 직원을 부르지도 말아주세요, 당신을 꼭 만나야 했어요, 불행을 가져올 이 짓거리에 누군가는 멈춰! 라고 말해야 했어요, 누군가 찾아와 당신 두 사람의 이 극적인 조우를 방해하는 장애물을 치워야 했다고요, 저를 만난 적이 있다면 제가 어떤 사람인지 아실 거라 장담할 수 있어요, 여간 큰 문제가 아니고서는 제가 이런 일을 결코 하지 않으리라는 것도요, 지금 어마어마하게 큰 문제가 생겼어요, 남작님, 머리커가 집에 들어앉아서 아무 데도 안 가고 전화도 안 받아요, 저는 쉽게 겁먹는 사람이 아니지만 지금은 겁이 나요, 남작님, 제발 제 말을 끝까지 들어주세요, 1분만 시간 내주시면 그 뒤엔 영영 사라져드릴게요, 당신 두 사람이 등장하는 이 경이로운 동화에 제 자리는 없을지라도 간절히, 정말 간절히 부탁드려요, 하지만 이게 다 무슨 소리요, 친애하는 부인, 남작은 베개를 잔뜩 쌓아놓은 침대 한가운데서 그녀를 쳐다보며 누비이불 밑에서 움직일 엄두도 내지 못한 채 자신의 두 다리가 누비이불 아래로 달랑거리고 있는 게 무척 부끄러웠으나 다리를 매우 천천히 끌어올리는 것 말고는 무엇을 해야 할지 몰랐지만 누비이불은 단단히 달라붙고 뒤엉켜 있어서 이불 전체가 다리에 딸려 올라오는 바람에 그는 다리를 끌어올리다가 잽싸게 한쪽 발로 누비이

펌

불 끄트머리를 아래쪽에서 붙들면서 다른 쪽 다리를 재빨리 구부려 마치 몸을 둥글게 만 자세로 누비이불 밑에 있게 되었으니, 이게 어디야, 라며 다소 안도한 채 천장을 바라보며, 이거라도 할 수 있으니, 라고 그가 생각한 것은 여인 쪽으로 고개를 돌렸을 때 족히 몇 분간은 그녀에게서 벗어날 수 없음을 분명히 알았기 때문으로, 당신 두 사람을 더 기다리게 하는 건 옳지 않아요, 라며 여인이 계속 말하길 모든 것이 당신 두 사람을 떼어놓으려는 수작이에요, 저는 알아요, 하지만 우리가 장애물을 제거한다면, 모든 것을 치운다면 아무것도 당신들을 방해하지 못해요, 그리고 저는— 이렌이 문간에 서서 자신을 가리키며—저는 확신해요, 제가 문제를 정면으로 마주하도록 허락만 해주신다면요, 지금 돌아가는 상황을 솔직히 말씀드려도 된다면요, 지금 돌아가는 상황은 19년 넘게 저의 친한 친구이던 그 사랑스러운 영혼이 '거기 있다'는 거예요, 남작님, 그녀가 당신을 보러 오지 않았다고 생각하지 마세요, 당신은 그녀의 전부예요, 전 알아요, 지난 몇 주간 그녀와 함께 지냈으니까요, 그녀가 당신의 첫 편지를 받았을 때 저도 함께 있었어요, 바로 그 순간 남작의 눈에서 빛이 번득이며 그는 이 여인이 무슨 말을 하는지 단박에 이해했으나 이 때문에 심장이 거세게 뛰기 시작했는데, 이 심장은 그에게 행동을 명할 기력이 조금도 남지 않았던바 그는 이 여인 앞에서 침대 밖으로 벌떡 일어날 수는 없는 노릇이었기에, 물론 그랬으면 좋았겠지만 그래서 그는 그녀가 문간에 서서 하는 말을 1분 동안 더 들었고 그녀는 할 말 안 할 말 가리지 않았으나 그는 그녀가 마리에 타에 대해 이야기하고 있다는 것을 바로 깨달았고 아무 소리도 귀에 들어오지 않았으니, 성 판탈레온이시여, 도와주소서, 이 여자를 제게서 데려가주소서, 어떻게든 데려가주소서, 하지만 성 판탈레온은 이 여자에게 효험이 없었으니—그녀가 성 판탈레온에 대해 한 번도 들어보지 못해 전혀 효험이 없었는지도 모르겠지만—그녀는 머리커 어쩌구 머리커 저쩌구 하며 끝도 없이 주절거렸고 그는 그녀가 말을 마치기만 기다렸으나 조만간 끝날 기미가 보이지 않았던 것은 그녀가 예상한 것보다는 저항이 훨씬 적었기 때문으로, 그녀가 이날 아침 결심하며 담판을 짓고 싶어 한 것은, 수화기를 내려놓으면서 그녀의 머리커가 더는 자신과 이야기하고 싶어 하지 않는다는 것을 똑똑히 알았기 때문이었으니, 그들이 그를 어디 숨겼는지 찾아내겠어—그녀가 전화 탁자 옆에서 전투태세로 일어나면서—아무도 그를 내게서 숨길 수 없어, 찾고 말 거야, 그녀는 이미 코트를 걸치고는 이미 밖으로 나와 이미 시청을 향해 달려가 전투에 뛰어들었던바 그 전투는, 이곳 문간에 선 채 그녀가 생각하길 아직은 끝나지 않을 것 같았던 것이, 남작은 침대에 널브러진 채 움직이지도 않았으며 알아들었다는 기색조차 내비치지 않았으니, 그에게 뭐라고 말해야 하나, 얼마나 오랫동안 이야기해야 한담? 그녀가 자문하길 이 노신사는 내가 하는 말을 언제야

펌

이해할까? 하지만 그녀는 걱정할 필요가 없었던 것이, 베개들 사이에서 몸에 힘을 준 채 남작이 용기를 모조리 끌어모아 마침내 말하길 친애하는 부인, 내가 복장을 갖추도록 허락해주시겠소, 바로 그것이었고 그것이 그가 말한 전부였으며 그로써 이렌은 그가 이해했으며 더는 장광설을 늘어놓을 필요가 없음을 이해했기에 고개를 끄덕이고 문을 열고는 떠나며 말하길 저 신사는 주소를 아는 게 틀림없어, 라며 문을 닫았는데, 계단에 이르러서야—그녀는 아래로 내달리고 있었는데—어제의 환영식 이후로 그녀 몸속에 쌓인 모든 긴장이, 머리커와 남작 사이에 일어난 일 때문에, 말하자면 그곳에서 일어나지 않은 일 때문에 견딜 수 없게 된 긴장이 풀어져내려 한마디로 이제야 그녀는 호텔의 계단을 뛰어내려가다 승리의 함성을 질렀던바, 됐어—그녀의 몸속에서 이 목소리는 더욱 크게, 더욱 행복하게 터져나왔는데—그녀는 집에 도착할 때까지 끊임없이 되뇌길 그가 알아들었어, 그가 알아들었어, 그가 알아들었다고!

문 쪽에서 뭔가 소음이 들렸는데, 그녀는 문가에 다가가서야 그것이 무엇인지 깨달았던바 문에 가까이 가서 나직한 노크 소리를 들어보니, 또 이렌이군, 그녀는 한숨을 내쉬며 문가에 서서 자물쇠에 꽂힌 열쇠를 쥐었으나 돌리지는 않고서, 에휴, 왜 그녀는 내가 지금 아무와도 이야기할 수 없다는 걸 이해하지 못하는 걸까, 왜 그토록 많은 일을 강요하는 걸까, 이럴 힘이 내게 조금도 없다는 걸, 효과가 없다는 걸 모르는 걸까, 나를 다시 추스르려면 시간이 필요한데, 게다가—그녀가 문에 등을 기대며—이렌이 지금 내게 무슨 도움이 되겠어, 그녀에게 나쁜 뜻이 있다는 말은 아니야, 뜻이야 갸륵하지, 좋은 뜻을 억지로 강요하려 하니까 문제인 거라고…… 그때 노크 소리가 다시 울렸으며 머리커는 조금 짜증 섞인 목소리로 답하길, 누구도 들일 처지가 아니에요, 부디 이해해주세요, 하지만 그때 복도에 서 있는 사람이 대답하길—그는 필시 문에 바싹 붙어 서 있었을 텐데—"그게 아니라…… 나요", 그 순간 그녀는 밖에 있는 사람이 누구인지 알았으나, 이건 불가능해, 하지만 이건 불가능해, 아니야, 불가능하다고, 하지만 그래, 이런 생각이 그녀의 뇌리를 스쳤으며 그녀가 불에 덴 듯 문으로부터 물러선 것은 문이 갑자기 시뻘겋게 달궈졌기 때문이었으나, 이건 말도 안 돼, 라고 그녀가 생각하고는 얼굴을 문지르면 상황을 더 침착하게 판단할 수 있다는 듯 얼굴을 문질렀는데, 한참 아무 일도 일어나지 않았고 노크 소리도 들리지 않았으나 노크할 필요도 없었던 것이, 그녀는 '거의' 확신했기에 서둘러 거실로 달려가 맨 먼저 드레싱 가운을 꿰입고서 거울에 비추어 보고는 재빨리 벗어던진 뒤에 옷장으로 달려가 옷걸이에 걸린 옷들을 뒤적이는데 다시 한번 노크 소리가 들리되 무척 부드럽게, 부드러울 수 있는 만큼 부드럽게 들렸으나 그녀는 여전히 안쪽에서 듣고 있었고 이것은 그냥 소음이 아니라 '그'라고 확신했기에 진홍색 점프슈트에 몸을 밀어넣고 다시 거울을 보았으나 한눈에 이것 또한 벗어던지고 낙엽 갈색의 단정하고 작은 정장을 꺼내어 빛의 속도로 입고 옅은 라일락색 블라우스를 걸쳤으나 슬리퍼를 다시 신지는 않았고 신발을 신지 않았으니, 어쨌든 여긴 집이잖아, 라고 생각했는데, 생각들이 그녀의 머릿속에서 산산조각으로 부서졌고 그녀는 거울을 들여다보면서 생각하길 좋아, 하지만 물론 그녀의 머릿속에서는 모든 것이 조각조각 나 있었으니 저 머릿속에는 이제 문장은 하나도 없이 단어뿐이었으나 그마저도 온전하지 않았으며 게다가 머릿속 여기저기서 무언가가 끊임없이 돌아다니는 바람에 그녀는 심장이 하도 벌렁거려서 양손으로 꽉 눌러야 했는데, 모든 일을 본능에 따라 진행하면서도 자신이 너무 오래 끄는 게 아닌지, 너무 길어져서 그가 떠나지 않을지, 어쩌면—그녀가 귀를 쫑긋 세운 채—이미 떠난 건 아닌지 하는 생각을 떨칠 수 없었으니, 아니야, 그녀가 고개를 저으며, 그는 떠나지 않았어, 그러고는 마지막으로 거울을 들여다보고서 거실에서 나왔으나 다시 한번 뒤를 돌아보다가, 하느님 맙소사, 드레싱 가운을 비롯하여 자신이 부적절하다고 판단한 나머지 옷가지들이 팔걸이의자의 가장자리와 소파베드의 가장자리에 널브러져 있는 것을 알아차리고는 한 번의 동작으로 옷가지 더미를 전부 옷장에 던져넣고 재빨리 옷장 문을 닫고 나서 거울을 다만 마지막으로, 하지만 정말로 다만 마지막으로 들여다보고는 이미 현관에 당도하여 나직하고 떨리는 목소리로 말하길 누구세요? 그러자 아까와 똑같은 목소리가 대답하되 느릿느릿 대답했으며 이 느림은 영원 같았으니 그녀는 자물쇠의 열쇠를 돌리고 손잡이를 내리고 다만 안전 고리는 풀지 않은 채 문을 빼꼼히 열었다. 그가 바깥에 서 있었는데, 모자를 손에 들고서 머리가 그녀의 머리와 같은 높이가 될 때까지 상체를 잔뜩 수그린 채 말하길 "안녕하세요, 부인, 마리에타를 찾고 있습니다만."

　못 참겠어, 시장이 말하길 도저히 더는 못 참겠어, 그러고는 끙 하고 신음을 내뱉은 것은 아내가 그에게 해주는 것이 하도 좋았기 때문으로, 그녀의 손은 마법사의 손 같다며 그가 언제나 그녀에게 말하길 당신, 나의 어여쁜 에르지케, 당신은 마법사요, 당신이 그 손으로 할 수 있는 일은 어느 누구도 못 하니 말이오, 오직 당신만이, 당신, 당신 마법사만이 거기, 그래요, 그가 자신의 등을 주무르는 그녀에게 이르길 좀 더 높이, 아으, 좋아, 시장이 신음하며 소파에 누운 채 고개를 반대쪽으로 돌린 것은 머리가 한쪽으로만 눌려 있었기 때문으로, 안마받으려고 엎드리는 것은 문제가 아니었지만 고개를 어떻게 할 것이냐가 관건이어서, 처음에는 여느 사람처럼 소파에 엎드려 얼굴을 묻었는데, 잠깐은 버틸 수 있었어도 영영 그럴 수는 없었으나 그의 아내는 이 안마에 착수하되 마치 안마가 영원히 계속될 것처럼 착수했고 적어도 그는 언제나 그러길 바랐으나 물론 영원히 계속되지는 않았어도 그가 소파에 얼굴을 묻고 버틸 수 있는 시간이

그보다는 짧았으므로 처음에는 고개를 한쪽으로 돌렸다가
다음에는 반대쪽으로 돌렸으나 실은 어느 쪽도 편하지 않아
서, 딴 사람들은 어떻게 하는 거지, 하고 그가 이따금 아내
에게 물었으나 그녀는 질문을 이해하지 못한 것이, 그의 피
로한 근육에 정신을 쏟고 있으면서 어떻게 이해할 수 있었
겠는가, 물론 그녀는 양손을 다 썼고 그러려면 주의를 집중
해야 했으며 그녀의 남편은 내내 신음만 냈는데, 그 소리를
듣는 것이 그녀에게는 듣기 좋았고 그녀에게는 이만한 기쁨
이 없었으며 두 사람이 이렇게 함께 있는 것만이 그녀의 낙
이었으니 남편은 소파에 엎드려 신음하고 그녀는 남편 등에
올라앉아 손으로 처음에는 어깨 위 경추에서 시작했거니와
그녀는 언제나 그에게 전문가 같은 안마를 기대하지는 말라
고 말했는데, 사실 그녀는 전문가가 어떻게 안마하는지 알
지 못했고 자신이 아는 것만 알았으며 그것을 나름의 방식
으로 표현했으니 그의 근육을 누르고 주무르고 양쪽으로
쓸어내려 어깨 관절까지 갔다가 팔을 따라 팔꿈치까지 내려
갔던바 팔뚝까지, 손목까지, 손마디까지 내처 내려가는 것
은 '이따금씩'뿐으로 대개는 팔꿈치까지만 내려갔다가 어깨
로 다시 올라왔는데, 그녀의 안마법은 자기만의 즉흥적 수
법이어서, 남편이 안마해달라고 조르기 시작하면 늘 이렇
게 말하길 그럴게요, 하지만 저는 저만의 즉흥적 수법으로
하는 것밖에 몰라요, 그러고는 어깨에서 시작하여 승모근
을 타고 목으로 가서 목덜미까지 올라갔으나 사실 이 부위

를 썩 좋아하지는 않았는데, 어쩔 수 없이 하다 보니 익숙해
진 것으로, 남편의 몸에서 이 부위는 좋아하지 않았으며 물
론 결코 그에게 말하지는 않았고 솔직히 말하자면 목덜미뿐
아니라 머리 뒷부분 전부가 싫었으나 남편은 늘 목부터 정
수리까지 이 부위를 안마받고 싶어 했으며 물론 그녀가 싫
어한 것은 그의 대머리 머리통 때문이었을 수도 있지만 차
라리 머리통 전부가 대머리였으면 더 나았을 것이고 그녀는
개의치 않았을 테지만 이렇게 정수리 앞쪽은 벗어졌으되 뒤
통수 아래쪽부터 목까지는 아직도 털이 조금 남아 있었고
그 아래로는 뻣뻣한 센털이 되었던바, 글쎄, 이건 맘에 들지
않았는데, 그녀가 여기에 익숙해지지 못했다고 잘라 말하
진 않았을 것이, 30년이면 무엇에든 익숙해질 수 있기 때문
이지만 좋아한다고 묻는다면 좋아하지는 않았으며 이제—
두 사람은 다시 소파에 올라와 있었는데, 말하자면 남편
은 엎드리고 그녀는 그의 엉덩이 꼭대기에 올라탔으니 여기
서라면 몸 구석구석 손이 닿을 수 있었거니와—둘 사이에
는 또 다른 중대한 논쟁거리가 있었는데, 그것은 어떤 자세
로 안마해야 하는가로, 대개는 이 자세로 마무리했지만 이
따금 남편은 그녀가 자신의 등 뒤로 의자에 앉고 그는, 그녀
의 남편은 그녀에게 등을 돌린 채 그녀 앞쪽으로 의자에 앉
기를 바랐으나 그녀가 그에게 솔직히 말하길 이 자세에서는
손이 잘 닿지 않아서 대개는 지금 하는 것처럼 소파를 이용
했지만 그녀가 지쳤음을 남편이 감지하는 때가 찾아오자 그

는 그녀의 손이 얼마나 마법 같은지, 하지만 얼마나 경이롭게 마법 같은지 더더욱 칭송하기 시작했으니 그러면 시들었던 의욕이 되살아나 한동안 안마를 계속할 수 있었으나 지금은 이렇게 칭송해도 허사여서 달콤한 말을 속삭여도 소용이 없었으니 그녀의 두 손은 기진맥진했으며 도저히 힘을 줄 수가 없어서 누를 때 힘을 덜 주기 시작했으며 등을 그냥 쓰다듬기 시작하여 점점 살살 쓰다듬다가 마침내 등짝을 찰싹 때리며 말하길 이젠 됐어요, 더는 못 하겠어요, 역정 내지 말아요, 더는 못 하겠다고요.

그는 할 수만 있다면 한 번에 두 계단씩 내려왔을 테지만 물론 건물 밖으로 나올 수 있어서 기뻤으며 하늘을 날고 싶었으나 터덜터덜 걷는 것이 고작이었으니 이를 잘 알면서도 터덜터덜 걷는 동안 목에 맨 스카프와 머리에 쓴 모자를 매만지다가 마침내 코트 단추를 채우기 시작했으나 호텔 프런트에 왔을 때 매우 놀라운 장면을 맞닥뜨렸으니 접수대 뒤의 직원이 바로 그 순간 〈블리크〉를 뒤적이다가 남작을 보고는 벌떡 일어나느라 접수대 아래로 비죽 튀어나온 선반의 날카로운 모서리에 정강이가 걸리는 바람에 선반 모서리에 다리를 세게 부딪쳐 고통으로 얼굴을 찡그렸던바 그는 몸을 숨기지 않고 손님을 응대해야 하는 때에 통증으로 몸을 구부려도 되는지 알 수 없었으나 정강이가 하도 아파서 똑바로 서 있으라는 뇌의 신호에 반응할 수 없었으며 이 키 큰 손님이 통증으로 일그러진 그의 찡그린 얼굴을 보지 못

하도록 접수대 밑에 처박히라는 본능을 따를 수밖에 없었으니 그러다 접수대에서의 다소 이례적인 상황을 연출하고 만 것은 남작에게 그 모습은 마치 접수원이 갑자기 머리만 남은 것처럼 보였기 때문으로, 그 머리는 다소 이례적인 표정과 함께 접수대 위에서 까닥거리고 있었고 이 상황이 잠시 이어진 뒤에야 그는 이 얼굴에게 택시를 불러달라고 부탁할 수 있었으니, 네, 바로 불러드리죠, 이 얼굴이 접수대 뒤에서 신음하는 동안 통증이 정강이에서 서서히 가라앉기 시작했으며 그와 함께 그는 접수대의 전화기를 붙잡아 제 쪽으로 끌어당길 수 있었는데, 택시 운전사가 어리둥절했던 것은 누군가 이런 목소리로 택시를 부른 것이 대체 얼마 만이냐는 것이어서, 아주 오래전이지, 그가 스스로에게 말하며 응대하길 3분이면 갑니다, 라고는 시동을 걸었으나 남작은 그를 돕겠다던 동승자를 다시 생각하면서 그가 어디에 있을지, 그에게 무슨 일이 일어났을지 궁금해하고 있었던 것은 그의 사뭇 기이한 실종과 기차역에서 그를 기다리던 시련 사이에 모종의 관계가 있을 수도 있었기 때문이지만 그게 어떤 관계인지 그가 알 턱이 없었으므로 그 생각을 머리 밖으로 밀어내고는 웬만해서는 다시 떠올리지 않으려 했으니 택시가 도착하자 그에게 주소를 불렀고 그들은 평화로를 따라 옛 독일 구역을 향해 출발했는데, 요커이 거리에 접어들었을 때 페렌츠 슈체레르 거리의 낮은 집들을 따라 더 멀리 갔어야 했을 것 같았지만 갑자기 바로 거기에, 요커이 거리

펌

와 페렌츠 슈체레르 거리의 교차로에 기차에서 사라진 그의 동승자가 서 있었으니 택시 운전사는 마치 이 모든 것이 사전에 계획된 듯 차를 길가에 붙여 예의 동승자 앞에 세웠는데, 그는 그들에게 손을 흔들지도 않았고 뒷좌석의 남작을 본 것 같지도 않았으며 그들이 그저 멈추자 단테는 앞쪽 조수석 문을 열고 택시에 올라타 다짜고짜 말하길 계속 가요, 라고는 한참 동안 아무 소리도 내지 않되 마치 남작이 먼저 뭔가 말하길 기다리는 것처럼 내지 않았으며 남작은 이 광경에 하도 놀라서 한동안 입을 뗄 수조차 없었으나 그러자 단테가 선수를 쳐서—어쩌면 그는 그 일을 단념하지도 않았는지도 모르겠다는 그런 생각이 남작의 뇌리를 스쳤는데—몸을 돌려 좌석 등받이에 팔꿈치를 기댄 채 남작을 향해 히죽거리며 말하길 실은 나리께서 택시를 부르시지 않으면 어떡하나 하는 생각이 들기 시작했습죠.

그들은 마주 보고 앉았고 거실에서는 혼란이 커져만 갔으며 머리커는 무슨 일이 생긴 건지 도무지 믿을 수 없었으니 그녀가 커피물이 끓는 소리를 들으려고 부엌에 온 신경을 집중하는 동안 남작은 자신의 질문에 왜 이 여인이 솔직하게 답하지 않는지 점점 이해할 수 없었던 것이, 그녀가 문으로 그를 들여 거실로 안내하자마자 그는 자신이 이곳에 온 용건을 꺼냈는데, 자신은 부에노스아이레스에서 왔다며 이 기품 있는 부인에게 털어놓은 그의 가슴속 욕망은 최대한 일찍 마리에타를 보는 것으로, 그 이유는—남작이 가라앉은 목소리로 말하길―자신의 첫 방문지에는 마리에타가 동행해야 한다는 것이었으며 두 사람은 말없이 그저 앉아 있다가 부엌에서 커피 끓는 소리가 들리자 머리커는 실례한다고 상냥하게 말하고는 거실에서 나와 도자기 잔에 에스프레소를 따라 커피를 들여왔으며 아직은 떨고 있지 않았지만 조만간 그렇게 되리라는 것을 알고 있었는데, 잠깐은 여전히 방금 일어난 일을 납득하는 동시에 거부하는 상태로 구수한 커피 향이 퍼지고 둘은 주거니 받거니 커피를 홀짝였는데, 남작은 침묵한 채 밭은기침을 하고는 이 여인이 마리에타와 무슨 관계인지 곰곰이 생각하다가 어떤 방향에서 이 문제에 접근하더라도 매번 똑같은 결론에 도달했으니 그것은 그녀가 필시 그녀의 어머니이거나 적어도 고모할머니이리라는 것으로, 어쨌든 그는 이곳에 앉아 있었고―남작이 조가비 의자에 앉아 신음을 내뱉으며―그의 앞에는 마리에타의 어머니가, 적어도 그녀의 고모할머니가 있었으니 그는 어느 쪽도 본 적이 없었지만 무척 온화하고 무척 수줍어하는 이토록 사랑스러운 얼굴은 그가 늘 상상하던 대로였으며 그들의 얼굴을 본 적은 없었어도 그들의 유사성과 행동거지에 대해 자유롭게 상상의 나래를 펼 수 있었으니, 그래, 그는 유사성이 있다고 생각했는데, 마리에타가 이 여인의 특징을 고스란히 물려받은 것 같지는 않았지만, 하지만 그래도 그녀의 얼굴과 태도에는 그들과 관계된 사소한 특징 몇 가지가 있었으며 그러는 동안 머리커가 입을 최대한 작게 오

물거리며 커피를 홀짝인 것은 이 오물거리는 홀짝임으로 도
피하려는 것임과 더불어 이 오물거리는 홀짝임이 자신을 구
해줄 것 같았기 때문으로, 오, 하느님, 이제 처음으로 그녀의
손이, 커피 잔을 들고 있는 손이 떨리기 시작했고 와들와들
떨렸던바 이곳에, 그녀 맞은편에 벨러가, 모든 신문에 대서
특필된 저 세계적 유명 인사가 앉아 있었으니 그가 그녀를
만나려고 전 세계를 여행하여 이곳 그녀 바로 앞에 앉아 있
다니, 바로 지금 그들 머리 위의 조명 기구가 달라졌고 그녀
가 앉아 있는 팔걸이의자가 달라졌고 거실 전체가, 실은 아
파트 전체가 더는 직전의 모습이 아니었던 것은 벨러, 그녀
가 저 늙은 얼굴에서 똑똑히 분간할 수 있는 청년의 이목구
비를 가진 사람, 벨러, 바다 건너에서 그녀에게 저 끝없는 다
정한 문구를 써서 보낸 사람, 그 벨러가 이제 그녀 맞은편에
앉아 그녀에게 느끼는 감정을 토로하고 있었기 때문으로,
잠시 뒤에 남작은 이 혼란에서 벗어날 길이 전혀 보이지 않
았고—이 여인이 지금 당장은 이야기하고 싶어 하지 않는 것
처럼 보였으므로—자신의 가장 성스러운 감정에 대해 가장
진솔하게 그녀에게 이야기하는 것 말고는 다른 길이 보이지
않았기에 처음에는 이렇게만 말하길 그가, 남작이 인간에
대한 사랑 같은 예민하고 정말이지 개인적인 문제에 대해 이
야기할 수 있다는 것이 무척 놀랍겠지만 여기서 어찌 된 영
문인지—그가 거실에 두루 시선을 던지며—뭔가 편안함이
느껴졌거니와 그런 표현에 대해서는 '응당' 그녀에게 용서

를 빌어야 할 것은 그가 도착한 지 아직 몇 분밖에 지나지 않았기 때문이나 이 친절한 여인은 어쩌나, 하지만 어쩌나 너그러운지 이런 낯선 사람을 집에 들였기에 이제 그가 그녀의 응접실에서 그녀 맞은편에 앉은 것은 한 번도—제 말은 사실입니다, 친애하는 부인—한 번도, 한순간도 저는 그때를, 제가 이 도시를, 또한 이 나라를 떠날 수밖에 없었던 열아홉 살 그때를 잊을 수 없었으며 제 삶에서 제가 매달릴 수 있는 것은 단 하나만 남았으니 그것은 마리에타였습니다, 제 가족은 전 세계를 누비다 마침내 아르헨티나에 정착했으나 저는 한 번도 그녀의 얼굴을 잊지 않았고 그 사랑스러운 얼굴의 윤곽은 언제나 제 눈앞에 있었으며 저는 어느 때든 그 윤곽을 불러낼 수 있었고 제가 그 윤곽을 불러내지 않은 날은 단 하루도 없었으며 그러는 동안 제 가족은 한 명씩 세상을 뜨거나 먼 곳으로 뿔뿔이 흩어져 저는 부에노스아이레스에 홀로 남았습니다, 라며 그가 말하길 하지만 그녀가 제게 미소 짓는 모습을 보지 못한 날은 하루도 없었습니다, 그것이야말로 유일하게—틀림없이 지금 저를 비웃으시겠죠, 친애하는 부인—정말이지 그것이야말로 유일하게 저를 살아 있게 했습니다, 그 미소가요, 마리에타에 대한 저의 사랑 말고는 제겐 아무것도 없었으니까요, 게다가 저는 무엇 하나 가지고 싶지도 않았습니다, 사업에도 관심이 없었고 어떤 학식에도 흥미가 없었습니다, 예술에는 더더욱 관심이 없었는데, 언제나 그녀를 떠올리게 했기 때문입니다,

펌

물론 도스토옙스키나 톨스토이나 특히 투르게네프의 이름은 결코 듣지 않으려고 신경을 곤두세웠죠,《신곡》을 읽었는데, 맨 앞 스무 쪽 이후로는 감당할 수가 없더군요, 카툴루스는 읽다가 던져버렸습니다, 버이더 야노시의 시집을 집어들고는 눈물을 흘렸습니다, 저는 울고 싶지 않았습니다, 아시다시피, 친애하는 부인, 눈물을 흘리는 것은 제 질병의 증상 중 하나로, 이 때문에 어쩔 수 없이—젊을 때부터 그랬고 인생 후반부에는 더더욱 심해졌습니다만—여러 병원과 요양원을 전전해야 했습니다, 믿지 못하시겠지만—남작이 빈 잔을 손안에서 돌리며—제가 마리에타와 사랑에 빠진 뒤로 줄곧 지니고 다니는 사진이 딱 한 장 있습니다, 보세요, 여기 있습니다, 아직도 지니고 있습니다, 늘 가지고 다니거든요, 그가 재킷 안주머니에 손을 넣어 봉투에 든 사진을 꺼내어 그녀에게 건네며 말하길 이것 좀 보세요, 부인, 그녀가 얼마나 아름다운지 보시죠, 머리커는 고개를 숙여 사진을 보았는데, 보고 또 보고 더는 볼 수 없어 부엌으로 달려가 마지막 남은 힘을 끌어모아 말하길 어머, 이를 어째, 설탕을 깜박했네, 죄송해요, 그러고는 식기장에 기댄 채 들썩이는 감정을 가라앉히려 했는데, 남작이 분별을 잃었는지는 알 수 없었던 것이, 그에 대해 이미 많은 얘기를 들었기 때문으로, 그의 질병에 대해 이런저런, 또한 그 밖의 말을 들었으나 그가 자신을 알아보지 못한다고 믿는 건, 글쎄, 그녀는 도저히 믿을 수 없었으나, 그래도 혹시 사실이려나? 그녀가 식기장을 더 세게 움켜쥐며, 남작의 머릿속에 정말로 무슨 일이 일어난 것 아닐까?! 그것은 그가 이곳에 와서 그녀 앞에 앉아 그녀를 바라보면서도 그녀가 누구인지 기억하지 못할 수는 없었기 때문으로, 그것은 도무지 가능하지 않았으니 그녀는 식기장에서 몸을 일으켜 거실로 돌아와, 오, 그녀가 이마를 치며 말하길 설탕을 또 깜박했어요, 그러고는 다시 부엌으로 돌아가 식기장의 위쪽 보관함을 열어 설탕 단지를 꺼내서는 거실로 돌아와 소파베드에 앉았으나 남작은 그녀가 가져온 설탕 단지에 손을 뻗지 않았으며 그가 손을 뻗지 않은 것은 그녀를 보고 있었기 때문이어서 머리커는 다시 몸이 떨리기 시작했고 저항할 도리가 없었으니 몸이 떨리는 것을 막을 수 없어 소파베드에 다시 기대어 온몸이 경련을 일으키는 동안 남작은 그녀에게서 눈을 떼지 않고서 그녀를 하도 유심히 들여다보는 통에 머리커는 그의 눈길을 견딜 수 없어 천천히 고개를 떨구고 조용히 흐느끼기 시작했으나 남작은 겁에 질린 표정으로 그녀를 바라보기만 했거니와 그저 보고 또 보았으며 둘은 서로 마주 보고 앉은 채 오랜 시간이 지나도록 아무도 입을 열지 않다가—할 말이 없었으므로—남작은 커피 잔을 앞에 놓인 칵테일 테이블에 천천히 내려놓고는 자리에서 일어나 소파베드에서 사진을 집어들고는 몽유병자처럼 현관으로 가서 문을 열고 집 밖 복도에 발을 내디뎠다.

　　슬롯머신의 세계는—단테가 앞좌석에서 뒤로 몸을 돌

　　　　　　　　　　　　　　　　　　　　　　　　펌

린 채—상상할 수 있는 세계 중에서 가장 다채롭지요, 눈앞에 그물망 같은 것을, 사방으로 뻗은 줄을 그려보세요, 이건 가늘고 미세한 줄입니다, 거미줄이라 부르셔도 좋고 내키는 대로 뭐라고 부르셔도 좋습니다, 하지만 이 가는 줄에 모든게 걸려든답니다, 그래서 사람들은—여기서 제가 말하는 사람들이란 가장 넓은 범위의 인류를 가리킵니다만—그에 따라 개개인은 어느 때든 어디에서든 얼마 동안이든 어떤 형태로든 많이 따든 적게 따든 이 오락거리에 탐닉합니다, 제 말뜻 아시겠죠, 남작님—그는 다시 앞좌석에서 몸을 돌렸으나 남작의 심기가 불편해 보여서 다시 돌아앉아 도로를 내다보다가 말을 마무리해야 할 것 같았기에—그것은 사람들에게서 빼앗을 수 있는 것이 많기 때문인데, 그가 말하길 그리고 그들은 많은 것을 빼앗겼으나 그들의 존엄은 결코 빼앗길 수 없으니 인간 존엄의 가장 기본적인 요소는 이따금 자유를 느낄 수 있어야 한다는 것이며 자유야말로 제가 그들에게 선사하는 것인바 슬롯머신과 도박 기계의 세계에 사람들이 쉽게 접근할 수 있도록 하는 사람은 누구나 그 자유를 선사하는 것이어서, 이렇게 표현해도 된다면 도박은 자유의 자연스러운 구성물이며 그래서 몇 해 전에 저는 제 나름의 슬롯머신 제국을 만들기로 결심했거니와 그것은 원하는 사람이라면 누구나 그곳에서 편안함을 느낄 수 있도록 하기 위한 것이었으나 아시다시피, 기차에서 나리에게 이미 말씀드린 바 있듯 저 자신이 지닌 자유의 능력이 그것을 훌쩍 뛰어넘는 것은 제 슬롯머신 제국이 처한 상황이 하늘에 있는 우리 주님의 나라와 어딘지 비슷하기 때문이요, 주님 께서 당신의 세상을 창조하기 시작하셨기 때문이요, 제 말이 맞지요, 그러고서 주님께서는 만물을 운동케 하셨으니 그것이 좋았더라, 이것은 그 자체로 작동하나니, 주님께서 말씀하시길 주님께서는 당신이 창조하신 만물을 바라보셨으나, 여전히 이 모든 자유의 능력을 지니셨으니 그것이 바로 제가 처한 상황으로, 급선무는 저의 슬롯머신 제국을 건설하여 작동케 하는 것이었으며 이젠 둘러보며, 그래, 잘 돌아가는군, 하고 말하면 충분하고 실제로도 잘 돌아가고 있으며 이 말씀은 드려야겠지만…… 이 문제는 남작님의 지극히 정당한 질문으로 연결될 텐데, 아직 제기되지는 않았어도 제기될 것임을 아는 것은 제가 왜 갑자기 기차역에서 긴급한 문제를 처리해야 했고 애석하게도 성대한 환영식에 참석하지 못했는지에 대해 남작님께서 설명을 기대하고 계신다는 걸 알기 때문이니 그 환영식에 대해서는 속속들이 알고 있는바, 그가 앞좌석의 남작에게 장담하길 연설들에 대해, 빼어난 것에서 그저 그런 것까지 모든 것을 들었고 그들이 우스꽝스러운 문화 행사로 나리를 놀랜 것도 알며 나리 께서 즐거운 시간을 보내셨길, 하지만 정말로 진심으로 그러셨길 바라는 것은 제가, 온갖 수많은 분야에 몸담은 바 있는 제가 무엇보다 행사를 개최한다는 것이 얼마나 복잡한지 샅샅이 겪어보았기 때문이며 저는 그러한 규모의 환영식을 꾸리는 것이 대체 얼마나 복잡한 임무인지 알기에 가능하다면 그들에게 진심으로 모자를 들어 경의를 표하겠습니다만—어쨌거나 제 우샨카를 치켜들 수는 있으니까요—애석하게도 바로 그때 어떤 긴급한 문제를 처리해야 했던바 솔직히 말씀드리자면 저의 작은 제국은 이따금 이런저런 폭풍우에 시달리는데, 바로 그런 일이 일어난 것으로, 저는 기차에서 문자 메시지를 받았으나 이런 일로 나리에게 심려를 끼치고 싶지는 않았으며 저의 하찮은 근심거리로 나리를 귀찮게 하여 저 성스러운 환영의 순간을 망치고 싶은 생각은 추호도 없었던바 나리께서는, 나리께서 거하시는 저 고귀한 영적 차원에서는 귀찮아하시는 것이 너무도 당연하므로 그것은 납득할 만하고 무엇보다 제가 판단컨대 (왜냐면 나리의 비서로서 이것을 속속들이 살펴보는 것은 저의 임무였기에) 최고의 인력들이 나리를 보필하기로 되어 있었으므로 저는 이곳저곳 다니며 제가 할 수 있는 일을 처리했습니다만 고백건대 제겐 적이 있어서—그는 남작의 눈을 똑바로 쳐다보려고 다시 몸을 돌렸으나 그 눈을 보았어도 허사였던 것이, 남작의 눈에는 들여다볼 깊이가 전혀 없었기에 그는 다시 돌아앉아 이번에는 앞쪽의 풍경을 살피며 말을 잇길—그렇습니다, 적들이죠, 제 일이 일이다 보니 말입니다, 한편으로는 일반인을 즐겁게 하는 일에 100퍼센트 전념해야 하고 다른 한편으로는 적과 경쟁자와 자칭 전문가, 변절자가 있어서, 물론 이들에 대해 나리께서 조금이라도 아셔야 할 필요는 없습니다만 물론 원하신다면 모조리 시시콜콜 알려드릴 수 있지만 지금으로서는, '폭풍의 땅'으로 불리는 이 지역의 도시와 마을에, 꼬집어 말씀드리자면 저를 탐탁지 않게 여기는 자들이 몇 명 있다고만 말씀드리겠습니다, 그들 때문에 저는 있고 싶은 곳에 늘 있을 수 없고—어제, 그리고 오늘 아침에 일어난 일도 그 때문입니다—그들 때문에 저는 무명씨로 살아야 하며 나리의 신임 비서에게 있는 이 사소한 흠을 눈감아주신다면—왜냐면, 남작님, 이것은 사소한 흠에 불과하니까요—저는 당분간 무명씨이고 계속 그래야 합니다만 그러는 동안에도 제가 언제나 무슨 일에서나 나리 뒤에 있겠다고 다짐할 수 있으니 나리는 언제나 저의 기척을 느끼실 겁니다, 신체 접촉이라는 의미에서 나리의 바로 곁에 있지는 않을지라도 말이죠, 이거 봐요, 그가 운전사에게 말하길 그렇게 위험하게 운전하지 말아요, 당신 때문에 우리 목 부러지겠소, 이렇게 말할 만도 했던 것이, 택시 운전사는 숨죽여 웃느라 어깨를 들썩거리며 한참 동안 손바닥으로 운전대를 두드렸기 때문이나 결국 웃음이 터져나오고 말아서 그가 운전대를 계속 두드리는 바람에 한산한 도로에서 택시가 좌우로 기우뚱했는데, 그가 숨죽여 웃느라 자제력을 되찾지 못한 것은—그는 못 믿겠다는 듯 고개를 내둘렀는데—이런 허풍은 난생처음 들어봤기 때문으로, 이건 정말이지…… 운전사는 숨이 넘어갈 듯 흐흐 히히 웃었으니, 세상에 저런 허풍쟁이가 다 있나…… 그는 숨을 헐떡이며 운전석 앞으로 몸을 숙여, 저런 게 어딨어, 콘트라, 이 사기꾼 같으니, 하지만 그것도 아니야, 그가 그를 쳐다보며 숨을 껵껵거리다 이젠 속 시원히 웃으며, 자넨 그야말로 야바위의 제왕이야, 자네가 불량 주화 같다는 거야 20년 전부터 알았지만 이따금 이런 궁금증이 들어, 대체 어쩌다 이곳에 오게 된 건가, 제왕 나리? 그러고서 덧붙이길—하지만 그의 말은 두 사람을 다 겨냥한 것으로—그들이 어디로 가려는지 누가 좀 알려줬으면 좋겠다고 한 것은 하루 종일 빙빙 돌기만 할 수는 없었기 때문으로, 자네가 봤는지 모르겠지만, 그가 단테에게 묻길 지금 한 시간 가까이 빙빙 돌고만 있어, 그런데도 자네는 나보고 계속 가라고만 손짓하는군, 그건 좋아, 하지만 난 알고 싶어, 이 친구야, 이 여정의 목적이 뭔가, 어딜 가고 싶은 거야?

　그들은 우리가 고아라고 말하지만 버려지지 않아도 고아가 될 수 있어, 우리로 말할 것 같으면 애초에 아무도 우리를 돌보지 않았어, 쫓겨난 거지, 그래서 그렇게 된 거야, 우리는 엄마도 없었고 아빠도 없었고 고아원이라 불리는 이곳뿐이었어, 그러니 아무도 신경 안 쓴다고, 라고 둘 중 한 명이 말했는데, 그는 머리카락 한 가닥을 이마에 늘어뜨렸고 나머지 한 명은 완전히 삭발했으나 둘 다 목에 용의 꼬리초리가 선명했는데, 둘 다 야쿠자의 광팬으로, 용의 나머지 부위는 등에 제대로 박혀 있었으니, 내가 기억하는 한 야쿠자만 용 문신을 하지, 그러자 한 명이 복창하고 나머지 한 명이 다시 복창했으며 그들이 성 옆의 유치원 뒷마당에 앉아 있는 것은 지정된 방에 들어가 있고 싶지 않아서였으니, 거기 있으면 썩어버릴 거예요, 라고 그들이 보모에게 말했던 바 고아들이 난데없이 트럭에 실려 성 옆 유치원에서 나와 오랫동안 잠겨 있던 이 건물에 옮겨진 뒤로 이보다 더 방치될 순 없었을 것이거니와 이곳은 고아원보다도 허름했으며, "그들이 애들을 버리고 달아나고 있는 게 분명해," 그중 하나가 느릿느릿 말하며 뛰어내리고는 나머지 한 명에게도 내려와서 권투 한판 하자고 손짓하자 그들은 순식간에 사라졌는데, "그들이 어디로 갔든 애들만 좆된 거지," 그들은 통상적인 싸움 자세로 서로 주먹을 휘두르며, "엄마들이 아이들한테서 달아나고 있는 걸까?" 한 명이 냉소적으로 물으며 왼손을 휘두르자 나머지 한 명이 한쪽으로 숙이며 상대의 복부를 강타하면서, 하긴, 그래도 우린 다시 보육원에 가는 거지, 안 그래? 그가 물으며 방어 자세를 취하고는 앞뒤로 팔짝팔짝 뛰자 발밑의 콘크리트 슬래브가 앞뒤로 기우뚱거렸는데, 중요한 건 우리가 고아가 아니라 산적이라는 거야, 제길, 좋아, 나머지 한 명이 대답하며 두 손을 쳐들어 신호하길 그만하자, 다시 한번 그들은 저능아를 쫓아냈는데, 그는 여느 때처럼 그들을 보면 같이 권투를 하려고 다가왔지만 어떻게 말해야 할지 몰라 더듬거렸으니 평상시 같으면 웃고 말았겠지만 지금은 그렇지 않아서 그가 가까이 오기도 전에 쫓아버리고는 옆에 놓인 콘크리트 슬래브로 터덜터덜 돌아가 한참 동안 코를 풀며 고개를 끄덕거리되 마치 어디선가 음악이 연주되기라도 하는 듯, 마치 베이스 드럼의 리듬에 맞춰 머리를 흔드는 듯 끄덕거렸으나 음악은 어디에도 없었고 기억뿐이었던바 그것은 '해피 하드코어' 음악으로, 이따금 시설의 인터컴 시스템에서 흘러나왔는데, 그들에게는 오로지 힉시였기 때문으로, 아아아니, 개머뿐이지, 그래, 좋아, 그들은 이렇게 합의했는데, 하지만 최고는 스코티 브라운이지, 무슨 응원가처럼 그들이 말했는데, 어떻게 보면 그들에게는 실제로 응원가여서 이따금 그들은 저 이름들을 되뇌면서 다리로 박자를 맞췄고 지금도 그렇게 하고 있었으니, 말하자면 앉아 있을 때면 다리를 계속 흔들었다는 것으로, 이젠 할 일이 하나도 없었던 것은 돈이 하나도 없었기 때문인바 그들의 문제를 해결할 수 있는 것은 아무것도 없어서 둘 다 조금 시무룩한 채 다리를 늘어뜨리고 흔들기만 하다가 이따금 한 명이, 그다음에 나머지 한 명이 콘크리트 슬래브 위로 뛰어내려 달리기 시작하여 공도 없이 콘크리트 슬래브에 덮인 마당을 가로질러 상상의 농구대를 향해 달려갔다가 공도 없이 조용히 달려 돌아오되 보이지 않는 공을 드리블하듯 약간 호들갑을 떨며 돌아왔는데, 그렇게 저녁이 되어 다른 소란이나 말썽이 벌어지지 않으면 동무들에게 돌아가야 했으니 동무란 그들보다 훨씬 어린 아이들을 부르는 말로, 그들은 '참모 본부'였기 때문인데, 그들 말고는 나머지 중에서 단 한 명도 열세 살이 된 아이가 없었으나 그들은 둘 다 열세 살이 되었으며 그렇게 그들이 제시간에 돌아온 것은 저녁 식사 배식이 시작되었기 때문으로, 그들은 지각 하기 직전에 날쌔게 식탁에 앉았거니와 이번에는 그럴 만도 했던 것이, 그 모든 소동 때문에 오늘 저녁은 진수성찬일 게 틀림없었으나 평소에는 전혀 관심이 없었고 그들이 어디로 가게 될지에는 더더욱 관심이 없었던바 하루 이틀만 있으면 여기서 나갈 거라고 그들은 매일 저녁 강제 소등 이후에 서 로에게 이야기했으며 소대가리 직원 하나가 그들에게 다시 소리를 지르고 나면 어둠 속에서 마침내 진짜 삶 같은 것이 시작되어 그들은 카드놀이를 하거나 자위행위를 하거나 전 화를 하거나 약물을 했으며 스코티 브라운이나 디제이 두 걸을 들었는데, (해피 하드코어이기만 하면 누구든 상관없었던 것 은 여기서는 해피 하드코어가 유행이었기 때문으로) 물론 약물도 했고 그건 물론이고 다만 이 아수라장 속에서는 단 1그램 도 구할 수 없었기에 그날 저녁 그들은 불을 끈 채 잡담했 는데, 언제 쫓겨날지에 대해 적어도 두 사람 사이에서 이야 기가 끊이지 않은 것은 그들은 쫓겨날 것이기 때문이었으니 어둠 속에서 둘의 얼굴이 점점 심각해지며, 그건 틀림없어, 야쿠자가 죽음을 맞는 것처럼.

그는 군중 속에서 한눈에 경찰서장을 찾아낼 수 있었는 데, 그가 열차 출입문으로 가서 밖을 내다본 것은 이 때문으 로, 틀림없이 그였으며 게다가 이 거대한 군중 속에서 자신 을 알아볼 사람이 또 있을 리 없었으나 그를 잘 알 만한 사람이 적어도 몇 명은 있으리라 확신했거니와 저 반역자 경찰서장은 말할 것도 없었는데, '반역자'는 그가 일부 동료들과 함께 있을 때 그를 일컫는 말로, 한동안 처음에는 (그들이 자기네끼리 말하길) '제휴'가 무척 잘 풀렸기에 이 단어 앞에 그는, 단테는 분위기가 좀 더 무르익었다 싶으면 '서로에게 유익한'이라는 말을 덧붙였으나 그 시절은 가버렸으니 그는 열차 출입문의 유리창으로 밖을 내다보며 아주 복잡한 과업의 해결책을 모색했는데, 자신이 잭팟을 터뜨린 지금 이런 식으로 기회를 날릴 순 없었기에 그는 이곳에 있으면서도 동시에 이곳에 없어야 했으나 그렇긴 하지만 이 딜레마는 비교적 간단해졌던바 그리하여 단테는 남작이 열차에서 내리기를 하세월 기다리면서 열차 반대편 문을 열어 철로에 뛰어내리고는 타래 머리에 우샨카를 눌러쓰고서 힘껏 달렸는데, 열차에 몸을 숨긴 채 철로를 따라 절름거리며 걸었다는 뜻으로, 하마터면, 가까스로 성공하긴 했지만 역에서 벗어나지 못할 뻔한 것은 그가 달리기에 능하지 않았고 가뜩이나 짧은 다리와 다소 굼뜬 몸놀림에다, 그의 임시 여자 친구들 중 하나가 늘 그에게 말하듯 최근에 몸무게까지 적잖이 불었기 때문으로, 콘트라, 당신, 그녀가 킥킥거리며 그에게 말하길 뭐라도 하지 않으면 머지않아 굴러다니겠어, 그럴 때마다 그는 이른바 즉각적인 맹세를 했으니, 아니야, 계속 이럴 수야 없지, 정말이지 그는 살을 좀 빼야 했으나 그러지 않아서 그는 점점 비대해지기만 했으며 이 때문에, 그가 달려야 하는 지금 같은 때에는 어려움이 가중되었는데, 그가 지금 빠진 덫에서 달아날 길은 하나뿐이었으니 경찰서 장과 그 패거리의 눈에 띄면 큰일이었고 그가 이곳 도시에 돌아왔다는 사실을 그들이 알면 안 되었으나, 대체 어디로 가야 하나, 그는 궁리하며 셔르커드로 가는 철로에서 벗어나 초코시 도로에 올라서서는 그럭저럭 안전한 방안, 말하자면 유일한 방안을 선택하여 47에 들어가서는 센트 후베르투시 약초주와 맥주 한 잔을 주문하고 바텐더에게 등을 돌린 채 지저분한 창문을 쳐다보았는데, 아무것도 보이지 않은 것은 어느새 완전히 캄캄해져버렸기 때문으로, 더러운 창유리를 바라보며 어디서 밤을 보낼지 궁리한 것은 여느 숙소에 갈 수는 없었기 때문이어서, 머릿속에서 자신이 아는 사람들을 모조리 떠올려봤지만 누구 하나 믿을 수 없었기에 카운터로 가서 얼굴을 가린 채 술값을 계산한 뒤 다시 한번 체념하고서 스스로에게 진실을 인정했는데, 이것은 특별히 어려운 일은 아니어서 몇 분 지나지 않아 너지바러디 도로 초입에 당도하여 문을 덜거덕덜거덕 흔들자 마침내 누군가 문을 열었는데, 육중한 몸집의, 하지만 졸음에 겨운 제니페르가 서 있었고 그녀에게 생기를 불어넣기란 여간 힘들지 않았지만 결국 그는 몸을 굴려 그녀 위로 올라가 오래된 부부처럼 서로 끌어안은 채 나란히 누워 잠들었다.

그는 남작의 비서가 된 뒤로 진짜 거들먹거리더군, 택시 운전사가 택시 운전사 대기실에서 말하길 그가 그에게 계속 가라고, 주둥이 잠그고 질문을 삼가라며 건방지기 짝이 없게 말했지만 그래봐야 그 자식은 달라진 게 아무것도 없더라고, 그가 말하길 그는 늘 그랬듯 사기꾼이었어, 좀 불안해 뵈긴 했지만—그가 동료 운전사들을 향해 얼굴을 찡그리며—슬롯머신을 전부 빼앗기고서 그는 어디서 찾아봐야 할지도, 아니, 찾아봐야 할지 말지도 알 수가 없었기에 그냥 원을 그리며 돌기만 했어, 그리고 남작은—그가 진짜로 남작이라면 말이지만 딱히 그렇게 보이지는 않았는데, 복장만 아니라면 어느 모로 봐도 남작 같지는 않았거든—그는 방금 머리를 얻어맞은 사람 같았고 이런 흐리멍덩한 표정을 하고서 눈도 깜박이지 않은 채 멍하니 앉아 있었지, 얼굴이 하도 창백해서 백분을 바른 것 같았는데, 단 한마디도 하지 않았어, 정말이지 욕설도 전혀 안 내뱉더라니까, 막판에 이런 생각이 들더군, 저 추잡한 콘트라가 그에게 약을 먹여서 저렇게 조용히 앉아 있게 만든 거 아닌가 하고 말이야, 그놈은 평온하고 조용하게 생각할 수만 있다면 무슨 짓이라도 할 작자야, 그 부스스한 머리털 아래로 대가리를 굴리는 게 다 보이거든, 그래, 그가 대가리를 굴려야 했던 것은 내 보기에 그가 여기 돌아온 게 진짜 바보짓이었기 때문이라고, 경찰서장 말이야, 그가 2초도 안 걸려서, 내 장담컨대 2초도 안 걸려서 단 1초 만에 그를 붙잡아 감방에 처넣을 테니까, 그러면 우리의 콘트라를 족히 5년간은 볼 수 없겠지, 그건 가능하지 않으니까, 경찰서장에게 나름의 계획이 있다는 건 누구나 아는 바이고 콘트라의 그 알량한 속임수로는 그에게 사기를 칠 수 없어, 그가 어떻게 그 돈의 절반을, 아니, 얼마인지 누가 알겠느냐마는 훔치려 했는가 말이야, 그래, 그는 멍청이야, 택시 운전사는 팔을 벌리고는 일어나 찻주전자 있는 데로 가서 한 잔 따르더니, 그는, 콘트라는 대체 어떻게 자신의 루마니아 흡혈귀 친구들을 떠나 이리 와서 경찰서장에게 사기를 칠 수 있다고 상상할 수 있었던 거지, 도무지 이해가 안 돼, 하지만 그가 좀 지나치게 오만해졌다는 생각은 들어, 그래서 자신이 성공할 수 있다고 생각했겠지만 그건 오산이야, 경찰서장에게는 그런 조무래기 협잡꾼 따윈 식은 죽 먹기라고, 우리가 매달 5일에 그에게 상납을 안 하면 어떻게 되겠느냔 말이야, 그렇지, 그렇지 않냐고, 그래, 그렇잖아, 우리에겐 열쇠만 남고 차는 차고에 넣어야 하잖아, 그러면 우리는 끝장나는 거라고, 그런데 이 닭대가리는 여기 와서 우격다짐하려 들어, 여기선 모든 일과 모든 사람이 경찰서장 손아귀에 들어 있다는 걸 알면서 말이야, 뭐가 있더라? 술집, 주유소, 국경 검문소, 도로, 전기 설비, 분유 공장, 도축장, 더 읊어야 하나, 라고 그가 묻고는 김이 모락모락 나는 차를 한 모금 마시며, 시청을 통째로 주물럭거리는 건 말할 것도 없지, 그들로 하여금 다람쥐처럼 두려움에 바지를 적시게 하잖아, 그가 다시 동료들을 향해 얼굴을 찡그렸는데, 그들은 택시 운전사 특유의 무한한 인내심을 품고 그 자리에 앉아 있었으며 그에게 귀를 기울인 채 고개를 끄덕였으나 그의 해설이 썩 흥미로워서라기보다는 누구든 무슨 얘기든 해주는 게 고마워서였으니 그에게 귀를 기울일 기분은 아니었지만 그래도 누군가 무언가를 이야기하고 있으면 시간이 더 빨리 흘러갔으므로 무슨 이야기인지는 상관없이 그저 계속 이야기만 흘러나오면 되었기에 그들은 서로를 쳐다보며 의자에 더욱 깊숙이 퍼더앉아, 계속해봐, 얼리커, 그만두지 말고, 자네가 이야기하고 있으면 시간이 더 빨리 간다고.

크리놀린 구에 좋은 델 알고 있는뎁쇼—그가 남작에게 몸을 돌려—열 손가락을 쪽쪽 빨 만큼 맛있는 돼지고기 스튜를 만든다고요, 왜냐면 자신은 안다며—그는 남작의 심드렁한 눈빛을 자신에게 돌리려고 애썼는데—고향에 돌아오는 사람이 무엇을 바라는지 자신은 안다며, 나리께서는, 남작님께서는 고향에 돌아오셨지요, 그렇지 않습니까, 그런 때에 가장 중요한 것은 뭐니 뭐니 해도 고향의 맛이지요, 안 그렇습니까, 좌석에서 앞뒤로 건들거리며 그가 물었지만 남작을 깨울 수는 없었으니 남작은 비척거리며 택시 뒷좌석에 올라탄 뒤로 의식을 잃은 사람처럼 뒷좌석에 멍하니 앉아 있었거니와, 말하자면 핏기 없는 얼굴에서 생명의 모든 기미가 빠져나갔고 눈은 횅하게 떴으나 아무것도 보고 있지 않은 것이 분명했으며 단테도 그걸 알고서 그가 정신을 차리도록 하려고, 근사한 작은 식당에서 처음으로 맡는 것 같은 고향의 내음 말이죠, 라고 남작에게 말하며 혀를 찼는데, 그래요, 이런 것이야말로 여전히 가장 중요한 것들이죠, 그렇지 않나요, 이렇게 말할 수도 있고 저렇게 말할 수도 있지만 국경을 건널 때면 소망이 소박해지니까요, 하긴 자신의 고국에 대한 크나큰 애정의 바탕은 맛있는 스튜의 바탕과 완벽하게 일치합니다, 저는─그가 양손으로 자신을 가리키며 자신의 재킷을 움켜쥐고는 잡아당기기 시작하며─저는 진짜 닭고기 스튜를 앞에 두고 흐느꼈습니다, 남작님, 사람들이 이런 시기에 무엇을 느끼는지 아니까요, 그건 고향의 맛입니다, 그것은 돈으로 살 수 없는 것입니다, 물론 밥값으로 말할 것 같으면 나중에 지불해야 하기는 하지만요, 사실 지금 제게 몇 푼 주셔도 해될 것은 없을 겁니다, 이런 문제로 나리의 손을 더럽히지 않으시려면요, 이 시점에서 단테가 잠시 뜸을 들였는데, 저 연기가 하도 재미있어서 딸꾹질하다 숨이 막힐 지경인 택시 운전사가 신경 쓰여서 그런 것은 아니고 이 시점에서 단테는 '수질 검사'를 하고 있었는데, 이것은 그가 즐겨 쓰는 전문 용어로, 노련한 낚시꾼이 쾨뢰시강 강둑에 서서 낚싯줄을 던지기 전에 빵 조각을 물속에 던져 입질이 있는지 보는 것과 같으나 남작은 이 주제에 전혀 흥미를 보이지 않았으므로 단테는 나중에 택시에서 내렸을 때 다시 이야기해야겠다고 생각하고는 택시 운전사에게 말하길 그러니까 이젠 분명하지 않나, 얼리커? 자넨 우리가 어디 가는지 알지, 안 그래? 그의 목소리에는 택시 운전사가 웃음을 거두게 하는 무언가가 있었으며 그들은 성 라슬로 가에서 방향을 꺾었는데, 성에서 대로를 따라 돌아오다가 제멜바이스 도로로 나가 왼쪽으로 틀어 마차시 국왕 거리를 따라 크리놀린 구로 직행한 것은 이 콘트라를 이미 잘 알고 있었기 때문으로, 그의 광대짓이 시간을 흘려보내는 방법임을 알았으며 그가 세상에서 가장 어수룩한 오락사 시늉을 내고 있지만 콘트라가 이런 목소리를 낼 때는 신경을 곤두세워야 하며 택시 운전사도 이를 똑똑히 감지했으니 바로 그 순간 단테가 전화기를 꺼내어 일련의 문자 메시지를 맹렬히 보내기 시작했는데, 한동안 차 안에서는 아무도 말을 하지 않았고 전화기의 삐 소리만 들렸거니와 단테가 번개 같은 속도로 메시지를 하나하나 보낸 뒤에 버저 소리가 나고 답장이 올 때까지 기다렸다가 다시 화면 두드리는 소리, 기다림, 다시 두드리는 소리가 이어졌으니 실로 이 시점에 단테는 이런 식으로 계속할 수는 없음을 깨달았고 문제를 직시했으며 자신이 언제든 만날 준비가 되어 있다는 정보를 알려주었던바 그는 자신이 실수를 저질렀다는 것을 인정—작성—했으나 실수는 바로잡을 수 있는 법이고 그게 그가 돌아온 이유이자 그가 '감히' 이곳에 돌아온 이유이니 자신이 사태를 바로잡을 작정이고 그럴 기회를 달라고 요청한 것은 바로 지금, 그가 번개처럼 빠른 타법으로 문자 메시지를 또 하나 입력하길 남작이 자신과 함께 있는데, 남작이 맛있는 돼지고기 스튜를 먹고 싶어 하기 때문이라며 그가 남작의 비서로서 할 수 있는 일은 남작의 이 욕구를 채워줄

수 있는 최고의 장소에 그를 데려가는 것뿐이라고 설명하고
는 잠시 기다렸다가 전화기가 울려 또 다른 문자가 도착했
음을 알리자 단테는 전화기 뚜껑을 닫고 만족스러운 표정
으로 뒤로 기댄 채 한참을 아무 말도 하지 않았으며 택시
운전사도 말할 기분이 아니었기에 고요한 차량이 신커 이슈
트반 거리 23번지에 도착했고 세 사람은 차에서 내려 벌써
부터 군침 도는 냄새를 맡으며 식당 문을 향해 나아갔다.

　　하지만 서장—시장이 눈썹을 치켜올리며—몇 시간째
온 도시가 그를 찾고 있는데, 당신 말은 오늘 아침 일찍 차
편으로 '우리집 호텔'을 나섰다는 게 남작에 대한 최신 정
보라는 거요? 이렇게 말해도 될지 모르지만 이건 미친 짓이
오, 하지만 이 도시에서 시장은 그였고 즉시 보고받아야 했
던 사람도 그였으니 남작이 외부의 도움을 전혀 받지 않고
훌쩍—휙!—종적을 감출 수 있다는 것을 경찰서장이 어떻
게—이 난데없는 실종이 야기한 혼란 속에서, 또한 이것이
모두에게, 특히 그들의 손님에 대해 특별한 책임감을 느끼
는 그에게, 시장에게 자아낸 근심 속에서—알 수 있었겠는
가, 그는 부하들을 하나하나 붙잡고 그가 어디로 갔느냐고
물어보았으나 아무도 몰랐기에 경찰서장이 그에게 그를 어
디서 찾아보아야 할지는 '그'가 알지 않느냐고 매우 퉁명스
러운 어조로 말하자, 그런 무례한 소리가 어디 있소? 아니,
경찰서장이 대답하며 의자에 등을 기대고는 집무실 전화기
를 반대쪽 귀에 대며—그의 목소리에는 날이 서 있었는데—

여기서는 당신이 시장인지 모르지만, 대머리, 나는 경찰서장
이야, 당신이 어떤 정보를 얻든 그건 '내'가 당신이 그 정보
를 얻어야 한다고 '결정'했기 때문이야, 똑똑히 알아둬, 당신
이 이 자리에 앉아야 한다고 결정한 건 바로 나니까, 당신은
내가 바라는 동안만 그 자리에 앉을 수 있어, 하지만 존경심
을 좀 보이라고 내가 당신에게 말하는 건 이번이 처음이 아
니지, 시장 나리, 왜냐면 당신은 내 털끝 하나 건드리지 못
할 뿐 아니라 내가 맘만 먹으면 당신은 눈 깜박할 사이에 쫓
겨날 테니까, 알아듣겠어, 티비케? 그러고는 수화기에 대고
얘기하면서도 군말 못 하게 명토 박길 당신은 당신의 남작
을 당장 되찾을 거야, 진정해, 허튼소리 작작 하고, 그는 전
화기를 털썩 내려놓고는 다른 전화기로 서류 보관실에 연락
하여 직원을 당장 자신의 집무실에 올려보내라고 말했다.

안타깝게도 그들이 고작 이틀 전에 여기 와서 구석에
있던 기계 두 대를 번쩍 들더니 일언반구도 없이 가져가버
렸어요, 식당 주인이 구슬프게 말했는데, 그는 이루 말할 수
없이 애석하지만 지금 당장은 남작이 쓸 수 있는 기계가 없
다며 남작이 슬롯머신 게임을 얼마나 좋아하는지―그런 사
실을 신문에서 읽었고 모든 것을 들은 것에 대해 죄책감을
느끼는 듯 고개를 숙이며―알지만 무엇보다 애석한 것은 그
방면에서 오늘 도움을 드릴 수 없다는 것이었으나 그것들은
딸랑거리고 반짝거리는 아주 단순한 기계라고, 그는 울먹이
다시피 하는 목소리로 말하며 체크무늬 행주를 쥐어짜고 있

었는데, 누가 그 기계들을 가져갔으며 그것들은 왜 그것들의 자연환경에서 뜯겨나가야 했는가에 대해서는, 그냥 그것들이 여기 있다고 상상해보세요, 남작님, 식당 주인이 울먹이고 떨리는 목소리로 말하길 머릿속에 그려보세요, 원래는 펑키 멍키와 울트라 핫 딜럭스가 있었어요, 자네도 알다시피, 그가 단테를 쳐다보았는데, 그는 그의 시선을 외면한 채 기름으로 번들거리는 메뉴판을 뜯어보고 있었거니와, 그것들은 두 개의 나무 화분이나 꽃다발처럼 이곳 구석에 있었으며 이것이 그것들의 자연환경이었어요, 그렇게 표현해도 된다면 말이지만요, 아무것도 표현하지 말게, 단테가 그에게 나직이 말하고는 묻길 돼지고기 스튜에 들어가는 뇨키가 얼마나 신선한가? 아무렴, 새로 만들 거라네, 라는 대답이 돌아오자, 좋아, 그러면 돼지고기 스튜 3인분 주게, 직접 만든 채소 절임도 좀 가져와, 병에서 꺼내지 말고, 이분이 누구이신지 알잖나, 그럼, 그럼, 식당 주인이 환한 얼굴로 더듬거리며, 알다마다, 잘 알지, 도무지 믿어지지가 않아서 그래, 그렇다면, 좋아, 단테가 말문을 막으며 그에게 메뉴판 세 개를 건네고는 남작에게 몸을 숙였는데, 그는 아직도 차에 앉아 있을 때처럼 앉아 있되 지금은 장소만 달라졌던바 그것은 그에게 중요하지 않았고 그는 그들 중 누구에게도 눈길을 주지 않았으며 아까와 마찬가지로 의식이 혼미했으니 단테가 상황을 파악하고서 익살을 부리거나 농담하거나 바보짓 하지 말라고 택시 운전사에게 경고한—다만 눈으로만—것은 운전사가 그들 옆에 앉아서 뭔가 특별한 역할을 맡은 것이 아니라 그저 동석할 사람이 필요했기 때문일 뿐이니 단테는 이 몽롱한 상태로부터 어떻게 남작을 구해내야 할지 대책이 서지 않았으며 어쩌다 일이 이렇게 되었는지나 그 아파트에서 무슨 일이 일어났는지에는 관심이 없고 오로지 어떻게 해야 남작을, 여기로 오는 기차 위에서 자신을 비서로 삼은 저 남작을 정신 차리게 할 수 있는지만 알고 싶었던바 그를 정신 차리게 하여 몇 가지 긴요한 문제를, 이를테면 자산 관리를 비롯한 사무를 논의할 작정이었는데, 딴 사람이 그를 찾아 여기 나타나기 전에, 또한 아직 시간이 있을 때 자신이 이 업무들을 남작의 어깨에서 내려주고 싶어 안달이었기에—이건 말할 필요도 없는 것이거니와—자신이 보낸 마지막 문자 메시지에서 도심과 이 장소에서 최대한 멀리 떨어진 주소를 그들에게 알려주었으나, 시간이 얼마나 남았지, 그가 곰곰이 생각하길 적어도 반의반 시간, 아니면 그들이 전혀 눈치를 못 챘다면 적어도 반 시간이라며 남작의 눈을 들여다보았으나 출발점으로 삼을 만한 것은 아무것도 보이지 않았는데, 샴페인 잔에 담긴 다이어트 콜라 석 잔이 식탁에 올라왔을 때 남작을 이 상태에서 벗어나게 할 묘안이 문득 떠올라 이곳에 어떤 종류의 슬롯머신이 있는지 식당 주인은 알 턱이 없다고 말하기 시작했는데, 그것은 이것들도 그 자신의 작은 제국의 일부를 이루었기 때문으로, 그는 이제 남작에게 실은 두 대가 있었다고, 이 근방에 슬롯머신이 정확히 두 대 있었다며 이 동네가 유망한 곳이었고 그는 모종의 소식통에게서 이를 알게 되었으며 그래서 두 대를, 이 동네 주민의 수요에 완벽히 부응하는 오락기계 두 대를 자신이 몇 해 전 이곳에 설치했고 그중 하나에서—단테가 남작의 퀭한 눈을 깊숙이 들여다보며—나리가 포커를 하실 수 있습니다, 그는 포커를 들먹인 것이 반드시 옳은 방향은 아닌 것 같았기에 남작의 눈에서 불현듯 불똥이 튀자 소스라치게 놀랐는데, 남작이 말하길 무슨 일이 있었느냐면 카지노에서 더는 도박 테이블에 앉게 해주지 않아서 슬롯머신만 할 수 있었던 때가 있었으나 자신은 테이블이든 기계이든 아무 상관 없었다고 했거니와 그의 색깔 없는 목소리가 하도 나직해서 두 사람 다, 단테와 택시 운전사 둘 다 그의 말이 잘 들리지 않아 점점 그를 향해 몸을 숙였으니 그때 그가 그곳에 다니기 시작한 것은 카지노라는 이름 때문이었으나 그들은 그에게 그저 앉아서 커피나 마테차를 마시는 것을 허용할 수 없고 도박을 해야 한다고 말하기에 그는 도박을 했는데, 당시에 즐겁지 않았다고 말할 수는 없었으니 그는 규칙이 맘에 들었고 그 규칙을 따르면 기분이 좋았으나 그가 그만하고 싶을 때마다 그들은 봐주지 않았고 그래서 그는 늘 도박해야 했으며 당연히 돈을 잃었으나 그는 돈을 잃는 것에는 관심이 없었으니 그에게 가장 중요한 것은 그들이 그를 들여보내주는 것으로, 그 건물의 이름은 카지노였고 아베니다 엘비라 라우손 데 데예피아네에 있었으며 그렇게 몇 년 지나다 보니—아니, 물론 몇 년이 아니라 그는 몇십 년을 말한 것으로—이때 그는 샴페인 잔을 들어 다이어트 콜라를 홀짝거렸는데, 얼마나 목이 말랐는지를 이제야 알아차린 듯 한 잔을 단숨에 들이켜자, 브라보, 하고 단테가 소리치며 다이어트 콜라를 마저 따르고는 그들에게서 눈을 떼지 않고 있던 식당 주인에게 한 병 더 가져다 달라고 조용히 손짓했으며 그가 다이어트 콜라를 한 병 더 가져와 샴페인 잔에 따르자 남작은 점잖게 고개를 끄덕이고는 이번에도 한 번에 들이켰기에 그는 또 한 병 내왔는데, 그는 이제 자신이 원하는 것은 카지노뿐이라고 말했으니 그에게 카지노는 그 운명적 사건들과 깊이 연관되어 있었고 그는 생의 말년에 카지노 문턱을 다시 한번 넘을 기회를 운명이 선사해주기를 늘 바랐으며 신커 이슈트반 거리 23번지 식당에서 돼지고기 스튜를 기다리며 말하길 쾨뢰시강이 내려다보이는 테라스에 나가고 싶다고, 가능하다면 그곳에서 반시간은 혼자 있고 싶다고, 그게 전부라며 단테를 보았을 때 그의 얼굴이 일순 밝아진 것은 남작이 대체 무슨 말을 하는지 도무지 감을 잡을 수는 없었으나 바로 지금 자신이 최선의 길에 올라선 것을 알았기 때문으로, 이것은 그들이 그를 편안하게 하는 영역인 기계, 포커, 카지노에 들어왔기 때문이거니와 이로부터 뭔가 나오겠다는 생각이 그의 뇌리를 스쳤고 그의 눈에서 빛이 번득였으며 그는 남작에게 가능하다고, 사실 정 원하신다면 점심 드시자마자 거기 태워다 드릴 수도 있다고 말하고는 식탁보 아래로 택시 운전사의 다리를 꼬집으며 여기서 카지노라고 불리는 장소가 대체 어디냐고 눈으로 묻자, 그걸 내가 어떻게 알아, 라며 택시 운전사가 또한 말없이 그에게 답하길 여긴 그런 데 없어, 그가 고개를 저었으나 단테가 그를 꼬집고 또 꼬집자 결국 택시 운전사가 소리 내어 말하길 이런 문제가 생길 때마다 자신은 언제나 배차계를 불렀다며—그는 남작의 동의를 구하려는 듯 그를 쳐다보았는데—배차계는 눈치가 빠른 여자이니 그녀를 불러야 한다고 말하고는 더는 아무 말도 할 수 없었던 것은 단테가 식탁 밑으로 그를 걷어찼기 때문으로, 하지만 생각해봐, 이 카지노가 어디에 있을지 틀림없이 생각이 떠오를 거야…… 하지만 글쎄요, 남작이 그를 쳐다보며 자기 옆에 앉은 사람이 어떤 작자인지 전혀 모르는 채 말하길 카지노 찾으러 갈 필요 없소, 바로 저기 다리 옆에 있으니까, 저 커다란 다리 말이오, 아, 그렇군요, 단테가 열심히 고개를 끄덕이기 시작하다가, 그렇죠, 물론 저기 말씀이죠, 아무 말도 하지 못하게 하려고 다시 한번 택시 운전사를 걷어찬 것은 남작이 저기 있다고 말하면 그런 것이고 언쟁해봐야 소용없기 때문이었으며 이제 유일한 문제는 경찰서장의 부하들이나 누구든 동원된 자들이 그들을 덮치기 전에 어떻게 거기 가느냐였으므로 그는 아무도 배를 주리진 않는 듯하니—이를테면 그로 말할 것 같으면 언제나 2시경에 점심을 먹었으므로—이 돼지고기 스튜는 이따 먹는 게 어떻겠느냐고 제안

펌

하며 남작을 바라보았는데, 그는 이 청년이 무슨 말을 하는지 알 수 없었고 그들이 지금 어디 있는지도 오리무중이었으나 그를 다시 한번 차에 태워 카지노에 데려다줄 수 있다는 말을 듣자 더는 아무 말도 필요하지 않았던바 사실 그는 다른 어느 것에도 관심이 없었고 오로지 카지노에만 정신이 팔려 있었으며 그곳은 다름 아닌—반의반 시간 뒤에 밝혀지기로는—쾨뢰시강 강둑 위 커다란 다리 옆에 위치한 중국인 소유의 당구장이었기에 택시 운전사는 투덜거리길 왜 배차계를 못 부르게 했느냐며 그녀라면 1초도 안 되어 진짜 카지노가 어디 있는지 알아냈을 거라고 했으나 단테 때문에 더 쏘아붙이지는 못하고 운전대 앞에서 툴툴거리기만 하다가 이제 그의 유일한 관심사는 언제 택시비를 받을 수 있는가였거니와 이 모든 이야기에서 그가 알아낼 수 있었던 유일한 사실은 이 두 사람을 차에 태우면서 자신이 매우 곤란한 처지에 빠지게 되었다는 것으로, 글쎄, 이젠 역시 그들이 선불로 냈던가? 아니, 그러지 않았어, 그들은 단지 이 중국인 소유의 당구장으로 갔으며 이 일이 언제 끝날지는 아무도 몰랐기에 그는 그날 아침 이후로 몇 킬로미터를 주행했는지를 머릿속에서 다만 헤아리다가 차량 감가상각, 연료비, 세금, 이른바 관리비, 그리고 사납금을 이리저리 곱하기 시작했는데, 마침내 산출된 합계 금액은 그에게도 다소 뜻밖이었다.

그녀는 그날 저녁에야 날 들였어, 세 번이나 찾아갔는

데도, 10시에 거기 갔을 땐 아무 소리도 흘러나오지 않았어, 2시 넘어서 갔을 때도 아무 기척도 없었지, 5시경에 다시 찾아갔어, 그 저녁에야, 초인종을 누르는 것으로 모자라 문을 두드리기 시작하자 마침내 안전 고리 끄르는 소리가 들렸고 열쇠가 자물쇠 안에서 천천히 돌아가는 소리도 들렸어, 하지만 그녀는 10년은 늙은 것처럼 보였어, 얼마나 초췌하던지 한동안 충격에 휩싸여 말조차 나오지 않더라, 나는 문간에 서 있었고 그녀도 아무 말 하지 않았어, 그녀는 그냥 거실로 돌아갔는데, 그래서 내가 그녀를 따라 들어가 소파베드 위 그녀 옆에 앉았을 때 내가 내민 손을 그녀가 밀쳐도 별로 놀라지 않았어, 속상했던 건 아니야, 무슨 일이 벌어지고 있는지 영문을 몰랐으니까, 내가 알 수 있었던 건 뭔가 두려운 일이 일어나고 있다는 것뿐이었어, 그렇게 한동안 나란히 앉아 있기만 하다가 내가 무언가 말하기 시작했지만 '그것'에 대해서는, 무슨 일이 일어났는지에 대해서는 감히 언급하지 못했어, 내가 무슨 얘기부터 꺼냈는지도 모르겠어, 정적을 메우려고 그저 이야기하고 또 이야기했을 뿐 정말 겁이 났거든, 너희도 잘 알겠지만 나는 쉽게 겁먹는 사람이 아니야, 하지만 네가 이 초췌한 여인을 본다면, 글쎄, 자세히 설명하지는 않으련다, 그녀는 무슨 일이 일어났는지 자녀들에게 들려주었던바 집으로 향하기 전에 얼른 그들에게 들른 것은 무슨 일이 일어났는지 이야기를 좀 해야겠다고 생각했기 때문으로, 그녀는 이렇게 말문을 열고

는 부엌 식탁에 앉았는데, 그녀는 며느리인 주잔커와 사이
가 더없이 좋았거니와 아들도 집에 있었고 큰손녀까지도 대
체 무슨 대단한 사연이 있기에 할머니가 이렇게 별안간 찾
아왔는지 앉아서 듣고 싶어 했으나 벌써 밤이 이슥했기에
어른들은 허락하지 않았고 주잔커는 그녀를 방으로 데려가
반 시간은 책을 읽어도 좋지만 그다음에는 불을 꺼야 한다
고, 이따 와서 검사할 거라고 말하고는 아이를 침대에 밀어
넣고 부엌으로 돌아와 시어머니 옆에 앉았는데, 그녀가 도
축장의 지인에게 늘 말하길 누구나 그런 시어머니를 모시
고 싶어할 거라고 한 것은 이렌이 세계 최고의 시어머니이
기 때문이며 그녀는 심장으로나 머리로나 바랄 수 있는 모
든 것이었기에 그녀와 남편은 함께 앉아 머리커에게 무슨
일이 일어났는지에 귀를 기울였으며 유일한 문제는 그들이
이해하지 못했다는 것이었는데, 그것은 이렌 자신이 좀처럼
이해하지 못했고 사태를 파악하는 것이 불가능했기 때문으
로, 분명한 것은 단 하나였으니 남작은 그녀의 집에 갔으나
그 뒤에 무슨 일이 일어났겠는가—며느리가 도축장 사무실
에서 손바닥을 마주치며—그것은 비극이 몹시도 확실했으
니 저 여인은, 저 머리커는, 그녀의 시어머니가 말하길 산
것도 죽은 것도 아니었고 그저, 이렌이 아들 내외에게 말하
길 저 가련한 여인을 그토록 짓밟은 것이 무엇이었는지 상
상할 수 없었으나 그럼에도 아무것도 물을 엄두가 나지 않
았으니 그것은 그 두 사람이 저기 앉아 있었기 때문이라며

그녀가 머릿속에 떠오른 생각을 횡설수설 늘어놓길 머리커는 10킬로그램이 확 빠진 사람 같았고 얼굴은 움푹 꺼진 데다 눈은 울상이었으며 이렌은 그녀를 보고서 심장이 그토록, 하지만 그토록 저렸으나 자신이 할 수 있는 일은 아무것도 없었고 둘 사이에 무슨 일이 일어났는지조차 알아낼 수 없었는데, 그녀는 걸림돌과 오해를 일소할 각오로 남작이 묵고 있던 우리집 호텔에 들이닥친 이야기, 그를 침대에서 말 그대로 끌어낸 이야기를 아들 내외에게 들려주었거니와 상황은 전혀 나빠질 것처럼 보이지 않았고 이로부터 마지막에 크나큰 슬픔이 찾아올 리 만무해 보였으며 그 반대로 그녀는 근사한 해후가, 그녀의 사랑하는 머리커가 그토록 오랫동안 기다린 해후가 마침내 이루어지리라 확신했으며 남작 또한 이를 기다리는 것처럼 보였으나, 내 이 이야기는 꼭 해야겠는데—그녀가 부엌 식탁에서 아들 내외 가까이 몸을 숙이며—이 남작에게는 뭔가 반듯하지 않은 게 있어, 그녀는 말이 씨가 될까봐 조심스러웠지만 기차역에서 저 모든 서커스가 벌어질 때부터 남작이라는 작자에 대해 꺼림칙한 기분이 들었으나 그가 남작처럼 보이지 않는다는 말은 아니었던 것이, 아니, 남작의 생김새로 상상할 법한 것과 똑같았어, 하지만 뭔가 심상치 않았어, 딴 남작들은 다들 멀쩡했을 것 같은데, 그는 멀쩡하지가 않더라고, 그녀는 자신이 이런 느낌을 받았다고 거듭 말하는 수밖에 없었으나 이런 느낌을 받고서도—그녀가 고개를 내두르며—저 근

사한 해후로부터 그토록 놀라운 반전이 펼쳐지리라고 생각
한다는 건, 글쎄, 그녀는 아무리 허황한 꿈속에서도 상상하
지 못했을 터이니 그러니까 그녀는 끼어들 생각이 없었고,
아니, 그녀는 남작을 빗자루로 때려 이곳에서 쫓아낼 생각
이 없었으나 그녀의 머리커에게 그토록 고통을 안길 수 있
는 사람은 누구든, 그녀가 말하길 악인이기에 솔직히 말해
서, 그녀가 아들 내외에게 말하길 이 모든 일이 내겐 선명
하지 않아, 사람들이, 하지만 특히나 머리커가 모르는 무언
가가 이곳에서 벌어지고 있단다, 머리커는 이 사실을 알고
서 혼절해버렸어, 어떻게 혼절하지 않을 수 있었겠니, 이 사
람은 그녀에게 전부였으니까, 그녀는 수도 없이 그를 생각했
고 그가 어떤 모습일지, 어쩌다 그런 모습이 되었을지 상상
했어, 마지막엔 너무나 끔찍했는데, 왜 그렇게 끝나야만 했
는지, 왜 그래야만 했는지 내가 알 수만 있었더라면, 대체
무슨 일이 일어난 걸까? 나는 지금 그녀에게 뭐라고 말해야
할까, 대체 뭐라고?!

　　전부 있어, 그들이 당구장에 들어설 때 나이 든 중국
인 상인은 그들에게 이렇게 말했으나 처음에 밖에 누가 왔
는지 보려고 나왔을 때는 호들갑스러운 몸짓으로 아직 문
을 열지 않았다고, 아직 안 열었다고 말했지만 단테가 그에
게 말하길 아니, 문 열었잖아, 그러고는 테라스가 어딘지 묻
자, 오, 나이 든 중국인이 고개를 주억거리며 말하길 테라
스 없어, 아무것도 없어, 하지만 테라스 있잖아, 라고 단테

가 대꾸했는데, 이 시점에 남작의 표정이 완전히 회복되었고 얼굴에 생기가 돌아온 채로 연신 말하길 그래, 여기야, 여기가 그 카지노야, 그러면서 앞으로 나아가—어지럽게 널린 옷가지 더미 사이로 가까스로—젊은이, 라며 단테를 불렀는데, 그는 이미 그에게 달려갔으니, 생각해보게, 여기 피아노가 놓여 있었어, 대개는 술집 음악을 연주했지만 렐루 오케스트라가 연주할 때도 있었지, 그럴 때면 시쳇말로 대박이었다네, 이 시점에서 나이 든 중국인이 겁에 질린 표정으로 그들을 따라 들어와, 다 치울게, 아직 안 열었어, 안 열었어, 다 치울게, 그래서 그들은 그를 안심시키려고 자신들이 세무서에서 나온 게 아니고 경찰도 아니고 어떤 공무도 보러 온 게 아니라 사적인 용무로 왔다고 설명해도 중국인이 전혀 알아듣지 못하자 단테는 그를 손짓으로 불러 1,000포린트 지폐를 손에 쥐여주고는 이건 가족 문제라고 넌지시 말했는데, 그제야 상인의 얼굴이 밝아지며 말하길 가족이라고, 그러면 좋아, 돈은 처음부터 없었던 것처럼 사라졌고 그가 남작을 지나쳐 쌩하니 달려가 실내 끝 오른편에서 청바지 더미를 허겁지겁 치우자 문에 이르는 길이 생겼으니 이제 나이든 중국인은 웃으며 남작에게 미소를 지었고 남작은 가만히 고개를 끄덕였으며 그는 그에게 이리 오라고 손짓하며 말하길 테라스 좋아, 하지만 작아, 라며 문을 열었고 문이 정말로 테라스로 이어진다는 것을 알고서 단테가 조금 놀란 것은 아까 남작에게 들은 이야기를 거의 믿지 않았기 때문이나 이제는 정말로 여기에 테라스가 있었으니 그는 그의 말 중에서 사실인 것도 있겠군, 하고 생각하기 시작했으며 이것은 정말로 남작이 말한 카지노였으나 처음에는 그도, 남작도 테라스에 들어서지 않았던바 한 가지 이유는 옷가지며 신발 끈 더미며 티셔츠와 남성용 사각팬티와 찻주전자와 온갖 잡동사니가 산더미처럼 빼곡히 쌓여 있되 하도 빼곡해서 무더기 사이로 지나갈 길을 찾을 수 없었기 때문이며 그들이 나가지 않은 또 한 가지 이유는 노인이 문을 막고 서 있었기 때문으로, 그가 말하길 테라스, 가족, 좋아, 하지만 돈 내, 니미럴, 단테가 그를 향해 이렇게 내뱉으며 그를 밀치고는 무더기를 한쪽으로 밀어낸 뒤에 마침내 니은 자 길을 낼 수 있었거니와 조금 겁에 질려 눈을 끔벅거리는 중국인 상인에게 그가 말하길 의자와 탁자가 필요해, 그러고는 500포린트를 그의 손에 쥐여주었으나 나이 든 중국인은 움직이지 않았고 지폐를 물끄러미 바라보며 고개를 젓되 그게 뭔지 이해하지 못하는 듯 저었으며 단테가 웃음을 터뜨리면서 500포린트를 더 그의 손에 쥐여주자 탁자 하나에다 의자도 몇 개 대령했으나, 의자는 두 개면 충분하네, 라고 남작이 단테에게 말한 뒤에 그들은 탁자와 의자 두 개를 테라스에 놓고서 단테는 남작을 잠시 혼자 내버려두라고 나이 든 중국인에게 손짓하고는 그와 함께 가게 점두로 돌아왔는데, 노인이 그를 구석에 앉히고 다소곳이 차를 대접하여 두 사람이 차를 마시는 동안 바깥 테라스에서 남작이 의자에 앉아 코트 깃을 세운 것은 쌀쌀해서였고 게다가 쾨뢰시강이 내려다보이는 테라스에서 비가 부슬부슬 떨어지기 시작하는 것을 느낄 수 있었으나 그는 차분히 의자에 앉아 있었으며 그의 옆에는 빈 의자가 있었는데, 그는 그 의자를 좀 더 가까이 당겼으며 추위에 몸을 떨었으나 움직이지는 않고서 빈 의자 옆에 앉은 채 쾨뢰시강 강둑에서 잎을 모조리 떨군 버드나무들을 테라스 위에서 내려다보다가 얼마 지나자 그에게 보이는 것이라고는 바람이 버드나무의 길고 촘촘하고 헐벗은 가지를 흔들리게, 앞뒤로 흔들리게, 강의 얼음장 같은 물 위로 차갑게 하늘거리게 하는 광경뿐이었다.

펌

무한한 어려움

수면水面의 불가사의한 본질로부터 식물과 동물의 영영 우리에게 감춰진 의미를 거쳐 측정 숭배에서 비롯하는 묵직한 오류의 폭풍에 이르기까지 어디서 시작해도 좋아, 중요한 것은, 교수가 생각하길─바로 지금은 오후 3시 41분인데, 지금 같은 상황에서도 그는 자신의 생각면역 연습을 중단할 수 없었기 때문에─중요한 것은 이 질문들을 어느 방향에서든 공략할 수 있다는 거야, 왜냐면 나는 중력을 공격하니까, 시간을 관측한다는 말도 안 되는 바보짓을 공격하니까, 원한다면 나는 우리 이념의 쓰레기 벼룩시장도 공격하여 가치 있어 보이지만 쓸모없는 것들을 온갖 방식으로 이 벼룩시장에 쏟아부을 수도 있어, 그것들은 이젠 쓰이지 않는 시 상수도 시설 터에, 그가 생각하길 무더기째 서 있지, 수만 개의

펌

오해가 거대한 더미로 서 있다고, 그것들이 전부 흥미로운 건 아냐, 우리 인식의 토대를 따라 뻗어 나가는 것들만이 흥미로워, 그리고 그들은 저 무더기와 함께—우리가 그것들을 하도 잘 지어서 해방의 기회가 말 그대로 전혀 없다는 걸 확실히 알고 나면—우리에게 능글맞은 미소를 보내지! 지금은 기초로 내려가 본질 중에서 남은 것을 조사할 때야, 이 오해의 의미를 이 파국적인 오해의 세계사 속에서 단순히 깨닫는 것이 아니라 그 쓰임새에까지 도달해야 해, 오해의 의미와, 교수가 생각하길 그 쓰임새라, 이 정도면 그의 마지막 저서에 붙일 근사한 제목이 될 수 있을 터였는데, 이 책에는—이 책을 읽을 자격이 있는 단 한 사람이 쓰레기통에 처박기 전에—마침내 단 하나의 타당한 생각에 대한 명제가 포함될 것인바 그에 따르면 타당한 생각이라는 건 없으니 우리의 생각은 오로지 인간 범凡유기체와 그 기능의 발현으로만, 또한 강력한 유전적 배경에 좌우되는 혁명적인 생화학적 관점에서만 해석이 가능하기에 생각하는 것은 본능에 따라 행동하는 것과 같으며 좋을 수도 있고 나쁠 수도 있어서, 즉 단지 1과 0뿐이니, 말하자면 찰나적인 바람직한 결과를 놓고 보았을 때 유익한 것이 같은 관점에서 보았을 때 엉망일 수도 있기에 본능에 따라 행동하는 것은 전혀 행동하지 않는 것과 같으나 주어진 순간에 활동을 중단하는 것, 특정 순간에 대담하게도 그것을 하기에 이르는 것은 임의 주어진 순간에 인식을 차단하는 것과 같으니 이 말인즉—교수가 생각하길—그 질문을 동시에 여러 관점에서 공략할 수 있다는 것이며 여기서 말하는 것은 직관이니, 그렇지, 물론이지—그가 떨떠름한 표정을 지으며—우리가 누구의 직관에 대해 이야기하고 있느냐, 이보이커 여사의 직관에 대해 이야기하느냐, 부처의 직관에 대해 이야기하느냐에 좌우되는바 그것은 같지 않고 조금도 같지 않기 때문이요, 만일 우리가 한편으로 린처토르테를 한 조각 먹고 싶은가, 다른 한편으로 낭떠러지 끝에서 뛰어내려 자유 낙하를 하고 싶은가 묻는다면 그것은 매한가지가 아니며 이 영역에서는 린처토르테(적어도 이보이커 여사가 굽는 것과 같은 린처토르테)를 먹는 것과 뛰어내려 자유 낙하 하는 것을 둘 다 결과가 동일한 사건으로 간주할 수 있다고 말하는 것은 그저 재미있거나 재치 있는 게 아니라 일반적으로 의미 자체에 문제가, 큰 문제가 있으니, 그가 생각하길 우리가 관념의 토대를 그토록 심하게 허물려 들면 우리에게 남는 것은 더는 무엇 하나 말하지 못하는 사람일 것이며 그는 기껏해야 단어를 토할 것이요, 몇 단어를 더 토하고 또 토할 것이니 이것은 그럼에도 우리가 최소한의 노력으로 달성할 수 있는 결과, 이를테면 생각하는 것에 대해 생각하기를 시작조차 하지 않는 상태에 도달하는 것이나 우리는 그저 스스로가 존재에 얽혀 들어가도록 내버려두며 개울둑 위의 반질반질 닳은 돌멩이처럼 스스로가 자신에게 배정된 시간을 허비하도록 내버려두되 마치, 말하자면 이끼가—교수가 찡그릴 만도 했는데—끼도

록 내버려두는 것 같았으니 우리가 정말로 생각과 노력으로
부터 자유롭고자 한다면, 그런 방법을 써서 생각 자체를 통
해 생각을 해체하려 드는 상태에 도달하고자 한다면 그 올
바른 길은 질문에 철저한 융단 폭격을 벌여 자신의 재량하
에 있는 수단을 파괴하는 것일 리 만무하니 관건은 이 문제
영역의 기반에 어떻게든 도달하는 것이며 이는 비상한 주도
면밀함을 발휘해야만 가능한 것으로, 도처에 위험이 도사리
고 있으니—교수가 지금은 쓰이지 않는 상수도 시설 터에서
요란하게 코를 훌쩍이며—중대한 문제는 이 공격에, 아마
도 이 공격에 다음과 같은 가능성이 있다는 것으로, 말하자
면 우리가 허둥대다가 린처토르테를 태워먹을 가능성이 다
분하다는 것인바, 말하자면 우리는 모든 일련의 단계를 완
수하는 데 필수적인 조건에 주의를 기울이지 못할 것이므로
이 질문들은 공략해서는 안 되며 생각하는 정신이 할 수 있
는 한 최대로 '감속'하여, 실은 이 질문들에 브레이크를 세
게 밟아 털끝 하나 까딱하지 않는 것이 우리에게 최선이 되
도록 해야 하니 이렇게 하면 우리는 단계를 빼먹거나 그 과
정에서 무언가를 간과하는 실수를 저지르지 않을 것이며
따라서 생각을 해체하는 올바른 방법은 기립 자세인데, 이
것이 움직임 없는 관찰을 위한 우리의 기본자세인 것은 오
로지 여기에서만, 이 자세에서만 우리에게 기회가 있기 때문
이며 어쩌면—그가 입을 삐죽거리며—다시 말하지만 오로
지 여기에서만 우리는 필수적으로 고려해야 할 것을 시야에

서 놓치지 않을 가능성이 있는데, 그렇다고 해서 모든 것을 고려해야 한다는 것은 아니요, 내 말은 모든 것이 동등하게 필수적이라는 뜻이 아니니 생각 자체를 통한 생각의 수행적 遂行的 해체에 어떤 조작적 경향이 존재한다면(목표가 있을 수 없다면) 우주에는 우리가 고려할 필요가 없는 사건들이 실제로 존재하며 이 과정은 이 사건들에 대해 알지 못하는 것과 동일하지 않으니 모든 것은 우리의 시야 어딘가 속에, 우리 시야의 가장자리에, 또는 사각지대에 있어야 하며 이것들은 이 전체 과정에서 비상하게 중요한 역할을 하는바 이것이 우리가 유일하게 단언하는 것으로, 우리는 사실―외양의 사실 또는 사실의 외양―에 접근하여 이를 끄집어낼 수 있으니 이에 대해서는 여전히 필요성이 있을 수 있으며 사각지대를 잊지 말라고 교수는 스스로에게 상기시킨 다음 어떻게 해서 인간 존재가 동식물의 존재와 비교하여 풍성한 인식 능력을 갖추든 아니든 똑같은 방식으로 한 올 털끝만큼의 오차도 허락하지 않고 진행했는가의 질문으로 돌아왔으니 우리가 온전한 정신으로 말할 수 있는바 우리의 정신은 건전하니 우리가 무엇을 하든 그것은 여전히 건전하며 만일 그렇지 않으면 우리는 떨어지되 줄에서 떨어지고 다른 누군가가 다가와 우리 자리를 차지하거니와 당신이 됐든 다른 누가 됐든 이 우주에서 누가 신경이나 쓰겠는가, 한마디로 이 까다로운 문제를 어떻게 지적으로 논의할 수 있을 것인가인데, 인간 존재는 생각이 있든 없든 똑같으니, 말하자면

픔

우리가 이렇게 말할 수 있는 것은 우리가 역사의 위대한 배우들을 살펴보고 한 명을 뽑는다면 아우구스투스를 들 수 있겠는데, 그것은 그의 시대에는 세계 제국을 일개인과 동일시할 수 있었기 때문으로—오늘날에는 자명한 이유로 인해더는 그럴 수 없으나—그에 따라 아우구스투스가 여기 있거니와 옛말에도 있듯 그가 성취한 일은 결코 사소하지 않았는데, 그에는 전사前史가, 물론 전사가 있긴 하지만 여기에그가 있고 또 위대한 로마제국이 있으니 이제 이 썩은 내 나는 위대한 로마제국을 깊이 들여다보면 우리는 그런 제국이정말로 있었음을 알 수 있으나 그게 전부인바 솔직히 말하자면 여기서는 이 두주頭註가 무척 중요한데, 솔직히 말하자면 가장 위험한 함정이 여기 도사리고 있기 때문으로, 이제어떤 편의적 각도에서 질문에 접근하자면 로마제국이란 과연 있었는가, 로마제국은 왜 존재했는가, 이것 못지않게 어리석은 질문으로는 로마제국이 얼마나 오래 존속했는가, 로마제국의 원동력은 무엇이었는가, 로마제국은 그 출현에 대해무엇에 감사해야 하는가 등이 있는바—여기서, '감사'라는단어에서 우리의 유희는 단호해야 하지만 이 문제는 거론하지 않도록 하고—난파선의 선원처럼 우리는 이 위험의 바다에서 나무둥치를 붙들거니와 그것은 말하자면 로마제국이탄생했다는 것을 어떻게 추론할 수 있는가로, 그래, 이것이여기에서 문제라며 그가 생각하길 이제 우리는 위대한 로마제국의 존재 자체에 의문을 제기하고 있으니 이것은 일관성을 유지하고자 한다면 반드시 실제로 해야 하는 일이지만 그러려면, 냉철한 판단의 정신을 고수하려면, 위대한 로마제국이 정말로 존재했다고 우리가 확신한다면, 그렇다면 우리는 자신이 현실의 추상화에서 말끔한 임의적 전환을, 더 엄밀히 말하자면 현실에 접근하는바 추상화의 전위轉位를 다루되 이것이 모두 거대한 인간 기하학인 양 다룬다고 다시 한번 말해야 하는데, 이 그릇된 판단 영역은 그렇게, 거대한 인간 기하학 또는 거대한 인간 전환학이라고 불리는 것이 마땅하니, 그래, 교수가 지금은 쓰이지 않는 상수도 시설터의 오두막에서 고개를 끄덕이며, 웃기게 들리는군, 하지만 그게 사실 그대로이며 이것이 우리가 스스로 안에서, 감히 생각하면서도 그와 동시에 어리석은 딜레탕트는 아닌 모든 사람의 생각하는 두뇌 안에서 모든 인류 역사의 진짜 문제와 맞서기 위해 창조해야 하는 것이니, 말하자면 왜 우리는 이해하지 못하는가, 이 문제와 맞서지 않는 사람, 말하자면 탐구하는 정신, 즉 이곳 한쪽에는 우리에게 인류 역사가 있는 반면에 다른 쪽에는 우리가 그것을 이해하지 못하고 왜 그런지를 깨닫지 못한다는 사실이 있다고 확언하지 않는 사람은 누구나 자신의 모든 관념을 아주 말끔히 치워버리고 실리콘밸리의 인사처럼, 정신 나간 차와 정신 나간 밤과 함께 샌프란시스코에 당도한 도스토옙스키처럼 그는 자신의 방에서 그저 오락가락할 수 있으니 이 벽에서 저 벽으로 왔다 갔다 할 수도 있고 원을 그리며 돌 수도 있으며 그는 분

펌

류할 수 있고 관찰할 수 있고 검증할 수 있으며 이전에 검증된 것을 반박할 수 있는데, 그건 중요하지 않고 그는 결코 어디에도 당도하지 않을 것이고 무언가를 지었다가 이내 무너뜨리거나 남들이 무너뜨리기에 그는 그들을 증오하거나 사랑하는데, 그 또한 중요하지 않으니 가장 중요한 것은 우리가 결코 시야에서 놓쳐서는 안 된다는 것이어서—교수가 지금은 쓰지 않는 상수도 시설 터에 지은 오두막의 어두운 구석에 임시로 만든 잠자리에서 팔다리를 뻗으며—우리가 사물을 보는 그 시선을 결코 시야에서 놓쳐서는 안 돼. 4:59. 정확한 시각은 이와 같았다.

넌 이름이 뭐냐, 그 개가 다시 이곳에 온 것을 보고서 그가 물었는데, 오두막 문을 당겨 문에 자물쇠를 걸고 무언가 이상한 점을 아무도 눈치 못 채게 정돈하고 문을 닫으려다 문 앞에서 그 개를 다시 보았으니 어제 이후로, 이 은신처에 온 이후로, 교수가 나가든 들어오든 이 꼬맹이 똥개는 언제나 근방을 서성였던바 털이 억센 붓처럼 어수선하게 곤두서고 흠뻑 젖었으며 주인을 찾는 개만이 띨 수 있는 그런 모습으로 띨고 있었는데, 녀석은 작고 앙상하고 짙은 색 털의 잡종견으로, 필시, 교수가 생각하길 이곳 상수도 시설에 있던 사람이 키우던 게 틀림없어, 이제 문제는 저 개의 주인이 돌아오지 않으리라는 것임이 너무도 분명했으니 설상가상으로 비마저 내리고 있었고 장마는 아직 멀었는데, 그때가 되면 아마도 이 작은 오두막이 쓰이겠지만 지금은 아니어서 비어 있었으며 문에는 맹꽁이자물쇠 하나뿐이었으므로 그는 큼지막한 돌멩이로 자물쇠를 부수고는 시내에서 나와 셔르커드로 가는 길을 따라 오가면서 이곳에 꽤 안전하게 머물 수 있게 되었는데, 시내에서 너무 멀지는 않았지만 누군가 그를 목격할 만큼 너무 가깝지도 않아서 이 조건들은 대체로 은신처의 조건에 들어맞았으며 이 생각이 떠오른 것은 그가 페헤르쾨뢰시강에 이르렀을 때로, 그곳에서는 다리가 강을 가로질러 셔르커드를 향해 사라지는데, 그는 둑길 왼편을 따라 올라갔다가 둑길 위쪽이 질척질척했기에 강 옆으로 해서 올라갔다 내려왔으며 그러다 오두막을 발견했거니와 오두막은 골함석으로 지었으며 한참을 방치되었던 바 이런 구조물은 장마 때만 쓰려고 지은 것이 분명했기에 적어도 당분간은 은신처로 안성맞춤인 것처럼 보였는데, 물론 이 꼬맹이 똥개가 말썽을 일으키지 않는다는 가정하에서였고 그래서 녀석과 더 가까워지고 싶지 않았지만 이미 어제 그리고 지금도 그가 오두막 문을 열었다가 닫을 때 언제나 발길질을 한 것은 녀석이 이곳에 필요하지 않음을 주지시키고 녀석으로 하여금 저리 비켜 자신을 평안하게 내버려두도록 하려는 것이어서, 그는 혼자 있고 싶었으나 저 개는 마음을 바꾸려 들지 않았으니 그는 이런 일에는 결코 능숙하지 않았고 실은 이런 똥개를 쫓아내본 적도 없었는데, 그는 개를 좋아하지 않았고 대체로 개들도 눈치를 채고는 늘 그에게 으르렁거렸으나 이 녀석은 그러지 않았거니와, 이 염병할 놈, 그가 격분하여 외치며 다시 발길질을 해도 개는 이 곳 한데에서 겪었을 무수한 시련에 이골이 났으며 사람들이 자신을 향해 대충 발길질을 하지만 반드시 실제로 걷어차지는 않는다는 사실을 잘 알았기에 교수가 식량과 무엇보다 마실 물을 찾아 제방을 따라 다리 쪽으로 돌아갔을 때 그는 개가 자신을 따라오고 있는 것을 보았으며 그가 개를 걷어차든 말든 더는 문제가 되지 않았던 것이, 그는 차려 했지만 빗맞혔고 또 차려 했지만 또 빗맞혔으며 개는 매우 영리하여 보란 듯이, 또는 겁에 질려 옆으로 펄쩍 뛰지 않고 그의 다리가 표적을 맞히지 못할 정도로만 비켰는데, 게다가 교수가 발길질하고 또 발길질할 때 이따금 개가 그의 다리를 자신의 털에 살짝 스치게 해주기까지 했으니, 똑똑한 꼬맹이 똥개로구나, 라고 교수가 말하며 둘은 동틀 녘을 함께 걸었고 비가 부슬거렸으며 바람이 꽤 거세었는데, 그는 어느 게 더 괴로운지, 바람인지 비인지 판단조차 할 수 없었기에, 웬 바보 같은 궁금증이람, 격분한 채 교수가 스스로에게 말하길 둘 다 지랄맞게 최악이야, 젠장, 이러다 흠뻑 젖겠군, 그가 얼굴에서 물을 닦아낸 것은 오두막에서 방수포를 찾았으나 허사였기 때문으로, 그가 방수포를 코트 위에 펼친 것은 처음에는 총을 숨기기에 좋았기 때문이지만 이제는 비를 피하려고 뒤집어썼는데, 그래도 몸은 젖기 시작했고 방수포는 오히려 짐만 되었으니 이러다 얼어 죽을 것 같았고 최종 해법을 찾기까진 며칠밖에 남지 않았기에 그래도 그는 계속 나아갔고 그렇게 개를 바로 뒤에 둔 채였으며 녀석은 작고 연약한 짐승이었고 아직 어려서, 강아지뻘이어서 앞에서 걷는 사람과 보조를 맞추려고 발을 재게 놀렸으며 그가 이따금 제방 옆으로 발을 헛디딘 것은 완전히 젖지는 않았어도 땅이 무척 축축했기 때문으로, 아직도 풀이 조금 남아 있었기에 교수는 제방 위, 그러니까 풀이 나 있는 곳으로 걷기로 했는데, 그때까지는 두 줄 타이어 자국 위 진창을 따라 걸어야 했으나 이제는 이따금 멈춰서서 뒤쪽으로 발길질하며 그렇게 그들은 다리에 도착하여 '도심 숲' 공원으로 더 깊이 들어갔던바 그가 기억하기로 다리에서 멀지 않은 곳에 숲지기의 집이 있었으며 만일 그곳에 개들을 풀어놓지 않았고 그가 조심만 한다면 식량과 물을, 하지만 무엇보다 물을 조금 얻을 수 있을 텐데, 그에게는 그 두 가지가 필요했고 물이 없어서는 안 된다며 반드시 물을 손에 넣어야 한다고 그는 오두막에서 중얼거렸던 것이다.

넌 이름이 뭐냐, 닭벼슬 머리를 한 두 번째 소년에게 애송이 조가 묻자, 저요? 소년은 되물으며 한쪽 발에서 다른 쪽 발로 몸무게를 옮기고 손은 불안한 듯 옆구리 주위로 왔다 갔다 하고 손가락은 뭔가를 재빨리 헤아리는 듯 움직였는데, 뭐든 상관없어, 애송이 조가 말하길 그건 넘어가지, 하지만 네가 몇 살인지만 말해, 몇 살이냐고요? 열네 살이요, 닭벼슬 소년이 말하자, 그래, 좋아, 애송이 조가 그를 향해 얼굴을 찌푸리며, 여기선 거짓말하면 안 돼, 그러면 내

펌

가…… 닭벼슬 소년이 덧붙이길 그게, 열세 살이에요, 그래, 너희 둘 다 열세 살이라, 놀랍군, 하지만 너희가 뭘 원하는 지 모르겠어, 베르버 오토바이나 뭐 그런 거라도 있냐, 그가 질문을 던졌으나 정답은 이미 알고 있었으니 이 둘은 아무 것도 가지고 있지 않았고 빈털터리라는 것은 보면 알 수 있 었으며 시설에서 도망친 것이 분명했는데, 시설은 지금은 존 재하지도 않고 둘은 이전의 혼란을 틈타 탈출했을 거라며 애송이 조가 생각하길 그래서 달아날 수 있었겠지, 그런데 내가 너희와 뭘 해야 하지, 애송이 조가 묻자, 저희하고요? 삭발 소년이 묻길 저희하고요? 아무것도요, 그렇다면 여기 서 대체 뭘 찾고 있는 거냐, 여긴 술집이야, 안 보이냐, 여긴 너희 같은 놈들 볼일 없어, 가입하고 싶어요, 삭발 소년이 불쑥 내뱉고는 냅다 고개를 숙였는데, 뭐라고, 지옥에나 가 버려, 너희는 여기 가입할 수 없어, 너희들이 들어오는 데가 아냐, 이 꼬맹이들아, 그러고는 마치 말도 안 되는 소리를 들 은 것처럼 그들에게서 눈을 떼지 않은 채 바텐더 쪽으로 반 쯤 몸을 돌려, 들었어, 젠장, 가입하고 싶대, 농담 아냐, 웃음 밖에 안 나오는군, 도망자 신세 빈털터리들이 말이야, 우리 가 누군데? 저놈들에게 말 좀 해줘, 우리가 누군지 말야, 여 기가 유치원이야? 여기선 아무도 네 똥구멍 안 닦아줘, 다 들 제 똥구멍은 자기가 닦는다고, 알아듣겠어? 알았어요, 관두자, 닭벼슬 소년이 말하고는 다른 소년에게 고갯짓하며, 가자, 하지만 그때 애송이 조가 의자에서 엉덩이를 떼고 한숨을 내쉬며 말하길 서운한 거냐, 나의 작은 천사들아, 하지만 여긴 장난이 아냐, 염병할, 게다가 너희는 스스로가 무얼 원하는지도 몰라, 내 장담하지, 그가 텅 빈 비케르 술집에서 다시 바텐더 쪽을 보면서 말하길 너희는 이 넓고 악한 세상에 이제 막 뛰어든 거야, 알았어요, 닭벼슬 소년이 웅얼거리며 다시 한번 또 다른 소년에게 몸짓하고는 낮은 목소리로 말하길 여기서 나가자, 그들은 문을 향해 걸어갔지만 애송이 조가 그들을 불러 세워 말하길, 멈춰, 제군, 돌아와, 두 소년은 멈추되 마치 그의 말에 대해 생각하는 듯 멈추고는 뒤돌아서 애송이 조를 향해 걸어오기 시작하되 대수롭지 않은 일인 듯 느긋하게 건들건들 걸어와, 할게요, 무슨 일이든, 이라고 삭발 소년이 말하며 다시 고개를 숙이자, 무슨 일이든 하겠다고? 애송이 조가 묻길 진심이야, 두 소년이 꾸벅 고개를 끄덕이자, 좋아, 너희가 정말 무슨 일이든 할 각오가 되어 있다면 저 뒤에 자리가 있고 노트북이 있어, 저런 거 쓰는 법 알지? 이에 대해 두 소년은 불쾌한 듯 얼굴을 찡그렸는데, 이는 안다는 의미였기에, 좋아, 그러면 인터넷에 TISZTA ESZME(순수한 이상) 쩜 hu라고 입력하고 거기 뭐라고 써 있나 읽어봐, 글자 읽을 줄 알지, 읽을 줄 알아요, 좋아, 그렇다면 소개 글을 세 번 읽어봐, 내 말 알아듣겠어, 세 번이야, 제기랄, 모든 단어에 동의한다면 이리 나한테 와, 어디 보자고, 하지만 그럴 시간이 없었는데, 갑자기 문이 홀러덩 열리고 다른 사람들이 들어왔으나 그것은 후딱 맥주를 마시기 위해서였으니 그들 말로는 작전 중이라고 했으며 다들 맥주를 받아 들고 금세 잔을 비우고는 고갯짓으로 그들을 가리키며, 문 앞에 서 있는 저 얼간이, 저기 두 애새끼는 누구지, 증원 부대야, 애송이 조가 그들에게 한쪽 눈을 찡긋하자 그들은 술집 뒤쪽을 쳐다보았는데, 거기서 두 소년이 노트북 앞에 앉아 TISZTA ESZME 쩜 hu 웹사이트에서 단어를 하나하나 읽고 있었으며 남자들은 맥주잔을 비운 뒤 무리 지어 들어왔던 것처럼 나가 비케르 술집에서 사라졌으니 애송이 조는 서둘러 그들에게 그거면 됐다고 몸짓하길 이야기 시간은 끝났고 나중에 계속하면 된다며 지금은 작전 중이니 그들이 간절히 바라고 또 방해되지 않을 거라면 따라와도 좋다고 말했다. 밖에서 소년들이 또다시 저능아를 쫓아내야 한 것은 그가 다시 그들을 따라다녔기 때문으로, 그런 뒤에 그들은 애송이 조를 따라갔다. 너희는 뒤에 앉아, 그가 그들에게 말하길 꽉 잡아, 유치원에 있을 때처럼.

개가 한 마리, 심지어 두 마리, 우람한 도베르만 두 마리가 있었으나 마당 울안에 있었기에 그는 집을 꼼꼼히 살펴보고는 뒤로 돌아가 꾸역꾸역 울타리 틈으로 비집고 들어갔는데, 실은 앞으로도 얼마든지 들어갈 수 있었던 것은 집 앞이나 마당에 차량이 하나도 없었기 때문으로, 말하자면 집에 아무도 없다고 그는 판단했으며 아이들은, 만일 이 집에 아이들이 있다면 틀림없이 학교에 있을 테고 부인은, 만일 이 집에 부인이 있다면 틀림없이 장 보러 갔을 테고 숲지

무한한 어려움

기는 틀림없이 숲속 어딘가에 있을 터여서 아무리 봐도 집에는 아무도 없었고 그는 이것이 거의 틀림없다고 생각했으나 저 썩을 놈의 꼬맹이 똥개가 여전히 그를 따라오고 있었기에 신중을 기하려면 뒤에서 몰래 들어가는 것이 낫겠다고 생각하여 아무런 제지를 받지 않은 채 집 안에 들어왔는데, 물론 도베르만 두 마리가 그들을 보았고 개집에서 부산하게 왔다 갔다 경중거리기 시작하더니 그와 꼬맹이 똥개가 뒷문으로 들어오려고 하는 것을 보고서는 짖기 시작했으니 문제는 집주인이 얼마나 멀리 있을 것인가였으므로 그가 계산해보니 이 점에서 젠장할 불운이 하나도 일어나지 않는다면—개들을 목줄에서 풀어놓지 않았으므로 누군가 그렇게 멀리 있지는 않을 테니—그래도 짐작건대, 완전히 확신할 수는 없어도 10~15분은 있었으므로 그는 전에 마당에서 본 우물에 다가가려고 집 뒷벽의 문을 열었으나 문이 잠겨 있지 않아서 화들짝 놀라 문을 닫았다가 다시 열고는 두 번째로 시도했을 때에도 문이 열렸기에 아주 조심스럽게, 이번에는 방수포 아래에서 총기의 위치를 바꿔 들고는 집에 잠입했는데, 10~15분도, 실은 5분도 지나지 않아 마당에 나왔고 벽 옆에서 찾아낸 양동이에 우물물을 채우느라 1분이 더 걸렸던바 그는 10분 이내에 다시 집 밖으로 나왔을 뿐 아니라 숲지기의 집에서 빠져나왔으며 양동이를 들고서 최대한 서둘러 길을 따라 허겁지겁 다리로 가되 이따금 멈춰 엔진 소리가 들리면 재빨리 덤불로 뛰어들었다.

그는 그들을 세 무리로 나눴는데, 사람 사냥을 할 때는 늘 그랬으니 '사냥'은 그가 즐겨 쓰는 말이었고 그가 특별한 즐거움을 느낀 것은 그들이 얼마나 강하고 사냥감이 얼마나 약한지 느낄 수 있었기 때문이요, 이 약함을 보면서 그는 무한한 행복을 느꼈으며 그 덕에 이 패거리와 함께하는, 삶의 일부인 고역을 견딜 수 있었으니 헬멧을 쓰고 장갑을 끼고 단추를 채우고 시동을 걸고 오토바이를 타고서 계획한 방향으로 오토바이를 모는 이 모든 것이 언제나 그에게 특별한 즐거움을 선사했으며 이번에도 마찬가지였거니와 그는 무리를 나누고 각 무리의 우두머리를 지정했으며 각자 최종 점검으로 테트라 무전기가 제대로 작동하는지 확인하고는 비케르 술집 테라스에서 나와 오토바이 30여 대가 일제히 시동을 걸고 엔진 부르릉거리는 소리를 그는 정말로 정말로 좋아했으니 그가 생각하길 사람들 말마따나 이건 장관이지, 그는 자신들에게 사냥당하는 자의 생각을 읽을 수 있었으며 그래서 그들의 대장이 된 것이었기에 사냥감의 생각을 들여다봐야 할 때 그의 두뇌가 가장 획획 돌아갔으며 그는 자신들의 사냥감이 무슨 생각을 하는지 감지할 수 있었으니 그의 직감이 한 번도 틀리지 않았다는 것은 그들이 누군가를 쫓다가 못 잡은 적이 한 번도 없기 때문으로, 그건 그렇고 이렇게 거만하고 근본 없는 떠돌이, 이 썩어빠진 반역자, 이 쓰레기 조각, 그들의 가장 고귀한 감정을 이리도 천박하게 짓밟은 오물 같으니, 그가 오토바이를 몰아 자신의 무리를 이끌며 속도를 올린 것은 문득 이 쥐새끼가 그의 텃밭에서 그를 그토록, 하지만 그토록 짓밟은 것에 대한 살인적 분노에 휩싸였기 때문인데, 그가 너지바러디 도로 쪽으로 방향을 틀었을 때 불현듯 작은별의 얼굴이 그의 눈앞에 떠올랐고 그의 얼굴을 다시 보는 것은 너무도 괴로웠기에 그는 멈출 수밖에 없었으며 나머지 동료들에게도 멈추라며 손을 들어 그들은 그의 뒤에서 멈춘 채 그가 진정하기를 기다렸거니와 그들은 그의 심기가 불편한 것을 보았고 누구 하나 테트라 무전기로 그에게 아무 말도 하지 않고서 오토바이 발판에 발을 올려놓은 채 그가 마음을 추스르기를 기다리면서 그가 어떤 심정인지를 그들이 알고 있었던 것은 자신들도 같은 심정이었기 때문인바 물론 그들은 저 인간쓰레기에게 똑같은 분노를 느끼고 있었으나 그의 진짜 심정에 대해 그들이 뭘 알겠느냐고 대장이 선두에서 생각한 것은 그들에게는 작은별이 일개 동료였지만 그에게는 형제, 유일한 형제, 참된 형제였기 때문으로, 아버지는 다를지 몰라도 그래도 한 형제였으며 그가 더는 그들과 함께 있지 않고 다시는 함께 있을 수 없다는 것이 너무 가슴이 아파 그는 눈을 감고 밭은기침을 하고는 다시 한번 손을 들어 앞쪽을 가리켰으며 이를 신호로 다시 한번 그들은 도로에, 하느님이 그들을 창조하신 장소인 바로 그 도로에 올라서서 세 무리로 나뉜 채 자신들만 해낼 수 있는 일을 해낼 준비를 갖췄으니 이 기계들은—각자 자신의 기계가 있었고 이 기계는 그들에게 어머니보다 소중한 존재였는데—이 가와사키와 혼다와 야마하와 혼다와 가와사키의 연료는 기름이 아니라, 그들이 대장을 따라 곧잘 복창하듯 명예였으며 이것이 기계 속의 피스톤을 움직였으니 그리하여 그들은 셔르커드 도로를 따라 쾨뢰시강 다리 쪽으로 갔다. 그들은 그를 찾아낼 것임을 추호도 의심하지 않았다.

그가 가시덤불땅에 머물렀을 가능성을 처음부터 배제해야 한 것은 자신이 맞서는 적이 자신에 대해 빠삭하다는 사실을 알고 있었기 때문으로, 그는 이 적이 어떤 도주로를 고려했을지 추론해야 했으니 거기에는 그 자신이 달아날 법한 길들이 틀림없이 포함될 것이라며 대장이 생각하길 그렇다면 틀림없이 그는 대로를 피할 것인바 셔르커드, 처버, 엘레크, 지코시, 심지어 도보즈로 이어지는 도로는 이미 배제되었으며 그는 비케르 술집에 앉아 있었고 그들은 그가 저기 카운터에서 무슨 생각을 하는지 알고 있었기에 자기들끼리 속닥거렸으며 저기 구석 위쪽에는 TV가 볼륨을 낮춘 채 켜져 있었으나 그는 그들이 자신을 쳐다보고 있는 것이 무척 신경 쓰였는데, 다들 조마조마하고 있었던 것은 그가 진상을 알려주기를 그들이 기다리고 있었기 때문으로, 그래서 그는 테라스로 나와 테트라 무전기를 꺼내어 대규모 작전을 펼치기 전에 언제나 승인을 요청해야 하는 바로 그 사람에게 연락했는데, 그 사람은 그에게 전후 사정을 알겠노라 말하고 그에게 축복을 빌고는 게다가 자신이 보기에 자신의 부하들도 나름의 역할을 맡는 것이 전혀 쓸모없는 발상은 아닌 듯하다고 했으나, 그러지 말았으면 좋겠군요, 대장이 말을 끊고서 말하길 알아들으시겠어요, 경찰서장? 이건 개인적 문제요, 좋아, 그러지, 사흘 주겠어, 그는 단호한 목소리를 들었던바 그 의미는, 경찰서장이 말하길 적어도 사흘 안에 결과를 원한다는 것으로, '원인과 결과'는 차차 따져도 좋다는 것이었으니, 알아듣겠나? 그러고는 무전이 끊겼으며 그는 비케르 술집으로 돌아와서 자신의 지정석에 앉아 노트북에서 hiszi-map.hu 웹페이지를 열고는 주변 지역의 지도를 들여다보기 시작하여 이 지역들을 훑어보고서 어느 방향으로 사람 사냥을 벌일지 결정하고 길을 선정했는데, 가장 가능성이 희박해 보이는 셔르커드 도로를 자신이 맡은 것은 주로 도심 숲 때문으로, 이 추물이 굴을 그토록 좋아한다면 굴 없이는 버틸 수 있을 리 만무하기 때문이니 처음부터 그는 이 인간쓰레기가 무성한 풀숲 어딘가에서 또 다른 굴을 찾고 있으리라 생각했기에—대장이 지도를 샅샅이 살피며—풀숲이 있는 장소를 찾았으나 안타깝게도 도시 주변이 전부 풀숲이었고 그중 하나의 가능성이 도심 숲인 듯했으나 여전히 그는 믿어지지 않았지만—그가 보기에 이것은 가장 가능성이 희박했기에—적어도 가능성을 배제하고는 싶었기에 다짜고짜 이 노선을 자신이 선택했으니 그 밖의 누구도 그처럼 번개같이 이 막다른 길들을 목록에서 지울 수 없었으며 그는 이런 일에 최고였으므로 그들은 도심 숲을 향해 나아가면서 다리 주변 지역을 뒤졌으나 아무 것도 보지 못했고 숲지기의 집에 갔으나 그는 집에 없어서 그들은 숲지기를 찾아보기 시작했으며 요양원으로 향하는 철로 맞은편에서 그를 발견했으니 그는 고사리나 그 비슷한 것을 뽑고 있었는데, 그것은 여우 덫을 해체하여 포획물을 거두기 위해서였으며 그것은 어젯밤에 무언가가 덫에 걸렸 기 때문이었는데, 그들은 상황이 얼마나 중대한지 설명하고 아무리 사소하더라도 수상한 것을 발견하면 이 번호로 전화 하라고 대장이 말하며 종이와 펜을 꺼내어 뭔가를 적어 그 에게 건네자, 좋아요, 숲지기가 말했는데, 그는 이 사람들에 게 꽤나 겁을 먹었기에, 좋아요, 라고 가까스로 말하는 것 이 고작이었으며 종잇조각을 조끼 속에 밀어넣고는 아무 말 도 하지 않은 채 그들이 철로를 향해 떠나는 모습을 물끄러 미 바라보았던바 그들이 스로틀을 열어 철로를 건너는 소리 를 들었으며 저 범죄자 쓰레기들의 엔진 소리가 들리지 않 을 때에야 전정톱을 가지고 덤불 속으로 들어가 일을 마저 끝낼 수 있었다. 여우는 아직 숨이 붙어 있었으며 그는 근거 리에서 녀석을 사살했다.

내가 있을 가능성이 가장 적다고 그들이 생각하는 장소 가 어디일까, 그는 오두막에서 스스로에게 묻고는 일어서려 는 듯한 동작을 하며 다리도 두세 번 흔들었으나 꼬맹이 똥 개는 그저 조금 움직이되 이 모든 게 별것 아님을 잘 아는 듯 움직였으니, 이 꼬맹이 똥개가 비키려 들질 않는군, 하지만 내게 바랄 게 뭐가 있나, 하나도 없지, 교수가 고개를 저었는데, 그가 다만 깨달을 수 있었던 사실은—깨달아서 뿌듯한 것은 아니었지만—자신이 개를 실내에 머물도록 허락했다는 것, 더 정확히 말하자면 개가 여기 실내에 머무는 것을 그가 체념했다는 것이었던바 안에서는 문을 제대로 닫을 수가 없어서 밤이면 밤마다 삐걱거리는 소리가 울려퍼지다가 저 작은 꼬맹이가 문을 밀고 오두막에 들어와 문간에 누우면 그는 진이 다 빠져서 개를 평화롭게 내버려두고 자신은 잠을 청할 수밖에 없었던 것은 그에게 휴식이 필요했고 이 힘겨운 도보 여행으로 기진맥진했기 때문으로, 처음에는 가시덤불땅에서 여기로 왔고 그때의 여독조차 온전히 풀리지 않았는데 어제는 숲지기의 집에 가서 양동이에 물을 가득 채워 가지고 오면서 물은 거의 흘리지 않았지만 어찌나 무겁던지 돌아왔을 때는 양팔이 떨어져 나갈 것 같았고 무리한 팔이 밤새 쑤셨으며 적어도 개 옆에서 잠이 깼을 때 팔의 통증을 느꼈거니와 팔은 아침에도 쑤셨으며 시간은 이미 오후에 접어든 2시 51분이었으니 그는 문간 옆에 누운 꼬맹이 똥개를 쳐다보고서 바로 지금 자신을 향해 깜박거리고 있는 저 빌어먹을 꼬맹이 똥개의 두 눈이 근사하다는 사실을 인정할 수밖에 없었으나 녀석은 저기 누워서 단 1센티미터도 다가오지 않았는데, 그때 녀석은 교수가 비스킷 상자를 꺼내어—그가 숲지기의 집에서 약탈한 것이었거니와—열고서 하나를 오물거리기 시작하는 것을 보았으나, 오, 내겐 이것만 있으면 돼, 라며 교수는 이곳에서 발견한 낡은 매트리스로 직접 급조한 침대에서 웅얼거리며 씹고 또 씹으며 개는 쳐다보지 않았으나 1~2분 뒤에 불끈 화를 내며 비닐봉지에서 비스킷을 한 개 꺼내서는 침대에서 꼬맹이 똥개에게 던지자 녀석은 찔끔 비켰다가 냄새를 맡고는 자기도 비스킷을 씹기 시작했고 그러는 내내 저 두 눈은 그를 쳐다보고 있었는데, 어라, 이 당돌한 꼬맹이 똥개 같으니, 그가 비스킷을 한 개 더 던지자 개는 꼬리를 흔들기 시작했으며 녀석이 비스킷을 오물거리기 시작했을 때 교수는 버럭 화를 내며 개에게 등을 보인 채 침대에서 돌아누워 큰 소리로 말하길 꼬맹이 똥개 녀석, 이제부터 이게 네 이름이다, 내 말 잘 듣는 게 좋을 거야, 안 그러면 쾨뢰시강에 던져버릴 테니까.

모든 것은 비존재로 귀결될 뿐인 권투 경기의 어떤 관념적 라운드에 불과하며 이것은 아무리 봐도 존재의 최대 '오류'야, 그러니 내 말인즉, 그가 자신에게 말하길 이런 비합리적 논증을 취급하는 것은 일고의 가치도 없다는 것이지, 취급할 만한 가치가 있는 것, 남달리 철저하게 취급할 만한 가치가 있는 것은 이거야, 바로 '그렇다'라고 입증 가능한 것이 있으며 실증적 진술과 지시, 확장, 전치, 반성, 의미 확대, 전이, 이것이야말로 우리의 주제이지, 이것은 옳든 그르든 이 질문들의 단순한 제기를 파훼할 수 있는 바탕이야, 우리가 해야 할 일이 하나라도 있다면 그것은 이것이어야 해, '아니다', 부정, 긍정으로 취급되는 거짓, 파괴, 한때 파괴의 오만

으로 인식되던 것, 그리고 이 모든 것을 부정하는 그 자체
로 혐의인 면벌의 위안을 배제하는 것이라고, 그렇다면 '그
렇다'와 '아니다'를 취급하는 게 가치가 있더라도 우리는 '그
렇다'만 취급해야 해, 한때 현명했고 현명하게 들리던 진술
이 그 무엇도 대립물 없이는 존재할 수 없다는 취지에서 우
리를 혼란에 빠뜨려서는 안 되니까, 말하자면 우리가 무엇
을 다루든 이 무엇의 모순적 아우도 그만큼 주의를 기울
여 다루지 않는 것은 명백한 실수일 테니까, 심지어 이 단
순한 철학적 접근법도 폐기해야 해, 말하자면 이 철학자들
과 변증론자들이 이것, 저것, 그 밖의 것을 들고나올 때 이
것을 취급하면서 우리의 소중한 시간을 허비하는 것은 무
의미해, 정신만 사나울 뿐이지, 우리가 방정식을 풀기 위해
도입하는 동일 실체 항이나 다중 실체 항의 개념이 해결될
까? 아니, 그런 명제는 모두 원시적이야, 어린이는 어른이 아
는 것보다 많은 것을 느끼고 어린이는 자신이 느끼는 것보
다 많은 것을 안다, 이런 식이지, 이런 인자들은 사물을 관
찰하는 동안―이 말인즉 내가 하나, 둘, 또는 그 이상의 본
질을 보는 동안―양적 접근법의 바이러스가 다시 한번 비식
별되고 비검출되었음을 나타내는데, 이 바이러스는 조롱거
리일 뿐 사상의 세계에서 귀중하게 유통될 것이 아니며 이
제 우리의 과제는 영구적이고 지속적인 정화여야 하는바 결
코 끝날 수 없기에 결코 끝나지 않는 청소 작업이 되어야 하
니 모든 관찰을 마지막 하나까지도, 모든 진술을 마지막 하

펌

나까지도 우리의 뇌에서 닦아내야 하고 모든 추정을 씻어내야 하며 이것은 아무리 강조해도 지나치지 않은데—강조할 사람이 있다면 말이지만, 자신의 오두막 구석에서 꽃잎처럼 구겨진 코트와 그 장소에서 긁어모은 온갖 헝겊 가운데 앉은 채 교수가 말하길—이런 추정은 그 자체로 치명적 분량에 해당하는 무지의 병균이야, 이 모든 것이 생겨나는 현장을 발견할 때면—이를테면 나 자신에게서, 그런 때에는 이른바 생각하는 사람이 자신의 자아에게 절멸을 언도하기 때문이요, 그가, 또한 출발한 길 전체가 잘못되었다는 것으로는 충분하지 않기 때문인데—정신이 아찔하군, 저 예비, 준비, 추정, 예상, 이 모든 것은 어느 길로도 벗어날 수 없는 지옥에 불과해, 엉뚱한 방향으로만 이어지지, 이것 하나만은 분명해, 이 정돈 및 정화 작업은 철저히 진행되어야 해, 그뿐 아니라, 철저할 뿐 아니라 물론 지속적이야 하지, 지속적 정화라는 말은 심문하는 시선으로부터 탈출하려고 뇌가 핑계를 찾을 시간을 단 1분도 남겨두어서는 안 된다는, 중단이 없어야 한다는 뜻이야, 말하자면 뇌는 그 자신을 바라보고 있으며 이 바라보는 행위는 순전한 불신으로 이루어져야 해, 이렇게 하더라도, 완전하든 불완전하든 행위 무능력에 도달할 수는 없어, 이것은 이런저런 상황에서 어떻게 행동해야 하는가에 대한 조언이 아니니까, 우리는 언제나 우리가 어쨌든 해야 하는 일을 하고 말아, 다른 선택의 여지는 없어, 만일 어느 순간엔가 우리가 어떤 결정이든 내리려고 시도하는 것은(그리고 우리는 여전히 그게 우리라고 생각하지!) 쓸데없는 짓이야, 무한하고도 극심하게 쓸데없는 짓이라고, 우리는 아무것도 결정하지 않아, 지금도 그렇지, 아주 간단해, 내 말뜻은 전부가 그저 '흥미롭지 않다'는 거야, 그건 중요하지 않아, 그 중요성이 제로인 것은 의미와 분위기만 있기 때문이라고, 우리는 끊임없이 이 조절 척도를 소소하게, 그러나 자신의 위락을 위해서만 오갈 뿐이야, 언제나 본질적인 것을 완수하고 마니까, 말하자면 우리는 무엇이든 우리가 해야 하는 일을 한다는 그런 식이지, 이건 이 정화·지속이 존재하는 공식에서 다른 인자들은 심지어 인자도 아니며 실은 존재하지 않는다는 말과 같아, 그렇다고 해서 이것이 우리가 처음에 이야기하던 그 비존재가 아니라는 사실을 무시하는 건 아냐, 이것은 이 방정식을 부정하는 게 아니라 오히려 긍정하는 거라고, 말하자면 방정식이 있는데, 그것은 물론 양적 의미에서가 아니라 기하학적 의미에서인 거지, 하지만, 아니, 그것이 완벽하게 특이한 구성으로 전개된다고 말하는 게 낫겠군, 차원의 신성이라는 구성 말이야, 거기서는 이 정화·지속을 단일하게 지각하는 것 말고는 그 무엇도 우리에게 주어지지 않아, 이 정화·지속은 찬란하게 빛나지, 밤이든 낮이든 개의치 않아, 빛나고 반짝거리고 발광發光해, 말하자면 눈에 보이지, 이 방정식에는 이것밖에 다른 그 무엇도 없어, 그러니 그곳이 우리가 이 모든 온갖 접근법의 관점에서 현재 서 있는 장소야, 이 접근법들의 내용은 중요하

펌

지 않아, 아무리 옳아 보여도 상관없어, 저것들의 이른바 옳음은 옳지 않으니까, 말하자면 저것들의 불만족스러운 성격은 우리가 못 보게 감춰져 있다고, 결정이 생성되는 것을 상상해야 해, 구조로 이루어지지 않고—다시 양量이야, 양이라고!—그것의 추정된 격자, 축, 대칭면, 기저의 틈, 껍질, 속껍질, 세포, 에너지장으로—그 원천인 블랙홀을 포함하여—이루어져, 모든 것이 우리의 뇌를 가로질러 자유롭게 팽창하지, 아니면 적어도 이것이 우리에게 일어나야 '하는' 일이야, 이 뇌, 우리의 뇌는 전부가 하나에 집중해야 하기 때문이야, 무엇이 그것을 통과하든 그것을 즉각적으로 정화하는 데 집중해야 해, 말하자면 '이 청소'는 소멸 행위여야 해, 여기서 '청소'라는 단어는 무슨 뜻일까, 어떤 것이 더는 존재하지 않을 때만 깨끗하다는 것 말고 '청소'로 무엇을 뜻할 수 있을까, 완벽한 순수는 '거기 없음'의 차원이니까, 그곳에 있어야 하지만 그곳에 있지는 않은 거지, 다시 말하지만 이것은 부정의 영역으로 전환하는 게 아냐, 우리는 결코 그곳으로 나아가지 않아, 우리는 그 질문을 오직 여기서만 다루기 시작할 수 있기 때문이야, 이곳에서는 모든 것이 찬성, 승인, 긍정적 가정, 존재의 힘이 내뿜는 빛 속에서 빛나지, 그에 따라 최종적으로 우리는 여기에 도달해, 그래, 우리는 여기까지 왔어, '그렇다'의 힘이 앞에 있는 것을 모조리 쓸어버리는 곳으로, 증명 끝, 빛이 나니까, 나는 거듭거듭 그렇게 말할 거야, 교수가 마지막으로 생각하길 이 '그렇다'는 무지막지하게 우주 속으로 빛을 발하며 이 과정은 결코 완성되지 않아. 그래, 그리고 그러지 않으면, 오후 5시군.

숲지기는 아내가 아이들을 데리고 집에 돌아오기 전에 여우를 뒷마당에 매달고 가죽을 벗긴 다음 사체를 뒷마당 뒤쪽 참나무 사이에 묻고서 귀가했는데, 지난 몇 주간 골칫거리였던 바로 그 멧돼지가 자신이 덫을 점검하러 간 사이에 또다시 울타리를 부수고 들어온 것이 틀림없었거니와 녀석이 다시 찾아온 것이었고 그는 재빨리 닭장 안을 둘러보았으나 닭들은 모두 제자리에 있어서 그는 철망이 벌어진 곳으로 돌아가 더 굵은 철망으로 수선하고는 다음 주에 시내에 가면 이런 일을 으레 맡아 하던 사람에게 단단히 일러두고 인부를 고용해야겠다고 마음먹었는데, 이미 가계 예산에 넣어둔 지출 항목이었지만 너무 비싼 것 같아서 미뤄뒀으나 이렇게 놔둘 수는 없었고 개들이 언제나 자유롭게, 특히 낮 동안에 뛰어다니지 못하는 한이 있더라도 제대로 만든 시멘트 담장이 필요했으니 집 안에 인기척이 전혀 없다는 것을 간파하고 그 순간을 골라 울타리를 뚫고 침입하다니 얼마나 치밀한가, 이런 생각을 하며 집 안으로 들어가 아내가 자신을 위해 준비해둔 점심을 먹으려고 부엌에 앉았는데, 그때 스토브 위의 선반에서 양념통과 수프 가루가 뒤섞여 있는 것이 보이기에 더 잘 보려고 일어서서 쌀이나 밀가루처럼 더 오래가는 식품을 보관하는 아래쪽 찬장의 문이 열린 것을 보고는, 우리 아내는 찬장 문을 저렇게 열어놓는

법이 없는데, 라고 생각하고서 식탁에서 일어나 찬장으로
가 찬장을 건드리지 않은 채 문을 밀어 열고 내부를 들여다
보았으니 지난 두 시간 사이에 누군가 이곳 부엌에 들어왔
다는 것은 의심할 여지가 없었으며 그가 처음 떠올린 생각
은 경찰에게 전화하여 신고해야겠다는 것이었던 것은 떠돌
이 집시나 부랑자가 집에 들어온 것이 처음이 아니었기 때
문이지만 그에게 별로 중요하게 생각되지 않았기에 전과 마
찬가지로 경찰에 전화한다는 생각을 접었는데, 방금 그 원
숭이 대가리 우두머리가 덫 옆에서 그에게 한 말과 그들이
누군가를 찾고 있다는 것이 기억나서 전화번호가 적힌 종잇
조각을 조끼에서 꺼내어 몇 번의 단호한 동작으로 종잇조각
을 갈가리 찢었으니 그자들이 누구를 찾고 있었든 그가 정
말로 그러라면, 시내에서 온 그 유명한 과학자라면 그 사람에
게 필요한 것은 배신이 아니라 보호였기 때문이었던바, 그의
이름이 뭐였더라? 그가 골머리를 썩이기 시작한 것은 그 폭
력배가 자기들이 찾는 사람의 이름을 말하지 않고 그의 생
김새를 묘사하기만 했기 때문으로, 그는 그를 개인적으로
알지는 못하고 본 적만 있었으나 우두머리가 그를 묘사하
자 이 나치 패거리가 왜 그를 쫓는지는 상상하기 힘들었지
만 그것이 누구일지 알았기에 재빨리 2층으로 올라가 방을
휙휙 둘러보고는 1층의 방도 살펴보았으나 누가 이곳에 왔
든 그는 아무것도 가져가지 않았으니 아마도 그는 무언가를
찾고 있었으나 찾지 못한 것 같았거니와, 알 게 뭐람, 이라고

숲지기는 생각했으며 어쨌거나 그와 마주치게 된다면 자신을 믿어도 좋다고 말할 작정이었다.

그는 그에게 사흘을 주겠으며 하루도 어겨서는 안 된다고 통고했으니 경찰서장은 시체 안치소에서 시신을 보고 나서 돌아와 정면을 응시했는데, 벌써 이튿날이었고 이미 하루가 저물고 있었고 사흘에서 단 1초의 말미도 허락되지 않았고 그는 가슴이나 다리에 총을 맞은 것도 아니요, 복부나 심장에 맞은 것도 아니요, 온몸이 총알투성이였으며 그에게 가장 큰 근심을 선사한 것은 시신의 얼굴도 총에 맞았다는 것으로, 머리가 터져 차마 볼 수 없었으니 그는 그런 광경을 좋아하지 않았으며 그들에게 주어진 것은 단 사흘이었던바 왜냐면—그가 책상 뒤의 의자에 등을 기대어 한숨을 쉬며—그는 아무리 늦어도 나흘째에 이 사건에 대해 보고서를 작성해야 할 터였고 그것이 그에게 필요한 전부였으니 이 기자들 중 하나, 또는—하느님, 용서하소서—이 TV 기자들 중 하나가 이곳에 얼쩡거리기 시작할 터였고 그러면 그는 자초지종을 설명해야 할 텐데, 그가 싫어하는 일이 하나 있다면 그것은 자초지종을 설명하는 것이었으며 그가 싫어하는 일을 그는 하지 않았거니와 그와 반대로 그는 자신이 결코 자초지종을 설명해야 하지 않을 수만 있다면 무슨 짓이든 마다하지 않았기에 잠시 심사숙고한 뒤에—이것은 그의 경우에 1분을 넘지 않았고 대체로 그보다 짧았는데—경사 한 명을 불러 순찰 중인 경관이 누구인지 묻고서 이름을 듣고는

펌

불만스러워 얼굴을 찌푸리며 이런 그런 저런 경관을 출동시키라고 명령했으며 이 경관들로 하여금 또 다른 경관들을 지목하고 경관 20명으로 순찰대를 조직하여 범죄 현장으로, 그래, 가시덤불땅으로 가서 한 번 더 둘러보라고 말하되 지금껏 어떻게 했는지는 묻지 않은 채 다짜고짜 경사의 말을 가로막고는 지금 어떻게 해야 하는지 말했으니 이것은 명령이었기에 경사는 경례하고는 임무에 착수하여 건물에 머무른 채 경찰 무전으로 소식을 기다렸으며 오토바이 동호인 협회가 무전을 엿듣더라도 별로 개의치 않았거니와…… 실제로 그들은 무전을 엿들었으며 대장의 테트라 수신기는 꺼져 있지 않았고 불이 들어왔으며 그는 요점을 죄다 들었기에 자신과 부하들이 더욱 실력 발휘를 해야겠다고 생각했으며 개인적인 문제는 개인적인 문제일 뿐임을 왜 경찰서장이 이해하지 못하는지 도무지 이해할 수 없었으니 이건 둘 사이에 합의된 것 아닌가? 라고 자문했으며 이제 경찰서장의 말조차 신뢰할 수 없다는 생각에 울화통이 터졌는데, 전에는 그럭저럭 신뢰했어도 이 문제에 관해서는 한 번도 그를 온전히 신뢰하지 않았으니 한 가지 이유는 그가 독서용 안경을 썼기 때문이고 또 한 가지 이유는 그의 이른바 군인다운 태도와 관련하여 그가 늘 떠올리길, 잘 알려진바 경찰서장은 한 번도 군에서 복무하지 않았다는 것이었으니 그가 이곳에서 상대하는 사람은 그와 한패이긴 하지만 군인 시늉만 하는 사람이었기에 그는 경찰서장이 이 도시를 위해 부과된 책임에 대해 진정으로 그와 한편이라는 느낌이 별로 들지 않았으며 서장의 명령에 복종해야 한다는 느낌이 딱히 들지도 않았던바, 지옥에나 가라지, 그는 노여워 투덜거렸으며 다시 한번 그들에게 손짓하여 함께 다리를 건너 셔르커드 도로 방향으로 주행했으나 몇 킬로미터 못 가서 다시 손을 흔들어, 여기서 돌린다, 그러고는 소년원까지 곧장 돌아갔지만 이 추잡한 인간쓰레기가 여기 숨어 있으리라 생각하지 않았기에 형제 하나만 보내어 재빨리 둘러보게 하고는 계속 나아갔고 대장은 이를 악물었으며 그들은 어딘가에서 그가 나타날 때까지 계속 돌아다닌 것은 그가 어딘가에서 나타날 터였기 때문으로, 대장은 이 순간에 수많은 부하를 시내 전역에 풀었으므로 어떤 교통수단에 대해서든 모든 정보를 하나도 빠짐없이 즉시 얻을 수 있었고 이 시점에는 모든 건물이 비어 있되 저 추잡한 돼지가 살던 집, 병원, 시청, 법원, 급수탑, 한마디로 여기서 문제가 될 만한 모든 건물은 하나도 빠짐없이 비어 있었으며 모든 곳에는 생각을 공유하는 집단들이 있어서 시내의 모든 관련자에게, 모든 사람과 사람들에게 알릴 수 있었으니 그들은 자신이 보고해야 하는 것을 필요한 경우에 보고할 것이었으며 지금이야말로 필요한 경우였으니 그가 보기에 이번 사냥감이 여느 사냥감과 달리 쉽게 거꾸러뜨릴 수 없었던 것은 이 사냥감에게는 두뇌가 있었기 때문으로, 지금까지는 도피를 시도할 아이디어가 있어도 그럴 엄두를 내지 못한 것은 그들이 누군가를 쫓기로 마음먹으면 그자는 결코 도피할 수 없기 때문이었으며 심지어 그것은 진짜 사냥도 아니었던 것이, 그들은 언제나 사냥감을 죽였으며 여기서는 아마도와 그러나가 전혀 없었고 그들의 시야가 미치지 않는 또 다른 영토에 잠입하여 달아날 가능성도 전무했던 한 가지 이유는 그들의 시야가 모든 것에 미쳤기 때문인바 그러지 않고서는 전체 과정이 돌아가지 않기 때문이었고 또 한 가지 이유는 경계선을 넘는 것이 결코 좋은 생각이 아님을 다들, 적어도 이 도시에서는 알고 있었기 때문으로, 지금 어느 순간에든 보고가 접수되고 또 접수되고 있었기에 그는 확신에 차서 가속 페달을 밟았으며 얼마 지나지 않아 그들은 도시 외곽에 이르러…… 양동이는 비어 있었는데, 그것은 너무 빨리 비어버렸으니 문제는 그가 너무 목이 말랐다는 것으로, 그의 신체 구조는 오랜 시간 동안 물 없이 지내는 데 익숙하지 않은 것이 분명했으며 이제 그는 무언가를 해야 했고 자취를 감출 방법을 생각해내야 했으나 그것은 이 장소가 꽤 안전하게 느껴진다는 사실과 모순되었으니 이곳은 어느 곳으로부터도 멀리 떨어져 있었고 이 오두막은 수많은 비슷한 건축물 중 하나에 불과했는데, 범람이 잦아서 급수 시설이 아직 작동 중이던 오래전에 이런 작은 관리소가 오래전 이곳에 무수히 건축되었기에 그들이 바로 이 오두막을 정확히 찾아낼 가능성은 매우 희박하며 사실 여기 머무르는 게 나으리라고 그는 생각했거니와 유일한 문제는 몇몇 까다로운, 이를테면 물과 식량 같은 단기적 난제였고 그 이외에는 전략적 문제가 있었는데, 이것은 그가 아직 결정하지 못한 것으로, 말하자면 이 딜레마에 대한 올바른 포괄적 해법이 무엇인가였으니 그들이 지금 그를 찾는 것은 살인자여서인가, 무장한 공격자여서인가, 덩치 큰 멍청이를 죽여서인가, 그 농부의 농장에 있던 비밀 무기 저장고에 대해 모든 것을 알게 된, 따라서 그들의 목숨에 위협이 되는 사람이어서인가, 그러므로 그는 경찰의 결탁을 쉽게 확신할 수 있었고—이미 결탁하지 않았다면—군의 결탁을 쉽게 확신할 수 있었고—이미 결탁하지 않았다면—국경 수비대의 결탁도 쉽게 확신할 수 있었으나 물론 그중에서 가장 위험한 것은 이 파시스트 인간쓰레기와 그의 오토바이 폭주족이었으니 그들은 그가 가장 멀리해야 할 자들이었고, 글쎄, 그것이 난감한 부분이었으니 지금까지 그는 이 문제를 어떻게 해결할지, 흔적도 없이 사라질 장소를 어디서 찾을지 묘안이 떠오르지 않았는데, 그는 그들에게서 달아나려는 모든 시도가 허사였음을 알았으니 이것은 그가, 그들이 찾는 사냥감인 그가 '여전히 어디에든' 있다면 그가 아무리 훌륭한 계획을 세워도 결국 재앙으로 끝날 것임은 그들이, 적어도 이 폭력배들이 결코 수색을 단념하지 않을 것이고 그를 찾을 때까지 계속해서 쫓아다닐 것이었기 때문이며 몇 가지 자질구레한 아이디어를 제외하면 그에게는 쓸 만한 생각이 하나도 없었고 그마저도 아무짝에도 쓸모가 없어 재깍 제쳐버렸거니와…… 이 아이디어 중

하나만 들자면 도보즈 도로 옆에 급수탑이 있는데, 그가 맨 처음에 한 번 고려한 적이 있었던 것은 수년째 비어 있는 천문대가 지붕에 설치되어 있었기 때문이나 그가 이 또한 제쳐버린 것은 계단이 너무 많다는 사실 말고도 근방 고등학교 물리 교사가 여학생들을 데리고 이른바 '체스'를 둔다며 찾아온다는 것을 알았기 때문으로, 한마디로 안 될 말이니 요점은 그가 여전히 골머리를 썩여야 했다는 것으로, 그가 침대에서 일어난 것은 완벽한 계획이 떠올랐기 때문인데, 실행하겠노라고 끊임없이 스스로에게 되뇌다가 꼬맹이 똥개가 양동이를 뒤집어 마지막 남은 물방울을 핥는 것을 보고는 화가 나서 중얼거리길 저 녀석은 내가 무슨 생각을 하는지 알아, 여기 보렴, 꼬맹이 똥개야, 너 정신 차리고 있니, 개가 고개를 들어 교수를 보자, 너 정말로 내 머릿속을 들여다보고 있니, 그렇다면 날 좀 도와주렴, 그가 즉석에서 겹쳐만든 베개에 기대며, 내가 뭘 해야 하는지 말해줘, 그가 자신을 끊임없이 쳐다보는 의미심장한 두 눈을 들여다보며, 말해줘, 그토록 말하고 싶은 게 있다면, 내 목숨을 구하려면 대체 어떻게 해야 할까. 듣고 있니, 꼬맹이 똥개야? 내가 말하고 있잖아.

자정이었고 그땐 이미 문을 닫은 뒤였어, 주유소 종업원 러요시가 술친구에게 이렇게 말한 곳은 옛 등록 번호 47로만 알려진 술집이었는데, 둘은 늘 이곳에서 서로 마주쳤으며 그것은 우정이 아니었고─그는 친구라고 할 만한 사람이 아무도 없었으므로—둘은 단지 술친구에 불과했던 것이, 오랜 세월이 지났기 때문이며 둘은 이곳에서 하도 자주 맞닥뜨린 터라 일단 대화가 시작되면 그만둘 방법이 없었던 것은 이야기하는 것 말고는 할 일이 아무것도 없었기 때문으로, 둘 중 한 사람에게 무슨 일이 있었는지, 상대방에게는 무슨 일이 있었는지, 뭐 흥미로운 사건이 있는지 이야기했으나 물론 흥미로운 사건은 하나도 없었던 것은 둘 중 어느 쪽에게도 흥미로운 일은 한 번도 일어나지 않았기 때문이나 그래도 둘은 이것, 저것, 그 밖의 것에 대해 끊임없이 이야기했고 그렇게 몇 년이, 아니, 몇십 년이 흐른 것은 그토록 많은 세월이 이미 지났기 때문이거니와 어느 날 둘 중 하나가 말하길 이거 들었어, 그가 묻고는 (포도주와 소다수를 섞은) 프뢰치 잔을 들여다보며, 시간이 왜 이렇게 빨리 가는 거지, 난 벌써 마흔셋이야, 하지만 지난 10년은, 적어도 지난 10년은—휙!—쏜살같이 흘러가버렸어, 제길, 시간은 우리를 오븐에 처넣으려 들어, 그러고서 실제로는 아무 일도 안 일어나지, 맞아, 아무 일도 안 일어났지, 적어도 지금까지는 말이야, 주유소 종업원이 말하길 지금까지는, 이라고 되풀이하고는 상대방과 눈을 마주치려 했으나 이 눈길은 멀리 떨어져 있어서 이제야 나타날 준비를, 저 아래 깊숙한 곳에서 준비를 하고 있었던바 그곳은 눈길이 결코 나타나고 싶지 않은 것만 아니라면 탄생하는 곳이었고 두 사람 다 기다렸으나 나타나지 않았고 나타나지 않았으니 둘은 함께 기다리되 그

펌

는 자신의 빈 프뢰치 잔과 함께 기다렸고 러요시도 자신의 빈 프뢰치 잔과 함께 기다렸으나 지금 그들은 무엇을 해야 하나, 그 눈길은 탄생하고 싶어 하지 않았는데, 어쨌거나 지금 러요시에게는 상관이 없었으니 누군가와 이야기할 수만 있으면 그만이었고 지금은 하긴, 그가 그에게 이야기한 것은 영영 떠나기 전에 더는 누구와도 이야기할 수 없다는 걸 견딜 수 없었기 때문이기에 프뢰치 한잔하러 엎어지면 코 닿을 거리에 있는 47에 왔으니 물론 그의 술친구는 이미 카운터 옆에서 눈길을 탐색하는 우울한 상태로 서 있었는데, 그는 혼자였고 이른 주당은 이미 떠났으나 늦은 주당은 아직 나타나지 않았기에 둘은 단둘이었으며 러요시가 말하길 아마 자정이 넘은 시각이었을 거야, 정확한 시각을 확인하진 않았지만 그즈음이었어, 그때 갑자기 누군가 자동문을 덜거덕거렸어, 물론 이미 잠겨 있었지, 그 시각엔 아무도 안 오니까, 그는 늙은 부랑자 행색이었어, 면도도 하지 않고 꾀죄죄한 것이 심지어 얼굴도 꾀죄죄하더라고, 문 닫았다고 말과 몸짓으로 전했는데도 계속 문을 달그락거렸어, 눈동자는 묘한 하늘색이더군, 그 눈을 전에 어디선가 본 적이 있었지만 어디서였는지는 기억나지 않았어, 그래도 전에 본 것은 분명했어, 그래서 열쇠로 문을 열고서 물었지, 뭘 원하슈, 그랬더니 그 잡놈이 경유와 휘발유가 필요하다는 거야, 그래서 내가 말했지, 농담할 기분이 아니었거든, 하도 피곤해서 잠들락 말락, TV 덕분에 간신히 깨어 있었으니까, 이보슈, 경유가 필요하다면 국경을 넘어야 할 거요, 틀림없이 들어봤겠지만 이 나라에는 몇 년째 경유가 한 방울도 없으니 말이요, 설령 있다 해도 당신에겐 안 팔 거요, 하지만 팔게 되실 거요, 라고 그 잡놈이 말하더군, 그러더니 이렇게 말하는 거야, 들여보내주시오, 내 설명드리겠소, 그는 큼지막한 노란색 방수포를 걸치고 있었고 그 옆에는 조그만 잡종견인지 뭔지가 서 있더군, 내 말했지, 들어오슈, 하지만 개는 안 돼요, 하지만 저 조그만 똥개는 내가 말을 마치기도 전에 이미 안에 들어와 있더라고, 일을 빨리 끝내고 싶어서 굳이 녀석을 내쫓으려 들지는 않았어, 그래서 그에게 물었지, 그래, 뭘 원하슈, 여기서 소소한 거래가 이루어질 거란 생각이 들었거든, 그가 내게 무슨 볼일이 있다는 건 딱 보면 알 수 있었지, 나는 누가 용건이 있고 누가 용건이 없는지를 멀리서도 알 수 있으니까, 이자에게는 용건이 있었어, 그게 뭐였냐면, 이봐, 친구, 정신 차려, 그러자 프뢰치 잔 위로 꾸벅꾸벅 졸던 상대방이 고개를 획 쳐들었는데, 그게 뭐였냐면, 내 말 들어봐, 이건 결코 소소한 거래가 아니었어, 큰 건이었다고, 그는 경유가 대량으로 필요하다고 말했어, 당장 필요하오, 그가 말하길 휘발유 약간도요, 그의 말을 들으니 왠지 여느 부랑자는 아니라는 느낌이 들었어, 다른 부류였다고, 하지만 어디서 봤는지는 죽었다 깨어나도 기억나지 않더라고, 눈만은 낯익었지만 그것만 가지고는 알 수가 없었어, 그래서 내가 말했지, 얼마나 필요하신 거요, 그랬더니 그가 말하길 경유가 3,000

리터쯤 필요하오, 이봐요, 내 그에게 말하길 우리 주유소에 서는 1990년대 이후로 경유 3,000리터는 본 적이 없어요, 이 양반아, 당신 지금 어느 나라에 살고 있다고 생각하는 거요? 그러자 그가 대뜸 말하는 거야, 현찰로 지불하겠소, 하지만 아무것도 보여주진 않더라고, 코트 단추를 죄다 채웠더군, 그는 한 손을 코트 주머니에 넣은 채였는데, 좆됐다는 생각이 들더라고, 당신 은행이라도 턴 거요, 그러고서 그를 쳐다보며 물었지, 기름통 직접 가져오셨수, 이건 농담이었어, 그때쯤 흥미가 동했으니까, 진지하게 협상하기 전에 분위기를 누그러뜨리는 게 좋겠다 싶었거든, 그런데 그에게는 농담이 아니었던 거야, 자유로운 손으로 코트 단추를 풀기 시작하더니 그 아래서 빌어먹을 큼지막한 무기가 보이는 거야, 글쎄, 이 잡놈이 그 무기를 카운터에 떡하니 올리더라고, 우리가 이야기하는 동안 그가 점점 가까이 다가오더니 내가 있는 곳까지 온 거야, 그 순간 내가 안전 스위치를 눌러 즉각 카운터에서 자동문을 닫았어, 알다시피 카운터 아래에 스위치가 있잖아, 전화기에 손을 뻗는데 그자가 말하더군, 그러지 마시오, 왜요, 강도질이라도 하시게요, 그러자 그가 고개를 저으면서 두둑한 유로화 다발을 꺼내는 거야, 포린트가 아니었다고, 어이, 정신 좀 차려, 이 친구야, 유로였다고, 알아듣겠어? 알아들어, 그의 술친구가 힘없이 고개를 끄덕였는데, 사실 그는 내게 강도질을 할 의도가 없었고 경유를 현찰로 사고 싶을 뿐이었어, 알겠소, 그가 백치에게 이야기하듯 느릿느릿 말하기 시작하기에 내가 그에게 말하길 내게 그렇게 말하지 마슈, 나 바보 아니니까, 그러고는 그에게 물었지, 그래 기름통은 어디 있는 거요, 트럭 몰고 오는 소리는 안 들리던데, 그게―그자가 내게 더 가까이 몸을 숙이더니―경유 3,000리터에다 휘발유 15~20통을 배달해주시오, 그가 말하기에 내 물었지, 지금 어디로요, 그러자 그가 말하길 가시덤불땅으로요, 그제야 그가 누구인지 알겠더군, 그 천하의 멍청이이자 유명인 말이야, TV에서 줄곧 떠들었잖아, 내가 누구 말하는지 알지, 알다마다, 그의 술친구가 갸우뚱갸우뚱 고개를 끄덕이며, 한 잔 더 시켜줄 수 있어, 라고 묻자, 안 돼, 라고 러요시가 대답하고는, 그래서 우리는 뒤로, 창고로 갔어, 알잖아, 우리, 나와 동료 조원 말마따나 비밀 비축물 넣어두는 데, 말하자면 공식적으로 압류된 비축물의―뭐라고 표현해야 하려나―'그림자'에 있기에 아무도 모르는 비축물 보관소로 갔다고, 하느님께 감사하게도 누구 하나 생각지도 못하는 곳으로 말이야, 하지만 하긴 우리 모두 어떻게든 살아가야 하잖아, 그래, 기억하지―하지만 대답은 없었는데―뭐 어쨌거나, 그가 이어 말하길 그자가 이렇게 말하는 거야, 3,000리터요, 그게 얼마나 되는지 아슈? 내가 물었지, 알아요, 그가 말하더군, 그가 안절부절 못하기에 내 한마디 했지, 한 번에 하나씩 합시다, 이건 다음 주까지 준비해드리죠, 나리, 벌써부터 나리라는 말이 나오더라니까, 그때쯤엔 저자가 누구인지 알았으니까, 지금 필요하오, 그가 말했는데, 정말로 안절부절못하는 거야, 당장 그날 밤 필요하다는 걸 알겠더라고, 그래서 그에게 말했지, 이봐요, 내가 누구랑 말하고 있는지는 모르겠으나 이런 물건에는 따로 정해진 가격이란 게 있어요, 좋소, 그가 말하더군, 얼마요, 그래서 내가 대략 셈해서 알려주니 좋다더군, 드리겠소, 그러고는 들어와서 따뜻한 데 앉았어, 내가 들어오라고 했거든, 그때쯤 그를 두려워할 필요 없다는 걸 알 수 있었으니까, 나는 뒷문으로 밖에 나가 3,000리터를 준비하기 시작했어, 질 트럭의 탱크를 하나씩 채우고 휘발유 열다섯 통을 챙겼지, 그러자 그가 돈을 지불하고 트럭에서 내 옆자리에 앉은 뒤에 우리는 출발했어, 제기랄, 그래, 칠흑같이 캄캄한 밤에 말야, 이봐, 자네, 듣고 있나, 하지만 너무 어두워서 뒤를 돌아봤는데, 시내에 불빛이 단 한 개도 없더라고, 설상가상으로 그가 나보고 전조등을 끄라는 거야, 뭐라고요? 내가 묻자, 전조등 끄시오, 그러더니 다시 두둑한 현찰 다발을 주더군, 상상해보라고, 제길, 트레일러 달린 질 트럭을 몰고 있는데—그게 우리가 가진 전부였어—밖은 칠흑같이 캄캄했다고, 그런데 갑자기 그자가 멈추라는 거야, 휘발유 통을 옆에다 부리라더군, 그러더니 탱크 마개를 열고 다시 출발하래, 하지만 천천히 말이지, 헝가리어로 말하길 탱크의 경유를 모조리 뿌리라는 거야, 그래서 통을 부리고 마개를 열었어, 그리고 경유를 바닥에 흘려보냈어, 제길, 전부다 말이야, 우리는 가시덤불땅 주위를 따라 천천히 돌았어,

초코시 도로 뒤쪽 어딘가였지, 그는 자신이 구입한 기름을 모조리 부으라고 하더니 내내 이렇게 이야기했어, 계속 주시하다가 앞이나 뒤에 누가 보이면 당장 멈추고 도로에서 벗어나시오, 나는 머리를 핑핑 돌리고 있었어, 이건 큰 건이었으니까, 그건 좋다 이거야, 하지만 여기서 어떻게 빠져나가지, 이자가 빌어먹을 커다란 소총을 무릎에 올려놓은 채 저기 앉아 있지, 저 똥개가 그의 발치에 있지, 트럭 바닥과 트레일러에서는 경유가 뚝뚝 떨어지고 있지, 그래서 내 생각하길 이러다 잡히면 패가망신하겠구나 싶더라고, 나, 우리 주유소, 전부 말이야, 이해해, 그의 술친구가 안쓰럽다는 듯 말했는데, 그런 다음 러요시는 카운터로 가서 프뢰치를 두 잔 주문하여 자기 것을 홀짝이고 나머지 한 잔을 술친구에게 건네며, 자네도 잘될 거야, 제길, 이것 마시고 입 다물어주게, 알겠나? 자넨 좋은 친구이고 오늘은 축일이잖나, 안 그래, 상대방이 놀라서 천천히 고개를 들어 게슴츠레한 눈빛으로 러요시를 쳐다보며, 오늘이 무슨 축일이지, 부활절인가? 아니, 씨발, 부활절 아니야, 라고 러요시가 대답하고서 프뢰치를 한 모금 들이켜고는 아무 말도 하지 않은 것은 말해봐야 소용없을 것 같아서였으니 그의 술친구는 밤늦도록 마셨고 그에게도 밤이 깊었기에 러요시는 더는 억지로 권하지 않고 프뢰치를 홀짝거린 다음 시계를 보고는 나머지를 들이켜고 코트의 양쪽 주머니를 두드려보더니 일어서서 술친구에게 말하길 이봐, 난 일을 영영 그만뒀어, 그리고 자네

말이야, 이 개새끼야, 기운 차려, 여기서 얼쩡거려봐야 득 될
것 없어, 그럴 가치 없다고.

그들은 교수의 집을 지하실에서 다락까지 수색했으나
아무것도 찾지 못하자 사방으로 모든 길을 따라 들판을 헤
집고 모든 마을과 농장을 하나하나 방문했거니와 그들이
살펴본 곳으로는 마리어펄버, 줄러펄버, 퍼르커슈헐롬, 센트
베네덱푸스터가 있었고 렌체시 거리, 비체레, 베세이차르더
주변 지역, 포슈텔레크의 폐성廢城이 있었고 그런 다음 그들
은 도보즈에서 서너주그로도 갔는데, 서너주그에 은근히 희
망을 건 것은 이곳이 대장 말에 따르면 가장 유망한 장소였
기 때문으로, 주말 별장들이 수년째 비어 있어서 그들에게
쫓기는 자가 이곳을 알맞은 은신처로 여겼을지도 모르기 때
문이나 아무것도 없었고 다음으로 숲과 공터를 비롯하여
그가 숨었을 법한 온갖 풀밭을 뒤졌고 레메테, 피코, 에베들
레쇠 평원, 비그타녀의 버려진 농가가 있었고 푀베네시, 머
코슈하트 숲이 있었고 뒤이어 지코시, 퇴뢰크헐롬, 율리푸슈
처를 살펴보았으나 아무것도, 어디에도 아무것도 없었고 어
느 곳에서도 흔적을 찾을 수 없었고 결론을 끌어낼 만한 작
디작은 표시조차 없었으니 그는 제이티를 그 인간쓰레기가
살던 가시덤불땅의 원래 오두막에 보냈으나 아무 소득도 없
이 돌아와서는, 개인 물품을 몇 가지 남겨두긴 했지만 쓸 만
한 건 하나도 없어요, 대장은 비케르 술집에 앉아 이젠 나머
지 무리와 함께 나가지도 않고서 자신의 지정석에 앉아 테

트라 무전기로 연락하다가 앞쪽을 바라보며 한참 동안 수염을 긁적거렸으니 쉬울 거라고 생각하지는 않았지만 이 추물이 이렇게 흔적도 없이 사라질 수 있으리라고는 도무지 생각하지 못했기에, 팔이며 다리며 조각조각 짓이겨주겠어, 그의 찌푸린 얼굴에서 두 눈동자가 분노로 부풀었기에 바텐더는 새 맥주잔을 그의 앞에 놓을 엄두를 내지 못했으며 슬쩍 놓지도 못했으니 TV 소리는 이미 낮춰져 있었는데, 이 법석이 시작된 이후로 줄곧 그랬으며 그는 화면도 꺼버리고 싶었으나 감히 리모컨에 손을 뻗지 못한 것은 대장의 생각을 방해할까봐서였으니 대장은 생각하고 있었고 그걸 보고서 대장의 생각이 현재 순조롭게 진행되고 있지 않음을 알 수, 적어도 바텐더는 알 수 있었던바 그는 테트라 무전기로 들어오는 보고를 들었고 보고는 그가 여기 없고 저기 없고 어디에도 없다고 말했기에 대장은 테트라 무전기에서 또 다른 보고가 들어오기를 기다리지도 않은 채 무전기를 꺼버리고는 역으로 홀로 나가 역장 옆에 앉은 채 그의 눈을 뚫어져라 쳐다보며 어찌나 꼬치꼬치 캐묻던지 역장이 나중에 그날 하루 종일 드러누워야 할 정도였으나―그것은 기진맥진해서였는데, 어쩌면 두려움을 이기려고 마신 포도주 때문이었는지도 모르겠으나―대장은 거기서 멈추지 않고 버스 정류장에서 배차계를 탐문하고 택시 배차계를 탐문하고 모든 공공건물을 둘러보면서 가장 싹싹했던 뚱뚱한 도서관장부터 시작해서 어부 술집의 구매 담당이며 급수탑 지붕의 옛 천문대를 은밀한 모임 장소로 애용한 고등학교 물리 교사에 이르기까지 모든 사람을, 그야말로 모든 사람을 탐문했으니 유일한 예외는 주유소 종업원이어서, 그가 친척을 만나러 셔르커드케레스투르로 갔다기에 돌아올 때까지 기다려야 했으나…… 그는 정말로 나를 취조했고 그가 한 짓은 다른 단어로는 묘사할 수 없었으니 그것은 취조였고 그는 모든 것을 알고 싶어 했다고 도서관장이 안내대의 에스테르에게 말하길 그는 독자들의 이 열풍이 얼마나 오래갈지, 언제 끝날지도 알고 싶어 했고 장서를 보관할 별도 건물이 있는지, 분관이 있는지도 알고 싶어 했으며 지금 닫힌 곳이 있는지도 말이지요, 에스테르, 라고 도서관장이 말했는데, 그는 취조로 인해 무척 지쳐 보였으며, 또한 그는 사서 중 하나라도, 아무리 멀게나마 우리 중 하나라도 교수와 멀게나마 관계가 있는지 알고 싶어 했는데, 생각해봐요, 이유는 모르겠지만 그가 그들이 찾는 사람이에요, 이 시점에서 그가 의미심장한 눈빛으로 에스테르를 바라보며, 그들은 교수를 찾고 있는 거예요, 하지만 왜, 도서관장이 무언가 미심쩍다는 듯 고개를 저으며 에스테르를 향해 다 안다는 식의 미소를, 언제나 에스테르의 맥을 풀리게 하는 미소를 지었고 그렇게 계속된 것은, 대장이 단념하려 들지 않았기 때문이에요, 그는 모든 가능성과 반대 가능성을 계산했고 이것이 그의 첫 번째 사람 사냥은 아니었고—예전에는 그렇게 불렀으나 지금은 뭐라고도 부르지 않는데—그는 수사를 마치고 돌아올 때마다 부하들에게조차 아무 말도 하지 않고 그저 입을 굳게 다물었으니 이를 보고서 나머지 사람들이 이 인간쓰레기가 그 누구도 맞지 않은 최후를 맞게 될 것임을 안 것은 그들의 대장이 그의 머리를 매우 서서히 짓이길 터였기 때문인 것은 이것이 이런 부류의 인간쓰레기를 상대하는 그의 장기이기 때문인 것은 그가 결코 무기를 쓰지 않았고 그 가련한 친구 작은벌이 때리던 것처럼 그들을 때리지 않았기 때문이니, 아니, 그는 그들을 땅바닥에 패대기치고 짓밟되 그 추물들의 얼굴을 마치 담배꽁초 짓밟듯 잘근잘근 짓밟았다.

보고드립니다, 서장님, 매우 많은 것을 알아냈습니다, 라고 일경一警이 말하자 경찰서장이 의자에서 몸을 당겨 세운 것은 업무에 하도 몰입하느라 그날 하루 종일 의자에 점점 깊이 파묻혔기 때문으로, 그래? 그가 안경을 벗어 조심조심 안경집에 넣고서 자세한 설명을 들을 준비가 되었다는 포즈를 취하자 일경이 보고를 시작하길 그는 아무것도 가져가지 않았고 우리는 그의 옷가지와 소지품을 찾아냈고 탁자에는, 그걸 탁자라고 부를 수 있다면 그의 수첩이 있었는데, 계속하게, 경찰서장이 성마른 손짓으로 재촉하자, 그는 신분증, 여권, 출생증명서, 체류증, 자신의 소속을 알려주는 회원증도 모조리 두고 떠났습니다, 그게 전부라고 어떻게 아나, 경찰서장이 끼어들자, 그건 말입니다, 서장님, 이 신분증이 전부 그의 지갑에 있었기 때문입니다, 지갑에는 무언가 제거되

펌

었다고 결론 내릴 만한 빈 주머니가 전혀 없었는데, 이것도 보고드려야겠습니다만, 서장님, 저희 모두가 처음 받은 인상은 그 돼지우리에서 사라진 것이 하나도 없다는 것이었습니다, 게다가 저희 대원들이 처음 받은 인상은 용의자가 아무것도 가져가지 않았을 뿐 아니라 그곳을 빠져나가지도 않았다는 것입니다, 저희는 그가 아직도 그 근방에 머물고 있다고 생각합니다, 음, 그렇게 생각하는 근거가 뭔가, 경찰서장이 매섭게 묻자, '그것이 저희의 첫인상'이었습니다, 서장님, 이라고 특공대 지휘관이 거듭 말한 것은 수사 중에 이런 첫인상을 강조하는 것을 경찰서장이 무척 선호한다는 사실을 익히 들어서 알고 있었기 때문으로, 경찰서장은 늘 이런 식으로 설명하길 첫인상이 핵심이고 나머지는 노가다지, 첫인상이 어떻고 첫인상이 저떻고, 이 말은 한 달 가까이 아침마다 이 사건 저 사건에서 그들에게 되풀이되었는데, 그래서 그 뒤로 그는 경찰서의 나머지 모든 사람과 마찬가지로, 할 수 있을 때마다 이 말을 내뱉었으며 언제나 효과를 봤거니와 이런 식으로 일반적으로 그들은 모두 이 경찰서장을 구워삶는 법을 배웠으니 그가 하는 말을 유념했다가 말로나 글로나 보고할 때 거듭거듭 써먹고 마치 자신의 말인 듯 강조했으며 지금도 여느 때처럼 일경은 알겠다는 듯 고개를 끄덕거리는 것 말고는 아무것도 바라지 않았으니 그것은 만족스러울 때의 경찰서장에게서 기대할 수 있는 최고의 반응이기 때문이었고 그 또한 그 반응을 얻었으니 서장은 책상 맞은편을 똑바로 쳐다보고—그를 쳐다본 것은 아니었으나—
그저 고개를 끄덕이며 가르마를 다듬어 알아들었다는 신호
를 보냈으니, 그래, 좋아, 그러니까 한마디로 귀관 생각엔 용
의자가 이 똥간인지 뭔지를 결코 벗어나지 않았다는 말이
지, 네, 서장님, 바로 그렇습니다, 일경이 대답하며 차려 자세
를 취하자, 나쁘진 않군, 하며 경찰서장은 입을 앙다물었는
데, 일경은 이것을 자신에 대한 악평이 아니라는 뜻으로 해
석했으나 경찰서장은 사실 용의자의 입장에서 나쁜 생각은
아니라고 말한 것으로, 그는 일경이 자신의 말을 잘못 알아
들은 것을 알았지만 바로잡아야겠다는 생각이 들지 않았던
바, 기분 좋게 놔두지 뭐, 라고 생각한 것은 그들이 결국 '사
건의 맥'을 짚을지도 모르기 때문으로, 그는 담뱃갑에서 담
배를 꺼내어 불을 붙이고는, 한 대 피우겠나? 일경에게 묻
자, 네, 물론입니다, 고맙습니다, 서장님, 그도 불을 붙였는
데, 이것이 특전이었던 것은 경찰서장이 남에게 담배를 권하
는 일은 매우 드물었기 때문이며 게다가 그는 평소에 피우
는 말보로 말고도 클레오파트라라는 이집트 브랜드를 피웠
는데, 경찰서에서 소문이 파다하여 다들 이 담배를 손에 넣
고 싶어 했으나 누구에게도 운이 따르지 않았고 오직 경찰
서장만이, 그만이 클레오파트라를 구했거니와 물론 (다른 사
람들이 다른 물품을 구할 때처럼) 루마니아에서, 더 정확히 말
하자면 국경 검문소 경비원에게서 구했으니 두 사람은 연기
를 내뿜으며—일경은 서 있었고 서장은 앉아 있되 처음부터

그 자세였으며—한참 침묵하다가 경찰서장이 불쑥 일어나 집무실 밖으로 나오더니 자신의 뒤에서 근무 중이던 경비원 세 명에게 손짓하여 지프에 올라타 기차역 쪽으로 이동했는데, 일경의 말로는—나중에 그가 어디에 갔느냐는 질문을 받고서—경찰서장이 현장을 직접 보고 싶어 하는 것 같았으며 자신이 보기에 그는 초코시 도로를 따라 가시덤불땅에 갔으리라는 것이었다.

구덩이는, 그가 회상하길 충분히 넓지도, 충분히 길지도, 물론 충분히 깊지도 않았으나 그는 도움을 청할 사람이 아무도 없었으며 적어도 처음에는 경멸적 몸짓과 함께 이 발상을 거부했지만 혼자서는 이 일을 처리할 수 없음을 깨달았기에 해가 뜨기 전에 집을 나서 임무에 알맞은 사람을 찾아보기로 마음먹었는데, 누군가를 찾아야 하기는 했으나 그와 동시에 신중에 신중을 기해야 한다고 다짐하고서 신중하게 나아갔던바 농부가 언급한 적이 있는 술집을 택한 것은 이 때문이었으며 거기서 누군가를 찾을 수 있으리라 생각한 것이, 말하자면 농부의 표현에 따르면 이 술집은 시내에서 꽤 멀리 떨어져 있는 데다 버려진 것처럼 보이고 손님도 거의 없어서 남들 눈에 띌 염려가 없었으므로 그는 동트기 전에 출발했는데, 식은 죽 먹기는 아닐 거라 생각했지만—농부는 그곳을 '초코시 도로 47'이라고만 불렀으며 정확한 위치에 대해서는 횡설수설했기에—마치 행운의 여신이 찾아온 듯 썩 수월하게 찾을 수 있었던 것은 심지어 셔르커드 도로 교차로에 이르기도 전에 초코시 도로의 옛 제분소 옆에서 그가 가장 먼저 본 것이 농부의 묘사에 꼭 들어맞게 술집처럼 생긴 구조물이었기 때문으로, 세월이 흘러 간판이 떨어진 탓에 그 장소에는 아무 이름도 없었고 출입문 앞의 철제 셔터는 반쯤 올라가다 말았기에 아무도 끝까지 내릴 생각을 하지 않은 것이 분명했으며 마지막으로 출입문 자체에서는 그 유명한 상징물의 얼룩진 윤곽을 알아볼 수 있었거니와 안쪽에는 물에 빠진 남자가 행복한 표정으로 우니쿰 술병을 쳐다보는 장면이 그려져 있었고 다른 쪽에는 예전에 많은 이들의 심장을 두근거리게 한 세 단어인 주류, 음료, 커피가 한 줄로 쓰여 있었던바, 말하자면 실내에서 술집이 영업 중임을 시사하는 표시는 아무것도 없었던 것은 이 술집을 드나드는 사람들은 이곳이 술집임을 이미 알고 있었기 때문으로, 그들이 다른 그 무엇도 예상하지 않은 것은 그들이 그를 예상하지 않은 것과 같았으며 그리하여 그는 간유리문 쪽으로 올라가 내부를 둘러보고서 자신이 착각하지 않았음을 알았으니 그곳은 정말로 술집이었고 아마도 정말로 '47'이라는 이름이었으며 근무 중인 바텐더는 여드름 난 미성년자 여자애로, 의자에 앉아 〈스타〉 잡지를 뒤적이다가 벌떡 일어났는데, 과월호인 것으로 보건대 무척 따분했던 모양이었으며 하염없이 페이지를 넘기다 그를 보고는, 말하자면 이렇게 이른 시각에 생판 낯선 손님이 문을 열고 들어오자 벌떡 일어났으며 그녀의 얼굴은 마침내

〈스타〉를 내려놓을 수 있어서 기쁘다는 표정이 역력했으나 무슨 일이 생긴 게 아닌가 하는 두려움도 그녀의 얼굴에 비친 것은 아마도 저 손님은 진짜 손님이 아니라 공무로 온 사람일지도 몰랐고 이런 장소에는 달갑지 않은 방문객이었기 때문이나 그는 여자애가 응대할 시간을 주지 않고 다짜고짜 말하길 몇 시간 동안 자기 정원을 파줄 사람이 필요하지만 나중이 아니라 내일이나 그 뒤가 아니라 당장 누군가가 필요하다고 했으나, 글쎄요, 여긴 그런 사람 없어요, 여자애가 텅 비다시피 한 술집을 손짓으로 가리키며 쌀쌀맞은 눈길로 뜨내기를 바라보았으니 그가 술을 마시러 여기 오지 않은 것은 애석하게도 이미 분명했는데, 그래요, 카운터 앞에 건들건들 서 있는 군상 중 하나를 가리키며 그가 묻길, 저 사람이 할 수 있을까? 여자애가 고개를 저으며 말하길 글쎄요, 당신이 바라는 사람이 아닐걸요, 그때 그가 직접 물어봐도 되겠느냐고 카운터의 인물을 가리키며 묻자 여자애는 어깨를 으쓱하며 카운터 뒤쪽 의자에 앉아 〈스타〉 잡지를 다시 집어들고는, 원하는 건 뭐든 물어보세요, 라고 투덜거리며 클라우디아 쉬퍼 기사가 실린 페이지를 펼쳤거니와—그녀는 화장을 하지 않은 쉬퍼를 닮았는데—그가 건들거리는 사람에게 다가가 그 일을 해줄 수 있느냐고 묻자 이 사람은 반색하지는 않았어도 분명하게 그렇다고 말했으며 건들거리는 사람은 이 남자가 순식간에 리슬링 포도주를 병째로 산 것을 보고서 그와 함께 길거리로 나섰는데, 아직 이른 시각이었으나 교수에게는 이른 시각이 아니었으니 하늘이 이미 부쩍 밝아졌고 그는 명백한 이유에서 밝은 것을 썩 좋아하지 않았으므로 페리라는 이름으로 통하는 이 사람을 재촉했는데, 왠지 뜻밖에도 모든 것이 놀랍도록 서툴게 진행되던바 걷는 것조차 쉽지 않은 이 사람을 데리고 에르뇌 도로 3번지의 친구 집에 가서 그가 가래와 삽을 가지고 나오기를 기다리다가 이 페리를 데리고 가시덤불땅에 가서 뾰족뾰족한 덤불을 뚫고 자신을 따라오도록 설득하는 것은 고문이나 마찬가지였으나 마침내 그들은 가시덤불땅 한가운데쯤 있던 그의 예전 오두막에서 약 1킬로미터 떨어진 구덩이 옆에 도착했고 교수가 이 페리에게 말하길 자, 들어봐요, 페리, 이 구덩이를 한 시간 안에 제대로 파되 여기를 2미터로 파고 여기는—그가 질척질척한 지점을 가리키며—적어도 여기까지 넓히고 길이는 여기까지 오게 해준다면, 그가 나뭇가지를 땅에 꽂아 거리를 표시하며, 이 포도주를 병째 주겠소, 한 시간으로는 안 되겠는데요, 페리가 말하자 교수가 놀라서 그를 쳐다본 것은, 이제 신선한 공기 덕분인지 누가 알겠느냐마는 페리의 목소리가 낭랑해졌기 때문으로, 페리는 자신이 협상 테이블에 앉았음을 알아차리고는 어떤 이유에서인지 고개를 내젓기 시작했다가 다시 내둘렀는데, 이는 한 시간으로는 부족하다는 뜻이자 이 포도주 한 병 말고도 다른 무언가를 더 받아야겠다는 표현이었으니 그가 이 일이 훨씬 커질 거라 생각한 것은 전에 신개혁교회 묘지에서 땅

펌

을 팔 때 반나절이 걸렸기 때문으로, 그가 최근에 그곳에 일하러 간 것은 재산 관련 분쟁으로 묘지가 완전히 매각되어 무덤들이 개장되고 있었기 때문인데, 가족 친지가 있는 사람의 유해는 성령 묘지로 이장되었지만 가족 친지가 없는 사람의 유해는 영안실 뒤에 그냥 흩뿌려져 차곡차곡 쌓였으니, 신사 양반이 상상할 수 있으면 말이지만, 그래, 어쨌거나 잡담하다 시간 낭비하고 싶지는 않고 그가 원하는 건 자신에게도 보는 눈이 있다는 걸 신사 양반이 알아줬으면 하는 것뿐이었으니 그가 보기에 신개혁교회 묘지의 흙이 어땠느냐면, 말하자면 여기와 똑같았는데, 그건 그곳이 전혀 멀지 않은 바로 근처에 있기 때문이며 자신에게 묻는다면 이것이 자신의 생각이라고 말하자, 글쎄요, 그렇게 생각한다니 어처구니가 없군요, 교수가 냉담하게 받아치길 지금 눈앞에 이 구덩이가 보이는데, 바로 여기는 거의 다 팠는데, 게다가 나도 여기 있으니 당신은 날 속여먹을 수 없소, 페리, 그러니 이 가욋돈에 관심이 없는 척 너스레 떨지 말고 일이나 하시오, 저 망할 놈의 구덩이에 가서 얼른 파기나 하라고요, 그러고는 구덩이 옆쪽으로 슬쩍 가더니 낙엽 무더기를 걷어내고 널빤지 한두 장 밑에서 무언가를 꺼냈는데, 그 무언가는 총이었기에 페리는 잽싸게 일하기 시작했으며 구덩이에서 이렇게만 말하길 그래요, 물론 이 땅은 신개혁교회 묘지보다 훨씬 낫죠, 하지만 그 뒤로는 입을 열지 않았으니 일을 멈출 엄두가 나지 않아 파고 또 팠으며 흙이 얼마나 질척

질척하든 간에 한마디도 하지 않고 그저 헐떡거리고 끙끙 대면서도 가래질과 삽질을 멈추지 않은 것은 그에게 이 일을 맡긴 사람이 구덩이 옆에서 그의 일거수일투족을 지켜보고 있었기 때문으로, 그는 나무 그루터기에 앉아 무릎에 총을 올려놓은 채 무언가를 골똘히 생각했고 한 번도 그에게서 눈을 떼지 않았으며 포도주 병을 페리의 맞은편 바위에 마치 부케 올려놓듯 올려놓았는데, 페리가 구덩이에서 흙을 한 삽 퍼낼 때마다 이곳의 흙을 파면서 맞닥뜨리는 어려움이 점점 커진다고 한마디 할 작정이었던 것은 신개혁교회 묘지의 흙과 똑같지는 않아도 자갈이 꽤 많았기 때문이지만 포도주 병이 보였고 무릎의 총은 말할 것도 없었기에 그는 이를 악물고 다시 허리를 숙여 삽을 집어들고는 흙을 떠내었으니 한 시간이 지난 것도 아니요, 세 시간이 지난 뒤에 그는 포도주를 받았으며 소총을 든 이 괴상한 자는 그에게 2,000포린트를 얹어주었으므로 알고 보니 이 사람은 지극히 인간적이었고 심지어 신개혁교회 묘지 작업이 어떤 식이었는지, 작업 여건이 어땠는지, 영안실 뒤에 널브러진 유해는 어떻게 되었을지 등에 대해 그와 담소를 나누기까지 했으며 마침내 그는 돌아올 수 있었으나 이 괴상한 자는 그에게 술집의 그 여자애를 조심하라고 경고하길 그 여자애의 눈에는 선한 빛이 전혀 보이지 않더군, 내 말 믿으시오, 그 눈에는 선한 빛이 하나도 없었어, 그러니 페리, 거기서 주문할 때는 정신 바짝 차리시오.

모든 것이 불타고 있다, 그들이 지휘관의 지프를 타고 그 지역을 순찰할 때 무전이 들려오길 무슨 이유에서인지 가시덤불땅이 전부 화염에 휩싸였다, 벼락이라도 맞은 것처럼 연기가 피어오르고 악취가 진동한다, 화염이 어마어마하다, 지금 당장 차량 넉 대가 필요하다, 베케슈처버에 지원을 요청하라, 차량 넉 대로는 부족하다, 물도 충분히 확보하라, 화염이 얼마나 크냐면, 그만, 그가 운전사에게 고함치길 차 돌려! 운전사가 즉시 후진 기어를 넣고 가속 페달을 밟아 20여 미터를 물러선 것은 화염이 그들 위로 들이닥쳐 지프와 그 안에 탄 사람들에게 닿을 정도였기 때문으로, 잘 들어, 경찰서장이 운전사에게 외치길 고길 구우려면 불판을 가져와야지, 예, 서장님, 운전사가 대답했으나 나머지 탑승자들은 두 사람이 무슨 말을 하는지 제대로 듣지도 못했으니 그것은 불을 보고서 어안이 벙벙했기 때문인바, 첫째, 불이 시작된 것은 아무리 봐도 불과 며칠 전 비가 부슬부슬 내리던 때였고 둘째, 무엇 때문에 잡초가 이렇게 타들어 가고 있는가였으니 여기에 아무것도 아무도 없다는 것은 누구나 아는 바였고 여기 있었던 사람이, 그가 용의자는 아닌 것이, 그러니까 누가 이곳에 돌아오려 했다 해도 그것이 그일 리는 없었던 것은 그들에게 검거될 것이 뻔했기 때문이므로 그가 이 장소 전체에 불을 놓지는 않았을 터인즉 왜 그러겠는가, 셋째―이 문제를 방금 제기한 것은 경찰서장이었는데, 혼잣말이었지만 소리내어 말해서 모두 들을 수 있었으니—말하자면 일종의 석유 냄새가 났다는 것으로, 하지만 석유일 리 만무했던 것이 도시 어디에서도—그가 알기로는—석유를 구할 수 없었거니와, 그렇다면 무엇 때문에 이렇게 활활 타는 거지, 대체 어떤 재료이기에 이렇게 거대한 화염을 일으키는 거지? 그게, 서장님, 특공대 일경인 운전사가 조심스럽게 말을 꺼내자, 계속해봐, 경찰서장이 고개를 끄덕였는데, 그게, 제 생각엔 4년 전 독일인 소유의 가옥에서 난 화재와는 불길이 다른 것 같습니다, 그때는 매우 규칙적으로 탔는데, 이번 화재는 다릅니다, 그래, 귀관은 어떻게 생각하나, 경찰서장이 묻자, 그게, 일경이 말하길 화염이 거듭거듭 타올랐습니다, 그렇지, 경찰서장이 외치길 귀관 말이 옳아, 그게 문제라고, 저런 화염을 어디서 봤나 기억을 되짚어봤더니, 그래, 드레스덴 소이탄 폭격이나 베트남 융단 폭격을 다룬 디스커버리 채널 다큐멘터리가 떠오르더군, 그래, 그때 이런 비슷한 걸 봤어, 여기서 화염이 솟아오르는 모습과 같았다고, "이건 불이 아니야," 서장이 단언했는데, 그때 지프에 정적이 감돈 것은 그가 하려는 말을 그들이 대충 이해하긴 했으나 이게 불이 아니면 대체 무엇이겠느냐고 그들이 스스로에게 물었기 때문으로, 여기 가시덤불땅의 불은, 말하자면 '어마어마한 큰불'이야, 하지만 그때 사이렌 소리가 들리며 규정보다 훨씬 느린 속도로 첫 번째 소방차가 드디어 도착하고 두 번째, 세 번째, 마지막으로 네 번째 소방차까지 도착했는데, 소방차들이 진창길에서 고역을 치렀을 것은 분명했으나, 하긴, 그래도 그게 그들의 임무이니까, 경찰 서장이 지프 안에서 냉정하게 말하길 그들은 어디든 찾아 갈 수 있어야 해, 안 그런가, 하지만 서장님, 그들이 지프 안 에서 그에게 말하길 그들은 벌써 왔을 겁니다, 그들이 그에 게 장담했는데, 실제로, 저기 그들이 있었으니, 70~80미터 떨어진 '잡초'—그들이 가시덤불땅을 일컫는 이름—에 접근 한 채 소방차들이 전부 한 줄로 반듯하게 서서 진화 시도를 시작했을 테지만, 우선 소방서장이—아니면 소방서장의 위 임을 받은 최선임 소방관이었을 수도 있지만 경찰서장은 아 수라장 속에서 그를 알아볼 수 없었는데—현장을 조사하고 자신들이 처리해야 하는 불이 어떤 종류인지 알아보려고 신중하게 접근하려던 그때 어마어마한 화염이 그를 덮치려 하여 그는 물러서서 조그만 화염이 팔딱거리는 작은 가지 를 점검하되 이것을 꼼꼼히 주의 깊게 살펴보고 게다가 냄 새까지 맡고는 던져버리고 소방차로 돌아가 소방 호스의 분 리 및 전개를 시작하지 '말고' 추가 지원 및 최대한 많은 모 래 살포기와 거품 소화기를 요청하라고 명령했으며, 또한 물 탱크 소방차가 소방서에 복귀할 것, 임펄스 소화기를 당장 가져올 것, 분말 소화기만 남겨둘 것, 하지만 소방차 운전사 는 '주변 기동'에 착수할 준비를 할 것 등을 명령했으며, 마 지막으로 지프로 돌아와 창문을 내리라고 손짓하고는 이 말 만 내뱉었으니, 경유 연료입니다, 서장님, 더러운 연료죠, 하 지만 경유입니다, 게다가 어떤 종류의 휘발유와 혼합된 것 같기도 합니다, 서장은 그를 물끄러미 쳐다보면서 아무 말도 하지 않다가 전 지역을 조사하여 화재 범위가 얼마나 되는지, 또한 화염이 어떤 부정적 시나리오에서든 도시를 위협할 가능성이 있는지, 말하자면 화재가 초코시 도로까지 번질 수 있는지 파악하라고만 명령했는데, 하지만 그렇진 않아, 불이 거기까지 번지진 않을 거야, 그가 부하들에게 말했고 그들은 초코시 도로로 이동했으며 그는 차에서 내려 양손을 엉덩이에 걸치고 한쪽 발로 돌덩이를 밟고 팔꿈치에 기댄 채 주변 일대가 불타는 것을 바라보았으며 일경이 다가와 그의 뒤에 서서 명령을 기다렸으나 한참 기다려도 아무 명령도 떨어지지 않은 채 두 사람은 화염이 왔다 갔다 하는 광경을 그저 쳐다보다가—이곳에서는 화염이 작아 보였는데—서장이 말하길, 처음에는 혼잣말로, 하지만 소리내어 말하길 똑똑해, 제 딴에는 무척 똑똑해, 숲을 따라 불을 놓다니, 말하자면 그는 무엇이 자신을 기다리는지 알았기에 루마니아 어딘가에서 경유나 그 비슷한 걸 구해 직접 불을 지른 거야, 그러고는 둘이 다시 침묵에 빠진 것은 일경이 이에 대해 무슨 말을 해야 할지 알지 못했기 때문으로, 불이 여기서 터지고 저기서 터지는 동안 둘은 화염을 바라보았으며 불이 점차 번지는 광경과 이제 전 지역이 화염에 휩싸인 광경을 보다가 마침내 서장이 돌덩이에서 발을 떼고 몸을 세워 차량을 돌려 재난의 현장을 마지막으로 일별하고는 일경에게 말하길 이제 기자들에게 연락해도 좋아, TV 방송국

펌

들에도 알리게, 이건 그들을 위한 스토리이니까, 이것 보게, 일경, 경찰서장이 말하길 내일 머리기사 제목은 이럴 걸세, 가시덤불땅 불타다.

여기선 행운의 부적 따윈 팔지 않아, 이건 우리끼리 이야기인데, 형씨, 이거면 독방에서 8년은 썩을 수도 있어, 그들이, 그러나 부서 내에서만 '인큐베이터'라고 부르는 취조실에서 경찰서장이 그에게 말하길 당신이 진술하든 안 하든 상관없어, 하지만 당신은 무척 곤란해질 거야, 형씨, 페리는 탁자 맞은편에 꼼짝 못 하고 앉아 말 그대로 떨고 있었는데, 온몸이, 특히 손과 머리가 오한으로 덜덜 떨고 있었던 것은 자신이 걸려든 일에 대해 생각하자 오한이 들었기 때문으로, 자신에 대한 처벌이 전적으로 합법적이겠거니 하는 생각도 일조했던바 그는 이미 오래전에 체념했고 '47' 술집에서 그들이 그를 양쪽에서 붙잡아 경찰차에 밀어넣었을 때 체념했고 가자미눈을 한 바텐더가 전화로 경찰과 이야기하는 것을 들었을 때 이미 체념했고 모조리 체념했다고 저눈곱 낀 붉은 눈동자가 말했으나 그는 말문을 틀 수가 없었고 그저 벙어리가 되었고 지독히 겁에 질렸기에 경찰서장이 직접 나서 취조를 계속한 것은 나머지 경찰들이 하나씩 시도했으나 더 '다채로운' 방법을 써도 효과가 없었다며, 어떤 위협도 소용없었다며 무기력하게 팔을 벌리고 어깨를 으쓱했기 때문으로, 그들은 모두 실패하고 말았기에 더는 방법이 없어 그가 이 잔챙이 술꾼을 직접 상대해야 했으니, 좋

아, 그가 말하며 담배를 비벼 끄고 일어나서 '인큐베이터'
에 들어가서는 용의자 맞은편에 앉아 그에게 말하길 8년이
야, 하지만 진술을 안 하면 더 늘어날 수도 있어, 하지만 진
술을 하면 처벌을 아예 면할 수도 있지, 말하자면 그는 압박
을 가한 것인데, 그는 이 못난 놈이 진술을 하지 않는 것은
겁을 먹었기 때문이고 그가 평생 한 번도 이런 처지에 놓인
적이 없고 결코 범죄자가 아니라 하찮은 버러지에 불과함을
본능적으로 깨달았으니 손과 머리의 떨림을 억제하려는 시
도조차 하지 못하고 있던 페리를 경찰서장은 무표정한 얼굴
로 쳐다보면서, 흠, 걱정하지 마, 그때 페리가 오른팔을 들어
올리자, 뭐 하는 건가, 경찰서장이 어리둥절하여 쏘아붙였
는데, 말씀드리고 싶은 게 있습니다, 페리가 마침내 더듬거
리며 말을 꺼냈으니, 그래서 팔을 든 건가? 네, 페리가 힘차
게 고개를 끄덕이며 재빨리 손을 내렸는데, 성모마리아님께
맹세컨대 잘 들어, 입을 열고 네가 아는 걸 모조리 실토하는
게 좋을 거야, 그러면 집에 보내주겠어, 두려워하지 마, 그냥
말하라고, 시간이 별로 없으니까, 그러자 페리가 진술을 시
작하여 말하고 또 말했는데, 점점 몸이 풀리더니 급기야 말
이 쏟아져 나왔으며 그가 손을 꽉 쥐고 점점 심하게 떤 것
은 그가 이것을 충분히 이해했기 때문인바 오랫동안 멈추지
않고 이야기하면 그들은 그를 집에 보내줄 터였기에 그는
그들이 그에게 바닥을 핥으라거나 제 오줌을 마시라면 그대
로 할 작정이었으며 심지어 경찰서장에게 말하길 원하시는

펌

건 뭐든 하겠습니다, 돌아가게만 해주세요, 그런데 15분도 채 지나지 않아 서장이 일어서며 말하길 좋아, 이거면 충분하겠어, 다 알아들었어, 이제 내 동료들이 자넬 어디로 데려갈 텐데, 그들에게 모조리 설명해줘, 그러면 무사히 집에 갈 수 있어, 그러자 페리가 벌떡 일어나 경찰서장에게 달려가 그의 손을 잡고 입맞추고는 다시 한번 입맞추고서야 마침내 경찰서장은 손을 뺄 수 있었으며 그는 그에게 괜찮다며 말하길 감사는 표하지 않아도 돼, 하지만 조심하라고, 자네, 이런 일이 또 일어나면, 자네도 알겠지만 자네가 이런 일에 연루된 걸 우리가 알게 되면 감방에 처넣고 열쇠를 치워버릴 거야, 오, 페리가 말을 더듬거렸으나 경찰서장은 다시는 그의 말을 들으려 하지 않았는데, 그는 고요한 삶을 영위할 작정이었고 실제로 지금까지도 고요한 삶을 영위하여 파리 한 마리 잡지 않았거니와 평생 조그만 파리 한 마리 잡지 않았다고 그가 이제 진지하게 말했는데, 글쎄, 그의 삶이 고달팠고 비극으로 점철되었다는 건 전혀 다른 문제였으니, 그래, 걱정 마, 경찰서장이 말하자 페리는 자신이 말하는 걸 그가 원하지 않는다는 걸 알고서 입을 닥쳤거니와 중요한 것은 이 모든 호러 스토리가 행복한 결말을 맞는 것이었던바 그들은 그를 차에 태워 가시덤불땅으로 데려갔는데, 전부 숯덩이가 되어 찾기는 어렵지 않았으며 그것이 어디 있는지도 쉽게 알 수 있어서 그가 구덩이의 정확한 위치를 가리키자 그들은 그 뒤로 그에게 아무것도 묻지 않고 그를 풀어주면서 이곳을 떠나 다시는 눈에 띄지 말라고 말했으니 그는 몇 발짝 뒷걸음질했으나 왠지 훌쩍 떠날 엄두를 내지 못했기에 그들은 그에게 이렇게 호통쳐야 했으니, 꺼지라고! 그제야 그는 자신이 자유의 몸이 되었음을 실감하고는, 오 주님, 포도주 한 병 얻으려다 제가 무슨 일에 말려든 건가요, 어리석게도 그런 괴이한 악당과 말을 섞다니 어떻게 그렇게 어리석을 수 있었던지요, 그러고는 걸어갔는데, 한참을 허공에 귀를 기울인 채 걸으면서 엔진 소리가 들리는지 살핀 것은 아직은 아무것도 당연하게 받아들일 엄두가 나지 않았기 때문으로, 그러다 너지바러디 도로에 올라서서 재빨리 자기 동네 쪽으로 걸어가 문을 열고 빗장을 지른 것은 자물쇠가 제대로 작동하지 않은 지 오래였기 때문으로, 그는 의자에 털썩 주저앉아 움직이지 않은 채 반 시간가량 미동도 없이 앉아 자신의 심장에 귀를 기울였는데, 심장이 어찌나 벌렁거리던지 이러다 심장 발작이 오겠다 싶었으나 다행히 그러지 않았고 반 시간 뒤에는 심장 박동이 잦아들었고 마침내 호흡도 정상으로 돌아오자 그는 가스레인지로 가서 위쪽 선반에서 소시지 콩 통조림을 꺼내고 물을 좀 끓여서 통조림을 냄비에 넣었다가 뜨거운 깡통을 이 손에서 저 손으로 옮겨가며 여차저차 열고는 의자에 앉아 깡통을 다리에 올리고 손도 데울 겸 양손으로 들어 모조리 먹어치우되 빵도 없이 먹어치운 것은 빵 없이는 먹고 싶지 않았으나 집에 빵이 하나도 없었기 때문이었는데, 깡통에는 콩 한 알 남지 않았거니와 통조림이 선반에 놓여 있었던 것은 삶은 콩과 소시지가 든 통조림을 언제나 네댓 개씩 올려 두었기 때문으로, 그것은 그가 좋아하는 음식이었고 한 번에 두 개씩 먹을 수도 있었고 세 개까지도 먹을 수 있었으나 끼니마다 하나씩만 먹도록 분배해야 했으니 장애 연금으로는 이따금 지금처럼 빵 한 조각 구하기에도 충분하지 않아서 콩 통조림으로 만족해야 할 때도 있었는데, 그래도 그는 언제나 푸짐하게 먹고서 포도주 한 모금을 곁들였지만 이것은 물론 그의 약점이었고 그도 순순히 인정하는 바였으며 사실 어차피 많이 필요하지도 않았으니 소시지 콩 통조림 하나에 포도주 한 모금, 이것이면 충분했다.

공식 수사는 종료됐소, 경찰서장이 테트라 무전기로 그에게 말했는데, 그의 어조로 보아 그의 말을 알아듣지 못한다는 것은 불가능했으니, 끝났소, 사건은 종결됐소, 이 말은 당신네 무리에 국한하자면, 경찰서장이 말하길 그만두라는 뜻이오, 내 말 알아듣겠소, 경찰서장이 물었으나 그는 대답하지 않았으니 거기서 그의 두뇌가 충전되고 있었고 과충전되었고 정확히 말하자면 하도 과충전되어 이른바 희소식을 전해 들은 지금 이 희소식이 오히려 그에게 또 다른 타격이었으며 그가 보기에 자신과 함께 있던 모든 이에게도 타격이요, 낭패였는데, 이것조차 옳은 단어가 아니었으나 이제 그는 무슨 단어를 써야 옳은지도 알 수 없었으므로 그 충전, 그 긴장, 그 채비는, 복수를 완수하려는 그가 시적으로 표현할 수 있다면 그 갈증은, 그가 비케르 술집에서 사건에 대해 이야기하길 그의 내면에서 커져만 갔기에 그는 그것을 믿지 않았다고 그가 말하되 진심으로 말하곤 했거니와, 좋아, 그는 이미 일어난 일을 받아들여 사태를 공식적 관점에서—이제 '공식적'이라는 단어를 매우 강조하며—말하자면 그들의 관점에서 바라보았으니 사건은 실제로 종결된 것으로 볼 수 있었으나 그 안에는 여전히 맘에 들지 않는 구석이 있었고 그는 이런, 또는 비슷한 결과를 예상하지 못했기 때문은 아니라고 말한 것은 이 인간쓰레기가 어떤 작자인지 알기에 뜻밖의 결과를 이미 예상했기 때문이나 이것은, 그가 그들로부터 몸을 숨긴 저 우물 구덩이에 스스로 들어앉은 채 가시덤불땅에 불을 놓았다는 것은, 이것은 왠지 그에겐 너무 뻔한 수법처럼 보였어도 이 두뇌 충전은 여전히 그의 머릿속에서 작동하고 아직 가라앉지 않았을 수도 있었던 바 그가 진심으로 말했듯, 그가 다시 말하길 작은별을 죽인 악랄한 살인자가 그렇게 쉽게 달아나는 것을 가만히 보고 있지는 않을 것인바 그것은 이 추물이 여기서 대항했고 그들 모두에게, 복수를 신조로 삼는 형제들에게 대항했기 때문이니 그들이 사냥감에게 가하는 게 아니라 사냥감이 자기 자신에게 가하는 복수가 웬 말이며 이 모든 일이 조금은 너무 순조로워 보인다고 대장은 다시 말했는데, 하지만 여러 면에서 교수 하면 떠오르는 것과 잘 들어맞는 것이, 내가 생각하기에, 그가 절반은 부하들에게, 절반은 스스로에

펌

게 설명하길, 그는 우리조차 예상치 못한 해결책을 생각해 낼 것이었던바 이것은 정말로 그런 해결책이었으되 단지 작은 문제가 하나 있었으니—그가 신참 두 명을 쳐다보았는데, 그들은 사태를 온전히 이해하는 것 같지는 않아 보여도 열심히 귀를 기울이고 있었으며—그 문제란 이 인간쓰레기가 생각해낸 것이 그가, 대장이 예상한 바로 그것, 말하자면 예상치 못한 것, 그를 놀라게 할 만한 것이라는 사실이었던바, 전능하신 주님, 그는 정말로 나보다 한 수 앞섰다, 나는 이것을 생각하지 못했으니까, 하지만 내가 생각한 게 있긴 하지—그가 토토를 쳐다보았고 토토가 한 번 고개를 끄덕이며 알아들었다는 표시를 했는데, 그는 단어 하나하나를 곱씹으며 논의를 따라가고 있었거니와—나는 그것에 대해 생각했고 이것이야말로 나를 심란하게 하는 것이다, 어쨌든 형제들, 그가 목소리를 높이며, 다들 내 말 똑똑히 듣길 바란다, 이 사건은, 우리가 더는 할 수 있는 일이 없고 이 인간쓰레기가 더는 존재하지 않는다는 사실을 받아들일 수밖에 없더라도 이 사건은 아직 결코 종결되지 않았으니 결과가 어떻든 우리는 작은별을 위해 이 일을 해야만 하며 아무것도 하지 않는 것은 내가 생각하는 방안이 아니다, 적어도 이 인간쓰레기의 남은 재산을 싹쓸이해야 한다, 알겠나, 알겠습니다, 나머지 사람들이 구시렁거리며 찬성했는데, 특히 제이티는 불잉걸처럼 이글거렸으니 그는 그들이 그를 발견하지 못했고 그가 자신에게 맡겨진 임무, 즉 오두막에 돌아가 모든 것을 다시 한번 철저히 살펴보는 임무를 완수하지 못한 것에 울화통이 터졌거니와 그는 열쇠를, 모든 것에 대한 단서를, 이 모든 게임의 관건을 찾지 못했으니 이제 그 꼬리표, 그가 정찰에 능하지 못하다는 꼬리표가 그에게 붙을 터였고 아무도, 심지어 대장 자신도 그에게 대놓고 말하진 않았지만 제이티는 그런 판단이 여전히 남아 있다는 걸 알았으며 대장이 이렇게 말했을 때 그가 가장 열렬히 찬동한 것은 이 때문이었던바, 지금 출동한다, 다들 무기를 챙긴다, 알겠나? 그리고 그들이 현장에 도착할 때까지 대장은 이 생각을 머릿속에서 곱씹고 또 곱씹었는데—이 이야기에서 모든 것이 아귀가 맞나?—그가 선두에서 느린 속도로 대열을 이끈 것은 대열을 위엄 있게 보이도록 하기 위해서였으나 그와 동시에 그 이야기를 머릿속에서 다시 한번 꼼꼼히 되짚고 싶었기 때문이어서, 그에 따르면 제이티 무리가 그의 오두막에서 나와 그의 물건들을 가져다 구덩이에 처박은 뒤에 이 인간쓰레기가 오두막에 돌아왔으리라는 것으로, 돌이켜 보면 상당히 타당한 생각인 것이 그가 도주 이후에 그 구덩이를 팠을 수도 있는 것이므로 그 시점에서 그들은 그를 찾고 있지 않았기에 그는 자신의 단열 패널로 구덩이의 벽을 만들 수 있었을 것이고 탁자와 침대와 온갖 물건을 가져올 수 있었을 것인바—세 줄을 이룬 채 병원을 지나 성 라슬로 거리에 진입하는 대열 선두에서 대장이 생각하길—그가 모든 일을 한두 시간 안에 완료하는 것은 식은 죽 먹기였을 것이며 물론 그는 밤이 되길 기다렸을 테니 그렇다면 그는 얼마나 많은 밤을 거기서 지냈을까?, 이틀, 어쩌면 사흘, 첫날 밤을 거기서 지낼 만큼 대담했다면 그랬을 수도 있겠지만 그는 시간을 허비할 여유는 없었고 그것은 분명한바 그 무더기를 쌓고 그 술에 취한 끄나풀로 하여금 구덩이를 파게 하면 곤란을 겪게 될 것 아닌가…… 대장의 근심거리는 또 있었으니 경찰서장은 그를 건드리지 않겠다고 약속했지만 그에게 따끔하게 본때를 보여주지 않는다는 보장은 없다는 것이었으며—대열이 머로티 광장 외곽에 도착하여 오른쪽으로 방향을 틀고는 성으로 이어지는 길을 향해 나아가는 동안—그러니 최대 사흘 밤이면, 좋아, 그건 가능해, 그가 생각하길 그건 말이 되지, 그는 구덩이를 팠고 자기 물건을 가져왔고, 좋아, 그건 납득이 돼, 뼈들 말고도 경찰들이 그 무더기에서 몇 가지를 발견했으니까, 그들은 그것들이 그의 개인 물품이라는 걸 확인할 수 있었지, 그의 출생증명서 같은 것, 이것들은 그가 지은 첫 오두막에서 제이티가 본 것과 같아, 좋았어, 하지만 다만 이렇게 묻고 싶어, 그가 스스로에게 묻길 그가 모든 것에 불을 지른 뒤에 바로 이 물건들이 그 구덩이에서 다시 발견되어 그의 개인 물품으로 확인되도록 일부러 이 물건들을 오두막에 남겼을 가능성은 없을까? 가시덤불땅과 함께 자신을 날려버렸을 때 말이야, 안 그러면 인조 가죽 지갑에 돈을 남겨둘 이유가 어디 있겠어, 돈이 거기 있었던 건 불에 잘 타지 않아서 그들이 식별할 수 있기 때문 아닐까, 말하자면 누군가 어딘가에 거액을 남겨두면 누구나 그가 이 구덩이에서 분신했다고 당연히 추측할거 아냐, 그래, 그런데—그는 일정한 속도로 공원 외곽을 따라 나아갔으며 나머지도 뒤따랐는데—논리가 약간 비비 꼬인 것 같긴 해, 나도 인정한다고, 하지만 그냥 질문하는 건데 뭐 어때, 그가 스스로에게 말하길 나는 단지 의문을 제기할 뿐이잖아, 그래 좋아, 내가 뭘 해야 하느냐고, 나는 질문을 던지고 있을 뿐이야, 이런 질문을, 이를테면 말이지, 모든 일이 왠지 조금 너무 기발해 보이고 조금 너무 정교해 보이니까, 상상하기도 힘드니까, 경찰들의 지원을 받는 집단에 추격당하는 자는 누구도 그런 식으로 생각하지 않아, 생각 자체를 하지 못한다고, 이 쥐새끼만큼 나에 대해 빠삭한 자도 그렇게는 못 해, 그는 이 쥐새끼가 자신에 대해 빠삭하다는 것을 인정했고, 모든 일이 경찰서장의 추측(이 모든 사람 사냥의 와중에 돌 던지면 닿을 만큼도 못 되는 거리에 그가 몸을 숨겼다는 것)대로 일어났다면 그건 꽤 머리가 좋다는 증거라고 대장이 인정한 것은 이 쥐새끼가 폐쇄된 범죄 현장에 돌아가 가까운 곳에 직접 구덩이를 파고 거기 은신했을 가능성을 자신이 고려하지 않았거나 그게 가능하리라고 생각하지 않았기 때문인데, 다만 무언가 다른 것, 사소한 세부 사항이 하나 있었으니—이제 그들은 프레쿠프 우물에서 성으로 향하는 도로에 올라섰는데—그것은 정말로 그저 사소한 세부 사항이었으나 그래도 이 하찮은 쥐새끼가 스스로 구덩이를 파고 거기에 숨을 상상을 했다면, 정확히 얼마나 오래 거기 숨을 작정이었을까, 얼마나 오래, 그리고 더는 숨지 못하면 무슨 짓을 했으려나, 그러면 어떻게 됐을까? 다시 말하지만 이것은 단지 의문일 뿐이었으며 그는 무엇도 암시하지 않은 채 내면의 독백을 이어가며 단지 의문을 제기하고 자신의 두뇌가 답하기를 기다렸으니, 그렇다면 그다음엔 무슨 일이 일어났을까, 그리고 이 그다음을 이 쥐새끼는 어떻게 상상했을까? 모든 것이 순조롭게 진행되고 그들이 전부 다 잊어버리고 그가 아무 문제 없이 그 장소에서 멀쩡히 빠져나갈 수 있다고 생각했을 수는 없으니까, 그가 정말로 그렇게 생각했을 리 만무하지, 게다가 여전히 그가 알아내야 할 것들이 있었으니, 자신이 여기에서 누구를 맞닥뜨리고 있는지, 그들이 무엇을 할 수 있는지, 그리하여 저 쥐구멍에서 빠져나갈 길이 없음을 그가 언제 깨달았는지, 최선의 방법은 자신을 해치는 것이라고 그가 언제 판단했을지 파악해야 했는데, 대장은 그가 무엇을 이용하여 불을 붙였는지에는 관심이 없었으니 그것이 무엇이었든 루마니아에서 입수했을 수밖에 없고 국경 경비대를 구워삶을 돈만 있으면 트럭을 몰고 하룻밤에 쉽게 갔다 올 수 있거니와, 어디 보자, 그가 말하길 그에게 돈은 충분하지, 그래, 그건 됐고, 하지만 대장이 계속 생각한 것은 이 추측을 그만둘 수 없었기 때문으로, 주유소 종업원이 친척을 만나러 갔다는 셔르커드케레스투르에서 돌아오기를 기다리는 동안 달리 할 일이 아무것도 없긴 했지만, 그는 돌아올 거야—그가 수염을 긁적거리며—그는 돌아올 거야, 그러면 조금 굴려주겠어, 저 쥐새끼가 어디서 저 경유를 구했는지 아는 놈이 있다면 그건 주유소 종업원이니까, 그는 그가 어디서 경유를 구했는지, 어떻게 여기 가져왔는지 알 거야, 하지만 무슨 소리야, 어떻게라니? 주유소 종업원에게서가 아니면 어디서 그가 트럭을 구했겠느냐 말이야, 물론 그는 그에게서 구했어, 물론 연료는 루마니아 모처에서 구했을 테고, 하지만 이건 지금은 중요한 문제가 아니야, 라며 그가 생각하길 이것도 문제는 아니야, 하지만 왠지 이것을 넘어서서, '이것도 문제는 아니야'를 넘어서서 생각할 엄두가 나지 않은 것은 정확히 무엇이 문제인가 때문이었으니 그는 생각할 수 있기 위해 스스로에게 집중해야 하는 이 자제력을 더는 유지할 수 없었으며 불현듯 그의 앞에 작은별의 얼굴과 그들의 어릴 적 장면들이, 쾨뢰시강 갑문 옆에서 새총으로 개구리를 쏘던 처음 순간이 떠올랐으니 그는 형제였고 그에게 그는 가족이었으며 물론 그는 자신의 오토바이족 동료들을 형제라고 칭하지 않았지만 작은별은, 그는 달라서 그는 정말로 그에게 속해 있었으며 언제나 그의 바로 곁에 있었고 언제나 그를 지원하고 필요하다면 독주毒酒를 조달했던바 대장은 그에게 목표를 부여하고 이상을 심어주었으며 그에게 개조한 혼다를 주었고 작은별의 삶을 근사하게 해결해주기 시작했는데, 그때 이 인간쓰레기가, 이 오물이, 이 배신자가, 이 쥐새끼가—그런 놈은 정말이지 쥐새끼에 불과하므로—나타나 그들 사이에 끼어들어 자신이 가장 사랑하는 사람을 살해했으니 그는 분노로 가득 차 오토바이를 몰았고 나머지는 그의 뒤를 따랐으며 그리하여 그들이 너지바러디 도로에 있는 집을 지날 때, 주민들이 조심스럽게 커튼을 들추고 어떤 무시무시한 소란이 밖에서 벌어지는지 엿볼 때 그들은 향토방위군이 다시 활동하는 것을 볼 수 있었으니 그들은 밤을 지켰고 그들의 손에 평온이 달려 있었으며 그들은 맹세를 했거니와 대장은 이렇게 생각하며 무리를 이끌고 셔르커드 도로에서 공동묘지를 지나 가시덤불땅에 이르는 소로에 접어들어 숯 더미가 된 나무들 사이로 오토바이 뒷바퀴가 이따금 미끄러지며 이 쥐새끼가 구덩이를 판 곳으로 그들을 이끌었으나 찾지 못한 것은 그곳이 어디인지 확실히 알지 못했기 때문으로, 그가 기억할 수 있는 것은 그 인간쓰레기가 직접 지은 원래 오두막뿐이었기에 그는 제이티에게 앞으로 나와 길을 안내하라고 손짓했는데, 그러고 나서 저 썩어버린 구덩이 주위에 다들 서 있는 것 말고는 할 일이 아무것도 없어서 다들 둥글게 둘러섰으며 그들이 총구를 땅으로 향한 채 대장을 쳐다보자 그는 처음에는 조용히 하라고 손짓했다가 눈으로 신호를 보냈으나 방아쇠를 당긴 것은 그가 처음이었고 나머지는 그가 발사한 뒤에 발사했으니 그들은 사격을 시작했고 방아쇠에서 손가락을 떼지 않은 채 저 썩은 구덩이에 무턱대고 총을 쏘았고 탄창의 탄약이 다 떨어질 때까지 쏘고 또 쏜 것은 저 인간쓰레기를 산산조각 내고 싶었기 때문이며 그들은 실제로 산산조각 냈으니 어떻게 경찰이 수사를 하고 난 뒤에도 한 줌이나마 재가 아직도 남아 있을 수 있느냐고 다들 생각했으며 그래서 무지막지하게 산산조각 나도록 쏘고서 그는 구덩이에 남은 것들을 물끄러미 바라보며 그가 저기 누워 있다고, 태아처럼 웅크린 채 저기 누워 있다고 상상하면서 총구를 정확히 겨눈 채, 정확히 그의 머리를 겨눈 채 총탄을 모조리 발사했으니 쏘고 또 쏘아 탄약을 모조리 소진했다.

　　나는 이걸로 시작해, 그가 비체레 기차역의 작은 대합실에서 누군가에게 말하길 말하자면 하루 종일 생각하지 않아도 되도록 하루에 두 시간씩 생각해야 해, 하루 종일 생각하면 체력이 고갈되니까, 결코 어디에도 이르지 못하는 열정도 마찬가지야, 열정은 결코 어디에도 도달할 수 없어, 사물의 본성에서 필연적으로 비롯하듯 말이지, 그러니 나는 이 연습을 그만두지 않을 거야, 이건 잘된 일인데, 내 두뇌가 작동하는 데 필요한 것이 우연하게도 내가 꽤 잘하는 것과 일치하기에 이 예외적인 상황 때문에 나의 생각면역 연습이 중단되도록 할 수는 없어, 이 연습을 하루 두 시간으로 압축한 것은 알고 보니 유용했으니, 말하자면 굉장했으니 지금까지 몇 달간 오후 3~5시를 제외한 어떤 시간에도 생각 활동에 종사해야겠다는 생각이 떠오르지 않았으니 말이지, 10초 있으면 오후 3시가 될 텐데, 내가 극심한 탈진을

겨게 되리라는 걸 부인할 수 없지만 이건 변명거리가 될 수
없어, 오늘의 연습도 끝내야 하니까, 그래야 게오르크 칸토
어에 대해 이야기할 수 있어, 내가 그에 대해 이야기해야 하
는 것은 그가 모든 문제에서 핵심 인물이기 때문이야, 이걸
어떻게 표현해야 할지, 라며 그가 기차역의 텅 빈 대합실에
서 누군가에게 표현하길 과거에 그랬듯 그는 여전히 핵심
인물이야, 한때 잊혔지만 다시 살아났지, 칸토어와 더불어
등장한 것, 칸토어가 자신의 답을 제시한 문제는 모든 것이
원을 그리며 처음으로 돌아간다는 거야, 칸토어, 상트페테르
부르크 할레의 이 불운한 혜성과 함께 우리는 수만 번 출발
한 그 지점으로, 수만 번 돌아간 그 지점으로 돌아가는 거
야, 하지만 그가 처음으로 이 답을 내놓은 건 아니야, 그는
널리 알려진 그 메시아주의에 깊이 물들어 있었으니까, 그
건 한순간도 의심할 수 없어, 유대 경전 타나크를 향한 깊은
공동의 열정에서만 생겨날 수 있는 그런 일신론적 존재를
그는 열렬히 믿었어, 이 존재가 정말로 생겨난 것은 게오르
크 칸토어가―그가 이 이름을 입안에서 음미하며―그가 어
디로 빗나갔는가 때문이니, 그래, 물론 그는 타나크에 뿌리
를 둔 채 빗나갔는데, 물론 문제는 언제나 뿌리에서 발생하
거나 적어도 거기서 발생하여 마구잡이로 퍼져 나갈 가능성
이 가장 크니 말이야, 칸토어는 무한이 없다는 가설을 수립
하지도 않았어, 그는 무한이 있다는 걸 '아브 오보', 즉 애초
부터 알고 있었어, 그는 이것이 자신의 소명임을 느꼈지, 어

쩌면 그에게 유난히 깊숙이 자리 잡은 그 자신의 믿음을 바탕으로 제 나름의 방식으로 이른바 과학적 토대를 창조하도록 부름받았다고 느꼈는지도 몰라, 그 점에서 그는 그때까지의 발전에 만족하지 못했어, 가련한 칸토어, 이 기이한 천재, 그의 순수한 재능과 협잡술은 둘 다 하나의 점으로 거슬러 올라갈 수 있어, 말하자면 그는 신앙 때문에 병든 거야, 늘 이런 식이었으니까, 우리는 언제나 이 지점에 도달해, '태초에 이것이 있었고 저것이 있었다'라는 말은 사실이 아니야, 실제로는 이렇게 썼어야 옳다고, 태초에 믿음이 있었고, 외통장군! 그는 그 누군가에게 설명했고 비체레의 작은 기차역에는 난방 장치가 없었던 것은 여기선 누구 하나 그 어떤 기차도 기다리지 않았기 때문으로, 그래도 서류상으로나마 몇 해 전에 완행열차 운행이 재개되었고 이제 비체레에도 기차가 다시 정차하기로 되었으나, 말하자면 약 20년 만에 노선이 재개통되었으나 그동안은 어떤 기차도 이곳에 정차하지 않았으므로 난방 장치가 없었는데, 이곳에는 심지어 철도 직원조차 없었고 전철수轉轍手도, 철로 감시원도 없었으며 승객으로 말할 것 같으면 한 사람도 없되 마치 기차가 올지도 모른다는 생각에 대해, 그러면 어떻게 될지에 대해 관심을 가진 사람조차 하나도 없거나 아마도 아무 기차도 오지 않을 것임을 모두가 이미 알거나 기차가 언제 올지 아는 것처럼 없었으며 그들이 바로 지금 여기 없는 것은 그 때문이니 어쨌든 역은 난방이 되지 않고 있었으나 대합실에는 철제 난로가 있었는데, 어떻겠나—교수가 텅 빈 대합실에서 누군가에게 질문을 내뱉길—내가 작은 불쏘시개를 찾아본다면 어떻겠나, 그러면서 언 팔다리를 문지르고는 부스처럼 생긴 작은 구조물에서 나와보니 놀랍게도 그에게 필요한 모든 것이 뒷벽에 있었거니와, 말하자면 말끔하고 반듯하게 자른 나무 더미와 마른 신문지가 있었고 당연히 그에게는 아직 성냥이 있었으므로 그는 작은 대합실에서 매우 신속하게 온기를 발생시킬 수 있었으며 유일한 문제는 난로에서 연기가 일시적이나마 많이 나온다는 것이어서, 쌓여 있던 연기나 막혀 있던 무언가, 아마도 낙엽이나 누구도 모를 것들을 열기가 밀어내어 결국 실내에서 연기가 가셨으며 마침내 그는 몸을 떨기 시작했는데, 그가 몸을 떤 것은 한기가 마침내 그의 팔다리에서 떠나고 있었기 때문이며 그가 생각하길 생각이 나타나기만 해도 그것은 우리에게 어떤 사람이 생각하는 것이란 무한의 한 가지 관념에 불과함을 집요하게 상기시키며 물론 그것은 여럿 중 하나에 지나지 않으나 이 것이야말로 진정 의심을 일으켜야 마땅한 것인바 분명하게도 의심을 품은 사람들은 늘 있었으나 누구도 그들을 진지하게 받아들이지 않았으며 솔직히 말하자면 그들을 진지하게 받아들이는 것은 가능하지조차 않았으니 아리스토텔레스 이후의 주된 지적 조류가 너무 거세어 저 모든 과묵한 회의론자를 해안에서 쓸어버리는 바람에 그들은 널브러진 나머지 모든 나뭇가지와 함께 떠다녔으니 거기서, 지적 범람이라는 거대한 조류의 역사 속에서 그들은 들쭉날쭉한 해안선을 따라 모조리 뒤엉킨바 두뇌가 어떻게 생각하는가를 이해하는 실마리를 던지는 것은 다름 아닌 무한이며 추상에 지나지 않는 것을 마치 실재인 것처럼 우리에게 보여주는 두뇌의 재치에 대해서도 마찬가지이니, 말하자면 두뇌는 그 왜곡 방법을, 그 전위를 도입하거나 채택하여 톡톡히 효과를 보았거니와─이걸 어떻게 표현해야 하려나, 라고 그가 말하고는 난로에서 멀찍이 물러나 살짝 몸을 튼 것은 몸의 한쪽은 이미 그슬릴 지경이었으나 반대쪽은 아직도 추위로 얼얼했기 때문인데─칸토어 이전에는 사람들이 뭐라고 했던가(물론 그것은 철학이나 시가 아니라 과학 분야, 그중에서도 우리 서구 문화에서 이른바 고대 철학 학파가 사멸한 이후의 과학 분야를 말하는데, 그 사람들은 이 모든 악무한惡無限과 그 비슷한 것들을 내놓았기 때문이나, 아니, 우리는 자연 과학에서의 사상사만 논하고 있으니), 나는 그것으로 무엇을 뜻하는가? 음, 가장 초보적인 정식화에 빗대자면 무한은 실재의 일부이고 무한은 실재하며 이것은 무엇에 기반하는가, 물론 무한이 문제의 공리 중 하나에 불과하다는 인식되지 않은─하지만 그들은 이것을 인식했어야 하고 인식할 수 있었지─관점에 기반하지만 또 다른 격언이 있으며 그것은 '양量'이 있다는, 진짜 무게를 가지고서 생겨난 관점을 인간이 받아들이지 못한다는 것으로, 스스로를 실체로서─그 단어, 실·체! 그조차 나의 정신을 아찔하게 하는군─정신에 내보이는 사물은 자신을 배타

476

핌

적으로 유한한 양으로서 내보인다고 정신은 단순히 '믿어야' 할 것이나, 아니, 아, 아니, 그런 일은 일어나지 않았으니 일어난 일은 이 인간 정신이 늘 측량을 다뤘다는 것으로— 그리고 이 경우에 우리는 매우 거대한 측량과 더불어 매우 작은 측량 둘 다에 대해 생각하고 있으니, 이해하겠는지— 이 인간 정신은 이 측량이 유형적 실재의 어떤 부분도 형성하지 않았음에도 실재로서 취급했는데, 칸토어 집합론에서도 이를 언급하고 있으며 그뿐 아니라 매우 기발하지만, 여전히 우리는 단지 무한이 있을 뿐 아니라 무수한 무한이 있음을 인정해야 하는데, 물론 이 때문에 그는 베를린 학파와, 크로네커 학파 및 그 나머지와 금세 척지게 되었으며 풍미를 위해 약간의 힐베르트 소스에 절인 그 결과는 그보다 더 논리적이고 확고할 수 없을 만큼 논리적이고 확고했으니 그래야만 했고 바로 여기에 실수가 있었던바 이 '입증 가능성', 말하자면 경험적 증거로서 검증될 수 있는 것이야말로 이른바 과학적 사고에서 신성한 것이며 이 수단을 이용하여—이것은 부정해봐야 소용없는데—우리는 멀리 나아갈 수 있으나 그와 동시에 이 방법을 따름으로써 우리가 문제로부터 스스로를 멀찍이 떼어놓는 것은 그것이 너무도, 하지만 너무도 명백하여 경험적 증거 자체가 지금껏 그 누구도 진정으로 다뤄보지 않은 것이기 때문인즉, 말하자면 경험적 검증 자체의 지극히 문제적인 성격을 순수하게 맞닥뜨리고자 한 사람이 아무도 없기 때문인바 이를 시도한 자들은 모조리 미쳤거나 순수한 딜레탕트처럼 보이거나 설상가상으로 순수한 딜레탕트가 '되었'으니 이를테면 전도유망하던 화이트헤드는 논리로부터 출발하지 않는다고 비난할 수 없는 인물인데, 그가 어떤 결말을 맞았던가, 교수가 이에 대해 답하고 싶지 않다며 속절없이 말한 것은 이 모든 철학적 세계관에 쓰인 시간이 그만한 가치가 없으며 심지어 단 하나의 세계관도 그렇지 않기 때문이니 다룰 만한 가치가 있는 유일한 대상은 자기 자신의 지능을 뛰어넘을 수 있는 두뇌이고 이를 통해 두뇌가 무언가를 어떻게 이해하는지 이해하는 것이어서, 말하자면 우리의 경우에 인간은 '오로지' 유한만을 이해할 수 있는 피조물인데, 어떻게 두뇌가 실재가 무한 속에서 생긴다고 믿는가의 문제를 다루는 것으로, 이제 그에 대해 내가 뭐라고 말해야 할까, 무슨 말이라도 해야 할까? 그가 묻고는 몸의 반대편을 난로 쪽으로 돌리며, 글쎄, 이젠 우리가 양의 문제로 돌아가고 있다고 말하겠어, 무한한 양이란 존재하지 않으니 오로지 유한한 양만 존재한다고 해보지, 그러면 무한한 양이라는 개념은 터무니없으니 유한한 양이 있게 되는 거야, 모든 과정, 사건, 사례는 배타적으로 유한하고 이른바 우주에서 일어나는 모든 것은 유한해, 처음이 있고 끝이 있다고, 적어도 인간의 뇌에는 그렇게 보여, 그게 보이는 방식이라고, 여러 관찰 단계 중 하나에서 우리가 어디에 자리 잡았는가는 중요하지 않아, 일어나는 것만 존재해, 달리 표현할 방법은 없어, 이 말은 물론 자의적이지

펌

만 모든 말은 언제나 더할 나위 없이 자의적이라고, 무엇이라도 존재한다면, 그리고 뒤이어 우리가 이것을 '존재의 거대한 흐름'이라고 이름 짓는다면, 그러면 그것이야말로 일어나는 것이야…… 그냥 '무'라는 단어로 지어볼까, 아니, 그조차도 아니야, 더 근사하게 표현해볼게, 단순히 "무가 있다"라는 문장은 그 자체로는 이해 불가능해, 존재하는 것만이 명명될 수 있으니까, 존재하는 것은 결코 현존하지 않아, 아무것도 현존하지 않고 오직 일어나는 것만 현존하기 때문이야, 이 거대한 흐름에서는 자신 바깥에 아무것도 없어, 그리고, 그리고 이것이 핵심인데 자신 안에도 아무것도 없다고!!! 따라서 이 탐구적 검토에서 결과를 얻으려는 건 생산적이지 못해, 그게 우리가 막다른 골목에 다다른 까닭이야, 우리가 연구에서 올바른 방향을 저버렸기 때문이 아니라 올바른 방향이란 없기 때문이라고, 하지만 이것에 대해서는 이미 얘기했었지, 이것이, 그래, 유일하게 존재하는 것은 '그렇다'라고 우리가 말할 수 있는, 더 정확히 말하자면 이것은 우리가 '오로지' 말할 수만 있는 이유이지, 그것은 하지만 확장할 수 없어, 확장은 우리 두뇌 속 과정이거든, 나는 이걸 다시 언급할 거야, 나는 다시, 또다시, 또다시 결코 그만두지 않고 되풀이하니까, 일반적으로, 네가 눈치챘는지도 모르겠지만 나는 반복을 좋아하거든, 반복은 마비를 일으키니까, 이 마비는 직관이 생겨나거나 탄생하는 데 매우 필요해, 뭐라고 불러도 좋아, 그래, 신경 쓰지 마, 이건 내버려두자고, 그가 그 누군가에게 몸짓하며, 그러니 우리는 여기서 단지 과정을 직면하고 있어, 그것을 통해 우리가 옳다고 확증된 길을 따라 나아가면 우리는 즉시 결과에 도달할 거야, 이 결과가 개탄스럽다는 게 문제이지만, 처음의 처음으로부터 그것은 무엇으로 이어졌던가, 그것은 실재의 구성 요소가 있다는, 존재한다는 위대한 가설, 위대한 부족적 사상으로 이어졌어, 이로써 그것이, 실재 '바깥'에 있는, 실재 너머에, 실은 그 위에 존재하는 실재의 구성 요소가 존재하지 않는다는 것은 배제돼, 이제 다시 이것으로, 이 공간성으로, 이 모든 양적 오류와 더불어 돌아왔어, 말하자면 처음의 처음에 신과 신적인 것, 그리고 온갖 삼라만상이 생겨났어, 그리고 이건 유일한 바이러스, 유일하게 치명적인 실제 바이러스, 온 인류를 불치병에 걸리게 하는 유일한 바이러스야, 이로부터 실제로, 하지만 실제로, 그리고 진실로 우리는 결코 스스로 해방할 수 없을 거야, 생각을 말살하려 해봐야 소용없어, 우리 자신이 생각에서의 어떤 결과에 도달하지 못하게 끊임없이 동원해야 하는 일관되고 지독하고 무시무시하고 엄격한 주의력, 정신은 결코 단 한 순간도 이것으로부터 자신을 해방하지 못해, 이 가설들이 처음 생겨난 시대를 이야기하는 것조차 무의미해, 하지만 주로는 이른바 근대성을 이야기하는 것도 의미가 없어, 그에 따르면 어떤 것은 믿음 없는 앎, 신 부재의 자명함, 기타 등등을 토대로 삼아, 이 시대는—한편으로 기세등등하고 한편으로 괴멸적이고 한편으로 의기양

펌

양한데—깊이 들여다보면 이 시대는 자유가 아니라 치욕의 연대기에 불과하며 다시 한번 무신론자들이 득세했고 이는 개탄할 만한 일이니 그들이 실제로는 조금도 성공하지 못한 것은 용기를 두려워했기 때문이요, 한 발 더 내디디는 용기, 신이 없다는 관념에서 그들이 실제로 '제시한' 조치를 취하는 용기, 이것이야말로 언제나 그들에게 결여된 것이었으니 그들은 비난받았으며 어쩌면 오늘날에도 일관성이 결여되었다는 비난을 받고 있는바, 글쎄, 아니, 내 너에게 그것이 무엇인지 말하건대 그들에게 결여된 것은 용기였으니 그들은 비겁했고 이날까지도 여전히 비겁하며 참된 무신론자는 하나도 나타나지 않았고(물론 여전히 그럴 수 있었음에도) 어쨌든 저 측은한 거렁뱅이들, 어제와 오늘의 무신론자들, 그들은 거창한 문장을 내뱉었고 자신들의 말 때문에 즉시 바지를 적시고 말았으나 그들이 그러지 말았어야 하는 것은 그들 자신이 그 중요성을, 자신들이 방금 발견한 것의 놀라운 중요성을 깨닫지도 못했기에 그들을 상대하는 것은 무가치한 일이기 때문이며—그가 대합실에서 손을 내두르며—그들의 문제는 그들 중에서 더 똑똑한 자들조차 그 기본적 의미가 엄연히 존재할 때 네가 무언가를 발견했는데도 그것을 가리키는 단어가 아직 없고 개념은 아무런 쓸모가 없을 때 그 의미를 가지고 무엇을 할지 모른다는 것이었으나 그 의미는 엄연히 존재하고 바로 손안에 있고 미끄러져 달아날까봐 네가 강박적으로 움켜쥐거니와 물론 네가 손을 펴면 그것은 미끄러져 달아나고 너는 그것을 찾아내려 하지만 그것은 어디에도 없으니 그게 세상 이치이며 그들이 손을 펴지 않았다면 그들은 문제의 핵심을 바로 자신의 손안에서 알아차릴 수 있었을 것인바 내가 비유를 뒤섞더라도 양해해준다면 말이지만, 그들은 그것을 깨달았을 것이고 그들은 그것을 온전히 파악할 수 있었을 것이나, 그가 덧붙이길, 아니, 그들은 결코 그러지 않았으나 그것은 지금은 제쳐두기로 하자, 신을 부정하는 것은 단지 죄수의 감방에 지나지 않으니 그것은 분노, 오만에서, 위대함을 언뜻 보는 것에서 비롯하며 그 뒤에는 위대함에 대한 질투가 도사리고 있으니 그것이 터무니없으면서도 명약관화한 것은 우리가 분명히 보는 사실, 이 욕망마저도 전적으로 오해에서 실탄을 얻기 때문인바 분명히 보려는 우리의 욕망으로 무엇을 해야 하나, 무엇을? 그래, 내 말하건대 그것이 얼마나 흥미로운 실수인지, 명약관화를 원하는 것이 어떤 문제에서든, 무한의 문제이든 초월의 문제이든 그 어떤 것에서든 우리가 분명히 볼 수 있다고 생각하는 것이 얼마나 엄청나게 흥미로운 실수인지 깨달아야 하거니와 이것들은 단순한 주제가 아니요, 이것들은 진정한 비실재요, 심리학이나 신심리학으로 다루어야 제격인바 이 두 학문이 인간의 어리석음이 낳은 시들어빠지고 보잘것없는 열매로서 당장 근절되는 것 또한 최선이겠지만 그럼에도 여기서 우리가 다뤄야 하는 것은, 말하자면 칸토어와 그의 신이니 우리가 이를 다룬다면 적어도 '무언가'를 다

펌

루는 셈인바, 말하자면 우리는 두려움을 다루고 있는 것이요, 칸토어와 그의 신이 흥미롭다면—그들은 실제로도 흥미로운데—우리는 그것을 다루어야 하며 그것이 이 지점에서 우리가 이것에 다시 초점을 맞추어야 하는 까닭이니 두려움이 인간 존재를 정의하는 것임은 그것이 단순한 감정이요, 쉽게 없애버릴 수 있다고 말할 수 있기 때문인데, 글쎄, 아니, 우리는 그것을 쉽게나 어렵게나 없애버릴 수 없으니 그것은 두려움이 우리의 질문—칸토어와 그의 신—한가운데에 있어서 그것이 무엇인지 우리가 알아내는 것이 불가피해지기 때문이나 그것은 그다지 어렵지 않으니 여기서 우리의 임무는 우리의 시선이 두려움의 범위 전부를 포괄하도록 하는 것이며 이것은 무엇을 뜻하는가? 음, 물론 그것은 우리가 두려움을 그 모든 결과와 더불어 들여다보아야 한다는 뜻이며 이 말인즉 인간을 그저 보기만 하라는 것이나, 아니, 다른 식으로 표현하자면 지구상의 뭇 생명 모두를 살펴보라는 것인데, 아니, 그것도 마뜩잖으니 이런 식으로 표현해보자, 지구상에 존재하는 모든 것, 생물계와 무생물계의 모든 구성원을 봐, 그러면 너는 두려움이 이 생물계와 무생물계에서 파악할 수 있는 가장 심오한 요소임을 알게 될 것이니 두려움 이외에 아무것도 없는 것은 그 밖의 무엇도 그토록 무시무시한 힘을 속에 지니지 않았기 때문으로, 두려움을 제외하면 그 무엇도 생물계와 무생물계의 어느 것 하나 그토록 거대한 정도로 정의하지 못하기에 모든 것은 두려움으로부터 추론할 수 있는데, 이것을 추적해도 저것을 추적해도 두려움으로 거슬러 올라갈 수 없다는 말은 어불성설이므로 더는 이 문제로 전전긍긍하지 않겠지만 이 엉큼한 변명에 대해서는 충분히 얘기할 테니 지금은 두려움에 주목하기로 하고, 그러면 우리는 두려움이 존재의 본질이 되는 지점에 도달하나 나는 지나치게 앞서간 게 아닌가 싶은데, 존재에 대해서는 그 밖의 어떤 말도 할 수 없고 존재가 두려움에 이끌린다는 말밖에 할 수 없다고 네게 말한 것은 요제프 어틸러(지금 당장 그의 이름을 네 의식에 새겨두는 게 좋을 것인데)가 사뭇 흥미롭게도 이런 표현을 생각해냈기 때문으로, "베어 쌓은 나무처럼 / 세상이 제 위에 쌓여 있다." 그가 정말로 철저히 생각했는지 아닌지는 중요하지 않거니와 그는 이 정식화로 저 드넓은 영토를 밝혔으며 어쨌거나 그의 천재성이 이 표현을 발견한 것은 현실에서는 존재가 멈추리라는, 또한 어느 경우가 주어지든 언제나 멈추리라는 두려움이 우리가 아는 가장 기본적인 힘이기 때문이며 우리가 이 사실을 작고 반듯한 상자에 담을 수 없다면, 우리가 그럼에도 우리의 가장 중요한 지식을 모두 캡슐에 넣어 화성에 쏘아 보내야 한다면, 우리가 마침내 결단을 내려 이 지구를 떠날 수 있다면—일반적으로 우리는 탑승권을 얻을 수 없겠지만(여기서 누가 그런 결정을 하는지 누가 알겠느냐마는)—그래, 그래도 우리는 다시 여기에, 두려움을 품은 채 돌아오게 돼, 그것은 그것에 대해 두꺼운 책이, 새 성경이, 새 언약이 쓰여야 하기

펌

때문이나 아무도 이런 책을 쓰지 않았고 여기저기에서 산발적으로 속삭이는 소리만 들리니 신기원을 이루는 사상가들에게는 늘 있는 일이지만 나는 위대한 근본적 작품, 새《프린키피아》, 새《신곡》 등이 없음을 뼈저리게 느끼며 누구나 그 부재를 느껴야 하니 이 관념을 심리학자들에게—내 말에서 이미 똑똑히 감지했겠지만 나는 이들을 지독히 혐오하는데—넘기는 것은 끔찍이 무책임한 짓일 뿐 아니라 이렇게 하는 것은 그야말로 실수이며 실제로는 경솔한 짓임은 우리를 본질에서 멀어지게 하기 때문이며 그것이 무슨 뜻인지 생각만 해도 알 수 있듯 두려움은, 우리가 이것을 창조적 힘으로 간주한다면 보편적인 힘의 중심으로서 그곳에서 신들이 증발하며 마침내 하느님이, 그래, 칸토어의 하느님도 나타나는데, 존재의 중단에 대한 두려움은 우리가 헤아릴 수도 없는 역장力場이니 우리는 그렇게 가공할 만한 힘을 측량할 도구가 결코 없었고 앞으로도 결코 없을 것이어서 이것은, 비존재에 대한 두려움은 비존재의 존재 가능성을 방해하며 두려움은 비존재를 추구하는 모든 것이 존재 안에 머물도록 하니 너는 시간이나 공간의 우연성을 감안할 때 어찌하여 신들과 하느님이 모든 문화에서, 심지어 서로 한 번도 마주치지 않은 문화들에서 등장하는지 묻는구나, 음, 넌 어떻게 생각하니, 그래, 물론 모든 문화에서 사람들을 결속하고 이탈을 방지하는 것은 두려움이라는 이 공통의 요인이지만 나는 달리 말하겠는데, 사람뿐 아니라 동물도 그러한 것이, 너도 두려움에 휩싸인 동물을 본 적이 있지 않니, 정말로 내가 말하건대, 이러다 아리송한 비교秘敎라는 비난을 당하고 싶지는 않으나 이 두려움은 무생물계에도 존재하니 물론 그것을 같은 이름으로 지칭하지는 않고 가능하다면—가능하지 않지만—다른 이름을 붙일 것이나 걱정할 필요 없는 것은 지금은 여기에 관심이 동하지 않으며 중요한 것은 두려움이 기본 법칙이고 두려움이 존재 구성의 바탕이라는 것인데, 말하자면 전체를 다시 살펴보자는 것으로, 내가 권하건대 우리가 지금 말하는 것은 우리가 생각하는 것보다도 더욱 본질적이며 우리가 생각으로써 감지하는 것은 우리가 두려움에 대해 이미 말한 것에다 새로운 보강물을 필요로 하거니와 더 정확히 말하자면 우리는 두려움에 대해 무엇을 생각했는가, 더더욱 정확히 말하자면 우리는 두려움에 대해 무엇을 감지했는가, 그리고 두려움은 무엇이 될 것인가? 네가 이렇게 묻고 너의 질문이 정당한 것은 실재나 존재 같은 보조 개념과 관련하여 최우선적으로 명토 박아야 할 것이 있기 때문인데, 우리가 지각해야 하는 유일한 것은 세상이 사건·광증에 불과하다는 것을 쉽게 알 수 있게 해주는 사건들인바 이 광증은 수억 수만 개의 사건으로 이루어진 광증이며 아무것도 고정되지 않고 아무것도 제약되지 않고 아무것도 파악될 수 없고 붙잡으려 해도 모든 것이 미끄러져 달아나는 것은 시간이 전혀 없기 때문이며 이 말의 뜻은 우리가 무언가를 파악할 시간이 전혀 없다는 것으로, 그것이

펌

언제나 미끄러져 달아나는 것은 그것이 역할이기 때문이니 그것은 더도 덜도 아닌 거대한 흐름, 이 수억 수만 개의 사건들이며 존재하면서도 비존재하므로 그 이른바 지평선을 가정해보자, 이 지평선에는 앞서 말한 것처럼 이 사건들만 있어서 나타나는 바로 그 순간(그 자체도 실재가 아닌데)에 시야에서 사라지니 사건의 지평선에 걸린 사건들, 이것은 존재하고 전혀 추상물이 아니며 마침내 추상물이 아닌 무언가가 등장했는데 이것이 어느 정도냐면 우리가 내던져버리기 전에 현존하는 것으로 가정할 만한 바로 그것이니 그래도 지금 네게 묻거니와 나는 지금 우주에 대해 깊이 생각해볼 것을 네게 요구하는데, 그러면 너는 이 우주가 어떻게 생겼는지 보게 될 것인바 광적인 연쇄를 이루며 일어나고 서로 겹치는 이 사건들은, 말하자면 일어나는데, 이것은 올바른 표현으로, 한 사건은 다른 사건의 원인이나, 글쎄, 이것이 어떤 종류의 원인일 수 있을까, 그 내적 성격은 다음 사건을 일으키지 않으나 어떤 사건이 다른 사건에 의해 유도되는가의 문제는 우연성에, 그것도 지독하게 의존하기에 우리는 이 문제를 훨씬 철저히 다뤄야 하는 것이 '현실'이니, 말하자면 우연성은 더도 덜도 아닌 우연성이 조건으로서 존재할 수 있도록 하는 데 필요한 성질이요, 이제, 사건의 지평선으로, 상상할 수 없을 만큼 거대한 덩어리로, 하지만 무한하지는 않아도 하느님의 거룩한 사랑 덕에 단지 상상할 수 없을 만큼 '거대한' 덩어리로 돌아가―여기서는 우리 또한 우주의 일부라고 말해야 하는데—여기서 우리 자신을 향한 거대한 도약을 하는 데 필요한 성질인즉 우리 자신이 사건 그물망의 일부이니 여기서 우리 자신의 부드럽게 이동하는 통합체나 일시적 지속 가능성은 사건들이 다른 사건을, 게다가 심지어 일종의 유전적 복제를, 또한 같은 방식으로, 말하자면 우연히 일으킬 수 있다는 사실 이외에 그 무엇에도 기인할 수 없으니 이 사건들은 필연적으로 유지되어야 하며 나는 네가 이 '필연적으로'를 오해하지 않았길 바라는바 진정으로 그렇게 바라는 것은 이제 까다로운 대목이 다가오고 있기 때문으로, 말하자면 우리가 자신을 인간 모나드로 여기는 만큼 우리는 자신의 불확실한 확신을 이 문제에서도 표현할 수 있으니 우리 안에 있는 두려움과 우리 안에 있는 삶의 기쁨, 그래, 이 두 가지는 '동일한' 것이요, 한 사실의 두 측면이니 우리는 한 가지를, 또한 그 한 가지만을, 말하자면 우리가 말할 수 있는 대상인 지속성을 그 순간 동안—순간이 있다면 말이지만, 순간은 없으니 아무것도 시간 속에서 전개되지 않고 시간은 다시 한번 우리가 마치 실재처럼 여기며 살아가는 이 보조 개념 중 하나에 불과하거니와—지탱하고자 하는 사건들의 그물이니, 그래, 괘념치 마, 그래서 그에 따라 사건들은 우리가 자신의 방향에서 사물을 보면 단지 하나의 거대한 더미, 정말로 거대한 더미에 불과하며 우리가 실제로 여기서 사물을 보는 것은 대체 다른 어디서 사물을 볼 수 있겠는가 때문이어서, 그 더미 안에서는 유

펌

사성이 유사성을 사랑하고 바라고 정신이 나가고 미친 사랑에 빠지니 이것은 모순이 아니라 유사성, 우리가 이 사건의 닮음에서 갈망하는 것이거니와 다음에 오는 사실은 다시 한번 우리가 두려움이 군주인, 하지만 군주조차 아닌 논의에 다시 연결되어야 한다는 것이니 여기서 그것은 훨씬 근본적인 것, 훨씬 경천동지할 것에 대한 것이며 이곳이 이제 내가 너를 데려가고 싶은 곳인바 너는 이 체계 안에서 두려움을 이해할 수 있거니와 이것은 물론 체계가 아니라 오히려 혼란이어서, 우리가 사건, 지평선, 그 밖의 비슷한 것들이라고 명명한 요소들을 포함하나 현실에서는 그에 따라 두려움이 무시무시하게 강력하여 우리의 가장 깊은 심연에 깃들어 있으며 이 심연이 얼마나 깊으냐면 우리는 그것이 정말로 얼마나 깊은지 감을 잡을 수조차 없으니 그래도 개의치 말 것은 내가 말하고 싶은바 문화를 낳은 것은 바로 두려움과 그 무지막지한 힘이기 때문이니 아마도 이것은 내가 앞서 말한 것들에 비추어 보건대 네게 전혀 놀랍지 않을 것이며 네가 이해해야 할 것은 인류 문화의 요람이 황하 유역이나 이집트가 아니라, 메소포타미아가 아니라, 크레타도 아니라, 고대 그리스의 도시 국가도 아니라, 성지 등등도 아니라 두려움 자체라는 것이며 이것이 너무도 중요하기에 되풀이하고 싶은데—나는 지금 농담을 하고 있거니와, 물론 나는 언제나 무언가를 되풀이하므로—한마디로 모든 인류 문화는 두려움에 의해 창조되고 이로부터 관념의 질서가 자라는

바 내가 하는 말을 이해할는지 모르겠지만 지금 널 위해 이 걸 덧붙여도 괜찮다면, 삶의 기쁨이라는 우리의 개념으로 돌아가되 내가 말하려는 것이 네게 놀랍지 않기를, 이것이 정말로 동일하길 바라지만—네가 두려움이라고 말하든, 삶 의 기쁨이라고 말하든—물론 두려움과 삶의 기쁨이라는 두 측면을 표현하는 한 단어가 무엇일지 나는 모르며 그걸 목 표로 삼을 계획도 없으니 이유인즉—여기서도 나는 농담을 하고 있는데—나 자신을 정확한 용어로 표현하고 싶지는 않 은 것은 내가 그것에 가까워지고 있을 때 감지할 수 있기 때 문으로, 그에 따라 네게 청하노니 왜 칸토어가 그만한 가치 가 있는가의 주제로 돌아가자, 칸토어의 하느님을 더 꼼꼼히 들여다보는 것 또한 가치가 있으니까, 그러면 우리가 말했듯 적어도 우리가 뭔가를 다루게 될 것 아닌가, 무엇을 다루느 냐고? 글쎄, 우리는 부정하지, 말하자면 하느님 존재의 부정 을 긍정하지, 그리고 우리는 질문을 소멸시키거나 오히려 불 가능한 것을 시도하려고 애써, 우리가 질문 자체를 말살하 는 것은 질문에 허용되는 답이 대체로 제한되었기 때문이 며, 말하자면 이 의미에서 우리가 이 거대한 소멸 작업을 진 행하는 데는 질문이 전혀 필요하지 않으니 이것은 물론 끊 임없는 집중의 결실 이외에는 아무것도 아니며 우리가 이를 받아들여야 하는 것은—그가 비체레 기차역의 작은 건물에 서 말하길—유한한 우주에 어떤 종류의 신이나 하느님도 없다고 우리가 확신하기 때문이므로 우리가 하느님 없는 세상에서 살아간다고 말하는 것은 살얼음을 밟고 나아가는 격이지만 다른 방향으로는 나아갈 수 없어서 어차피 오랫동안 얼음 위에 웅크리고 있음에도 현실에서는 '그 어떤' 하느님도 없다고 마침내 말할 수 있으니 현실이라는 용어가 무엇을 뜻하는가는 중요하지 않은데, 물론 이것이 인류의 모든 문화를 비롯한 모든 것이 잘못된 토대 위에 건설되었다는 의미임을 우리가 이해한다면 이것은 우리에게, 생각하는 정신에 가장 끔찍할지니 모든 것은 믿음에 바탕을 두었고 실제로 그 믿음으로부터 스스로를 살찌웠으며 《프린키피아》에서 호메로스의 서사시까지, 《신곡》을 거쳐 아테네의 페이디아스로부터 프라 안젤리코의 천사들까지, 〈일반 상대성 이론의 기초〉까지, 초기 불교의 팔리 경전에서 성경을 거쳐 우리 앞에 나타나는 창조 세계까지 모든 걸작을 낳았거니와 이름을 더 들먹이지 않는 것은 내가 바흐를 논외로 하고 제아미를 논외로 하고 헤라클레이토스를 논외로 하고 이름 없는 건축 천재들을 논외로 하기 때문인즉 어떤 명단에 그들이 등장하지 않을 것이냐마는 이것은 심지어 가장 본질적인 것도 아니니 그것은 대체 어떤 종류의 몰락일 것인가—하느님 맙소사, 난로 옆에서 그가 고개를 내두르고 미소를 지으며—우리가 이해한다면, 모든 인류 문화의 토대가 거짓임을 우리가 정말로 깨닫는다면, 하지만 그러면 모든 것이 얼마나 암울할 것인가, 그가 고개를 숙이며, 그렇다면 우리의 열정을 자극한 모든 것, 인간의 창조적 정신이 낳은 모든 유일무이한 작품들이 환상에 기대고 있으며 그 환상에서 생겨났음을 인정해야 하니 때문이니, 말하자면 이런 인정에는 틀림없이 엄청난 파괴적 힘이 있어서 우리에게 완벽한 확실성으로 주어진 하느님이 존재하지 않는다는 깨달음과 같은바 그것 또한 비슷하게 불쾌한 인식이요, 우리가 하느님의 존재를 부정하든 아니든 우리가 하느님이 존재한다고 믿도록 프로그래밍된다면 정말이지 어쩌면 즉각적으로 절멸을 가져올지도 모르는데, 말하자면 우리는 하느님의 존재의 부정을 긍정하고, 따라서 긍정하는 동시에 부정하니 그것은 하느님이 없고 한 번도 없었으며 이제 '결코 없을' 것임을 똑똑히 아는 슬프고 슬픈 세상이요, 정말로 어마어마하게 슬픈 세상이야, 그가 나무토막 한두 개를 불 속에 던져넣고는 다시 한번 비체레 기차역 작은 대합실의 벤치에 앉아 그 누군가의 눈을, 사랑으로 촉촉하게 젖은 눈을 들여다보았으니 그 한 쌍의 눈은 털의 덤불에 가려졌고 그 덤불의 끝에는 꼬리도 있었으며 그 꼬리는 이제 활기차게 살랑거리고 있었는데, 어쩌면 우리에게는 그보다 더 슬픈 것은 없을 거야, 난 그렇게 생각한다, 꼬맹이 똥개야. 그는 자신의 시계를 보았다. 5시 1분. 어쩌면 기차는 여기 나타나지 않을 것이었는지도 모르겠다.

펌

조심하라

내가 이해가 안 되는 건 사람이 왜 죽어야 하는지가 아니야, 내가 이해가 안 되는 건 사람이 왜 살아야 하는가라고, 라고 벵크하임 벨러 남작이 곰곰이 생각하다가 창문으로 고개를 돌렸으나 바깥을 보고 싶지는 않았고 아무것도 보고 싶지 않았는데, 이것이 그의 방식이었으며 어차피 도시를 썩 잘 볼 수는 없었던 것이, 바깥은 모든 것이 잿빛이었고 그가 있는 쪽 창문에는 뿌옇게 김이 서렸거니와, 레넌 광장을 앞에 둔 고등학교를 보고 싶으냐는 질문에 그는 고개를 저었고 부모의 집을 보고 싶은지에 대해서도 고개를 저었으며 직업학교의 새 보금자리이자 어느 정도 보수가 이루어진 서버드지코시의 크리스티너 성에 가보고 싶은지—아니오, 남작이 뒷좌석에 앉은 채 몸짓했는데—아니면 활

흠므므

기찬 기념식을, 이를테면 부드리오 주택 단지나 노인정에서
여는 것에 대해서도 거부 의사를 남작은 몸짓으로 표현했
으니 그는 아무것도 보고 싶지 않았으나, 글쎄요, 하지만 남
작님, 시장이 그를 은근히 어르길 주지사와의 면담을 취소
하시려는 건 아니겠죠, 그러자 남작은 말없이 고개를 끄덕
이며 그렇다고, 취소했으면 좋겠다고 했으나, 하지만—시장
이 어리둥절한 채 그를 바라보며—해야 할 논의가 있습니
다, 주지사가 그 협의를 주재하리라는 건 아시죠, 그 핵심은
정부가, 남작님, 헝가리 정부가 직접! 당신과 전략적 제휴 관
계를 맺고 싶어 한다는 거라고요, 사전 협의는 벌써 시작됐
습니다, 안 돼요, 안 돼, 남작이 몸짓하고는 고개를 떨어뜨
린 채 차 안에 멍하니 앉아 있는 동안 시장은 할 말을 끊임
없이 지껄였으나 점점 자포자기하는 심정으로 더더욱 두서
없이 머리에 떠오르는 대로 떠든 것은 도무지 이해할 수 없
었기 때문으로, 그는 여기서 무슨 일이 벌어지고 있는지, 무
엇이 남작을 '저토록 깊은' 우울감에 빠뜨렸는지, 왜 남작
이 저렇게 불만에 차 있는지 이해할 수 없었으며 더는 아무
것도 이해할 수 없었으나 그는 이 일에 심장과 영혼을 쏟아
부을 작정이었고 포기하고 싶지 않았으며 남작의 이 '뜻밖
의 감정 기복' 때문에 모든 것이 엉망이 되는 사태를 용납하
거나 방치할 수 없었으니 그를 기리는 모든 행사 준비가 여
전히 진행되고 있었고 지역 방송국 두 곳이 아침마다 〈에비
타〉를 방영하고 있었는데, 제발—남작이 불쑥 입을 열었으

나 하도 웅얼거리듯 말해서 그는 두 좌석의 틈새로 몸을 수 그려야 했는데—제발, 이 도시의 고귀한 후원자(모든 신문과 라디오와 TV에서 그를 일컫는 호칭)가 중얼거리길 제발 나를 호텔에 도로 데려다주시오, 그는 어찌할 도리가 없어 운전사에게 호텔로 차를 돌리라고 말했고 그들은 돌아갔으며 남작은 말없이 1층의 자기 객실에 올라가 문을 닫고는 단테에게도 한마디조차 건네지 않은 채 팔걸이의자에서 꾸벅꾸벅 졸았으며 그는 그가 돌아와 더는 미룰 수 없는 자신과의 협상을 시작할 수 있게 되기를 기다리고 있었으나 자신도 방 안에 있다는 사실을 남작이 알고 있는지조차 확신할 수 없어서 눈을 비비고 기지개를 켠 다음 거실에서 나와 화장실에서 '누런 물을 뺐'는데, 남작은 침실에 들어가 침대에 앉았으나 그는 단테가 거기 있는 것을 눈치채지 못한 사람처럼은 전혀 보이지 않았고 시장의 질문을 듣지 못한 사람처럼도 보이지 않았으니 그의 눈빛은 초롱초롱했고 그는 등을 곧게 편 채 침대에 앉았으나 고개는 숙인 채였던 것은 자신의 신발을 쳐다보고 있었기 때문이었거니와 단테가 한 번 더 시도하기로 마음먹고는 문틈으로 엿보며 남작에게 다시 울기 시작할 거냐고 묻자, 아니, 남작이 대뜸 대답하길 그러진 않을 걸세, 하긴 그는 그가 다시는 결코 울지 않을 것이라고 생각했기에 단테에게는 걱정할 이유가 전혀 없었으며 그는 그에게 고갯짓을 했는데, 그것은 단테가 자신을 혼자 내버려두었으면 하는 요청이자 명령이었으니 그는 집중

홈ㅁ므

해야 할 무언가가 있었으며 단테가 문간에서 물러나자 남작
은 다시 한번 고개를 떨구었는데, 그는 이렇게 앉아 있는 것
을 좋아했고 부에노스아이레스에 있을 때는 몇 시간씩 이렇
게 침대 끄트머리에 멍하니 앉아 있었던바 그가 침대에 앉
을 수 있으면 그것은 일시적인 고요에의 침잠이었으니 불은
이미 꺼졌고 아니면 그가 직접 껐는지도 모르지만 그것은
자유의 몸이었는가, 엘 보르도에 다시 갇혔는가에 달렸으
니 그런 때에 그는 자신이 모든 의무에서 벗어난 것처럼 느
꼈고 염려뿐 아니라 생각 자체로부터도 자유로운 것처럼 느
꼈으며 이 늦은 오후에 벌어지는 지금의 사건이 예전의 사
건들과 다른 점은 지금 그의 머릿속에 생각들은 들어 있으
나 어떤 기억도, 심지어 지난 며칠간의 기억도, 특히 아무것
도, 하지만 정말로 어제 아침부터는 아무것도 없다는 것이
었던바 이 기억들은 그의 두뇌에서 지워졌으나 여전히 무언
가가 남았는데, 그는 오로지 이것하고만 있고 싶었으나 그것
은 죽음에 대한, 더 정확히 말하자면 삶에 대한 무언가였는
데, 말하자면 그는 끝이 찾아왔음을 이해했어도 세상과의,
그의 태어난 곳과의 작별은 이루어지지 못했는데, 이 세상
은 제자리에 있지 않았거니와 제자리에 있는 것처럼 보였으
나 그러지 않았고 오로지 그런 식으로 있는 듯한 인상을 주
었으니, 말하자면—그는 이렇게 덧붙이며 자신의 생각이 올
바른 방향을 향하고 있음을 더욱 확고하게 감지했는데—이
곳에 있던 세상에는 아무것도 남지 않았으며 우스꽝스러운

것을 하나라도 찾아내는 능력이 그에게 있었다면 그는 심지어 이것을 우스꽝스럽게 여길 수도 있었을 것인바 기차역이 있던 자리에는 여전히 기차역이 서 있었고 대로가 그의 조상의 이름을 딴 채 이어져 있던 자리에는 여전히 대로가 그의 조상의 이름을 딴 채 이어져 있었고 병원이 있던 자리에는 병원이 있었고 성이 있던 자리에는 성이 있었고 저택이 있던 자리에는 저택이 있었고 이런 식으로 얼마든지 계속할 수 있었으나 다만 이것들은 같은 기차역, 대로, 병원, 성, 저택이 아니었고 옛 건물이 있던 바로 그 자리에 우연히 서 있을 뿐이니 그것들은 옛것이 아니라 새것이었으며 달랐고 낯설었으며 그것들은—그의 눈에서 비늘이 벗겨진 지금은—그것들은 그에게 아무런 감흥도 일으키지 않았고 이것은 예상한 그대로였던바 그가 어떤 특별한 감정도 없이 판단한 사실은 그것들이 한때 그 자리에 서 있던 것들과 같지 않다면 그가 이 기차역들과 이 대로들과 이 병원들과 이 성들과 이 저택들과 무슨 공통점이 있겠느냐는 것이었기에 그것들은 더는 그의 관심사가 아니었으며 이곳에는 그가 떠나온 도시 대신 황무지가 들어섰으니, 그래, 좋아, 그는 이 황무지와는 볼일이 정말 아무것도 없었고 그래도 아무 문제 없었기에 그 안절부절못하던 조그만 사람이 그를 데리고 도시를 두루 누비며 그에게 보여주던 지난 몇 시간 동안 그가 이 사람이 가리키는 것을 볼 수조차 없었던 것은 한때 '거기'에 있었으나 더는 '거기'에 있지 않은 모든 것의 사라진 흔적만

흠므므

보았기 때문으로, 그게 기차역이든 대로이든 병원이든 성이
든 저택이든 상관없어, 라고 그가 생각하고는 오직 이것에서
만 그는 박탈이 아니라 일종의 천상적 은총의 징표를 보았
으니 결코 진짜가 아니었던 것, 결코 심지어 진짜가 아니었
던 것을 언제, 대체 언제 박탈당할 수 있었단 말인가―사람
들 말마따나 남작이 침대에 앉아 스스로에게 미소 지으며―
그는 왼쪽 신발 쪽으로 몸을 숙여 풀린 신발 끈을 조이고
다시 단단히 매고는 이제 고리 중 하나가 한쪽으로 늘어지
고 다른 하나가 다른 쪽으로 늘어지도록 매듭을 얼마나 똑
바로 맸는지 바라보다가 신발 끈이 이렇게 매어졌을 때 아
름답다는 것을 알고는 반대쪽 신발도 똑같은 모양으로 끈을
묶었으며 그 신발에서도 매듭이 근사하게 지어져 좀 전에
는 알지 못하던 고요의 감각을 느끼며 근사하게 맨 신발 끈
과 완벽히 대칭적인 고리가 달린 한 켤레의 경이로운 신발
을 바라보며 앉아 있다가 거실 쪽으로 소리를 내어 단테를
오게 하여 그에게 청하길 다른 볼일 때문에 시간이 없는 게
아니라면 그를 남몰래 도심 숲에 데려다줄 수 있겠느냐며,
15~20분밖에 걸리지 않으니 그다지 과한 요구는 아닐 거라
고 단테를 다독이자 그는 이 교착 상태에서 마침내 무언가
꼼지락거리는 것을 보고서 대단한 열정을 드러내어 남작을
향해 히죽히죽 웃으며 현관에서 코트를 걸치는 그에게 이렇
게만 말하길 그가 가고 싶어 하는 곳이 어디이든 '더없이 기
쁜 마음으로' 모셔다 드릴 것이요, 어쩌면 가는 길에 이야기

를 나눌 수도 있을 거라며 호텔 뒤쪽 계단을 내려와 건물을 빠져나오면서 어쩌면 더는 늦출 수 없는 문제에 대해 이야기를 나눌 수도 있을 것이라고 말했다.

자네 술 마시고 있었군, 철로 감독관이 전화로 말하자 작업반원들을 관리하는 것이 임무인 작업반장은 힘을 끌어모아 말하길 네, 술을 마셨는지는 모르겠습니다만요, 감독관님, 하지만—자네 술 마시고 있었군, 감독관이 전화선 반대편에서 이 사태에 대해 깊은 실망감을 전달하려는 듯한 어조로 반복한 것은 실로 그에게서 더 많은 것을 기대했기 때문이나—아니요, 그런 게 아닙니다, 작업반장이 항변하길 저는 지금 근무 중입니다, 근무 중일 때는 한 방울도 입에 대지 않는다고요, 하지만 자네 목소리를 들으면 단어 하나하나를 또박또박 발음하는 걸 알 수 있어, 자네가 술 마셨을 때 이러는 거 잘 안다고, 언제나 모든 단어를 하나하나 발음하려고 하잖나, 지금 그러고 있다니까, 그러니 안 봐도 알아, 단어를 하나하나 똑똑히 발음하려고 애쓰는 것만 들어봐도 충분히 알 수 있어, 한마디로 억지로 발음하는 게 들린다고, 자네 헛소리는 들을 필요도 없어, 하지만 제가 근무 중이라고 말씀드릴 때는 절대로 단 한 방울도 안 마십니다, 지금도 아니고 한 번도 그런 적 없습니다, 상황을 바꿔보려고 작업반장이 말한 것은 분위기가 심상치 않았기 때문으로, 그는 전화기를 귀에서 떼어 잠시 수화기를 덮고는 조용히 하라고 다른 사람들에게 말했는데, 지금 벌어지고 있는 이 모든 야단법석을 그가 듣는다면 큰 문제가 생길 터였으나 다른 사람들은 들은 체 만 체 정비창에서 마냥 야단법석을 떨었으니 늙은 헐리치 2세가, 이것은 동료들이 부르는 이름인데 그들보다 더 취해서 그들이 원한다면 자신의 진면목을 보여주겠노라고 말하고는 갑자기 소란스러워진 와중에 그는 이미 무리 한가운데에 자리를 잡고 있었거니와, 하긴 처음에는 쉽지 않았던 것은 나머지 동료들이 리슬링 포도주에 절어 있었기 때문이어서, 모두가 중심을 잡고 게다가 다들 모이기까지는 시간이 좀 걸렸으나 그들은 서로에게 기댄 채 중심을 잡고 그렇게 늙은 헐리치의 서커스가 시작되었으니 그럭저럭 원이 만들어지고 헐리치 2세가 건들거리며 가운데로 걸어나와 가만히 서서 움직이지 않은 채 두 팔을 들어올려 벌리되 산꼭대기에서 활강하려는 사람처럼, 무시무시하고 아슬아슬한 낭떠러지에 서 있는 사람처럼 팔을 벌리고는 이내 자신을 밀어내어 활강할 참이었으나 그가 조금도 움직이지 않되 열띤 관심을 요구하는 사람처럼 움직이지 않은 것은 사람들의 완전하고도 총체적인 관심을 받을 때에야 비로소 진짜 헐리치가 누구인지 보여주고 싶었기 때문으로—그의 정지가 그 표시였으니—나머지 동료들은 이 아수라장에서 뭔가 나타나길 바란다면 정숙해야만 한다는 것을 서서히 깨닫고는 서로에게 쉿 소리를 내며, 이봐 조용히들 하라고, 조용히 해, 하며 말하길 늙은 헐리치가 자신의 진면목을 우리에게 보여주려고 하잖아, 그리하여 그들은 아주 천천히 정숙했는데, 모두의 예상을 깨고 헐리치 2세는 산 꼭대기에서 활강하는 게 아니라 눈을 감고는 지금까지의 정지 상태에서 오직 자신에게만 들리는 격정적인 음악의 박자에 맞춰 번개 같은 네 번의 전진 스텝을 밟다가 불현듯 멈췄는데, 하늘을 나는 듯한 부동不動의 자세에서도 손은 쳐든 채였으며 동료들은 열렬한 환호성으로 화답했으나 그때 갑자기 그가 재빨리 반 바퀴 돌고는 고개를 뒤로 젖히되 감은 눈으로 허공을 향하되 허공은 전혀 보지 않고 내면을 깊숙이 들여다보는 사람처럼 젖혔으며 몸도 돌리지 않은 채 네 발짝 뒤로 물러섰으나 이 동작이 이미 그에게 고역이었던 것은 그토록, 하지만 그토록 위험천만한 묘기를 선보이는 그의 능력이 리슬링 때문에 사라졌기 때문으로, 방금 앞으로 네 발짝 밟은 것과 똑같이 뒤로 네 발짝을 밟는 것은 이미 불가능했으며 두 걸음 만에 그는 벌써 중심을 잃고는, 말하자면 박자를 놓쳐 이 불길한 징후 속에서 옆으로 발걸음을 내디딘 것은 이미 휘청거리는 이 몸을 떠받치기 위해서였으나 애석하게도 몸은 더욱 휘청거릴 뿐이었기에 그는 또한 번의 발걸음으로 몸을 지탱하려 했으며 그의 눈은 내내 감겨 있었으니 그가 눈을 뜨려 들지 않은 것은 넘어지지 않으려고 필사적으로 애쓰고 있었기 때문으로, 그의 마음속에는 이 작은 스텝으로 균형을 잡으려는 순수한 욕구가 있었으나 안타깝게도 이것은 가능하지 않았기에 그는 무너지기 시작했으니, 말하자면 이 작은 발걸음의 템포가 점점 빨

흠므므

라지며 급박한 연속 동작으로 잦아지기 시작했으나 어떤 노력도 허사였고 이 다급한 발걸음도 허사여서 그 몸이 포기해버린 것은 휘청거리고 더욱 휘청거렸기 때문으로, 그러다 늙은 헐리치는 마지막 숨을 들이쉴 기력조차 없는 늙고 탈진하고 다리가 풀린 탱고 무용수처럼 땅에 큰대자로 누웠으며 그리하여 더는 버틸 수 없는 순간인 마지막이 찾아와 그는 제풀에 쓰러졌으며 이곳 셔르커드 철도 정비창에서 그것은 물론 그의 동료들이 그에게 일어나서 계속하라고 소리지르는 순간이었거니와 그들은 진짜 헐리치가 어떤 사람인지 정말로 알고 싶었지만 물론 미동도 없이 바닥에 누운 헐리치 2세의 몸 위에서 불콰한 얼굴로 내지르는 그 모든 외침은 수포로 돌아가 그들이 거둔 유일한 성과는 작업반장이 다시 한번 조용히 하라고 그들에게 주의를 주기 시작한 것으로, 그는 전화선 반대편에 있는 감독관을 설득하려고 점점 더 노력하며, 제가요, 근무 중에 술을 마신다고요, 말도 안 됩니다! 감독관이 대꾸조차 하지 않은 것은 격분하다시피 실망했기 때문으로, 실망과 화를 제쳐두고는 그들이 그곳 셔르커드에서 어떤 상태에 처해 있든 상관하지 않는다며 단호하게 말하길 그들은 지금 근무 중이니 당장 밖으로 나가서 기중기가 장착된 렌체 조중차를 몰고 1041번 선로로 가라고 했는데, 간밤에 1041번 선로가 조금 흔들리기 시작했다는 보고가 들어왔기에 그들은 출동해야 하고 이것은 농담이 아니라며 감독관은 전화로 냉랭하게 반복하길 자신

은 그들이 얼마나 취했든 관심 없으며 다들 당장 출동해야
하는 것은 이것이 그들의 임무이고 그들은 지금 일하고 있
고 근무 중이기 때문이라며, 받아 적어, 1041번 선로야, 그리
고 그들이 복귀하면 보고를, 그것도 서면으로 해야 할 것이
니 이 모든 일에 상응하는 결과가 당연히 따를 것이어서 자
신이 이미 조사를 시작했고 작업반장이 술을 마시고 있다
는 사실을 안 이상 이대로 넘어가지는 않을 것이라고 감독
관이 그에게 말했으나 작업반장은 감독관이 하는 말을 통
알아들을 수 없었으며 정확히 몇 번 선로로 가야 하느냐고,
장소가 어디냐고, 왜 렌체를 몰고 가야 하느냐고 애석하게
도 여러 차례 물어야 한 것은 나머지 작업반원들이 하도 소
란스러웠기 때문으로, 그 소리는 전화선 반대편에서도 들릴
것이 분명했던바 그들은 다시 일어나라고 저 노인을 부추기
는 일을 그만두지 않았으나 전부 허사였던 것은 늙은 헐리
치 2세가 움직이지도 않았고 바닥에서 무릎을 당긴 채 그
가 언제나 단잠을 잘 때처럼 태아 자세로 몸을 말았기 때문
으로, 나머지 동료들은 그를 일으켜 세우려 고함을 질렀으
나 허사였으니 그날 저녁 진짜 헐리치가 누구인지 그들이
알 수 없었던 것은 이 헐리치가 모든 것을 비밀에 부친 채
깊디깊은 잠에 빠졌기 때문이었으며, 렌체를 몰고 지옥에나
가라지, 구더기 밥이나 되라지, 사람들은 그런 궂은 날씨에
자신들을 출동시킨 철로 감독관에게 욕을 퍼부었는데, 언제
나 그들이었고 파견되는 것은 언제나 셔르커드 정비단이었

흠므므

으니, 베케슈처버 정비단이 뭐가 어때서, 중앙 정비단은 안 되나? 왜 항상 셔르커드 인력이어야 하지, 처버는 왜 안 돼? 다 지옥에나 가버려, 물론 그건 1041번 선로일 수밖에 없었고 그들은 그 구간을 가장 증오했던바 그곳은 언제나 문제가 있었고 수리가 불가능했다. 전체 인원이 휘청거리며 렌체 있는 곳으로 나가되 다리를 질질 끌며 가서는 시동을 걸고 역을 나서면서 재빨리 렌체의 전조등을 껐다. 사슴 사냥을 시작하자고, 이봐들, 작업반장이 기관차 조향 장치를 움켜쥐며, 이 썩을 놈의 날씨에 그들이 우리를 내보낸다면 우리가 쫓을 것은 사슴이지, 그게 전부야, 그가 그들에게 꽉 잡으라고 말한 것은 최고 속도로 달릴 작정이었기 때문이다.

옛 다리가 서 있던 곳에 다리가 있었기에 그는 다리 입구에 차를 세우라고 말하고는 마침내 자신이 왜 이곳에 오고 싶었는지 수행원에게 설명했는데, 말하자면 비가 오지 않은 지 오래됐으니 느긋한 산책을, 말하자면 이 장소에서, 도심 숲에서 하고 싶다는 것으로, 이곳은 그가 젊은 시절에 다니던 유일하고도 주된 장소였던바 그가 그에게, 말하자면 단테에게 걱정 말고 시내로 돌아가 호텔에서 자신을 기다리라고 말한 것은 셔르커드 열차가 아직도 숲을 관통하는 것이 거의 틀림없기 때문이었거니와 이른바 요양원 역에서 시내로 돌아오는 기차를 쉽게 탈 수 있으며 거기서 택시를 타고 돌아오면—그가 상대방을 안심시키려는 듯 두 눈을 응시하며—(동승자에 따르면) 더는 미룰 수 없는 문제를 논의할 수 있으리라고 말했으나 단테는 마지막 문구가 맘에 들기는 했지만 좀 더 밀어붙일 요량으로 지금 당장은 딱히 시급한 업무가 없으니 남작이 한가롭게 산책을 하면서 추억을 되새기도록 기꺼이 여기서 그를 기다리겠다고 했으나, 아닐세, 남작이 강변하길 그럴 필요 없다고, 기차가 숲 한가운데로 다니니 단지 단테의 차로 돌아오기 위해서라면, 특히 힘들게 걷고 난 뒤라면 뭐 하러 왔던 길로 다시 돌아가야 하느냐며, 오, 아닐세, 남작이 말하길 자네는 무척 다정한 젊은이야, 자네의 제안에 깊이 감사하네만 그건 아니야, 그는 작별 인사를 하고는 단테가 잠시 머뭇거리다 택시 운전사 옆에 앉아 출발하자 다시 그에게 돌아오라고 손짓하고는 지갑을 꺼내어 차창 틈으로 건네면서 돌아오는 기찻삯을 치를 잔돈은 있다며 말하길 단테에게 부디 이것을 호텔 객실 어딘가에 꽁꽁 숨겨달라고 했던바 그는 호텔을 나설 때마다 그러는 걸 깜박하고 지금은 어딘가에서 잃어버릴까봐 걱정되니 그런 부주의로 인한 불운을 자초할 필요는 없으므로, 그리하여 남작의 지갑은 단테의 안주머니에 안착했고 택시는 방향을 돌려 시내를 향해 나아갔으며 남작은 기억이 아니라 습관을 따르는 사람처럼, 주저하지 않고 도로에서 돌아서서 제방을 내려가 과감하게, 하지만 평소처럼 불규칙한 걸음걸이로 이따금 살짝 균형을 잃으며 숲속으로 이어지는 길을 따라 출발했다.

그게 불필요했다는 건 아냐, 라고 그가 생각한 것은 자신이 어떻게 그것을 판단할 수 있겠느냐는 것 때문이지만 오히려 그는 그것이 왜 그래야 하는지 몰랐으니 그의 것인 삶에도 틀림없이 어떤 의미는 있어야 할 것이었으나 그가 끊임없이 만일 ……라면, 이라는 질문을 던져봐야 허사였던 것이, 나무는 대답하지 않았고 덤불도 대답하지 않았고 길도 그에게 대답하지 않아서 그는 이 길을 따라 무작정 걸으며 축축한 땅에서는 이따금 미끄러지기도 했으니 평범한 운동화를 신고 오기에 좋은 장소가 아니라는 것, 그것만은 분명했으나, 그래, 이렇게 된 걸 어쩌랴, 그는 아까 신발 끈을 매면서 비로소 무엇을 할지 마음먹었는데—평범한 구두나 다른 종류의 신발을 신고 있을 때는 결코 이렇게 마음먹지 않았을 테지만—요는 그가 그 호텔 방에서, 또한 신발 끈을 다 맨 바로 그 순간에 자신이 더는 죽음을 기다릴 수 없다면 마중해야겠다고 결심했다는 것으로, 그것은 그가 그래야만 했고 또다시 낭패를 겪을 수는 없었으며 자기 삶의 필연적 끝내기를 또 다른 불상사 때문에 방해받을 수는 없었기 때문이니, 말하자면 황량한 벌판에 들어앉은 이 도시에서 이 각양각색의 기기묘묘한 군상으로 인해 그의 기분이 암울해질 가능성이 있었으며 이는 무슨 수를 써서라도 피해야 했던 것으로, 말하자면 이것이 발생하기 전에 그가 죽음을 맞이해야 했던 것은 암울해진 기분을 품은 남작은 더는 스스로 주인이 아닌즉, 말하자면 그는 자기 자신의 주인으로 남고 싶었으며 빈의 친척들이, 그들의 후의는 갚을 길이 없는바 그 마지막 순간에 그에게 구명줄을 던지기로 결심했을 때 이미 이것을 결심했거니와 그가 자신의 자유 의지로 이곳에서, 자신이 떠나온 바로 이 장소에서 작별을 고하겠노라고, 말하자면 죽음을 기다리겠노라고 이미 결심한 것은 이제 때가 되었기 때문으로, 여기서 기다리는 것, 이것이 그의 계획이었으나 신발 끈을 매던 바로 그 어떤 순간에 어찌 된 일인지 그의 눈에서 불현듯 비늘이 떨어져 나갔으니 옛 세계를 대신한 이 새 세계가 어찌나 '본래적'이던지 그가 놀라운 일을 맞닥뜨릴 때마다—그리고 그는 이곳에 도착한 뒤로 줄곧 놀라운 일을 맞닥뜨리되 오로지 놀라운 일만 맞닥뜨렸는데—이 놀라운 일들은 일들이 그의 계획대로 풀리지 않았다는 점에서 딱히 이롭지는 않았던 것이, 그에게는 벗어날 수 있는 것이 전혀 없었기 때문으로, 그는 '현상적 기만'의 어리석은 피해자가 되고 만 허위의 공간에 도착한 것인데, 그가 기만의 피해자가 된 것에 대해서는 당연하게도 딱히 누구 하나 책임이 없었으나 어쨌든 그 순간은 찾아왔으며 그는 준비가 되어 있었던바—그가 다시 스스로에게 미소 지으며—이 순간에 대해 최대한의 준비가 되어 있었던 것은 이곳에서 그가 자신이 어릴 적 수많은 시간을 홀로 보낸 그 장소에서, 이렇게 말해도 괜찮다면 바로 그 길을 따라 걸었기 때문으로, 이곳에는 그가 몽상하고 미래의 계획을 짜고 대담해진 기분을 느낄 수 있던 숲이 '정말로' 있었거니와 그는 도심 숲 아닌 그 어디에도 홀로 가지 못할 만큼 소

홀므프

심했는데, 그들은 자전거 타기가 그의 연약한 근육과 신경계와 무른 뼈에 좋다는 핑계로 그를 이곳에 오게 했으니 그가 도심 숲을 거니는 것이 어린아이인 그에게 가능한 한 가장 좋은 영향을 미치리라는 데 아무도— 집에 있는 가족들 사이에서는—의문을 품지 않았기에 그는 이 착각 덕에 숲을 통째로 독차지하고서 홀로 시간을 보내고 고독의 달콤한 맛을 음미할 수 있었으며 이제 다시 이곳에 찾아와 인생의 마지막 시간에 이 길을 다시 한번 거닐 수 있게 되었으므로 이것은 선물이라며 남작은 진심으로 고맙게 생각했으나 애석하게도 다시 한번 눈에 눈물이 가득 찬 것을 느꼈는데, 이것이 그가 성인기 내내 겪은 것과 같은 증상은 아니어서 그때의 증상은 도저히 설명할 수 없는 것이었지만 이 눈물은 '그냥'이 아니라 참으로 고마움 때문에 흘러내렸으며 이에 대해 그는 확신했기에 증상이 돌아올지도 모른다는 생각으로 절망에 빠지지 않았으며, 그 증상들은 돌아오지 않아, 라며 그는 고개를 저었거니와 그가 걷다가 잠시 멈춘 것은 숲지기의 집이 눈에 띄었기 때문인데, 그곳은 한때 숲지기의 집이 있던 곳이었으며 지금도 숲지기의 집이 있었기에 그는 눈에 띄고 싶지 않아 조우를 피하려고 조심스럽게 그 집을 넓게 에두르는 또 다른 길을 찾다가 원래 길로 돌아온 것은 그 길에서만 철도에 안전하게 닿을 수 있었기 때문으로, 대단하군, 그가 스스로에게 말하길 어떻게 모든 것이 같은 자리에 있을 수 있지, 아무것도 똑같지 않은데 마치 똑같은 것 같군, 그런데 이 길은 50~60년 전에 여기서 구부러진 길과 똑같이 구부러졌어, 대단해, 그가 생각하고는 자신을 이곳에 데려온 운명에 더욱 깊은 고마움을 느꼈던바 운명은 그를 이 지점에 이르게 해주었고 그가 이 똑같은 길에서 시작한 일을 다시 한번 혼자서 마무리하게 해주었으니 그는 여기저기서 조금씩 미끄러지면서도 기본적으로는 계속해서 걸어가면서 운동화를 신은 것에 감사했으며 이제 숲지기의 집은 뒤로 훌쩍 멀어졌기에 조만간 기찻길이 나오리라 예상했는데, 실제로 금세 기찻길에 이른 뒤에 왼쪽으로 돌아 발걸음을 떼어 요제프 요양원 역을 향하는, 따라서 셔르커드를 향하는 기찻길의 가운데를 따라 걸어갔다.

문득 뒤에서 누군가 그를 불렀는데, 목소리를 똑똑히 들었으나 뒤를 돌아보니 아무도 보이지 않았으며 그렇기에 물론 그는 아무도 보지 못했는데, 이유는 아무도 없었기 때문으로, 도무지 누구 하나 있었을 리조차 없었으니 이 사건이, 그는 즉시 머릿속에서 내보냈으나 그의 머릿속에 있던 기억을 불러일으킨 것은 아주 오래전에 누군가 똑같은 목소리로 그를 불렀기 때문인바 그는 건장한 체구의 사내였으며 그에 비해서도 머리통 하나 정도 작을 뿐으로, 뼈대가 굵고 어깨가 넓고 가슴이 탄탄하고 뭐 그런 식이었고 그는 카지노에서 텅 빈 도시의 집으로 가는 길이었으며 때는 새벽 4시에서 5시 사이였을 것인데, 뒤에서 이 튼튼하고 활기차고 다정하고 소박한 사내가 그를 따라잡아 처음에는 그를 두려워

흠므므

했던 기억이, 침목 가운데를 따라 걷다가 생생히 떠올랐으니 이제 왼쪽에 이 사람이 보였으나 그것은 잠시뿐으로, 그는 문득 걸음을 멈추고 팔을 뻗으며, 스스로에게 묻길 음, 내게 무슨 일이 일어나고 있는 거지, 다시 착란이 일어난 건가, 이게 대체 뭐란 말인가, 왜 지금 이것에 대해 생각하고 있는 거지, 이 기억을 주물럭거릴 게 아니라 정말로 중대한 문제를 처리해야 하는데, 이것은 그의 내면에서 들려오는 이성의 목소리였으며 그는 이 목소리가 자신을 올바른 방향으로 다시 이끌 것임을 알았으나 이 기억은, 그리고 기억 속에서 어깨와 가슴이 넓은 이 건장한 남자는 그를 홀로 내버려두지 않으려 들었기에 그가 다시 침목 가운데로 걷기 시작했을 때 이 남자도 따라와 그는 이렇게 말하는 것이 고작이었으니, 그래요, 당신도 따라오는군요, 남작은 그에게 이렇게 말했으며 이왕 자신의 뇌에 이렇게 구멍이 많다는 것에 이미 놀랐다면 온전한 그림을 떠올려보자, 라고 생각하자 온전한 그림이 떠올랐으며 모든 것이 뚜렷해졌으니 이 건장한 남자가 그를 따라잡아 그에게 말을 건 장면, 진정으로 다정하고 소박하던 그의 모습, 저녁 어스름에 뒤에서 들리던 목소리에 놀라고 이 사람이 별안간 옆에 다가섰을 때 느낀 두려움이 떠올랐는데, 그의 두려움은 그의 온화한 태도에 거의 즉시 흩어져버렸으며 이 남자에 대한 불안감이 아무 근거도 없음을 알아차리는 데는 1분도 걸리지 않은 것은 그가 어떤 위해도 기도하지 않았고 강도나 사기꾼도 아니었으며 그가 말한 것처럼 그 또한 집에 가는 길이었기 때문으로, 말하자면 그가 말하길 도시 전체가 이미 잠든 것 같고 거리에는 아무도 나와 있지 않으며 어떤 차량도 다니지 않으니 이미 그는 혼자서 집까지 걸어가야겠다고 생각하고 있다가 그가 옆에서 걷는 것을 보고서 괜찮다면 같은 방향으로 가는 동안만 동행하고자 했다기에 그는 그와 동행했고 둘은 걸으면서 담소를 나누었으니 이 대화는 기본적으로 그 무엇에 대한 것도 아니었으나 나중에 이 난데없는 동행이 털어놓은바 그가 그의 가는 길에 모습을 드러낸 것은 자신을 심히 괴롭히는 어떤 생각을 누군가와 논의해야겠다는 무조건적인 느낌 때문이었던바 이 생각은, 둘 사이의 이야기이지만 '매우 이단적'인 것으로, 즉 본질을 간단히 표현하건대 "만일 '하나의' 선이 선의 확산에 충분치 않다면 어떻게 '하나의' 악이 악의 확산에 충분할 수 있단 말인가"라는 것이 어떻게 가능한가이지만 그가 설명조로 덧붙이길—이제 두 사람은 이 아름답고 고요하고 거대한 도시에서 함께 걷고 있었는데—이 고통스러운 문제를 그와 더는 논의하고 싶지 않으며 심지어 그다지 중요해 보이지도 않는다고 웃으며 덧붙이고는 그리하여 사소한 것을 이야기하기 시작하여 이 시점으로부터 둘의 대화는 그곳에, 사소한 것에 머물렀으나 그는, 남작은 이 남자가 세상에서 가장 본질적인 것을 이야기한다는 느낌이 들었거니와 이것은 이 대화의, 이 친근하고 솔직한 수다의 주제 때문이 아니라 그것의 진위, 어조, 잇따라 언급되는 쉬운 일

흄ㅁㅁ

상의 주제 때문이었으니, 그래서 기억인 게지, 남작이 이제 생각했으며 하긴 아직 드러나지 않은 기억이 있는 것은 마치 버거운 질문으로 자신을 괴롭히지 말라고, 그 대화가, 그 가벼운 수다가 그토록 사소하지 않았다면 무슨 일이 일어났을지 탐구하지 말라고 경고하려는 듯했으나 그때 그에게 떠오른 생각은, 음, 아니야, 그런 일은 실제로는 일어나지 않았다는 것이었으니 이튿날 그는 이런 일상적 주제가 무엇이었는지 기억조차 하지 못했고 이 모든 일이 무척 즐거웠다는 것이 전부였는데, 돌이켜 보면 어쩌면 그것은 길가의 풀잎이었거나 들꽃 만발한 들판이었던바 알고 보니 두 사람 다 무척 좋아하는 것으로, 그랬을 수도 있으나 그가 정확히 기억할 수는 없었는데, 또 어쩌면 그것은 맛있는 파리야다 바비큐의 비법이 무엇인지에 대한, 또한 어느 거리인지는 모르겠으나 어두워진 뒤의 보도가 왜 그토록 아수라장인지에 대한 이야기였으니 그랬을 수도 있으나 하나만은 분명했는데, 두 사람은 매우 단순하면서도, 동시에 잡초나 파리야다나 아수라장인 보도와 관계된 매우 중요한 것을 이야기하고 있었으니 사실 이제 그는 거의 기억할 수 없었으며—남작은 이젠 비틀거리며 침목 위를 계속 걸어갔는데—어디서, 어떤 거리를 따라서 그들은 함께 걸었던가, 브라질 거리였던가? 그다음에는 7월 9일 거리? 그다음에는 베네수엘라 거리? 아마도, 하지만 이젠 중요하지 않았으니 핵심은 그가 그의 옆에서 한참을 걸었다는 것이고 실제로 그가 이제 와서 돌이켜

보니 마치 그들은 밤새도록 함께 걷다가 새벽녘에야 헤어진 것 같았으나 물론 그것은 불가능했고—그가 다시 고개를 저으며—그래도 기이했는데, 그는 여전히 상대방이 그와 함께 집에 걸어와서 즐거웠다고 말한 것이 새벽이었던 것처럼 느껴졌으니 그는 진정으로 그에게 고마워하며 말하길 두려워 마시오, 내 이름은 호르헤 마리오 베르고글리오요, 부에노스아이레스 대주교이지요, 그러고서 그가 코트를 조금 젖혀 보이자 정말로 성직자임을 알 수 있었으나 이 모든 것을 보고도 그는, 남작은 별 인상을 받지 못했는데, 사실 몇 해 뒤에, 더 정확히는 불과 몇 달 전 그가 감옥에 있을 때 그날 저녁의 대주교가 로마 가톨릭 교황이 된 것을 알게 되었으니, 그렇군, 그가 그때도 생각했고 지금도 다시 생각하길 하지만 내가 누구와 함께 걸었는지 몰랐다는 건 정말이지 부끄러운 일이군, 알았다면 내가 왜 살아야 하는지 물어볼 수 있었을 텐데, 그땐 그 이유를 몰랐으니까, 지금도 마찬가지이지만, 죽음은 간단한데—그가 처음에 이어가던 생각으로 돌아와—나의 삶은 왜 그런 식이어야 했는지, 왜 나는 존재해야 하는지, 그것에 대해서는 아무 설명도 없으니까.

그는 생각이 이렇게 흩어지도록 내버려둘 수 없었고 스스로 책망했으며 왼쪽을 보았을 때 행복했는데, 이 베르고글리오가 이미 어디에서도 보이지 않는 것을 보고서 이제야 자신이 매달려야 하는 한 가지인, 그가 느끼기에 그 한 가지로 돌아갈 수 있었으니 그가 스스로 나무란 것은 남은 시간

홈므므

이 별로 없었기 때문이며 이 짧은 시간에 그는 자신이 시작한 것의 끝에, 그러니까—그가 집중력을 발휘하며—왜 자신이 자신의 모습이어야 하는 그 모습이어야 하는가라는 질문의 끝에 어떻게든 도달해야 했던바 이것은 그의 마지막 시간을 바칠 만한 질문이었으며 그는 답을 얻기를 진심으로 바랐는데, 여기서—그가 앞의 두 철로를 바라보며—끝이 다가오고 있었으니, 말하자면 모두가 무언가를 지닌다면, 그렇다면 이 거대한 존재 속에서 그는 무엇을 지녔던가, 그가 태어나 이 삶을 마지막 나날에 이르기까지 살아야 했던 것은 무엇 때문인가, 말하자면 이 모든 일이 일어나야 했던 것은 왜인가, 그는 이미 몇 차례 그랬듯 걸음을 멈추었는데, 마치 맞은편에서 기차가 오는 소리를 들은 것 같아서였으나 아니었고 그의 상상에 불과했기에 계속 걸었는데, 그는 두려움을 느끼지 않았을 뿐 아니라 단 한 방울의 두려움도 느끼지 않았고 그와 반대로 자신이 확고하게 자유롭다는 것을 알았으니 그것은 그가 죽음을 향해 걸어가는 것 같지도 않았고 실은 생각에 빠진 채 이제 완전히 캄캄해진 숲을 가로질러 호젓한 철길 한가운데를 따라 그저 나아가는 것 같았기 때문으로, 그는 그저 걷고 또 걸었는데, 요제프 요양원 방향에서도 셔르커드 방향에서도 기차는 한 대도 오지 않았고 그는 좋으신 주님께 정말로 간구할 참이었거니와 이것은 지난 몇십 년간 도통 몸에 익지 않은 일이 되어버렸고 이 좋으신 주님이 이 땅의 모든 것 위에 계시는 것 같지 않아서 이따금 주님을 부르려다가도 어색함과 무력함을 느꼈기에 그만둔 바 있으나—이것이 족히 몇십 년 전 일이었는데—지금은 그 생각이 전혀 뜬금없어 보이지는 않았으니 그 생각이란 다시 주님을 부르고 다시 한번 애원하는 것이었으니 그가 존재하는 것이 필요했다면 주님께서 이 마지막 몇 분간 그의 마음을 밝히시어—그가 간구하길—그를 이 삶으로 인도하고 계속 살려두신 데는 어떤 쓰임새가 있는지 설명해주십사 하는 것이었는데, 그것은 그의 삶이 무척이나, 하지만 무척이나 지독히 쓸모없었기 때문으로, 그래, 그의 삶은 어떤 종류의 삶이었는가—그는 질문을 속으로 제기했으나 좋으신 주님이 저 위에서 똑똑히 들으실 수 있도록 또렷하게 소리내어 말하길—그렇다면 세상이 존재한다는 사실을 넘어서는 그 무엇도 일어나지 않았고, 또한 그런 정도로는 일어나지 않은 그런 삶은 어떤 삶인가, 그 안에는 사랑이, 세상 안에 사랑이 있는데, 그 사랑이 환상이라는 사실이 만년에야 드러난 것은 그것이 실제로도 환상이고 존재하지 않았기 때문이며 그것이 아마도 결코 존재하지 않은 것은 실재가 아니었기 때문이요, 그 대상이 결코 실재일 수 없었기 때문이지, 그때의 그것, 그리고 지금 그 자리를 차지한 그것은 처량하고 적막하고 공허하고 기만적이었으니 이 모든 일에 무슨 의미가 있었느냐며 남작은 죽음을 향해 걸어가면서 좋으신 주님에게 질문을 던졌는데, 죽음은, 침묵 사이로 행진하면서 그가 생각하길 '여전히' 지금 당장이라도 올 수

홈ㅁㅁ

있었으나 오고 싶어 하지 않았던바 모자를 벗고 다시 철로 이쪽저쪽에 무릎을 꿇고 앉아 땅에 귀를 대고 요제프 요양원발 열차나 셔르커드발 완행열차가 오는 소리가 들리는지 들어보았으나 아무 소리도 들리지 않았고 그래서 그는 계속 걸었으며, 벌써 몇 킬로미터를 걸은 거지, 라며 뒤를 돌아보았는데, 물론 길이 수없이 구부러졌기에 그것으로는 자신이 얼마나 멀리 왔는지 가늠할 수 없었으며 그건 그에게 어떤 생각도 없었기 때문인바 다리에서 출발할 때 시계를 차고 있었던 것은 아무 소용이 없었으며 어쨌거나 그는 시간에 별로 관심이 없었고 그가 산책을 시작한 것은 몇 분 전일 수도 있었고 심지어 한 시간 전일 수도 있었으니 요점은—그가 다시 고개를 저으며—기차가 한 대도 오지 않는다는 것이었으나 그는 일찍이 호텔 도어맨에게 (영혼을 걸고 아무에게도 발설하지 않겠다고 맹세시키고서) 물어보았고 그는 아무도 보지 않을 때 그 정보를 몰래 알려주었으며 셔르커드-베케슈처버 시간표가 입수되었는데, 그로부터 그는 자신에게 영향을 미칠 수 있는 열차들의 시각을 읽었으니 5시 32분, 6시 32분, 7시 32분, 8시 26분이었으며—맨 오른쪽이 마지막 기차였는데—열차 상황이 이러했고 배차 간격이 한 시간을 넘지 않았으니 그렇다면 시간표가 정확하지 않거나 연착이, 연착이—남작이 다시 고개를 내두르며—일어났다는 것인데, 그는 힘을 모으려고 잠시 가만히 서 있다가 무릎을 짚고서 쌀쌀한 숲 공기를 깊이 호흡하고는 다시 출발했으니 그는 하늘 위에 계신 선하신 주님의 선한 은총을 다른 각도에서 받고자 했는데, 말하자면 주님의 대답을 끈기 있게 기다리기로 작정한 상황에서 웬 걸림돌이 나타나 열차가 지연되었으므로 그에게는 시간이 좀 더 생겼으나 그가 여기서 끈기 있게 기다린다고 해서 자신의 질문에 대답이 있을 것임을 신뢰하지 않는다는 뜻은 아니었으니 그 대답에 기대어 그는 죽음의 팔에 고요히 자신을 던질 수 있을 터였으며 죽음에 대해서는 특별한 관념이 없다고 그는 생각하여 지연된 완행 열차를 향해 철로를 따라 그저 걸어가고 있었으며 이 지연된 열차가, 요제프 요양원 역에서 오고 있으나 본래는 셔르커드 방향으로부터 오는 이 열차가, 이곳의 모퉁이 한 곳에서 나타날 때까지 걸을 작정이었으므로 그에게는 머무르는 것밖에는, 두 철로 사이에 머무르는 것밖에는 할 일이 없었던바 그런 기차가 모퉁이를 돌기 전에 멈추지는 않으리라 가정한다면, 이라고 그는 가정했으며 물론 기차는 그러지 않을 것이라며 남작이 스스로에게 말하길 이 모퉁이 중 한 곳에서 어떤 사람이 열차가 정차하기에는 너무 가까운 거리에서 불쑥 나타난다고 가정한다면, 말하자면 열차가 그 사람을 칠 것이고 그 사람은 '산산조각'으로 짓이겨질 가능성이 있으나 그게 지금 그에게 왜 흥미롭겠느냐고 그가 생각했으니 중요한 것은 그가 서둘러 가서 자신이 이곳에 와서 기다리려고 한 그것을 따라잡는 것이었으나 그래도 그때가 오기까지는 그는 정말로 답을 기다리고 있었으니 그것은 이 모

홈므므

든 것이 무엇을 위해서인지 알고자 함이었다.

　이미 어둠이 짙었고 이곳 숲 한가운데는 더더욱 짙었기에 그는 뒤를 돌아보아도 앞을 볼 때와 같은 것을 보았고 앞을 보아도 뒤를 볼 때와 같은 것을 보았으니 그는 발밑의 침목을 보았고, 약 15~20미터의 철로를 보았을 뿐 그 밖에는 아무것도 보이지 않았기에 종종 이런저런 것에 발이 걸렸는데, 그것은 철로 위의 커다란 돌멩이나 그가 생각한 것보다 더 불쑥 튀어나온 침목 끄트머리였으며 그는 지쳤고 정말로 지쳤고 게다가 열차는 점점 더 오지 않을 것 같아 보였고 시계를 보니 시각은 7시 37분이었고 이제 그는 두 가지 질문에 대한 답을 기다리고 있었거니와 한 가지 답은 저 위에 계신 좋으신 주님에게서 와야 했고 또 한 가지 답은 셔르커드에서 와야 했는데, 그것은 왜 오기로 한 것이 여태 오지 않느냐는 것이었으나 물론 그는 극도로 피로했음에도 두 가지 질문을 계속 머릿속에서 굴리며 자신이 질문을 올바르게 제기하지 못한 것이 문제는 아니었는지, 전능하신 분께서는 올바르게 제기한 질문에만 답하시는 것 아닌지 궁금해했으며 심지어 그전에도 주님께 기도할 수 있지 않을까 하고 생각하고 있었으나 애석하게도 기도한 지 하도 오래된 탓에 단 한 마디도 머릿속에 떠오르지 않았으며 답을 주실 주님께 좀 더 공손하게 자신을 소개할 수 있도록 좋으신 주님 앞에서 자신을 묘사할 만한 문구가 하나도 생각나지 않았는데, 자신의 질문에 눈치가 조금도 없었다는 생각이 처음으로 들었으니, 나는 좋으신 주님을 이 질문들로 공격하고 있어, 주님께서 해결해주셔야 하는 문제가 너무 많다는 게 내 생각이야, 얼마나 많은, 하지만 얼마나 많은 사람들이 이렇게 걷고 여기저기를, 하지만 바로 지금 똑같은 이유로 제 나름의 열차를 기다리면서 걷고 있느냔 말이지, 다들 주님에게 간청하고 있어, 다들 '한꺼번에' 주님에게 간청하고 있다는 건 의심할 여지가 없다고, 주님께서 아무 말씀 못 하시는 건—남작이 좋으신 주님을 위해 스스로에게 해명하길—놀라운 일이 아냐, 어쩌면 당신도 줄을 서야 할지 모르겠군, 그가 생각하며 다시 한번 철로에 무릎을 꿇고 앉았으나 아무것도 없었고 그의 앞 10~15미터쯤에 사슴 한 무리만이 철로에 서 있었는데, 그가 녀석들을 불현듯 본 것은 어둠 때문에 불현듯 보는 것이 고작이었기 때문으로, 사슴들의 이상한 점은 철로를 건너 안으로, 숲속으로 깊이 들어가려 들지 않았다는 것인데, 아니, 원래는 그럴 작정이었을 것이 분명하지만 철로에 올라서자 왠지 더 가고 싶지 않아진 것 같았으니 그가 녀석들을 놀래키지 않으려고 멈춰섰을 때 녀석들도 자신과 같은 의도로 여기 서 있는 게 아닐까 하는 생각이 그의 뇌리를 스쳤는데, 물론 말도 안 되는 소리였던 것이, 녀석들은 아무 생각 없이 철로 위에서 멈춘 것이 분명했으며 어쩌면 그게 습관이었는지도, 어쩌면 철로를 좋아하는지도 모를 일이었으니 누가 알겠는가, 마지막으로 녀석들을 쳐다보면서 남작이 생각하길 녀석들은 여길 편하게 여기는

홈므므

군, 어둑어둑해진 가운데 그가 녀석들을 물끄러미 바라보는 동안 녀석들은 고개를 숙였다 들어올리며 그를 전혀 개의치 않았으나 그를 본 것은 분명했어도 그가 움직이지 않는 한 녀석들은 상관하지 않는다고 그는 생각했으며 모든 것이 그렇게 머물러 있었고 그는 이미 기진맥진했으므로 오래 걷다가 이렇게 잠시 쉬는 것만으로도 기분이 좋아져서 허파에서 쌕쌕 소리를 내며 그냥 선 채 사슴 무리를 바라보며 다시 자신의 질문에 대해 생각했는데, 바로 그때, 사슴이 돌연 근육을 죄더니 추진력을 끌어모아 순식간에 철로에서 숲속으로 뛰어들었을 때 그에게 떠오른 생각이 있었으니, 말하자면 답을 이미 알고 있으면서 여기서 무엇을 묻고 있느냐는 것으로, 그는 자신의 이 질문들을 가지고 저 위에 계신 좋으신 주님을 들볶을 게 아니라 지상에 내려와야 했으니 불쑥 철로를 건너 이미 숲에 삼켜진 사슴들의 이 갑작스러운 출현은 충분하되 마치 녀석들이 그를 깨우려 한 것처럼, 또는 마치 녀석들이 그를 스스로가 던진 질문의 무게로부터 구하고 싶어 한 것처럼 충분했으나 그것도 아니어서, 내가 대체 무슨 말을 하고 있는 거지, 그는 고개를 내두르며 여전히 그곳에서 움직이지 않았는데, 그것은 무게 때문이 아니라—그분은 다른 질문들에 매우, 하지만 매우 시달리고 계시니 이런 질문이 좋으신 주님 앞에서 어떤 무게를 지닐 수 있겠는가—어떤 질문도 없었거나 그의 질문이 완전히 무의미했기 때문이니 그의 질문은, 그가 왜 살아야 하는가 따위의 질문

은 간단히 말해서 질문이 아니라 '그 자체로 답'이었으며 이
것이 그의 질문에 대한 답이라며 남작이 생각하길 그의 질
문이 답이었으나 그때—그가 어둠 속을 둘러보며—자신이
여기서 대체 무얼 하고 있는가, 하는 생각이 들었으니 어떻
게 그의 욕구가 무엇엔들 중요한가, 아무것에도 중요하지 않
으니, 오, 성 판탈레온이여, 저는 얼마나 바보입니까, 그래요,
저는 정말로 천치입니다, 나는 여기서 기차를 기다릴 것이
아니라, 요제프 요양원 역이나 셔르커드에서 기차가 언제 올
지 궁금해할 것이 아니라 최대한 빨리 시내로 돌아가 물론
그녀를 찾아서는 그녀에게 용서를 구해야 하니 이것이 내가
해야 하는 일이야, 게다가 도착하지도 않는 기차 앞에 몸을
던지는 게 아니라, 남작이 돌아서며, 그녀에게 용서를 빌어
야 해, 그는 단호히 생각했으며 이미 그 이유를 똑똑히 알았
으니 그것은 눈치 말고는 그에게서 다른 그 무엇도 원하지
않는 누군가에게 상처를 입힌 것으로, 둘 다 같은 환상에
빠져 있었고 그는 달아났으니 그는 한마디도 하지 않았고
그저 소파에서 사진을 낚아채어 달아난바, 오, 하느님, 그는
한숨을 내쉬었으며 문득 어둠 속이 똑똑히 보였고 그는 돌
아서서 피로를 무릅쓴 채 서둘러 반대쪽으로 향했으니 시
내에 데려다 달라고 숲지기의 집에 가서 도움을 청할 작정이
었으며 그러면 되겠다고 생각하고는 이제 명랑해져 이제 반
대쪽으로, 말하자면 뒤쪽으로 갔으니 그것은 무슨 종류의
질문이었는가, 그건 물론 그 자신이 이미 답을 알았으니 그

홈므므

것은 이 모든 질문으로 좋으신 주님을 들볶을 필요가 없다는 것이었으며 저 사슴들이 철로에서 갑자기 뛰어 달아나며 그에게 말하길 그가 여전히 살아야 하는 것은 마지막에 마리에타에게, 가련한 마리에타에게 용서를 구하기 위해서라고 했으니 그것은 그가 그녀를 모욕했기 때문으로, 그가 코트 안주머니를 두드려보니 봉투는 제자리에 있었으며 그가 뒤쪽으로, 반대쪽으로 간 것은 더는 피로가 느껴지지도 않았기 때문이요, 참된 길이 그의 앞에 열렸기 때문이니 그 참된 길은 그가 이제 있어야 하는 곳으로 그를 인도할 터였으며 그는 걷고 걷고 생각하길, 질문, 답, 기차에 뛰어들어 자살한다는 생각, 오, 하느님, 저 같은 바보가 또 있을까요! 열정이 북받친 그가 주의를 기울였다면 더 나았을 것이다. 그는 철로 위에서 내려왔어야 했고 철로 사이를 걸어 반대쪽으로 돌아가지 말았어야 했다.

패배자(아레펜티다)

아빠, 그 모든 일이 얼마나 제 성향과 어긋났는지, 제가 얼마나 열심히 손을 흔들고 그랬는지 생각하면, 하지만 아빠…… 라고 관광 안내소에서 돌아온 도러가 말했는데, 그녀의 얼굴에서는 분노를 뚜렷이 읽을 수 있었거니와, 하지만 그래도 이따금 제게 부당하고 아마도 좀 지나치게 가혹하실 때가 있어요, 아빠, 제가 기차역에 열광한 이유는 아빠를 그곳에 데려갈 수 있다는 게 너무 기뻐서였어요, 아빠가 얼마나 행복한지 볼 수 있었으니까요, 이 말씀 꼭 드리고 싶어요, 저는 거기 가고 싶지 않았어요, 고개를 저어 단어들을 강조하며 도러가 말하길 분명히요, 아빠, 기억하셔야 해요, 별로 오래전도 아니잖아요, 그가 도착하고 그랬을 때 얼마나 거기 가고 싶으신지 말씀하셨잖아요, 하지만 지금은

라리라

이 문제에 대해 아무 말도 안 할 거예요, 계속 가타부타 해 봐야 소용없을 테니까요, 사실 여기서 벌어지고 있는 상황 은 왈가왈부할 가치가 없어요, 그렇게 생각하시죠, 아빠? 한 편으로 그런 끔찍한 비극이 일어났을 때, 다른 한편으로 우 리가 다른 각도에서 본다면—우리는 다른 각도에서도 볼 수 있으니까요, 적어도 저는 그렇게 생각해요—이제 저 서커스 가 고스란히 드러났어요, 그래서 기뻐요, 진심으로 말씀드 릴 수 있어요, 섣불리 생각도 없이 그들이 이 모든 일을 벌 인 건 오로지 기자 한두 명 때문이에요…… 그들이 하는 말 을 검증한 사람조차 아무도 없었어요, 그들은 남작의 이 재 산, 남작의 저 재산에 대해, 또 그의 유산이 얼마나 많은지 에 대해 페스트에서 보내온 뉴스 보도를 앵무새처럼 따라 읊었을 뿐이에요, 성실한 초등학생처럼 말이에요, 근데요, 그 유산이 얼마나 많은지, 아빠, 제가 보여드릴게요, 괜찮아 요, 저 소리 지르는 거 아니에요, 도러가 목소리를 약간 낮 춘 것은 그녀의 아버지가 휠체어에서 그녀의 목소리뿐 아니 라 그녀의 어조도 좀 지나치게 강한 것 같다고 손짓으로 표 현했기 때문으로, 좋아요, 알았어요, 크게 말할 필요 없다는 거 알아요, 알았어요, 좋아요, 알겠다고요, 하지만 그래도 모 든 일이 이렇게 끝났다는 사실은 좀 불쾌해요, 시장이 제 사 무실에 와서는 업무를 전폐하고 남작을 환영하는 온갖 행 사를 조직하게 도와달라고 말했을 때만 해도 이 모든 일에 서 어떻게든 관광 산업에 떡고물이 떨어지리라는 막연한 희망이 있었지만, 아니요, 제가 틀렸어요, 정말로요, 실제로는 그렇게 틀리지 않았는지도 모르지만요, 도시에 기증되는 자금이 지역 관광업에 조금이나마 생기를 불어넣으리라고 생각하는 건 합리적이었는지도 모르니까요, 그런데 지금 우리가 가진 건 뭐죠, 그야말로 아무것도 없어요, 아빠, 제가 하루하루 어떻게 지내는지 상상도 못 하실 거예요, 제가 텅 빈 사무실에 앉아 있으면 문을 열고 들어오는 사람은 한 명도 없어요, 전화벨도 단 한 번도 울리지 않아요, 이 도시의 관광업은 완전히 문 닫았어요, 죽었다고요, 다 끝났어요, 하지만 이미 이렇게 말씀드렸잖아요—아빠, 제발 저녁 좀 드세요—이 사무실에서 일을 시작하는 건 무의미하다고요, 도축장 감독관 비서 일자리를 부탁해야 한다고 말씀드리기까지 했잖아요, 하지만 이것저것 고집하면서 아빠는 관광에 미래가 있다고 말씀하셨죠, 글쎄요, 저는 도축장에도 미래는 있다고 말하겠어요, 하지만 이젠 물 건너갔어요, 사람을 찾았다더라는 얘길 들었으니까요, 그 말라깽이 친치케 크라네르가 차지했다나봐요, 솔직히 확실한 건 아니에요, 저도 들은 얘기예요, 글쎄, 신경 쓰지 마세요, 이제 정말로 저는 길거리에 나앉지 않으려면 거기 붙어 있어야 해요, 이 모든 일의 끝은 길거리에 나앉는 것일 테니까요, 제발 이해하려고 좀 해보세요, 아빠, 이 일의 끝은 제가 아침마다 일하러 가는 게 아니라 직업소개소에 가는 거라고요, 거기서는 몇 시간 동안 줄을 서도 아무것도 없을 거예요, 하지만 유일하게 위

라리라

안이 되는 건 머리커도 저보다 나을 게 없으리라는 거예요, 게다가 생각해보면, 그녀의 결말은 누구보다도 비참했어요, 이제 머리에터가 되면서 저 모든 일들로 웃음거리가 되었잖아요, 글쎄, 저걸 어떻게 생각하세요, 머리에터라니, 당신의 흑기사는 끝장났어, 당신의 그 모든 자만심도 이젠 끝이야, 저는 남의 불행을 즐거워하는 사람은 절대 아니에요, 제가 그럴 리 없다는 거 아시잖아요, 아빠, 하지만 그래도 그녀가 그토록 창피를 당한 게 조금 고소하긴 했어요, 그녀가 이 일자리를 준 게 고맙지 않으냐는 말씀은, 아빠, 의미가 없어요, 아니요, 제 말은 그게 아니에요, 그건, 이 도시의 관광업은 고사했다고요, 그녀도 알고 있었어요, 그래서 제게 일자리를 제안한 거죠, 그게 제 생각이에요, 저를 이끄는 건 팩트예요, 아빠, 팩트라고요, 듣다시피, 그렇게 이제 도축장도 물 건너갔어요, 이제 우린 바지가 해어져 궁둥이가 보일 정도로 가난해요, 눈앞에 보이는 건 아무것도 없어요, 이 관광안내소는 완전히 결딴났으니까요, 아빠, 제발 저녁 좀 드세요, 제가 아빠한테 저녁 드시라고 몇 번이나 말씀드려야겠어요.

자넨 그걸 똑바르다고 부르나? 그가 앞에 선 일경에게 소리를 빽 지르길 차려 자세를 똑바로 취하란 말이야, 그래서 이곳이 이 모양 이 꼴이라고, 똑바로 서는 법조차 아무도 모르니 말이야, 자네 어디서 훈련받았나, 말해보게, 어디, 양돈장에서 받았나? 그런 데서야 돈사 지붕에 머리를 부딪히지 않으려면 허리를 숙여야겠지만, 등을 바짝 당기고 배를 집어넣고 가슴을 내밀게, 그래, 이거야 원, 내가 일경에게 이런 기초적인 것까지 알려줘야 하다니, 그것도 그의 보고를 기다리고 있는 지금 말이야, 나는 왜 부하들이 차려 자세로 똑바로 서는 법조차 모르는 신세가 되었을까, 경례하지 말게, 왜 시키지도 않은 짓을 하나, 그가 허둥지둥하는 일경에게 다시 소리를 지르길 내가 귀관에게 차려 자세로 서라고 말한 건 귀관이 똑바로 서는 법을 알 거라고 생각했기 때문이야, 하지만 귀관이 이해하지 못하는 이유는—그가 목소리를 낮추며—아무도 귀관에게 가르쳐주지 않았기 때문이지, 그리고 나는, 음, 나는 그러고 싶지 않네, 처음부터 시작하고 싶지 않아, 하지만 이번에는 제대로 해야겠어, 이제 그는 지친 얼굴을 들어 체념한 듯한 표정으로 일경에게 말하길 자네 뭐 하고 있나? 저, 명령을 받았습니다만, 일경이 말하길—그는 다시 한번 차려 자세로 서 있었으나 완전히 허둥지둥하고 있었는데—나갔다가 다시 돌아오라고 말입니다, 그러자 경찰서장은 모자를 머리에 눌러쓰고는 양손에 얼굴을 묻은 채 그에게 말하길 그렇게 당황하지 말게, 일경, 그럴 생각은 아니었네, 하긴 부하들에게 내가 뭘 원하는지 이해하리라 기대할 수도 없지, 자네 여기 내 밑에서 얼마나 있었나, 3년입니다, 라는 대답이 돌아오자, 그래, 그렇다면 너무 앞서가진 말게, 경찰서장은 의자에 등을 기대고 모자 밑으로 가르마를 가다듬고는 모자를 똑바로 쓰고서 자기 앞

라리라

에 서 있는 사람을 더는 쳐다보지 않은 채 이렇게만 말했으니, 쉬어, 어서 보고하게, 자…… 저, 일경이 말을 꺼내길 그들은 그가 거기서 무엇을 하려던 것이었는지 아직 전혀 파악하지 못했습니다, 그가 이 모든 것을 계획했는지, 아니면 사고였는지, 말하자면 사고나 자살 기도였는지도 알지 못했습니다, 그들이 심문한 사람들은 모두 완전히 모순된 진술을 했기 때문입니다, 그래서 이 질문에 대한 명백한 답을 얻기가 불가능했습니다, 어쨌거나 그는 시간표를 지키지 않은 완행열차에, 말하자면 지연된 열차에 치였습니다, 말하자면, 글쎄요, 이런 식으로 설명할 수야 있겠으나 실제로는 열차는 그 노선을 출발하지도 않았습니다, 그곳엔 아무도 없었기 때문입니다, 말하자면, 일경이 설명하길 저녁 시간에는 탑승객이 하나도 없었고 실제로 아무도 없었습니다, 왜냐면 베케슈처버에 도착할 때까지는 으레 그렇기 때문입니다, 그래서 8시 19분 열차는 결코 발차하지 않았고 게다가 이제는 원래 출발지인 셔르커드가 아니라 베스퇴에서 출발하는데…… 세부 사항은 그걸로 됐어, 경찰서장이 그에게 손사래를 치자, 간단히 말해서 그를 쳐서 토막 낸 열차는 정규 시간표에 따라 운행하는 완행열차가 아니라 이른바―그가 손에 든 작은 수첩을 곁눈질하며―베케슈처버 역장이 철로 보수를 위해 출동시킨 렌체 조중차였고 출발 시각은 저녁 8시 30분이었습니다, 이에 따라 앞서 말씀드린 차량이 철로의 사망 지점 모퉁이에 도착한 시각은 대략 8시 48분에서 8시

50분 사이입니다, 그리고 차량 운전사는 사실을 부인하고 자신이 시속 20~25킬로미터로 운행했다고 주장하지만 철로 브레이크 흔적을 조사했더니(운행 기록 장치는 사고로 손상) 운전사는 적어도 시속 35킬로미터의 속도로 모퉁이를 돌았으며 최대 속도는 시속 40킬로미터였을 가능성이 다분합니다, 게다가 이것은 규정을 완전히 어긴 것입니다, 기관사의 혈중 알코올농도는 0.1826퍼센트였는데, 물론 이것으로 모든 것이 설명됩니다, 말하자면 그가 렌체를 몰고 있던 것이 아니라 렌체가 그를 몰고 있던 것입니다, 작업반원들이 술에 취한 뒤에 렌체 조중차의 전조등을 끈 것은 한 반원이 실토했듯 조중차로 사슴을 '사냥하러 갈' 작정이었기 때문입니다, 이것이 사건의 한 측면이고 나머지 측면은 우리가 그 이유를 모른다는 것입니다, 하지만 증언에 비추어 보자면 희생자는 조중차가 뒤에서 다가오는 소리를 듣지 못했으며 다른 한편으로 서장님, 또 다른 치명적 상황이 있었는데, 일경이 말하자—좋아, 계속 말해보게, 서장이 냉담하게 재촉했으나 그러고도 그를 바라보지 않은 채 루마니아 쪽 업무 상대인 국경 건너 도시의 경찰 지휘관에게 선물로 받은 모조 황금 펜대를 만지작거렸으며—그러니까 희생자는 모퉁이에 너무 가까이 다가갔거나 모퉁이를 떠난 직후에 변을 당했는지도 모르겠습니다, 완벽하게 판단할 수는 없지만 그랬을 가능성도 있는 것이 조중차가 모퉁이를 돌았고, 말하자면 이미 방향을 틀었고 문제의 희생자는 철로에 있었던 것입니다, 조

라리라

중차에 타고 있던 한 철로 인부의 증언에 따르면 그는 도상에서 내려오려다 비틀거렸습니다, 모든 목격자가 이구동성으로 주장하길 그는 철로에서 달아나려다 비틀거리더니 철로에 정통으로 쓰러졌고, 말하자면 둘의 거리는 기관사가 즉시 브레이크를 밟으려 했으나 이미 늦어버렸을 정도로 가까웠습니다, 물론 우리가 그의 처지에서 '즉시'에 대해 이야기하거나 그 속도에서의 정차 거리에 대해 이야기할 수 있다면 말입니다, 속도는 시속 40킬로미터나 그 이상일 것이었는데—계속하게, 서장이 지친 듯 손짓하자—그렇게 해서 그를 친 것입니다, 정말 불운했던 것은 그가 철로에 그렇게 큰대자로 누워 있었다는 것입니다. 조중차는 그를 정확히 세 부분으로 토막 냈는데, 머리가 절단되고 다리가 정강이 한가운데에서 절단되어 그의 몸에서 가운데 부분만 남았습니다, 한마디로 네 부분으로? 서장이 그를 올려다보지도 않은 채 묻자, 그렇습니다, 서장님, 그가 네 부분으로 토막 났다고 보고드리는 바입니다, 가운데 부분은 열차가 멈출 때까지 약 80, 아마도 100미터를 딸려 갔습니다, 한마디로 80, 아마도 100미터로군, 서장이 체념하듯 되풀이하고는 창문을 바라보며 무어라 혼잣말을 몇 마디 중얼거리다 일경에게 돌아서서 한숨을 내쉬더니 더는 소리 지르지 않았으나 마지막으로 일경에게 말하되 왠지 더욱 위협적으로 말하길 1분만이라도 군인처럼 서 있으려고 해보게, 한마디로 몸을 바짝 당기란 말이야, 그건 집에서 서 있는 자센가? 그건 내 알 바 아니지만 집에서야 원하는 대로 할 수 있어도 여기는 경찰서라고, 여기서는 분식 회계를 하는 회계 담당자처럼 서 있으면 안 돼, 사건의 전말을 서면으로 보고하게, 수사 보고서를 모조리 첨부하고, 이제 가도 좋아, 이제 서장은 서글프다시피 한 목소리로 말하고 그를 쳐다보았으며 일경은 차려 자세로 서서 다시 경례를 붙이고 돌아섰는데, 서장실을 나서 문을 닫기 전에—닫고 싶은 마음이 간절했으나—서류 보관실에서 견습을 올려보내라는 지시를 받았으니, 5분 안에 대령시켜, 안 그랬다가는 지옥문이 열릴 줄 알아.

그는 수화기를 들었으나 말을 하지는 않고 누군가의 말을 듣기만 했으며 한참 동안 한마디도 꺼내지 않다가 마지막에 이렇게만 말하길 좋아, 잘 들어, 지금은 이 사건에서 손을 뗄 때야, 이미 분명하게 말했잖나, 그 문제는 끝났어— 그가 근엄한 목소리로—사건은 종결됐어, 후속 조사를 할 만한 단서는 없었고 비체레에서는 더는 증거가 발견되지 않았으며 나머지는 전부 날조된 '사실'뿐인 것은 이곳에서는 어떤 사실도 없고 오로지 그가 그렇게 받아들인 것뿐이었기 때문이며 그가 이 이론을 받아들이지 않은 것은 그것들이 이론이었고 이론은 전문가에게 맡겨야 하기 때문인데도 그는—그가 전화선 반대편에 있는 사람에게 말하길—경유 추진, 최신 오토바이 헬멧 브랜드, 점화기, 최신 가와사키에 집착하고 있으니, 이 사건에서 손을 떼, 자네 부하들도 철수시켜, 나는 거리의 평화를 원해, 알겠나—경찰서장이 목소리

라리라

를 높이며—그게 내가 바라는 전부야, 그것뿐이라고, 그러고는 그는 잠시 침묵한 채 상대방의 말에 귀를 기울였으나 그의 말을 들으면서 인내심을 잃어가는 것이 역력했으니 그가 말하길 됐어, 내 말 들어봐, 문제는 '아드 악타', 그러니까 이 '개인 문제' 헛소리를 집어치우라는 거야, 알겠나, 그가 상대방에게 위협적으로 묻길 대체 무슨 종류의 협력을 말하는 거요, 하지만 그는 이제 소리를 지르고 있었으니 의자에서 벌떡 일어나 외치길 감히 나와의 협력 운운하다니, 아가리 닥치지 않으면 당장 네 패거리와 함께 모조리 처넣어주겠어, 알아들어, 그러고는 대답을 기다렸는데, 대답은 신속히 돌아왔으며, 그는 자신이 들은 이야기에 흡족한 것처럼 보였던바, 좋아, 이제야 알아듣는군, 그는 여러 차례 이렇게 말하고는…… 물론 그건 이론에 불과해, 이론은 이론으로서의 가치만 있는 거야…… 자네는 부하들과 자네 할 일만 하면 돼…… 그래, 이제 누그러진 채 그가 말하길 그 문제는 아주 잘하고 있어, 자네가 늘 경찰서로부터 칭찬을 받는 것은 이 때문이지…… 그래, 이젠 됐어, 잡담은 그만하자고, 그는 수화기를 내려놓으려다 문득 다시 귀에 갖다 붙이고는, 아직 안 끊었나, 러치 삼촌에게 안부 전해주게, 시간 나면 맥주 한잔하러 들를 거라고 말해줘.

그는 수화기를 내려놓았지만 그들은 그가 수화기를 내동댕이치지 않으려고 자제력을 끝까지 발휘하는 것을 보았는데, 그리하여 1분이 지난 뒤에 그는 다소나마 진정하고는 한마디도 하지 않고 맥주에 손을 뻗어 무언가에 대해 생각하며 한 모금 마셨는데, 그때 토토가 비케르 술집에 들어와 그에게 말없이 몸짓하자—준비 다 됐습니다—그도 고개를 끄덕였으며 경건한 위엄의 표정이 그의 얼굴에 돌아왔거니와 아침 이후로 모두의 얼굴에 그 표정이 깃들어 있던 것은 그들이 예사 작전을 준비하고 있던 것이 아니었기 때문으로, 그들이 준비하던 일의 본질이—그가 어제저녁에 그들에게 말한바—위엄인 것은 그들이 최종적 존경심을 드러내는 것은 위엄과 함께여야 했기 때문이며 여느 노인이 그들 곁을 떠난 것과는 달라서 작은별은 여느 사람이 아니었고 그의 동생일 뿐 아니라 피와 명예로 성별聖別된 이 형제단의 일원이었으며 더 정확히 말하자면 그들이 잃은, 그들을 위해 목숨을 버린, 그들이 이제 가장 신성한 마음으로 작별을 고해야 하는 참된 형제였으니 내일, 더 정확히 말하자면 오늘 이 형제단의 단원들이 비케르 술집에서 격정을 느끼며 서로를 바라본 것은 이 때문인즉 관건은 모두가 위엄 있게 마지막 작별 인사를 건네는 것이었으며 모든 것이 준비되었다고 토토가 말없이 전하자 그들은 밖으로 나갔는데, 다들 평소와 달랐으니 다들 검은색 양복을 입었으나 심지어 검은색 양복을 입지 않은 자들도—그런 자들이 몇 명 있었는데—검은색 일색(검정 바지, 검정 스웨터, 검정 부츠나 구두)으로 차려입었고 오로지 오토바이만 주인에 따라 노란색, 빨간색, 파란색으로 색색이었으나 그들은 그것에 대해서

라리라

도 생각해둔 바가 있었던바 각 오토바이의 운전대에 검은
색 리본을 매고는 위엄으로 가득한 채 출발하여 비케르 술
집 뒷마당을 천천히 빠져나와 성삼위 묘지를 향해 느릿느
릿 나아갔으니 그곳에서 검은색 양복 차림의 독실해 보이
는 남자가 출입문에서 그들을 기다리고 있다가 토토에게 길
을 안내한 것은 그가 우두머리이고 모든 공식적 사안을 그
와 상의해야 하는 줄 알았기 때문으로, 그래서 토토는 대장
을 가리키며 그야말로 주목을 받아야 하는 사람이자 영안
실로 향하는 행렬을 이끌어야 하는 사람이라고 알려줘야 했
는데, 영안실에는 작은별의 관이 철제 받침대 위에 놓여 있
었으며 영안실에서 저런 광경을 본 적 없는 몇몇의 얼굴에
는 놀라움이 역력했으나 이곳은 분명히 관습이 달라서 이
곳에서는 철제 받침대를 썼는데, 관대恒臺를 쇠로 만든다는
것은 그저 토토의 발상이었는지도 모르는 것이, 그것 말고
는 꽤 근사하게 장식되었기 때문으로, 관의 머리 부분에는
꽃으로 만든 거대한 아치형 운전대가 놓여 있었고 운전대
의 두 손잡이 위에는 짙은 색 꽃잎이 흩뿌려진 꽃밭이 펼쳐
져 있었으며 관 꼭대기에는—그들은 그것을 참으로 절묘하
게도 그의 머리가 있을 법한 곳에 두려고 애쓴 것이 분명한
데—검은색 비단 베개에 작은별의 노란색 헬멧이 얹혀 있었
으니 비집고 들어갈 수 있는 사람은 전부 영안실에 들어갔
으며 그러지 못한 사람은 밖에 남아 한 무리로 둘러서 있었
는데, 그때 누군가—이번에도 틀림없이 토토였을 테지만—

경적을 눌렀으니 이는 사전에 계획된 것이 틀림없었으며 경적이 울리자 오른편에서 목사가 들어오고 분향과 연도가 시작된 것은, 나중에 밝혀진바 기도는 필요 없다고, 자기네 기도가 따로 있다고 토토가 목사에게 설명했지만 목사가 고집을 부리며 그의 말마따나 전통을 지키고 싶어 했기 때문으로, 그래, 아무렴 어떠랴, 그의 우렁찬 곡소리가 시작되었고 아무도 입을 삐죽거리지 않았으니, 말하자면 아무도 자신의 맘에 들지 않는다는 티를 내지 않은 것으로, 다들 위엄과 경건함을 간직했으며 목사는 곡을 하며 향을 흔들었고 그들은 그가 영영 그만두지 않을 것만 같았고 거기에 선 채 양쪽 발에 번갈아 무게를 싣고 있었으며 마지막으로 산역꾼 네 명이 들어왔는데, 그들도 나름 검은색으로 차려입었으니 다들 운동복을 입긴 했어도 특별히 격식을 차린 운동복이어서 지나치게 눈에 띄지는 않았거니와 그들은 눈 깜박할 사이에 헬멧을 관 안에 넣었으나 하도 빨라서 그들이 관 뚜껑을 열고 헬멧을 안에 넣는 광경을 본 사람이 거의 없었기에 그들이 본 것은 그들이 관 뚜껑에 못질하는 장면뿐이었으며 그들이 관을 헬멧까지 통째로 들어올린 뒤 그들이, 오토바이족들이 일사불란하게 그들 뒤를 따라 빠져나와 공동묘지의 잿빛 하늘 아래로 진흙탕을 밟고 걸었으며 목사는 여전히 이따금 곡을 했고 영구차는 맨 앞에서 서서히 움직였거니와 이것은 그들 모두에게 낯설었는데, 몇몇의 표정에서 조금 지겨워지기 시작하는 기색이 드러났으나 물론 다

라리라

들 잘 버텼으며 그들은 앞서거니 뒤서거니 진흙탕을 저벅저벅 밟으며 묵묵히 나아갔으니, 즉 그들이 많기는 했어도 오직 그들, 이 형제단 단원들뿐이었던 것은 중요하다고 생각되는 도시 인사들을 초청했으나 아무도 오지 않았기 때문이지만 이것만 해도 충분하다고 조문객들이 생각한 것은 늘 그런 식이었고 늘 그런 식일 것이기 때문이니 대장이 늘 멋지게 표현한 것처럼 그들은 서로에게 진짜 가족이었고 이 것은 진짜 단결이었으며 이렇게 그들은 묫자리에 도착했는데, 그곳에서는 첫 번째 불쾌한 사건이 그들을 기다리고 있었던바 그것은 산역꾼 네 명이 구덩이 가장자리에서 약 2미터 떨어진 곳에 관을 내려놓았을 때로, 그들이 구덩이 주위에 서서 보니 무덤이 제대로 파여 있지 않았지만 아무도, 심지어 대장도 놀라움을 표하지 않았으며―산역꾼 네 명을 쳐다보는 그의 귀 아래로 턱수염이 듬성해지기 시작하는 부위의 턱 근육 두 개만이 다시 움찔거리기 시작했는데―한참을 그런 식으로 그들은 그들이 구덩이에 뛰어들어 진흙을 퍼내는 광경을 쳐다보았으나 별 진전이 없었다는 말은 해야겠는데, 땅이 정말로 질고 온통 진흙투성이여서 모든 게 고역이었기 때문으로, 그들은 가만히 선 채로 구덩이 속 산역꾼 네 명을 바라보았는데, 그들이 가래와 삽으로 진흙을 긁어내는 광경을 바라보았으며 그들은 약 20분이 지난 뒤에야 일을 마쳤으니 구덩이 속 인부들이―그들만 그런 것은 아니었지만―이 일로 녹초가 된 것은 땀이 얼굴에서 굴러떨어지고 있었기 때문으로, 그들이 얼마나 기진맥진했는지 분명히 알 수 있었는데, 그들은 널빤지 두 장을 깔 수 있도록 관을 들어올리는 것조차 버거웠으며 그조차 제대로 하지 못했거니와—그들 가까이 선 사람들이 생각하기에—우선 무덤을 가로질러 널빤지 두 장을 깔고 그 위에 관을 올려야 했으나, 아니, 그러지 않고 두 사람이 구덩이 위로 관을 들어올린 동안 나머지 두 사람이 널빤지를 밀어넣으려 했으니, 그래, 잘 될 거야, 그들은 생각했고 그들의 얼굴은 움찔하지도 않았으며 마침내 관은 널빤지 두 장 위에 얹혔고 산역꾼 네 명이 탈진한 채 옆으로 비켜서서 목사에게 자리를 내준 것은 아직도 그를 쫓아내지 못했기 때문으로—오, 안 돼, 저자가 또, 라며 몇몇이 생각하길 또다시 여기 코빼기를 들이밀다니 뻔뻔하기도 하군—그리고 다시 한번 그는 손을 흔들며 기도문을 읊기 시작했는데, 마치 모든 것이 계획에 따라 진행되는 것 같았던 것은 토토도 대장도 다른 의향을 내비치지 않았기 때문으로, 그래서 그들은 여기 계속 서서 관을 쳐다보았고 목사는 울부짖고 또 울부짖었으나 이제 다들 적잖이 지쳤고 대장만 멀쩡하던 어느 순간 그가 목사를 한쪽으로 밀어붙이고는 말하길 우린 이제 송가를 부를 거야, 여기서 약간의 문제가 발생한 것은 그가 생각하는 송가가 어느 것인지, 헝가리 국가인지 자기네 송가인지 그들이 알지 못했기 때문으로, 한 무리는 헝가리 국가를 부르기 시작했고 다른 무리는 자기네 송가를 부르기 시작했으나 몇 소절 부르다

라리라

멈춰서는 대장이 나지막이, 하지만 모두 들을 수 있게 '자기
네 송가'를 읊조리자 그들은 다시 시작했고 이젠 쉽게 따라
부를 수 있었으며 그때부터는 어떤 불찰도 없었고 모든 게
순조로웠던바 산역꾼 네 명이 마침내 관을 구덩이에 내리고
서 모두가 관 뚜껑에 진흙 한 덩이씩을 던지자 대장은 산역
꾼들이 진흙을 구덩이에 다시 채우고 최대한 다질 때까지
기다렸으나 그들은 흙이 땅 높이까지 차자마자 갑자기 멈추
었으며 땅을 둔덕으로 높이는 작업을 시작하지 않은 것은
하도 기진맥진했고 땀이 비 오듯 했기 때문이어서 토토가
봉투를 꺼내 그들 중 한 명의 주머니에 찔러넣었고 그들은
모두 돌아갔으나 우선 그들은 작은별의 무덤 앞에 나무 십
자가를 꽂았고 대장은 앞으로 나아가 왼손을 십자가에 얹
고 한숨을 내쉬며 고개를 숙인 뒤에 고개를 다시 들고는 추
도사를 했으니 그것은 너무도, 하지만 너무도 아름다웠으며
그가 이제껏 한 어떤 연설보다 아름다웠는데, 그들이 나중
에 비케르 술집에서 결론 내린바 형제애와 이상과 고결한 인
품과 상실이라는 평소의 주제에다 헝가리 조국이라는 주제
를 더했거니와, 그가 조국에 대해 한 말은 너무도, 하지만 너
무도 아름다웠어, 그냥 하는 소리 아니야, 제이티가 비케르
술집에서 말하길 정말이지 그때 거기서 눈물을 쏟을 뻔했
다니까, 그러자 나머지 모두가 고개를 끄덕이며 정말 그렇다
고 중얼거리고는 맥주잔을 움켜쥔 것은 조국에 대한 대목이
아름다웠기 때문으로, 그것은 그들이 전에 들어본 그 어떤

말보다 아름다웠다며 그들은 고개를 끄덕였으나 그러다 할 말이 떨어져 얼마 지나지 않아 다들 입구 위쪽 구석을 올려다보기 시작했으니 TV에서는 〈진짜 세상〉 2부가 방영되고 있었는데, 실은 예전 방송의 재방송에 불과하여 그들은 이 부분을 이미 보았고 몇몇은 두 번 이상 보았는데도 모두의 눈길을 사로잡았다.

그들은 평소에는 개인적으로 만나지 않았는데, 대개는 그럴 필요가 없었고 전화로 이야기하는 것으로도 늘 충분했기 때문이나 이번 사안 또는 상황은 전화로 해결할 수 있는 성질이 아니었기에, 그래서, 좋아, 그들이 경찰서장 집무실에서 마주 앉은 것은 그가 부시장과 함께 개인적으로 방문했기 때문으로, 부시장은 그런 미묘한 문제에서는 야당의 견해 또한 청취하는 것이 그의 당면 임무라고 단언했으며 그리하여 그들은 서장실에서 마주 앉았으니 면담이 적잖은 긴장 속에서 시작된 것은 경찰서장이 평소 습관대로 독서용 안경을 보란 듯이 한 손에 쥐고서 자신은 이곳에서 중요한 볼일이 있으며 그들이 무슨 말을 하든 그의 시간을 뺏을 가치는 없다는 티를 냈기 때문으로, 그는 할 얘기가 무엇인지 들여다보지도 않았으니 적어도 그에게는 모든 것이 완벽하게 분명했기 때문인 그때 시장이 입을 열고는 예의 이름난 달변을 발휘하여 자신은 동의할 수 없음을 경찰서장에게 표명했으니 실은 그렇지 않으며, 말하자면 그는 자신이 알고 싶은 사건이 있었는지 없었는지 당장 통보받아야 하고

라리라

이것은—그가 표현했듯—중대 질문인바 부시장도 동의하
는 기색이 역력했던 것은 다들 알고 있음에도 불구하고, 유
산이 당연히 시에 기증되었음을 시청도, 이 도시의 저명인
사들도 알고 있음에도 불구하고—모든 것의 핵심은 질서이
므로—그는, 시장은 그럼에도 나중에 이 상황으로부터 혼란
이 벌어지는 것을 보고 싶지 않으니 만일—그가 팔을 벌리
며—만일 이를테면 그의 친척이 나타나면(그의 가문은 뿔뿔이
흩어져 있으므로, 누가 알겠느냐마는) 어떻게 할 것이냐고 했으
나…… 경찰서장은 시장의 장광설에 대해서는 이미 충분히
겪었으며 더는 듣고 싶지 않았으니 그가 참고 들어줄 수 있
는 목소리가 딱 하나 있다면 그것은 자신의 목소리였고 그
는 부하들에게 이 이야기를 일종의 재담으로 즐겨 언급했으
나 그가 참고 들어줄 수 없는 것이 딱 하나 있다면 그것은
시장과, 또한 다른 무엇보다도 그의 목소리, 그의 웅변, 이곳
에 찾아와 펑퍼짐한 궁둥이를 의자에 처박고 일어나려 들지
않는 그의 무례함이었으며 서장은 할 일이 천 개 하고도 한
개가 더 있었기에 그가 말하길 여기서 논의할 것은 없으며
그것을 처음부터 분명히 하고 싶은바 아무것도 발견되지 않
았고 그들이 모든 것을 조사했으며 이것이 범죄 수사임을—
그가 목소리를 조금 높여—명심하라며 여기서는 전문가의
손에 맡겨야 하거니와 이 전문가들은 아무 증거도 남아 있
지 않다고 판단했으니 그들은 호텔을 조사했고 그의 옷가지
를 모조리 조사했고—그가 자신을 가리키며—심지어 그러

고 나서 동료들이 일을 끝내자 그가 직접 시체 안치소에 가서 다시 한번 그것을, 즉 죽은 남자를 조합하여 그들이 찾던 유언장으로 안내해줄 작은 흔적이나마 남아 있는지 알아보았으나 하나도 없었고 그는 물건과 희생자를 다시 한번 시체 안치소에 안치하고 결국 사건 기록을 종결해야 했으니 그것은 아무것도 발견한 것이 없기 때문이었으며 그는 20년 경력의 베테랑이어서 만일 뭐라도 있었다면 즉시 냄새를 맡았을 것이기에 그들은 그를 믿어야 하거니와 아무것도 없었고 희생자는 유언을 남기지 않았으며 이것이 그가 이제 단언하는 바인바 범죄 수사가 한동안 더 진행될 것이라면 기관사의 혈중알코올농도로 보건대 그가 운전할 수 있는 유일한 탈것은 마당에서 우리로 돌아가는 소 떼뿐이었을 것이므로 몇 가지 정리해야 할 사항들이 있긴 했지만 핵심은 유언은 전혀 없었다는 것이니─하지만, 이라며 시장이 끼어들었는데, 그가 지금 안절부절못한 것은 딴 사람이 그렇게 오래 이야기하는 것을 견디기 힘들었기 때문으로─하지만, 그가 목소리를 높여, 그의 '유지遺志'가 무엇이었느냐는 문제가 남아 있고 그것은 실제로 존재하니 내 말이 맞지 않소, 한편으로는 '유언'이 있다는 데 아무도 의심을 품을 수 없으며─당신 말에 따르면 없다지만─다른 한편으로 '유지'가 있는데, 이것이 분명히 존재했고 지금도 존재하는 것은 실제이기 때문이며 이 '유지'에 따르면 그의 재산은 물론 시에 기증될 것이오─경찰서장은 여기에 하등의 관심이 없었는데, 일반

라리라

적으로는 시장의 어조가 맘에 들지 않았고 오늘은 왠지 정말로 그랬기에 여기서 끼어들어 반박하길—그는 시장이 그것을 뭐라고 부르든, 유언이라고 하든 유지라고 하든 하등의 관심이 없으며 요점은 그것 둘 다 존재하지 않는다는 것인바, 글쎄요, 경찰서장의 양해를 구하며 시장이 말을 가로채길 하지만 그 자신은 유지가 존재하지 않는다는 말을 결코 들어본 적이 없으며 경찰서장이 이 정보를 정확히 어디서 얻었는지 궁금한데, 유지가 있었다는 것은 누구나 아는 바요, 이 유지가 무엇인지는 그도 아는 바이니, 말하자면 흔히 말하듯 그의 재산은—시장이 작고 통통한 손으로 크게 동그라미를 그리며—시에 속하며 이것은 논란거리가 아닌바, 아니, 논란거리이기도 하고, 이제 다소 격앙된 채 서장이 말하길 아니기도 해, 당신에게 말해봐야 아무 소용 없어 보이지만 다시 말해야 할 것 같아서 되풀이하자면 우리는 아무것도 찾지 못했어, 알아듣겠나, 시장? 아무것도, 단 1필레르도, 단 1포린트도, 1페소도, 그 어떤 통화도 찾지 못했다고, 아무것도, 그 아무것도 없었다고, 라틴어를 배운 친구가 하나 있는데, 이런 일에서 내가 써먹을 수 있는 최고의 인재야, 그는 이 문제가 터지자마자—그가 '문제'라는 단어의 첫 음절을 강조하며—친척들을 조사하기 시작했어(그는 당신이 언급한 이 재산이 어디 있는지 알아), 계좌 번호도 알고 어느 은행인지 등등도 알지, 이 모든 것을 어떻게 입수하는지 안다고, 하지만 그의 조사는 애석한 결과로 이어졌어, 내게는 개인적으로 실망스러운 일이기도 하지, 그러니 이 문제에 대해 더 왈가왈부하지 말라고, 그건 '재산은 하나도 없다'는 거야, 내 말 잘 들어, 이 남작은—그가 자신의 독서용 안경을 만지작거리며—아무것도 남기지 않았어, 단돈 1필레르도 없었다고, 내 이 말을 해주지—경찰서장이 잠시 뜸을 들였는데, 두 손님이 얼굴에 회의와 의심이 역력하면서도 솔깃하여 그가 무슨 말을 하는지 들으려고 그를 향해 몸을 숙이자—내 이 말을 해주지, 그는 어떤 재산도 '전혀' 없었어, 이 모든 일이 거대한 금융 사기였어, 이 남작은, 우리의 남작은, 이봐, 시장, 말 그대로 단돈 1필레르도 없이 이곳에 온 사기꾼에 지나지 않았어, 빈에 있는 그의 가족이 여행 경비로 준 소액의 유로화조차 찾을 수 없었다고, 알겠나, 그의 지갑조차도, 그가 말하길 사건 현장에서도, 그의 호텔에서도 찾지 못했어, 그곳을 모조리 헤집었는데도, 정말이야, 우리가 무관심해서지…… 진실에 도달하지 못한 게 아냐…… 그러다 그가 갑자기 말을 끊었는데, 이것이 그가 애초에 의도한 결론이 아니었음은 분명했으며 그는 말을 끊되 마치 무언가가, 번득이는 아이디어가, 하지만 혼자만 간직하고 싶은 무언가가 불현듯 뇌리를 스친 것처럼 말을 끊었는데, 어쨌거나 그는 그 뒤로 한마디도 하지 않고 시장을 물끄러미 쳐다볼 뿐이었던바 그는 지금 자신의 끝없는 장광설로 다시금 서장실을 채웠으며 경찰서장은 그런 그를 그저 바라보았으나 그가 하는 말을 듣고 있지는 않았으니 흥미가 없어서이기도 했지만 이 번득이는 아이디어에 몰입해 있었기에 그가 이야기하게 내버려뒀으나 그것은 잠시뿐으로—시장이 할 말을 다 할 때까지—그런 뒤에는 급한 볼일이 있다며 두 사람 다 나가달라고 했으나 시장은 나갈 기미를 보이지 않은 것은 그가 보기에 이 문제는 아직도 온전히 해결되지 않았기 때문으로, 그러자 경찰서장은 더 모진 방법을 동원하여—이 작고 뚱뚱한 물집 같은 자에게 종종 썼던 방법인데—이곳에서는 업무가 진행 중이고 이미 종결된 문제를 가지고 더 왈가왈부해봐야 소용없으며 무엇보다 어쨌거나 이런 문제에 대한 논의는 종결된 것으로 선언되었다며 그에게 서장실뿐 아니라 아예 건물에서 나가라고 명령하여 둘을 출입문 쪽으로 밀어붙이고서야 결국 두 사람을 내보내는 데 성공했는데, 시장은 어안이 벙벙한 채 자꾸 문을 향해 돌아오려 했으며 그것은 부시장도 마찬가지로, 그도 꽤 당황한 듯 보였으나 침묵을 지킨 데 반해 시장은 입을 닫을 수 없어 끊임없이 나불거리며 경찰서장에게 이런 취급을 용납할 수 없다고 항의했는데, 그렇다면 용납 안 하면 되잖아, 라고 무뚝뚝하게 경찰서장이 말하고는 둘 앞에서 문을 쾅 닫아버렸다.

　그녀를 알아보지 못했단다, 맞은편의 가족들이 그녀가 자신들을 쳐다보는 것과 똑같이 찡그린 얼굴로 그녀를 쳐다보는 동안 이렌이 부엌에 앉아 여전히 얼빠진 채 말하길 내가 마침내 결심했을 때 뭘 기대하고 있었을지 생각해보렴, 그녀가 허물어졌다면, 낙담했다면 그녀 혼자 자책하도록 내버려두지 않겠노라, 내가 생각하기에 필요하다면 문을 부수고라도 들어가겠노라 마음먹었단 말이야, 사흘이 꼬박 지났다는 것만 해도 심상치 않은 징조인데 이미 나흘이 지났으니까, 그녀는 집에서 나오려 들지 않았어, 그건 정상이 아니었어, 무슨 일이 일어났든, 어떤 크나큰 비극이 벌어졌든, 둘 사이에 무슨 일이 있었든 심상치 않은 일이었다고, 그녀는 가장 친한 친구인 나를 들이지 않았을 뿐 아니라 집에 없는 척하기까지 했단다, 하지만 그녀가 집 말고 어디에 있을 수 있겠니, 이렌이 부엌 식탁에서 그들에게 말하길 그래서 문을 두드리기 시작했지, 계속해서 요란하게 두드렸더니 결국 문을 열더구나, 그런데 깜짝 놀랐단다, 알다시피 내가 예상한 건 낙담하고 불행하고 비탄에 잠긴 사람이었는데, 거기서 내 앞에 서 있던 사람은 완전히 탈바꿈한 머리커였어, 입술은 칼날처럼 가늘었고 립스틱조차 바르지 않았어, 내 말은 립스틱을 바르지 않은 그녀는 단지…… 글쎄, 그녀는 립스틱을 발라야만 괜찮아 보이는데 말이야, 어쨌든 립스틱뿐 아니라 그 가느다란 입술이라니, 그러다, 얘들아, 여전히 문간에 선 채 그녀가 쌀쌀한 눈으로 말하길, 가장 친한 친구인 내게 말하길 근데, 여기서 뭐 하는 거니, 나는 너무 놀라서 말도 나오지 않았단다, 알아듣겠니, 나는 멍하니 서서 그녀를 바라보며 그녀의 문제가 뭘까 고민했어, 알다시피 나는 그녀가 혼란에 빠졌을 거라 생각했단다, 나의 사랑스러운 친구는 미모사처럼 무척이나 예민하니까, 그리고 그녀에게는 비탄에 잠길 이유가 있었지, 알다시피 사람들이 충격에 빠지고 상실에 어떻게 대처할지 모를 때는 말이야, 그래, 이해하겠니, 나는 그렇게 생각하고 있었단다, 여기서 무슨 일이 벌어지고 있는 건지, 그녀의 이 말이 무슨 뜻인지 영문을 몰랐어, 하지만 금세 알 수 있었지, 그래도 결국 그녀는 나를 들여보내줬어, 내가 포기하지 않으려 들었거든, 나는 그녀를 밀치고 거실로 들어가 팔걸이의자에 앉았지만 그녀는 앉지 않았어, 나를 따라 들어와 거실 문간에 서 있는 것이 마치 내가 언제 일어나 나갈지 기다리는 사람처럼 서 있었단다, 하지만 내가 말하길 머리커, 사랑하는 나의 머리커, 이러면 안 돼, 내 말은 방 안에 틀어박혀 있으면 안 된다는 뜻이었어, 나와야 한다는, 게다가 나와 함께 나가자는 말이었지, 하지만 머리커에게서 돌아온 대답은, 아, 지금도 차마 떠올리지 못하겠구나, 마치 그녀가 같은 사람이 아닌 것 같았어, 누군가에게서 베일이 떨어지고 진짜 얼굴이 드러나는 것처럼 말이야, 그녀는 거실에서 내 앞에 선 채 말했어, 지난 일은 지난 일이야, 이건 나의 개인적인 문제야, 공적인 일이 아니라고, 그러니 정중히 부탁하겠는데—하지만 그녀는 이런 식으로 말했다고 이렌은 자녀들에게 말하며 그녀의 말이 얼마나 냉소적으로 들렸는지 몸으로 보여주었는데—"내 집에서 나가줘, 당장," 그러고서 그녀는 거실에 계속 서서 내가 일어나 나가길 기다리고 있었지만 나는 벼락이라도 맞은 것처럼 우두커니 앉아 있었단다, 이해하겠니, 눈과 귀를 믿

패배자

고 싶지 않았어, 머리커가 이렇게 달라지다니, 이건 진심으로 하는 말인데, 그녀를 도통 알아볼 수 없었단다, 얼굴이 어찌나 굳었던지 절벽이 나를 내려다보는 것 같았어, 잔혹하기는 또 얼마나 잔혹하던지, 정말이지 더는 같은 사람이라고 할 수 없었어, 이게 그녀가 내게 한 짓이야, 이게 그녀가 내게 한 말이란다, 사실 나는 그녀처럼, 아니, 예전의 그녀처럼 미모사 같은 영혼의 소유자는 아니야, 하지만 그때 일어나야겠다는 생각이 들더구나, 나는 문을 향해 곧장 걸어가 그녀에게 악담을 퍼부었어, 가장 친한 친구인 내게 이런 짓을 하다니, 그녀가 내 어깨에 기대어 펑펑 운 게 몇 번인데, 내 앞에서 허물어진 게 몇 번인데, 위로를 받으려고 나를 찾아온 게 몇 번인데, 난 단 한 번도 그녀에게 모진 말을 하지 않았어, 그래, 정말로, 그녀도 나의 가장 친한…… 어느 정도는…… 이렌은 단어를 찾기 시작했는데, 식탁에 앉은 가족들이 그녀를 물끄러미 바라보기만 것은 이런 일을 한 번도 본 적이 없어서였으니 그들은 눈을 믿고 싶지도 않았는데, 이렌이 울음을 터뜨리기 직전이었던 것이다.

유모차를 끄는 새내기 엄마들의 장애물 달리기가 아직도 벌어지고 있어요, 방금 부드리오 주택 단지에서 오는 길인데, 여전히 하고 있더라고요, 그래서 묻고 싶은 게 있는데—부드럽게, 일단은 부드럽게—누가 이 일의 책임자인가요, 말하자면 이 일을 끝내는 건 누구 책임이지요, 그게 누구이든 그들은 아직 끝내지 않았어요, 탁자에 둘러앉은 모

라리라

든 사람을 쳐다보며 그녀가 말했는데, 무언가 쳐다볼 것이 있었던 것은 긴급히 호출된 이 사람들 중 거의 모두가 대회의실의 탁자 주위에 앉아 있었기 때문으로, 이들은 개별적 초청을 받고도 참석하지 않는 사람이 한 명이라도 있으면 호된 대가를 치르리라는 말 그대로 협박을 받았으니—게다가 개별적 사례에 따라서는 예측 불허의 결과가 따를지도 모른다기에—이 '개별적 사례'라는 말에 그들이 정말로 겁에 질린 것은 다들 그것이 자신을 뜻한다고 생각하고 이 구절이 구체적으로 자신의 신변을 겨냥했음을 직감했기 때문이었으므로 아직 열 시도 되지 않았는데 그들은 모두 대회의실 탁자에 둘러앉아 있었으며 모두 비서실장의 풍만한 가슴을 바라보고 있었고 그녀는 아무도 바라보지 않았으며 심지어 그 밖에는 한마디도 하지 않았으나 회의실에 끌고 온 서류철 더미를 정돈하면서 수수께끼 같은 미소를 짓는 듯했으니 처음에는 오른쪽으로, 다음에는 왼쪽으로 자기 주위에 결연히 앉은 사람들에게 수수께끼 같은 미소를 지었으며 그녀가 이런 식으로 미소 짓는 이유는 뭔가를 알기 때문이었는데, 사실 남들보다 더 아는 것은 전혀 없고 딱 하나만 알았으나 그것을 정확히 알았던바 그것은 바로 이 사람들을 한 탁자에 앉히는 일이 얼마나 힘든가였거니와 모두가 늘 핑계를 찾았으나(핑계조차 찾지 않는 사람들도 있어서 그들은 그냥 불참했고 그걸로 끝이었으며) 지금은 전부 이곳에 모였고 비서실장은 수수께끼 같은 미소를 지었으며 전부 이곳에 모인 이유를 알았으니 그것은 '게다가 개별적 사례에 따라서는'이라는 구절이었던바 이것은 그녀가 직접 고안한 것으로, 그리하여 데콜타주 스타일로 가슴을 드러낸 채 한 번은 왼쪽, 한 번은 오른쪽을 돌아보며—그녀의 가슴은 그녀가 자부심을 느끼는 순간에는 살짝 더 봉긋해졌는데—그녀는 시장이 도착하여 그녀의 자리에 앉기를 기다렸으나 그 일이 일어났을 때 그가 할 말에는 별로 관심이 없었으니 그녀의 관심사는 언제나 같아서 질서, 조직, 그녀가 즐겨 말하듯 모든 것이 화합하는 것이었기에 지금조차도 내용의 문제에는 심드렁했으며 그녀의 관심을 사로잡은 것은 모든 것이 올바른 방향으로 진행될 것인가였으니 오늘은 모두가 참석했고 그래서 의제에 오른 안건에 대한 해결책을 찾을 기회가 생긴바 특별히 중요한 안건이 하나 있었는데, 그것은 급작스럽고 극적인 상황 변화 이후에 우리는 어떻게 될 것인가였다.

왜냐면 이 사람들이 무슨 생각을 하고 있었느냐는 말이에요, 그녀가 이 질문을 제기하고 온 세상을 향해 던진 것은 지금 그녀의 대화 상대가 이렌과 그녀의 무리가 아니라 거대한 전체, 그녀 말로는 이 도시였기 때문으로, 그들이 무슨 생각을 하고 그녀가 얼마나 그것을 참아낼 수 있을 것인가였으니 그녀가 그것을 평생 억지로 참아야 한 것은 이른바 '마법의 도시'인 이곳에서—그녀가 입술을 비꼬듯 삐죽거리며—그녀가 무엇의 일부였는가, 이 '마법의 도시'는 그녀의 평생 동안 고통, 조롱, 경멸 말고, 모욕 말고 무엇을 주

라리라

었는가를 보면 알 수 있는데, 결국 그녀는 개처럼 발길질당할 신세였고 그것이 그녀가 자신의 사랑하는 도시에서 받은 것이었으니 이곳에 선 그녀는 예순일곱의 나이로, 상태도 꽤 좋았는데, 매일 거울을 들여다보며 요모조모 한 치의 빈틈도 없이 살펴보되—그녀가 반박을 물리치듯 고개를 저으며—단 하루도 빼놓지 않고 아침마다 그렇게 했으니……그렇게 그녀는 소박하고 고요한 삶을 살았으며 그게 좋았기에 자신의 원대한 꿈을 오래전에 버렸고 설령 버리지 않았더라도 적어도 내면에서 억눌렀으나 이 너절한 비열한^{卑劣漢}이 난데없이 찾아와 그녀 앞에 몸을 던졌으니 타인의 감정을 마치 노리개처럼 가지고 노는 자를 달리 뭐라 부르겠는가, 그녀는 그에게 무슨 심리적 문제가 있든 개의치 않았고 사람들이 이런저런, 또는 그 밖의 어떤 말을 하거나 이런저런, 또는 그 밖의 어떤 것을 고려해달라며 누군가를 변호하는 말을 들으면 맥이 풀리는 성격이었으며, 결국 그자는 궁지에서 벗어나는데—궁지에서 벗어나는 건 그녀가 아니어서 그녀는 집 안에서 신는 슬리퍼 안에서 발을 동동 굴렀으니—그녀는 그것에만 무능한 것이 아니라 모든 일이 일어난 뒤에는 이자 같은 사람은 솔직히 개들에게 던져버리고만 싶었던바 이 남자는 그녀의 환심을 사서는 결코 해서는 안 되는 짓을 저질렀으니 얼마나 많은, 하지만 얼마나 많은 남자들이 이미 그녀의 삶을 거쳐 갔던가, 그녀는 그들 모두에게 이런저런 이유로 실망을 느낄 수밖에 없었으며 끝은 언제

패배자

나 같았으니 그들은 언제나 그녀를 다 쓴 노리개처럼 버렸
는데, 솔직히 말하자면 이 남자들은 단지 그녀를 구워삶고
꾀고 구슬리고 환심을 샀으며 정말이지 모든 남자에 대해
그녀는 실망을 경험할 수밖에 없었거니와 그중 단 한 사람
도 이자가 한 짓을 그녀에게 하지는 않았던바 누구도 그녀
의 여성스러움을 짓밟진 않았으나 이 사람은—그를 사람이
라고 부르는 것조차 과분하지만—그녀의 여성스러움을 공
격했으며—그녀가 팔걸이의자에서 신경질적으로 벌떡 일어
나—그조차 충분하지 않았던지 모든 것을 버린 채 크고 넓
은 세상으로 달아나되 커다란 '슬픔' 속에서 달아났으니 머
리카는 '슬픔'의 '픔'을 빈정거리듯 길게 끌며 거실 한가운데
서서, 아니, '그'가 세상으로 달아난 게 아니라—그녀가 자
신을 가리키며—세상이 그 위선 속에서 '그녀'에게 달려왔
다고 말했거니와 며칠 전만 해도 그녀가 왕비가 아니면 무
엇이었겠으며 그렇게 그들은 그녀를 앞세워 시가행진을 벌
였건만 이제 그녀가 집 밖으로 발을 내디딜라치면 어디에
나 '그런 눈빛'이 있었으니 '눈빛'이라는 단어에 그녀는 부르
르 떨되 마치 자신이 무슨 짓이라도 저지른 것처럼 떨었으
며 그녀가 그를 기차 앞에 밀친 사람이라고 그들이 아직 그
녀에게 말하지 않은 것만 해도 다행이었으니 그것이 지금
그녀에게 필요한 전부였으며 그런 고발을 당하리라는 것을,
그 또한 닥칠 터였으므로 확신한바 그녀는 이 '마법의 도시'
를 속속들이 알았고 자신이 밖에 나가면 무슨 꼴을 당할지

똑똑히 알았으니 그들은 그녀를 비난할 터였고 그녀에게 한 마디도 직접 건네지 않을 것이었으나—오, 그녀의 면전에 대고는 결코—등 뒤에서는 여전히 쑥덕거리는 소리를 들을 수 있고 심지어 그녀가 사는 아파트 건물에서도 그들이 그녀의 뒤에서 속닥거릴 터였기에 그녀는 빵 한 조각 사러 나갈 수도 없었고 며칠 전 식료품을 사러 나갈 수 있었을 때가 좋았지만 그래도 빵, 우유, 버터, 토마토 몇 알은 있었고 많이 필요하지도 않았던바 그녀의 나이와 연금이면 입에 풀칠은 할 수 있었으니 특히 그녀가 아직도 자신의 모습을 들여다본다면 더더욱 그랬을 것이, 물론 그녀가 나이를 먹긴 했지만 그렇다고 해서 그녀가 정신줄을 놓아버렸다는 것은 아니고 그녀는 그럴 리가 없었으며 그녀가 거실에서 TV 앞에 앉아 뭔가를, 작은 과자라도 오물거리는 것을 보게 될 일은 결코 없었으니, 어머 이것 좀 봐, 벌써 저울 눈금이 올라가, 아니, 그럴 리 없고 누구도 그녀에게 자제력이 부족하다고 말할 수 없었으나 이제 그들은 하고 싶은 말은 무엇이든 할 수 있었으니 그것은 질투로 인한 험담에 불과했으며 이번에도 마찬가지인 것은 만일 질투에서가 아니라면 사람들이 그녀에 대해 수군거릴 일이 뭐가 있겠는가, 물론 그들은 '위대한 남작'이—그녀는 최대한의 경멸을 담지 않고는 이 단어를 발음할 수 없었는데—그가, 세상의 절반에게 회자되는 그가 다름 아닌 그녀를, 이 '마법의 도시' 주민인 그녀를 위해 지구를 반 바퀴 여행할 수 있고 또 여행했다는 사실이 드러나

자 사람들은 경탄했으며—나중에 드러난 진실은 전혀 달랐
지만—그녀는 사람들이 도시에서 어떤 생각을 하고 있을지
상상하고도 남았으니 솔직히—그녀는 조가비 의자에 앉았
으나 TV를 켜지는 않은 채—이곳에 자기를 위해 이웃 도시
에서, 지구 반대편은 말할 것도 없고 찾아와줄 이가 있는 사
람이 하나라도 있었겠는가, 물론 그들은 그녀를 질투했고
물론 그녀의 등 뒤에서 쑥덕거렸고 물론 이 소문과 저 풍문
이 있었고 그런 온갖 것들을 그녀는 얼마든지 상상할 수 있
었으며 제 귀로 들을 필요도 없었거니와 이 작은 '마법의
도시'에서 사람들이 남의 불행을 지금과 마찬가지로 얼마
나 고소해하는지 그녀는 언제나 잘 알았으며 그녀의 불행
을 보고서 지금 이곳에서 모두가 얼마나 신이 났는지 알고
있었으니 거대하게 솟구치는 감정, 원대한 희망과 원대한 꿈
이 사라지고 여기서 그녀는 빈손이 되었으나—그녀는 '빈손'
이라는 표현을 증오했거니와—오, 하느님, 그녀가 생각하길
무엇을 해야 하나, 이 모든 일을 상의할 사람조차 하나 없는
데, 누구와, 여자 친구와? 어쩌면 이렌과 할 수도 있겠지, 굵
은 허벅지와 현실 감각을 가진 이렌과, 하지만 그녀는 '현실
감각'이라는 단어도 증오했던바 한마디로 세속적 원칙과 꿰
뚫어 보는 듯한 눈빛으로 이렌은 언제나 그녀를 바보, 세상
물정 모르는 어린애, 언제나 그녀에게 보호받아야 하는 존
재로 취급했으나, 아니, 결단코 그렇지 않았으며 그녀는 문
을, 거의 말 그대로 부수고 들어왔을 때 이렇게까지 말하길

라리라

다시는 여기 쳐들어와서 설명을 요구하지 않겠노라고 했으니, 그녀가 누구이기에, 이렌이 누구이기에 그녀에게 설명을 요구하는 것인지, 왜 그러는 것인지, 무슨 일이 일어났는지 알지도 못했고 앞으로도 모를 거면서, 게다가―조가비 의자에 앉은 채 머리커가 이제 마음먹길―난 아무에게도, 여기 있는 누구에게도 이야기하지 않겠어, 하지만 저 소리는 뭐지, 하느님 맙소사, 또 저 여자야, 왜 날 가만히 내버려두지 않는 거지, 하지만 그게 누구이든 계속 문을 두드리고 도무지 멈추려 들지 않기에 그녀는 이렌이 또 온 것을 알고는, 그래, 신경 쓸 거 없어, 스스로에게 말하며 일어났으나 그것은 오로지 '필요한 정보를 전달'하기 위해서였으니, 다 끝났다고 말할 거야, 이제 우리 사이에 우정은 없어, 저런 친구가 뭐 하러 필요하겠어, 그녀는 자물쇠에 손을 뻗어 열쇠를 돌렸는데, 물론 그녀는 이번에도 그랬듯 방문객의 신원을 확실히 알지 못하면 안전 고리를 결코 풀지 않았다.

사실 그는 별로 다정하진 않았어, 하지만 내가 뭘 기대할 수 있었겠나, 그가 크리놀린의 식당에서 식당 주인에게 털어놓길 유유상종이라지만 그는 내가 인사말을 마칠 때까지 기다리지도 않았어, 서로 못 본 지 여러 해가 지났거든, 다짜고짜 내게 소리를 지르더라고, 진짜야, 안 믿기겠지만 그래도 그게 사실인걸, 나의 친구에게 이야기하려 했지만 소용없었어, 그는 내 말을 끊고는 내가 자신의 하인이라도 되는 듯 고함을 지르기 시작하더군, 나는 이렇게까지 말했어, 이봐 당신, 내게 그런 식으로 말하지 마, 난 당신 종이 아냐, 당신의 친구일 뿐이라고, 그러자 식당 주인은 한마디 거들지 않고는 배길 수 없어서 반은 못 믿겠다는 듯 반은 놀란 듯 조심스럽게 손님에게 묻길 그가…… 내 말은, 당신이…… 당신이 정말 그에게 그렇게 얘기했단 말이야, 당신이 그와 그런 관계라고, 하지만 진지하게 말하건대 지금은—그가 진지하게 그를 바라보았는데—하지만 그의 답변이 그에게 흡족하지 않았던 것은 단테가 퉁명스럽게 그렇다고 한마디 내뱉었을 뿐이었기 때문으로, 그가 말을 다시 잇길 그는 이런저런 그 밖의 일로 나를 협박했어, 여기나 저기 감옥에 처넣겠다고 말했지, 하지만 그전에 날 흠씬 패주겠다더군, 장담하더라고, 그를 그렇게 등쳐먹고 무사할 수는 없다면서 말이지, 하지만 대답해봐—그가 가장 순박하고 간절한 표정으로 식당 주인을 쳐다보며—언제 내가 누굴 속인 적 있었나, 말해보게, 자넨 나의 진정한 친구야, 내가 자네에게 한 번이라도 못된 짓 한 적 있나, 그러고서 그는 그를 쳐다보았는데, 식당 주인은 그의 시선을 되받다가 문득 단테가 얼마나 호되게 두들겨 맞았는지 알아차렸거니와 이제 그 일을 다시 입에 올릴 생각은 전혀 없었으며 이렇게만 말하고 싶었으니, 물론 자네는 날 등쳐먹었어, 밥값도 낸 적이 없고, 그러면서도 저 슬롯머신 두 대에서 언제나 짭짤한 수익을 거두지, 하긴 그만두자고, 그가 이제 생각하다가 단테의 짓이겨진 얼굴을 아연실색하여 쳐다보더니 그런 말을 할 때는 아닌 것 같아, 그러고는 이렇게만 말하길 이해가 안 돼, 자네와 그렇게 절친한 친구라면 왜 자네를 그렇게 흠씬 두드려 팬 건가, 나 같으면 그렇게 못 하네, 어떤 사람이 내 친구라면 나는 그를 때리거나 맞게 내버려두지 않을 뿐 아니라 그런 생각조차 못 할 걸세, 내게 갚아야 할 돈이 있더라도 말이야, 왜냐면—자넨 날 아니까 자네도 잘 알겠지만—친구 사이에 저지를 수 있는 가장 무거운 죄는 제때 돈을 갚지 않는 것이니까, 우정은 신뢰의 문제잖나, 그게 전부라고······ 에이, 그만해, 단테가 말을 끊고는 마실 것 좀 가져다 달라고 카운터 쪽으로 손짓하며 상처를 가리켰는데, 식당 주인은 심성이 착했기에 식당에 있는 최고의 자두 브랜디 팔린카를 스트레이트 잔으로 가져와 그의 앞에 놓았으며 단테는 술을 단숨에 들이켜고는 혀로 입안에서 뭔가를 찾기 시작했으나 찾지 못한 모양으로, 식당 주인에게 우니쿰이 있느냐고 물은 것은 술에 든 모든 약초와 내용물이 라벨에 표시되어 있기 때문이었으며 그에게는—누구나 알 수 있었겠지만—약이 필요했기에 식당 주인은 우니쿰을 스트레이트 잔으로 가져다주었는데, 단테는 삼키는 동작도 없이 곧장 넘겼으니 늘 말하듯 '수문'을 개방하여 모조리 쏟아부었으며, 좋아, 잘했어, 효과가 있었으면 좋겠군, 식당 주인은 중얼거리며 카운터 뒤로 돌아가 색 바랜 유리창 뒤에서 때 묻은 수첩에 술 두 잔을 기록하면서, 어디 보자, 하지만 이젠 말해주게—그가 수첩에서 고개를 들어—경찰서장이 자네에게 왜 그렇게 화가 났나, 글쎄, 그걸 내가 어떻게 알아, 단테가 퉁명스럽게 대꾸하길 그가 한마디도 하지 않은 채 나를 빈 감방에 처넣자 어깨가 떡 벌어진 야수 같은 놈 둘이 들어오더니 매타작을 시작하더군, 내 기분이 어땠는지 상상해봐, 오랫동안 못 본 친구를 찾아갔는데, 처음에는 목을 두들겨 맞고 다음에는 머리를, 그러고서 그들은 바닥에 쓰러진 나를 내버려두고 떠났어, 뒈지게 차갑더군, 한 시간 뒤에야 나를 그에게 데려갔는데, 얼마나 거기 누워 있었는지는 나도 몰라, 내 그에게 말했지, 이봐요, 서장, 내 말 좀 들어봐요, 우린 좋은 친구잖소, 내게 뭔가 화가 난 것 같은데, 나를 이 꼴로 만들었으니 뭐가 문제인지는 알려줘야 하지 않겠소, 그는 화가 머리끝까지 나서 목에 핏대가 서도록 내게 고함을 지르더군, 이만큼이나—그가 자신의 목에 얼마나 핏대가 서는지 보여주며—그래서 더는 따져 묻지 않고 쥐 죽은 듯 있었지, 분위기가 심상치 않았으니까, 게다가 그는 유로화 얼마인가에 대해 아는 게 있느냐고 자꾸 묻는 거야, 하지만 나는 아무것도 아는 게 없어서 그를 물끄러미 쳐다보기만 했지, 그러다 이렇게 말했어, 내 말 들어봐요, 내가 아는 게 있다면 벌써 말했겠죠, 당신은 내 친구이니까, 적어도 친구였긴 했으니까요, 그러자 그가 다시 소리를 지르기 시작하더니 이런저런 온갖 이유로 나를 협박하며 그 유로화를 내놓으라는 거야, 하지만 나는 언제 어디에서고 그 돈을 본 적이 없었어, 들어본 적도 없었다고, 식당 주인이 불쌍하

　　　　　　　　　　　　　　　　　라리라

다는 듯 고개를 저으며, 이해가 안 돼, 그는 무엇을 찾고 있었을까, 그게 뭐였으려나? 잊어버려, 단테가 대답했는데, 그찰나에 그 짓이겨진 얼굴에서 생명의 빛이 번득였으니 그가 청하길 실의에 빠진 친구에게 뭘 좀 줄 수 있겠나, 씹을 거리가 있으면 좋겠는데, 냄새로 보아하니—그가 주방을 가리키며—점심 준비가 다 된 것 같네만 참된 친구라면 이런 상황에서 어떻게 하겠는가, 그는 다만 한숨을 쉬며 주방에 들어가 친구에게 굴라시 수프 한 접시를 내왔고 단테는 고개를 한쪽으로 젖힌 채 수프를 부어 넣었는데, 스푼으로 국물을 조심조심 떠 넣으며 씹을 거리가 있으면 살살 씹었으나 왼쪽으로만 씹었으니 거기에 의심의 여지가 없었던 것은 그가 죽지 않을 만큼 두들겨 맞았기 때문으로, 무리하지 말게, 식당 주인이 그에게 말했는데, 점심 단골들이 아직 나타나지 않았기에 그가 말하길 잠깐만 기다려, 그가 식탁에서 단테 맞은편에 앉아 낮은 목소리로 이렇게만 묻길 슬롯머신을 언제 돌려받을 수 있는지 알아낼 가능성이 조금이라도 있겠나?

그들이 신문사 편집국 사무실 두 곳의 문을 잠갔기에—TV 방송국 두 곳은 말할 것도 없어서 일시적으로나마 TV 방송국은 즉각 휴업에 돌입했는데—편집장은 자택에서 가장 긴요한 문제들을 전화상으로 처리하기 시작했으니 처음에는 다른 편집장에게, 다음에는 비서에게, 그다음에는 오만 사람들에게 전화를 걸었거니와 그들 모두에게는 한 가지 공통점이 있었으니, 말하자면 그들은 기차역이나 그 밖에 남작 환영식이 열린 장소 중 한 곳에서 연설을 한 적이 있었으며 그와 더불어 그가, 더 정확히 말하자면 그의 동료 하나가 이 사람들의 연설문을 작성했는데, 지금 그는 자진하여 문제의 연설문들을 사무실 컴퓨터에서 완전히 삭제하고 이 모든 연설의 흔적을 모조리 지우고 있었거니와 그는 한 사람 한 사람에게 이야기하며 자신이 이 작업을 얼마나 중요시하는지 주지시킬 수 있었던바—이것은 아마도 그들이 그의 신문을 접한 경험이 있었기 때문일 것인데—이것은 그의 이 말이 그저 허공에 외치는 것이 아니라는 생생한 증거여서 누구도 다시는 그 연설 중 단 하나도 입에 올리지 않을 것이니 누군가 신문 인쇄판 사본을 들고 흔들기 시작한다면, 그가 엄숙히 장담컨대 그런 뜻밖의 달갑잖은 경우에 그는 이 연설들에서 우연히 인용된 문구들이 단순히 날조된 것이라고 주장할 것이요, 게다가 맹세컨대 자신이 알기로 그런 연설은 듣도 보도 못했다고 진술할 것이요, 그랬는데도 카드놀이를 하는 남작에 대한 이런저런 기사에 연설문이 한두 문장이라도 실리면 신문사를 그만둔 전직 직원이 꾸며낸 말이라고 둘러댈 것이니 그가 그들에게 말했듯 그는 언제나 모든 것에 대해 생각해둔바 교장에서 시장에 이르기까지 그의 전화를 받은 사람들은 진심으로 감명받았으며 교장은 무슨 부탁이든, 소귀족 작위를 입증하는 증명서만 빼고 무슨 부탁이든 다 들어주겠노라고 편집장에게 말하기까지 했

라리라

던바, 음, 좋아요, 라며 편집장이 대답하길 그가 자신이나 교장, 시장 등과 같은 지역 명사들에게서 여하한 금전적 보상을 갈취하려 한다고 생각해서는 안 된다고 한 것은 그의 제안에 대한 모두의 첫 반응이 이랬기 때문으로, 얼마를 드릴까요, 얼마면 되겠습니까? 돈을 말씀하시는 거요?! 말도 안 되는 소리 말아요, 나를 어떤 사람으로 보고?! 편집장이 격분하여 반문하길 불쌍한 사람들에게 뒷돈을 받는 의사라도 된단 말이오? 그것에는 의문의 여지가 없다며 그가 말하길 그들이 이 일을 마음에 새긴다면 그것으로 충분하리라는 것은 말할 필요도 없으며 지금은 전화로 그저 '고맙습니다'라고 말하면 충분하고도 남았던 것은 우리도 인정人情을 필요로 하는 상황에 언제라도 처할 수 있기 때문이니 그가 이 일을 한 것은 오로지 이 도시가 그에게 중요했기 때문이며 그는 자신들의 도시가 심지어 일상적인 사안에서도 고양되는 것 말고는 바랄 것이 없었거니와 그는 이것을 위해 일했고 언제나 이것을 위해 일할 것이며 다가올 시의회 투표를 감안할 때 그는 다시 그들의 지지를 얻어 편집장으로서의 임무를 4년 더 계속할 것이며 그에게는 그것으로 족한바 그에게 필요한 것은 오직 신뢰요, 정부와 야당 둘 다의 신뢰를 얻는 것이었으니 신뢰가 없이는 언론의 자유도 없기에 그는 자신이 기억하는 한 언론 자유를 절대적으로 신봉했으며 그 사실은 틀림없이 누구나 아는 바였다. 그는 수화기를 내려놓고 다음 사람에게 전화를 걸었다.

그는 이 도시의 공식 사진사였고 공식 사진사의 다리가 닳을 수 있다면—하루 종일 발에 얹혀 있으니—그는 이젠 발로 걷지도 못하고 의족 신세가 되었을 거라며, 내 말은 말이지, 그가 에스프레소 가게에서 카운터 뒤의 여인에게 말했는데, 그는 김이 나는 에스프레소 잔을 앞에 두고 앉아 있었으며 그녀는 그의 말을 믿지도 않았지만, 당신 말을 믿어요, 에스프레소 가게의 여인이 혼잣말로 중얼거린 것은 이 인물을 너무 잘 알았기 때문으로, 그녀가 그를, 또한 그와 비슷한 자들을 정말로 역겨워한 것은 썩은 에스프레소 한 잔 말고는 이런 치들이 아무것도 마시지 않았고 그게 전부여서 그걸로는, 지금의 이 말을 비롯한 그들의 멍청한 헛소리를 듣는 것만으로는 먹고살 수가 없기 때문으로, 그는 아직 문장을 끝맺지도 못한 채 계속해서 말하길 그 젊은 여인이 지금 벌어지는 일을 결코 이해하지 못할 것은 일이 난데없이 시작되었기 때문으로, 그럼에도—이것은, '그럼에도'는 그가 애용하는 단어였는데—그는 언젠가 이런 일로 돈을 벌 수 있으리라고는 한 번도 생각하지 못했으니 사진을 찍는 일도 아니요, 사진을 지우는 일이라니, 이것이야말로 그들이 지금 원하는 바요, 아가씨, 나는 며칠째 이 메모리 카드로 밥벌이하는 것 말고는 아무 일도 안 하고 있어, 그들이 찾아와 내게 부탁했지, 갑자기 모두가 내 휴대전화 번호를 알고 있는 거야, 정말이라고, 전에는 아무도 내게 전화를 안 했는데, 이제는 내게 부탁하고 있어, 제발 호의를 베푸셔

라리라

서…… 아니, 그것도 아니야, 그들은 이렇게 말해, 이렇게 애
원합니다…… 아가씨가 상상할 수 있는 온갖 보상을 내걸면
서 말이야, 다 내가 들은 것들이야, 그 사진들만 지워달라는
거지, 그래서 어떻게 됐는지 똑바로 말해줄게, 어수룩한 사
람들에게는 그들이 원하는 사진만 지워줘, 기차역이나 여홍
행사에서 찍은 것들 말이야, 그들 보는 앞에서 지우지, 메
모리 카드를 찾아서 카메라에 넣어, 그들이 지우고 싶어 하
는 사진을 함께 찾아, 그러고는 그들이 보는 앞에서 지워, 그
런 다음 그들이 내게 물으면 다시는 누구도 이 사진들을 보
지 못할 거라고 말해주지, 그럼요, 물론이죠, 다시는 아무도
못 볼 겁니다, 절대로요, 안심하세요, 일이 하도 많아서 몸
이 열 개라도 모자라, 게다가 이 도시에서는 내 카메라에 맞
는 메모리 카드를 입수하기가 여간 힘들지 않거든, 나는 최
고급 전문가용인 캐논 EOS를 쓰는데, 이 카메라의 메모리
카드는, 아가씨도 알겠지만 꽤 비싸다고, 그러니 어수룩한
사람들과는 이런 식으로 진행해, 하지만 거물들이 오면 말
이야, 물론 그들은 데이터가 삭제된 것을 확인하는 것만으
로는 만족하지 않아, 메모리 카드 자체를 원하지, 물론 거기
에도 값을 치러야 해, 물론 저작권과 인건비 문제도 있고 전
부 합치면 꽤 고액이거든, 그걸 내게 지불한다고, 아가씨, 어
린 천사처럼 지불한다니까, 하느님, 고맙습니다—사진사가
커피를 들이켜며—이걸 진작 알았더라면 개구리 궁둥이 밑
에서 우울하게 평생을 살지 않아도 됐을 텐데, 예전에는 에

스프레소 가게에 와서 편안하게 커피 한잔 마실 형편도 못
됐을 거잖아, 그런데 여기 날 좀 봐, 당신의 에스프레소 가게
에 앉아서 에스프레소를 마시고 있잖아, 이거 하나 알려주
지―그가 행복에 겨워 그녀에게 가까이 몸을 숙이며―나는
지금 편안해, 평생 여기 다니랴 저기 다니랴 허둥거렸는데,
여기선 부시장이 독일 구역 유치원에 화장실을 새로 설치하
고 저기서는 분유 공장 부회장이 새 축구장 개장식 리본을
자르고 있었으니 말이야, 이젠 그렇게 안 살 거야, 내가 하
루하루 얼마나 허둥대야 했는지 당신은 상상도 못 할 거라
고, 내 다리는 정말로 닳아빠졌어, 발이 하도 납작해져서 거
위로 변하기라도 할 것 같다니까, 게다가 한 푼도, 수입은 한
푼도 없었어, 이 무한 경쟁에 내몰린 채 말이야, 촬영 장소에
도착할 수 있을지, 지각한 건 아닌지 늘 노심초사했어, 늘 그
런 식이었거든, 여기에도 저기에도 재깍재깍 도착해야 했어,
그들은 언제나 이리 가라 저리 가라 하면서 나를 들볶았어,
다들 항상 내게 이래라저래라했다고, 하지만 지금은―이거
알아, 아가씨, 나 에스프레소 한 잔 더 마실 거야―이젠 내
가 이래라저래라하는 사람이 된 것 같군.

둘은 기차역에서 약 100~150미터 떨어져 있는 것이 고
작이었지만 쌓아놓은 침목 더미 사이에 숨으면 아무에게도
안 보이게 숨을 수 있었으며 물론 저능아는 이미 쫓아버린
것이, 그는 여기서도 그들을 따라다닐 수 있었던바 그 저능
아는 진짜 염탐꾼이라고 둘은 고개를 끄덕이며 말했으나 그

라리라

의 이 습관을 고쳐놓기 위해 그들은 그에게 한 번만 더 자기들을 따라오면 자지를 뽑아 네놈 보는 앞에서 불태우거나 자지를 네놈 보는 앞에서 불태운 다음에 뽑겠다고 말했으며 그는 알아듣고서 급수탑 쪽으로 내빼되 마치 권총에 맞은 사람처럼 내뺐으니, 좋았어, 마침내 둘은 한시름 덜었으며 가끔씩만 서로 이야기했는데, 둘은 상대방이 무슨 생각을 하는지 늘 알았고 어차피 대개는 할 말도 별로 없었으나 그런데 지금은 무언가 할 말이 있고 상대방이 뭐라고 말할지 생각하고 있으면서도 여전히 아무 말도 하지 않고 담배 연기만 내뿜으며 셔르커드에서 기차가 오는지 보고 있었으나 오지 않았고 삭발 소년은 꽁초를 발끝으로 비벼 껐으며 기차가 오지 않더라도, 그가 입을 열어 혼잣말을 시작하길 겁먹을 이유 없어, 그 오토바이 녀석들과는 결코 얽히지 않을 거니까, 그자들은 우릴 배반했을 게 틀림없어, 산뜻하게 더 버젓한 무리를 찾아보자, 이 근방엔 허세 부리는 촌뜨기 좆빨이들밖에 없으니까, 이 루저들은 다 똑같아, 쓸모없는 똥 덩어리일 뿐이지, 두 사람은 더 큰 나무에 도끼를 휘둘러야 하고 더 큰 사업을 시작할 필요가 있다고 삭발 소년이 말하고는 닭벼슬 소년에게 이죽거리며, 우리 자신의 사업 말이야, 어딘가에 반듯하게 줄 서는 거 말고 '사업가'가 되는 거지, 그러자 상대방이 단어를 음미하며, 근사한 것 같아, 내 말이 그 말이야, 들어봐, 삭발 소년이 다시 말하길 우리가 페스트에 가야 한다고 내가 말하면 넌 뭐라고 할래, 멋지다,

끝내주겠네, 닭벼슬 소년이 대답하길…… 잠깐만, 페스트라니, 젠장, 페스트에 어떻게 가, 1분도 안 돼서 기차 밖으로 내쫓길 텐데, 그들이 우릴 주시하고 있을 거라고, 분명해, 난 그렇게까진 모르겠어, 삭발 소년이 대꾸하길 왜 그들이 우릴 찾겠어, 그 누구도 우리한테 관심조차 없을걸, 우리가 없어져도 그들은 눈치조차 못 챌 거야, 모든 게 난장판이잖아, 제길, 우리가 없어져도 눈치도 못 챌 거라고, 우린 그 기회를 활용할 수 있어, 내 말 알겠어, 알아들었어, 상대방이 이렇게 말한 뒤에 둘은 잠시 침묵하다가 새 담배에 불을 붙이고서, 좋았어, 삭발 소년이 말하길 그래도 우린 현찰이 필요해, 담배도 다 떨어져 가, 현찰이 없으면 방법이 없어, 왜 없어? 닭벼슬 소년이 묻길, 돈 내게? 어디다? 우린 아무 데도 돈 낼 필요 없어, 내 시범을 보여주지, 물론 보여주시겠지, 당연히, 삭발 소년이 대답하자, 그럼, 보여주고 말고, 닭벼슬 소년이 말을 자르며, 따라오면 어떻게 하는지 알게 될 거야, 젠장, 담배가 필요해, 담배가 어디 있을 거야, 우리는 기차에 타야 해, 그 기차에 탈 거야, 먹을거리가 좀 필요하니까, 먹을 게 있어야 해, 약물도 좀 있었으면, 코카인이 있어야 해, 현금도 필요하고, 필요한 건 전부 구할 거야, 그러니까 듣기만 해, 씨발, 내가 어떻게 하나 보라고, "빼앗을 필요 없어, 약물도 필요 없어, 내게는 여자뿐, 필요한 건 그것뿐," 그가 운을 맞춰 다시 한번 읊고는 나무 팰릿 사이로 몸을 놀리기 시작했거니와 어릴 적부터 그는 언제나 이 일에 정말 능숙했으며 다

라리라

들 그가 래퍼가 됐어야 했다고 생각했으나 그러려면 진짜 장비가 필요한데, 고아원에는 쓸 만한 것이 별로 없어서 그는 맨몸으로 장비 없이 그저 머릿속에 떠오르는 대로 랩을 했으나 지금은, 그가 말하길 페스트에서 운을 시험해볼 작정이라며 연기를 길게 내뿜었는데, 표정은 꿈을 꾸는 듯, 마치 어떤 광경이 눈앞에 똑똑히 보이는 듯 이야기하길 난 첫 공연장에 걸어 들어가고 있어, 알겠어? 마치 에미넴처럼 무대에 오를 거야, 그러면 이 몸이 뉘신지 다들 알게 되겠지, 아무도 날 엄마 없는 촌놈이라고 부르지 않을 거야, 알겠어, 내 모든 말에 귀 기울이고 내가 입을 열길 기다릴 거라고, 입을 헤 벌린 채로 말이야, 나는 부자가 될 거야, 알아? 그가 삭발 소년에게 말하길 너도 데려갈 테니 걱정 마, 내가 노래하는 동안 마이크를 잡고 있어, 걱정 말라고, 젠장, 저 젠장할 기차가 얼른 오면 좋으련만 아무 소리도 안 들리는군, 기차가 오면 우린 처버로 갔다가 그다음에 페스트로 갈 거야, 씨발, 페스트에 가면—안심시키려는 듯 친구의 등을 힘차게 두드리며—그러면 '가나안이 여기로다'가 되는 거지.

쾨뢰시 1 방송에서 뉴스 속보가 즉시 발표되었으므로 '그때' 다들 그 일에 대해 들으셨을 테니 '지금' 시시콜콜 설명할 필요는 없을 듯하지만—시장이 대회의실에서 마침내 자신도 앉아 이야기를 시작했는데—자신이 오늘 이곳에서 확대 시민위원회를 소집하여 열리게 된 이 회의를 시작하기 전에, 시장이 말하길 다들 상황을 정확하게 판단한다면 무척 감사할 것인바 이 모든 일에는 개인적 측면도 있었기 때문인데, 이 개인적 측면이란 실은 그 자신으로, 며칠 전까지만 해도 사람들은 그를 일컬어 도시의 영혼이라고 말하되 도시의 영혼이라는 이 말은 우리의 동료 시민들이 어디서나 그를 불러 세워 그의 손을 꽉 쥐고 내뱉은 말이었는데, 이젠 모두가 그를 보면 외면했으며 대체 왜, 시장이 격노하여 묻길 자신이 카멜레온이라도 된 것인가, 단 며칠 만에 완전히 다른 사람이라도 됐단 말인가? 아니이이오, 그가 단호하게 고개를 흔들며, 그는 언제나 그랬듯 똑같은 사람이며 달라지지 않았으니 그가, 그들이 바란다면—여기서 그는 야당 측 동료들에게 이번 한 번만 자신의 말을 끊지 말아달라고 당부하고는—그가 여전히 이 도시의 영혼인 것은 그가 없으면 (그가 지나친 겸손을 떨지 않고 과감히 단언하길) 이 도시는 몰락할 것이며—하지만 그 일은 이미 일어났다고 재치가 더 뛰어난 야당 측 대표 한 명이 쏘아붙이자—그는 이곳에서, 바로 그들 곁에서 그 일이 다시는 일어나지 않도록 할 것이며 그들 또한 이곳에서, 이젠 참석자들에게 고개를 돌려 천천히 한 명 한 명 쳐다보며 시장이 말하길 하나로 뭉쳐 단합해야만 지금 벌어진 이 상황에 대처할 수 있으니 그것은 상황이 벌어졌기 때문이라며—이건 경찰서장이 쓸 법한 표현이군—그의 옆에 지루하기 짝이 없다는 표정으로 앉아 있는 경찰서장을 쳐다보았으나 그는 아무 언급도 하지 않았는데, 그러니 이제 본인은 여러분의 발언을 기다리는 바입니

다, 라고 시장이 말했으나 누구 하나 입을 열기도 전에 다시
덧붙이길 자신이 연루된 그 개인적 차원에 대해 나름대로
생각해본 것을 요약하고 싶다며 자신이 가장 명확한 태도로
단언하고 싶은 것은 자신이 기차역에서 그 어떤 연설을 했
다는 증거도 없으며 쾨뢰시 1 기자에게도 그렇게 말했다는
(말하자면 방송 중에) 것이지만 설령 그가 어디선가 몇 마디
연설을 했더라도 자신이 "이제부터 영원토록" 물러서지 않
겠노라고 말했다고는 누구도 주장할 수 없다며 그렇다고 해
서 자신의 입에서 어떤 연설도 나오지 않았다는 뜻은 아니
니 왜냐하면—이제 솔직히 말씀들 해주시오, 라며 그가 말
하길—그 아수라장에서는 한마디도 들을 수 없었고 자신처
럼 여린 목청의 소유자가 하는 말은 더더욱 그랬다는 자신
의 주장이 옳지 않으냐며 지금 자신을 웃음거리로 삼고 싶
지 않고 딱히 농담할 기분도 아니지만 이 구강 구조로 보건
대 남작이 기차를 타고 도착했을 때 벌어진 혼란 속에서 그
의 연설은 조금도 들리지 않았을 것이며 무정부 상태 말고
는 그 어떤 단어로도 규정할 수 없는 상황이 전개되었으니,
그렇소, 그가 거듭 말하길 무정부 상태, 혼란이었지, 그러고
는 상황을 좀 더 분명히 하고자 곧이어 덧붙이길 불협화음
이 일었고 그 불협화음 속에서는 연설을 조금이라도 들으려
면 까치발을 해야 했으니 자신의 가장 친한 동료들이 그 자
리에서 말해줬듯—여기서 그는 의미심장한 눈빛으로 비서
실장을 바라보았는데—그들은 아무것도, 그의 바로 옆에 서

패배자

있었는데도 전혀 아무것도 듣지 못했고, 말하자면 여기서는 유치커가, 그녀가 1미터도 떨어져 있지 않았던바 그는 다시 비서실장을 쳐다보았는데, 이에 그녀는 상사에게 선물로 자신의 가슴을 고스란히 보여주었으니, 말하자면 그를 향해 돌아서 고개를 끄덕이면서 자신은 그의 연설에서 단 한마디도 알아듣지 못했다고 말했는데, 비록—비서실장이 풍만한 가슴을 오른쪽에 앉은 사람들 쪽으로 돌리기 시작하며—비록 시장님의 연설이 정말로 탁월했다는 것에는 일말의 의심도 없지만요, 그래, 거보라고요, 시장이 다소 언짢은 얼굴로 말을 이은 것은 비서실장의 맞장구가 딱히 도움이 되지 않은 것 같아서였으나 유치커가 자신의 가슴을 그에게 이렇게 '구경'시켜줄 때면 그는 언제나 마음이 싱숭생숭했는데, 어쨌든 그녀조차 아무것도 듣지 못했고, 말하자면 사람들은 무슨 말이 있었고 없었는지에 대해 오로지 언론으로부터만 정보를 얻을 수 있었는데, 이것이 핵심이니 오직 거기서만, 오직 신문과 뉴스 방송에서만, 말하자면 그의 연설에서 남들과 마찬가지로 전혀 아무것도 듣지 못한 그 동료들에게서만 얻었다는 것으로, 그 진위는 지금 당장 가타부타하고 싶지 않으며 그게 여러분을 위해서도 나을 것인바 이런 탓에 그들의 보도는 순 헛소리였으니 그는 기사 하나를 읽었고 뉴스를 들었는데, 솔직히 말해서 그들이 그의 입에 갖다 붙인 저 선소리를 듣고서 어안이 벙벙했으니 그에 따르면 그는 남작이 우리 도시에 이것저것 수없이 베풀

라리라

어준 것에 감사하느니 하는 횡설수설을 늘어놓았다는 것으로, 글쎄, 그는 웃음만 나왔으며 만일 자신이 농담할 기분이었다면 지금도 웃음을 터뜨렸을 것인바 그것 모두가 터무니없는 소리였고 물론 그는 그런 말을 결코 한 적이 없으며 그의 연설에는 오랜 세월이 지나 다시 한번 도시에 돌아온 손님에 대한 환영 인사 말고는 아무것도 없었고 그게 전부라며 시장은 고개를 숙이고는 신문과 뉴스 보도 녹음본을 아직도 입수할 수 있다면 누구나 살펴볼 수 있되 그 또한 오늘 이곳의 확대 시민위원회에 제출하려고 입수를 시도했으나 결과는 전혀 뜻밖이었다며 그가 말하길 그의 기사들이 마치 깜짝쇼처럼 순식간에 사라져버려 어디에서든 단 하나도 찾을 수 없었기에 이곳에 모인 저명한 지역 인사들이 그가 하는 말을 그저 믿어야 할 것은 그의 말에 늘 그랬듯 진실만 담겨 있기 때문이며 그렇게 그는 이 문제의 개인적 차원에 관한 언급을 마무리하고는 이제 친절하게 다음 발언자에게, 그가 괜찮다면 발언권을 넘기겠다며 마이크를 경찰서장에게 밀었으나 서장은 그저 손짓으로 할 말이 없다며 마이크를 옆으로 전달했으니 그렇게 마이크는 기다란 회의실 탁자를 한 바퀴 돌았으며 시장은 다시 마이크를 잡고는 그곳에 모인 사람들에게 말하길 끔찍한 사건을 겪고 난 뒤 여기서 우리가 해야 할 일은 똑똑히 천명하는 것입니다, 우리에게 벌어진 사건은 이 도시의 인정 많은 주민들에게 큰 충격을 안겼습니다, 하지만 이것을 불운한 노인의 개인적 사고 이외의 것으로 치부할 수는 없습니다. 그 뒤에도 도시는 여전히 스스로의 운명을, 스스로의 중대한 과업을 맞닥뜨려야 합니다. 그것은 고용, 발전, 연금, 출생률 제고, 미해결 문제인 공중위생, 공공질서 유지, 식품 공급의 위생 여건에 대한 꾸준한 감시 등입니다. 그리고—이 말도 해야 하려나?—말이 나왔으니 말인데, 이 문제들과 관련하여 그가 해야 할 은 이것 하나뿐인바 퍽이나 민망하기는 하지만, 그가 실토하길 사실 그는 그것을 자신의 개인적 실패로 여겼는데, (도시에서 가장 오래되고 가장 열렬히 지지받는 도시 미화 계획과 관련한) 가장 매력적인 아이디어에 대해 결정이 하나 내려졌음을 발표해야 했으니, 말하자면 쾨뢰시강을 따라 두 대교 사이에 50미터마다, 가능하다면 25미터마다 분수대를 설치한다는 계획이 오래전에 수립된바 여름 저녁이면 상쾌한 물보라를 흩뿌려 이 도시의 훌륭한 노동자 시민들을 흥겹게 할 터였으나, 이것이 꿈이었으나 안타깝게도 전체 예산에서 해결되지 못한 문제들 때문에 이 계획은 가까운 시일 안에 실현되지 못할 것입니다.

　그녀는 발끝으로 걷다시피 열람실을 가로질러 복도에 들어서자 벌써부터 속이 메슥거렸는데, 관장실 문을 아주 살살 두드리며 여느 때와 마찬가지로, 더는 미룰 수 없는 문제 때문에 그를 찾아가야 할 때면 늘 그랬듯 단 한 마디도 제대로 내뱉지 못할 것 같은 느낌이 들었으며 안에서 그의 활기찬 베이스 음성을 듣고는 손잡이를 밀어 한 걸음 들어

　　　　　　　　　　　　　　　　　라리라

섰으나 고개를 들이민 것이 전부로, 그러는 동안 문을 잡고 서, 실은 움켜쥐고서, 관장님께서 관심이 있으실지 모르겠지만 오늘은 마치 도서관 전부와 대출실 전부와 참고 자료실 전부가 미쳐버린 것 같아서, 들어와요, 에스테르, 관장이 정력적인 베이스 음성으로 그녀에게 말하자, 네, 관장님, 하며 그녀가 그의 집무실에 들어섰으나 몇 걸음 내디디지 못하고 소리가 새어 나가지 못하도록 문을 살금살금 닫고는, 문제가 생겼어요, 관장님, 무슨 문제냐면 그들이 돌아오고 있어요…… 아니, 이렇게 말하면 안 되겠다…… 그들이 책을 반납하고 있어요, 평소에는 몇 달간 내리 독촉 편지를 보내도 꿈쩍도 안 하던 사람들이 이제는 독촉도 하지 않았는데 책을 전부 반납하고 있어요, 대출 기간이 끝나지도 않았는데 말이에요, 그냥 모든 책을 가져오고 있다고요, 책들이 쌓여 있어요, 관장님, 제 책상에 몇 줄로 쌓여 있어요, 이 일을 전부 어떻게 처리하나요, 관장님, 하지만 그것 때문에 관장님을 찾아온 건 아니에요, 이게 그러면 저것도 그런 법이니까요, 하지만, 말해봐요, 에스테르, 관장은 진지한 눈빛으로 서류를 다시 내려다보았는데, 책상에 놓인 그 문서는 방금 그가 살펴보고 있던 것으로, 이 행동은 관심이 없거나 이미 모든 것을 안다는 표시였으며, 아마도 이미 알고 계신가봐, 이런 생각이 에스테르의 뇌리를 스쳤으나 그녀가 말을 멈추지 않은 것은 이렇게 된 마당에 끝까지 이야기해야 했기 때문으로, 그러면서 그들은 욕을 하고 있어요─여기서 그녀는

패배자

목소리를 낮췄는데—무슨 욕을 하나요, 관장이 진지한 눈빛을 들어올리지 않은 채 묻자—저, 남작에게요, 관장님, 흥분이 대단했잖아요, 일주일 내내 여기서 벌어진 일들을 기억하실 거예요, 그런데 이제 그들은 이런저런 온갖 일들에 대해 무척 무례하게 이야기하고 있어요, 한 사람은 자신이 직접 아르헨티나 여행 안내서를 살펴본 게 아니라 할머니가 그랬을 뿐이라고 말했고 다른 사람은 실수로 책을 가져갔다고 말했어요, 자신이 원한 책은 그게 아니라 다른 거였다면서요, 뭐였는지 지금은 생각이 안 나네요, 아주 두꺼운 책이었어요, 그 사람 말로는 그래요, 관장님, 이건 그야말로 서커스예요, 그래, 그렇군요, 관장이 말하길 딴 건 없어요? 하지만 고개를 들지는 않았고 에스테르는 대화가 오래가지 않을 것임을 알았기에 이렇게 말한 사람도 있다고 재빨리 언급하길 《돈 세군도 솜브라》를 가져오면서 그가 말했어요, "이 썩어빠진 가우초 목동 같으니," 상상이 되세요, 관장님, 이 경이로운 소설에 대해 그렇게 말한다는 게 말이에요, 썩어빠진 가우초라니요, 사람들이 이해가 안 돼요, 하지만 나는 이해가 돼요, 에스테르, 이제 관장이 고개를 들어 안경을 고쳐 썼는데, 도수가 높아서 눈이 두 배로 커 보였거니와 그가 말하길 그것이 자신에게는 분명하고—그가 의미심장한 미소와 함께—그것이 이곳 시립 도서관에서 우리의 출발점이어야 한다며, 에스테르, 내가 한 말을 기억해봐요, 나는 내 말을 인용하는 걸 좋아하지 않지만, 기억하나요, 네, 관장님,

좋아요, 내가 무엇에 집중하라던가요, 그가 묻고는 입을 꼭 다문 채 마치 대답을 기다리는 듯 자신의 부하 직원을 바라보았으나 그녀는 그가 대답을 기다리는 게 아니라 방금 던진 질문에 대해, 그러니까 이 '브리핑'에 대해 가장 정확한 문구를 생각해내려고 뜸을 들이고 있다는 걸 알았는데—대출실 직원 에스테르는 관장에게서 들은 이 표현을 언제나 머릿속에 저장했기에—내가 했던 말은 말이지요, 당신이 기억한다면, 네, 기억합니다, 관장님, 이곳 시립 도서관에서 우리가 어떻게 인간 본성을 우리의 출발점으로 삼아야 하는가였어요, 그런데 인간 본성은 사건, 풍문, 방식, 말하자면 조작으로 빚어지며 이 인간 본성은 연약해요, 에스테르—관장이 이제 안경을 벗고 콧날에서 움푹 들어간 작은 붉은색 자국을 문지르기 시작했는데, 에스테르는 그의 얼굴에서 이 부위를 유난히 동경했기에 이제부터는 그가 하는 말에도 정신을 집중할 수 없었으니—여기서 우리가 하는 말은, 관장이 이어서 말하길 우리 독자들이 불과 며칠 전까지만 해도 자신들의 구세주가 오고 있다는 소식을 들었다는 거예요, 그 사건에 대해 이곳 도서관의 냉철한 분위기에서 우리는 의견이 조금 달랐지, 기억하나요—에스테르는 기억나지 않았으나 자진하여 고개를 끄덕였으며 흐름을 끊지 않으려고 그의 말에 끼어들지 않은 것은 모든 것을 한 번에 듣고 싶어서였으니—우리 독자들은 이따금, 그런 격앙된 상황에서는 더더욱 어린애처럼 행동하지, 안 그런가요, 에스테르,

그가 그녀에게 묻자 그녀는 다시 한번 수긍한다며 고개를 끄덕였으니, 이제 그들은 자신이 이 특정 상황과 조금이라도 관계가 있었다는 것을 부인하고 싶을 거예요, 심지어 우리는 그들이 관계가 없었다고 말할 수도 있지, 이 도서관의 냉철한 분위기에서라면 우리 스스로에게 그런 판단을 허락할지도 몰라요, 안 그래요, 에스테르, 물론이지요, 에스테르가 머뭇머뭇 대답하자, 게다가 누군가 우리 독자들에게 무슨 일이 일어났는지 알고 싶어 한다면, 그래, 내 당신에게 말해주죠, 밝혀진 사실은 그들이 '아르헨티나에 대해 아무것도 모르는' 자신들의 본모습을 드러냈다는 거예요, 그게 우리가 (어린애가 아니라 이곳에서, 이 도서관에서 일하는 성인으로서) 걸러내야 할 것이에요, 따라서 그들의 열성이 사그라들었다면 우리가 할 일은 특별 프로그램을 실시하는 거예요, 이를테면 '현대 사회를 비추는 거울로서의 남아메리카 대륙'이나 그 비슷한 제목으로 말이에요—정말 근사한 아이디어네요, 여전히 뒤의 문손잡이를 움켜쥔 채 에스테르가 중얼거리길—이곳 시립 도서관에서 우리의 유일한 임무는 학식과 배움을 보급하여 전반적 지식수준을 향상하는 것이니까요, 그건 우리의 관심사가 아니에요—관장은 사이드포켓에서 안경닦이를 꺼내어 안경의 두꺼운 렌즈를 닦기 시작했는데, 처음에는 왼쪽, 다음에는 오른쪽을 닦았으니 그가 이 순서를 좋아하는 것인지, 익숙해진 것인지 에스테르는 도무지 판단할 수가 없었는데—말하자면 사람들이 왜 광분하는지

라리라

는(이곳에서 때때로 사람들은 정말로 광분하니) 우리의 관심사가 아니에요, 에르켈 음악 경연 대회에 신청서가 이미 제출되었으니 침착해야 해요, 단언컨대 우리가 상금을 받을 가능성이 매우 커요, 무엇보다 음악학 자료를 보충할 수 있을 거예요, 안 그래요, 에스테르, 근사하지 않겠어요, 개인적으로는 정말 기뻐요, 나는 이 기관을 책임지는 유일무이한 사람이니까, 나는 정치에도, 심지어 지역 문제에도 연루되어 있지 않아요, 우리는 그런 일에 끼는 법이 없지, 내 말 알겠어요, 에스테르, 오로지 지식을 추구할 뿐이라고요, 달리 말하자면 보되 남들에게 보이지는 않는다는 거예요, 이것은 언제나 나의 지론이었고 앞으로도 그럴 거예요, 관장은 안경을 콧등에 다시 썼는데, 이 동작은 이 탁월한 대출 담당 직원과의 이 우연한 대화가 그럭저럭 마무리되었다고 판단한다는 표시로, 물론 그는 에스테르가 그를 어떻게 생각하는지는 까맣게 몰랐으니—그녀는 이것을 확신했으며—그것은 '그가 너무도, 하지만 너무도 순전히 순진하고 자신의 업무에 너무도 완전히 몰두했'기 때문이었으니 그녀는 문손잡이를 한껏 누르고는, 어차피 지금껏 계속해서 누르고 있었지만 "네, 관장님, 전적으로 동의해요"라고 말하며 문밖으로 물러나면서 안쪽 문손잡이를 놓고는 최대한 빨리 집무실을 빠져나와 살며시 문을 닫고서 잠시 숨을 참은 채 바깥쪽 문손잡이를 소리 없이 제자리에 돌려놓았다.

자, 그렇게 삶은 옛 방식으로 돌아가기 시작하는군, 내 말은 이것일세, 도시관리사업소장이 말하길 하루 이틀만 지나면 다들 완전히 잊어버리고, 장담컨대 일주일이 지나면, 그리고 한 달이 지나면 악몽의 기억처럼 그 모든 야단법석에서 아무것도 남지 않을 거야, 두 사람이 레넌 광장 가장자리에 서서 트럭을 바라보고 있었는데, 건장한 직원 두 명이 바로 그때 슬롯머신을 부리고 있었으니 그는 슬롯머신을 돌려받을 수 있을 거라 개인적으로 판단했거니와, 말하자면 그것은 경찰서장과 통화한 이후로 서장이 그에게 은밀히 말하길(즉, 그들 둘만 알고 있어야 했는데) 그것이, 왜 아니겠느냐마는 그에게 꽤 솔깃했던 것은 누군가 그에게 '그런 식으로' 부탁하는 일이 매일 있는 것이 아니었기 때문이나 지금 이 일이 일어났고 게다가 매우 그럴듯했으니 그 말인즉 '이를테면' 슬롯머신을 전부 원래 장소에 고이 돌려주면 대중적 분위기가 가라앉을 테니 그렇게 할 수 있으면 그러지 않을 이유가 없다는 것으로, 진실은 경찰서장이 그에게 말했듯 삶이 언제나 원래 경로로 돌아간다는 것이고 그렇게 모든 말썽이 잠잠해지는 법이니 삶은—경찰서장이 결론 내렸듯—계속되어야 하고 나쁜 사건들은 끝을 맺어야 하거니와 물론 이것은 그의 결정이었고 도시관리사업소장이 업무를 시작한 것은 사람이란 모름지기 일을 해야 하기 때문이라며 그가 그날 아침 도시관리사업소 창고에서 쌀쌀한 바람을 맞으며 졸린 눈을 시무룩하게 깜박이는 직원들에게 말하길 그들에게도 일할 의무가 있다고 했기에 그들은 업무에 착수하

라리라

여 며칠 전까지만 해도 식당과 그 밖의 시설에서 압수한 슬롯머신이 모두 보관되어 있던 축구장 탈의실에 가서 슬롯머신을 도로 꺼내기 시작했으며 이제 도시관리사업소장은 작업이 어떻게 진척되는지 보고 싶어서 작업 차량을 타고 이 장소에 찾아와 조수와 함께 레넌 광장 앞에 서서 둘은 직원 두 명이 바로 그 순간에 슬롯머신을 땅바닥에 내려놓는 광경을 바라보았는데, 직원들은 소장에게 걱정하지 마시라고, 전혀 손상되지 않았다고 몸짓하며 슬롯머신 한 대를 구석에서 들어올리고 손수레를 밑에 밀어넣어 근처 핀볼장에 도로 가져다 놓은 다음 두 번째 슬롯머신을 가져왔으니 이로써 작업이 끝났고 그들이 소장에게 고개를 꾸벅하고는 트럭에 다시 올라타 냉큼 떠나자 소장과 조수는 작업 차량에 다시 올라탔고 조수가 묻길 이제 어디로 갈까요, 어디 보자, 시내 근방에서 방향을 돌리게나, 소장이 말하자 조수가 고개를 꾸벅하고는 가속 페달을 밟아 두 사람은 레넌 광장에서 대로를 따라 출발하여 예전 급수장 건물에 이르자 소장이 말하길 페퇴피 동상 쪽으로 좌회전하지, 그는 정말로 삶이 옛 방식으로 돌아가기 시작하는 광경을 보았으니 시가지에서는 노숙자들이 이미 나타나기 시작했고 알바니아 거지 아이들은 아직 보이지 않았지만 노숙자들이 다시 풀려났다며 조수가 소장의 주의를 환기하길 저기 하나 있어요, 저기 또 하나 보이네요, 사방에 있어요, 다시 길바닥에 들끓고 있어요, 시장이 내보낸 것이 틀림없어, 라며 소장이 생각하길 이 추잡한 무리를 양로원에 노인들과 함께 영영 처박아둘 수는 없을 테니까, 한없이 그러고 있을 수는 없지, 그땐 아무도 그들을 어떻게 해야 할지 뾰족한 수가 없었으며 불만이 제기될 수밖에 없었거니와 그들이 입소하자마자 노인들이 불평하기 시작하되 냄새가 나고 도둑질한다고 투덜거렸으나 이 불만을 처리할 사람이 없었던 것은 그 모든 환영식을 비롯하여 처리할 일이 산더미였기 때문이라고 소장이 돌이켜 생각하다가, 그래, 하지만 이젠 다 끝났어, 그는 한숨을 내쉬었으며 그들이 페퇴피 동상 앞에서 대로에 올라서자 조수가 여기서 어디로 갈까요, 하는 표정으로 그를 쳐다보았으나 이 지점에서 소장은 조금 망설였는데, 실은 할 일이 없기도 했고 일이 저절로 잘 풀려가고 있었기에 그들은 창고로 돌아갈 수 있었는데, 아니, 슬롯머신 반환이 어떻게 되어가는지 보러 갈 수도 있었으나, 아니, 지금 몇 신가, 그가 조수에게 묻자, 12시 10분 전입니다, 그렇다면, 소장이 대답하길 조금 있으면 오종午鐘이 울리겠군, 콤로 레스토랑으로, 그가 조수에게 말하길 가주게, 우리가 도착하여 주차하고 들어가면 정오가 되어 점심 메뉴판을 받을 때 점심시간을 알리는 종이 울리는 거야, 그가 흥겨운 표정으로 조수를 바라보며, 자네 생각은 어때?

값을 치르지 않겠다면 내게서 아무것도 기대하면 안 되지, 라며 목수는 저택의 방에 있는 침대에서 나사못을 풀었는데, 그들은 아직도 그의 수고비를 지불하지 않았고 출장

라리라

비를 지불하지 않았거니와, 합성수지는 어떻게 빼내지, 이 놈의 빌어먹을 나사못은 어쩌고? 그가 육중한 침대 가장자리의 나사못 하나에 전기 드릴을 갖다 대며, 저것들을 뽑을 수는 있지만 더는 같은 나사못이 아니야, 헌 나사못이라고, 아무리 잘 뽑아도 처음 박은 것과는 달라 보여, 여기 이거 좀 보라고, 그가 나사못 또 하나를 조명에 비추며, 이것도 벌써 휘었어, 에휴, 내가 뭐라고, 마법사라도 돼? 아니, 난 마법사가 아냐, 나사못이 딴 데서 쓰였다는 흔적이 조금도 남지 않게 나사못을 뽑을 수는 없어, 다시 한번 그가 분에 겨워 세게 발길질하는 바람에 연장통이 저택의 방 귀퉁이에 처박힌 데다가 뒤집히기까지 하여 그는 더더욱 분통이 터졌으니 연장통 있는 데 가서 나사못뿐 아니라 안에 들어 있던 모든 연장을 하나하나—전부 뒤져버려—주워 담아야 했는데, 어찌나 화가 났던지 급기야 연장을 집어넣는 게 아니라 연장통을 향해 집어던지는 바람에 연장은 사방으로 날았고 그는 다시 주워야 했으나 놀랄 일이 아닌 것이—오래전부터 혼잣말하던 버릇대로 큰 소리로 혼잣말하길—조수가 없으니 그럴 수밖에, 이런 처지에 어떻게 조수를 둘 수 있겠어, 이젠 내가 조수 신세군, 그가 투덜거리며 다시 마음을 가라앉히려 애쓴 끝에 결국 모든 것을 거둘 수 있었는데, 이거야 원, 아무것도 생기는 것 없이 고역을 치러야 하다니, 지금 그가 이 나사못을 뽑는 것은 여기 두고 갈 생각이 없어서였는데, 저 씨발놈들 같으니, 그들은 그를 여기로 불렀고 그는 여기로 왔으며 그는 그에게 세상을 약속하며 보너스와 온갖 것을 주겠노라 약속하고서는 어이없게도 막판에 그에게 말하길, 마치 그가 아무짝에도 쓸모없는 사람인 것처럼 말하길 그의 서비스는 필요 없고 그를 부른 것은 실수였다며 시재정이 텅 비어서 당분간은 참아달라고─참아달라고!─했는데, 목수는 저택의 방에서 빈 벽을 향해 외치길 이제 와서 나보고 참으라니, 내가 애송이인 줄 아나, 이제 참아달라니, 그들은 절대 내 임금을 지불하지 않을 거야, 하지만 나는, 두고 보라지, 나사못을 마지막 하나까지 뽑을 거야, 썩어 문드러진 나사못 하나라도 남기지 않겠어, 저 모든 똥 덩어리들은 지옥에나 가라지, 그게 놈들의 최후가 될 테니까, 나는 내 나사못을 모조리 뽑아서 챙길 거야, 바로 그거야, 하지만 우선 이 우라질 것을 때려 부수겠어, 안 그러면 내가 언제 수고비를 받겠어? 그들은 내가 공짜로 일한다고 생각하나? 아니야, 난 먹고살려고 일해, 사기꾼을 위해 일하는 게 아니라고, 그런데 참아달라니! 그러고서 그는 연장통을 다시 보기 좋게 걷어찼는데, 이번에는 뒤집히지는 않았어도 역시나 구석으로 미끄러졌으나 그는 그쪽으로 가지 않고 마냥 침대에서 나사못을 뽑기만 했으니 그는 분개했고 끊임없이 혼잣말했지만 소용없어서 아무도 그의 말을 듣지 않았고 다만 그들이 고아들을 데려오고 있었고 저 애새끼들이 인디언처럼 고함지르느라 북새통을 이뤘는데, 누군가는 기분이 좋다는 사실이 그의 화를 돋웠으니, 하긴 이 저택은 저

라리라

놈들을 위한 것이었지, 아무도 돈을 들여 보수하고 싶어 하지 않았고 고칠 수도 없는 지경이 되었을 때 웬 똑똑한 작자가 나타나—언제나 이런 똑똑한 작자들이 문제야—그때까지 셔르커드 도로의 소년원에 처박혀 있던 고아들에게는 이 상태로도 완벽하다고 판단했으며 심지어 그들은 저놈들을 이곳으로, 이 저택으로 데려올 수 있었으니 남작과 관련한 이 모든 히스테리가 잦아든 지금 그들은 이 악동 무리를 이곳에 도로 데려왔던바, 왜? 제 어미에게도 버림받은 저놈들을 왜 돌보는 거지, 왜 저놈들에게 돈과 일과 온갖 것들을 주느냐고, 뭐 하러, 저 부랑아들이 무슨 쓸모가 있다고—그는 나사못을 거의 다 뽑아가고 있었는데—저놈들이 뭐가 되겠느냐고, 여기서 나가자마자 모두 범죄자나 되겠지, 벌써부터 훔치고 속이고 싸우고 빼앗고 어슬렁거리는데, 그런데 저놈들에게 저택이, 씨발놈의 저택이 왜 필요하냐고, 저놈들을 당장 모조리 감옥에 처넣어야 해, 어린 애새끼일 때부터 감옥에 집어넣었어야 한다고, 그러면 만사형통인 것을, 그러면 부랑아도 노숙자도 거지도 저렇게 많지는 않을 거야, 이 거지들을 좀 보라고, 저들이 어디서 왔겠어, 내 장담컨대—그가 마지막 나사못을 뽑고 연장통 뚜껑을 처닫으며—여기서 왔지, 우리가 저놈들을 도둑과 강도로 키워내는 거라고, 그러는 동안 누구는 아침부터 밤까지 뼈 빠지게 일해, 뭐 하러, 아무도 돈을 안 주는데, 그게 현실이야, 열심히 일한 대가로 뭘 받느냐고, 무화과 한 알도 못 받아, 그게 현실이라고—그가 연장통을 쥔 채 문밖으로 나서며—그런데 이 아무짝에도 쓸모없는 부랑아들은 빌어먹을 저택을 차지해, 그래, 이것이 우리 나라가 처한 꼴이지, 이 이상은 언감생심이라고—그가 문을 다시 열릴 정도로 세게 처닫으며—이것도 과분해. 그는 폭풍처럼 고아원을 빠져나왔다.

남은 것은 큼지막한 회색 여행 가방뿐이었으나 손이 닿지 않았기에 그녀는 욕실에서 사다리를 가져와 사다리에 올라서서 가방을 내려야 했는데, 나머지 여행 가방은 이미 전부 침대 위에 열린 채였으며 옷가지와 그녀에게 필요하겠다 싶은 모든 것도 가지런히 개켜져 있었고 이제 이 커다란 여행 가방만 남았는데, 모든 것이 준비되었던바 그녀는 자신이 떠나는 것이 유일한 가능성임을 깨닫기에 이르고서 우선 장롱에서 속옷을 모조리 꺼낸 것은 속옷을 적어도 품질이 좋은 것으로 언제나 가지고 다녀야 했기 때문으로, 속옷으로 말할 것 같으면 그녀는 언제나 최상품만 골랐고 그것이 그녀의 기본 원칙이었으니, 한마디로 속옷은 값비쌌기에 그녀는 단 한 벌도 집에 남겨두지 않을 작정이었기에 이에 따라 속옷부터 다시 개키기 시작한 것은 조심한다고는 했지만 장롱 서랍에서 꺼내면서 모양이 흐트러졌기 때문으로, 그런 다음 작은 여행 가방에 차곡차곡 넣고 모든 것을 단정하게 정리했으며 그러고는 블라우스, 셔츠, 그리고 스카프, 스타킹, 양말, 란제리 같은 소품이 남았는데, 이것들은 자리를 많이 차지하지 않았으며—물론 그녀는 나머지 옷가지가 들

　　　　　　　　　　　　　　　　　　　　라리라

어갈 자리가 있을지 약간 걱정이 들었는데—이제 스커트와 정장과 점프슈트 차례였으나 여기서 그녀가 살짝 망설인 것은 어떤 생각이 떠올랐기 때문으로, 그것은 겨울옷만 챙길 것인가, 이듬해 봄까지 나가 있을 계획을 짜야 하는가였고 결정하기가 매우 어려웠는데, 물론 가장 간단한 방법은 봄옷도 챙기는 것이었지만 그와 동시에 그녀는 자리가 넉넉하지 않다는 것도 알고 있었기에 봄옷을 여행 가방에 넣지 않고 침대에 쌓아두고서 필수품부터 여행 가방에 넣은 뒤에 자리가 남았는지, 남았으면 얼마나 남았는지 가늠해보기로 한 것은 자리가 없으면 모든 게 헛수고가 될 터였고 이 가벼운 옷가지들은 도로 장롱에 넣으면 그만이기 때문으로, 그래, 어떻게든 되겠지, 그녀가 선 채로 입가를 훑으며 커다란 여행 가방을 내려다보며 생각하길 지금은 가장 시급한 일에만 집중하자, 그렇게 하나씩 하나씩 커다란 여행 가방 속에 모직물, 니트 스웨터 몇 벌을 넣다가, 코트에 이르러 다시 한 번 동작을 멈추고 생각할 수밖에 없었으니 겨울이 어떨지, 혹독하게 추울지, 아니면 그녀가 따스한 털코트를 입을 필요조차 없던 작년처럼 포근할지 누가 알겠느냐마는 털코트는—그녀가 근심 섞인 한숨을 내쉬며—입어봐야 아는데, 아직은 털코트를 입을 만큼 춥지 않으니, 그러면 어떻게 해야 하나, 털코트 없이는 드넓은 세상에 나갈 엄두가 나질 않았고 겨울이 다가오고 있었기에 그녀는 일단 털코트를 침대에 올려두고서 나중에 살펴보면서 판단하기로 하고는 그저 짐을 싸고 또 싸다 보니 애석하게도 커다란 여행 가방이 금세 가득 차버려 그녀는 벽장과 커다란 여행 가방 사이에 서서 처음에는 이 방향을, 다음에는 저 방향을 바라보며, 이제 무엇을 해야 하나, 하느님 맙소사, 하며 한숨을 내쉬길 내게 조언해줄 사람 하나 없구나, 살아서 이 꼴을 보게 되다니, 입꼬리가 내려가며 그녀가 울기 시작했는데, 나는 이곳 거실 한가운데에 홀로 서 있어, 침대 위에는 여행 가방이 작은 것 다섯 개와 큰 것 한 개가 있는데, 전부 가득 찼어, 나는 여행 가방을 보고 있어, 장롱은 아직도 반쯤 차 있고, 무얼 해야 하나, 무엇을, 그녀는 장롱과 여행 가방 사이에 우두커니 선 채 판단을 내릴 수 없었거니와 이 모든 일은 그녀가 감당하기에는 너무 버거웠고 털코트도 골치였고 봄옷도 골치였고 장롱은 선반에 온갖 것들이 올려진 채 반쯤 차 있었고, 아, 누가 있어서 내게 말해주려나, 그녀는 거실의 낮은 천장을 올려다보았으며 그녀의 얼굴에는, 그녀의 늙고 괴로운 얼굴에는 진짜 절망이 깃들어 있었으니, 아, 이것이 평생을 살아낸 대가란 말인가, 정녕 이것이?

그가 비체레 기차역에 나와 자신의 눈에 보이는 것을 가장 미세한 성분으로 분해하려 하고 있었던 것은 오토바이족들의 의심이 지나치다고 생각하기는 했어도 여전히 문제를 완전히 일단락 지을 수 없었기 때문인바 그도 그럴 것이, 그가 일전에 일경에게 설명했듯 그는 언제나 모든 것을 가장 작은 세부 사항까지 들여다보았으나 전체를 조망하는 일도 결코 잊지 않았으니 그는 그로부터 부분을 조합했고 경찰서가 그토록 효율적이었던 것은 이 때문이며 그는 이번에도 같은 일을 하고 있었는데, 그가 역의 작은 건물에 들어가 무엇이 있는지 둘러보니 식은 재가 들어 있는 철제 난로에 성냥은 한 개도 보이지 않았고 화장지가, 말하자면 쓰다버린 화장지 두 장이 바닥에 떨어져 있었고 그것 말고는 아무것도, 개털 몇 가닥 말고는 아무것도 없었으며 벽과 바닥에 흙이 묻어 있었으니, 좋아, 그렇다면, 그가 스스로에게 물길 여기 있는 것은 무엇인가, 이 재는 무엇을 의미하나, 이것은 누군가 어느 시점에 여기서 난로에 불을 붙였다는 뜻이지, 그래, 하지만 누가 언제 그랬을까, 심지어 1년 전일 수도 있어, 이 식은 재만 가지고는 어떤 판단도 내릴 수 없어, 쓰다 버린 화장지는 또 어떻고, 언제나 페이스트리를 굽던 저 할망구는 아무것도 몰랐는데, 잔뜩 겁을 먹어서 말도 제대로 못 하고 저 화장지가 어디서 온 건지 전혀 모른다고 했기에 그에게 아무 도움이 되지 않았던바, 이 개털을 정녕 지금 조사해야 하나, 아니, 경찰서장이 고개를 돌리며, 저런 개털 나부랭이는 아무 때나 아무 개에게서나 여기 떨어졌을 수 있어, 게다가 이 개는 누구 개였을까, 도무지 믿음이 가지 않는 술고래의 개였을까, 작고 겁많은 버러지 같은 놈의 개였을까, 그런 놈들도 믿을 수 없기는 마찬가지였으니 그렇게 여기서 그는 이 기차역 안에 서 있었는데, 그 자체로 드넓은 들판 한가운데 서 있는 셈으로, 사람들은 예전에 농장이던 이곳에서 기차를 탔었으나 그 시절은 오래전에 지나 갔으니, 그 말이 옳았어, 그건 오토바이족 조의 말이 옳았지, 역은 여전히 거기, 들판 한가운데에 있었고 누구나 들어올 수 있었던 것은 한 번도 문이 잠기지 않았기 때문이나 어디에도 흔적은 없어서, 나무 더미조차 쓰러지지 않았고 다만 누군가 몇 조각 슬쩍한 것이 전부로, 흠—경찰서장이 팔을 벌리며—이건 증거가 아니야, 똥이지, 그러면서 비체레 역의 작은 역사에서 걸어 나와 자신과 함께 그곳에서 나와 옆에 선 일경에게 한 번 더 말하길 이건 증거가 아니야, 똥 덩어리에 불과해, 아무것도 아니라고, 이만 가지, 잊어버려, 두 사람이 지프에 올라타 곧장 시내로 돌아가 서에 복귀하자 새로운 소식이 그들을 기다리고 있었던바 사건이 벌어졌는데, 놀라운 것은 장소가 호텔이라는 것으로, 어느 호텔이야, 보고하는 경관에게 경찰서장이 소리 지르자 배달원이 우리집 호텔에 도착했는데, 자주 보는 광경은 아니었습니다, 그렇지, 내 말은, 아니라고, 경찰서장이 투덜거리며 책상 뒤에 털썩 앉자, 개인 운송을 하는 외국 배달 업체였습니다, 주소가 정확하지 않아서 처음에는 엉뚱한 장소에 갔다고 합니다, 실제 주소를 찾으려고 최대한 열심히 노력하여 찾아낸 뒤에 이제 이곳에 왔는데, 그러니까, 그런데 뭘 가져왔나, 수신인은 누군가, 경찰서장이 당직 경관을 다그치자, 고급 여행 가방 아홉 개입니다, 수신인은 남작이고요, 뭐라고, 경찰서장이 펄쩍 뛰었는데, 그는 이미 지프에 올라타 있었고 이

라리라

미 호텔에 와 있었고 이미 누군가 그의 옆에 서서 자신을 매니저라고 소개했으나 서장이 모르는 사람이었으며 표정으로 보건대 서장은 알고 싶어 하지 않는 것이 분명했는데, 말해보시오, 라고 경찰서장이 말하고서 방금 경찰서에서 들었던 것과 거의 단어 하나까지 같은 보고에, 물품이나 좀 봅시다, 경찰서장이 호텔 매니저의 말머리를 잘랐으며 그들이 그를 호텔 보관실 옆방에 데려가자 그곳에는 정말로 여행 가방 아홉 개가 있었으니, 이게 흥미로운 점은, 그의 옆에 서 있던 당직 경관이 말하길 이것들이 남작에게 배달되었다는 것입니다, 저 안엔 무언가가 들어 있을지도 모릅니다만, 그건…… 하지만 경찰서장이 대뜸 말을 자르더니, 뭐가 있을 것 같나? 그게, 아마도 어떤 문서가, 당직 경관이 더듬더듬 대답하자, 문서라고, 하지만 무슨 문서? 남작의 계획에 대한 건가, 아니면, 아니면 뭐지?! 경찰서장이 다시 한번 자제력을 한껏 끌어모아야 한 것은 부하들이 이 단계에 도달하면—그들은 언제나 이 단계에, 딱 이 단계에 도달했는데—뭔가 보고하기는 해도 자신이 보고하는 것에 대해 전혀 생각하지 않았기 때문으로, 왜 부하들은 생각하는 법을 모르는 것이며 왜 그들은 단 하나의 결론조차 제시하지 못하는 걸까, 하지만 경찰서장은 아무 말도 하지 않았으며 당직 경관은 이 시점에서 무슨 말이라도 해야 하는 건지 알 수 없어서 아무 말도 하지 않은 채 경찰서장 뒤에 차려 자세로 서서 서장의 어깨 너머로 여행 가방을 쳐다보는 동안, 프라다

패배자

로군, 돌아보지도 않은 채 경찰서장이 말하자, 네, 당직 경
관이 뒤꿈치를 붙이며 대답했는데, 내 말은, 경찰서장이 다
시 말하길 프라다라고, 여행 가방은 프라다야, 그러고는 한
참 동안 아무 말도 하지 않고 여행 가방을 물끄러미 바라보
다, 옮기진 않았겠지, 옮겼나, 멀찍이 뒤에 서 있던 호텔 매
니저에게 그가 물었는데, 그는 질문이 무슨 뜻인지, 무얼 가
리키는지 이해가 되지 않아, 저, 서장님, 저희가 가져오긴 했
습니다만 그 뒤로는 아무 데도…… 좋소, 여행 가방을 열어
볼 수 있는 방이 있소?—경찰서장이 이제 그에게 시선을 돌
려—알아듣겠소, 이것들을, 여기 아홉 개 전부를 나란히 놓
고 끌러보고 싶소, 알아듣겠소, 하나씩 말이오, 이걸 열어보
고 싶소, 여기서 할 수 있겠소, 그러자 호텔 매니저가 냉큼
그렇다고 대답했는데, 그는 경찰서장이 조금 두려웠기에 자
신의 뒤에 서 있는 직원 몇몇에게 눈짓하여 서장 말대로 하
라고 했으며 그들은 지시에 따라 1층 객실을 개방했으며 경
찰서장이 조사할 여행 가방 아홉 개 모두 몇 분 만에 운반
되었으니 그는 방바닥에 놓인 여행 가방 앞에 서 있다가 그
앞에서 왔다 갔다 하되 처음에는 왼쪽에서 오른쪽으로, 다
음에는 오른쪽에서 왼쪽으로 왔다 갔다 하면서 가방을 꼼
꼼히 뜯어보고는 마침내 당직 경관에게 자물쇠를 끄르라고
손짓한 뒤에 직접 여행 가방 아홉 개를 샅샅이 뒤졌으나 옷
가지 말고는 아무것도, 해 아래 아무것도 들어 있지 않았는
데, 그가 당직 경관에게 앞으로 나오라고 눈짓하자 그도 여

행 가방 아홉 개를 살펴보았으며 조사가 이루어지는 동안 그는 당직 경관에게서 한 번도 눈을 떼지 않고 그가 말하기만을 기다렸으니 캐묻는 듯한 눈빛으로 그를 바라보면서 뒷짐을 진 채 기다리고 또 기다렸으나 당직 경관은 그가 자신에게 무엇을 기대하는지 확실히 몰라서 밭은기침을 하고는 여행 가방 하나에 다가가 뒤적이고는 뒤로 물러났는데, 내가 알고 싶은 건, 경찰서장이 말하길 그 여행 가방에서 뭐가 보이느냐는 거야, 알겠어? 그의 눈이 으르듯 번득이며, 귀관 생각을 듣고 싶은 게 아냐, 자네 눈에 '보이는' 것을 말해주기를 부탁하는 바이네, 겉옷, 속옷, 그러니까 이게 다입니다, 경찰서장이 벌떡 일어나, 귀관은 시력이 좋지 않나, 이 여행 가방 아홉 개에 특별한 점이 뭔가—그런데, 질문에 이미 함정이 있었으니—제 말씀은 저 안에 개인적인 것은 아무것도 없다는 것입니다, 당직 경관이 쭈뼛쭈뼛 대답하자 경찰서장은 깜짝 놀란 표정으로 당직 경관을 바라보며 더 가까이 다가오라고 손짓하고는, 경사, 자네 내 밑에 얼마나 있었지, 그가 묻자—여기서 무슨 일이 벌어지는지 엿보려고 호텔 직원이 거의 전부 열린 문 앞에 모여 있었는데—보고드리겠습니다, 7년입니다, 서장님, 당직 경관이 대답하자, 그렇다면 지금이야말로, 경찰서장이 말하길 본인이 귀관에게 좀 더 관심을 기울여야 할 시기로군, 귀관은 사물을 볼 줄 아니까 말이지, 내 경찰서에서 그것은 대단한 능력일세, 귀관은 어떻게 결론을 끌어내는지 알아, 이 말에 당직 경관의 겁먹은 얼굴이 더욱더 겁먹은 표정으로 바뀐 것은 경찰서에서 다반사이던 관례적 질책이 따를 것으로 여겼기 때문이나 그러지 않았고 오히려 경찰서장이 그에게 말하길 그게 요점일세, 말하자면 이 여행 가방에는 남작과 개인적으로 연관 지을 만한 것이 하나도 없어, 그러니까 저것들은 누군가 그에게 보낸 것이지, 그 사람은, 운송장을 보지 않더라도 빈에 있는 그의 가문일 것이 틀림없어, 그가 누구인지 우리는 이미 알지, 네, 네, 당직 경관은 군인처럼 고개를 끄덕였으며, 그렇다면 이 여행 가방 아홉 개는 아무 의미도 없어, 우리와는 무관하다고, 네, 바로 그렇습니다, 당직 경관이 다시 말하길 말하자면 우리가 지금 무엇을 해야 하는가에 대해 저는 그게 뭔지 모르겠습니다, 라고 당직 경관이 말했으나 경찰서장은 이미 방에서 나가 호텔을 벗어났으며 당직 경관은 가까스로 따라잡았는데, 출발하게, 경찰서장이 그에게 말하고서 창밖으로 평화로의 우울한 잿빛 주택들을 물끄러미 바라보며 말하길 그래, 원래 그런 걸세, 경사, 지금 우리가 할 일은 그게 전부야, 우리는 가능한 단서를 모조리 추적하지, 그중에 뭐라도 가치가 있는 게 몇 개이겠나, 그가 서글프게 묻고는 스스로 대답하길 하나도 없네, 경사, 저 여행 가방 아홉 개는 똥통에나 처넣을 것이지.

그녀는 안전 고리를 끄르지 않았는데, 그러길 잘했다고 생각한 것은 낯선 얼굴 둘을 보았기 때문으로, 그녀는 그들에게 누구를 찾느냐고, 무엇을 원하느냐고 물었으나 단지

라리라

습관적으로 물었을 뿐 답을 기대하지는 않았으니 두 얼굴 중 하나는 최근에 입은 부상으로 흉측하게 일그러졌으며 그녀는 당장 문을 닫고 싶었으나 얼굴에 상처가 있는 사람이 입을 열어 마지막 설명을 가지고 왔다고 말했는데, 그것은 무슨 일이 있어도 그녀에게 전달해야 하는 남작의 전갈로, 남작은 비극적 상황의 와중에 서거했다며 남자가 자신의 상처 입은 얼굴을 가리키되 마치 자신의 발언을 확인시키듯, 자신도 이 비극의 일부였다는 듯 가리켰으며 그녀는 남작이라는 말과 '비극'이라는 말을 듣고서 잠시 몸을 가누지 못했는데, 당장 문을 닫지는 않았으나 안전 고리는 여전히 걸려있는 채 열린 문틈으로 다만 남자에게 묻길 그 전갈이 무엇인지 알려줄 수 있는지, 이런 식으로도—그녀의 말뜻인즉 문을 1센티미터도 더 열지 않은 채로—자신에게 전달할 수 있는지 물었으며 그러자 남자의 입에서 말들이 흘러나오기 시작했거니와 문제는 그의 말에 그녀의 마음을 울리는 무언가가 있었다는 것으로, 그 몇 마디가 그녀를, 떠나기 전날 짐을 싸고 있던 그녀를 흔들어 고민하게 했으니 그렇게 문은 아까와 같이 빼꼼히 열린 채로 그녀는 작고 뚱뚱하고 머리는 버섯 모양에다 굵은 머리카락은 곱슬거리고 얼굴에 상처가 있는 이 사람에게 귀를 기울였으니, 말인즉슨 그가 누군가와 동행했는데—아니, 동행한 게 아니에요!—그는 바로 전날 바로 이 장소로 남작을 '안내'했으며 무척 비통하게 마무리된 유명한 사건이, 버섯 머리 남자 말로는 '헤아릴 수 없이 후회스러운' 사건이 머리커가 보는 앞에서 벌어지는 동안 그는 오해가 빚어졌음을 확신했으며 전갈은 이에 대한 것으로, 남작이 가고 없는 지금 그가 수신인에게, 말하자면 명작《돈키호테》의 여주인공 둘시네아 델 토보소도 그녀에 비하면 빛바랜 모조품에 불과한 그런 숙녀에게 반드시 전달해야 하는 내용은—남자가 문틈으로 말하길—숙녀께서 이것을 고려해주실 수 있는지 하는 것으로, 며칠 전까지만 해도 그저 '감상적인 서한'에 불과하던 그 전갈에 이제는 작성자의 유언이, 그를 위한 유언이 담겼으니 이제 그가 자신을 가리키며, 문틈으로는 온전히 볼 수 없어서 자신의 몸짓을 머리커가 추측하는 수밖에 없겠지만 어쨌든, 그가 말하길 이것은 그가 '반드시 전달해야 하는' 것이기에 그는 도시를 훌쩍 떠날 수 없었으며—일들이 그에게 어떻게 끝났는가를 보건대 이 일은 일어날 것이어서, 말하자면 그는 도시를 떠날 것이었는데—그는 이 최후의 '의지 표명'을 수신인에게 전달하지 않고서는 그 방향으로 한 발짝도 내디딜 수 없었기에 낯선 사람이 이런 골골로 그녀의 문 앞에 나타나는 것을 양해해달라고 간절히 부탁했으며 다시 한번 자신의 얼굴을 가리키며 그녀가 자연스러운—이 시국에는 더없이 정당한—불신을 극복하고 남작이 자신에게 맡긴 전갈을 더 품위 있는 상황에서, 말하자면 그녀가 그를 들여보내준다면 전달할 수 있도록 자신을 들여보내달라고 간청했는데, 잠시 머뭇거리다가 머리커는 안전 고리를 끌러 두 남자를 들였으나 자신이 '떠나기 전날'이라고 덧붙이며 신사들에게—이것은 그녀가 그와 그의 동행을 집에 들이고 거실에 앉히면서 불청객에게 붙인 호칭이었으니—사설을 생략하고 '그가 가져온 것', 말하자면 문제의 핵심이라는 그 유언이라는 것의 핵심을 전해달라고, 그가 친절을 베풀어 그녀로 하여금, 지금 시간이 별로 없기에 최대한 빨리 택시를 불러 출발할 수 있도록 해달라고 부탁한 것은 이 순간에—그 선물이나 전갈의 내용이 무엇이든—그녀가 무엇보다 바라는 것은 출발하는 것이었기 때문이다.

그는 그 돈이 그곳 어딘가에 있다고 확신했으며 자신이 말하는 '돈'이 정확히 무엇인지 말할 수는 없었음에도 그것이 다른 어디에도 없고 오로지 이 여인에게, 저 사기꾼이, 저 정신 사나운 늙다리 미치광이가 불과 며칠 전에 이곳에서, 이 아파트에서 찾았던 여인에게 있다고 확신했으니 그돈은 다른 어디에서도, 그 문제를 아무리 들여다보아도 찾을 수 없었으며 그가 자신이 착각하지 않았다고, 올바른 길에 들어섰다고, 지연은 있을 수 없다고 생각할 만한 그럴듯한 이유를 계속해서 찾아내고 있었던 것은 이곳에서 긴장감이 점차 커지고 있기 때문이라고 그는 새로 손잡은 동업자에게 설명했는데, 그는 처음에는 자신을 미스터 레슬리 볼튼이라고 소개했고 구식 볼러 중산모를 쓰고 있었으나 영어를 한 단어도 모른다는 사실이 들통나자 올테어누 라슬로라는 이름을 내놓았으나 단테의 표정에서 그것도 안 믿는다는 것을 감지하고서 마침내 친구들이 자신을 다만 레뇨라고 부른다고 털어놓았고 그렇게 그때부터 그는 레뇨가 되었으며 이에 따라 이곳의 일들이 점점 꼬여만 갔으니 단테는 새 동업자를 바라보았는데, 어쩌면 둘은 본사를 솔노크로 이전해야 할 수도 있었던바 그가, 즉 레뇨가 단테의 눈에 최고의 선택이었던 것은 레뇨가 슬롯머신 사업을 운영하는 데 빼어난 감각이 있었기 때문으로, 그가 알기로 솔노크는 대단한 발전 잠재력이 있었기에 단테는 이렇게 권하지 않을 수가 없었거니와 그는 그에게 "솔노크"라고 말했는데, 그는 부탁하지 않았고 아무것도 강요하고 싶지 않았으며 이 시점부터 두 사람이 소유권 계약을 체결하고 소액의 계약금을 지불하고서 이미 그는, 레뇨는 방대한 금전적·문화적 자산을 보유했을 뿐 아니라 사업적 관점에서도 탄탄하게 운영되고 있던 이 제국의 새 주인이 되었으니—여기서 단테는 언제나 검지를 곱슬곱슬한 정수리 위로 들어올렸는데, 이 선언을 할 때마다 그랬으니—'사업적 관점에서도' 수익을 거둘 수 있었던바 이 슬롯머신 제국이, 수익을 거둘 수 있는 게임 산업 제국이 이 계약 덕분에 타인의 손에 넘어갔고 이것을 그가 보장할 수 있었던 것은 모든 면에서 끊임없고 실로 경이로운 결실을 그에게 안겨준 바 있었기 때문이며 지금에 와서야 그는—단테는 그녀가 그에게 앉으라고 손짓하자 그녀의 소파베드에 앉아 여인에게 이것을 설명하고 있었거니와—이제 앞으로 나아간다는 관점에서(단테의 말뜻은 '미래에는'이었는

라리라

데) 그는 인력 개발이라는 새로운 성장 분야에서 자신의 능력을 시험해보고 싶었던 것이, 그에게 혁신은 자기 자신에게 가장 먼저 적용되어야 마땅했던바 그것은 그가 단순한 이익에 의해서가 아니라 자신이 느끼는바 동료 인간의 욕구에 의해 주로 움직이는 사람이었기 때문으로, 그가 계속해서 새로운 조직 구조를 선보이는 것은 바로 이런 바탕에서였기에, 말하자면 그는 통신 분야에 진출하려는 참으로, 만일 지금까지 그의 최우선 관심사가 게임을 창조하여 자유의 맹세와 더불어 대중에게 보급하는 것이었다면 이제 그가 지금 벌이는 시도는 사람들 간의 소통을 활성화하는 것이었으니, 즉 그의 계획은 다가올 시간에 휴대폰 사업에 투자하여 루마니아 아라드에 본사를 두는 것이었거니와 피난민이 일상적으로 끝없이 밀려들고 있어서 철도 노선이 안정적이진 않았으나 그래도 이따금 베케슈처버 역에서 부다페스트-부쿠레슈티 노선을 이용할 수 있었으며 그곳까지만 간다면 거기서 아라드까지는 엎어지면 코 닿을 데였으므로 이것이 따라서 그의 계획이었던바 그는 이만하면 소개가 충분하다고 생각했으며 그런 뒤에는—소파베드의 스프링 위로 몸무게를 옮기며—자신이 의뢰받은 전갈을 전달하는 일밖에 남지 않았는데, 이때 안주인은 꼼지락거리기 시작했으며 불청객 머리 위에 걸린 벽시계 바늘을 초조하게 바라보다가, 이렇게 부탁해도 괜찮다면 다시 한번 좀 더 간결하게 설명해줄 수 있겠느냐고 묻자, 글쎄, 하지만 물론이죠, 부인, 남작의 유언에 해당하는 전갈을 즉시 말씀드리겠습니다, 하지만 먼저 용서를 구하는 것을 허락해주시기 바랍니다, 그가 말하길 저는 이 모든 일에서 하찮은 등장인물에 불과하니까요, 이 이야기의 전면에 나설 의향이 조금도 없는 진실하고 소박한 조연 말입니다, 뭐 괜찮습니다, 제 이야기는 이걸로 충분한 것 같군요, 그래요, 네, 그렇죠, 전갈, 말하자면 전갈은 두 부분으로 이루어져 있습니다, 첫 번째 부분은—여기서 단테는 어조를 더 은밀하게 바꾸며 머리커에게 가까이 기대어—남작이 그녀에게, 머리커에게 맡긴 '무언가'가 이제 자신에게 주어져야 한다는 것으로, 남작이 이곳에 무슨 종잇조각인지 봉투인지 카드가 들어 있는 봉투인지 작은 함인지 이른바 벨트 파우치인지를 남겨둔 것이 분명한데, 그는 무엇인지 모르지만 그것이 무엇이든 이젠 그가 그것을 소유해야 했으니 남작의 결정적 바람은 이 종잇조각인지 봉투인지 꾸러미인지 작은 함인지 벨트 파우치인지가 그에게, 단테에게 주어져야 한다는 것으로, 그는 이 봉투인지 꾸러미인지 작은 함인지 벨트 파우치인지의 내용물을 남작의 유언에 따라 처리하도록 위임받았기 때문이며 그리하여 오늘 당신 집의 초인종을 울린 사람은, 부인, 일종의 자산 관리인인 셈입니다—단테는 소파베드에 앉은 채 자신의 말에 호응하듯 고개를 끄덕였는데—그는, 다시 말씀드리자면 그 작은 꾸러미나 상자에 무엇이 들었는지 정확히 알지는 못하지만 남작이 그에게 머리커의 집에서 그것을 요청하라고만 말한 것은 그

라리라

가 무엇을 이야기하는지 머리커가 금방 알 것이기 때문이었으니 그의 걱정은, 그가 말하길 그녀가 짐을 이미 너무 많이 꾸렸으면 어떡하나 하는 것으로, 그는 침실 침대 위와 주위에 널브러진 여행 가방들을 앉은 자리에서 쳐다보았는데, 아니요, 아니요, 아직 짐을 많이 싸지 않았다며 머리커가 마침내 입을 열어, 그리 많이는 아니에요, 하지만 그녀는 이 신사가 대체 무슨 말을 하고 있는지 영문을 알 수 없었으니 남작이 그녀에게 남긴 것이라고는 헤아릴 수 없는 모욕감뿐이었는데, 그것은 어떤 여성도 감당할 수 없는 것이었으나 그래도 그녀는 감당했으며, 하지만 여기서는, 이 도시에서는 아니에요, 그녀가 씁쓸하게 말하길 남작이 그녀에게 저지른 모든 일을 생각하면 이곳에는 그녀가 있을 자리가 어디에도 없다는 그런 까닭이었으니 그녀는 내키지 않는다는 듯 침대 쪽으로 손짓하며 말하길 오랜 삶을 살았던 이 장소를 바로 그 순간 떠날 작정이기에 부디 본론으로 들어갔으면 한다고 이젠 더 딱딱한 얼굴로 덧붙였으며 그녀는 이곳의 그에게서 어떤 '선물'도 없을 것이고 오히려 그가 그녀에게서 무언가를 원한다는 것을 이해했는데, 이것은 어처구니없는 일이었기에 그녀는 일어섰으나, 말하자면 그녀의 불청객에게 이 방문을 끝낼 것을 촉구했으나 단테는 벌떡 일어나 여기서 무슨 일이 벌어지는지 아무것도 이해하지 못한 듯 아주 멍청한 표정으로 앉아 있던 레뇨를 붙들고 그에게도 일어나라고 외치고는 말하길 친애하는 부인, 남작이 이곳에서 제게 아무것도 남기지 않았다고, 즉 그의 요청에 따라 특별히 이곳에 오는 사람에게 아무것도 남기지 않았다고 당신이 말하신다면 저도 받아들여야겠지요, 당신의 분주한 여행이 시작되기 전에 소란을 피울 생각은 추호도 없답니다, 하지만 제게는 전갈의 두 번째 부분을 당신에게 전할 임무가 있으니 이에 따르면 남작은 당신에 대한 배려로 자신이 이곳에 남긴 것이 무엇이든 당신이 그것을 제게 주고 싶지 않다면 당신의 소유로 하되 남작이 평생 당신에게 기대한 그 선한 목적에 써주십사 부탁했습니다, 그리고 여기에다—단테는 천천히 머리커를 따라갔는데, 그녀는 벌써 현관문 쪽으로 몇 걸음 내디딘 채였으니 그것은 그들을 배웅할 준비가 다 되었다는 표시로, 그녀가 보기에 이 대화는 끝났기 때문이었으며—그는, 단테는 덧붙이고 싶은 말이 하나 있었던바 남작이 말한 이 배려의 뜻은 장차 어떤 일이 있더라도 그녀를 돕겠다는 것으로, 지금—그가 등 뒤로 여행 가방을 가리키며—그녀가 이 도시를 떠날 계획이라면, 그리고 그녀의 목적지가 부다페스트라면 자신의 바로 옆에 있는 이 신사의 조력을 (이 또한 남작의 소원에 부응하여) 받으시기를 권한다는 것으로, 그는 그녀의 여행 가방을 기꺼이 들어드릴 것인바 마침 그의 여정도 같은 방향이어서, 원래는 그녀 여정의 중간까지만 갈 계획이었으나 이젠 이 문제를 다시 고려했더니—단테가 레뇨를 쳐다보았는데, 그는 그가 무슨 말을 하는지 영문을 알지 못했고 자신이 다소 놀랐다는 사실을 감

라리라

추려고 애썼으며—그녀의 최종 목적지까지 그녀와 동행하고 도착 이후에도 그녀를 보필할 수 있다면 더없이 기쁘겠노라는 것으로, 이에 대해 머리커는 이미 문손잡이에 손을 올려놓고서 잠시 고민하는 기색을 보이다 이 마지막 선물을 받아들이겠다고 대답한 것은—'선물'이라는 단어에서 비꼬듯 입술을 삐죽거렸으나—여기서든 최종 목적지인 부다페스트에서든 여행 가방을 들어줄 사람이 정말로 필요했기 때문이며 이 도움을 남작의 예전 지인들에게서 받아도 '무방'한 것은 그녀가 이 도시에서 평생을 헛살았기 때문으로—하지만 그녀가 새로 알게 된 지인에게 이 이야기를 한 것은 이미 기차 위에서였는데—이제 그녀는 그 삶을 포기할 수밖에 없었고 이 일에 대해 시시콜콜 말하고 싶지 않았던 것은 이 문제에 대해서는 단어 하나하나가 그녀에게 크나큰 고통을 안겼기 때문이나 그래도 이 말만은 해야겠다고 생각한 말은 67세 노부인이 수도에서 새 삶을 시작해야 하는 것이 슬프다는, 한없이 슬프다는 것이었으니 이에 대해 레뇨는 뭐라 할 말을 찾지 못했거니와 어차피 평소에도 무슨 말을 해야 할지 감을 잡지 못한 것은 이 전체 시나리오에서 누가 누구인지 감을 잡지 못해서였으며 만일 소액의 계약금을 바탕으로 그가 슬롯머신 제국에서 지분을 얻어 단테가 일찍이 기차역에서 작별을 고할 때 은밀히 털어놓았듯, 솔노크에 본사를 두었으나 티소강에서 국경선까지 영업망을 갖춘 그런 기업의 총수가 되었다면 이 여인을 부다페스트까지 따라다니면서 그녀가 돈을 어디에 두는지 알아낼 때까지 그녀를 혼자 내버려두지 말아야 하는 이유는 무엇인가, 그 돈의 액수는 단테가 딱 한 번 얼굴을 찡그리며 그에게 알려준바 그 또한 자신이 감당할 수 있는 한에서 최대한 알려주었으니 그는, 솔노크에 본사를 둔 슬롯머신 제국의 햇병아리 이사는 절반을 받을 것이지만 단테가 왜 이 일에 연루되어 있는지 그로서는 분명치 않았으며 아마도 레뇨는 그 찡그린 얼굴에 심란했는지도 모르지만 몇백만일 거라고 추측했고 이 여인의 얼굴을 바라보면서 이 몇백만에 대해 생각했는데, 두 사람이 탄 기차는 한 시간 가까이 지연된 뒤에 몇 번 덜컹거리다 출발했으니 레뇨는 자신이 가야 하는지 말아야 하는지, 그 몇백만이 정말로 자신을 기다리는지, 아니면 모두 단테가 지어낸 것인지 계속 머리를 굴렸으니 그것은 어려웠고 그는 객실에서 이 문제를 골똘히 생각했는데, 정말로 어려웠으나 그는 판단을 내릴 수 없었기에 베케슈처버 역에서 갈아탈 때 여인의 무수한 여행 가방을, 몇 번을 왔다 갔다 하며 부다페스트 완행열차로 날랐고 이 열차에서도 다시 한번 그녀의 맞은편에 앉았고 차장이 두둑한 금액을 받고서 그의 승차권을 부다페스트까지 연장해주어 문제가 해결된 뒤에 솔노크에서 그가 본 것은 무수한 철로가 놓인 거대한 역사뿐이었는데, 두 사람은 이미 덜커덩거리며 부다페스트에 들어서고 있었으니 그가 여인을 그녀의 바람에 따라 블러허루이저 광장에 있는 호텔에, 사방에 누워 있는 난민

라리라

을 헤치며 천신만고 끝에 데려다주고서 마침내 커피를 앞에
두고 그녀와 마주 앉아 자신이 아직 알아낼 수 없었던 것을
그녀에게서 알아내려고 시도했을 때도 마찬가지였으니 그녀
는 이 몇백만에 대해 아무것도 모른다고, 어렴풋하게도 아
는 바가 없다고 주장했는데, 그는 그녀에게 시간을 많이 쏟
터라 이 여인에게 무언가 있다는 믿음을 점차 기정사실로
여겼기에 앞으로도 그녀를 돕겠다고 맹세했으며 머리커는
이를 받아들였는데, 이런 사람과, 생판 모르는 남과 친분을
쌓는 성격이 아니었으나 시절이 달라졌다며 블러허루이저
광장에서 그녀는 한숨을 내쉬며 1인용 침대가 놓인 객실의
다소 더러운 창문을 통해 차들이 분주히 오가는 광경을 바
라보다가 이토록 고독한 신세인 것에 조금 울먹이고는 손수
건을 핸드백에 구겨 넣고서 아까 받은 번호로 전화를 걸자
반 시간 뒤에 레뇨가 찾아와 둘은 임대 아파트를 찾아 떠났
는데, 머리커는 〈블리크〉의 부동산 광고에서 의회 근처 제5
구에 있는 곳을 찾아 적어두었으니, 썩 나쁘진 않겠지, 하고
생각하며 종이에 동그라미를 세 번이나 치고는 레뇨와 함께
택시를 타고 출발했으나 뉴거티 역에서 택시 운전사가 두
사람에게 내리는 게 나을 거라며 말하길 여기서부터는 시
위 때문에 모든 것이 '아수라장'이고 거리가 모두 폐쇄되었
다고 택시 운전사는 설명했으며 요금을 받고 감사를 표했는
데, 두 사람이 매우 초조했던 것은 지방에서 왔기에 시위라
는 것이 무섭기 그지없기 때문이었으나—바야흐로 그런 시

패배자

위를 맞닥뜨릴 참이었으니—목적지에 가야 했기에 도보로
출발했지만 택시 운전사가 권한 우회로를 택하지 않고 지방
출신답게 둘 다 단 하나의 길만 믿었으니 그것은 코슈트 광
장을 가로지르는 길이어서 코슈트 광장을 가로지를 생각으
로 코슈트 광장이라는 곳에 이미 도착했으나 애석하게도 어
마어마한 군중을 뚫고 지나가야 했거니와 대열이 '완전히
균일'하지는 않았기에 두 사람은 군중이 빽빽하지 않은 가
장자리를 따라서 가려 했으나 그곳에서도, 군중이 그나마
듬성듬성한 이 가장자리를 따라서도 앞으로 나아가는 것이
힘들었으며 머리커에게는 더더욱 힘들었던 것은 그녀가 자
신이 수도에 온 만큼 평소에 거의 신지 않던 빨간색 하이힐
이 가장 어울릴 거라고 판단했기 때문이지만 100미터를 걷
고 나자 발꿈치가 하도 아파서 걷는 속도를 줄여야 했으며
무언가에 대해 고래고래 고함지르는 시위대를 피해 여기저
기로 절뚝거렸는데, 두 사람은 광장 가장자리를 따라 반대
편으로 천천히 나아갔으니 그곳에 가면 마침내 목적지인 칼
만 임레 거리에 도착할 수 있었으나 그때 광장 한가운데쯤
군중이 약간 드문드문한 곳에서 머리커가 걸음을 딱 멈춘
것은 이 군중 속에서 뭔가 낯익은 것을 보았기 때문으로, 그
것은 낯익은 사람이 아니라 코트였으니 이 코트가—머리커
는 어안이 벙벙했는데—그녀에게 친숙했던 것은, 실은 무척
친숙했던 것은 이 코트가 다름 아닌 고향의 교수가 입던 것
이었기 때문이며 그녀는 자신이 갑자기 걸음을 멈춘 것에

어리둥절했으니, 글쎄, 하지만 그 유명한 교수의 코트가 어떻게 여기 있지, 내가 잘못 본 걸까? 그녀가 스스로에게 묻고는, 아니, 즉시 대답하길 잘못 본 것 아냐, 그의 코트였어, 그녀가 확신한 것은 그런 코트는 아무도 안 만들기 때문으로, 소재, 벨벳 깃, 마름질, 같은 소재로 바느질한 허리띠, 길이, 마감에 이르기까지 결코 잘못 본 것일 리 없다고 그녀는 판단했으니 의상에 관한 한 그녀가 잘못 본 적은 한 번도 없었으며 그리하여 그녀는 이 유명한 코트를 입고 있는 사람이 누구인지, 미쳐버린 그들의 유명한 교수가 가지고 있던 이 코트를 이 사람이 대체 어떤 경로로 입수할 수 있었는지 알고 싶어서 물끄러미 바라보았는데—소문에 따르면 그는 얼마 전에 가시덤불땅 화재로 목숨을 잃었다고 하며 그것은 그 극적인 사건들이 일어나기 전이었던바—그녀는 저 사람이 누구인지 알아내려고 애썼으나 그가 그녀에게 등을 돌리고 있었고 그녀가 앞으로 돌아가 그의 얼굴을 볼 수도 없었기에 그가 생판 낯선 사람이라는 것만 알 수 있었으나 그때 그 사람이 제풀에 뜻밖에도 잠시 그녀 쪽으로 돌았는데, 그녀가 전혀 모르는 사람이었고 코트 말고는 친숙한 특징이 하나도 없어서 머리커는 남자를 살펴보았는데, 그녀가 그의 신발을 보았으나 그는 장화를 신고 있었고 머리에는 교수가 늘 쓰던 모자 대신 러시아 털모자를 썼으며 게다가 이 남자의 얼굴은 수염에 뒤덮여 있어서 당최 볼 수가 없었으니 그녀는 그의 용모에서 어떤 결론도 이끌어낼 수 없었으며 그뿐 아니라 웬 작은 강아지가 그의 다리에 몸을 비비고 있었는데, 교수가 개를 싫어한다는 것은 머리커가 기억하듯 잘 알려진 사실이었으나 그래도 뭔가 이상했으니 그녀가 이 남자로부터 몇 발짝 뒤 군중 속에 서서 어떤 이유에서인지 그의 코트에서 눈을 뗄 수 없었던 것은 그의 코트가 어찌하여 이곳에, 부다페스트에, 코슈트 광장에 오게 되었는가 하는 것으로, 머리커는 잠시 이 문제에 골몰했으며 그 이유를 스스로에게 인정하고 싶지도 않았으니, 말하자면 한편으로 그녀는 이 사람이 자신의 지인이었으면 하고 바랐는데, 그것은 레뇨 씨가 완전히 미덥지는 않았기 때문이요, 다른 한편으로 코트를 보자 그녀의 속에서 무언가가 치밀어올라 그녀의 심장이 고동쳤기 때문으로, 말하자면 고향이라고 부르는 장소가 있고 이 코트는 그곳에서 왔으나 더는 곰곰이 생각할 시간이 없었던 것은 군중이 갑자기 움직이기 시작했기 때문으로, 다시 한번 그들은 요란하게 함성을 지르기 시작했으며 이쯤 되자 레뇨는 인내심이 한계에 달했음을 굳이 숨기려 들지 않았고 그녀가, 머리커가 그에게 기대했을 유쾌한 표정으로 그녀를 돌아보지도 않았으니, 무슨 상관이랴, 그가 성마르게 쳐다보아도 그녀가 개의치 않았던 것은 이 구두 때문에 잠시 쉬는 것만 해도 감지덕지였기 때문으로, 그동안 내내 그녀는 이 코트를 쳐다보며 자신이 생판 모르는 타인에게서 눈을 못 떼고 있는 것은 대체 어찌 된 영문인지 곰곰이 생각했으며 이 코트를 쳐다보다가 이 남자가 보는

라리라

것을 향해 시선을 돌렸는데, 그 순간에 그는 멀리 있는 연사에게 귀를 기울이고 있었고 조금 미소를 짓는 듯했으나 그의 수염이 덥수룩하고 얼굴이 측면만 살짝 보였기 때문에 확신할 수는 없었어도 어쨌든 연사를 바라보는 것은 분명했으니 연사는 젊은 여인이었으나 거리가 멀어서 더 자세히 분간할 수는 없었고 단지 무언가가 친숙했는데, 무언가—머리커가 군중 가장자리에서 휴식을 취하며 눈을 찡그렸는데—아, 그래, 목에 맨 스카프, 굵은 스카프가 여성 연사의 목에 둘려 있었고 그것 말고는 아무것도 보이지 않았으나 (의상에 빠삭한) 그녀는 스카프를 전에 어디선가, 그리고 꼭 저렇게 두 번 감겨 있는 것을 보았다고 확신했으나 어디서 보았는지는 확실치 않았어도 보았다는 것만은 분명했으며 그녀는 주저하긴 했으나 이내 자신과 아무 상관 없는 문제에 시간을 쓰는 건 이만하면 됐다 싶어서 가던 길을 계속 가기로 마음먹었는데, 이 하이힐 구두 때문에 벌써부터 뒤꿈치가 하도 아파서 서 있는 것조차 고통스러웠으며 레뇨야 말할 필요도 없는 것이, 이제는 자신이 그녀를 단순히 재촉하는 게 아니라 이 모든 일에 신물이 났다는 사실을 더는 숨기지 않았으니 그가 호텔을 출발하여 이 광장에 왔을 때 이 여인에 대한 믿음을 모조리 잃고 솔노크로 돌아가고 싶은 마음이 굴뚝같았던 것은 의심이 들었기 때문일 뿐 아니라 솔직히 더는 이 히스테리컬한 절름발이 노파에게 적잖은 돈이 있으리라고는 믿기지 않았기 때문으로, 마침내 그는 설령 그녀에게 돈이 있더라도 자신의 노고에 대한, 또는 단테의 머릿속에 무슨 생각이 들어 있었든 그에 대한 보수로는 한 푼도 얻지 못하리라는 생각이 들었다. 그는 비틀거리는 여인을 홀로 내버려둔 채 뒤도 돌아보지 않고서 한마디 말도 없이 군중 속으로 사라졌다. 머리커는 계속 가기로 마음먹었으면서도 그곳 군중 가장자리에 그대로 서서 젊은 여인에게 귀를 기울였지만 스피커 하울링 때문에 한마디도 알아들을 수 없었으나 상관하지 않고 한참 귀를 기울이다 코트를 바라보자 오로지 고향만 떠올랐으니, 사랑하는 하느님, 이 모든 소란이 벌어지는 동안 그곳은 어떤가요, 고향은요. 그럼에도 그곳은 평화의, 고요의, 평온의, 그녀가 그토록 사랑하는 모든 것의 섬이었기에. 그리고 그녀의 심장이 고동쳤다.

그들은 새빌로 양복점에 대해 한 번도 들어본 적이 없었고 갈 계획도 결코 없었으며 대런 비먼 씨에 대해서도, 오도너휴 씨에 대해서도 전혀 들어보지 못했기에 이 물건들이 어디서 왔는지, 이 고운 옷감에 가해진 능욕에 대해 누가 책임져야 하는지에 대해 추측조차 시도하지 않았던바 바지를 못쓰게 만들고 재킷을 망치고 저 섬세한 소재의 그레이트코트를 망가뜨리는 것은 그들에게 추문 자체였으나 그들은 노숙자들에게 물품을 지원하는 승합차에서 자원봉사자 두 명이 던진 옷가지 주변에 서서 무슨 생각을 하고 있는지 드러내지 않으려 했거니와 그들은 옷가지를 그저 각자의 방향으로 던질 뿐이었고 그들이 승합차를 멈추고 싶지 않았

라리라

던 것은, 사실을 말하자면 실은 노숙자들을 썩 좋아하지 않았기 때문이며 그들은 옷가지를 나눠줄 때는 식량을 배급할 때와 달리 최대한 재게 나아가며 승합차를 멈추지 않고 속도만 늦춰 옷 꾸러미를 각자의 방향으로 던지고는 속도를 올려 냉큼 내뺐으니 그들에게 노숙자들을 좋아하지 않는 이유를 딱 하나만 들라고 하면 그들은 솔직히 말할 것이되 그것은 악취가 나서이지만 이 악취는, 그들이 설명하길 이 일을 직접 해보지 않고서는 상상도 할 수 없는 것으로, 도무지 견딜 수 없고 도저히 익숙해지지 않으며 오줌, 똥, 토사물로 이루어지고 오랜 세월에 걸쳐 뒤섞인 그것을 후각이 있는 사람이라면 누구도 견딜 수 없었는데, 그들이—몰인정하다는 비판에 대해 그들이 스스로를 변호하길—가난하거나 풍찬노숙하거나 길거리에 나앉아서 바깥이 얼면 그들도 얼었거나 등등의 이유로 견딜 수 없었던 건 아니지만 그들은 할수만 있다면 이 악취를 들이마시는 일만은 피하고 싶었거니와 그들은 시청 옆 작은 광장에 모인 사람들에게 접근했는데, 그곳에는 언제나 그런 무리가 있었으며 젊은 가톨릭 구호 봉사자 말마따나 "이 노숙자들의 삶에 즐거움을 가져다주"는 것이, 성탄절이 다가오고 있는 지금은 더더욱 필요했기에 승합차는 저 무리에 접근하면서 멈추지 않고 속도만 줄인 채 시청 옆 작은 광장에 모인 '이 노숙자들'에게 구호물품 꾸러미를 던졌는데, 사실 그들은 움직이거나 반응하지 않았으며 다만 그중 하나가 고개를 천천히 그쪽으로 돌렸다가 다른 쪽으로 돌렸을 뿐으로, 그들은 그곳으로 우르르 몰려가지 않았고 누구 하나 우르르 몰려가지 않은 것은 그중 한 명이, 나이는 분명치 않으나 순백의 털모자를 쓴 여인이 대화 주제가 이런 쪽으로 흘러갈 때마다 말하듯, "이 세상에는 아직도 인간의 존엄이 있고 우리는 국경 장벽 너머로 던져지는 식량 꾸러미에 달려드는 굶주린 시리아인이 아니"기 때문이니 지금도 그들은, 음, 이번에는 뭐가 왔지, 하고 물끄러미 바라보다 태평하고 한가롭게 한 사람 한 사람씩, 딱히 눈독을 들이고 있진 않은 사람처럼 그곳으로 걸어가 꾸러미 주위에 섰으며 침대 시트로 싼 '기증품 모음'을 한참 동안 그저 바라보다 마침내 그중 하나가, 땅바닥에 끌리는 검은색 털코트를 입은 남자가 쪼그려 앉아 꾸러미를 풀기 시작했으나 나머지는 우두커니 선 채 개봉 작업에 동참하지 않되 '이번에는 또' 무슨 기증품 나부랭이가 떨어졌나 우선 확인하고, 눈길을 끌 만한 것이 있는지는 나중에나 판단하고 싶어 하는 사람들처럼 동참하지 않았으나 그때 놀라운 일이 벌어졌으니 옷가지 더미에서, 수많은 의류 중에서 바지 한 벌을 검은 재킷 남자가 집어들고는 당기고 또 당겼는데, 마치 바지가 끝없이 늘어나는 것 같았으며 그의 주위에 선 모든 사람의 얼굴이 놀람으로 길어진 것은 이 기다란 것이 바지라는 것을 깨달았기 때문으로, 검은 재킷 남자는 또 다른 옷가지 하나를 움켜쥐고는 더미에서 끌어당기기 시작했는데, 그저 당기고 또 당겨보니 그것 또한 바지로 드러났으

라리라

니, 어라, 이건 장난인 건가, 속임수인 건가, 둘러선 사람 중 하나가, 얼굴에 사마귀가 난 키다리가 찡그린 표정을 지었으나 나머지는 가만히 서서 지켜보되 한동안 무심한 표정이 역력한 채였으니 그들이 가만히 지켜본 것은 이 더미에서 터무니없는 것들이 나온다는 것을 믿을 수 없었기 때문이나 이것은 모종의 성탄절 선물일 터였고 아니라도 상관없었기에 그들은 검은 재킷 남자가 옷가지 더미를 성실히 뒤지는 광경을 그저 바라보며 기다렸는데, 그는 그들을 쳐다보지도 않았으나 그러다 또 다른 옷가지를 움켜쥐고서 순백의 털모자를 쓴 여인을 올려다보고는 그것도 끄집어내기 시작했지만 이제 무리 전체가 어안이 벙벙한 채 둘러섰으니 이것은 재킷이었지만 팔과 몸통이 하도 길고 어깨가 하도 좁게 재단된 탓에 이 검은 재킷 남자가 마치 범죄의 증거라도 되는 것처럼 들어올렸을 때 누군가 불쑥 내뱉길 저런 사람이 어딨어, 그러자 무리 전체가 바싹 다가와 쪼그린 채 쓸 만한 게 있는지 직접 뒤지기 시작했으며 이 더미에서 하나씩 하나씩, 이 늘어난 옷가지가 나타나자 눈을 믿고 싶지 않았으니 그리하여 분노가 점점 커지다가 신발이 어디에도 소용없는 치수인 것과 자기들이 직접 고른 갖가지 옷가지가 아무짝에도 쓸모없다는 것을 알고는 갑자기 격분하여 처음에는 한 사람이, 다음에는 또 한 사람이 쪼그린 자세에서 몸을 일으키기 시작했는데, 당장 떠나진 않고 침대 시트 가장자리 주위에 그대로 서서 이런저런 셔츠나 재킷이나 바지를 여

전히 바라보는 나머지 사람들을 바라보았으나 마침내 아무
도 쪼그리고 있지 않았고 그들은 시청 옆 작은 광장에서 침
대 시트 가장자리 주위에 우두커니 서서 할 말을 찾았으나
찾지 못한 것은 여기서 무슨 일이 벌어지고 있는지 판단하
기가 여간 힘들지 않았기 때문으로, 불운에 처한 그들을 누
가 감히 조롱했겠으며 대체로 누가 감히 그들을 비웃고 그
들의 자존감을 짓밟았겠는가 하는 것은 이 꾸러미의 의도에
의심의 여지가 전혀 없었기 때문이니 이것은 그들을 조롱하
려는 취지였고 그들의 자존감을 짓밟으려는 취지였으며 그
들은 이런 식으로 당하고 말 수는 없었으니 검은 코트 남자
는 누가 자기들을 보고 있는지 주위를 둘러보았으나 승합차
는 떠난 지 오래였으며 시청의 창문들은 빗장을 지르고 못
을 박아 폐쇄되었는데, 그것은 으레 그러듯 밑에서 창유리
를 부수지 못하도록 하기 위해서였던바 그들은 그럴 이유가
있다면 그럴 기분이었을 수도 있으나 그럴 이유가 없었던 것
은 창유리 하나에도 접근할 수 없었기 때문으로, 전부 빗장
을 지르고 널빤지를 대서 가렸기에 분노가 커졌어도 허사였
으니 당장은 도무지 깨뜨릴 수 없어서 털모자 여인이 "좋아,
본때를 보여줘"라고 투덜거리거나 사마귀 얼굴 남자가 "놈
들이 후회하게 해주겠어"라고 중얼거려도 소용없었고 그 어
떤 말도 소용없었으니 그 말에는 힘이 없었고 그들을 선동
할 만한 것이 아무것도 없었으나 이따금 시의적절한 단어가
그들을 분기탱천케 하여 한동안 날뛰게 한 적은 있었거니와

라리라

그것이 좋았던 것은 그때마다 그들을 체포했다가 훈방한 경찰관에게 말했듯 '화풀이'가 되었기 때문으로, 이따금 그들이 화풀이해야 한 것은, 그들이 설명했듯 더는 견딜 수 없기 때문이라는 것이었으나 지금은, 당장은 그들은 무엇을 해야 할지 알지 못했고 '좋아, 이 모든 상황에 대해 대체 뭘 해야 하는지'에 대해서 누군가 해결책을 제시하기를 기다렸는데, 바로 그때 (나이 때문에) '청년'이라고 불리는 젊은이가—그가 어떻게 해서 그들 무리에 끼게 되었는지 아는 사람은 아무도 없었는데—다시 한번 쪼그려 앉아 코트 한 벌을 손에 들고는 천을 어루만지다가 나머지 사람들을 올려다보며 말하길 "이런 소재는 어디에도 없어," 이 말은 그가 매혹되었다는 뜻으로, 이렇게 고운 소재는 흔치 않았으니 그가 "그건 고귀하다는 말이야, 여기 이 천은 너무너무 고귀하다고" 라고 설명하자 침대 시트 너머 맞은편에 있던 여인도 쪼그려 앉아 같은 방법으로 상황을 가늠했는데, 자신의 손에 들어 있던 것을 어루만지기 시작하다 재킷 한 벌을 들어올리며 말하길 "못해도 1,000포린트는 나갈 것 같아", 그러자 검은 재킷 남자가 그녀 옆에 쪼그려 앉았고 뒤이어 한 명도 빠짐없이 바지며 재킷이며 코트며 셔츠며 게다가 구두까지 어루만지기 시작하되 마치 이젠 모든 것이 귀한 물건이 된 것인 양 어루만졌으니 그들은 이 옷가지 저 옷가지를 단지 어루만지기 시작한 게 아니라 이 옷가지 저 옷가지를 더미에서 낚아채어 쳐들기 시작했는데, 이제 아무도 말을 하지 않았고 그들은 이 옷가지 저 옷가지가 축구장 뒤쪽 중국 시장에서 몇 포린트를 받을 수 있을지 어림하고 감정하던 짓도 그만뒀는데, 획득의 열병이 그들을 휩쓴 것은 이 사람, 저 사람, 또 다른 사람이 이곳에 달려든 것이 바로 이 이유 때문임이 밝혀지면서였으니 그것은 더미에서 끄집어낼 수 있는 것은 무엇이든 끄집어내어 챙기겠다는 것이었으나 이 의도는 곁에 서 있는 사람의 저항을 즉각적으로 맞닥뜨릴 뿐이어서 이제 드잡이가 벌어져 그들은 바지며 코트며 셔츠며 기타 등등이며를 서로의 손에서 이미 낚아채고 있었으며 이 바지와 코트와 셔츠가 여느 소재로 바느질된 것이 아니라는 사실은 충분히 밝혀진바 이를테면 셔츠를 놓고 싸움이 벌어져 두 사람이 서로 다른 두 방향에서 서로의 손으로부터 셔츠를 비틀어 빼내려 하고 있었는데, 아주 오랜 시간이 지난 뒤에야 섬유가 찢어지자, 좋은 소재로군, 두 사람은 서로에게 중얼거렸으나 실은 혼잣말을 한 것이었고 드잡이는 계속되었으니 두 사람은 서로의 손에서 옷가지를 뜯어냈으며 사람들은 균형을 잃게 하려고 서로를 밀쳤는데, 그 바람에 천은 이 사람이나 저 사람의 손에 들어왔고 주먹다짐이 벌어지고 최종 승자가 가려지기 전에 이 소동이 끝난 것은 검은 코트 남자가 때맞춰 멈추고 일어서서는 큰 소리로 말했기 때문으로, "이봐, 그만들 해, 이것들 전부 쥐뿔도 없다고," 이 옷가지들은 수선할 수도, 입을 수도, 팔 수도 없다고 그가 말한 것은 이런 서커스 복장을 사람들에게 떠안기

라리라

려 하면 사람들이 우리를 얼마나 한심하게 보겠느냐는 것이
었으니 담요는 이미 충분하다고, 일축하는 듯한 마지막 몸
짓과 함께 그가 말하고는 돌아서며 덧붙이길 이것들은 아
무짝에도 쓸모없어…… 그리하여 사마귀 얼굴 남자가 구두
한 켤레를 놓고 벌이던 싸움을 중단하기 전에 '청년'이 일어
서서 손에 들고 있던 것을 더미에 던져버렸으며 마침내 다
들 일어서서 방금 전만 해도 주먹다짐을 벌이며 차지하려던
것을 죄다 도로 던져버리고는 한참 서서 옷가지 더미를 쳐다
보며, 이건 정말 부끄러운 일이야, 그래, 전부 쥐뿔도 아니지,
그러고서야 그들은 시청 뒤 광장에 있는 벤치로 돌아갔으니
그곳은 그들이 낮에 머무는 거처였고 오늘밤도 그러할 터였
는데, 그때 검은 코트 남자가 라이터를 꺼내 옷가지 더미에
서 특이하게 재단된 셔츠 한 벌을 집어들고는 불을 붙여 도
로 던져넣자 갑자기 모든 것에 불이 붙은 것은 옷가지 더미
가 타오를 때 곁에 서 있으면 좋기 때문이요, 적어도 열기를
내뿜기는 했기 때문이나 그때 넝마 더미가 불타오르는가 싶
더니 금세 사그라드는 바람에 막간은 끝나고 다시 한번 그
들은 벤치에 앉아 담배를 가진 사람들은 담배에 불을 붙이
고 딴 사람들은 술병을 꺼냈으며 침묵이 감돌다 마침내 날
카로운 웃음소리가 터져나온 것은 하얀 털모자 여인이 내뱉
은 말 때문이었는데, 그녀는 재가 되어버린 구호 물품을 돌
아보며 하늘을 향해 울부짖는 늑대처럼 울부짖길 "성탄절
따윈 집어치워, 이 개새끼들아!"

날카로운 웃음소리가 잦아들었나 싶을 때 돌연 모두가 시청 뒤 작은 광장에서 몸이 뻣뻣하게 굳은 것은 무슨 일인가가 벌어졌기 때문이나 무슨 일인지는 알 수 없었으니 다들 밥통이 쪼그라들고 고열이 온몸을 적시는 것만 느꼈는데, 그리고 두려움이, 점점 깊어지는 두려움이 엄습했으며 두려움의 내용, 원인과 설명은 여전히 모호했으나 아직도 담배를 피우고 있어서 자신의 담배를 입술에 들어올리려던 사람의 손이 멈췄고 연기도 피어오르다 멈췄으며 술을 마시려던 사람의 잔도 손에서 멈추되 허공에서 멈췄고 잔 속의 포도주도 가만히 있었으니 모든 것이 얼어붙어 미동도 하지 않았으며 그들의 눈은 마치 갑자기 뭔가 끔찍한 것을 본 것처럼 튀어나왔으나 그들이 아무것도 보지 못한 것은 아무것도 볼 수 없었기 때문이요, 지금 벌어지는 일이 그들에게 보이지 않았기 때문이니 마찬가지로 기차역에서 분유 공장까지, 저택 옆 유치원에서 소小루마니아 구역의 정교회 성당까지, 크리놀린에서 초코시 도로까지 누구에게도 보이지 않았으며 그 순간까지 막힘없이 흐르던 모든 것이 이제 차단되었고 자유롭던 모든 것이 더는 자유롭지 않았던 것은 사물과 존재의 자유로운 흐름이야말로, 자유로운 시작과 자유로운 충동의 가능성이야말로 갑자기 불가능해졌기 때문으로, 가능한 것과 실재인 것이 더는 가능하고 실재이지 않았으며 거대한 흐름이 멈추어 끝장난 것은 끝이 없어 보이는 호송대가 나타났기 때문으로, 다시 한번 그는 이 호송대에 속해

있었거니와 그의 앞에는 무수한 검은색 메르세데스와 베엠
베와 롤스로이스와 벤틀리가 있었고 그의 뒤에는 무수한 메
르세데스와 베엠베와 롤스로이스와 벤틀리가 있었으며 그
것들은 도시를 미끄러지다시피 무척 빠르게 가로지르다 이
번에는 '뒤로', 아까와 정반대 방향으로 미끄러졌으니 이번에
는 루마니아 국경선 방향에서 오고 있었고 누구라도 그것
들을 보았다면 처버 도로 진출로에서 놓쳤을 것이나—그 산
산조각 난 순간에 바로 그곳에서, 44번 고속도로와 처버 도
로가 만나는 곳에서 그곳을 거닐던 사람이 하나라도 있었
다면 말이지만—그 순간에 '밖'에 아무도 없었던 것은 시청
뒤 작은 광장에서 벤치에 앉아 있던 사람들을 빼고는 도시
주민 모두가 그 순간에 어딘가의 '안'에 있었기 때문으로, 그
래서 자동차도 오토바이도 자전거도 마차도 아무것도 누구
도 단 한 사람도 밖에 있지 않았고 단 한 명의 목격자도 행
인도 차량 운전자도 자전거 운전자도 마부도 거리에 나와
있지 않았으니 그들은 소리 없이 도시를 휩쓸고 지나가되
마치 그들 차량의 타이어가 44번 고속도로를 따라 아스팔트
를 밟지도 않는 듯 지나갔는데, 이번에는 테메슈바리 도로
나 성 이슈트반 거리를 따라가지도 않고 에스페란토 광장에
서 순교자 거리로 돌아들어 처버 도로에 진입하지 않고 우
회로를, 44번 고속도로를 이용하여 도시를 미끄러지듯 가로
질렀으며 이번에는 멈추지도 않았고 어디서도 그 누구도 이
주변을 느긋하게 둘러보려고 밖에 나왔다가 지루해져서 차

량으로 돌아가 가던 길을 계속 가지 않았으니, 아니, 이번엔 그러지 않았던 것은 지금 그들은 더 급한 박자를 따르는 모양이, 엄청나게 중대한 과업을 수행하고 있는 모양이, 마치 그 대가가 훨씬 커진 것처럼 수행하고 있는 것이 분명해 보였으니 이것은 그들을 본 사람이라면 누구나 알아차렸을 것으로(아무도 알아차리진 못했지만), 그들은 이제 이례적이고 웅장하고 기념비적으로 중요한 일을 진행해야 했는데, 이를 강조하는 것은 호송대가 도시를 소리 없이 가로지르는 저 위엄 있는 태도였으나 그들을 본 사람이 하나라도 있었다면 그 사람은 이례적이고 웅장하고 기념비적으로 중요한 이 일에 아무 의미가 없음을 알아차렸을 것이니 그 자체에는 어떤 의미도 담겨 있지 않았고, 아니, 의미는 이 과정으로부터 배제되되 어떤 동기도 포함하지 않은 듯 배제되었으니 그를, 저 호송대 중간에 있는 그를 밀어붙이는 이 일은 동기가 제거되되 어떤 목적도 포함하지 않은 듯 제거되었으며 그렇다면 이 일은 어떤 의미도 원인도 목적도 없었고 만일 말 자체가 (게다가 현장에는 있지도 않은) 목격자의 머릿속에서 죽지 않았다면 이것이야말로 실은 저 일의 본질일지도 모르는 것은 말이 이 뇌에서 완전히 멈춰버렸을 것이기 때문으로, 더는 돌아다닐 수 없게 되었을 것이니 저 무시무시한 힘이 표출되면서 현존하던 모든 것이 무와 공으로 화하고 무와 공이 되라는 명령 자체도 무와 공으로 화했으니 존재했거나 존재할 수 있었던 모든 것이 하나도 빠짐없이 무화된 것은

라리라

그의 존재가 현현하는 데 어떤 대상도 필요 없는 것 같아서였던바 오직 '그것'만이 존재 속에 거했으며 그 자신이, 이 산산조각 난 순간에 이 모든 메르세데스와 베엠베와 롤스로이스와 벤틀리의 호송대 한가운데에서—그럼에도 인간의 삶에 묶여 있긴 했지만—그는 실존의 굴레에 매여 있지 않았으며 그가 지닌 무시무시한 힘의 현현이 어떤 대상도 없이 나타났다가 사라진 것은 무엇을 일컫는지 말하지 않았기 때문이요, 아무것도 일컫지 않았기 때문이요, 더도 아니고 덜도 아닌 무시무시한 경고였기 때문인즉, 나는 다시 올 것이니 그것은 내가 다시 올 수 있기 때문이며 그때는 산산조각 난 순간에 담긴 현현이, 여전히 의미나 원인이나 목적은 없을지라도 대상을 가질 것이요, 라며 마치 검게 칠한 차유리를 통해 이전에 한번 저 도시에 나타났던 죽은 얼굴이 지금 말하는 것 같았는데, "나를 산산이 쪼개는 것은 잘못이니 나는 하나이기 때문이요, 나 이외에는 어떤 신도 없으니 나는 창조자도 파괴자도 아니기 때문이요, 내가 존재 안에 거하는 장소는 훨씬, 훨씬 깊기 때문이니 그곳은 상상할 수 없는 것 안에 영원무궁토록 있으며 그곳에 대해 그대는 다시는 말하지 못하리라, 아멘."

병에 든 포도주 표면이 처음에는 약간, 딱 한 번, 하지만 마치 신호를 보내듯 흔들렸는데, 이제 나머지 모든 것이 다시 한번 연결될 수 있었고 손이 움직임을 마저 끝내자 포도주 한 모금이 입안과 목 안에 들어왔고 또 한 모금, 또 한 모금, 급기야 옆에 앉아 있던 사람이 병을 들어 몇 번이나 벌컥 벌컥 들이켰으나 그때쯤 되자 모든 것이 이미 일상으로 돌아왔고 담배 연기는 모락모락 피어올랐고 포도주 또 한 모금이 목구멍으로 넘어갔고 연기가 올라가 다시 한번 떠다닐 수 있었으니 헛물켠 기독교인 구호 봉사자의 구호 물품이던 쓰레기 더미와 꺼진 불 속에서 날리던 재들이 쓰레기 더미 가운데에서 소생했으며 벤치 왼쪽으로, 방금 일어난 일에 대해 전혀 모르는 '청년'이 지금까지 앉아 있던 자리에서 일어나 사람들의 박수를 받으며 잿더미에 오줌을 갈겼고 나머지 모든 것도 존재의 연속체 속으로 시나브로 흘러들어 방해받은 적 없는 셈이 되었으며 슈트레베르 가족의 옆집 현관에서 노부부가 나와—비가 잠시 잦아든 틈을 타—평화로의 헐벗은 밤나무들을 따라 '건강 산책'을 시작했고 토니가 우체국 문에서 나타났는데, 몸에 걸맞지 않게 너무 큰 거대한 가방을 어깨에 짊어지고서, 실수로 이곳에 도착한 이런저런 예쁜 엽서를 이런저런 우편함에 멋대로 던져넣었으니 심기가 불편한 것은 두 고아뿐으로, 둘은 베케슈처버 기차역까지 가서 몰래 열차에 올라탔지만 이젠 반대 방향으로 돌아오고 있었는데, 맞은편에 앉은 무뚝뚝한 경찰관 두 명은 지치고 허기지고 정신이 말짱했고 그래서 무척 화가 나 있었으니 경찰들은 두 고아의 행실에서 꼬투리를 잡아 본때를 보여주려고 눈을 부릅떴고 특히 닭벼슬 소년이 눈에 거슬렸는데, 이로써 삶이, 감지할 수 없는 정지를 포함하여 이 두

라리라

곳에서도, 도시로 돌아가는 길에서와 저기 도시에서도 시작되었으니 크리놀린 구의 술집에서는 주인이 오늘의 메뉴를 차리기 시작했는데, 그것은, 조용히 점심을 먹으러 이곳을 찾은 연금 생활자들의 혼잣말에 따르면 애석하게도 "불과 사흘 전에도 똑같은 음식을 내오"고서도 다시 한번 귀리와 과일 조림을 곁들인 감자수프였으며 소루마니아 구역의 정교회 묘지에서는 사제가 하릴없이 기다리고 있었으니—수십 년째 루마니아인 주민들이 조용히 루마니아로 돌아가면서 이젠 이 교회가 세운 전통을 따라, 매장비를 내줄 사람이 아무도 없는 가련한 자들만 이곳에 묻혔는데—사제는 속절없이 기다렸고 공지된 장례식 시각은 지난 지 오래였으며 그는 묘지 관리인 사무소의 창문 밖을 내다보며 점점 실의에 빠졌는데, 식이 끝날 때까지 기다렸다가 관대 옆에 서라는 지시를 받은 뚱한 산역꾼 네 명도 함께였으며 그는 오는 사람이 있는지 바라보았으나 망자에게 마지막 작별을 고하려고 찾아오는 사람은 아무도 없었으니—그가 망자의 교파가 어디인지 시청에 물었을 때, 우리 쪽에서는 공식 대표를 보내지 않을 겁니다, 라는 답변이 돌아왔거니와—아무도 영문을 몰랐으며, 이 일을 사제님께 부탁드리는 것은 이 때문입니다, 라며 그들이 그에게 말하길 귀 교회는 대단히 '경제적인 기관'이니까요, 라면서 그 말이 정확히 무슨 뜻인지 설명하지 않고 통상적인 경비는 시청에 청구하라고만 덧붙였으나 그에게 간곡히 부탁하길 평소 관례대로 장례식을 최대한 단순하게 치러달라고 했으니, 그를 일반 묘에 모시면 더할 나위 없겠지만, 그래도 그러진 않을 것이며…… 그들은 하루이틀 전 사제를 시청에 불러들여 그의 눈을 지그시 응시하며 늘 그랬듯 이것이 '빈약한 매장'이 될 것이라고 명토 박았는데, 이는 성삼위교회도 신개혁교회도 이 일을 맡지 않고—이 금액에는!—그들만이 맡았기 때문인즉 사제가 스스로에게 되뇌었듯 그들은 '최종적 장례 예식과 모든 의례' 없이는 단 한 영혼도 땅에 묻히게 하지 않으나 이제 그는 시계를 뚫어져라 쳐다보았는데, 벌써 2시 15분 전이 된 것이 분명했으므로 달리 할 일도 없다고 그는 생각하여 일어나 망토를 걸치고 한 손에는 향로를, 다른 손에는 책 중의 책 성서를 든 채 아늑한 온기를 벗어나 매서운 추위 속으로 들어간 것은 영안실을 데울 수 없었기 때문으로, 그는 추위에 무척 민감했기에 여느 때처럼 주님께서 그를 장례식에 부르시면 따스한 속옷을 입었으나 어찌 된 일인지 한 번도 제대로 하질 못했는데, 말하자면—이걸 어떻게 표현해야 하려나—기본적으로 충분한, 즉 충분히 충분한 개수의 속옷을 받쳐 입지 못했고 어찌 된 일인지 언제나 속옷을 충분히 입지 않아 꽁꽁 얼었으니 그는 그 이유가 적어도 부분적으로는 심리적일 수 있다는 것을 부인하지 않았는데(이따금 그 주제가 제기되었을 때, 말하자면 그는 인간적으로 가능할 때마다 이 주제를 제기했는데, 그 자신이 성도 중의 한 늙은 부인에게 털어놓았듯), 즉 꽁꽁 얼 거라는 '생각만으로도' 꽁꽁 얼기에 충분했으나

라리라

그럼에도 이런 계절에는, 계절이 지금과 꼭 같다면, 비가 추적추적 내리고 바람이 얼음장처럼 차다면 장례식은, 그것은 별개 문제이니 그는 모든 사람을 위해, 심지어 누구 하나 작별 인사를 하러 나타나지 않은 이런 불쌍한 자를 위해 교회를 대신하여 최종적 권한을 행사하려고 비가 내리고 바람이 부는 가운데에서도 관 옆에 서야 했거니와 불과 며칠 전에 그들이 전부 그를 만나서 와서, 아니면 1주나 심지어 2주 전인지도 모르겠지만 엄청난 난리법석이 벌어졌는데…… 그는 이런 일에는 전혀 관심이 없었고 심지어 지금도 관심이 없었던 것은 자신의 삶을 주님께 바쳤기 때문이나 따뜻한 사제관을 나서는 것은 쉽지 않았으니, 한마디로 장례식은 별개 문제여서, 장례식이 진행되는 동안—그가 관대에 다가가 관 옆에 자리를 잡았을 즈음에는—법복 안에 따뜻한 속옷을 충분히 입지 않았다는 걸 실감할 수 있었으니, 그렇다, 그는 입지 않았고 그는 영안실에 들어갔는데, 이것이 실로 이례적이었던 것은 망자를 위한 노래인 '보체트'를 들어줄 사람이 아무도 없이 장례식을 혼자서 집전할 이런 처지에 놓인 적은 한 번도 없었기 때문이나, 글쎄, 그가 무엇을 할 수 있겠느냐는 것이, 주님께서 말씀하셨고 그는 주님의 명령을 따르는 것이기에 그는 관 옆에 섰으며 추위가 그를 정통으로 후려치지는 않았어도 그는 그 또한 느낄 수 있었으나 그래도 속옷을 모두 껴입었으니 두껍고 튼튼한 양말 두 켤레에다(게다가 한 켤레는 무릎까지 올라왔으며) 기다란 방한용 속옷,

두꺼운 양털 바지, 두꺼운 속셔츠 두 벌, 체크무늬 양털 셔츠, 그 위에 좀 가벼운 스웨터, 그 위에 두꺼운 니트 스웨터, 그러다 그가 속옷 일습의 점검을 중단한 것은 이제 주님과 망자에 대해 생각해야 했기 때문이나 여전히 관 뒤에 서서 장례식을 시작하려는 참에 한기가 그에게 스며들어, 이제 어떻게 한담, 그는 곰곰이 생각하며 고개를 숙인 채 《시편》 119편을 암송하고는, 돌아가서 속옷을 하나 더 껴입어야 하나, 하지만 그동안 여기 장례식은 어쩌지, 어쨌거나 이번 장례식은 '경제적'인 장례식을 표방했으므로 우선 그는 망자 뒤에 남겨져 슬픔에 잠긴 채 이곳에 모인 사람들을 위로해야 했으나 여긴 아무도, 단 한 명도, 가족 하나, 친지 하나, 그렇게 열광했다던 군중 가운데서 적어도 한 사람이라도 올 법하건만 그마저도 없었으며 위로를 필요로 하는 사람은 한 명도 없었으니 그가 이런 생각을 하면서 축귀逐鬼를 하려 한 것은 귀신이 천방지축이어서 그가 평안하게 기도하도록 내버려두지 않기 때문이었는데, 그는 묘지 관리인 사무소에 보관한 자신의 가방에 소매가 긴 흰색 셔츠를 두고 왔고 그것도 양털로 되어 있기에 그걸 가지러 돌아갈까도 싶었으나 이내 충동을 억누르고 장례식을 시작했지만 속으로만 한 것은 장례식을 자신의 내면에서만 집전하고 기도를 소리내어 읊지는 않기로 작정했기 때문이니 왜냐면—그래, 왜냐면, 누구에게?—다마스쿠스의 성 요한의 장송곡, 행복 선언, 설교를 생략할 수 있기 때문이었고 그는 정말로 생략했으니 그

라리라

것은 밤샘할 때나 필요한 것으로, 이 경우에는 밤샘이 없을 것이어서—주님께서 용서하시길—그는 망자가 이 세상에서 보낸 슬프면서도 동시에 희망찬 마지막 시간에 대해 속으로 이야기하되 이런 경우에 늘 하듯 이야기했으나 그런 다음 복음서의 통상적인 부분으로 재빨리 건너뛴 것은 망자가 네 조각으로 나뉘어 관에 누워 있다는 사실을 떠올렸기 때문으로, 그의 마지막 시간은 거론하지 않는 편이 낫겠다고 생각하여 또 한 순서를 건너뛴 것은 한기가 정말로 뼛속까지 스며드는 것을 느꼈기 때문이어서 하긴 지금 그에게 확실한 것이라고는 고뿔이 단단히 들어 며칠간 침대에 누워 있어야 하리라는 것뿐이었으니, 전능하신 주님, 용서하소서, 고별 축원과 영원의 추도사를 낭송하며 그가 생각하길 음, 이번 예식은 꽤 짧겠군, 하도 짧아서 이미 끝났으니, 적어도 관대 옆에서 집전되는 순서는 종료되었고 장례 행렬 대신—지금은 아무 의미도 없었으니—그는 그저 영안실에서 나와 묘지 관리인 사무소 창문으로 산역꾼들에게 나오라고 손짓했으나 한참이 지나도록 안에서는 아무런 움직임도 보이지 않았는데, 그가 인내심을 잃고 그곳으로 걸음을 내디디되 마치 가서 그들을 데려오려는 듯 내디딜 때 비로소 문이 열리고 저 아무짝에도 쓸모없는 술고래 넷이 나타났으나, 허나 어쩌랴, 주님의 종은 자신에게 있는 재료로 요리해야 했기에 그들은 묘지로 출발했으니 사제는 찬송하며 향로를 흔들었고 넷은 마치 참으로 기념비적인 과업을 맡은 듯 투덜거리기만 했으나 그중 셋은 손수레를 끌어야 했고 네 번째 산역꾼은 셋이 무덤으로 손수레를 끄는 동안 관이 떨어지지 않도록 붙잡기만 하면 됐는데, 이자들로 말할 것 같으면—사제는 이따금 분노하며 뒤를 돌아보았는데—그들이 이 일조차 제대로 처리하지 못한 것은 관이 손수레 위에서 여기저기로 끊임없이 미끄러졌기 때문이요, 이 네 번째 산역꾼이 온 세상을 통틀어 가장 무능한 작자였거나 나머지 셋이 조금이나마 조심할 생각조차 없었기 때문이니 길바닥이 팬 곳과 작은 둔덕에도 아랑곳없이 그들은 손수레를 미치광이처럼 끌어댔으며 관은 이쪽으로 미끄러졌다 저쪽으로 미끄러졌다 했고 뒤쪽에 있는 남자는 이리 뛰고 저리 뛰면서 관이 미끄러져 떨어지지 않도록 하려고 안간힘을 썼으나 관은 계속 사방으로 미끄러지되 이따금 어찌나 급하게 미끄러졌던지 이 네 번째 남자는 나머지에게 멈춰! 멈춰! 외쳐야 했는데, 그가 관의 위치를 바로잡고 나면 그들은 다시 출발했고 이 모든 일이 계속되었으나 아무짝에도 쓸모없는 앞쪽의 이 셋이 아무것도 개의치 않고 오로지 최대한 빨리 묘지에 가는 데만 열중하는 동안 네 번째 산역꾼은 이리 뛰고 저리 뛰었으며 마지막 50미터를 남겨두고는 쉬지 않고 멈춰! 멈춰! 하고 외쳤으나 무덤에 도착해서는 모든 것이 순조롭기 그지없었거니와 산역꾼들의 관심사는 이 일을 최대한 빨리 끝내는 것뿐이었으며 사제도 같은 심정이었기에 기도문을 한두 편 읊는 둥 마는 둥 하고 성수를 뿌리고 향로를 두

라리라

세 번 흔들고는 드디어 흙을 한 줌 뿌리고 마지막으로 책 중의 책을 손가락으로 움켜쥐고는 그들에게 마무리를 맡긴 채 그 자리를 떠났던바 그는 그곳에 남아 있을 생각이 없었으며 그들이 관을 내리고 찰흙을 푸고 십자가를 땅에 박는 광경을 구경할 만큼 아둔하지 않았으니, 그럴 수 없지, 그는 그곳에 남아 있지 않고 서둘러 묘지 관리인의 작은 건물에 가서 재빨리 온기에 몸을 담그고 난로 옆에 앉아 손을 맞잡고 눈을 감은 채 자신과 망자, 또한 창조된 모든 존재, 특히 곤궁한 자, 의지할 데 없는 자, 이 땅에 홀로 남겨진 자의 죄를 사해주시길 빌었으나, 하늘에서 마옵소서, 사제가 스스로에게 말하길 하늘에서 마옵소서, 그곳에서는 주님께서 그들과 함께 계시나니. 그는 불에 나무를 더 넣었다.

헝가리인들에게 고함

언론 자유는 그에게 모든 것이라며 편집장의 커다란 책상 앞 팔걸이의자에 앉은 채 그가 말하길 그에게 그 무엇보다 언론 자유가 중요한 이유는(이것은 그가 선출된 뒤로 줄곧 사실이었는데) 언론 자유가 이 도시 주민들의 자유와, 따라서 그 자신의 자유와도 동일하기 때문이니, 말하자면—그가 설명하면서 격렬하게 몸짓한 것은 저기 책상 뒤에 앉은 편집장이 자신의 말에 설득되고 있다는 느낌이 들지 않아서였는데—언론 자유와 그는 (그가 자신을 가리키며) 하나인바 언론 자유가 없으면 그도 자유롭지 못하고 그가 자유롭지 못하면 언론 자유도 있을 수 없다며 자신이 전하려는 바를 편집장이 이해하길 바란 것은 이 신문에 실린 이른바 논고가—뭐라고 불러도 마찬가지이겠으나—두서없는 괴발개발이요, 이 도시에서, 이 나라에서 그들에게 가장 중요한 모든 것에 대한 고약한 독설에 지나지 않기 때문이었으니, 이것을 쓰레기 더미로 선언합시다, 라며 그가 선언하길 이것의 제자리는, 따라서 그의 견해에 따르면 쓰레기통이며 그가 개탄할 수밖에 없는 것은—말하자면 그는 심히 개탄했는데—시민의 이익을 최우선으로 고려하는, 이 도시에서 가장 제정신 박힌 이 뉴스 기관과 마찬가지로 편집장 또한 자신의 의견에 공감하지 않는다는 것이며 이것은 달라져야 하니 그렇게 될 때까지 그는 이 '작문'을 원래 자리에, 쓰레기통에 둘 것을 강력히 촉구한바 그가 이 글이 어디로 가야 할지 확신한 것은, 왜냐면 아니야, 그가 고개를 저었는데, 그는 도무지 이해할 수 없었고 사실 상상할 수도 없었으니 그것은 이 쓰레기 더미가 고스란히 대중에게 공개되면 무슨 일이 벌어지겠는가 하는 것으로, (최근의 사건 전개로 인해 얼마 전에 폐쇄된) TV 방송국 두 곳과 정부 공식 대변인을 제외하면 아직 남아 있는 유일한 언론 기관이자 비판적 시각을 결코 잃지 않은 곳이 이 신문이라는 것은 그도 진심으로 인정하는 바요, 그는 진심으로 이것을 인정했지만 이 일이 어떻게 그들에게 일어날 수 있는지 이해할 수 없었으니 이해하지 못했고 이해할 수도 없었던 것은 이 비난 글을 대충대충 훑어보기만 해도—여기서 만일 진지하고 신중한 작업이 이루어지는 편집국에 와 있다는 사실을 감안하지 않았다면 그는 언성을 높였을 것인데—누구라도 이 글을 수박 겉핥기로라도 통독했다면, 그랬더라도 분명한즉 이 질 낮은 글줄에 걸맞은 유일한 대접은 파쇄이지만, 괜찮아, 문제 될 것 없어, 그는 반대 견해가 있다는 걸 이해했으며 그 또한 언론 자유의 절대적 신봉자로서 신성한 모든 것에 대한 상스러운 공격의 운명과 '관련하여' 자신의 견해에 대립하는 견해를 누군가 가질 수 있다는 점을 이해하지만 편집장이 방금 제안한 것을 받아들이는 것은 천부당만부당한바 그는 확대 시민위원회 전체 회의에서, 만일 그들이 결정을 내릴 권한이 조금이라도 있다면 이 안을 부결할 것이고 가톨릭 주교 대리가 이례적으로 자리를 빛낼 것임을 감안하면 더더욱 그럴 것이라고 장담했으나 그렇더라도—이 시점에서 그가 고개를 숙이며—이 이른바 대립 의견들에 관한 논쟁은 결코 방해받아서는 안 되니 앞에서 언급한 이 독설에 대해 시민위원회가 결정을 내릴 날짜와 시각을, 초까지는 아니더라도—후, 후, 하고 시장이 키득거리며—지정하는 것은 편집장 소관이지만, 최대한 조속히 회의를 열 수 있도록 날짜와 시각을 잡아봅시다—오늘, 편집장이 말하길 오후 두 시로 하죠— 글쎄, 그건 불가능하오, 시장이 반대하길 위원들을 그렇게 짧은 시간에 모을 수는 없다는 것이었으니, 그렇다면 3시로 하죠, 하지만 조금도 늦어지면 안 됩니다, 라고 편집장이 말한 것은 석간에 이 주제를 실을 지면을 비워뒀기 때문으로, 다들 알다시피 이곳은 업무가 스케줄에 따라 진행되는 진지하고 신중한 편집국이고 판마다 마감이 있어서 아

리

무리 늦어도 3시를 넘기면 안 되는바 시장은 편집장의 얼굴에서 결정을 최소한 이튿날로 미룰 가망이 전혀 없음을 알고서 동의할 수밖에 없었으며, 좋소, 입술을 삐죽이며 그가 말하고는 이미 행동에 돌입한 사람처럼, 또는 이미 떠난 사람처럼 팔걸이의자에서 몸을 앞으로 숙인 것은 이 문제에서는 1분 1초가 귀중하기 때문인데, 심지어 이렇게까지 말하길 여기서는 1분 1초가 귀중하니 이제 가야겠다고, 이것이 자신의 생명이라며 그가 한숨을 내쉬고는 팔걸이의자에서 벌떡 일어날 때 편집장은 빈정거리는 미소를 얼굴에 지으며 책상 뒤 자기 의자에 앉은 채 미동도 하지 않았거니와, 이 일을 맡은 뒤로 그가 언급해두고 싶은 것이 있는데, 시장이 말하길 자신의 시정에서 이 업무를 대표하게 되어 영광인바, 아니, 대표하는 게 아니라 '선도', '지휘', 실은 나름의 방식으로 경이로운 이 작은 도시에서 삶의 원동력을 '자극'하는 것인바, 그렇지, 그거였지, 그는 하루 종일 씨름해야 했기에 그들이 양해해준다면 이제 쉬러 가겠다며 문을 향하더니 벌써 방을 나서 복도에 들어서도록 편집장은 여전히 의자에서 꼼짝하지 않고 시장에게 작별 인사도 하지 않았는데, 이와 관련하여 시장이 스스로에게 말하길 그에게 그 나름의 판단이 있었던 것은 그들이 서로 다른 정치적 견해의 대표자였음에도 이른바 '신사협정'이 여전히 존재했기 때문이므로 그는 이 신문쟁이 같은 작자도 언제나 예의 바르게 맞이했는데, 이 신문쟁이는 작별 인사를 받아줄 만큼도 자신의 적수를 인정하지도 않았으니 그것은 넘어서는 안 되는 선을 넘은 것이었으며 그는 지금까지는 화를 억누를 수밖에 없었지만 이곳에서는, 편집국 계단통에서는 마음껏 분노를 발산했으니 이 목소리들을, 즉 이 작자들을 정치 무대에 받아주는 것은 문제라고 그에게 말하는 사람은 누구나 옳을 것이기 때문이었다. 아래층에서 그는 문을 쾅 하고 닫았다. 그가 생각하길 저 방자하고 아무짝에도 쓸모없는 국제주의자가 저 위에서 들을 수 있을지도 모르겠군. 소리는 메아리치며 울려퍼졌다.

그녀는 방금 불길한 예감이 들었는데, 왜 그랬는지 무슨 예감이었는지는 말할 수 없었지만 불길한 예감인 것은 분명했으며 시장은 그녀의 예감이 언제나 들어맞는다는 것을, 두 사람이 서로를 알던 시절부터—그러니까 벌써 12년 전인가?—잘 알고 있었는데, 언제든 그녀가 예감이 좋지 않다고 말하면 거기엔 어떤 의미가 있었으며 물론 그녀는 이 무언가가 무엇인지 구체적으로 말할 순 없었고 그건 아무리 시간이 지나도 달라지지 않았지만 한 가지만은 확신할 수 있었으니 그것은 나쁘다는 것과 왜 누군가에게, 이 경우에는 그녀에게 그런 불길한 예감이 드는가에는 이유가 있노라고 무언가가 그녀에게 알려준다는 것이었는데, 그녀는 사소한 세부 사항은 들먹이지도 않았으니 이를테면 (다른 것들과 달리) 모든 부랑자며 거지며 알바니아나 그 밖의 어디에서든 온 집시며 그들이 모두 사라지고 단 한 명도 길거리에서 보이지 않았는데, 그들은 사실상 거리 풍경의 일부였으며, 이게 어떻게 된 건지 아시죠, 시장님, 그리고 지금까지는 그녀가 그의 의자 뒤에서 그에게 바싹 붙은 채 서 있었다면 지금은 뒤에서 상사 쪽으로 몸을 숙여 그녀의 명물 젖가슴을 시장의 어깨에 스치다시피 했으며 시장은 그 명물 젖가슴의 감촉을 재킷 너머로 (두툼한 어깨심을 댔는데도) 느끼다시피 했으니 어쨌든 언제 왜 뭐 하러에 대해서는 그녀가 설명할 수 없었거니와 이것들이 사소한 세부 사항이기는 했어도, 하지만 그렇더라도 이상하지 않은지, 글쎄, 누가 그녀에게 얘기해줄 수 있을는지, 가련한 저 부랑아들이 전부 고아원에 돌아갔는데, 엄마 잃고 아빠 잃은 저 고아들, 저 불쌍한 것들, 저 아이들은 어떻게 됐는지? 누가 그들을 데려갔는지? 어디에 왜 뭐 하러 데려갔는지? 이것이 그녀가 진지하게 물으려던 것으로, 그녀의 목소리가 웅얼거림으로 바뀌기 시작했으나 시장은 의자 속으로 더 파고들 수 없어서 왼쪽으로 조금, 최대한 멀리, 그래봐야 약 0.5센티미터에 불과했지만 몸을 미끄러뜨렸는데, 시장님, 지금은 그만할게요, 하고 비서실장이 그의 귀에 숨을 불어넣었으니 그녀는 이것이 사소한 세부 사항에 지나지 않음을 잘 알았지만 그와 동시에 그녀가 거리를 걸어갈 때 평소에 보던 거지와 노숙자와 뜨내기 대신 생판 낯선 사람들이 인도에 보이는 것은 어찌 된 영문인지, 시장님, 시내가 생판 낯선 사람으로 가득해요, 그들은 누구인가요, 왜 어떤 이유로 여기 왔을까요? 그녀가 진지하게 묻길 여기서 무슨 일이 일어나고 있나요, 무엇이 벌어지고 있나요, 그녀는 그의 심기를 불편하게 할 생각이나 의향은 전혀 없었지만—결코 그러고 싶지 않았으므로—불길한 느낌이 든다는 사실을 이제 대놓고 말했거니와 그것은 여기서 무언가가 일어나리라는 예감이었고 무슨 일이 일어날지는 알지 못했으나 무언가가, 아무도 예상하지 못한 무언가가 일어나기는 할 것이라고 육감이 그녀에게 속삭였으며 그녀의 육감이 업무를 처음 시작했을 때와 똑같이 믿을 만하다는 사실은 아무도 의심하지 않았던바 이 육감이 이제 그녀에게 이 무언가를, 그것이 무엇이든 이 무언가를 준비하라고—그녀는 그것이 무엇일지는 전혀 몰랐으나—그렇게 될 것이라고 그녀에게 말하고 있었으니 이것이 그녀가 시청으로 향하는 인도를 걸을 때 그녀의 육감이, 또는 무엇인지가 그녀에게 말해준 것으로, 거리의 차량은, 이를테면 어디 간 것인지, 왜냐면 하나도 없다시피 했으므로, 시장님, 그건 정상이 아니었어요, 왜 그랬을까요? 그녀가 묻길 거리에 차량이 한 대도 없는 것이 정상인가요, 아닌가요, 그 뒤에는 보행자나 행인이 통 보이지 않아도 별로 놀랍지 않았는데, 저 생판 낯선 사람들은 물론 제외할 것이, 저들에게서는 그 어떤 유익도 나오지 않으니 그것이야말로 그녀의 예감이 그녀에게 말해준 것이며 물론 그녀의 착각일 수도 있고, 하긴, 이따금 착각한 적도 있지만 지금은 아니어서, 구체적 사례들이 너무 많아요, 시장님, 이라고 비서실장이 말하고는 일

리

어섰으며 시장은 다소 불편한 상황에서 벗어나 저 두 개의 거대한 젖가슴이 급기야 그의 어깨에 걸쳐질까봐 몇 분간 숨 쉴 엄두도 못 낸 사람처럼 깊이 숨을 들이마시되 꾸르륵 꾸르륵 소리가 날 정도로 공기를 빨아들이는 바람에 비서가 옆에서 물 한 잔을 내밀어야 했으며 그는 물을 급하게 들이 켜되 급한 물 한 잔이 최대한 빨리 필요하게 되리라 확신한 사람처럼 급하게 들이켰다.

우린 누가 썼는지 모릅니다, 묻지도 마십시오, 이제 그는 취재원이 어떻게 해서 밝혀지지 않았는지 따위에 대해 기자들이 으레 그러듯 입을 다물었으니 이 글줄은—그의 중립적 견해로는 이 신문 편집국뿐 아니라 이 도시를 통틀어보더라도 최근에 제출된 글 중에서 가장 돋보이는 것으로—반송 주소가 기재되지 않은 봉투에 담겨 배달되었으며 글의 맨 아래에 타자기로 입력한 문구는 반어적인 의도가 명백했으니 그것은 '여러분의 남작으로부터'였으나 서명자는 저 비극적 사건으로 목숨을 잃은 망자와 같지 않음이 분명했는데, 남작의 존재는 이곳의 최근 며칠에 크나큰 부담이 되었으며 이 도시의 역사에서 한 장을 차지하기에 손색이 없었던바 이에 대해 그는—편집장이 자신을 가리키며—전적으로 확신했는데, 아니, 그는 아니었고 그것은 명백했으니 한편으로 이 글은 타자기로 작성되었는데, 망자는, 이건 널리 알려지지 않은 사실인데 언제나 수기로 글을 썼으나, 말하자면 타자기를 한 번도 쓰지 않았으나 어쨌든—편집장이 고개를 저으며—그것은 정말이지 터무니없는 짓일 겁니다, 아니, 그 글을 쓴 자는 딴 사람이었고 어쩌면 언젠가 그의 정체가 백일하에 드러날 수도 있고 어쩌면 영영 드러나지 않을 수도 있지만 제가 이 자리에 모인 모든 분께 강조하고 싶은 것은 이 글줄의 중요성으로 보건대 누가 썼느냐의 문제는 하등 관계가 없다는 것으로, 여기서 문제는 글 자체이고 문제는 당신과 당신의 동료들이 권력을 쥔 뒤로 이 도시가 줄곧 겪어온 고통을 매섭게 질타한다는 겁니다—그는 시장이 있는 쪽으로 경멸적 손짓을 할 뿐 그를 쳐다보지도 않은 채—이 글은 변죽을 울리지 않고 정곡을 찌르고 있습니다, 메스처럼 날카롭지요, 그쯤에서 그만하지, 시장이 일어섰으나 의자에서만 일어난 것이 아니라 목소리까지 높이되 남들 하는 말에 귀를 닫은 사람처럼 높여, 그들 모두가 오늘 이 회의에 모인 것은 (게다가 주교 대리까지 자리를 빛내주는 상황에서) 단지 선거 운동 연설을 듣기 위해서가 아니요, 그런 연설은 솔직히 말하자면—우리 좀 솔직해집시다—적어도 여기서는, 이 회의실에서는 하품하다 눈물 날 만큼 지루한 것이지만, 친애하는 편집장, 그들이 모인 것은 자신이 보기에 (이 점에서 자신이 유별난 게 아니라며 시장이 오른손 집게손가락을 위쪽으로 세차게 흔들었는데) 자신이 보기에 야비한 종잇조각이요, 그들 한 사람 한 사람을 진흙탕에 끌고 들어가려는 괴발개발 독설에 지나지 않는 것의 운명을 논의하기 위해서인즉 그는 어쩌다 그들이 이런 익명의 낙서에 대한 논

리

의 여부를 고려하는 지경에 이르렀는지 이해할 수 없었으니 이 낙서는 가장 가까운 쓰레기통에 당장—부디 이해해주시길 바라오만—당장 처넣어야 마땅한 것으로, 그들은 대체 왜 여기 앉아 있는 것이며 왜 그들이, 도시의 지도자급 시민들이 이렇게 저급한 수준으로 떨어졌는지 당신에게 묻고 싶소, 시장이 말하고는 편집장의 눈을 정면으로 들여다보았고 편집장은 그의 시선을 정면으로 되받았으며 그는 방금 시장 때문에 말이 끊긴 뒤로 줄곧 서 있었기에 아까 중단된 지점에서 다시 시작할 수 있었던바 편집장이 말하길, 말하자면 이것은 비상하게 중요한 문서의 문제로서 베일을 찢어발겨 우리의 실체를 폭로하니, 그래, 그게 우리에게 필요한 전부라고 누군가 말했고, 교장으로부터 시의 업계 거물에 이르기까지 그들 모두가 서로를 쳐다보는 동안 주교 대리는 눈에 띄게 침묵했으니 그가 무슨 생각을 하는지는 알 도리가 없었으며, 우리는 이 안건을 부결할 것이다, 가 이 얼굴들이 말하는 바였지만 바로 그때, 편집장은 시장이 무엇을 기대하는지 알아듣고서 앞 문장을 끝내지도 않은 채 선언하길 오해의 소지를 없애기 위해 말씀드리자면 우리 모두 이 이례적인 글을 논의하기 위해 여기 모인 것은 우리의 언론 기관이 단 하나의 야권 언론 기관이요(그가 시장에게 미소 지으며), 진정한 민주주의 정신의 소유자인 시민, 즉 고도로 연마된 책임감의 소유자인 참된 시민 모두의 유일한 언론 기관이기 때문이니, 말하자면 우리는 이 도시의—이것은, 시장님, 우리를 말하는바—과반수를 대변하는 유일한 언론 기관이요, 우리는 이에 필요한 폭넓은 시야를 가진바, 여기서 편집장이 잠시 멈췄다 덧붙이길 자신이 이 글에서 참으로 고통스럽게도 개인적으로 언급되긴 했어도, 그렇긴 했어도 (그리고 바로 그럼에도 불구하고) 그는 이 글을 발표하는 것에 반대할 수 없으며 그렇기에 자신과 편집국 전원이 포괄적으로 또한 여러 차원에서 진정으로 폭넓은 시야를 발휘한다고 말할 수밖에 없는바, 말하자면 그들은 이 문제를 스스로 편협한 이익에 근거하여 결정하지 않았고(그러려는 유혹을 느꼈음에도)—이 문제가 이례적으로 중요하다는 사실을 시사한 것은 그들이 보여준 바로 이 이례적 묵인이요, 이 부인할 수 없는 폭넓은 시야였거니와—아니, 우리가 합의한 것은, 제가 존경심을 담아 여러분에게 상기시켜드리자면, 편집장이 존경심을 담아 그들에게 상기시키길 확대 시민위원회에서 논의할 안건은 이 글을 '발표할지 말지'가 아니라(편집국은 그에 반하는 어떤 제안도 고려하지 않을 것이므로) 여러분만 괜찮다면, '어떤 형식으로' 발표할 것인가이니 이것이 당면한 문제입니다, 시장님, 본 위원회를 번거롭게 하려는 당신의 시도가 아니라 말입니다, 어떤 기사를 자유 언론에 발표할지 말지를 투표하자는 당신의 제안은 터무니없기 그지없는 발상이며 그 자유 언론의 뺨을 후려치는 격입니다, 자유 언론의 신봉자인 당신이, 바로 시장님께서 그러시리라고는, 자유 언론의 얼굴을 후려칠 작정이시리라고는—편집장이 다시 한

번 시장의 눈치를 살피며—생각지 않습니다, 시장님, 시장의 얼굴에서는 이목구비 하나하나가 고뇌에 차 있는 것처럼 보였으나 그가 여전히 끼어들지 않고 여전히 생각하고 있었던 것은 조만간 끼어들어야 할 터였기 때문으로, 이곳에서, 이 시청 회의실에서, 어쨌거나 자신이 수장으로 되어 있는 곳에서 딴 사람이 이래라저래라하는 것을 용납할 수는 없었으나 상황이 어딘지 잘못된 것은 애석한 일이었는데, 그는 아직 답변을 구상하지 못했고 아직 반격을 준비하지 못했으며 여전히 서 있었던 것은 다시 앉고 싶지 않아서였으나 입이 떨어지지 않았고 그들이 논의할 수 있는 다양한 조합에 대해 편집장이 이야기하는 동안 가만히 듣고만 있었으니 이것은 그에게, 시장에게 재난 자체였던바 재난인 것은 이 논의의 그 어디에도 이 기사의 발표를 막을 여지가 없었기 때문이어서 그는 그곳에 서 있었으며 편집장의 말은 죄인에게 쏟아지는 돌 세례처럼 그에게 쏟아졌고 그는 자신의 침묵이 길어질수록 더욱 패배를 자인하는 꼴이 되리라는 걸 직감했으니 실은 패배가 기정사실화되었고 가장 본질적인 것을 막는 것, 말하자면 이 악랄한 독설에서 특정 개인들을 거명하며 제기된 저 '모든' 이른바 비난을 삭제하는 것조차 불가할 것임을 그가 이미 느낀 것은 그곳에 모인 모든 사람을 재빨리 둘러보았을 때 어느 한 얼굴에서도 희미하디희미한 저항의 기미마저 보이지 않았기 때문으로, 이 글에 친숙한 사람들은 모두—지금쯤은 모두가 이 글에 친숙해졌는데—'자신을 지목하는' 구절을 수정할 수만 있다면 무엇에든 동의할 작정이었기에 시장은 그들 모두가 여기에 코가 꿰인 것을 보았고 그래서 패배를 자인하며 자리에 앉아 입을 닫고 끝까지 한마디도 하지 않았는데, 이제 논의는 그들이 악담 지면이라고 이름 붙인 '개인적 논평'을 어떻게 할 것인가로 넘어갔으나 그러고도 그는 문제의 기고문을 아예 없애버리자는 제안을 꺼낼 수 없었는데, 그때 편집장이 그 문서를 모두의 머리 위로 흔들며 제안하길 좋아요, 문제없습니다, 모든 실명과 그 밖에 개인을 구체적으로 묘사하는 부분은 삭제하거나 일일이 변경할 겁니다, 하지만 이 경우에 총론은, 그가 보기엔 이 비난 글에서 참된 애국자라면 누구도 묵과할 수 없는 '도덕의 타락'을 질타하는 부분은 손대지 말아야 한다고 그가 주장하자 시장은 뭔가 해야겠다고 느꼈으나 그의 뇌가 그냥 잠들어버렸고 다시 깨울 수 없었으며 또는 그런 것 같다고 그는 생각했기에 그저 고개를 젓고 눈을 비비고 패배를 인정하는 표정을 얼굴에 지은 채 의자에 더 웅크려 앉아 지난 일주일을 겪으며 기진맥진한 것처럼 보였으니 그가 생각하길 나와 같은 육체는 최근 이곳에서 벌어진 일 같은 사건을 겪으면 부식되지, 그는 기운이 하나도 없었으며 급기야 주위 사람들이 무슨 말을 하는지 하나도 알아들을 수조차 없었거니와 말들은 마치 그가 어떤 유리병 속에 앉아 있는 듯 그의 귀에 단조롭게 웅웅거리는 소리로만 들렸으며 그러자 그의 가슴이, 중간께가 다시 조였는데, 아니, 조이는 정도가 아니라 통증이 점점 심해져 이쯤 되자 그는 이미 바닥에 누워 있었고 의자가 소리도 없이 뒤집혔으며 보이는 것이라고는 벽 옆에 먼지가 얼마나 많은가 하는 것뿐이었으니 벽을 죽 둘러 징두리 옆에 먼지답쌔기가 쌓여 있었으며 그에게 마지막으로 든 생각은 누군가 청소 직원에게 알려야겠다는 것으로, 이런 불결함은 용납될 수 없으니 대회의실에서 벽을 둘러 굽도리를 따라 쌓인 먼지답쌔기, 이것은 이 대회의실에서 결코 용납될 수 없었다.

이 땅이 지금껏 등에 업은 민족 중에서 그대들처럼 역겨운 민족은 하나도 없었으니 일반적으로 관찰되는바 이 땅에서 벌어지는 일들에 우리가 희희낙락할 수 없음은 분명하나 그럼에도 그대들보다 더 몹쓸 민족은 만나본 적이 없으며 나도 그대들 중 하나이기에 그에 따라 나는 그대들과 너무도 가까우니 정확히 무엇이 이 역겨운 측면을 구성하는지 묘사하는 적확한 단어를 이 첫 번째 시도에서 찾아내는 것은 까다로운 일이거니와 그 측면이 그대들을 다른 모든 나라 아래로 가라앉게 하는 것은 그대들이 세상을─세상이 그대들을 알게 된 것은 크나큰 불운인바─역겹게 하는 추잡한 인간적 특징들의 저장고를 순서대로 나열할 단어를 찾기가 힘들기 때문이어서 헝가리인이라는 것은 민족에 속한 것이 아니라 질병이라는, 치료할 수 없고 무시무시한 질병이라는, 모든 관찰자를 메스껍게 할 만한 역병 규모의 불운이라는 말로 서두를 떼면 그것은 올바른 길에 들어서는 것이 아닐 것이니, 아니, 질병이라는 게 아니라 오히려…… 이 질병은 무엇으로 이루어졌는가? 그것이야말로 유전자를 수신자로 하는 여기 이 글에서는 서술하기 까다로운 문제여서 나는 이 나라가 삶의 불가해한 연속체 한가운데에서 더 나아가는 것을 제지할 수 있는바 내가 유전자에게 글을 쓰는 것은 더는 자신을 드러내지 않기를, 자신의 DNA 분자 속으로 철수하기를, 핵의 염색체 속에서 자신의 핵산 서열을 해체하기를, 당인산, 염기쌍, 아미노산과 더불어 스스로 오그라들게 하기를 위해서이나 이 헝가리인들은 노력하지 않았는데, 유전자가 이를 솔직히 천명하고 미친 알부민 순서를 돌이켜야 하는 것은 그대가 이곳 어디서 출발하든 나머지 모든 사람들을 마치 끈 위에서처럼 연결할 수 있는 가장 기본적인 성격을 찾기 힘들기 때문이요, 너절한 악의에서 시작하는 것이야 뭐 어떻겠느냐마는 충분히 깊이 파고들지 못하기 때문이니 우리가 말할 수 있는 것은, 이봐, 그대, 구역질 나는 헝가리인, 그대는 질투, 옹졸, 소소한 게으름, 나태, 교활과 비열, 뻔뻔함, 불명예의 본보기이고 툭하면 배신하며 그와 동시에 자신의 무지, 천박함, 무감각을 오만하게도 과시하니 그대들은, 헝가리인은 남달리 역겨운 존재로, 때로는 소시지와 팔린카 냄새를, 때로는 연어와 샴페인 냄새를 풍기는 그대들의 날숨은 누구의 목숨도 앗을 수 있으니 누군가 면전에서 이를 지적하면 그는 자신의 상스러움이 자랑스러운 듯 앞뒤 안 가리는 멍청이처럼 공격적으로 이 임상

리

적 보고에 가식적 무례로 반응하여 식탁을 내리치기도 하고, 아니면 자신의 진짜 성질을 직시하게 만드는 사람이 있으면 그에게 복수하려는 교활한 갈증이 내면에서 솟아오르니 그는 결코 창피를 잊지 않으며 기회만 있으면 이 입바른 자를 땅바닥에 내동댕이치고 처단하고 망신시키고…… 아니, 아니, 하지만 그걸로도 모자라서 그것이 그대의 본성 깊숙이 닿지 않음은 그 깊이가 하도 깊어서 그대는 자신의 무가치함을 들먹이는 모든 자에게 이런 식으로 반응할 뿐 아니라 그대에게 걸림돌이 되는 모든 사람에게, 그대가 자신의 욕구를 충족하기 위해 등쳐먹거나 이용하거나 쥐어짤 수 없는 모든 사람에게 그렇게 할 것이기 때문이니 그대가 줏대가 없고 양면적이고 믿을 수 없고 야비하고 거짓말을 일삼고 근본이 없음은 자신이 누군가를 등쳐먹은 뒤에도 똑같은 짓을 저지르기 때문인즉, 말하자면 그들이 쓸모가 없어지면 그들을 내팽개치고 그들의 눈에 침을 뱉는 것은 그대가 미개하기 때문인즉 이 아무짝에도 쓸모없는 헝가리인 같으니, 그대는 자신에게 유리한 위치에 도달할 수만 있다면 언제나 기꺼이 스스로 품격을 떨어뜨리는 미개한 얼간이이거니와…… 아니, 그걸로도 다 표현할 수 없기에 헝가리인의 본질을 뿌리째 움켜쥐는 것은 내 깜냥을 넘어서며 내가 할 수 있는 일이라고는 뿌리를 쥐어 뜯어내는 것이 고작이나 그럴 수 없음은 지금껏 이 글에서 한꺼번에 뭉뚱그려진 모든 것이 헝가리적 성격의 바탕을 이루기 때문이거니와 나는 아직도 헝가리적인 것의 '실마리'를 찾지 못했으니 모든 인간적 결점은 단순히 그의 내면에 존재하는 것이 아니라 그의 내면에 축적되며 이 결점은 단순히 그의 내면에 존재하는 것이 아니라 그와 동시에 그를 헝가리인의 조상인 마자르인으로, 그 자신으로 만들기에 질투를 거론하려거든 헝가리인을 생각할지며 위선을 거론하려거든 이번에도 헝가리인을 생각할지며 오만함을 통해 나타나는 것이든 교활한 아첨을 통해 나타나는 것이든 잠재적 공격성을 거론하려거든 다시 헝가리인에게 돌아올지니 그대가 어떤 못된 습성을 떠올리든 헝가리인에게서 그것을 발견할 수 있으나 적어도 그대는 그곳에 있고, 그렇다면 적어도 헝가리인의 상투는 틀어쥘 수 있을 것이며 그냥 헝가리인은 똥구멍이다, 라고 말한다면 그것은 정곡을 찌르는 것이기는 한데, 그렇더라도— 누구에게 이 말을 하느냐에 따라 다르긴 하지만—그에게 말해봐야 소용없는 것이, 그에게 이 말은 술집에서 주먹을 부르는 한낱 모욕에 불과하거나 아니면 그가 벽에 붙어 게걸음으로 나가 어둠 속에 숨어 앙갚음할 기회를 엿볼 것이거니와 그에게 말해봐야 소용없는 것은 그 무엇도 그에게 진짜로 상처를 입힐 수 없으며 그러는 동안 그는 주체할 수 없는 자기연민에 빠질 수 있는바 그의 실체를 굳이 그에게 말할 필요가 없는 것은 가망 없는 짓이기 때문이어서, 그가 결코 이해하지 못할 것이고 결코 파악하지 못할 것이고 결코 깨우치지 못할 것임은 이것을 이해하고 파악하고 깨우치려

리

면 헝가리인이어서는 안 되기 때문이나 그대는 헝가리인이
고 지금도 앞으로도 영영 헝가리인, 용납할 수 없는 헝가리
인일 것이요, 온갖 예외를 내게 들먹이지 말 것은 예외들이
내게 구역질을 일으키기 때문이요, 실은 예외는 하나도 없
기 때문이어서, 헝가리인은 누구든 나의 일가요, 헝가리인
은 누구나 한 뿌리에서 나왔은즉 그는 자신이 왕이라고 생
각하는 무식하고 위험한 어릿광대이지만 그는 왕이 아니어
서, 끊임없이 투덜대다가도 누가 자기에게 고함지를라치면
슬그머니 내빼니 내 진심으로 말하건대…… 어휴, 이젠 됐
어! 제발 그만해, 더는 못 견디겠군! 교장이 내뱉길 저 목소
리, 욕설로 가득하고 증오로 점철된 저 목소리를 견딜 수 없
어, 참을 수가 없다고, 그는 이렇게 말하고는 눈을 감았는데,
그때—시장이 병원에 실려 가고 위원회가 다시 착석하여 회
의를 재개하기까지의 막간 이후에—아니, 당신이 이해해줬
으면 좋겠는데, 편집장, 이걸 낭독하는 건 전혀 쓸데없는 짓
이오, 게다가 이 명예 훼손 장광설에 친숙하지 않은 사람이
있다는 것은 나의 믿음과 거리가 머니—'나의 믿음과 거리
가 멀다'는 그가 즐겨 구사하는 표현법으로—정말이지, 저
걸 낭독하는 이유를 모르겠소, 한마디로 낭독을 중단해주
기를 정중하게 요청하는 바이오, 라며 그는 자리에 앉았으
나 편집장은 멈추지 않았고 오히려 이 글이 발표되기 전에
논의가 필요하다고 생각한다면—이것은 언론인으로서 그
의 심대한 윤리적 명령에 반하나—전문을 듣는 일을 참아

내야 할 것이라며 그들에게 단언하길 이건 직무요, 교장, 한 낱 어설픈 수작이 아니란 말이오, 그건 이곳 방식이 아니오, 그러니 여러분 모두 주목해주시길 청하는바 다음에 이어지는 이 구절을 가필 없이 발표하는 데 여러분 모두의 동의를 얻고자 하니 그가 어떻게 썼느냐 하면, 자, 이제 헝가리인이 스스로 어떻게 생각하는지 살펴보려는 것은 그것이 이 모든 일에서 가장 우스꽝스러운 부분이요, 만일 그대가 나처럼 헝가리인이라면 가장 숨 막히는 부분이니 헝가리인이 내게 속하는 것은 내가 헝가리인에 속하는 것과 마찬가지이기 때문이며 헝가리인은 이를테면 자신이 기독교인이라고 생각하는데, 게다가—편집장이 손에 든 종잇조각 위로 주교 대리를 쳐다보며—자신이 관대한 기독교인이어서 언제나 곤경에 처한 사람을 기꺼이 도우려 하고 참으로 어떤 신이나 사람도 그를 가로막지 못하며 그는 바리케이드로 돌진하고 도움의 손길을 내밀며 언제나 공공연히 눈물을 쏟을 준비가 되어 있고 자신을 불쌍히 여겨 기꺼이 돕고 희생하려 한다고 생각하면서도 그에게는 남들을 도우려는 자세와 그들을 위해 희생하려는 의지보다 낯선 것이 없으니 헝가리인보다 무정한 민족은 상상할 수조차 없으며 바로 옆에서 추악한 전쟁이 벌어지고 있었음에도 헝가리인들은, 20~30킬로미터 밖에 떨어지지 않았는데도 마치 고작 20~30킬로미터 떨어진 국경선 너머에서 아무 일도 일어나고 있지 않은 듯 태평한 삶을 영위했거니와 그들은 이 참상의 지척에서 태평스러

리

운 무관심을 이어갔으며 그들 중 하나가 비겁에서 비롯하는 무관심을 자기 내면에서 극복하고 그곳에 찾아가 도움을 베풀려 하더라도 그는 자신의 행동에 어찌나 감명받았던지 자신이 영웅이라고 진지하게, 진심으로 진지하게 믿었으나 마음속 깊은 곳에서는 자신이 영웅이기는커녕 쥐새끼임을, 생존을 앞에 두고 연극을 벌이는 피조물임을 알았으나…… 아니, 더는 참고 들어줄 수 없어 도시관리사업소장이 일어났는데, 그도 이 글에 친숙했으나, 아니, 낭독할 필요는 전혀 없는바 낭독할 필요가 전혀 없을 뿐 아니라 발표할 방법도 전혀 없다는 것, 이것이 그의 견해였으나 이 글이 개정조차 불가한 것은 이 글이—편집장이 뭐라고 말하든—도무지 손볼 수 없는 글이어서 행 하나하나, 단어 하나하나가 흉물인즉 그는 이를테면 자신이 기독교인이라고 주장했는데, 특별히 자랑스러워하는 게 아니라 지금 심히 격분했으니, 말하자면 그들은 이 글을 발표해야 하는가 말아야 하는가에 대한 결정에 도달했다는 것으로, 그게 무슨 뜻이오, 글을 '발표할지 말지'라니, 도시관리사업소장을 노려보며 편집장이 부르짖길, 그게 무슨 뜻이란 말이오, 그건 안건이 아니오, 안건은, 이미 천명했듯 어떤 형식으로, 어떤 조합으로 발표할 것인가였소, 알아듣겠소? 이것들이 논의 안건이지 다른 것들은 어림도 없소, 이 글을 지면에 발표한다는 것은 편집국에서 만장일치로 결정했단 말이오, 비판적 목소리가 지금만큼 필요한 적은 일찍이 없었소, 지금은 상황이—음, 뭐라고 해야 하나, 망설이면서 그가 말하길—잘못될지도 모르니 말이오, 그리고 지금이 아니면 대체 언제, 그가 도시관리사업소장에게 묻길 자유 언론이 자신의 순수한 목소리를 높일 때가 되겠소, 이 글의 필자가—그게 누구이든—남들에 대해 이야기하는 만큼 자신에 대해서도 이야기했고 이 도시에 대해서도, 이제 만연한 이 무기력을 마침내 끝장낼 때가된 이 나라 전체에 대해서도 그만큼 이야기했다는 데는 누구도 의문을 품지 않소, 그에 따르면(편집국도 백번 동의하는바) 행동할 때가 왔소, 이 도시는—우리 솔직해집시다, 라며 편집장이 말하길—벼랑 끝에 섰고 이것은 그 자체로 완전하고도 총체적인 줏대 없음의 근본적 결과이며 이것은 이 자리에 있는 그 누구도 반박하지 못할 거요, 그건 우리가 각자 나름의 수단으로 맞서 싸워온 바로 그 적이니까, 왜냐면—제가 인용하겠는데, "누가 의문을 제기할 수 있겠는가……," 편집장은 원고를 눈앞에 치켜들어 계속 낭독하되 마치 자신이 필자인 것처럼 낭독했으니—그는 '그 자신이 개인적으로 언급되었다는 사실에도 불구하고' 그 어조와 가락을 음미하게 되더라는 말을 두 번 이상 했으며—누가 의문을 제기할 수 있겠는가, 그가 낭독하길 우리가 한목소리로 헝가리인이 된다는 것을 질환으로, 질병으로, 불치의 전염병으로 간주한다면 이 질환, 질병, 전염병의 원인을 지목하려고 노력해야 하는 것은, 이것은 식은 죽 먹기인데, 그의 도덕적 타락에서 이유를 찾아야 하는 것이 분명하기 때문인즉 헝가리

리

인의 도덕은 바닥까지 떨어졌고 이것으로 족하니, 말하자면 이 설명만으로도 충분하여 헝가리인은 더 떨어질 곳이 없는 도덕적 타락의 나락에 떨어졌으며 이것이 처방이니 물론 우리가 여기서 매우 신중하게 나아가야 하는 것은 어딘가에 우리가 밟고 떨어질 발판이라도 있는 양 말하는 함정에 쉽게 빠질 수 있기 때문인데, 글쎄, 아니, 그럴 여지가 없는 것이, 그 어떤 과거도 우리의 역사보다 분명하게 자신을 드러내지 않으니 모든 역사적 사실을 톺아보지 않고서도 우리는 헝가리인의 역사 전체를, 우리 선조들이 그토록 칭송한 영광의 과거를 치욕의 역사로 규정할 수 있는바 그 역사는 어떤 위선으로도 가릴 수 없는 배신, 배교, 신의를 저버리는 모략, 수치스러운 패배, 꼴좋은 실패, 비열한 복수, 인정사정없는 보복, 잔혹성으로 점철되어 있으니 이걸 어떻게 표현해야 할까—편집장이 희희낙락하며 낭독하길—총알 자국으로 가득한 사슴도 이에 미치지 못한즉 과거와 옛 영광은 잊어야 할 것이니, 말하자면 과거는 묻어버리고 더는 과거의 치욕과, 찬미받아 마땅하다고 여겨지는 뒤죽박죽의 허위를 끄집어내지 말지니 우리가 그 늪의 수면에 그저 머무르는 것만으로도 충분하고도 남으며 그 늪은 오늘날 도덕적 가치의 상태를 일컫는 것이니, 음, 저기서 당신들의 문제가 정확히 뭡니까, 소장님, 교장 선생님, 편집장이 원고를 내려놓으며, 필자는 여기서 무언가를 말하고 있지 않습니까, 그가 목소리를 높인 채 성마르게 원고를 톡톡 두드리되 실은 마치 자신의 글을 변호하는 것처럼 두드렸는데, 그는 우리 모두가 스스로에 대해 생각하는 바를 말하는 것뿐 아닙니까? 아니오, 교장이 벌떡 일어나(그 순간에 나머지 참석자들도 대회의실 탁자를 둘러싼 각자의 자리에서 들썩거리기 시작했는데), 아니오, 아니오, 이것들 하나도 동의하지 않소, 무엇보다 여기서 무슨 일이 벌어지는지를 확실히 모르겠소, 이 모든 것에서 당신이 무엇을 원하는지를 말이오—분노로 얼굴이 일그러진 채 그가 편집장을 쳐다보며—그건 이 도시에 먹칠하는 것, 성스러운 모든 것에 먹칠하는 것 아니오, 여기 이 글은 우리의 과거를 헐뜯고 있지 않소, 본디 역사 선생을 하던 사람으로서 당신에게 말하건대 나는 이것을 용납할 수 없소, 과거에 대한 비판적 목소리야 필요한 것이지만 헝가리의 과거에서 참으로 영광스러운 세기를 짓밟는 것은 별개 문제요……

그렇게 시간이 흘러 4시가 지났고 5시도 지났고 회의는 여전히 진행 중이었으며 경찰서장은, 편집장이 위험한 시도를 벌이기 전에 으레 그러듯 그에게 의견을 청했을 때 이 회의를 개최하자고 아이디어를 낸 장본인인 그는 그곳에 조용히 앉아 회의 내내 무엇에도 눈길을 주지 않았으니 이 모든 일이 무의미하다고 무언가가 그에게 속삭이고 있었던 것이었으며 그가 편집장에게 했던 조언, 말하자면 이런 기사가 주민들에게 미칠 영향을 가늠하려면 도시의 주요 인사들에게서 어떤 반응을 이끌어내는지 보아야 한다는 것은 착오였고 훨씬 거대한 일들이 지평선 위로 떠오르고 있었으니 그에 비하면 이 기사를 내일 조간신문에 실을 것인가 말 것인가는 전혀 무의미하다고 내면의 어떤 목소리가 그에게 이야기하고 또 이야기했으며 또한 그 목소리가 여기서 이 끝없는 헛소리를 들으며 시간을 낭비해서는 안 된다고 이야기한 것은 바깥 길거리에서 무언가가 일어났거나 일어날 참이었기 때문으로, 그는 무엇인지는 몰랐으나 무언가가 일어나고 있다는 것은 알았으니 그 무언가는 그가 짐작도 할 수 없는 것이었지만 그 본질에 대해서는 그가, 이 반푼이들이 아니라 도시를 진정으로 이끄는 유일한 인물인 그가 반드시 알아야 하는 것이었다.

그는 밖으로 나와 뜰에 서서 자신을 비스듬히 때리는 빗줄기에는 전혀 개의치 않은 채 재킷도 입지 않고서 휴대폰에 대고 말하길 그를 방해하고 싶지는 않고 지금이 전화하기에 알맞은 때인지도 모르겠지만 중요한 일인지라, 여기서 그는 잠시 말을 멈춰 반응이 있는지 살폈으나 전화선 너머 상대방은 침묵을 지켰기에 계속해서 말하길 '무슨 일이 일어나는지 알 수는 없으나 무슨 일인가가 일어나고 있'다고 하고서 또 말을 멈췄는데, 이번에는 다음에 무슨 말을 해야 할지 몰라서였으니 그것이야말로 실은 그가 해야 할 단 하나의 발언이었고 자세한 내용은 전혀 없었으며 그는 군대식으로 보고했기에 그가 하는 말에는 적어도 모종의 틀이 있었을 텐데, 그것인즉 여기저기서 신기한 일들이, 한 번도 일어난 적 없는 일들이 벌어지고 있다는 것으로, 그것들이 중요하다고 주장하는 것은 아니었으나 그는 어느 것 하나 이곳에서는 일어난 적 없다고 주장했으니—어떻게 표현해야 할는지, 그가 가라앉은 목소리로 말하길—이를테면 달팽이 공원에서는 목요일 새벽녘에 신원 미상의 폭행범들이 벵크하임 크리스티나 백작 부인의 가슴을 후려쳤고 그뿐 아니라 그녀의 얼굴을 손도끼로 으깨버렸는데, 손도끼로 그랬는 줄 어떻게 알았느냐고요, 그건, 손도끼를 발견했기 때문입니다만 왜 손도끼를 썼는지 이해가 안 됩니다, 중요한 것은 우리가 아무 소리도 듣지 못했다는 것입니다, 지난 며칠간 도시 전역의 순찰 규모를 늘렸는데도 말입니다, 우물거리지 말고 본론만 말해, 전화선 너머의 사람이 말하자, 알겠습니다, 그게, 그게 답니다, 여기서 그는 다시 말문을 닫은 채 상대방이 뭐라고 말하는지 보려고 기다렸으나 그는 말하지 않았으며 아직 통화 중이냐고 묻지 않은 것은 숨소리가 들렸기 때문으로, 그것은 그가 아직 전화기를 들고 있다는 뜻이었으나 그는 더는 침묵을 견딜 수 없어 다시 입을 열어 말하길 머로티 광장의 동상이 전부 쓰러졌습니다, 그래서 자네가 뭔데, 전화선 너머의 목소리가 묻길 예술의 벗이라도 되나? 왜 이 동상들에 집착하나, 집착하는 게 아닙니다, 그가 대답하고는 뜰의 좁디좁은 처마 밑에 비집고 들어간 것은 비가 다시 내리기 시작했기 때문으로, 하지만 아무것도 말이 안 됩니다, 동상들을 쓰러뜨리는 거야 이해할 수 있습니다만, 그가 설명하길 그들은 얼굴도 짓뭉갰습니다, 그런데

리

쇠망치도 손도끼도 그 무엇 하나 어디서도 발견되지 않았습니다, 에, 이상입니다, 그러고는 다시 침묵이 이어졌는데, 다시 한번 전화선 너머에서는 아무 말도 하지 않고 이따금 한숨만 내쉬되 전화에 대고 이야기하는 것 이외의 활동에 종사하는 사람처럼 내쉬었으니 어쩌면 책을 뒤적거리는 듯도 했던 것은 대장이 배경음에서 종이 바스락거리는 듯한 소리를 들은 것 같아서였으며, 에, 이상입니다, 그가 다시 말하자, 좋아, 딴 건 없나, 상대방이 묻자, 그게, 도축장에서 가축을 이튿날, 아시다시피 도축하려고 가둬두는 커다란 우리에서, 음, 거기에서 제 부하 하나가―그는 야간 경비원 하나를 그곳에 심어두었는데―수요일 자정에 소 두 마리가 제 피에 싸여 얼어붙은 채 대가리가 짓뭉개진 것을 발견했습니다, 대가리를 잡아 쳐든 채로, 어떻게 표현해야 할지, 죽어라 팬 것이 분명합니다, 흠, 마치 흥미로운 것이 조금도 없다는 듯한 목소리가 말하길 딴 건 없나? 에, 저런 것뿐이고 길거리에는 낮에도 지역 주민이 하나도 안 보이고 모르는 사람 천지입니다, 주민들이 두려워한다거나 그런 건 아닌 듯합니다, 지금은 그런지도 모르겠지만요, 하지만 차도 없고 지역 주민도 없고 모르는 얼굴들뿐입니다, 도무지 이해할 수가 없습니다, 그리고―계속해보게, 하고 목소리가 거들자―에, 수요일 밤중에 누군가 루마니아 정교회 성당의 종을 부쉈습니다, 교회를 청소하는 구두장이 가족 말고는 소리를 들은 사람도 거의 없었는데…… 종을 부수다니 그게 무슨 말인가, 상대방이 묻자, 에, 대형 전동 활톱으로 부순 것 같습니다, 종을 통째로 썰었거나요, 종은 부서졌고 물론 사방이 쥐어뜯겼습니다, 이 사람이 발견했는데, 이 구두장이 말입니다, 이름은 모릅니다만 그가 청소하러 올라가서 발견했습니다, 종은 땅바닥에 뒤집힌 채 널브러져 있었습니다, 그게 무슨 의미일까요, 아무것도, 전화선 너머 상대방은 이렇게 대답하고는 수화기를 내려놓았다.

모두가 예외 없이 비굴하기 때문으로—도러가 저녁 식탁에서 낭독하길—비굴함이야말로 역겨운 헝가리인의 정신에서 가장 기본적인 요소여서, 힘 있는 자를 맞닥뜨리면 언제나 이마를 조아리니 우리가 말하는 권력이 어떤 권력인지는 상관없어서, 이를테면 위대함이든 천재성이든 심지어 웅장함이든 아무 상관 없어서 헝가리인은 고개를 숙이나 실은 떠돌이 개처럼, 물 수 있을 때까지만 고개를 숙이다가 냅다 물어버리지만 그가 주로 공격하는 것은 위대한 것, 헤아릴 수 없이 위대한 것, 말하자면 장엄하고 온화하고 거대한 것, 그의 머리 위로 우뚝 솟은 것인바 그가 참아내지 못하는 것은 무엇보다 비교여서, 그는 결코 비교를 받아들이지 않으며 그가, 만일 이마저도 못할 만큼 겁쟁이가 아니라면 그들을 배반하는 것은 이 때문이니 그는 위대한 자, 온화한 자, 거대한 자의 근처에 숨어 지내지만 공격할 수 있을 때면 냅다 공격하는 것은 자기보다 우월한 자, 자기 머리 위에 우뚝 선 자, 자기를 능가하는 자, 자신의 이해력과 편협한 두

리

뇌와 쪼그라든 병든 영혼을 뛰어넘는 자를 견딜 수 없기 때문이요, 하긴 그리하여 이것이 그의 비굴함이니 이제 우리는 이 도시에서, 특별히 이 도시에서 가장 자명한 사례를 통해 이를 더욱 자세히 들여다볼 것인즉 끝없이 시들어가는 우리 나라에서 헝가리 정신의 바닥없는 깊이를, 이 어둡고 공허한 심연을 엿볼 수 있는 곳은 오직 이곳뿐이니…… 그리고 이 모든 이름이 나와, 라고 설명한 뒤 숲지기는 아내에게 신문을 보여주면서 아이들에게는 살짝 감추되 마치 아이들이 기사에서 무엇 하나라도 이해할 수 있는 것인 양 감추었으며 그와 아내는 모든 이름을 읽고 서로를 쳐다보았는데, 이 이름과 관련된 정보를 읽으면서 입이 떡 벌어지고 얼굴이 찌푸려졌던바 숲지기의 아내는 이런저런 더없이 추잡한 사건들의 묘사를 접하고서 남편을 바라보며 도무지 믿기지 않는다는 듯한 표정을 얼굴에 지었는데, 그것은 '뭐라고?!'라고 말하고 싶은 표정이었으니 두 사람이 망연자실한 것은 이 기사에서 유명인들의 베일이 벗겨지되 대부분 그들이 처음 들어보는 사건들, 이 사람들과 관련하여 그들이 상상할 수도 없던 사건들에 대한 묘사를 통해 벗겨졌을 뿐 아니라 두 사람이 알지 못하는 사람들에 대한 묘사를 통해서도 벗겨진바 그들은 무시무시한 것에서 혐오스럽고 수치스러운 것까지 온갖 악행을 저질렀기 때문으로, 만일 이 기사를 믿을 수 있다면 말이지만, 하고 숲지기가 말했으며 너지바러디 도로 술집의 카운터 뒤에 있는 여인도 똑같은 말을 했으니 그녀는 한 명의 청중에게 기사를 계속해서 읽어주고 만 있었는데, 그가 습관처럼 카운터에 기댄 채 빈 프뢰치 잔 옆에 서서 이따금 자신의 짓이겨지고 일그러진 (이미 낫기 시작한) 얼굴을 긁은 것은 가려워서였으며 마구간의 인부 셋도 똑같은 말을 힘차게 내뱉었고 비케르 술집의 카운터에서 호텔 매니저까지, 기차역의 역장에서 에스프레소 가게의 여종업원까지, 우체부 토니에서 에스테르까지, 도시와 도시 인근의 시민 한 명 한 명에 이르기까지 모두 마찬가지였으니 이야기들이 어찌나 망신스러운지 그것들이 사실이라고 상상만 해도 깨소금 맛이었고 이야기의 신빙성에 의혹을 던지는 것은 불가능해 보였기에, 이것 좀 들어봐, 목수가 말을 이은 것은 여느 때처럼 일터에서 집에 돌아와 손을 꼼꼼히 씻고 마침내 TV 앞에 앉아(채널은 RTL에 맞춰져 있었는데) 그날 신문을 집어 들었을 때였는데, 그것은 물론 야당지로, 그것을 그가 집어 든 것은 그들이 삶이라고 부르는 이 비참한 고통에 대해 누구에게 감사해야 하는지 잘 알았기 때문이었거니와, 그렇지, 물론 그는 그들에게 반대했으니…… 한마디로 무엇이 가장 두려운 성질인지, 그들의 비겁함인지 떠들썩한 상스러움인지 판단하기 힘들다는 것으로, 듣고 있는 거야, 그가 TV 앞에서 꾸벅꾸벅 졸고 있는 아내에게 말하길 그들은 헝가리인에 대해 쓰고 있어…… 헝가리인을 특징짓는 어떤 성질에서든 그들의 교활한 상스러움을, 그들의 야만적인 자기 팽창과 배신 성향을 동반한 그들의 요란한 질투심과

리

연결하는 일종의 접착제, 일종의 점액 같은 연고를 감지한다면 정말로 판단하기 힘들 터인즉 과잉 친숙함의 이 유난히 추한 혼합물은 우리에게 속한 사람들만이 진정으로 알고 이해할 수 있으니 그것은 저 시큼털털한 땀 냄새, 헝가리인을 헝가리인과 묶고 운 좋게도 헝가리인이 되지 않은 나머지 모두를 우리로부터 멀어지게 만드는 저 날숨을 내뿜는 상호수간獸姦의 영원한 족쇄이며 이 끔찍한 형제애는 2인칭 단수의 허물없음만 인정하는바 그보다 더 극악무도한 것은 없다고 내가 말하거니와…… 당신 듣고 있어? 목수가 아내에게 물은 것은 자신이 낭독하는 동안 그녀가 잠든 것처럼 보였기 때문으로, 그러자 그는 그녀를 더는 귀찮게 하지 않고 RTL 소리에 맞춰 코나 골게 내버려둔 채 그저 읽고 또 읽길 헝가리인은 어찌하여 이토록, 하지만 이토록 가증스러운가에 대해 읽었는데, 그 자신은 슬로바키아 출신이어서 한동안 희희낙락하다가 그 또한 의자에서 잠들었고 신문은 천천히 무릎에 미끄러져 내려 바닥에 떨어졌는데, 그는 손을 뻗을까도 했으나 온종일 고생한 터라 수면 욕구가 더 커서 손은 중간에서 멈췄고 신문은 그의 발치 바닥에 안착했으며 RTL 방송국만이 불과 한 시간 전 베스프렘에서 벌어진 끔찍한 사건에 대한 정보를 내보내고 있었으니 애석하게도, 아나운서가 말하길 동물원에서 세 살 먹은 아기 코끼리가, 사랑을 듬뿍 받던 새끼가 슬프게도 죽었습니다.

이게 폭발적 반응을 일으키리라는 건 우리 모두 알

아, 안 그래, 부장 세 명을 향해 히죽히죽 웃으며 그가 말하
길 내 생각엔—자네 모두가 어떻게 생각하는지는 모르겠지
만—문체를 몇 가지 사소하게 수정하는 것 말고는 그대로
실어도 되겠어, 좋아, 그의 선언이 맞닥뜨린 것은 침묵이었
는데, 부장 셋이 자신의 의견을 표명할 욕구를 전혀 느끼지
않은 것은 어차피 상사가 언제나 모든 결정을 내리기 때문
이요, 이 특별한 문제에서는 여느 사람들과 마찬가지로 모
든 것이 사전에 결정되었고 모든 것이 다시 한번 편집장 뜻
대로 될 것임을 느꼈기 때문으로, 그가 그들의 의견을 듣고
싶어 하는 것은 늘 그랬듯 오로지 나중에 그들을 공격할
때 써먹기 위해서이므로, 천만에요, 제게선 아무것도 못 캐
내실 겁니다, 라고 저녁 8시 몇 분 전 상사의 집무실에 모인
부장 세 명의 얼굴에 똑똑히 쓰여 있었거니와, 그래요, 부장
하나가 마침내 입을 열어, 문체를 손볼 곳이 몇 군데 있군
요, 이를테면 그는 이렇게 썼(고 저는 인용하)는바 "어떤 것에
서는, 하지만 그들이 훌륭한데, 그것은 바로 가식으로, 그들
은 동시에 두 방향으로 거짓말하는 법을 아니, 한편으로는
바깥을 향해 남들에게요, 다른 한편으로는 안을 향해 스스
로에게이니 그들은 이것을 매우 훌륭하게 연마하며 이것에
서만큼은 진정한 달인이다", 이 구절로 말할 것 같으면, 이
라고 세 부장 중 하나가 말하고는 남은 에스프레소를 재빨
리 삼킨 뒤에, 나쁘진 않습니다만 그래도 저라면…… 물론
편집장님께서 어떻게 생각하시는지는 모르겠습니다만 저라

리

면…… 간단히 말해서 이것은 물론 조언에 불과합니다만 편집장님께서 동의하신다면 저로서는 밀어붙이고 싶습니다만…… 그래, 그러면 말해보게, 편집장이 그를 독려하며 유쾌하게 미소 짓자 부장은 한마디도 더 하고 싶지 않았지만 그가 무엇을 할 수 있었겠으며 이제 그는 뭔가 말해야 했으니, 저, '한편으로는'과 '다른 한편으로는' 대신에 저라면 조금 다르게 표현하겠는데, 부장이 말하길 대체로 이런 어법을 별로 좋아하지 않아서요, 편집장님께서도 이해하시겠지만 제 말씀은 이 글이 어디서든 누구에게든 쓰일 때를 뜻하는 것으로, 자네는 익명의 저자가 아니잖아, 하지만 일반적으로도 이 '한편으로는-다른 한편으로는'과 '한 측면에서는-다른 측면에서는'은, 그러니까 이런 구절이 기어드는 것을, 심지어 제 글에서도 제가 목격하면 언제나 다른 것으로 대체하는데, 이따금 저런 구절이 정말로 기어드는 것은 아시다시피 편집장님께서는 절 아시고 제 글에서 저런 걸 바로잡아주신 적도 있으시니, 에, 어디 보자—부장이 더듬거리며—아마도 그것은 정말 두 방향으로 나아가는데, 바깥과 안 기타 등등으로, 그러니까 편집장님께서는 이해하시겠지만 저는 이 '한편으로는-다른 한편으로는'을 삭제하고 싶습니다만, 편집장님도 이해하시듯 우기려는 것은 아니고 실은 그저 제안에 불과합니다만, 좋았어, 편집장이 대답했는데, 이 제안이 어떤 이유에서인지 아픈 곳을 건드려 맘에 들지 않는다는 것을 굳이 숨기려 들지 않았으나, 나머지 의견도 들어보세나, 자네들 모두 이 글을 잘 알 테니, 그는 그들을 독려하며 의자에서 무심히 등을 젖혀 손가락으로 편집장 책상 표면을 두드리기 시작했는데, 저, 두 번째 부장이 입을 연 것은—그는 문화면을 맡고 있었는데—그래야 했기 때문으로, 세 명이 그의 집무실에 호출되었을 때는 으레 그랬으니 각자 무언가 말해야 한 것은 그것이 그들의 직업이기 때문이었거니와, 그는 이렇게 썼는데, "헝가리인은 누구나 자신의 현재를 끊임없이 유예하여 그것을 결코 도달하지 않을 미래와 바꾸지만 그에게 현재도 미래도 없는 것은 그가 현재를 포기하며 추구한 미래는 진짜 미래가 아니라 일종의 유예이자 유예에 대한 일종의 암시로, 말하자면 그대가 현재도 미래도 없는 사람을 찾고 있다면 헝가리인이야말로 그대가 찾는 사람이나 나의 앞선 발언을 들먹이며 곧장 덧붙이고 싶은 것은 과거로 말할 것 같으면 헝가리인은 그조차도 가지지 않은 반면에 그는 온갖 곳에서 숱한 거짓말을 하느라 사실상 과거를 소멸시켰으며 그리하여 과거의 자신과 맞닥뜨리는 것보다 두려운 것은 아무것도 없으니 그러면 그는 현재의 자신과, 또한 미래의 자신과 맞닥뜨려야 하기 때문이며 이로써 이 모든 것이 너무나 절망적이고 따라서 두려워져서 그는 차라리 자신과 세상에 속속들이 거짓말을 하며 그럼으로써만 그는 자신과의 조우를 도피할 수 있으니……," 네, 이 대목입니다, 두 번째 부장이 불쑥 내뱉었으니 그는 가운데 앉아 있어서 말하기가 불편했는데, 에,

제 견해로는, '조우를 도피하다' 같은 구절은, 저 구절은 효과가 없고 우리라면 저렇게 말하지 않을 것으로, 우리는 저런 구절을 쓰지 않으니 '조우'와 '도피'가 호응하지 않는 것은 말할 필요도 없으며—두 번째 부장이 자신의 주제에 익숙해졌는지—이 무수한 '반면에'와 '그리하여'의 남발은 제 생각엔 돼지우리의 벼룩처럼 싹 쓸어버려야 할 것입니다, 그렇소, 편집장이 눈썹을 치켜올려 이마를 문지르기 시작하자 나머지 둘은 여기서 실제로 무슨 일이 벌어지고 있는지 이해하는 듯했으니 이것은 결코 편집 논의가 아니었으며 관건은 불길한 문제의 글을 제거하는 것이 아니라 그들 자신을 제거하는 것이었으니, 그는 우리를 내쫓을 생각이야, 라고 이 두 사람은 거의 동시에 생각했으나 가운데 앉아 있는 나머지 한 명은 재빨리 말하길 물론 이 모든 것은 사소한 흠에 불과합니다, 이 모든 '반면에'와 '그리하여' 말입니다, 글 전체가 지금 그대로도 훌륭하고 빼어납니다, 틀림없이 폭탄이 될 겁니다, 적어도 제가 보기에는요, 이런 식으로는, 이 형식으로는 그렇게 길진 않지? 편집장이 물으며 부장들과 눈을 맞추려 했으나 맞추지 못한 것은 그들의 시선이 상사의 시선을 피해 배회하고 있었기 때문으로, 이 때문에 잠시 침묵이 내려앉았으나 이 침묵을 마침내 깨뜨리며 편집장이 말하길 자신의 의견으로는 서두에서 몇 구절을 잘라내도 괜찮을 것 같다며, 이를테면 개인적으로 모욕적인 다음 대목을 언급했으니 "분유 공장 사장은 말할 필요도 없는바 이 얼간이는 자신이 제조하는 분유만큼도 지혜가 없으며 흐리 멍덩하고 게으르고 어수룩한 존재로서 분유라는 한낱 개념에 놓여 있는 모든 것의 화신이니 그것보다, 분유로 우유를 만든다는 것보다 더 무시무시한 발상이 어디 있을 것이며 분유 업계를 통틀어 이 그저 그런 '뛰어난' 무리 전체보다 더 무시무시한 인물은 없거니와……," 글쎄, 나 같으면 이 구절을 빼겠네, 편집장이 말하길 경찰서장이 나오는 부분까지 말이야, 자네 생각은 어떤가, 매우 좋습니다, 책상 맞은편에서 세 사람이 대답하길 제 생각도 똑같습니다, 라고 첫 번째가 말했고, 이 구절을, 이라고 두 번째가 덧붙였고, 빼야 합니다, 라고 세 번째가 문장을 마무리하자, 그래, 그러면 빼도록 하지, 편집장이 말하고는 문제의 페이지들을 탁자에 늘어놓고 볼펜을 꺼내어, "분유 공장 사장은 말할 필요도 없는 바"로 시작하여 "경찰서장을 비롯하여"까지의 구절에 줄을 그었다. 하지만 비난을 자초하지 않기 위해 우리에 대한 욕설은 그대로 둘 걸세, 중요한 건 진실함이니까. 말하자면 나는 남들이 나나 우리에 대해 무엇을 읽는가는 전혀 개의치 않네, 내게 중요한 것은, 동료 여러분, 오직 하나인데, 그것은 센세이션일세, 나는 이것을 오랫동안 기다려왔네, 우리가 이런 걸 내놓기를 말일세, 이건 센세이셔널하니까, 첫 페이지 전체가 활활 타오를 거라고. 자네들도 괜찮겠나? 셋은 정확히 똑같은 순간에 일제히 고개를 끄덕였다. 모든 것이 활활 타오를 것입니다.

누구라도 이렇게 말할 거예요, 이 불합리하고 과장된 일반론은 무엇이고 이것은 무엇이며 또 왜—그 사람이 물을 텐데—이 모든 온갖 인간적 약점을 그러모아 그렇게 무장하고는 한 민족을, 한 나라를 싸잡아 공격할까요, 이것은 비밀스러운 개인적 상처를 지닌 채 피의 복수를 꾀하는 사람일 수밖에 없다며 어두컴컴한 병원 중환자 병동에서 비서실장이 신문을 작은 전등 불빛에 쳐든 채 낭독하길 그렇다, 그대는 아니라고, 이것은 용납할 수 없다고, 악마의 발굽이 망토 밑으로 드러나 보인다고, 너무 뚜렷하다고, 모욕당해 격분한 어떤 사람이 자신의 저주받은 악감정을 자신의 나라 말고는 무엇에도 풀지 못하는 것에 지나지 않는다고 말할 수 있을 테고 이것이 사실이라면 본인도 그렇게 말할 것이지만 애석하게도 이것은 사실이 아니니 나는 유전자에게 글을 쓰고 있는 것이고 내가 이 모든 것을 읊는 대상은 유전자인즉, 아니, 여기에는 어떠한 개인적 모욕의 문제도 없고 나는 어떠한 개인적 상처에 휘둘리고 있지도 않으며 내게는 복수심의 가장 희미한 그림자조차 없기에 여기서 일어나는 일은 내가 자리에 앉아서 유전자와, 헝가리인을 만드는 유전자와 담소를 나누는 것뿐이며 나는 '시네 이라 에트 스투디오, 쿠오룸 카우사스 프로쿨 하베오'(증오와 아첨 없이, 그러한 동기로부터 멀리)라고 단언할 수 있어서, 설명하거나 입증할 필요가 전혀 없으니, 아니, 이것은 개인적이지 않고 어떤 상처도 없으며 복수심도 없으니 나는 그럴 필요가 전혀 없고 이것은 담

소에 불과한즉 내 말을 믿어주시길, 나의 헝가리인 일가여,
나는 내 속의 헝가리인을 드러내는 것에 대해 '시네'이라'(증
오 없이) 역겨워하며 나의 내면을 샅샅이 둘러보았으니 그 모
두가 드러나는 것은 내가 헝가리인이기 때문이요······ 여기
서, 작은 전등의 불빛 아래서 비서실장은 페이지를 넘겨야
했으되 오로지 매우 빨리 넘겨야 했던 것은 중환자실에 누
운 채 죽어가는 가련하고 불운한 몸뚱이를 신문 부스럭거리
는 소리로 방해하고 싶지 않아서였으나 그녀가 유난히 방해
하고 싶지 않았던 몸뚱이는 그녀 옆에서 침대에 누워 있는
몸뚱이로, 그녀는 밤샘하던 그의 아내를 눈 좀 붙이라며 집
에 보낸 뒤였는데, 그리하여 그녀가 혀를 입안 왼쪽에 대고
내밀어 숨을 참은 채 신문을 접어 천천히 다음 페이지로 넘
기자······ 앞 절에서 내가 이곳에 대해 설명한 것은 전부 나
자신에게도 들어 있으니 내가 그대에 대해 이야기하는 것은
나 자신에 대해 이야기하는 것이기도 하나 이것은 자기혐오
의 문제가 아니니 나는 자신을 조금도 혐오하지 않으며 자
리에 앉아서 유전자와, 헝가리인을 만드는 유전자와 담소를
나누면서 이 헝가리인들이 어떤 상황인지를 한 번에 하나
씩 알려야겠다고 생각했을 뿐으로, 그 실상은 지금껏 본 그
대로인바 여기 쓴 것은 전부, 첫 단어부터 마지막 단어까지
참이며 그대 자신이 이를 누구보다 잘 알고 있은즉 이 글이
나의 바람에 반하여 그대의 손에 들어가더라도—내가 여기
에 모아놓은 것들은 오로지 유전자를 위해 조합된 것이기

에—또한 그대가 이 글을 읽게 되더라도, 글쎄, 난 개의치 않으나 내가 우리를 규정한바 저 모든 특징을 생각할 때 내가 씁쓸함에 사로잡히지 않는다고 주장하려는 것은 아니니 나는 '씁쓸함'이라는 단어를 꼭 쓰려는 것도 아니고 오히려 나는 슬프다고, 헤아릴 수 없이 슬프다고—그대들 모두 때문에, 또한 나 자신 때문에—해야 할 것인데, 내가 이런 식이고 그대도, 나의 헝가리인 일가도 이런 식이니 우리에 대한 우리의 헤아릴 수 없는 혐오에 함께 속한 바이며 이제 나는 이 유전자를 제치고 직접 그대에게 말하고 있는 바이니, 우리에 대한, 이 땅에서 가장 혐오스러운 종자를 퍼뜨린 우리에 대한 이 결정은 유전자에게, 내가 쓴 이 모든 글의 수신인인 유전자에게 맡기자는 것이 나의 충고로, 한마디로 유전자가 결정하게 하자는 것이요, 유전자에게 이 문제를 위임하자는 것이요, 이 유전자로 하여금 판결을 내리는 결정권자가 되게 하자는 것이며 그러는 동안에도 물론 나는 유전자가 단지 판관이 아니라 집행관이 되어 우리를 사라지게 하고 말소하기를 바라고 있는데, 어차피 인류 가운데에는 혐오스러운 민족들이 이 밖에도 수없이 남아 있거니와 우리를, 누구보다 가증스러운 우리를 진화로부터 제거하고 우리를 실수로 간주하고 무엇이든, 그에 필요한 일은 무엇이든 실행하고 우리를 명단에서 지워버리기를 촉구하며—그것이 유전자에게 그토록 힘든 일일는지?—이제 다시 한번 유전자 자신에게 직접 말하노니 헝가리적인 모든 것을 쓸어버리라, 그대는

내가 여기에 펼쳐놓은 말을 들었고 집행관의 칼을 들었은즉
내 그대에게 간청하노니 우리를 베어버리라, 주저하지 말고
고뇌하지 말라, 무엇보다 지체하지 말라, 우리는 전 인류를
노리는 임박한 위협이다, 들라, 들라, 칼을 들라, 더 높이, 이
비열한 민족을 베어버리라. 아, 그가 이것을 읽게 해서는 안
돼, 비서실장이 생각하며 신문을 다시 조심스럽게 접어 무
릎에 내려놓고는 고개를 들어 구슬픈 눈길로 환자를 바라
보았는데, 그에게서 찾아볼 수 있는 생명의 징후는 희미한
콩닥콩닥 소리와 머리맡 모니터에서 오르락내리락 가느다랗
게 물결치는 초록색 선뿐이었다.

　이봐요, 에스테르, 도서관장이 딱딱하게 말하길 당신
은—나는 한 번도 이 사실을 부인하지 않았는데—오랫동안
나의 가장 성실하고 믿음직한 사서 중 하나였지만 이건 허
락할 수 없어요, 이런 말이 당신의 개인적 권리를 침해한다
는 걸 알지만 난 허락할 수 없으니 양해해줘요, 어제 시청에
서 열린 확대 시민위원회 회의에, 바로 이 문제에 결정이 내
려졌다고 하는 그 회의에 참석하는 게 내 일이 아니었듯 이
쓰레기를 읽는 것도 당신 일이 아니에요, 우리가 저걸 신문
서가에 내놓는 건 별개의 문제예요, 그건 우리 이용자들의
권리이니까, 하지만 우리 도서관 직원들이 추잡한 기사를
버젓이 읽는 것은 이용자들의 눈앞에서 도서관 자체를 깎
아내리는 것이에요, 그러니 이것은 개인적 권리의 문제가 아
니라 도서관의 문제예요, 나는 이걸 허락할 수 없어요, 당신

리

에게 이렇게 직설적으로 말한다고 해서 불쾌해하진 말아요, 당신은 내가 속내를 털어놓는 것에 익숙할 테니까, 이건, 게다가 예외적인 사례예요, 안 그러면 당신이 이 기사를, 아니, 어떤 기사이든 읽지 않을 이유가 어디 있겠어요, 도서관에서 근무하는 직원으로서 당신의 임무에 따른 것인데 말이에요, 우스갯소리를 하나 하자면, 도서관장이 말하길 그러라고 당신에게 월급을 주는 건 아니지만요, 하지만 그건 제쳐두고라도 이것은 다른 문제예요, 내가 말하는 건 모두가 말하고 있는 바로 이 기사이니까, 에스테르, 그는 눈에 띄게 떨고 있는 여인의 눈을 지그시 들여다보며, 이 기사는 천박한 도발이에요, 당신도 이미 알아봤겠지만 이걸 공개적으로 읽는 건 좋은 본보기를 세우는 게 아니에요, 이 기사는 지성적 측면의 고의 방화 행위이니까요, 그리고 우리는, 본 도서관은 이런 공개적 방화 행위를 저지르는 자를, 말하자면 물론 비유적 의미에서 그렇다는 거지만 돕고 싶지 않아요, 내가 무슨 말을 하려는지 이해했으리라 생각해요, 이건 허락할 수 없어요, 그래서 부탁인데, 신문을 제자리에 갖다 놓고 다시는 집어들지 말아요, 당신에게 조언하건대, 이건 사람 대 사람으로 하는 조언, 그러니까 당신의 상사로서 말하는 게 아닌 조언인데, 내가 당신 위치에 있다면 이건 집에서도 읽지 않을 거예요, 내 말 들어요, 이건 우리 시를 향한 악의적 공격이에요, 내가 이 말을 하는 건 이 기사가 감히 나를 들먹이고 나를 실없는 어릿광대라고 불러서 그런 것만은 아니에요, 내 결정은 결코 그런 개인적 사안에 휘둘리지 않아요, 한마디로 그건 있을 수도 없는 일이에요, 또한 누가 이 짓을 저질렀느냐의 문제는 흥미롭지조차 않아요, 여기에 대해서도 내 나름의 생각이 있긴 하지만—이 시점에서 도서관장은 자신이 숨기고 싶은 무언가를, 여느 때처럼 다 안다는 식의 미소로 숨기며—하지만 지금은 이 문제를 제쳐두도록 하죠, 중요한 건 신문이 제자리로 돌아가야 한다는 거예요, 당신은 그걸 읽는 게 아니라 참고 자료 책상에 도로 가져다 놓고 업무를 계속해야 해요, 이 말과 함께 그는 기다렸는데, 그동안 여인은 나가는 동안에도 관장이 말을 걸까봐 떨면서 그의 집무실을 나섰으며 그는 의자에 등을 기댄 채 안경을 벗고 아린 콧등에 이어 눈 주위 근육을 주무른 뒤에 마지막으로 손을 그대로 둔 채 얼굴을 묻었으니 그 결정이 지극히 힘들었던 것은 무엇이 그의 진짜 고민거리인지 지금 당장은 말할 수 없었기 때문으로, 그의 관심사는 이 어리석고 못 미더운 촌극이 아니라 백배는 더 중요한 것이었으니, 말하자면 중대한 변화가 도시에서 벌어지고 있다는 것으로, 비록—그가, 스스로 평가하기에 전반적으로 훌륭한 시각의 소유자이자 생각하는, 게다가 꽤 명료하게 생각하는, 게다가 단연코 논리적인 사람이긴 하지만—이 변화의 본질에 대해 온전한 형태의 견해에는 아직 도달하지 못했으나 이 변화의 진실 자체는 그에게 문제가 아니었던바, 말하자면—그가 책상에 기대어 얼굴을 손에 묻은 채 스스로에게 요약했듯—상황이 위험해졌고 그는 책임자의 위치에 서게 되었으니 그는 일터의 동료와 독서 대중뿐 아니라 그 자신에게도 책임을 맡게 되었으며 이 책임은 가장 최근의 지금 그를 사로잡았는데, 말하자면 그는 자신의 동료를, 또는 독서 대중을, 또는 무엇보다 그 자신을 지금껏 예측할 수 없던 어떤 말썽의 (자신의 신변에 대한 모든 잠재적 위험을 비롯한) 위험에도 노출할 수 없었으니 이날 아침 도서관에 오는 것만으로도 그에게 충분했던 것은 그가 지나온 길거리가 더는 예전의 길거리가 아니었기 때문으로, 말하자면 거리는, 이날 아침에도 그랬듯 그가 금이야 옥이야 애지중지하던 80년대 포드 에스코트를 타고 오랫동안 통근하던 거리는 오늘 달라졌으며 그것은 몇몇 처음 보는 사람들 말고는 인도에서 행인을 한 명도 보지 못했기 때문만은 아닌 것이, 게다가 그는 도서관 출입문에 도착할 때까지 도로에서 다른 차량을 한 대도 보지 못했으니, 아니, 그는 자신이 무엇을 감지했는지 정확히 말할 수는 없었지만 무언가 벌어지고 있었고 이것의 원인이 무엇일지에 대해 그에게는 나름의 생각이, 어쩌면 너무 많은 생각이 한꺼번에 있었으나 그 생각들은 머릿속에서 맴돌 뿐 이번에는 놀랍게도 올바른 생각을 고를 수 없었던바 그는 자신의 능력을 지금껏 공직에 몸담는 동안 최상급으로 쳤는데도 지금은 소용이 없었으며 그에게 설명을 내놓아 문제의 뿌리를 규명할 논점을 그것들에서 하나도 보지 못한 것은 물론 이 모든 일의 배후가 저 유명한 남작과 그의 비극적 결말일 것이기 때문이나 잊지 말 것은 (그가 스스로에게 잊지 말 것을 상기시키며) 배후에 교수가 있을 가능성도 그에 못지않다는 것이니 그는 (남작을 둘러싼 온갖 소란의 와중에서) 우리에게 완전히 잊혔거니와 교수와 그의 전적으로 범죄적이고 광적이고 실은 납득할 수 없고 설명할 수 없는 기이한 행위, 교수에 얽힌 모든 이야기의 수수께끼에 가까운 성격—그는 저 단어, '수수께끼'를 좋아했는데—한마디로 이 두 가지 이례적인 배경 이야기는 그에게 적어도 매우 자명하게 연관된 것으로 생각되었으되 그는 잠에서 깨어 이런 상황에서 무엇을 해야 할지 궁리하기 시작한 이날 아침에도 여전히 감을 잡지 못했고 지금도 아무 생각이 떠오르지 않았기에 머리를 여전히 손으로 받친 채 집무실의 한 점을 응시했는데, 저곳은 그가 생각할 때 애용하는 지점으로, 그리하여 이 두 사건은 그가 이해해야 하는 것을 마침내 이해하도록 유도했으니 이것은 그가 원하는 것이었고 그가 판단컨대 이런 일은 그에게 한 번도 일어난 적이 없었던바 혼란스러운 사건들의 와중에서 한 번도 그는, 바로 그는 이런 일이 일어났을 때 논리적 일관성을 유지할 수 없었으며 그래서 설명에 도달할 수 없었는데, 이번에도 그는 그럴 수 없어서 놀랐고 설명에 이렇게 많은 시간이 걸리는 데 익숙지 않았으며 자신의 정신이 시력만큼이나 예리하다는 데 자부심을 느낀다고 말할 수 있었겠으나, 말하자면 그것은 비유적 의미로, 어린 시절 이후로 그의 시력에 대한 불운한 우려가 있었고 이 때문에

리

그는 점점 두꺼운 렌즈의 안경을 쓰게 되었으며 이 때문에 공식적으로는 운전할 수 없는 처지여서 관계 당국과 끊임없이 이 문제를 '조율'해야 했는데, 독서 말고도 그가 열광하는 것이 하나 있었으니 그것은 바로 운전이었고 그는 솔직히 운전을 숭배했으며 이유는 설명하기 힘들지만 운전은 그가 깊이 열광하는 것, 그의 삶의 다른 영역에서는 발현되지 않은 것으로, 이를테면 그는 여자들에게 전혀 관심이 없었으며 운전이 그에게 전부였는데, 물론 독서 다음이었으니 그는 평생 무수한 책을 읽었으며 물론 이로 인해 스스로를 꽤 똑똑하고 박식하고 지적인 사람으로 여길 만하다고, 제 딴에는 느끼기에 이르렀으니, 이것은 전혀 주제넘은 생각이 아니었고 지금 이 똑똑하고 박식하고 지적인 사람은 어리둥절한 채로 집무실의 저 점을 계속해서 응시하되 깊은 생각에 빠져 있을 땐 늘 그러듯 그곳에 시선을 고정한 채 응시했거니와 그가 어리둥절하고 조금 자포자기한 것은 문제가—그 내용은 그 원인, 본질, 게다가 그 증상만큼이나 완전히 모호했는데—저 바깥에서 점점 커지기만 했기 때문이나, 말하자면 이런 상황에서 그가 할 수 있는 일은 단 하나였고 그가 하기로 마음먹은 것은 이 문제를 직시하지 않고 방어 태세를 갖추는 것으로, 이 결정은 그의 머릿속에서 탄생했으며 그는 당장 직원 한 명을 불러 시립 도서관의 전 직원을 대상으로 임시 회의를 즉시 소집하도록 한 다음 그들이 그의 집무실에 모이자 변덕스럽고 지금껏 예상치 못한 사건들 때문에, 이에 대하여 지금 당장 자세히 설명할 수는 없지만 도서관을 즉시 폐쇄한다고 통보했으며 따라서 그가 요청하는 것은, 그가 단호한 눈빛과 심각한 표정으로 말하길 자료실들을 지체 없이 비우고 최대한 빨리 결과를 그에게 보고하라는 것이었으니 그리하여 시립 도서관에서는 적잖은 소동이 벌어졌고 이 힘든 시기에 시간을 때우려고 대니엘 스틸이나 서보 머그더나 버시 얼베르트의 책을 빌리러 온 소수의 사람은 재빨리 건물 밖으로 내보내졌는데, 직원들은 이 과제를 기발한 방법으로 해결한바 기술적 문제가 생겼다고 둘러대고는 재빨리 자신들의 코트와 우산을 집어 든 채 앞장서서 건물을 빠져나갔으며 남은 것은 그, 도서관장 혼자뿐이어서 그 자신이 시립 도서관의 육중한 문을 닫아야 했으니—지금도, 이 고난의 순간에도 그는 여느 때처럼 이 일을 고집했는데—폭풍우가 몰아치는 바다에서 위태롭게 기운 배의 선장처럼 그는 마지막으로 갑판을 떠나는 사람이었다. 그는 손목시계를 보고 나서 자신의 차에 올라 텅 빈 대로에 들어섰다. 시각은 11시 40분이었다.

그가 시내 전역에서 순찰을 강화한 것은 무언가 일어나고 있어서가 아니라 아무것도 일어나고 있지 않아서였으며 자신은 이것이 맘에 들지 않는다고 경찰서장이 대장에게 말했는데, 두 사람은 비케르 술집에서 마주 앉아 있었고 나머지 인원은 최대한 구석에 공손히 물러나 눈을 들어 TV를 보았기에 경찰서장은 나머지가 뭐라도 보고 있는지 궁금했을 터이나 그는, 경찰서장은 자세한 내막을 무엇보다 원했고 쓰러진 동상 같은 것들에 대해 또다시 듣고 싶지는 않다고 했기에 대장은 아무 의미도 없어 보이지만 한 가지 공통점이 있는 것들에 초점을 맞춰야 했거니와 그는 그에게 자신이 한 번도 맞닥뜨린 적 없는 모든 현상에 대해 고해야 했으니, 교수가 사라졌습니다, 대장이 생각도 하지 않고 대뜸 내뱉은 것은 그 요청을, 생각하지 말고 머릿속에 떠오르는 것을 머리 굴리지 말고 즉각적으로 말하라는 뜻으로 이해했기 때문으로, 그 말은 벌써 했잖아, 경찰서장이 말하며 이 무사無思 즉흥 답변의 첫 열매를 내치고서 이미 일어서 있었던 것은 허비할 시간이 없었고 이 일이 시간을 허비하고 있었기 때문이어서, 이 주제를 당장 털어내야 한다고 그는 그에게 백번은 말했거니와, 물론이죠, 알겠습니다, 대장이 말하길 그렇다면 모든 오토바이에서 기름이 새고 있다는 걸 말씀드려야겠습니다, 그렇군, 경찰서장이 고개를 들자, 그렇습니다, 대장이 고개를 끄덕이며, 이런 일은 한 번도 없었습니다, 모든 오토바이에서 한꺼번에 기름이 새다니, 물론 엔진 한두 개에서는 늘 무슨 문제로든 기름이 샙니다, 이건 아주 자연스럽습니다, 하지만 모든 오토바이에서 한꺼번에 기름이 새는 건, 이런 일은 한 번도 일어난 적이 없습니다, 게다가 엔진마다 원인도 똑같습니다, 개스킷에 금이 갔더군요, 알겠네, 경찰서장이 맥주를 홀짝거리고는 대장에게 이유를 설명하지 말고 다른 사례를 열거하라고 손짓한 것은 그가 원한 것이 목록이었기 때문으로, 알겠습니다, 대장이 말하길 그다음엔 카운터 뒤에 오늘 여기 있는 친구의, 제가 여기 도착했을 때 그의 첫마디가 오늘 배달 온 맥주가 하나도 안 보인다는 것이었다고 말씀드려야겠습니다, 주문을 받은 도매상에서는 아무도 전화를 받지 않았고요, 아침에 그들이 창고에 갔더니 문이 죄다 부서져 있었다는군요, 그전에는 문이 잠겨 있었던 것으로 보이는 것이, 커다란 자물쇠가 망가진 채 바닥에 널브러진 것을 보면 말입니다, 주위 사방에는 한 사람도 보이지 않았지만 술통은 상태가 양호했습니다, 그리고, 계속하게, 경찰서장이 손짓하며 맥주를 한 모금 더 들이켜자, 저, 잘은 모르겠습니다만 이를테면 성 앞에 넓은 잔디 광장이 있는데, 서장님도 아시겠습니다만 제 부하 하나가, 거기 있는 놈인데, 웬걸—그가 구석의 토토를 가리키며—칼을 발견한 겁니다, 100퍼센트 성안에 진열된 것이었습니다, 반쯤 땅에 꽂혀 있더군요, 마치 무슨 표식처럼 반쯤 땅에 꽂혀 있었다고요, 대장이 반복하자 경찰서장은 그를 쳐다보았으나 아무 말도 하지 않았는데, 그러자 대장이 계속하길—그가 한 번도 맥주에 손을 뻗지 않은 것은 경찰서장이 이곳 비케르 술집에서 자신과 함께 앉아 있는 것이 꺼림칙해서였으니 경찰서장은 한 번도 이곳에 온 적이 없었고 이는 그의 직감으로는 이례적으로 중요한 일이었으나 무슨 영문인지는 전혀 알 수 없었는데—그다음으로는 주유소 직원이 주유소에서 감쪽같이 사라졌습니다, 셔르커드케레스

리

투르에서 돌아오지 않았을 수도 있고요, 어쩌면, 알고 보면 그곳에조차 도착하지 않았는지도 모르겠습니다, 그 썩을 쓰레기가 우리 생각처럼 루마니아에서 경유를 가져왔으리라고는 절대로 생각지 않습니다만 그는 사기꾼 두 놈과 공모하고 있었는데, 주유소의 나머지 야간 근무 직원도 사라진 걸 보면 말입니다, 두 놈은 20년째 함께 일했습니다, 보조 하나가 자리를 채웠습니다, 누군가 거기 있어야 하니까요, 하지만 휘발유는 하나도 없습니다, 아시다시피, 말하자면 그러니까 공식적으로 하나도 없습니다, 계속하게, 경찰서장이 말하자, 더는 모릅니다, 대장이 대답했으나, 하지만 알잖아, 기억을 더듬어보라고, 그러면 이게 중요한 건지 아닌지는 모르겠지만, 대장이 초조하게 머리를 굴리다가, 하지만 이를테면 이 모르는 사람들이, 그들은 아무것도 안 하면서 그저 여기저기 얼쩡거리는데, 제가 보기엔 그 무엇과도 전혀 관계가 없는 것 같습니다, 여기서 뭘 하느냐고 물어도 봤지만 소용이 없는 것이, 납득할 만한 설명을 전혀 대지 못하더군요, 온천욕을 하러 왔다거나 친척을 만나러 왔다거나 셔르커드나 베스퇴에서 잠깐 방문했다고 합니다, 엘레크에서 왔다는 사람도 있었습니다, 그가 있던 곳은 주유소가 텅 비었는데, 아마도 여기서 기름을 얻을 수 있었는지도 모르겠습니다, 그래, 그래, 나도 알아, 계속해보게, 딴 건 아무것도 생각이 안 납니다, 대장이 고개를 저으며 거품이 꺼져버린 자신의 맥주잔을 쳐다보았는데, 다 쏟아버릴까 생각하다가, 아, 그가 불쑥 고개를 들어, 관광 안내소에서 여자 하나가 강간당했습니다, 언제, 경찰서장이 묻자, 어젯밤입니다, 그런데 왜 나는 모르지? 왜 보고가 안 올라왔지, 경찰서장이 묻자, 저도 저희 연락망에 있는 간호사에게, 대장이 말하길 우연히 들었을 뿐입니다, 누구였는지 아나? 아니요, 모릅니다, 하지만 간호사에게 누구인지 아느냐고 물었더니 피해자가 말하길 범인을 못 봤답니다, 얼굴도 기억이 안 난다더군요, 수염을 길렀다는 것밖에는요, 그리고 오른쪽 입꼬리에 점이 있었습니다, 그래, 좋아, 그게 내가 좋아하는 거야, 자네가 주시하고 있다는 뜻이니까, 경찰서장이 일어서서, 그게 아니면 내가 왜 자네들 전부를 계속 데리고 있겠나, 주시하니까 데리고 있는 거라고, 다만 지금은 상황이 발생했고 모든 일을 다르게 처리해야 하니 말이지, 내가 무슨 생각을 하는지 알겠나, 자네들은 더욱 집중해서 노력해야 할 걸세, 아니, 더 분명히 말하자면 자네들이 두 배로 집중하기를 바라네, 부하들에게 전하게, 나는 그들이 나를 위해 끊임없이 이 도시 전역을 누비고 쏘다니고 질주하고 뒤지고 돌아다니기를 바라네, 그리고 무슨 일이 있어도 전화하지 말게, 비케르 술집 문에서 뒤를 돌아보며 그가 말하길 필요하면 내가 할 테니까.

인간은 괴물인즉 내가 너무 늦게 이야기하는 것이 아니길 바라는바, 칼럼 마지막 줄에 이르러 페이지를 넘겨야 하는 대목에서 그가 읽다가—괴물이라—다음 페이지 첫 줄에서 고개를 들어 안경을 코 위쪽으로 쑥 밀어올리고는, 이

것은 그대들이 모두 의심의 여지없이 잘 아는 사실이니 그
의 끊임없는 거짓말이 사방으로 막힘없이 흘러도 소용없으
며 게다가 이 진정한 괴물은, 그가 궂은 순간들을 겪는 동
안 이따금 자신의 내면에서 선한 의도를 만나지만 그는 금
세 이를 잊어버리고 단지 기억으로 남기나 나중에 이를 바
탕으로 삼으니 이런 종류의 괴물은 운명이 선을 위해 적어
도 진실을, 또는 그 자신의 진실을, 남들에 의해 입증된바
그 자신의 진실을 대표하는 자로서 자신을 선택했다고 확신
하며 이 점에서 그는 이른바 기독교인과 매우 가까운데, 정
확히 똑같으면서도 더욱 악독하니 끊임없이 자신의 전능한
주님과 특별한 동맹을 간구하며 이 동맹을 통해 자신이 살
아가는 주변의 온갖 만행으로부터 번번이 면제되고자 하는
바 그가 거짓을 말하는 것은 살아가는 것과 거짓말하는 것
이 자신에게 동전의 양면이기 때문이며 이것이야말로 기독
교인이 그토록 혐오스러운 이유이나 기독교인 헝가리인은
그중에서도, 진정 누구보다도 추잡하니 지금껏 묘사한바 헝
가리인은, 이에 더해 자신을 기독교인이라 부른다면 자신의
원래 결함에 가장 천박하고 상스러운 굴종과 오만이 더해지
거니와 이 모든 것의 절정은 기독교인 헝가리인이 이를테면
유혈 충돌을 앞두고 병사의 깃발을 축복할 때나 위험이 근
방에서 이른바 인간적 존엄을 위협하면 기독교인 헝가리인
이 안전한 구석으로 살금살금 숨어들 때나 기독교인 헝가리
인이, 이 변장한 악당이 가장 인자한 얼굴을 하고서 권력과

특혜의 제 몫을 챙길 때인즉 이 모든 일 뒤에 교회에서 벌어
지는 것은 전부, 이렇게 표현해도 괜찮다면 신성 모독이요,
더 정확히 말하자면 참된 신성 모독이니 그가 어떤 연유로
교회에 들어가든, 심지어 그가 교회에 들어간다는 사실조차
도 위선의 정점이며 그런 다음 그는 마치 아무 일도 일어나
지 않은 것처럼 교회에서 걸어 나오는데, 헝가리인의 기독교
교회에서 목사와 신자의 관계는 본질적으로 거래하는 마피
아 집단의 관계여서 무엇이 목전에 있든 하나가 다른 하나
를 정당화하고 다른 하나는 그 대가로 웬 헛소리를 지껄인
뒤에 그를 다시 세상에 내보내니 이것이 헝가리에서 벌어지
는 일이요, 이것이 비참한 훈족의 땅에서 벌어지는 일이요,
이것이 십자가 밑에서 교활한 깡패들 사이에서 벌어지는 일
이며 그들은 수치로 얼굴을 붉히는 일이 없고 게다가 그들
은 사회의 핵심을 이루나 무엇보다 가장 비열한 것은 그들
이 이 모든 짓을 예수 그리스도의 이름으로 저지르고 무고
한 자, 소외당한 자, 연약한 자 중 유일한 피난민을 자처한다
는 것이며 이미 그들의 죄가 하늘까지 울려퍼지지 않는다는
것, 그들의 언어와 함께, 쾨르멘드에서 레터베르테시까지, 드
레게이펄란크에서 헤르체그산토까지 그들의 교회 건물이 전
부 그들의 머리 위로 무너져내리지 않았다는 것, 이것은 그
들에게 하느님이 없다는 증거이니 그들의 신앙은 교묘한 기
만이며 교활한 시골뜨기에 지나지 않는 모든 인간에게 공
통된 거대한 두려움 속에서 그들이 아직 길을 잃지 않은 것

리

은…… 그는 문장 끝까지 읽어 저 지점에 도달했으나 더는 읽지 않고 신문을 접어 천천히 무릎에 올려놓고는 고개를 들지 않고 안경을 벗어 역시 무릎에 떨어뜨렸으며 사무실 책장 위 벽에 박힌 작고 예쁜 십자가를, 그에게 무척 소중한 십자가를 쳐다보았을 때 처음에는 의례적으로 주님에게 기도하기 시작하여 말하길 용서하소서, 용서하소서, 용서하소서, 그것은 마치 누가 왜 용서받아야 하는지 스스로도 모르는 것 같았는데, 아니면 그는 그들을 위해, 이 기다란 신문 기사의 주인공들을 위해 기도한 것인가, 이 모든 것을 종이에 적은 사람을 위해 기도한 것인가, 그는 저기 벽에 걸린 작은 나무 십자가를 쳐다보며 맞은편 벨벳 팔걸이의자에서 기도를 끝낸 뒤에 말하고 생각하길 올 것이 왔다, 이것은 그분의 말씀이다, 이제 오래도록 두려워한 벌이 찾아오리라. 손목시계를 보니 6시 15분이었다. 준비를 시작하는 게 좋겠다는 생각이 든 것은 당장 교회에 가야 하기 때문이었다. 6시 30분 미사를 시작해야 했다.

왜 모든 것이 잊혔느냐고 비서실장이 스스로에게 물은 것은 시장 부인이 돌아오기를 기다리면서였는데, 그녀는 손목시계를 보며 불과 며칠밖에 지나지 않았는데도 갑자기 모든 것이 엉망진창이 되었다고 생각하고 있었던바 단지 모든 것이 엉망진창이 되었을 뿐 아니라 갑자기 그리고 말 그대로 미쳐버렸으니 지금까지는 언제나 이런저런 사건이 있었고 늘 무언가가 있었지만—'늘 무언가가 있었다,' 이것은 그녀가 즐겨 쓰는 말이었는데―하지만 지난 며칠간 일어난 일에 대해서는 알맞은 말이 하나도 없었거니와 그녀가 기억을 떠올리면 이런 생각이 들었으니, 전에 이를테면 교수에게 일어난 모든 일은 어떻게 된 거지, 거기서, 아마도 초코시도로 너머에서, 그 끔찍한 가시덤불땅에서 벌어진 그 모든 끔찍한 이야기 말이야, 오늘까지도 대중은 그 일에 대해 아무것도 몰라, 그러고는 큰불이 났어, '지금은 누가 기억이나 하겠어,' 아무도 없지, 그 뒤에 일어난 모든 사건이 그 일을 쓸어버렸어, 그 뒤에 일어난 사건들은 선을 넘었으니 교수의 딸과 그 모든 서커스를 누가 기억하려나, 누가, 그녀가 자문하고는, 아무도 없지, 그 뒤에 남작의 도착을 둘러싼 그 모든 소란이 벌어졌으니까, 그들은 온갖 행사를 조직해야 했고 그런 뒤에 엄청난 실망이 찾아왔지, 내 말은, 그녀가 재빨리 스스로에게 말하길 '그 사건'은, 도심 숲 철로에서 벌어진 상상도 할 수 없는 재앙 말이야, 누구든 이 일을 수습할 시간이 조금이라도 있었을까, 그녀가 스스로 묻고는, 없었어, 라고 곧장 대답하더니 다시 손목시계를 보았으나 시장 부인은 소식이 없었기에, 대체 어디 있는 거야, 저 가련한 사람, 설령 그가 사기꾼이었더라도, 그녀는 그 일을 생각하며 고개를 살짝 내둘렀는데, 그래도 맵시가 있었지, 그 모든 일은 여전히 재앙이었지만 무슨 일이 벌어졌는지 사람들이 이해하거나 파악할 시간은 전혀 없었어, 뒤이어 다음 재앙이 터지고 또 다음 재앙이 터졌으니까, 어제 이후론 우편

리

배달도 끊겼고 어떤 주州와도 연락이 닿지 않았는데, 십중팔구 전화와 인터넷을 차단하려고 모든 중계국의 스위치를 내렸을 터였으며 베케슈처버행 버스도 열차도 없었으니, 말하자면 그들은 바깥세상과 단절되었고 게다가 어떤 중앙 방송국에서도 방송을 내보내지 않았으며 '설상가상으로' 그들 지역의 군소 TV 방송국도 운영을 중단했고 그들에게 역시 중요한 언론 기관은 말할 것도 없었으니 그들이 휴간하면 남는 것은 너절한 허섭스레기 야당지뿐이었으나 그 무엇도 찾아볼 수 없었기에 이 모든 사건이 벌어지는 동안과 그 뒤에 일어난 것들을 생각하면 오싹했는데, 그녀는 불길한 예감이 들었으나 정말 나쁜 것은 사람들이 요 며칠간의 사건들을 잊었다는 것이 아니라 이 모든 사건의 속도가 댐에 부딪히는 물살 같았다는 것으로, 사건들은 잇따라 일어나고 또 일어났으며 뉴스에서는 여기서 이 사건이 벌어진다고, 저기서 저 사건이 벌어진다고, 어딘가에서 또 다른 사건이 벌어진다고 보도했는데, 어떤 사람은 그저 머리를 싸맸고 상사가, 그 가련한 남자가, 언제나 그 활력으로 그녀를 감동시킨 그가, 이 도시에서 시민적 가치의 참된 지도자가 되고자 늘 분투한 그가, 이곳에 그가, 저 가련한 사람이 큰대자로 누워 있는 것은 전혀 놀랄 일이 아니었으니 의사들이 병원을 나서기 전에 말한 것처럼 그에게는 가망이 없었고 여기서도 그 일이 일어나고 있었으며 모든 의사가 집으로 철수하고 있었으니—그녀가 이 사실을 알게 된 것은 순전히 우연으로, 조금 전에 화장실에 갔다가 간호사들의 대화를 엿들은 덕분인데―의사들이 병원에서 달아나고 있었고 이제 이곳엔 그들만 남았으니 간호사 한두 명?! 의사는 코빼기도 안 보인다고?! 중환자 병동에도?! 어안이 벙벙한 채 비서실장은 다시 손목시계를 보았는데, 시장 부인이 어디 있을지 감이 잡히지 않은 것은 벌써 6시 30분이었기 때문으로, 그들이 병상에서 작별 인사를 나눌 때 시장 부인이 말하길 아무리 늦어도 6시에는 돌아오겠다고, 식사 준비하러 한 시간가량 집에 다녀오겠다고, 이 병원의 식사는, 음, 둘 다 알지 않느냐며 시장 부인은 유치커를 쳐다보면서 이제 처음으로 그녀의 충성심과 자기 남편의, 시장의 곁을 지키려는 마음씨에 감사했는데, 그녀는 진심으로 감명받았고 격정에 사로잡힐 정도였으니 지금껏 남편이 시청에서 하루에 8~10시간 이상을 그녀와 보낸다는 생각이 들 때마다 분노가 치밀었고 그는 집에 돌아와서는 그녀의 약을 올렸고 유부남보다는 청소년처럼 행동했기 때문에 그녀는 집에서 속을 썩이고 분노로 가득했으나 그들이 환자를 데려와 중환자 병동에 밀어넣을 때 그녀의 눈에는 눈물이 차오르다시피 했으며 자신이 필요한 만큼 여기 머무르겠다고 유치커가 그녀에게 말하자 그녀가 눈물을 흘리다시피 한 것은 이럴 줄 예상하지 못했기 때문인바 그녀는 몇 년간 유치커를 그런 식으로 생각한 것을 진심으로 후회했거니와 이제는 가장 진실한 고마움을 느꼈으며 이런 힘든 시기에야 사람들은 누

리

가 자신의 진짜 친구인지 알게 되는 법이며 유치커는 그런 진짜 친구라고 부인은 생각했기에 잠시 집에 달려가 재빨리 뭔가를 요리하여 적어도 6시까지는 돌아와서 그녀와 교대하겠다고 말했는데, 지금 여기는 벌써 6시 45분이었고 아무 기별도 없었으며 비서실장은 1분마다 손목시계를 보았던바 그녀는 이해할 수 없었으니 무슨 일이 일어났을지도 모르지만, 무슨 일일까, 어쩌면 고기를 태웠으려나, 하지만 남편이 이런 지경인데 자기 먹을 것을 요리할까, 남편이 홑이불 한 장 덮은 채 의식 없이 누워 있는데, 그런 상황에서 집에 가서 스테이크든 뭐든 먹겠다고 일어나다니, 그녀는 제정신이 아니라고 비서실장은 생각하고는 그녀가 왔는지 보려고 복도로 나온 것은 그녀도 배가 고팠기 때문으로, 그녀의 상사는 오후 3시 30분에 의식을 잃었고 그녀는 그 뒤로한 술도 뜨지 못했는데, 물론 너무 겁이 나서 먹는다는 생각조차 못 했으나 이젠 몇 시간째 아무 일도 일어나지 않았고 침대 위 기계에서는 찍찍거리는 소리만 계속 나고 삐죽삐죽한 곡선이 하염없이 지나가고 또 지나갔으니 그녀에게는 오늘 신문밖에 없었으며 신문을 먹을 수는 없는 노릇이었으나 이젠 뭐라도 먹을 수 있을 것 같았는데, 병상 옆에 앉아 이런 생각을 하는 것이 부끄러울 지경이었으나 허기로 배에서 꼬르륵 소리가 나고 복도는 텅 비었고 간호사실에서는 아무도 보이지 않았고 결국 부인은 코빼기도 보이지 않자 그를 여기 두고 갈 수는 없다고 그녀는 생각하며 병동에 돌아와 앉은 채 저 잿빛 얼굴을, 시트 아래로 배만 볼록 솟은 채 미동도 없이 누워 있는 몸뚱이를 바라보았으나 그마저도 간신히 이따금만 보였기에 집에 가야겠다고 그녀가 불쑥 마음먹은 것은 이 여인이 언제든 돌아올 것이고 어쩌면 계단이나 병원 입구에서 마주칠지도 모르는 일이었기 때문으로, 집에 가야겠다고 그녀는 결심하고서 이미 밖에 나와 힘차게 발을 내디디며 서두르다, 난 우산도 없네, 거리에 나서면서 생각하니 그녀는 화가 났는데, 솟아오른 싸늘한 바람이 얼음장 같은 빗줄기를 그녀의 눈에 곧장 꽂아 넣었으며 빗물이 눈을 때리지 않도록 고개를 한쪽으로 돌리고 몸을 앞으로 숙인 채 그렇게 그녀가 집으로 가는 동안 거리는 인기척 하나 없었고 집들의 문과 창문은 닫혀 있었고 그녀가 마주치는 모든 것들도 닫혀 있었고 작은 채소 가게의 문도 내려져 있었고 미용실 철제 셔터도 자물쇠가 채워져 있었으니, 지금이 대체 몇 시인데 벌써 이렇게 전부 문을 닫았을까, 하지만 이런, 아직 7시 15분밖에 안 됐는데, 아니, 여기서 무슨 일이 일어나고 있는 걸까, 혹시 최후의 심판 아닐까?

이렌의 끔찍한 죽음은—그들은 인도에서 그녀를 발견했는데, 그 사랑스러운 얼굴이 조각조각 짓이겨 있었으며—가족을 무자비한 무게로 짓눌렀으니 그런 비극의 와중에 고아가 된 아들과 그의 사랑하는 아내는 뒤따른 나머지 모든 사건의 여파에 휘말리지 않은 극소수 중 하나였으며 아들은 원래 수다스러운 편이 아니었으나 그 순간부터, 그가 제

리

어머니의 신원을 확인해야 했던 시체 안치소에서 집에 돌아온 뒤로 한마디로 하지 않은 채 부엌 식탁 앞에 멍하니 앉았는데, 두 자녀가 곁에 와도 소용없었고 아직 저녁 준비가 안 됐다고 아내가 말해도 허사였으니 그는 거기서 조금도 움직이지 않으려 들었고 이따가 아내 주잔커가 저녁을 먹는 광경을 보았으며 아내가 뭐 좀 먹으라고 재촉해도 식사 끝날 때까지 앉아서 한 술도 뜨지 않았으니, 밥 좀 먹어, 자기야, 주잔커가 그를 다독이길 우린 힘을 내야 해, 우리에게 닥친 일을 이겨내야 하잖아, 체념할 순 없어도, 받아들일 순 없어도 우린 힘을 내야 해, 그래도 이겨내야 하니까, 우리가 할 일은 그것밖에 없어, 그녀가 남편에게 말했으나 그는 자신의 어머니가 찾아왔을 때 늘 앉던 의자에 주저앉아 있었으니 그녀는 저기 앉아 그날 있었던 일들을 '아이들에게' 이야기했는데, 꼭 저렇게, 언제나 복수형으로 그들을 일컬었거니와 그날도 이튿날도 살인 사건들이 새로 또 새로 일어나고 점점 끔찍해져간다는 보도를 들으면서 주잔커는 온갖 애를 썼으나 그를 의자에서 일으켜 침대에 함께 눕도록 할 수 없었으니 그는 의자에 머물러 있었고 부엌 식탁의 한 점을 물끄러미 바라보다가 더는 깨어 있을 수 없을 때면 그곳에, 부엌 식탁에 엎어졌다가 이튿날 아침에 같은 장소에서 깨어났는데, 두 자녀는 그의 곁을 왔다 갔다 하면서도 감히 깨우진 못했으며 주잔커는 얼굴을 두드리며 그를 살살 깨워 침대에 데려가 누이려 했으나 그는 일어나지 않았고 그 의자

에 붙박여 있었고 의식이 온전하지 않았으며 그러는 동안
부엌 식탁 위의 저 점은 그에게 점점 더 중요해졌고 그는 점
에서 눈을 뗄 수 없었으며 주잔커는 아무래도 의사를 불러
야겠다는 생각이 들었으나 도시 안에 의사가 한 명도 없다
는 소문이 떠올랐으니 이 비극적 상황에서 그녀에게 어떻게
하라고 일러줄 수 있는 사람은 아무도 없었기에 그녀는 사
랑하는 시어머니가 죽고 이 세상 무엇보다 사랑하는 남편도
무너지는 겹겹의 짐을 홀로 짊어졌으며 날마다 더욱 무시무
시해져 그들의 삶에 자리 잡은 이 재앙이 그녀를 짓누른즉
이곳에서 두 아이를 데리고 견디기가 너무 버거운 순간이
시간이 있었으며 이 모든 것을 언제까지나 아이들에게 비밀
로 할 수 없었던 것은 그녀가 이렌만큼 강인하지 못했기 때
문으로, 그녀는 이렌의 나약한 모방에 불과했고 그 많은 어
려움에 대처할 수 없었으나—삶이 그녀에게 그 많은 어려
움을 지우지 않았더라면 좋으련만—그녀가 간절한 말을 속
으로 되뇌어도 허사였던 것은 남편이 무너지면서 (이번 사건
이 아니더라도 예견할 수 있는 일이었지만) 그녀가 가장이 되었
기에 이제 이 끊임없는 섬뜩한 사건의 와중에서 그녀의 머
릿속에 불현듯 떠오른 것은 그들이 어떻게 될 것인가의 문
제가 아니라 이렌이라면 이런 상황에서 어떤 생각을 했을
까? 였는데, 그녀는 알았고 그것이 무엇이었는지 당장 알았
으니 이렌은 머리커에게, 저 연약한 봉선화에게—주잔커는
그들 가족의 이 '그림자 구성원'을 늘 이렇게 불렀는데, 물론

리

혼잣말이었고 시어머니 앞에서는 한 번도 그러지 않은 것은 시어머니 눈에 이 머리커는 끊임없이 보호하고 지지해야 하는 성인군자였기 때문으로—이렌은 저 봉선화에게 무슨 일이 일어나고 있는지 알고 싶었는데, 한마디로 주잔커가 침실 문간에서 남편의 움직이지 않는 등을 바라보는 동안 이 생각이 그녀의 머릿속에 불쑥 떠올랐으니 왜 그토록 끔찍하고 그토록 수많은 참사의 와중에서, 한 순간에서 다음 순간으로 넘어가는 사이에, 또한 지난 며칠을 통틀어 그들은 그녀에게 무슨 일이 벌어지고 있는지 스스로에게 묻지 않았을까, 그녀가 여전히 살아 있기는 한 걸까? 머리커를 둘러싼 세상 또한 특별히 더더욱 뒤집힌 것은 남작과 관련한 비극적 사건들이 머리커에게 훨씬 고통스러웠고 그녀를 이전의 자아로부터 멀어지게 했기 때문이었고 주잔커는 남편의 움직이지 않는 등을 그저 바라보고 또 바라보며 가련한 이렌이 아직도 살아 있다면 이 상황에서 무엇을 할지 이미 알고 있었으니 이 모든 일에도 불구하고 그들의 마지막 만남에서 이 머리커가 그토록 매정하게 이렌에게 말 그대로 문을 가리켰다는 사실에도 불구하고 그녀는 당장 거기 찾아갔을 터였으니 그것이 그녀가 했을 일이며 주잔커는 이것을 일종의 유언으로, 그들에게도 일종의 유언으로 느꼈으니 그들은 이 막연한 유언을 지켜야 한다고 그렇게 그녀는 움직이지 않는 등을 향해 말하길 그들이 무조건 살펴봐야 하는 것이 있고 그것은 다름 아닌 머리커라며 그녀가 설명하길 그녀가 어떻게 됐는지 살펴봐야 하는 것은 며칠째 그녀에 대해 아무 소식도 듣지 못했기 때문으로, 말하자면 요 며칠은 지독히 힘들었고 머리커에게도 그러했는데, 처음에는 그녀의 남편은 움직이지도 않은 채 부엌 식탁의 점을 물끄러미 바라보다 주잔커가 자신들이 이렌에 대해, 또한 그녀가 저 위에서 그들에게 무엇을 기대하는지에 대해 생각해야 한다고 말하기 시작할 때 다만 고개를 들어 그녀를 쳐다보았으니 그녀가 저 위에 있는 것은 분명하다며 주잔커가 말하길 가장 좋은 이들만 저 위에 올라가기 때문이라고 하자, 그래, 그녀가 그들에게서 뭘 원하느냐고, 무엇을? 며칠 만에 처음으로 입을 열어 그녀의 남편이 물었는데, 그게, 적어도 그녀를 들여다봐야지, 아내가 대답하길 그리고 무슨 일이 생겼는지 말해줘야지, 그녀는 십중팔구 듣지 못했을 테니까, 그리고 두루 어떻게 지내는지 물어볼 거야, 이 힘겨운 시기에 필요한 게 있는지도, 좋아, 남편이 대답했으며 두 사람은 이렌의 낡은 뜨개질 바구니에 먹을거리를 담은 뒤에 아이들에게 얌전히 있으라고, 바깥일은 걱정 말라고 말하고는 머리커를 찾아가 어떻게 지내는지 물어보고 이 힘겨운 시기에 필요한 게 있는지 물어보려고 조용히 시내로 길을 나섰다. 하지만 그녀의 현관 초인종을 눌러도 아무 대답이 없었다.

그가 안경을 벗고 여느 때처럼 콧등을 주무른 것은 온종일 안경을 쓰고 있어서 코 받침이 코를 무겁게 눌렀기 때문이나 그는 늘 최상품 안경을 주문했던바 안경테 품질이 최고인 것이 그가 늘 말하듯 그에게 중요했으며 특히 렌즈가 저렇게 두꺼우면 안경테에 돈을 아낄 수 없었거니와 무엇보다 그는 질 좋은 물건을 좋아했으며 책, 하이파이 오디오 시스템, 대형 평면 TV, 그의 '비대한' 덩치에 맞춘 거대한 안락의자, 고급 적포도주 몇 병 말고는 물건이 많지 않았는데, 자신 같은 노총각은 필요한 게 별로 없다며 그가 입버릇처럼 말하길 자기가 가진 만큼의 책이면 충분한 것은 책이 그에게 전부이고 책은 그의 고질이자 자신감의 원천이기 때문으로, 그렇게 말해도 지나치지 않으리라고 몇몇 가까운 지인에게 말했는데, 이것은 아직 지인이 있었을 때 얘기로, 최근에는 한 명도 없었으나 아직 지인이 있었을 때는 자신의 자신감은 모두 책에서 왔다는 식으로 종종 말했으니 그가 세상에서, 이 험난한 세상에서 단단히 발 디디고 설 수 있었던 것은—그가 집게손가락을 들며—집에 있는 책을 생각하기 때문이거니와 흥미롭게도 그의 마음속에 있는 것은 시립 도서관에 있는 장서 수만 권이 아니며 그것은 다른 무엇이라고 그는 늘 생각하길 저 시립 도서관은 나의 피조물이기는 하고 그걸 부인하진 않겠지만, 하지만 그와 동시에 내 자신감의 토대는 집에 있는 장서, 즉 수천 권을 소장한 이 작은 개인 도서관이니 그는 고대에서 현대까지, 철학에서 역사학까지, 자동차공학 분야까지 중요한 것은 전부 가지고 있었으며 그리고 물론 그 주제가 거론되면 그는 자동차공학을 강조했는데, 그것은 자동차공학이라는 주제가 그에게 소중했기 때문으로, 어떻게 아닐 수 있겠는가, 여기서 그가 읽을 가치—이 단어가 가진 가장 심오한 의미에서—가 있는 모든 것을 찾을 수 있었던 것은 그가 《운전면허 시험 문제집》, 《신기술》, 《자동차공학 참고 자료》, 그리고 물론, 이름난 시리즈인 《자동차 엔진》에서 호드보그네르 라슬로의 《원동기 차량 전기 설비》, 테르너이 졸탄의 《현대 원동기 차량 제작》, 허리시 벨러, 뮐러 라슬로, 숄테스 벨러의 《차고, 휴게소, 정비소》(아브러함 칼만 박사 엮음)에다가 그가 진정으로 아끼는 시도 페렌츠의 《원동기 차량 제동 시스템》, 그리고 한스·뤼디거 에촐트의 《이렇게 고쳐봐!》에 이르기까지 모든 위대한 시리즈와 귀중본을 소장했으며 회룀푀이 임레 박사와 쿠루츠 카로이 박사의 《특수 자동차》, 오토 플라미슈 박사의 《자동차 진단》, 참으로 독보적인 출판물이라 할 만한 호르스트 일링의 《바르트부르크-다음은 무엇일까?》, 그리고 물론—그는 여기까지 열거하고 나면 목소리를 낮췄는데—그가 포드 자동차라는 주제에 대해 찾을 수 있었던 모든 기술 문헌은 그가 개인 도서관에 소장 중인 보물을 누군가에게 소개할 때 이따금 말하듯 아직 언급하지도 않았으니 물론 이 분야에서 그는 모든 것을 가졌으며—아니, 그가 자신의 발언을 정정하길, '정정'은 그가 좋아하는 단어 중 하나였는데—중요한 출판물과 덜 중요한 출판물 중 '거의' 모두를 가졌으며 그저 TV를 보지 않을 때면 그는 책을 읽었고 그가 TV를 본 것은 매일 저녁에 지역 뉴스를 보았기

리

때문이며(그것은, 그가 지금 생각하길 아직도 지역 뉴스가 방송될 때 팔걸이의자에 앉아서였는데) 그는 전국 뉴스도 보았지만 영화는 별로 보지 않았고 스포츠를, 그중에서도 포뮬러 원을 좋아해서 한 번도 놓치지 않았거니와 유일한 문제는 최근에 더 볼 만한 스포츠 채널이 수신되지 않는다는 것뿐 아니라 아무 채널도 수신되지 않는다는 것으로, 그래서 그는 우연이나 전국 방송사의 변덕에 휘둘리며 어떻게 해야 그럼에도 이따금 더 흥미로운 경주를 놓치지 않을 수 있는지를 과거형으로 이야기할 수밖에 없었던바 그는 언제나 TV 앞에 앉아 요란한 함성을 지르며 경주를 보았으나 이때 말고는 언제나 책을 읽었고 주로 침대에 누워서 읽었으며 이따금 저녁 먹고 나서 팔걸이의자에 앉은 채 보기도 했는데, 식사 문제로 말할 것 같으면 그는 딱히 까다롭지는 않았으며 혹자는 전혀 까다롭지 않았다고 말할 수도 있었을 것이, 음식에서 그에게 중요한 것은 질이 아니라 양이었기 때문으로, 그의 식욕이 왕성한 것은 식욕이 왕성해야 하기 때문이었으며 재료에 대해서는 결코 까탈스럽지 않았으니 그가 남부끄러워 해서 아무도 몰랐지만 매일 저녁 그는 무시무시한 분량의 돼지고기 요리에 빵과 우유를 곁들여 먹었으며 아침 식사를 거르는 편이었던 것은 언제나 제시간에 출근하려고 서둘렀기 때문이거니와 모든 사람이 그를 보고 있었을 점심에도 절제했으나 저녁에는 굉장한 분량의 편육, 소시지, 베이컨을 흡입했는데, 빨리 먹느라 입안 가득한 음식을 씹지도 않은 채 삼키고 또 삼키되 편육 다음에는 소시지를, 소시지 다음에는 베이컨을, 거기에다 우유를, 그리고 휴일에는 적포 도주를, 남몰래 치르는 이 1인 만찬에서 우유 2리터나 포도 주 두 병을 삼켰는데, 퇴근하고 귀가할 때마다 미적대며 시 간을 끈 것은 스스로에게도 부끄러웠기 때문이나 그러다가도 곧장 부엌으로 달려가 냉장고에서 음식을 움켜쥐고는 카 트에 실어 거실로 끌고 가서 그 채로 먹었으나 그런 다음 식 사가 끝나면 팔걸이의자에 기대앉아 가만히 앉아서 숨을 조금 고르고는 앉은 채로 방귀를 뀐 것은 아무도 들을 사람 이 없었기 때문이며 그는 눈을 휘둥그레 뜬 채 허공을 멍하 니 바라보았는데, 이렇게 앉아 아무것도 하지 않는 것을 좋 아했으며 이런 때는 사실상 그는 실은 존재조차 하지 않았 으니 그는 스스로에게 이렇게 표현했을 것인데, 그는 이렇게 스위치를 끈 상태에서 시간을 보내고 있었으며 사실이 그러 했던 것이, 스스로 스위치를 끈 채 멍하니 앉아 조금 전에 이 모든 음식을 어떻게 했는지 생각하지 않고 아무것에 대 해서도 생각하지 않았으며 무거운 안경을 벗고 콧등을 주 무르고 안경을 다시 쓰고 움직이지 않은 채 그대로 앉되 때 로는 반 시간이나 앉아 아무것도 하지 않았으나 오늘은 예 외였으니 오늘 그러지 않은 것은 오늘은 집에 돌아오자마자 게걸스럽게 먹기 시작했기 때문으로, 그는 여전히 냉장고 앞 에 선 채로 먹다가 거실에 가서 육중한 몸뚱이로 안락의자 에 무너지듯 주저앉아 그 신문을 무릎에 올렸는데, 그가 아

리

직 심지어 사무실에서조차 그러지 않았던 것은 직원들에게 그러지 못하게 금한 탓이어서 스스로에게도 허용하기 힘들었기 때문이나 이곳 집에서는 달랐으니 그는 상황을 분명히 알고 싶었기에 도서관에 있을 때부터 집에 가면 저 불길한 기사를 한 문장 한 문장 들여다보면서 필자의 정체를 알아내겠노라 마음먹었으니 그가 보기에는 이것이 핵심적인(실은 유일한) 의문이었는데, 누가 썼는가? 이것만 알면 모든 것이 이해되고 그러면 무언가 조치할 수 있을 것 같았으나 물론 무언가 조치하는 것은 그의 일이 아니어서, 한 사람으로서 그의 일은 필자의 정체를 (한 번도 잃은 적 없는) 그의 감식안과 학식과 타고난 지성을 발휘하여 알아내는 것이었으니 이렇게 되면—그는 이렇게 되리라 확신한바—마음이 차분하게 가라앉을 터였던 것은 도서관에서, 심지어 길거리에 사람들이 있던 그전에 만난 모든 사람처럼 그도 불안했기 때문으로, 사람들이 최근 사건들과 뒤따른 변화에 반응하면서 표출한 그 불안이 마침내 그에게도 엄습하여, 불과 며칠 전에만 해도 저런 괴사건들에 대해 모든 일이 그저 공허한 히스테리라고 말하며 비록 악의적으로 언급하기는 했지만—말하자면 그는 사건들을 저런 식으로 규정했으며 시에서 양해해준다면 자신은 개입하고 싶지 않다고 말했던바 그는 자신의 냉철한 지성을 버릴 생각이 없었으나—이젠 그에게도 상황이 달라졌는데, 이것은 그가 사람들의 행동에 영향을 받았기 때문이 아니어서, 아니, 다른 사람들의 행동은 그에게 어떤 종류의 본보기도 되지 못했으니—그는 이것을 돌이켜 생각할 기회가 있을 때면 뿌듯해했는데—그의 상황이 달라진 이유는 도시에서 무언가가 정말로 일어나고 있었기 때문이며 그에게 영향을 미친 것은 바로 아무 일도 일어나고 있지 않다는 것으로서, 사람들이 느낄 수 있는 것은 무언가가 일어날 것이라거나 무언가가 이미 일어났다는 것뿐이었으며 아직 그들에게는 뉴스가 전해지지 않았는데, 그가 라디오나 TV의 중앙 방송을 듣거나 보았으면 모르겠지만 중앙의 라디오나 TV 채널들은 먹통이 되었기에 오늘 도서관을 즉시 폐쇄하고 사람들을 집에 돌려보내기 전에 집에 가면 여기서 해결할 수 있는 것을 해결해보겠노라 그 또한 즉시 마음먹었으니, 말하자면 이 기사를, 이 악명 높은 글줄을 심도 있게 분석하기로 마음먹은 것은 이런 식으로 설명을 찾을 수 있으리라, 더 정확히 말하자면 이 일의 장본인이 누구인지 알 수 있으리라 믿었기 때문으로, 그에게는 이미 혐의자가 두 명 있었는데, 둘 다 문제가 있어서 각자에게는 본인을 배제하고 상대방을 혐의선상에 올리는 특징들이 있는 반면에 상대방을 배제하고 본인을 혐의선상에 올리는 특징들도 있었기에 이제 그는 전체 글을 처음부터 읽으며 한 문장 한 문장 문체 분석을 실시한 것은 이렇게 하면 필자의 신원을 알게 될 것 같았기 때문이지만 그렇지 않아서, 기사를 첫 문장부터 마지막 문장까지 샅샅이 읽었으나 허사였고 둘 중 범인이 누구일지 알아내지 못했으니 첫 번째 후

리

보로 말할 것 같으면 기사에 드러난 문체를 구사할 것 같지 않았고 두 번째 후보로 말할 것 같으면 참작할 정상이 있었기에 한 시간 뒤 그는 원점으로 돌아와서는 자신이 거론되는 부분을 계속 읽고 있다는 것을 깨달았으니 그것은 기사의 필자가 그를 허풍선이에 돌대가리 멍청이—"즉 진짜 전형적인 헝가리인이요, 비겁하고 옹졸한 좀팽이"—로 치부한 구절로, 그는 재빨리 신문을 접었다가 같은 부분을 다시 펼쳐 자신에 대한 구절을 읽고 또 읽고 또 읽었으며 그것이 고통스럽다는 것을 부인하지 않았던바 그가 스스로에 대해 읽은 구절은 고통스러웠으나 단지 고통스러운 것만이 아니라 불쾌했던 것은 그의 가장 예민한 구석을 노렸기 때문이어서, 그는 자신을 좀팽이라고 부르는 것은 부당하다고, 극도로 또한 야만적으로 부당하다고 느꼈으니 그가 평생 (자신이 생각하기에는 온당하게도) 확신한바 자신이 남에게 결코 꿀리지 않는 것이 하나 있다면 그것은 삶을 대하는 기본적인 태도, 신중하고 명쾌하고 냉철하게 지적하며 이성과 경험과 지식과 일종의 슬기로운 냉정함에 바탕을 둔 태도였는데, 이제 여기서 누군가 그를 비겁한 좀팽이라고 부르고 온 도시 앞에서 그를 콕 짚어 겁쟁이이고 좀팽이라고 말하다니 이것은 넘어서는 안 되는 선을 넘은 것이었다. 그는 신문을 휙 접어 바닥에 내동댕이쳤다. 나중에 집어서 "제기랄" 하며 쓰레기통에 집어던질 생각이었다. 바로 그때 누군가 밖에서 현관문을 열려고 달그락거리는 소리가 났다.

Noctem minacem et in scelus erupturam fors lenivit: nam luna claro repente caelo visa languescere. Id miles rationis ignarus omen praesentium accepit, suis laboribus defectionem sideris adsimulans, prosperque cessura qua pergerent, si fulgor et claritudo deae redderetur. Igitur aeris sono, tubarum cornuumque concentu strepere; prout splendidior obscuriorve laetari aut maerere; et postquam ortae nubes offecere visui creditumque conditam tenebris, ut sunt mobiles ad superstitionem perculsae semel mentes, sibi aeternum laborem portendi, sua facinora aversari deos lamentantur(그 순간 타키투스가 그에게 말하길: 그날 밤은 어쩐지 기분이 나쁘고 금세라도 불상사가 돌발할 것만 같았다. 하지만 단순한 우연에 의해 평온으로 되돌려놨다. 맑은 하늘에서 갑자기 달이 이지러지기 시작했다. 이 원인을 알지 못했기 때문에, 병사들은 그것을 자신들이 놓여 있는 현재 상황의 전조로 받아들였다. 월식이 자신들의 노력에 비유되는 것 같았다. 그래서 "만약 달의 여신이 눈부신 금빛 광채를 되찾는다면 우리가 성취하려고 하는 일이 성공을 거둘 것이다"라고 생각하면서 놋쇠 그릇을 두드리고 나팔과 뿔피리를 불며 소란을 떨었다. 달빛이 조금이라도 강해지면 그들은 기뻐하고, 더 희미해 보이면 슬퍼했다), 하지만 다시 호출받는 바람에 계속 읽을 수 없었으니 이것은 오늘 벌써 네 번째 호출로, 그는 《연대기》를 덮어 옆으로 치웠는데, 상관의 집무실에서 자신에게 바라는 게 뭔지 이해

리

할 수 없었던 것은 자신이 알고 있는 저술가 다섯 명 중에서 여인 다섯 명이 강간당한 사건의 연관성을 설명할 수 있는 사례를 하나라도 찾을 수 있겠느냐는 질문을 받았을 때 대체 뭐라고 대답해야 하느냐는 것으로—한 명은 그제 관광 안내소에서, 두 번째는 쾨뢰시강 강둑에 있는 두고 다리 기둥 옆에서, 세 번째는 에스프레소 가게에서, 네 번째는 너지바러디 도로 옆 술집에서, 다섯 번째는 길거리에서 당했는데, 병원에서 급히 귀가하다가 변을 당했으며—각 사건은 어제 이른 저녁에 일어났는데, 사람들이 사라지고 있었고, 즉 흔적도 남지 않았고 동상들의 머리가 짓이겨졌고 종들이 종루에서 떼어졌고 소들이 도살당하고 대가리가 으깨졌고 누군가 또는 몇 명인가가 시 급수탑에서 수만 리터의 물을 하룻저녁에 방류하여 도보즈 도로가 모조리 침수되었고 요커이 거리, 제멜바이스 도로, 처버 도로, 성 뒤쪽 에미네슈추 거리의 대부분에서 유압 굴착기로 아스팔트가 뜯어졌는데, 몇 명이 동원되었는지는 아무도 몰랐고 목격자도 전혀 없었으며 최근에 살인 사건이 아홉 건 발생했으나, 이제 그만하겠네, 라며 경찰서장이 그에게 말하길 자네의 그 이름난 로마 저술가 중에서 비슷한 걸 본 적이 있는지 생각해보았으면 좋겠는데, 내 관심사는 사실 자체가 아니라 앞서 언급한 이 사실들 가운데에서, 경찰서장이 초조한 기색으로 그에게 묻길 어떠한, 알아듣겠나, '어떠한 종류라도' 연관성이 보이느냐는 것일세, 안 보입니다, 그는 짧게 대답하고 경례를 붙인 뒤 나가도 되겠느냐고 묻고는 버릇처럼 한 번에 두 계단씩 디디며 씩씩하게 지하 서류 보관실로 내려가면서 왜 다들 제정신이 아닌지, 왜 서장마저 자신에게 지금 이런 걸 묻는지, 그가 무엇이기에, 목격자라도 되는지 의아해했으니 그는 라틴어를 할 줄 알고 무급 휴가를 며칠 받고 싶어도 못 받는 한낱 견습에 불과했으며 좋아하는 책들에 파묻혀 살고 있었으니 머리 위에는 흉악한 형광등이 달렸고 주위에서는 견딜 수 없는 악취가 났고 무엇보다 타키투스가 있었고 카이사르와 키케로가 있었으나 어찌하여 그의 상관은 여자들이 강간당한 것을 그들과 연관시켰을까, 여자들은 다른 때에도 강간당했는데, 폭도들이 이것저것 부순 것을 그들과 연관시켰을까, 폭도들은 다른 때에도 이것저것 부쉈는데, 그것은 여기 지하실의 이 저술가들과 무슨 상관일까, 그는 질문을 던졌으나 무엇보다 이것이 타키투스나 카이사르와, 키케로와는 더더욱 무슨 관계가 있을까, 이런 생각으로 얼떨떨한 채 그는 책상 앞에 앉아,《연대기》를 꺼내어 두툼한 노동조합사회보험 안경을 고쳐 쓰고는 1권 28장을 펼쳐 첫 줄 위로 고개를 푹 숙이고서 계속 읽어나갔다.

어찌 된 영문인지 이곳에서 모든 것이 무너지고 있습니다, 그가 교구 주교에게 편지를 쓰길 더는 연관성을 찾을 수 없습니다, 말하자면 어떻게 이 모든 일이 지금까지 계속될 수 있었는지 말입니다, 이제는 사실 계속되고 있지는 않아서, 온갖 끔찍한 사건들이 벌어진다는 소리가 들리긴 하지

리

만 더는 확실하지 않아서, 이 사건들이 실제로 일어났는가
는 확실하지 않으니 이 각각의 보도들이 하도 끔찍해서 신
빙성을 부여하기 힘들며 보도를 뒷받침하는 증거도 전혀 없
는 것이, 저희 교구민들은 경험한 것을 말하는 것이 아니라
남들에게 들은 것을 전하는 것으로, 진짜로 말할 수 있는 사
람들은 침묵하고 있습니다, 이를테면 오늘 아침에 남자 하
나, 여자 하나, 아이 둘이 미사를 드리러 왔는데, 그들의 어
머니이자 시어머니이자 할머니인 여인은 강간당한 뒤에 살
해된 것으로 추정되지만—저는 추정이라는 단어를 강조하
고 싶은바—그들은 이에 대해 전혀 언급하지 않았으며 예식
이 끝나고 그들과 이야기를 나누었을 때 저는 사람들이 이
사건에 대해 퍼뜨리는 소문에 대해 알고 있었으나 그들은
자신들의 어머니이자 시어머니이자 두 아이에게는 할머니
인 여인이 신자가 아니었고 그들이 오늘 아침 여기 온 것은
그 때문이라고 말했습니다만, 그러고는 아무 말도 하지 않
고 제 맞은편에 앉아 제가 묻는 말에도 전혀 대답하지 않은
채 충격에서 헤어나오지 못한 기색이 역력했기에 주교님께
서 예상하시듯 저는 그들을 괴롭히지 않고 축복을 빌어주
어 돌려보냈으나 그러고 나서 주요 축일에만 우리 교구의 성
전 장식물을 방문하는 가련하고 불운한 사람에게도 비슷한
일이 일어났으니 더 정확히 말하자면 그는 휠체어를 탄 채
신도석에 실려 왔는데, 듣자 하니 그의 딸도 똑같은 폭력의
피해자가 되었다는 소문이 퍼지고 있는바 그녀는 지금껏 그

를 보살폈으며 이 가련한 영혼이 휠체어에 탄 채 앞서 언급한 우리 교회의 주요 축일에 참석할 수 있었던 것은 그녀의 정성 덕분이었기에 제가 그를 찾아간 것은 소문이 사실이고 그가 홀로 남았을까봐서였는데, 과연 그랬으니, 제 딸은 병원에 있소이다, 제가 초인종을 누르자 그가 문틈으로 외쳤거니와 그는 이것 말고는 더 말하려 들지 않았습니다, 무슨 일이 일어났는지 이해가 안 되거나 알지 못하기 때문인 것 같았습니다, 저도 거의 아는 바가 없었으니까요, 그는 저를 들이려 하지 않았습니다, 저를 문으로 들여보내줄 수 없었는지도 모르겠습니다, 그래서 근처에 사는 교구민에게 부탁했는데, 그는 힘닿는 데까지 그를 보살피겠다고 약속했습니다, 주교님, 뉴스 보도가, 번번이 더 끔찍한 보도가 이곳 교구에 답지하고 있습니다, 끔찍할 뿐 아니라 도무지 납득이 안 되는 보도들입니다, 이것을 더 소상히 설명드리도록 윤허해주셨으면 하는 것은 보도의 바탕이 되는 사건들이 풍문이든 실제 사건이든 상관없이 그 자체로는 일관성이 전혀 없기 때문이며 이보다는 좀 덜 놀라울지 모르는 사실은 사건들 사이에 이해할 수 있는 연관성이 하나도 없다는 것입니다, 이것을 어떻게 설명드려야 하려나, 허락하신다면 예를 들 수도 있겠습니다, 존경해 마지않는 주교님, 상상해보십시오, 일단 풍문에 국한하여 여러 사건 중에 세 건만 들어보자면 머로티 광장에 있는 아름다운 루마니아 정교회에서는 누군가 자정께 종을 매단 쇠막대를 끊는 바람에 종이 종루

천장을 뚫고 떨어졌습니다, 종이 떨어지면서 모든 것이 산산 조각 났으니 성당 입구 근처의 침례반이 박살 난 것은 루마니아 정교회 성당의 배치가 우리와 다소 비슷하기 때문입니다, 존경해 마지않는 주교님, 다른 예를 들자면 그제 아침에 베케슈처버행 노선의 철로가 완전히 뜯겨 나간 것을 공무원들이 발견했는데—뉴스가 사실이라면 말입니다—마치 거대한 기계나 (호사가들 말로는) 어마어마한 괴물이 철로를 뽑아 사방에 던진 것 같았습니다, 더욱 두려운 뉴스는, 존경해 마지않는 주교님, 지금 병원에 환자들만 남아 있다는 것입니다, 의사와 간호사는 모조리—간호사 둘만 예외였는데, 물론 그들은 우리 성모 교회의 독실한 신자입니다—떠났으며 이것은 맨정신으로는 상상도 할 수 없는 일입니다만 그들은 환자를 두고 떠났고 이 환자들은 이제 이 간호사 두 명에게 맡겨져 있습니다, 이 모든 것이 단지 풍문이 아닌 것은 오늘 아침 피해자 한 명에게서 제 귀로 들었기 때문입니다, 그는 이곳에서 일어난 모든 일을 대단히 두려워하며—그의 표현입니다—우리 주 그리스도에게 짤막한 기도를 드리려고 우리 성당에 허겁지겁 달려왔습니다, 그는 저희를 만나자 이 이야기를 들려주었습니다만 어찌나 불안해하고 심란해하고 오들오들 떨던지 그의 말이 단어 하나까지도 사실임을 의심하기 힘들었습니다, 아니나 다를까 우리 교구에서도 요 며칠 새 사람들이 사라지고 있다는 소식이 속속 들어오고 있습니다, 가족이나 누구에게도 자신이 어딜 가는지 왜 가는지 알리지 않는다고 합니다, 그리고 주교님, 제가 이 글을 쓰는 것을 용서하십시오, 이 무시무시한 소식 중 하나라도 사실일까봐 저도 떨립니다, 저는 복된 날마다 복된 정오마다 복된 저녁마다 텅 빈 성당의 텅 빈 신도석 앞에서 주님께 기도드릴 뿐입니다, 밤에도 쉬지 않고 기도드리는데, 지난 사흘간은 잠이 통 오지 않아서 철야를 하며 저희에게 맡겨진 영혼들을 위해 기도합니다, 기도 말고는 할 수 있는 게 없습니다, 이곳에서 모든 것이 훨씬 나쁜 쪽으로 속절없이 추락하고 있다고 고하는 것 말고 무엇을 할 수 있겠습니까, 저는 새가슴이 아닙니다만 존경해 마지않는 주교님, 고백건대 무척 두렵습니다, 이곳의 나머지 신도와 연옥을 헤매는 영혼들처럼 저도 두렵습니다, 저희에게 무슨 일이 일어나고 있는지 알지 못하니 말입니다, 저는 아직도 이것의 행위를 막아주시길 기도합니다, 이것이 무엇인지도 모르지만요, 답신 주시길 간청합니다, 존경해 마지않는 주교님, 어떻게 해야 할지 말씀해주십시오, 저를 위해서가 아니라 우리의 신자들을 위해서, 우리 교회의 모든 소중한 신도를 위해서 그들이 더는 두려워하지 않도록, 제가 두려워하지 않도록, 저희가 그들에게 위안을 줄 수 있도록, 그리고 저 또한 그런 위안을 얻을 수 있도록 해주십시오, 사랑하는 주교님, 부디 제 편지에 답장해주시길, 가능한 한 빨리 답장해주시길 부탁드립니다. 모일 모시 모처에서.

그는 이곳 주유소에 임시로 있었을 뿐이라고 겁에 질

린 채 그가 해명하길 러요시와 동료 교대 근무자가 자신들이 없는 동안 잠깐 들러서 가게 좀 봐달라고 부탁한 것이지 자신은 아무 상관도, 하지만 정말로 아무 상관도, 이 주유소와도, 심지어 기름과도—하느님 주신 온 세상에서—아무 상관이 없었으며 이 모든 기름 운운에 대해서는 아무것도 몰랐으니 그가 이 모든 일에 연루된 것은 《사도신경》의 본디오 빌라도처럼 우연이었으며 게다가 그가 이유도 알지 못한 것은 이곳에 기름이 전혀 없었기 때문으로, 그가 알기에 단 1리터도 없었으니 물론 그들이 자신에게 말하길 경찰서나 시청이나 무슨 공공 기관이나 …… 여기 어딘가에 정말로 명단이 있으니—그들이 보고 싶다면 당장이라도 꺼내 드릴 수 있는데—그것은 이른바 비밀 저장고에서, 말하자면 경유를 공급받을 수 있는 사람들의 명단으로, 하지만 그들이 이해해야 할 것은 그가 이 중 무엇과도 아무 상관이 없으며 그는 한낱 행글라이딩 학교 원장일 뿐인데, 그가 재빨리 덧붙이길 행글라이딩 학교로 말할 것 같으면 없어진 지 오래여서, 폐쇄되었고 문을 닫았고 행글라이더들은, 즉 그의 소유인 두 대는 격납고에 있으나 이미 완전히 망가졌으니 그가 확실히 아는 것은 그런 섬세한 기계는 격납고에 처박혀 있는 꼴을 감당할 수 없어서, 개가 누고 떠난 똥처럼 격납고에 버려지는 게 아니라 보살핌을 받아야 하거니와 연료를 조금 구할 수 있다기에 그가 혼자서 찾아갔으나 연료가 하나도 남지 않아서 더는 구할 수 없었으며 그가 자신의 행글라이딩 학교와 더불어 이곳 주유소의 출입을 금지당한 것은 그의 작고 사랑스러운 비행기 두 대를 끄는 데 연료가 너무 많이 든다는 이유였으나, 아니, 그에게 연료가 그렇게 많이 필요했던 것은 행글라이더를 위해서가 아니라 자신의 오토바이를 위해서로, 그것은 처버 도로 건너 베케슈처버 아래쪽에 있는 자신의 행글라이딩 학교에 가기 위해서였는데, 그의 이름은 분명히 명단에 없었던바—그들이 보고 싶다면 당장이라도 가져다드릴 수 있는데—오토바이에 넣을 몇 리터면 충분한데도, 아니, 그들은 그에게 허가를 내주지 않았고 그래서 그는 시쳇말로 '셔터를 내렸'으며 그 뒤로, 그가 이제 그들에게 진심으로 말하길 그가 정신과 증상으로 공식 병가 중이었던 것은 행글라이딩 학교 없이는 견딜 수 없었기 때문이었던 것이, 그가 그곳을 설립했고 아끼고 저축하여 개업했고 운영했고 이 행글라이딩 학교를 꾸리는 데 필요한 모든 것을 조달했으니 당국이 그에게 셔터를 내리라고 했을 때 그의 삶이 산산조각 난 것은 놀랄 일이 아니었으며 그 뒤로 그는 온갖 질환에 시달렸던바 그가 주유소 일을 임시로 맡아달라는 부탁을 받은 것은 틀림없이 이 때문이었을 것으로, 그는 꽤 가까이 살았는데, 어딘지 보고 싶다면 보여줄 수도 있으며 부엌 딸린 방 하나에 불과하나 그걸로 충분해서, 그는 가족이 필요하지 않았고 가족이 있는 사람을 존중하기는 하지만 그에게는 행글라이딩 학교가 전부였으며 이제 그에게는 아무것도 없었으니 그는 주

리

유소와는 아무 상관이 없고 그들이 원한다면, 듣고 싶은 만큼 얼마든지 되풀이할 수 있으며 뭐라고부르는지도모르는 여기 이곳에 경유가 얼마나 들어 있는지는 전혀 모르나 그들이 원한다면 작동법을 보여줄 수도 있다며, 그곳은 바깥 왼쪽에 있고 이 철제 원반 두 개를 열어야 하는데, 여기 열쇠가 있어요, 보세요, 둘 다 있죠, 원반마다 열쇠가 따로 있거든요. 이게 덮개예요, 각자 자기 열쇠로 열리죠, 여기 있어요, 보세요, 그는 그들에게 작동법을 보여줄 수 있었으니, 벌레처럼 생긴 이 굵은 호스를 뒤에서 당기기만 하면 돼요, 그들이 원한다면 그는 보여줄 수 있었으니 끄트머리를 맨 위에 있는 이 기름 탱크인지, 뭐라고 부르든지에다 돌려 끼우고 그들이 이 모든 것이 어떻게 작동하는지 그에게 보여준바 그런 다음 손잡이인지 무엇인지를 돌리면 기름이 흘러나오니 둘 다 펌프가 있어서 저절로 작동하니 아무것도 할 필요 없이 펌프가 알아서 하게 그냥 내버려두면 되며 저게 전부요, 저게 모든 것이며 필요하다면 작동법을 더 자세히 설명할 수도 있으니 그를, 그의 코를, 그의 입을 제발 그만 좀 때렸으면 좋을 것이, 보다시피 이미 피에 젖었으니, 아니, 이게 무슨 소용이냐고 물으며 그가 말하길 말할 수만 있다면 전부 말씀드리겠다고 했다.

여긴 뭔가 잘못됐다, 형제들이여, 그가 비케르 술집에서 그들에게 말하길 토토, 제이티, 도디, 너흴 믿어도 되겠지, 그렇지? 나머지도 그렇겠지? 이 지랄 맞은 상황은 우리가 후퇴하고 있다는 것으로, 내 말뜻은—너희가 알아들었으면 좋겠는데—우리가 전부 일사불란하게 마당에 나가서 오토바이를 타고 조용히, 셋씩 짝지어 할 수 있는 한 조용히 각자 집으로 간다는 것이다, 집에 가면 다들 가장 으슥한 구석을 찾아 그 구석에 처박혀 숨는다, 이게 나의 계획이다, 형제들이여, 너희가 무엇을 해야 하는지는 시간이 언제나 알려줄 것이다, 지금 시간이 우리에게 말하는 것은 이것이다, 우리는 숨어야 한다, 다음에 무엇이 올지 확실치 않기 때문이다, 상황이 이렇다면, 즉 완전히 확실치 않으면 우리는 후퇴해야 한다, 손자가 말하지 않았던가, 나의 형제들이여, 내 안에 있는 고대 헝가리 신화 속 새 투룰의 본능도 똑같이 말하고 있다, 우리의 거룩한 조상들도 커다란 위험이 다가오는 것을 감지하면 그렇게 했다, 그런 다음 그들은 슬기롭게 행동했다, 알아듣겠나, 슬기롭게, 비겁하게가 아니라 슬기롭게 말이다, 슬기로운 결정과 비겁한 결정 사이에는 커다란, 하지만 정말로 커다란 차이가 있으니까, 이제 내가 말하노니 우리는 허둥지둥하지 말고 슬기롭게, 즉 도시를 떠나지 않되 겁쟁이처럼 달아나지 않고 질서 있게 조용히 오토바이를 타고 집으로 가기로 결정해야 한다, 이것이 슬기로운 선택이기 때문이다, 우리를 필요로 하는 일이 언제라도 생길 수 있으니 말이다, 하지만 그때까지는 집에서 신호를 기다려야 한다, 알아듣겠나, 그러면 다들 잔을 비우고 술값을 치르고 그런 다음 내가 말했듯 당장 일사불란하고 조용히 집으로 간

다, 이 말과 함께 그는 무리로부터 등을 돌려 바텐더와 시
선을 맞추고는 그에게 이리 오라고 손짓했으나 그에게 술값
을 치르면서 형제들이 듣지 못하도록 나직이 묻길 그래, 지
금 상황이 어떤가, 하지만 바텐더는 입을 삐죽이며 말하길
우리도 문 닫아요, 맥주가 다 떨어졌거든, 당신네가 마신 게
마지막이오—그는 대장만큼 나직이 말했는데—여기 돌아가
는 일도 맘에 안 들어, 나도 당신이 방금 말한 것처럼 하고
있어요, 돌아가는 상황이 맘에 안 들어서 여길 뜰 거요, 도
무지 아무것도 진행되고 있지 않으니, 아니, 멈춰 있으니, 둘
다 지겨워, 밤중에 쿵후 싸움 벌이고 싶진 않아요, 나는 이
소룡만큼 잘하지 못하니까, 알다시피 그가 나타나면 나는
그의 뒤에 설 거요, 하지만 그가 없으면 아무것도 없어, 아
시잖아요, 대장, 아무것도, 금전 등록기 닫고 수입 챙기고 그
게 다요, 나는 떠날 거요, 셔터 내리고 자물쇠 채우고 열쇠
챙기고 그러면 끝이오, 아무도 다시는 날 못 볼 거요, 여기
야 망하든 말든, 왜냐면 난 어둠이 싫거든, 한 번도 안 좋았
어, 이건 가라테가 아니오, 대장, 이건 귀신과 벌이는 시합이
란 말이오, 나는 극장이 싫소, 결코 좋아한 적 없다고, 여기
서 누군가 우리를 가지고 놀고 있어, 무언가 내게 이것은 우
리가 질 수밖에 없는 시합이라고 말하고 있어요, 나는 검은
띠도 아닌데, 누가…… 내 말 알겠죠, 그래서 떠나는 거요,
자, 여기 외상 장부예요, 다 정리하자고요, 대장, 그런 다음
이 똥통에서 벗어나요, 내 말도 당신과 똑같으니까. 우수리

떼고 6,500이에요.

희생자가 몇 명이나 되나, 그가 묻고 또 물었는데, 물론 그는 참을성을 발휘했으니 어찌 안 그러겠는가? 그러고서 모자로 탁자를 두드리기 시작했는데, 그것이 그가 여기 온 이유인즉 누군가가…… 알아듣겠나?…… 자신이 한 말을 그들 중 누군가가 알아들을 때까지 참을성 있게 기다리는 것이었기에 그가 질문을 되풀이하길 새 희생자가 정확히— 그는 빈정대듯 입술을 삐죽거렸으나 입은 여전히 초조함으로 떨리고 있었는데—정확히 몇 명인지 말해줄 사람이 있느냐고 묻자, 열두 명입니다, 차려 자세를 취하며 일경이 거듭 말했고 당직 경사가 즉시 끼어들어 열넷이라고 정정하자, 그 런가, 합의를 보게, 난 인내심이 있으니까, 여기 앉아서 자네 둘이 하는 말을 끝까지 들어주지, 경찰서장의 얼굴은 붉었고 가르마는 휘어졌는데, 나는 여기 책상 앞에 앉아서—커 피 가져오게—몇 명인지 들으려고 기다리고 있네, 하지만 둘 다 감히 입을 열지 못한 채 일경이 경사를 쳐다보고 경사가 일경을 쳐다보자 경찰서장은 의자에 등을 기댔으니, 저, 제 멜바이스 도로의 여자, 주유소에서 일손을 돕던 남자, 관광 안내소에서 온 병원의 여자…… 그녀는 죽었습니다, 그리고 더미어니치 도로에서 당한 시장 부인, 그다음 도서관장, 기 차역의 의사 셋, 이렇게 하면—일경이 말하는데, 땀방울이 그의 이마 아래로 똑똑 떨어지기 시작했으며—이렇게 하면 지금까지 여덟이 됩니다, 그리고 우체부 토니, 고아원에서 도

망친 아동 둘, 그리고 콤로 호텔의 외국인 둘, 이러면 희생자
는 전부 해서 열세 명입니다, 서장님, 거기에다—경사가 손
뼉을 쳐서 주의를 환기하고는—역장과 그의 가족, 말하자면
자녀 둘이 있으니 모두 합치면, 그가 말하길 열여섯 명이 됩
니다, 역장에 대해서는 듣지 못했다고 일경이 보고하자, 그
것은 그가 보고서를 읽어보지 못했기 때문이고 그것은 제
가 아직 보고서를 쓰지 않았기 때문입니다, 라고 경사가 대
답했는데, 쉬어, 경찰서장이 말하고는 둘을 차례로 바라보
며, 동기는? 그가 물었으나 대답을 기대한 것은 아니어서—
얼굴 전체에 쓰여 있는 것처럼—경찰서장이 버릇처럼 기계
적으로 물었기에 경관 두 명은 질문에 대답하려는 시도조
차 하지 않았는데, 어차피 여기에 동기가 전혀 없다는 것을
그도 알고 있었으니 이 사람들은 전혀 다른 방법들로 살해
당했으며 거의 모두가 현지인이라는 것 말고는 그들 사이에
아무 공통점도, 하느님 주신 온 세상에서 아무 공통점도 없
었기에 어안이 벙벙했다고 경찰서장이 나중에 견습에게 말
했거니와 그가 지하에서 불려 올라온 것은 경찰서를 통틀
어 그가 전적으로 신뢰하는 유일한 사람이었고 게다가 그와
는 온갖 문제를 논의할 수 있기 때문이었는데, 단 하나의 이
유는 견습이 읽을 줄 안다는, 더 구체적으로 말하자면—경
찰서장이 부하들에게 끊임없이 읊었듯—라틴어를 읽을 줄
안다는 것이었으니 저 아래 지하에서 두꺼운 안경을 쓴 채
아무도 뭔가 부탁할 거리를 가지고 내려오지 않을 때만 읽

은 것은 누군가 내려오면 일어나 컴퓨터 데이터베이스에서 관련 데이터를 찾아서는 다시 일어나 관련 칸으로 가서 해당 서류를 찾아 건네주고 문서 작업을 처리해야 했기 때문으로, 물론 시간은 그다지 오래 걸리지 않았으며 그는 이미 책을 펼쳐 열고 있었으니 아마도 그가 즐겨 읽는 책 중 하나이거나 베케슈처버의 헌책방에서 얼마 전에 새로 산 책이었을 텐데, 지난 몇 달간은 예외였던 것이, 지난 몇 달간 그가 처버에 통 가지 못한 것은 열차 시간표가 들쭉날쭉하기 이를 데 없어서 언제 돌아올 수 있을지 도무지 알 수 없었기 때문이며 지난 며칠간은 열차가 아예 운행되지 않아 여기서 나갈 방법이 전혀 없었고 밖에서 이리로 들어올 방법도 전혀 없되 마치 바깥세상이 완전히 사라진 것처럼 없다고 그는 판단했기에 자리를 지키며 자신이 가진 책으로 때웠으니 사실 불평할 거리는 많지 않았던바 그는 이제껏 평생 월급에서 남는 돈을 모조리 책에 썼으니 자신이 바랄 수 있는 거의 모든 것을 손에 넣은 것은 이 때문으로, 그는 옛 고전의 거의 완벽한 구색을 갖췄는데, 이것은 그가 집에 있는 자신의 작은 서재를 일컫는 말로, 한동안 그리스 작품을 수집했으나 건성으로 모은 것이어서 (이따금 경찰서장이 이 사적인 주제를 제기할 때면) 호메로스나 투키디데스나 크세노폰의 작품이 어쩌다 흘러들었다고 말하곤 했지만 그가 기본적으로 아끼는 세 대가 키케로, 카이사르, 타키투스는 아무리 읽어도 질리지 않는 저술가들이었고 그는 질리지 않고 읽었으나

리

아무것도 찾아내지 못했다고 그가 이제 보고하길 그는 다시 한번 상관의 서장실에 불려 들어와 경찰서장이 주문한 대로 '그' 관점에서 읽으려 했으나 아무것도, 현재의 사건과 관련하여 해석할 수 있는 구절은 아무것도 찾아내지 못했는데, 이건 사건들이 아니야, 경찰서장이 격노하여 말을 끊고는, 이건 서로 관련된 연쇄적 사건들이라고, 여기에 연관성이 있는 것은 틀림없는데, 그게 뭔지 도무지 보이지가 않아, 평소에 경찰서장은 예의에 어긋나는 단어를 삼갔으며 게다가 부하들에게도 경찰서에서 그런 말을 쓰지 말라고 요구한 것은 그가 늘 설명하듯 민간인 친화적인, 또는 어떻게 표현해야 하려나, 민간인 지향적인 치안 기관을 보고 싶기 때문이었으며 씨발이나 자지 같은 단어는 설 자리가 없었기에 이런 단어가 쓰이는 것을 보면 경찰서장이 갈 데까지 갔다는 결론을 내릴 수 있었으니—견습의 결론도 그와 같았는데—그는 자기 말마따나 이 '사건들의 연쇄'를 어떻게 해야 할지 모르는 기색이 역력했고 견습은 정수리의 머리카락이 헝클어진 채 그를 물끄러미 바라보았으니 그가 할 말이 뭐가 있었겠는가, 그는 그저 거기 서서 썩 군인답지 못하게 한쪽 발에서 다른 쪽 발로 몸무게를 옮기고 있었으나 경찰서장이 못 본 체한 것은 그런 때에는 견습이 생각하고 있다고 믿었기 때문이지만 그는 생각하고 있지 않았고 그가 우왕좌왕한 것은 뭐라고 말해야 할지 몰랐기 때문이었는데, 바로 그때 당직 경사가 서장실에 들어와 차려 자세로 서서 손을 모자에 올려붙여 경례하고는 말하길 보고드립니다, 숫자는 스물넷입니다, 서장님.

누가 찾아왔어요, 피스타 삼촌, 대루마니아 구역 출신의 구두장이가, 교회를 청소한 바로 그 구두장이가 사제관에서 깜짝 놀라 그에게 말하고는 문을 활짝 열자 나이 지긋하고 멋진 신사가 그를 향해 고개를 약간 기울인 채 방에 들어서며 말하길 신부님, 제 이름은—입니다, 저의 사랑하는 친척 벵크하임 벨러 남작이 최근에 매장되었다는 무덤을 찾고 있습니다, 그는 큼지막한 생화 꽃다발을 손에 들고 있었는데, 어리둥절한 사제는 처음에 이렇게 생각하길 저렇게 큰 생화 꽃다발을 어디서 구했을까, 요즘 저런 꽃을 구하는 건 이 도시에서는 도저히 불가능한데, 더구나 이 계절에 장미라니, 이것이 처음 그의 머릿속에 떠오른 생각으로, 모종의 이유로 초조한 기색이 역력한 채 그가 신사에게 앉을 자리를 권했으나 남자는 그의 권유를 물리쳤는데, 무례를 범할 생각은 없었지만 매우 시급한 용무로 이곳에 왔기에 조금도 허비할 시간이 없으며 그의 유일한 바람은 무덤을 찾아가 전달품을, 즉 가족이 보낸 이 꽃다발을 올려놓는 것이었고, 그런 다음 자신이 왔던 빈으로 돌아가야 했는데, 빈이라고요? 사제가 놀라서 묻자, 그렇습니다, 그는 빈에서 막 도착했으며 누군가 친절하게도 그를 묘지에 데려다준다면 그 뒤에 곧장 빈으로 돌아갈 작정이었으나, 잠시 앉으시죠, 갑자기 감각이 돌아온 사람처럼 사제가 거듭 청하길 잠깐 앉

리

아서 이 모든 일이 어떤 상황에서 벌어졌는지 들어보라고
했으나 남자는 문간에 선 채 이렇게만 말하길 아닙니다, 아
닙니다, 정말 이러지 않으셔도 괜찮습니다, 그는 잠깐 앉아
서 이 모든 일이 어떤 상황에서 벌어졌는지 들을 수 있다면
정말 고맙겠으나 정말로 바빠서 그럴 순 없다기에, 그러면
달리 할 일도 없었기에 사제는 교회에서 입는 법복을 재빨
리 걸쳤거니와 우산은 필요하지 않았으니 어제부터 비가 완
전히 그쳤고 바람만, 아주 거센 바람만 불어 모든 것을 순식
간에 말려버렸기에 그는 방문객이 타고 온 검은색 리무진에
올라타 그를 공동묘지로 안내했으나 묘지에서 그와 보조를
맞추기 힘들었던 것은 걷는 속도가 그의 나이에는 버거웠기
때문으로, 그가 공동묘지에서 묘비 사이로 길을 가리키는
대로 방문객은 성큼성큼 걸었는데, 갑자기 불어닥친 바람에
땅이 바싹 말라 더는 진흙이 없었기에 두 사람은 수월하게
무덤으로 서둘러 갈 수 있었거니와, 음, 여깁니다, 그가 말하
면서 조금 창피해한 것은 흙이 무덤을 볼록하게 덮지 않았
기 때문으로, 두 사람이 묘지에 도착하자 방문객은 이미 한
쪽으로 쓰러진 무덤 십자가를 마주한 채 멈춰 고개를 숙이
고는 가만히 서 있었는데, 방문객이 기도를 드리고 싶어 할
수도 있으니 홀로 두는 것이 낫겠다는 생각이 문득 사제에
게 들었고 남자는 큼지막한 장미 꽃다발을 들고 고개를 푹
숙인 채 십자가 앞에 서 있었는데, 사제는 공동묘지 입구로
서둘러 돌아가기 전에 매우 부드러운 어조로 신사에게 이렇

게만 말하길 걱정하지 마시라고, 그들이 남작을 잘 보내드 렸다고, 말하자면 성모 교회의 규례에 따라 그를 하늘로 인 도했다고, 간단히 말해서—그가 밭은기침을 하고는 방문객 이 홀로 있도록 자리를 비키며—남작의 장례식은 참으로 무 척 아름다웠노라고 말했다.

그는 그들을 위해 차를 따르되 왼쪽에서 시작하여 택 시 운전사에게, 그다음엔 노숙자에게 한 명씩, 마지막으로 역시 피난처를 찾아 그에게 온 수많은 거지 아이에게 따랐 으니 그들은 피난처를 찾고 있었으며 어떤 일인지 그가 악 령을 몰아낼 수 있다는 소문이 퍼졌던바 아무도 실제로 믿 지는 않았지만 달리 갈 데가 없었거니와, 노숙자는 물론이 고 50포린트 내지 20포린트를 숙박비로 지불하면서 언제나 여기서 묵는 거지 아이들도 달리 갈 데가 없었으니 그것은 발코니에 쌓인 두 더미의 물건 사이로 전부 해서 각자 1미 터 너비의 공간이 있다는 뜻이었으며 택시 운전사는 중국 인 노인에게 신통력이 있어서 내일과 모레 무슨 일이 일어 나는지 알 뿐 아니라 액운을 막아준다는 소문을 알고 있었 는데, 그런 것을 믿는 사람도 있지만 그는 믿지 않았기에 농 담조로 그가 미신을 믿지 않는 것은 나쁜 징조이기 때문이 라고 말했으나 그는 그가 오늘 밤에 올지도 '모른다'고 생각 했기에 무선 통신망이 갑자기 복구되는 희박한 가능성에 대비하여 전화기를 가지고 있었던 것은 그래야 택시를 부 르고 싶어하는 사람이 있을 때 이곳의 그에게 쉽게 연락할 수 있기 때문이었으나 그런 일이 일어나지 않을 터였던 것은 며칠 넘도록 아무도, 심지어 차를 타고도 감히 길거리에 나오지 않았기 때문이지만 이 모든 상황에 대한 가장 웃긴 농담은—택시 운전사가 노인에게 설명하길—(자기처럼) 아무 소식도 못 들은 사람이 감히 밖에 못 나올 뿐 아니라 구체적 사건에 대해 들은 사람까지도 감히 밖에 못 나오는 이유를 아무도 모른다는 것이었으니 택시 운전사가 이 중국인 노인에게 상황을 설명하자 그는 한 단어 한 단어마다 고개만 주억거릴 뿐 알아듣지 못하는 게 분명했어도 어쨌든 그가 10포린트 받고 찻잔을 채워줄 때는 그때마다 그가 못 알아듣는지도 모른다는 의문은 전혀 들지 않았던 것이, 그는 모든 사람의 앞에 대뜸 자신의 돈궤를 내밀어 돈을 챙겼는데, 그것은 빈 생선 통조림 깡통으로, 그는 10포린트 동전을 던져넣는 사람에게 쾌활하게 한쪽 눈을 깜박이고는 그들 가운데 앉아 귀를 기울였으며 쾌활함은 한동안 그의 얼굴을 떠나지 않았는데, 아니, 그것은 그 어느 것보다 쾌활함을 닮은 무언가였고 그 자리에 있는 모든 사람을 안심시켰으며 그의 사람됨 전체가 이곳에서 정기적으로 묵는 사람들에게, 이를테면 거지 아이들에게, 또는 밖이 얼어 죽을 만큼 추울 때 찾아오는 노숙자 한두 명처럼 이곳에서 이따금 자는 사람들에게 안도감을 주었으니 노인은 좀처럼 입을 열지 않았으나 끊임없이 무언가를 말하려 한다는 인상을 주었는데, 즉 모든 것이 금방 좋아질 테니 참고 참고 또 참으라는 것이어서 이것은 치료제였고 이따금 그는 자기 언어로도 설명했는데, 즉 조금만 참고 조금만 참으면 모든 게 괜찮아지리라는 것으로, 마치 1 더하기 1은 2라고 말하는 사람처럼 설명한 것은 그의 모국어가 숫자로 이루어졌기 때문이었고 그래서 그가 말하려는 모든 것은 산수로 바꿀 수 있었으며 그가 말을 마칠 때마다 오른쪽 눈으로 상대방에게 윙크하면 놀란 표정으로 그의 앞에 서 있는 사람은 생각하길 내게 필요한 건 이게 전부야, 모든 게 잘될 거라는 흰소리를 누군가 꺼내는 것, 여기선 아무것도 나아지지 않고 정반대로 모든 것이 나빠지고 점점 더 나빠지고 더 나빠지고, 말썽이, 큰 말썽이 언제라도 일어나리라는 걸 다들 알지만 말이지, 이런 식으로 작은 중국인 노인은 절처럼 피난처를 제공했으니 아이들이 그를 좋아한 것은 그 모국어를 알아들었기 때문으로, 거기에서는 셈하기가, 그리고 그 속에 들어 있는 더하기가 가장 중요한 계산이었으며 노숙자들도 그를 신뢰했으나 적어도 어느 정도까지만 신뢰한 것은 이런 힘겨운 시기에도 신뢰에는 한계가 있기 때문이었으므로 아수라장으로 들어찬 수많은 꾸러미, 가방, 상자, 더미 사이에서 잘라치면 아무리 깊은 꿈을 꿀 때라도 반쯤 깨어 실눈을 뜬 채 노인이 뭘 하는지 주시했거니와 그들은 저 위 구름 속에서 팔을 펴고 행복하게, 부드러운 바람결에 모든 것을 맡기고 새처럼 높이 날았으며 여기 위에서는 그 위의 모든 것이 멈췄고 여기 아래에서는 그 아래의 모든 것이 멈춰 하늘 같은 신기한 공간 속을 한 사람 한 사람씩 장애물 없이 떠다녔으며 그들의 팔 아래 어딘가에는 폭신폭신하게 접힌 오리털 구름만 있었고 팔 위로는 맑고 텅 빈 푸름만 있었으며 주위에는 침묵뿐이었으니 어떤 새도 지저귀지 않고 오로지 이 무한한 침묵뿐 그들은 그저 내려갔다 다시 올라갔다 하면서 팔을 넓게 벌리되 마치 이 공허를, 이 천상의 침묵을, 마침내 그들에게 주어진 이 광대한 푸름을 끌어안으려는 듯 벌렸으니 오로지 눈꺼풀 틈새로 그들이 본 것은 중국인 노인이 차통을 무릎에 올리고 뚜껑을 열어 통을 좌우로 흔들면서 이날 저녁에 차를 얼마나 소비했는지 살펴보는 광경이었다.

다프, 만, 타트라, 메르세데스·벤츠, 스카니아, 켄워스, 무수한 프레이트라이너가 있었으나 어찌나 많았던지 자정 지나 새벽 1시 15분에 누구라도 길거리에 나왔다면—아무도 나오지 않았지만—그 사람은 눈을 믿지 못했을 텐데, 트럭들은 처버 도로를 따라 내려왔고 도보즈 도로를 따라 내려왔고 루마니아 국경에서 왔고 엘레크 도로 방향에서 왔고 사방에서 왔으며 덜커덩거리는 소리와 공기 브레이크 끼익하는 소리, 엔진이 고속으로 회전하는 소리, 다시 공기 브레이크 소리가 나더니 트럭들이 차례차례 한 줄로 섰으며 한 시간도 채 지나지 않아 온 도시가 이 어마어마하게 거대한 연료 수송 차량으로 가득했던바 모든 것이 마치 그들이 실수로 여기 온 듯하고 마치 전혀 다른 곳에 가고 싶었으나 GPS 신호가 잘못되어 이 무수한 대형 탱크로리들이 모두

한밤중에 이곳에 오게 된 듯했던 것은 그들도 당혹해하되 마치 어느 지점에선가 더는 전진할 수 없는 것처럼 당혹해 했기 때문으로, 그들은 브레이크를 밟았고 다시 한번 브레이크에서 끼익 소리와 치익 소리가 요란하게 들렸으며 그들은 바로 이곳에 일렬로 멈췄으니 이렇게 그들은 정차했고 트럭 한 대 한 대가 조금도 더 나아갈 수 없는 지점에 정확하게 정차했고 아무도 운전석에서 나오지 않았고 어디에서도 아무도 고개를 내밀어 이곳에 잘못 도착한 것에 의미를 부여하는 말을 누구에게도 하지 않았으니, 아니, 아무 일도 일어나지 않은 것은 모든 대로가, 처버 도로, 엘레크 도로, 도보즈 도로, 너지바러디 도로가, 모두가, 하지만 모든 도로가 트럭으로 가득한 순간이 찾아왔기 때문으로, 마치 더 와도 들어갈 자리가 없는 것 같았으니 레년 광장 사방으로 도심의 모든 도로가 트럭으로 가득했고 평화로도 끝에서 끝까지 꽉 찼으며 괸되치 공원도 달팽이 공원도 대로도 대성당도 대루마니아 구역도 전부, 독일 구역도 전부, 소루마니아 구역도 전부, 헝가리 구역도 전부, 성으로 이어지는 모든 소로까지 모든 장소가 트럭으로 빽빽했으며 공기 브레이크가 마지막으로 최후의 숨을 내뱉고 그들이 멈춘 뒤에 그들은 조금도 움직이지 않았으며 도시의 모든 거리와 광장에는 이 한없이 무수한 수송 트럭이 서 있었고 그 속에서는 모든 것이 고요했고 그 주변에서도 모든 것이 고요했으며 어디서도 움직임이 없었고 전조등은 꺼져 있었는데, 그때 불현듯, 마

리

치 모든 것이 스위치 하나에 연결되어 있었던 듯 온 도시가 완전한 어둠에 빠져든 것은 그 순간에 가로등이, 어차피 일부만 간간이 켜져 있던 가로등이 일제히 꺼졌고 쇼윈도에서 조명이 사라졌고 조명 광고판이 꺼졌고 심지어 성탑 꼭대기에 설치된 막대기 위에서 (다소 으스대며) 깜박이던 항공 장애등도—한때는 이곳에도 항공기가 다녔기에—더는 깜박이지 않았으며 바람만이 우우 시내를 누비며 모든 것을 쓰러뜨렸기 때문이니 이 차가운 바람만이 이 수많은 수송 트럭들 사이로 휘몰아치고 또 휘몰아치되 모든 집의 모든 문, 모든 벽의 모든 창문, 거리의 모든 가로등이 흔들릴 정도로 휘몰아쳤으며 이 무시무시한 탱크로리만 흔들리지 않았으니, 아니, 이 트럭은 솟구치는 바람을 정면으로 맞으면서도 움찔하지조차 않은 채 태연하게, 하지만 어떤 끔찍한 실수처럼 뜬금없이 멍청하고 괴이하게 그저 서 있었다.

숨은 자들은 모두

그들이 이튿날 잠에서 깼을 때 다음 두 가지 중에서 뭐
가 더 충격적이었는지, 도시가 탱크로리로 가득하여 비집고
들어갈 수 있는 곳이면 길거리 끝까지 비집고 들어간 것인
지, 아니면 날이 완전히 밝았을 때 탱크로리들이 앞뒤로 빽
빽하게 가만히 서 있고 아무 일도 일어나지 않은 것인지, 즉
한 대도 움직이지 않은 채 시간이 지나가고 아무 일도 일어
나지 않은 것인지 말하기는 힘들었을 텐데, 오랫동안 아무
도 밖에 나올 엄두를 내지 못했고 사람들은 그저 '이게 무
슨 일인지' 따위를 궁리하려 할 뿐—온전한 정신으로는 불
가능에 가까운 일이었지만—밖에 나가볼 엄두를 내지 못한
것은 이것이, 말하자면 지난 며칠간 벌어진 일의 절정이었
거나 언뜻 보기엔 그렇게 보였기 때문으로, 그들 모두는 밖

롬

에 나갔다가는 다음 차례로 살해당하고 강간당하고 학대당
하고 흔적 없이 실종당하리라는 두려움에 깊이 빠져 있었
기에 아무도, 그 도시 주민 중 단 한 명도 밖에 나갈 엄두를
내지 못하고 창문 뒤에 웅크린 채 밖에서 무슨 일이 벌어지
고 있는지 커튼 사이로 엿보는 것이 고작이었거니와 그들이
왜 밖에 나가게 되었는지는 설명하기가 힘든 것이, 더는어떻
게돼도상관없어라는 근거에서는 아니었고 그것은 확실했는
데, 그들은 아직 그럴 만큼 자포자기하지는 않았으며 그것
은 바로 두려움 때문이었으니 주민 하나가 저기 밖에 모습
을 드러낸 것을—그 이유는 바로 두려움 때문이었는데—그
들이 보고서 두 번째 사람도 밖에 나왔고 이미 두 사람이
저기 있었기에 세 번째 사람이 역시나 두려움에 떠밀려 밖
으로 나왔고 계속해서 네 번째, 다섯 번째 계속되었으며 나
중에, 오전 10시가 지나자 도시 절반이 탱크로리 사이를 서
성거리며 그 사이로 걸었으나 검게 칠한 차 유리를 통해 아
무것도 볼 수 없었고 몇몇이 용기를 내어 발판을 디디고 운
전석 옆으로 올라가 안을 들여다보았지만 모르는 사람이 별
다른 특징은 전혀 없이 운전대 앞에 앉아 있을 뿐이었으며
그들이 그에게 손을 흔들며 이런—한데, 여기서 무슨 일이
벌어지고 있는 거요—신호를 보냈는데, 그러자 문제의 운전
사는 천천히 고개를 돌려 질문하는 듯한 눈빛으로 그들을
물끄러미 보되 마치 자신도 이렇게—한데, 여기서 무슨 일이
벌어지고 있는 거요—묻는 것처럼 보았으니, 정오에도 모든

숨은 자들은 모두

것이 똑같았으며 오후에도 그랬으니 탱크로리들은 저기 서서 거리와 광장을 죄다 독차지하고 있었는데, 오후 끝 무렵이 되자 두려움에 이끌려 집 밖으로 나온 도시 주민들은 탱크로리를 더욱 가까이서 보고 싶었고 그들이 무언가를 가져왔는지, 아니면 여기서 무엇을 하고 있는지 알고 싶었기에 끊임없이 앞뒤로 몰아치는 찬 바람 속에서 탱크로리 사이로 많은 움직임이 일어났던바 어떤 사람들은 대루마니아 구역에서 소루마니아 구역까지 내처 걸었고 또 어떤 사람들은 초코시 도로에서 엘레크 도로 분기점까지 가면서 이 트럭들이 여기서 뭘 찾고 있는지, 뭘 원하는지, 그리고 무엇보다 여기서 뭘 기다리는지 알아내려 했으나 그들은 이해할 수 없었고 무엇보다 아무도 이해할 수 없었던 것은—이것이 정말로 괴상했거니와—어떤 공식 기관에서 나온 어떤 대표자도 어떤 공무원도 길거리에 없었다는 것으로, 시장은 어디에서도 보이지 않았고 부시장이나 비서실장도 마찬가지였으며 도시관리사업소에서도 누구 하나 나오지 않았고 게다가 경찰서에서조차 아무도 안 나왔으니 평화로에서 경찰서 쪽으로 걷는 사람은 누구나 문들이 잠긴 것을 볼 수 있었으며 건물의 앞이나 안에서는 아무 움직임도 없고 완전히 버려진 것처럼 보여서 낮에도 볼 수 있던 형광등도 전혀 켜져 있지 않았는데, 하나도 없었고 고요하되 마치 경찰관이 한 명도 남아 있지 않은 듯 고요했으며 이와 관련하여 그들이 또한 감지한 것은, 이해하기는 좀 힘들었지만 향토방위군 또한

롬

어디서도 보이지 않았다는 것이었던바 그들은 땅거미가 질 때까지 헤매고 다녔으나 아무것도 알아내지 못했고 아무것도 움직이지 않았기에 정말로 어두워지기 시작하자, 완전한 어둠을 길거리에서 맞고 싶은 시민은 단 한 사람도 없었으므로 마지막 남은 주민까지도 천천히, 하지만 분명히 사라져 자기 거처의 문을 단단히 잠갔으며 또 어떤 사람들은 들어가자마자 집이 안전하게 지켜주리라 생각하여 창가에 서서 커튼 틈새로 탱크로리들을 계속 지켜보았는데, 그들 말마따나 저 헤아릴 수 없는 연료 트럭이 여기서 무엇을 찾고 있는지 상상하려 드는 것조차 불가사의한 일이었을 뿐 아니라 그들이 왜 여기 있는지 모르는 게 그들에게는 최선일 것만 같았으니 바로 그 순간에 그들은 이 모든 일이 얼마나 터무니없는지 제대로 생각하기 시작했는데, 수많은 탱크로리가 존재한다는 것조차 상상하기가 불가능했고 저것들이 하룻저녁에 어딘가에서 몰려들어 누구 말마따나 도시를 점거할 수 있다는 것은 말할 필요도 없었으며 그런 다음, 전부 몰려든 다음에는 하루 종일 아무 일도 일어나지 않았거니와 아무것도, 하지만 전혀 아무것도 일어나지 않은 채 이 탱크로리들은 앞뒤 좌우로 빽빽하게 가만히 서 있었으며 운전사들은 아무것도 하지 않고 아무 말도 하지 않고 그들에게, 도시 주민들에게 조금의 중요성이라도 있다는 어떤 신호도 보이지 않았는데, 그것이 전반적 의견, 말하자면 모든 개개인의 의견이었으나 만장일치로 그들은 이 운전사들이 뭔

가를 기다리고 있으며 그 때문에 트럭에서 나오지 않는 것
이라는 데 동의했으니 그들은 운전대 앞에 가만히 앉아 무
엇 하나 먹지도 않고 그저 운전대에 손을 올려놓고 있되 마
치 어느 때든 찾아올지 모르는 어떤 신호를 기다리고 있는
것처럼 올려놓고 있었으며 그런 까닭에 그들은 결코 운전
대를 놓지도 않고 저기 가만히 앉아 정면을 바라보며 운전
대에 손을 올려놓고서 기다렸으므로 주민들에게서 두려움
이 가시지 않은 것은 놀랄 일이 아니어서, 그들은 창문 너머
로 내다보이는 거리를 커튼 뒤에서 한참 바라보았는데, 두려
움은 그들에게서 떠나지 않고 커지기만 했으며 이제 그들에
게는 전체 사건이 단연코 허깨비처럼 보이되 마치 나쁜 결
말을 맞을 수밖에 없는 무서운 동화 속에 들어온 것처럼 보
였다. 하지만 신체적 지구력을 비롯하여 모든 것에는 한계가
있기에 밤 아홉 시와 늦어도 자정 사이의 그날 저녁 언젠가
그들은 모두 커튼 뒤에서 피로에 굴복했으니 그들은 그렇게
늦게까지 깨어 있는 것에 익숙하지 않았고 허리와 다리와
무릎이 쑤시기 시작했으며 눈꺼풀이 처지기 시작했고 고개
가 떨어지기 시작했으니 한마디로 잠시 뒤에는 단 한 명의
주민도 버틸 수 없었으며 마침내 모두의 머릿속에서 결정이
내려지길 할 일은 아무것도 남지 않았으며 그들이 누워 꿈
나라에 가야 했던 것은 어차피 할 일이 아무것도 없었기 때
문으로, 이튿날 아침이면 이 모든 것이 어찌 된 영문이었는
지 알게 되리라 생각한 것은 이것이 결코 귀신 이야기가 아

니라고 다들 믿었기 때문이어서—귀신 이야기 같은 게 어디 있다고—오로지 현실만이, 진짜 세상만이 있었으니 그 안에서는, 말하자면 아무리 오싹하더라도 이 모든 것에 대해 모종의 설명이 내일이면 제시되리라 마땅히 기대할 수 있다고 그들은 생각했으며 불안과 피로에 녹초가 되고 잠이 쏟아져서 누군가는 이도 닦지 않은 채 그들은 침대에 그대로 쓰러져 이튿날 아침까지 내처 잤다. 내일이면, 그들은 이렇게 생각하며 엄청난 속도로 꿈에 빠져들었으니, 내일이면 모든 것이 명백하게 설명되겠지.

그들 중 몇몇은 마치 본능적 신호에 반응하듯 잠에서 깨어 밖이 밝아지기 전에 일어났으나 또 어떤 사람들은 나중에 털어놓았듯 몇 년 이래 이렇게 아무런 방해도 받지 않고 조금도 설치지 않고 입에서 침이 흘러나올 정도로 곤하고 깊게 잔 적이 없었으나 누가 언제 깼든 그들이 모두 깨었을 때 그들의 머릿속에 처음 든 생각은 물론 어제였으며 그날의 첫 번째 목적지는 창문이었으니 그들은 저기 거리에서 무슨 일이 벌어지고 있는지 커튼 틈새로 알아내려 했을 뿐 아니라 불쑥 커튼을 휙 젖혔는데, 대뜸 창문을 열어 몸을 내민 사람까지 있었으며 그러고 나서 모두 같은 것을 보았던바 거리는 텅 비어 있었기에 그들은 재빨리 옷을 걸치고 이제 두려움이 거의 가신 채 밖에 나와 주변 여기저기를 돌아다니기 시작했으나 그들이 눈을 믿을 수밖에 없었던 것은 마치 눈을 믿고 싶지 않은 것처럼 비비고 주물러도 소용이 없었기 때문으로, 그들의 눈이 알려준바 모든 탱크로리가 그들의 거리에서뿐 아니라 모든 거리에서 완전히 사라졌고 더는 어떤 탱크로리도 앞뒤 좌우로 빽빽하게 서 있지 않았으며 성 주변과 대루마니아 구역 전역에서 거리마다 공허가 울려퍼졌고 크리놀린과 국경선 양쪽에서 공허가 울려퍼졌고 대헝가리 구역과 평화로에서, 옛 독일 구역과 소루마니아 구역과 기차역 주변과 초코시 도로에서, 초코시 도로 너머에서, 너지바러디 도로를 따라 양편에서 공허가 울려퍼졌으니 그들이 놀란 채 주위를 둘러본 것은 만일 어제 줄지어 선 탱크로리로 도시가 꽉 찬 것을 본 것이 터무니없음의 극치였다면 오늘 바로 그 탱크로리들이 그들의 눈에 전혀 띄지 않은 채 도시를 떠난 광경을 보는 것은 그보다 더 터무니없는 일이었기 때문으로, 그들은 사방을 돌아다녔으나 어디에도 무엇 하나 없었으며 그들의 흔적은 단 하나도 없었으니 한둘 남은 것조차 없었으며 게다가 그들이 바로 어제 저기 서 있었다는 사실의 흔적 하나조차 없었기에, 그것은 허깨비였소, 라고 교장이 이보이커 여사에게 말했는데, 두 사람은 일찍 일어나 도심의 집들 사이로 나온 최초의 사람들이었으며, 악몽 같군, 에르데이 샨도르 거리에 서서 목수와 이웃들이 서로를 쳐다보았으며, 내 눈을 믿을 수 없어, 상복 차림의 가족들이 착 가라앉은 어조로 서로에게 말했으니 그들은 앞으로 오랫동안 무엇도 슬픔을 잊게 할 수 없으리라 생각했는데, 이 일이 어제, 그리고 오늘도 슬픔을 잊

롬

게 했으며 무엇보다 마치 누군가 설명해주기를 기다리듯 사람들은 입을 딱 벌린 채 서로를 바라보고 올라가고 내려가고 몇 년간 못 본 이웃들을 찾아갔으나 황량한 도시 어디에서나 그들이 맞닥뜨린 것은 어리둥절한 표정뿐으로, 오전 8시경 정말로 많은 주민들이 거리에 나왔을 때 그들의 충격이 분노로 바뀐 것은 교장 말마따나 누군가 성명서를 발표했어야 마땅하기 때문으로, 그의 표정이 어두워지며, 이것은 정말이지 용납할 수 없습니다, 그가 주위에 둘러선 사람들 누구에게랄 것 없이 말하길 여기서 '일들이 벌어지고' 있는데, 우리는, 그럼에도 시민인 우리는 어떤 통보도 받지 못했습니다, 이것은 단언컨대 우리의 선출직 공직자들이 내건 공약에 적시된 시민 협력의 계약을 위반한 것입니다, 우리는 설명을 요구합니다, 그는 단호한 어조로 설파했는데, 이 생각을 이어받아 마무리한 사람은 유일하게 발행 중인 신문의 편집장으로, 그는 우연히 무리에 합류하여 이렇게 말했으니, 이것이 지난 이틀간 벌어진 일의 전말입니다만 우리가 감안해야 할 것은 10년 전이나 심지어 25년 전 우리가 아무런 설명을 듣지 못했을 때도 비슷한 사건들이 벌어졌다는 것입니다, 이 때문에 저는—교장에게 가까이 다가가며 그가 말하길—저는 시의 선출직 공직자들이 오늘 당장 사임해야 한다는 의견입니다, 그렇소, 그게 맞아, 둘러선 사람들이 외쳤으며 그들은 자신의 목소리를, 하지만 한목소리를 듣고서 용기를 얻어 주위를 둘러보기 시작했는데, 처음에는 그저 단호할 뿐이었으나 잠시 뒤엔 더욱 결의에 찼으며 이 일은 다른 곳에서도 일어났는데, 이를테면 슈트레베르네 도축장 앞에서는 사람들이 처음에는 어제와 오늘 일어난 사건들에 대해 납득할 만한 설명을 찾다가, 그 안타까운 사건들 말이죠, 라고 한 명이 말하자, 게다가 저도 거들자면, 이라며 또 다른 사람이 덧붙이길 '엄청나게' 안타까운 사건들이었죠, 그렇소, 맞아, 둘러선 사람들이 모두 찬성의 뜻으로 툴툴거렸으며 첫 번째 사람이 이제 다시 말하길 어제의, 하지만 무엇보다 오늘의 사태에—그는 그것들을 '사태'라고 불렀는데, 모인 사람들 모두 이 명명에 찬성하는 기색이 역력했거니와—공포 영화의 첫머리를 그 무엇보다도 뚜렷하게 연상시키는 무언가가 있었고 지금도 있다는—그는 '있었고 지금도 있다'라는 문구를 무척 좋아했는데—사실을 논외로 하자면 그럼에도, 그가 계속 말하길 그는 이것이 여기에서도 일어나리라고는 결코 생각하지 않는바 그는 문제를 훨씬 현실적인 견지에서 보는데, 최근에, 하지만 무엇보다 어제 어떤 일들이 벌어졌고 어떻게 저 탱크로리들이 흔적 하나 없이 사라졌는지에 대해 그가 (그는 이 단어를 발음하는 것에 두려움을 느끼지 않았는데) '두려움'을 느꼈다는 것을 부정하려는 것은 아니며 그걸 부정하지는 않지만 시의 공직자 중 하나라도 그들에게 정확한 지침을 내려주었다는 말은 부정하는 바이니 이 모든 일에 책임이 있는 사람들이—또 다른 사람이 끼어들어—어디 있는지 통 모르겠습니다, 누군가에게 책임이 있다는 건 의문의 여지가 없으니까요, 게다가, 세 번째 사람이 슈트레베르네 도축장 앞에서 말하길 우리가 어제 이곳에서 도축장의 멍청한 소들처럼 서 있었다는 사실에 대해 누군가 직접적 책임을 져야 한다고 생각합니다, 우리는 기다렸지만 허사였지요, 오늘도 우리는 그 멍청한 소들처럼 여기 서 있습니다, 이 모든 일에 책임이 있는 사람은 어디 있습니까, 자신이 묻겠다며 첫 번째 연사가 이제 다시 묻길 이 시민 지도자라는 자들은, 이렇게 표현해도 괜찮다면 왜 리본을 자르고 기념식에서 축사를 할 때만 나타나는 것이냐고, 왜 시민 지도자라는 자들은 죄다 어디론가 사라졌는지 누가 말 좀 해줄 수 있느냐고 묻자, 그래요, 대체 왜, 두 번째 사람이 다시 입을 열었는데, 격분한 기색이 역력했던 것은 그들 모두가 엿 먹었기 때문으로, 지나치게 솔직한 것 같기도 한 이 표현을 여러분 모두가 양해해주신다면 말이지만, 저는—그가 자신을 가리켰는데, 그 또한 얼마나 엿 먹었는지 분명히 알 수 있었으니—이것은 '오욕'이라고 솔직히 말씀드리고 싶습니다, 그러자 모인 사람들이 대부분 하나같이 고개를 끄덕인 것은 '오욕'이 무슨 뜻인지 정확히 몰라서였지만 책임질 자들에게 책임을 물려야 한다는 확신만은 매우 신속하게 형성되었으니 그들은 정보를, 책임과 정보를 원했으며 이것이 온 도시의 전반적 정서가 된 것은, 인정하기가 아무리 힘들더라도 전날의 사건들이 지독히도 괴상하기는 했지만 오늘 일어난 일들은 아침의 첫 충격을 제외하면 (모든 것을 감안하건대) 평온의 시작이었기 때문이니 텅 빈 거리는, 말하자면 그들에게 그들 자신의 도시를 돌려준 셈이었으며 탱크로리가 운전사와 더불어 갑자기 나타났다 사라진 것은 그들이 처음에 보여준 무시무시한 장면과 대조적으로 이제는 주민들의 눈에 정상적 삶으로의 복귀를 상징했으니 실로 마치—그리고 여기에는 그들의 기이한 도착, 괴상한 도시 점거, 난데없는 철수가 포함되었는데—마치 사실적으로나 가능적으로나 정상성이 돌아온 것 같았으며 그들은 이제 이 맥락에서 생각하기 시작했으니, 음, 그렇다면 탱크로리와 어제 사건들이 어떤 분명히 나쁜 결말을 선포하는 것이 아니었다면 어떨까, 그게 아니라 그들이 그들을 구하려고 온 것이라면 어떻게 되지? 그게 가능하다면, 자신의 견해를 남들 앞에서 숨기며 각자가 혼자 생각하길 그들이 여기서 맞닥뜨린 것은 실은 '구조'의 첫 번째 실행 단계였다고 생각할 수도 있겠다고, 다만 그것을 어떻게 해석해야 할지 몰랐을 뿐이라고, 그래서 그들은 사그라들지 않는 두려움과 철저한 일관성 결여의 악마적 혼합에 '고차원적 배려'가 존재한다고 추측했으니 그들 모두가 그것을 감지했으며 심지어 크리놀린에서든 대성당 인근에서든 가장 신속하고 가장 철저한 설명을 요구한 사람들마저도 그것을 감지했다.

전에도 낀 적이 있었지만 도러가 언제나 고칠 수 있었으며 고장이 났을 때마다 그녀가 한참 동안 씨름해야 했던 것은 사실이었지만 혼자인 지금 자신이 무엇을 해야 하는지

롬

그는 필사적으로 생각했는데, 그는 기진맥진했지만 멀쩡한 왼손으로 다시 시도하여 오른쪽 브레이크 손잡이를 빼내려고 한 것은 그것이 끼었기 때문이나 빼낼 수 없었고 사실 이미 믿기지 않을 만큼 오랜 시간이 지났으며 그는 이제 정말로 뭔가 해야 했는데, 이런 식으로 계속 있을 수는 없었으니 이 모든 일이 벌어진 것은 어제 아침에 그가 충분히 조심하지 않았기 때문인바 그는 식기장 선반에서 사과잼 병을 꺼내려고 경사진 바닥으로 휠체어를 굴리고 있었으나 운 나쁘게도 바로 그 순간에—지금과 마찬가지로—도러가 왜 그날 저녁 집에 돌아오지 않는지 궁금해하며 딴생각을 하고 있었으며 이것을 궁금해하는 동안 휠체어 속도가 빨라졌는데, 그는 휠체어가 벽에 부딪히기 전에 멈출 수 없었고 물론 브레이크 손잡이를 너무 늦게, 너무 세게 잡아당기는 바람에 손잡이가 부러진 채 끼어 단단히 박혀버렸으니, 하느님 맙소사, 그는 한 치도 움직일 수 없었기에 그저 그녀가 어디 있을지 곰곰이 생각했는데, 그가 출발점으로 삼은 사실은 그녀가 평소 퇴근하던 시각에 집에 오지 않았고 심지어 그날 밤에도, 심지어 오늘도 하루가 다 가도록 돌아오지 않아 그녀가 없는 이틀째가 저물어가고 있다는 것이었으니 조금 있으면—그가 식기장에 놓인 시계를 곁눈질하며—저녁 6시가 되는데, 혹시 쾨테잔에 있는 피로슈커 고모를 만나러 갔으려나, 뭐, 그럴 수도 있지, 하지만, 아니, 그의 도러가, 그토록, 하지만 그토록 신중한 그녀가 그렇게 훌쩍 가버렸을 리 없다며 그는 고개를 저었는데, 음식도 전혀 없이, 먹을 것도 마실 것도 없이 그를 이렇게 홀로 내버려둔 채 떠났을 리 없어, 물론, 그가 생각하길 이런 것들은 그가 스스로 챙길 수 있으리라 생각했을 수도 있었는데, 그는 필요한 게 있으면 언제나 그렇게 할 수 있었기 때문으로, 그가 휠체어를 타야 한다고 극구 권하며 도러는 몇 해 전 집 전체를 개조하여 거의 모든 방에 완만하지만 확실히 경사진 바닥을 설치했는데, 절반은 방 한가운데까지 오르막이었고 나머지 절반은 문간까지 내리막이어서 그는 혼자 있게 되었을 때—당시 도러는 드디어 관광 안내소에서 일하기 시작했기에—최소한의 힘만 들이고도 사실상 휠체어 바퀴만 굴리면 집 안 어디든 가서 필요한 것을 얻을 수 있었으니 그의 딸은, 도러는 언제나 명민한 아이였고 지금까지도 무척 주도면밀해서 그가 휠체어에 앉기 시작하면서 겪어야 한 모든 어려움을 거의 해결한바 휠체어는 고질적인 문제는 전혀 없었고 몇 가지 사소한 문제만 있어서 바퀴 잠금장치나 브레이크가 가끔 말썽을 부렸거니와 후자는 도러에게도 골칫거리였으나 그녀는 언제나 수리할 수 있었고 수리 기사를 불러야 한 적은 한 번도 없었으니 그녀는 다만 연장통을 꺼내 뭔가를 끄집어내서는 브레이크를 두드리고, 망할 놈의 브레이크판이나 썩을 놈의 브레이크 레버나 아니면 무엇이든 고장 난 것을 구부리고 조여 결국 승리를 거두었으며 그녀가 얼마나, 하지만 얼마나 효율적으로 일했던지 그가 아무리 칭

롬

찬해도 지나치지 않았으나 어느 날 그가 이 모든 일을 혼자서 해결해야 하리라고는 누구도 상상하지 못했던바 그는 이틀이 지난 지금까지도 통 해결하지 못하고 있어서 애써봐야 소용없다는 것이 처음으로 확실해졌을 때 애쓰기를 그만두고 저 썩을 놈의 레버를 당기고 또 당기다 멀쩡한 팔까지 다치느니 도러를 기다리자고 마음먹은 것은 그녀가 지금 당장이라도 집에 올지도 모르기 때문으로, 이런 일은 한 번도 일어난 적이 없었다고 그는 첫날 밤이 지난 어제 아침에 혼자 생각했으나 이것은 틀림없이 설명할 방법이 있었거니와 그녀는 어떤 이례적인 이유로 어딘가에 출장 가야 한 것이 분명했고 어쩌면 중국인 단체 관광객을 맞이하러 가느라 그에게 미처 알릴 시간이 없었던 것인지도 몰랐으니 그는 그녀가 어디론가 출장 가야 했으리라 확신한 것 못지않게 그녀가 제때 집에 돌아오지 않을 것을 그녀와 마찬가지로 예상하지 못했으며 게다가 그녀는 그가 집에 혼자 있다가 문제가 생길 수 있다고 생각하지 못했을 텐데, 그것은 전에 아무 문제도 없었고 오로지 지금, 바로 지금 그녀가 출장을, 게다가 이틀간 가야 했던 때에 이 이례적인 사건이 일어났기 때문인바 그는 브레이크 손잡이를 다시 홱 잡아당겼으나 아무 소용도 없었고 상체를 벽에서 떼어놓으려고 몸 한쪽에 힘을 주다가 그곳이 다시 점점 마비되었으니 그가 벽에 정통으로 부딪힌 것은 이 형편없는 휠체어가 완만하게 경사진 바닥을 너무 빠르게 굴러 내려갔을 때로, 이 경사는 그를 벽으로, 식기장 바로 옆으로 인도했으니 그가 멀쩡한 손으로 몸을 지탱하며 마비된 엉덩이를 들어올리려 한 것은 앉아 있는 것을 더는 견딜 수 없었기 때문이어서, 그는 혈류가 근육으로 돌아올 때까지 애써 자세를 유지하다가 다시 엉덩이를 내렸으나 고개조차 제대로 돌릴 수 없었던 것은 가장 운 나쁜 지점인 식기장 옆 벽에 정통으로 굴러갔기 때문으로, 그의 몸은 완전히 짓눌렸는데, 벽에 짓이겨지다시피 했다고 말해도 무방할 정도였으며 고개를 돌리려고 아무리 애를 써도 목은 여전히 불편한 각도로 뒤틀려 있었으니 그는 끊임없이 머리 위치를 바꿔야 했기에 고작 몇 센티미터 떨어진 식기장 모서리를 바라보다가 몇 미터 떨어진 창틀과 계단을 바라보다가 해야 했던바, 도무지 믿을 수가 없군, 그가 혼잣말했는데, 이렇게 절망적인 모양으로 여기 낀 채 두 바퀴로 빠져나가지도 못하고 한쪽으로도, 다른 쪽으로도 돌지 못하다니 이런 건 상상도 못 했어, 휠체어는 식기장과 벽 사이에 끼어서 아무리 해도 빠져나갈 수가 없었으며 물론 그가 남달리 어설픈 사람이었을 수도 있거니와 그의 도로는 전혀 달라서, 그녀는 두 사람이 함께 식탁에 앉게 되었을 때 한바탕 웃음을 터뜨릴 터였고 그는 식사할 터였고 두 사람은 이 사건을 떠올리며 신나게 웃을 터였고 물론 그렇게 되리라고 그는 생각했으며 그러자 조금 마음이 가라앉았는데, 자신이 몹시 지친 것 같다는 생각이 끊임없이 들었던 것은 물론 잠이 들 수가, 이렇게는 더더욱 없어서 줄곧 깨어 있었기 때문으로, 자신이 잠을 청하려고 애쓰는 이 장소와 자신이 여기서 취하고 있는 이 자세를 온전히 파악할 수 있으려면 시간이 좀 필요했는데, 식기장과 벽 사이에 갇힌 채 그는 모든 상황이 너무 터무니없다고 느껴져 한참 동안 브레이크가 단순히 한 번 말을 안 들은 게 아니라 아예 망가져버렸다고는 도무지 믿고 싶지 않아 몇 시간째 브레이크를 풀려고 시도했다가 잠시 쉬었다 다시 시도하며 브레이크를 당기고 또 당겼으나 아무리 당겨도 헛수고였던 것은 그가 벽에 부딪히면서 재수 없게도 오른쪽 브레이크가 튀어나와 바퀴에 끼어버렸기 때문인 것만이 아니라 그가 정말로 무척이나, 하지만 무척이나 불운했던 것은 나머지 바퀴가 벽에 처박으면서 휘어져 움직이지 않았기 때문인데, 적어도 벽에 눌린 자세에서 깜냥깜냥 판단하기로는 그랬으니 그가 몸을 반쯤 돌려 상황을 파악하기로는 물론 바퀴의 리모컨 단추는 작동하지 않았고 그가 벽에 부딪힌 것은 자신이 자초한 일이었기에 이제 이런 생각이 들었으니, 정말이지, 무슨 일이 있었는지를 그녀가 집에 오게 되었을 때 평소대로 말할 수는 없겠다고, 왜냐면 그렇게 치명적인 사건에 대해 이야기하는 것은 가능하지 않았으니 마비된 다리와 몸 한쪽 때문에 이 휠체어에 갇힌 것으로 끝이 아니었다고 어떻게 이야기한단 말인가—그의 왼팔과 몸통은 뇌출혈이 일어난 5년 반 전에 마비되었는데—아니, 이 모든 상황은 충분치 않았으니 그때 그는 전속력으로 부엌 벽을 향해 굴러갈 수밖에 없었고 그것도 그가 혼자 있는 바로 그때였다니 이것은 불가능했으며 도러가 집에 오면 결코 믿지 않을 것이어서 다시 한번 그는 브레이크 손잡이를 홱 잡아당겼으나 아무 일도 일어나지 않았고 물론 브레이크 판이 바퀴에 고정되어 그는 어느 방향으로도 움직일 수 없었으니, 이 세상에 나만큼 재수 없는 사람이 있을까, 그가 생각하길 그녀가 나중에 집에 오면 전부 말해줘야겠다며, 총체적 재앙이었단다, 우리 예쁜 딸아, 그게 내가 하려는 말이지, 그는 그렇게 말문을 연 뒤에 그 모든 일이 어떻게 시작되었고 그 모든 일이 어떻게 펼쳐졌는지 들려줄 작정이었는데, 어쨌든 그녀가 지금 그렇게 멀리 있지는 않을 테니, 정말이지—기운이 소진된 채 그가 한숨을 내쉬며—그녀가 집에 오면 정말 좋겠군, 사흘 전에 문을 두드린 사람이 다시 문을 두드려준다면, 적어도 이웃 하나가 문을 두드린다면 얼마나 좋을까, 그것 또한 퍽이나 이상했다고 그는 어제도 몇 번, 그리고 오늘도 혼자 생각했거니와 복도에서는 움직임이 전혀 없는 듯했고 누구 하나 축구하는 소리도 들리지 않아서, 집에 불러들였다가 보내줄 사람도 없었으며 모든 것이 그토록 곤란해진 것은 이 휠체어에 큰 바퀴 두 개와 작은 바퀴 두 개가 달렸기 때문으로, 저 망할 놈의 브레이크는 큰 바퀴 하나에만 끼었으나, 웬걸, 나머지 바퀴를 돌리지도 못한다면 무엇을 할 수 있는가 하는 것은 그가 벽에 처박았을 때 완전히 끼어버렸기 때문이며 식기장은 휠체어를 돌릴 수 있는 바로 그 장소였으므로, 미칠 노릇이

롬

군, 하고 그는 100번째 혼잣말을 했으며 이제 벌써 이틀째
였고 금방 저녁이 될 테지만 배가 고픈 것은 아니어서 그는
한 번도 배가 고픈 적이 없었고 목이 마른 것도 아니어서 그
것도 별로 고통스럽지는 않겠지만 이 이틀이 지난 뒤에 그
는 자신이 스스로를 전혀 건사할 수 없다는 것을 인정하지
않을 수 없었으니 이젠 정말이지 도러가 집에 왔어야 할 시
간이었고 그래서 그는 브레이크 손잡이 당기기를 잠시 멈
췄으니 휴식이 그에게 더 나았던 것은 이 두 낮과 두 밤 동
안 식기장과 벽 사이에 처박혀 이 너무나 꼴사나운, 이젠 참
으로 절망적인 상황에서 무선 통신망은 며칠째 먹통이었고
도러가 그에게 전화를 걸었을 때 들을 수만 있어도 좋으련
만 물론 그가 전화기를 집어들 수 없었던 것은 전화기가 있
는 곳으로 굴러갈 수 없었기 때문이요, 전화기가 그의 호주
머니 안이 아니라 침대 위에 놓여 있었기 때문이나, 쩝, 어
차피 먹통이어서 상관없었으니 신호는 전혀 없었고 전화기
는 입을 꾹 다문 채 침대 위에 놓여 있었으며 이제 그는 견
딜 수 있는 한계를 넘어섰고 이제 그녀는 정말로 집에 와야
만 했으니 그녀가 그를 혼자 놔둘 리 만무했는데, 그는 먹을
것도, 물도 없었고 입안은 완전히 말랐으며 이마와 얼굴 절
반이 멍들었고 모든 근육에 감각이 없었으며 더는 앉을 수
도, 몸을 돌릴 수도, 심지어 의자를 몸과 함께 돌려 침대로,
또는 냉장고로 기어갈 수도 없었으니 한마디로 아무것도 할
수 없는 채 여기서 그는 벽에 짓눌린 상태로 있었고 한마디

로 그녀가 집에 와야 했으며 그녀에게 무슨 일이 생겼더라도 더는 시간을 끌 수 없는 노릇이었으니, 그래, 그가 앞문 쪽으로 고개를 돌리며, 그래, 그는 여기 안쪽과 저기 바깥쪽에서 여느 때처럼 들리는 적막에 귀를 기울였는데, 마치 누군가가, 마치 누군가가 복도를 따라 오고 있는 것 같았기에, 오, 안 돼, 그때 그가 깨달은 것은 세입자 하나가 방금 계단통에서 걸어와 커다란 쇠사슬로 그의 현관문을 걸어 잠갔다는 사실이었다.

동틀 녘 나무에 새 한 마리 나타나지 않은 것은 이미 멀리 날아가버렸기 때문이며 고양이들은 도시 주거지의 바닥 모를 쌀쌀한 지하에서 자취를 감췄고 시골에서는 개들이 안절부절못하다 목줄을 끊고는 어디론가 달아났으며 시외곽 마을에서는 닭과 돼지가 미친 듯 우리에서 달아났고 도심 숲과 도시 주변 그린벨트의 야생 동물은 말할 것도 없었으니 서로 짓밟으며 미친 듯 탈출하기 시작했는데, 같은 방향으로 도망치려 한 것은 아니어서 이를테면 서쪽으로나 북쪽으로가 아니라 한꺼번에 사방으로 도망쳤으니 한 방향으로 질주하다가 완전히 멈췄다가 곧장 다른 방향으로 내달려 이리저리 정신없이 왔다 갔다를 계속하되 마치 어느 방향도 도움이 안 된다는 듯 계속했으나 아무도 관심조차 없었으니 사람들은 동물에게 관심을 쏟는 것보다 훨씬 중요한 문제를 처리해야 했기에 도시가 두꺼비로 들끓기 시작했을 때에도 불편하다는 것 말고는 아무도 별다른 중요성을 부여하지 않았거니와, 우람하고 우묵우묵하고 구정물처럼 갈색인 이 두꺼비들은 대체 어디서 왔을까, 저절로 생겼으려나, 지금까진 어디서 살았을까? 주민 한두 명이 녀석들을 흘끗거렸는데, 똑바로 걸으려고 인도 밖으로 걸어찬 것을 보면 눈에 들어온 것은 분명하니, 어디서 왔을까? 땅에서 솟았으려나, 하긴, 틀림없이 그런 것이, 녀석들은 땅에서 솟았고 땅속에서 기어 나왔으며 누군가 녀석들을 알아볼 수 있었다면 이 두꺼비들이 얼마나 정신 나갔는지 똑똑히 알 수 있었을 텐데, 이 정신 나간 두꺼비들이 땅속에서 올라온 것은 저 아래 짙은 어둠 속에서 죄다 미쳐버린 탓이었던바 녀석들은 스스로를 땅으로부터 뽑아내어 모습을 드러내고는 처음에는 앞뒤로 뛰기 시작했는데, 저 많은 흉측한 두꺼비들이 땅속에 있었으리라고 대체 누가 생각했겠는가, 저 소수의 주민이 녀석들을 보았고 번거로움을 이겨낸 사람들은 길을 가로막은 녀석들을 걸어찼으나 이젠 녀석들이 이 방향으로 간다거나 저 방향으로 간다고 말할 수도 없었으니 한편으로 녀석들은 한 무리로 이동하지 않고 광적으로 뛰어오르되 마치 사실상 땅 위에서 어느 방향으로 갈지 알아보려고도 하지 않는 것처럼, 마치 위로, 위쪽으로, 공중으로, 하늘을 향해 올라가고 싶은 것처럼 점점 높이 뛰며 더 높이 뛰어오르려 했으니 물론 바라는 만큼 높이 뛸 수 없었던 것은 녀석들이 다다르려는 높이가 결코 충분히 높지 않았기 때문으로, 녀석들은 몸을 위로 내던지고 몸을 축 삼아 빙글

빙글 돌며 눈알은 툭 튀어나왔고 이따금 몸에서 누런 액체
를 분비했는데, 이 두꺼비들은 금세 온 거리와 광장을, 모든
거리와 광장을 북쪽에서 남쪽까지, 동쪽에서 서쪽까지 가
득 메웠으며 이쯤 되자 사람들은 녀석들을 눈여겨보되 겁에
질린 채 대부분은 집 안에서, 이번에도 커튼 뒤에서 보았으
나 몇몇 대담한 사람들은, 도무지 납득할 수 없지만 그럼에
도 그들에게는 납득할 수 있어 보인 목적지를 향해 거리로
나갔는데, 그들이 발밑에서 느낀 것은 구역질 나는 두꺼비
떼였으니 걷어차 치울 수 없으면―이젠 그럴 수 없었던 것
은 인도에 하도 많아서였는데―느리게 형성되는 이 촘촘한
덩어리 속에서 그나마 내디딜 수 있는 발바닥 크기의 공간
을 찾아 낭패를 겪지 않고 나아가려 했으나 성공하지 못했
음은 말할 필요도 없으니 그들은 이내 이 두꺼비 아니면 저
두꺼비를 밟고서 미끄러져 쓰러지다가 간신히 균형을 회복
했다가 다시 한번 쓰러진 것은 이 균형을 회복하기가 이미
불가능했기 때문으로, 그들은 몸을 받친 손으로 이 두꺼비
아니면 저 두꺼비를 짓이기고 욕지기를 느끼고 코트에 손을
닦고 그러는 내내 욕설을 내뱉고는 납득할 수 없지만 그들
에게는 납득할 수 있어 보인 목적지를 향해 계속 나아갔으
니 한마디로 도시가 두꺼비로 들끓는다는 것을 이제는 보
지 않으려 해도 보지 않을 수 없었으며 녀석들에게 의미를
부여하지 않을 수 없었기에 이전에 그들이 하루를 두려움
으로 시작했다면 이젠 이 모든 것 앞에서 어떤 느낌이 드는

지 말로 표현할 수 없었던바 그들은 저 아래 두꺼비들을 쳐다보거나 그 가운데에서 균형을 유지하려 애썼으며 다들 미래를 생각하고 미래가 어떻게 될지, 대체로는 무슨 '일이 일어날지' 생각했는데, 그럼에도 그들은 그 순간만, 그들을 위해 이제 시작된 그 순간만 생각했으면 더 좋았을 것인바 그 순간은 이미 그들을 자기 속으로 끌어당기고 두르고 에워싸고 그들의 몸을 짓이겨 누구도 빠져나갈 수 없었다.

전 직원을 집에 보내기로 결정하는 것, 이것이 가장 힘들었으나 다른 여지는 전혀 없었기에 그는 모든 것을 생각하고 모든 것에 대해 숙고했으며 서장실 문간에 서 있었으니 서장실은 사실 그 층에서 홀처럼 생긴 공간의 유리 상자에 불과했는데, 그는 그곳에 서서 부하들을 바라보다가 한 층 아래에 있는 직원들을 생각하며 그들 또한 고려 대상에 넣은 뒤에 한 층 위에서 일하는 직원들에 대해 생각했으며 그들도 고려 대상에 넣은 다음 머릿속에서 창고와 정비창과 탄약고와 실내 주차장을 조사하다가 마음을 굳히고는 즉시 명령을 내렸으며 부하들은 즉시 명령을 이행했는데, 솔직히 말하자면 그는 모든 경찰관이 몇 분 안에 경찰서를 떠나되 마치 모두가 이 명령을 기다리며 모든 준비를 미리 끝낸 것처럼 떠나는 것에 놀라기까지 했으나 무엇보다 놀라웠던 것은 모두가 건물을 떠나기 전에 민간인 복장을 걸쳤다는 것으로, 그래서, 그가 이해한바 그들이 알고 있었듯, 그의 부하들이 한 명도 빼놓지 않고 알고 있었듯 이 게임은 경찰서를 상대로 한 것이었고 그를 상대로 한 것이기도 했으며 이제 그는 더는 경찰서의 우두머리가 아니라 침몰하는 배의 선장인 것처럼 여기 앉았으니, 주 경찰청장에게 뭐라고 써야 한단 말인가, 우편 업무는 중단되었고 배달을 맡길 오토바이 순경들은 흔적도 없이 사라졌는데, 본청에 전화할 수도 없었으니, 어느 본청에? 어느 회선으로? 며칠째 아무것도 정상적으로 돌아가지 않았던바 전화도 인터넷도, 죄다 먹통이어서, 바깥세상이 사라져버렸거나 마치 똑같은 두려움 때문에 이 나라의 모든 동네, 도시, 주가 세상과 자발적으로 격리된 것 같았으니 그는 문자 메시지를 시도하고 이메일을 시도하고 테트라 무전기를 시도하고 가능한 모든 통신 수단을 시도했으나 어디서도 어떤 응답도 돌아오지 않았으며 이따금 이런 느낌이 들었거니와 그들이 그의 목소리를 들었고, 누군가 전화하고 있다는 것을, 그가 그들에게 연락을 시도하고 있다는 것을 알면서도 그에 대해 알고 싶어 하지 않는 것 같았으니 지지직거리는 소리가 잠깐 들리다가 전화가 끊기는가 하면 문자는 답이 오지 않았고 이메일은 죄다 감감무소식이었기에 그는 순경을 또 한 명, 이를테면 처버에 보내야겠다고, 급기야 자신이 직접 가야겠다고 생각했으나 한편으로는 모든 순경이 사라졌고 다른 한편으로는 남은 경찰차에 연료가 하나도 없었기에 그는 이유를 곰곰이 생각할 엄두도 나지 않았는데, 한마디로 세상에 접속하려고 아무리 시도해도 이 시도는 실패로 끝났으며 이 관점에서 보면 온갖 터무니없는 것들이 가능해 보이기 시작했던바 무슨 결정이 내려졌고 어느 지휘관이 내렸는지는 전혀 알 수 없었으나 전국의 모든 경찰서가 이 사실을 서로에게 숨긴 채 늦어도 오늘 오후에는 그가 내린 것과 똑같은 명령을 내렸을 법도 한바, 이것은 후퇴가 아니라며 그가 씁쓸하게 단언하길 이것은 전례 없는 패배이자 도주였으나 그는 이 나라의 모든 사람이 자신과 같은 위치일 수도 있다는 사실을 직면해야 했지만 분명한 것은 그의 도시가, 여기 이곳이—다른 어떤 일이 벌어지고 있든—홀로 남겨졌다는 것이었으니, 말하자면 그와 이 지역 전부가 바깥세상으로부터 '절단'되었다는 것으로, 그들은 격리되었으며 이것은 지난 몇 시간 만에 그에게 분명해졌으니 아까는 다른 곳도 상황이 마찬가지일 거라 생각했으나 이제는 그 생각을 잊어버리고 다른 곳의 상황은 자신의 관심사가 아니라고 판단했지만 분명한 것은 이곳에서 그들이 '고립'되었다는 것이었으며 이제 그가 서장실 문 옆에 선 채 텅 빈 방을 쳐다보고 있지 않은 것은 자신이 한 일이 필요한 일이었다는 것을 견딜 수 없었기 때문으로, 여전히 그는 텅 빈 거리에 군사 작전을 위해 부하들을 내보낼 수는 없었으니 그들에게 뭐라고 말해야 한단 말인가, 무슨 일이 벌어지면 권총과 경기관총을 난사하라고 명령하란 말인가, 하지만 아무 일이 일어나지 않았다고 그가 판단하길 아직 아무 일도 일어나지 않은 것은 적敵이 하나도 없었기 때문으로, 그가 이날 오후에 깨달은바 저기 밖에서 무언가가 난리를 피우고 있거나 그럴 준비를 하고 있었지만 그걸 적이라고 부를 수 없었던 것은 그 무언가를 어디서도 찾을 수 없기 때문이었으니 그는 가정에서 교육받고 경찰학교에서 훈련받으면서 모든 상황에 언제나 대비하라고, 적과 맞서라고 배웠으나 여기서는 밖에 나가면—그도 헤매고 다니기 시작했기에—아무도, 그가 맞설 수 있는 어떤 대상도 볼 수 없을지언정 그가 혼자서라도 맞설 생각이었던 것은 그가 혼자서라도 그들을 쫓아갈 작정이었기 때문으로, 그는 전투 말고는 무엇에도 관심이 없었고 전투에 능했으나 추격할 사람이 아무도 없었던 것은 아무도, 아무것도 그 어디에도 없었기 때문이어서 그는 책상 뒤에 앉아 모자를 벗고 가르마를 다듬고는 이집트 담뱃갑에서 담배를 꺼내 불을 붙였는데, 그 순간, 그가 라이터를 딸깍 누르는 순간, 그가 이미 한 모금 빨아들일 참이던 순간 무시무시한 폭발의 압력이 문간 너머로부터 서장실을 덮쳐 회의실 벽에 부딪쳤으나 여기에 걸린 시간은 찰나에 불과하여 무슨 일이 일어나고 있는지 전혀 파악할 수 없었으니 폭발로 인한 거대한 불 폭풍이 그 순간의 중심에서 주변의 모든 것을 파괴했으며 그는 불길에 휩싸인 채 순식간에 전소되어 금세 숯덩이가 되었는데, 그때, 아직 이 순간이 끝나기도 전에 그는 더는 숯덩이조차 아니어서, 그는 아무것도 아니었으며 불 폭발은 서장실로 이어지는 복도와 계단통과 건물 바닥에 한꺼번에 도달하되 마치 그곳들 전부가 경찰서 건물 전체와 함께 이 거

롬

대한 불 회오리바람에 휩싸인 것처럼 도달했으며 이 무지막지한 힘이 건물 전체를 들어올리되 마치 그 순간이 끝날 때 끝까지 들어올리고 싶어 한 것처럼 들어올렸으나 정말 그랬는지 알기 힘들었던 것은 모든 것이 무시무시한 속도로 진행되고 건물이 이미 쪼개졌기 때문으로, 이제 건물은 백열白熱의 재료, 불타는 것이 되어 위에서 회오리바람과 폭풍을 일으키는 또 다른 화염에 강타당해 아무것도 남지 않았고 아무것도 없어서 숯과 날리는 재뿐으로, 그다음에는 연기조차 없었는데, 이 불이 연기가 없이 화염만 있었던 것은 그 연소가 무척, 하지만 무척 완벽했다는 증거였다.

　　슈트레베르네 도축장이 화염에 휩싸였고 기차역 건물이 화염에 휩싸였고 대성당, 프레쿠프 우물, 황금의 삼각형, 시청과 시립 도서관과 도축장과 분유 공장, 성, 온천, 고아원, 공원과 거리와 정원도 마찬가지였으나 한편으로 이렇게 묘사하는 것에 오해의 소지가 있는 것은 누군가 말을 하고 있다고, 누군가 서술을 하고 있다고 누군가 이렇게 언어로 표현하길 슈트레베르네 도축장이 화염에 휩싸인 뒤 기차역 건물이 화염에 휩싸였고 대성당, 프레쿠프 우물, 황금의 삼각형, 시청과 시립 도서관과 도축장과 분유 공장, 성, 온천, 고아원, 공원과 거리와 정원도 마찬가지였다고 표현하고 있다고 생각할 수 있기 때문이나, 아니, 이와 같지 않고 이 순서대로가 아니었던 것은 어떤 순서도 없었기 때문이요, 이 장소들이 하나씩 화염에 휩싸인 것이 아니라 정확히 같은 순간에 모두 화염에 휩싸였기 때문이요, 여기서는 단어의 선택이 문제가 되기 때문이요, 이것을 서술할 누군가가 있었 다고 치면—그런 사람은 없었으나—그 사람은 '화염에 휩싸 였다'나 '불이 붙었다'나 '화마의 제물이 되었다' 따위의 표 현을 썼을 것이 틀림없으며 그렇게 계속할 수도 있으나 이 경우에는 문장들의 서술어가 이 사건들에 대해 원하든 원 하지 않든 어떤 순서도 암시할 수 없으니 이곳에서 일어난 일은 하나의 상상할 수 없을 만큼 거대한 하나의 어마어마 한 불 공격이, '도시 자체보다 훨씬 큰' 불 공격이 도시를 강 타했기에 뭔가 이야깃거리가 있을 수 있다는 것이지만 무슨 일이 일어났는지 말해줄 사람은 아무도 남지 않았으며 기계 적 순서대로 따라 나오는 단어들만 있어서, 공간 속에 일렬 로 반듯하게 줄지어 있을 테지만 그 단어들을 말할 사람은 아무도 없기에 단어들을 그저 하나씩 줄세우자면 불은 처 버 도로와 초코시 도로와 너지바러디 도로 방향에서, 루마 니아 국경 방향에서, 엘레크 도로 방향에서 몰아닥쳐 순식 간에 도시를 집어삼켰으며 이 불의 속도가 어찌나 어마어마 하고 어찌나 아득하던지 이 단어들은, 더는 누구도 발음할 수 없는 이 단어들은 존재하지조차 않으니 단어들이 나타 날 시간조차 없기 때문이요, 파괴에 대해 이야기를 들려드 리자면 모든 것은 무시무시한 동화에서처럼 일어났기에 이 곳은 끝장났고 사라졌으며 그리하여 더는 시청도 없었고 평 화로도 없었고 대루마니아 구역도, 소루마니아 구역도, 대헝

롬

가리 구역도, 크리놀린도, 도심도, 아무것도 없었으며 도시의 주민도 더는 하나도 없었으니 이 공격으로 도시는 존재하기를 포기했으나 신기하게도 도시 외곽에서는, 도보즈로 나가는 길에서는, 심하게 불타긴 했지만 거대한 시멘트 급수탑이 여전히 서서 흔들흔들 다른 건물처럼 무너질 것 같았지만 그래도 서 있었으며 그 꼭대기에는 한때 전설적이던 천문대의 휑하고 뻥 뚫린 창문 하나에서—유리는 열파에 순식간에 깨졌기에—저능아가 창밖으로 다리를 달랑거렸으니 고아원 출신의 저 저능아가, 자신의 심란한 마음에 이끌려 어제저녁에 불쑥 이곳에 온 그가 다리를 달랑거리고 있었는데, 그가 쇠틀에 손을 뻗지 않은 것은 너무 뜨거웠기 때문으로, 그래서 그는 손을 더 벌려 시멘트 창턱에 대고 균형을 잡은 채 처음에는 왼 다리로, 다음에는 오른 다리로 차는 시늉을 하다가 지쳐서 다리를 조금 흔들고는 조금 전까지도 그의 도시이던 불잉걸을 바라보면서 혼자 나직하게 노래했으니 그가 읊조리길

도시가 타네, 도시가 타네,
소방차 불러, 소방차 불러,
불이야, 불이야, 불이야, 불이야,
물을 뿌려, 물을 뿌려.

그는 다시 시작했는데,

도시가 타네, 도시가 타네,
소방차 불러, 소방차 불러,
불이야, 불이야, 불이야, 불이야,
물을 뿌려, 물을 뿌려.

노래는 멈추지 않았고, 이제 그는 두 손으로 창턱을 짚
지 않았으며 그냥 앉은 채 텅 빈 창문에서 몸을 앞뒤로 흔
들며 그을린 폐허를, 한때 도시가 있던 장소를 바라보다가
다시 언제나 처음부터 부른 것은 가락과 노랫말이 그렇게
해주길 바랐기 때문이니,

도시가 타네, 도시가 타네,
소방차 불러, 소방차 불러,
불이야, 불이야, 불이야, 불이야,
물을 뿌려, 물을 뿌려.

끝으로 그는 하늘을, 어두워지는 하늘을 올려다보며 양
손을 들어 누군가, 아마도 지휘자가 전에 하는 것을 똑똑히
본 모양으로, 보이지 않는 관객에게 몸짓하면서 객석을 향
해 활기차게,

자, 이제 다 같이

롬

연주용 참고 자료

유실된 자료

교수

꼬맹이 똥개

게오르크 칸토어

검은색 벨벳 깃이 달린 갈색 모직 코트

교수의 딸

스코틀랜드 플래드 스카프

머리커

솔노크의 단테와 713유로가 든 송아지 가죽 지갑

레뇨

저능아

러요시와 동료 야간 근무자

tisztaeszme.hu

연주용 참고 자료

파손된 자료

노숙자들

시장과, 시장 부인의 시신

부시장 가족

도시관리사업소장과 직원들

교수의 무기

거지 아이들

수석 마구간지기와 세 조수

말: 아브란드, 마구시, 퍼쿼지, 어이더

사륜마차

교장

양귀비색 립스틱

호텔 매니저

호텔 도어맨

호텔 직원들

타조 가죽으로 만든 아홉 개의 프라다 여행 가방

성 옆의 유치원

크리놀린 식당의 연금 수령자들(급식 대상자)

콤로 호텔과 레스토랑의 직원들

성의 경비원들

《진짜 세상》 2부

체펠 오토바이

도축장 감독관 비서

도축장의 소들

도심 숲

메가폰

비닐봉지

셔르커드 도로의 다리

셔르커드 도로의 소년원

철제 난로가 있는 비체레 기차역

비체레 기차역 철제 난로 속의 재들

난로 주변의 성냥들

비체레 기차역의 개털들

쾨뢰시강 강둑 숲지기의 집 안에 있는 양동이

가시덤불땅 구덩이의 식은 재

슬롯머신

연주용 참고 자료

성삼위 묘지

기증된 옷가지 더미 중에서 시청 뒤 광장에 남은 것들

신개혁교회 묘지

투르게네프

소루마니아 구역의 정교회 묘지

신개혁교회 묘지 뒤쪽 구석에 널브러진 뼈 무더기

47 술집의 빈 프뢰치 잔

클라우디아 시퍼가 (화장하지 않고) 나오는 〈스타〉 잡지

체스에 심취한 고등학교 물리 교사와 여학생들

바람

소루마니아 구역 정교회 묘지의 사제

소루마니아 구역 정교회 묘지의 산역꾼들

성삼위 묘지의 사제와 산역꾼들

신개혁교회 묘지의 인부들(청산 과정에서)

확대 시민위원회에 참석한 병원 의사

비서실장

비서실장의 젖가슴

성과 배 타는 호수가 그려진 엽서

도베르만 두 마리

소방서장과 부하들

소방차 넉 대

사탄탱고

교구 사제

파손된 자료

헝가리 양몰이개

교구 주교

에스테르 가족

비케르 술집의 안 씻은 맥주잔

쾨뢰시강 강둑의 버드나무

시체 안치소

카지노(당구장)

도서관장의 시신과 그의 안경(11.5디옵터)

사서들

도서관 장서들(대니엘 스틸에서 버시 얼베르트까지)

러치 삼촌

질 트럭

경찰서장

이집트 클레오파트라 브랜드 담배 열네 갑(개봉한 한 갑은 별도)

킹콩, 제이티, 토토, 도디, 그리고 정의의 동맹

무덤 속 작은별의 시신

여우 가죽(생가죽)

여우 덫

작은 개신교 교회 옆에 있는 가게의 창고 직원과 계산원

무덤 속 남작의 시신

페니마켓(상시 할인)

성 판탈레온

가와사키, 혼다, 야마하, 스즈키 등

비케르 술집 카운터와 테이블에 놓인 맥주잔의 말라버린 고리

TV/라디오 방송국의 기자들과 그들의 동료들

삶은 콩과 소시지가 든 통조림

뉴턴의 《프린키피아》, 호메로스의 서사시, 아테네의 페이디아스, 프라 안젤리코의 천사들, 아인슈타인의 〈일반 상대성 이론의 기초〉, 팔리경전, 성경, 바흐, 제아미, 헤라클레이토스

일경과 경사를 비롯한 경찰서 동료들

셔르커드 도로에 있던 철로 수리공과 그들의 작업반장

셔르커드 철로 감독관

곱고 가벼운 베이지색 천 소재에, 황금 걸쇠가 달린, 머리커의 춘계용 손가방

헐리치 2세

렌체 조중차(렌체 요제프 발명)

숲지기와 그의 가족 및 가축

도심 숲의 야생 동물

이렌의 시신

사슴

노동조합사회보험 (독서용) 안경

투키디데스, 크세노폰

오토바이 멜로디 경적

콘티넨털 타자기

크리놀린 구의 식당 주인

숫자가 하나씩 적힌 작은 봉투 두 장(주소가 아름다운 필체로 쓰여 있음)

솔노크의 단테의 택시 운전사

중국인 노인과 찻잎, 남성용 팬티, 속셔츠, 남녀용 캐주얼웨어, 목욕 가운, 양말, 여성용 스타킹, 여성용 속옷, 남녀 공용 신발, 플라스틱제 장난감, 크리스마스트리 장식물, 양초, 조명, 냄비, 식기, 드라이버 세트, 연장통, 주방용 소형 가전제품, 중국의 제단인 천단天壇이 새겨진 재떨이, 향, 코르크 따개, 색 입힌 플라스틱으로 만든 사랑의 부적

이보이커 여사

부드리오 주택 단지(조립식 건물)

병원 의사

영화 〈에비타〉(마돈나 주연)

노래 〈날 위해 울지 말아요, 아르헨티나〉 악보(20부)

주민 합창단과 지휘자

농장의 농부

페리

행글라이딩 학교 원장의 시신

목수와 아내

서버드지코시 대표단 세 명

교수 집의 새 주인(다락방을 뒤지다 옛 문서를 발견한다)

편집장, 부장들

연금 수령자들이 기거하는 양로원

이렌의 아들과 그의 가족

옛 노동조합 전국위원회 리조트

제니페르

비케르 술집

귀리와 과일 조림

카를 마르크스의 《1844년 경제학·철학 초고》

비케르 술집의 바텐더

노숙자에게 물품을 가져다준 직원 두 명과 기독교인 자원봉사자

처버에서 온 '덜덜이' 기관차의 기관사, 교대 근무 기관사, 그의 가방

역장 가족의 시신들

역장의 훈장과 휘장

에스프레소 가게의 여종업원

47 술집의 여종업원

타키투스, 키케로, 카이사르의 작품들

에스프레소 가게의 외다리 남자

도시 전역의 대형 화면 TV들

병원의 간호사 두 명

도시 공식 사진사

《돈 세군도 솜브라》

포드 에스코트(애지중지)

쌩쌩이 토니의 시신

고아들과 보모들

닭벼슬 고아와 삭발 고아의 시신(달아난 아이들)

개신교 교회 옆에 있는 식료품점의 계산원

79 술집

보타이 30개

포목상의 점원들

쇠막대에 고정된 비케르 술집의 TV 수상기

머리커의 집에 있는 조가비 의자, 소파베드, 옷장

헝가로셀 패널의 잔해

무기가 들어 있는 알라딘

도러의 시신

도러의 아버지

휠체어

망가진 휠체어 브레이크

이보이커 여사의 린처토르테와 오븐 접시 두 개, 깅엄

보자기를 덮은 바구니

얼마시 저택

시청 대회의실의 먼지답쌔기

양품점 쇼윈도

대헝가리 구역, 소루마니아 구역, 대루마니아 구역, 독일 구역, 도심, 슈트레베르네 도축장, 에르데이 샨도르 거리, 중앙로, 네펠레이치 거리, 44번 고속도로(우회로), 처버 도로, 도보즈 도로, 너지바러디 도로, 초코시 도로, 요커이 거리, 평화로, 육류 가공 공장, 분유 공장, 엘레크 도로

병원의 중환자 병동

모르는 사람들

사진(어린 여자아이)이 든 봉투

경찰서

기차역

돼지고기 스튜

그 밖에도 많고 많음

지은이.. 크러스너호르커이 라슬로 Krasznahorkai László

1954년 헝가리 줄러에서 태어났다. 1976년부터 1983년까지 부다페스트 대학에서 문학을 공부했고, 1987년 독일에 유학했다. 이후 프랑스, 네덜란드, 이탈리아, 그리스, 중국, 몽골, 일본(교토), 미국(뉴욕) 등 세계 여러 나라에 체류하며 작품 활동에 매진해왔다.

헝가리 현대 문학의 거장으로 불리며 고골, 멜빌에 비견되곤 한다. 수전 손택은 그를 "현존하는 묵시록 문학의 최고 거장"으로 일컫기도 했다. 크러스너호르커이는 자신의 작품 세계를 관통하는 종말론적 성향에 대해 "아마도 나는 지옥에서 아름다움을 추구하는 독자들을 위한 작가인 것 같다"라고 밝힌 바 있다. 영화감독 벨라 타르, 미술가 막스 뉴만과의 협업을 통해 자신만의 독특한 세계관을 확장하고 있다. 매년 유력한 노벨문학상 후보로 거론되는 작가다.

주요 작품으로는 《사탄탱고》(1985), 《저항의 멜랑콜리The Melancholy of Resistance》(1989), 《전쟁과 전쟁War and War》(1999), 《서왕모의 강림Seiobo There Below》(2008), 《마지막 늑대The Last Wolf》(2009), 《세계는 계속된다》(2013) 등이 있다. 그의 소설은 여러 언어로 번역되었으며 다양한 국내 및 국제 문학상을 수상했다. 헝가리의 Tibor Déry 문학상(1992), 독일의 SWR-Bestenliste 문학상(1993), 대문호 산도르 마라이의 이름을 따 제정한 헝가리의 Sándor Márai 문학상(1998), 헝가리 최고 권위 문학상인 Kossuth 문학상(2004), 스위스의 Spycher 문학상(2010), 독일의 Brücke Berlin 문학상(2010) 등을 받았고, 2015년에는 맨부커 인터내셔널상Man Booker International Prize을 수상했다. 2018년 《세계는 계속된다》로 맨부커상 인터내셔널 부문 최종 후보에 또 한 번 이름을 올렸다.

옮긴이.. 노승영

서울대학교 영어영문학과를 졸업하고, 서울대학교 대학원 인지과학 협동과정을 수료했다. 컴퓨터 회사에서 번역 프로그램을 만들었으며 환경 단체에서 일했다. '내가 깨끗해질수록 세상이 더러워진다'라고 생각한다. 박산호 번역가와 함께 《번역가 모모 씨의 일일》을 썼으며, 《서왕모의 강림》《에우니부스 플루람》《끈 이론》《유레카》《메타 페이스북》《오늘의 법칙》《바나나 제국의 몰락》《약속의 땅》《생명의 물리학》《시간과 물에 대하여》《향모를 땋으며》《행동경제학》《자본가의 탄생》《트랜스휴머니즘》《그림자 노동》《새의 감각》《동물에게 배우는 노년의 삶》《먹고 마시는 것들의 자연사》 등 다수의 책을 한국어로 옮겼다. 2017년 《말레이 제도》로 한국과학기술출판협회 선정 한국과학기술도서상 번역상을 받았다. 홈페이지 socoop.net에서 그동안 작업한 책들의 정보와 정오표, 칼럼과 서평 등을 볼 수 있다.

벵크하임 남작의 귀향

1판 1쇄 찍음 2024년 12월 10일
1판 1쇄 펴냄 2024년 12월 27일

지은이 크러스너호르커이 라슬로
옮긴이 노승영
펴낸이 안지미
편집 한홍
CD Nyhavn

펴낸곳 (주)알마
출판등록 2006년 6월 22일 제2013-000266호
주소 04056 서울시 마포구 신촌로4길 5-13, 3층
전화 02.324.3800 판매 02.324.3232 편집
전송 02.324.1144

전자우편 alma@almabook.by-works.com
페이스북 /almabooks
트위터 @alma_books
인스타그램 @alma_books

ISBN 979-11-5992-424-8 03890

이 책의 내용을 이용하려면 반드시 저작권자와 알마출판사의 동의를 받아야 합니다.

알마출판사는 다양한 장르간 협업을 통해 실험적이고 아름다운 책을 펴냅니다.
삶과 세계의 통로, 책book으로 구석구석nook을 잇겠습니다.